er Gelben Eroberer

Wabenteil des
eter durchmessen-
ineten Sicherheits-

mit darüber liegen-
ern und Beschleuni-

en
nit Energieumwand-

chubdüsen

mit oberer Schleuse

vigationsanlage

18. Hyperfunkgeräte mit Antenne und darunterliegender Funkzentrale
19. Hauptsteuerzentrale
20. Doppelwandige Außenhülle mit eingebauten Magnetverankerungen zur Befestigung der Brutwaben
21. Zentraler Lastenantigravschacht
22. Lineartriebwerk
23. Hypertransitionstriebwerk
24. Energieverteileranlage
25. Großes Maschinen- und Ersatzteillager
26. Hydraulische Teleskoplandebeine mit 90 Meter durchmessendem Landeteller
27. Ortungszentrum (acht Stück) mit verschiedenen Meßgeräten und Beobachtungskameras
28. Ausgefahrene Bodenrampe

Die Gelben Eroberer

Perry Rhodan

Die Gelben Eroberer

Umwelthinweis:
Dieses Buch und der Einband wurden auf chlorfrei gebleichtem Papier gedruckt.
Die Einschrumpffolie – zum Schutz vor Verschmutzung – ist aus umweltverträglichem und recyclingfähigem PE-Material.

Ungekürzte Buchgemeinschafts-Lizenzausgabe
der Bertelsmann Club GmbH, Rheda-Wiedenbrück
der Bertelsmann Medien (Schweiz) AG, Zug
der Buchgemeinschaft Donauland Kremayr & Scheriau, Wien
und der angeschlossenen Buchgemeinschaften

Redaktion: Horst Hoffmann
Einbandgestaltung: Erich Gebhardt
Einbandillustration: Johnny Bruck
Druck und Bindung:
Graphischer Großbetrieb Pößneck GmbH
Printed in Germany 1998
Buch-Nr. 08200 8

Vorwort

Schrieb ich im Vorwort des vorigen Buches, die Handlung würde auf verschiedenen Ebenen ablaufen, um später zu einem großen Ganzen zusammenzufinden? Dann haben wir diesmal noch eine kleine Steigerung. Das Schwarm-Zyklus-Puzzle wird um ein weiteres Element größer – und bedeutender. Sandal Tolks Odyssee wird beendet (für die Freunde des Abenteuerromans sicher bedauerlich, für die »reinen SF-Fans« eher ein Aufatmen), und was er für Perry Rhodan davon mitbringt, wird das bisherige Bild des Schwarms anders aussehen lassen. Gleichzeitig sorgen die beiden Herzensfreunde Tatcher a Hainu und Dalaimoc Rorvic für eine Überraschung, die den künftigen Verlauf des Zyklus ganz entscheidend prägen wird. Das Puzzle gewinnt schon im nächsten Buch an Formen, und das versprochene »Aha-Erlebnis« beginnt.

Am 58. Buch der PERRY RHODAN-Bibliothek waren beteiligt: *William Voltz* mit *Das große Sterben* (Heft 525), *H. G. Ewers* mit *Söldner der Galaxis* (526) und *Die Macht der Sieben* (531), *Hans Kneifel* mit *Die Insel der Glücklichen* (527) und *Die Diener des gelben Götzen* (528) sowie *Ernst Vlcek* mit *Die letzten Tage der Amazonen* (529).

Mein besonderer Dank gilt wieder den vielen Lesern, die uns mit ihren Anregungen und Kritiken wesentlich dabei halfen, ein weiteres Stück PERRY RHODAN-Geschichte in Buchform zu kleiden.

Horst Hoffmann

Zeittafel

1971 Perry Rhodan erreicht mit der STARDUST den Mond und trifft auf die Arkoniden Thora und Crest.

1972 Mit Hilfe der arkonidischen Technik Einigung der Menschheit und Aufbruch in die Galaxis.

1976 Das Geistwesen ES gewährt Rhodan und seinen engsten Wegbegleitern die relative Unsterblichkeit.

2040 Das Solare Imperium ist entstanden und stellt einen galaktischen Wirtschafts- und Machtfaktor ersten Ranges dar. In den folgenden Jahrhunderten Bedrohung durch die Posbi-Roboter und galaktische Großmächte wie Akonen und Blues.

2400 Entdeckung der Transmitterstraße nach Andromeda; Abwehr von Invasionsversuchen von dort und Befreiung der Völker vom Terrorregime der Meister der Insel.

2435 Der Riesenroboter OLD MAN und die Zweitkonditionierten bedrohen die Galaxis. Nach Rhodans Odyssee durch M 87 Sieg über die Erste Schwingungsmacht.

2909 Während der Second-Genesis-Krise kommen fast alle Mutanten ums Leben.

3430 Um einen Bruderkrieg zu verhindern, läßt Rhodan das Solsystem in die Zukunft versetzen. Bei Zeitreisen lernt er den Cappin Ovaron kennen.

3437/38 Expedition mit der MARCO POLO in die Cappin-Galaxis Gruelfin. Ovaron wird von der Urmutter als Ganjo identifiziert. Der Riesenroboter opfert sich beim Kampf um das Solsystem selbst. Der Planet Pluto wird dabei zerstört.

3441 Die MARCO POLO kehrt nach zeitlicher Verzögerung in die Milchstraße zurück und findet die Intelligenzen der Galaxis verdummt vor. Ein mysteriöser Sternenschwarm dringt in die Galaxis ein. Die wenigen immun Gebliebenen beobachten unter Rhodans Führung den Schwarm und versuchen, sein Geheimnis zu lüften.

Prolog

Als Perry Rhodan Mitte des Jahres 3441 mit der MARCO POLO von Gruelfin in die Milchstraße zurückkehrt, findet er eine ihm fremd gewordene Galaxis vor. Mit Ausnahme relativ weniger Immuner, sind alle Intelligenzen verdummt – auch auf Terra herrscht das Chaos. Verantwortlich für die Verdummung ist die Veränderung der galaktischen Gravitationskonstante durch die Vorhut eines ungeheuerlichen Gebildes aus Sternen, Planeten und Raumfahrzeugen, das sich über Tausende von Lichtjahren ausdehnt und mit Transitionen in die Milchstraße schiebt: der Schwarm!

Doch nicht nur vom Schwarm und seinen unbekannten Lenkern und Völkern droht Gefahr. Die Angehörigen des sogenannten Homo superior, der angeblich nächsten Stufe menschlicher Evolution, sind ebenfalls immun gegen die Verdummungsstrahlung und predigen die Abkehr von aller Technik und den bedingungslosen Pazifismus. Dies hält sie jedoch nicht von verheerenden Sabotageakten ab.

Perry Rhodan bricht mit dem Kreuzer GOOD HOPE II auf, um die Geheimnisse des Schwarms zu ergründen und letztlich dafür zu sorgen, daß in der Milchstraße wieder normale Verhältnisse einkehren. Reginald Bull konzentriert sich anfangs darauf, mit der INTERSOLAR so viele Immune wie möglich aufzulesen.

Im Oktober und November 3441 werden Objekte beobachtet, die den Schwarm verlassen. Es handelt sich unter anderem um würfelförmige Erkundungsraumschiffe. Eine ihrer Besatzungen richtet auf dem Planeten Exota Alpha ein Gemetzel an und bringt die Familie des jungen Barbaren Sandal Tolk grausam um – woraufhin dieser Rache schwört und seinen Feldzug gegen die Fremden beginnt. Sein Weg führt ihn zur Welt Testfall Rorvic, wo ein anderer Raumschiffstyp aus dem Schwarm landet und Unheil anrichtet: kilometergroße, geheimnisvolle pilzförmige Konstruktionen. Sie sind dafür verantwortlich, daß durch eine Feinjustierung die Gravitationskonstante nochmals geringfügig geändert wird – mit vorerst noch völlig unbekannten Folgen. Tolk dringt in das Fluchtschiff der Besatzung ein, um darin in den Schwarm zu geraten und dessen Herren zu stellen. Nach der Notlandung auf einer Schwarmwelt findet er in Tahonka-No einen Kampfgefährten.

Wie gewaltig die Bedrohung durch das gigantische Gebilde tatsächlich ist, wird Perry Rhodan klar, als der Unsterbliche von Wanderer um Hilfe ruft. Rhodan und seine Freunde retten ES aus seiner existenzbedrohen-

den Lage. Anschließend ruft Rhodan die Immunen der Galaxis zu einer Konferenz zusammen, auf der erstmalig drei Vertreter des heimlichen Imperiums eindrucksvoll auftreten.

Der Mausbiber Gucky rettet im Februar 3442 in einer gewagten Aktion das Energiewesen Harno aus dem Schwarm. Etwas voreilig prägt er dabei – nach der überall vorherrschenden Farbe – die Bezeichnung Gelbe Eroberer für die Schwarmherrscher. Es soll sich bald zeigen, daß dieser Name eine ganz andere Bedeutung hat ...

1.

Februar 3442, Terra

Die Feuer, die die ganze Nacht über gelodert hatten, waren niedergebrannt. Der Geruch nach Rauch hing in der Luft, und die Immunen, die zum Rettungskomitee gehörten, bewegten sich wie gespenstische Gestalten durch den sich nur zögernd auflösenden Nebel. Das Klirren aufeinanderprallender Metallteile wurde hörbar, Losungsworte wurden gerufen, Schuhe knirschten im Ufersand. Das stetige Plätschern der Wellen begleitete diese Geräusche.

Pontonac versuchte, den Nebel mit seinen Blicken zu durchdringen. Er stand am Ufer, unmittelbar in der Nähe des Schnellboots, und wartete, daß die Vorbereitungen für den geplanten Einsatz abgeschlossen wurden.

Es war kalt an diesem Morgen, aber daran schien niemand zu denken. Die Immunen, die zum Rettungskomitee gehörten, konzentrierten sich wie immer auf ihre Aufgabe.

Oberst Edmond Pontonac hatte das Rettungskomitee vor vier Monaten gegründet, nachdem er mit einer zusammengefügten Schiffskarawane das Solsystem erreicht hatte. Niemand hatte Pontonac bei seinen Aktionen unterstützt; der Oberst befürchtete sogar, daß man eine Verhandlung gegen ihn anberaumen würde, wenn er sich später einmal stellen sollte. Allerdings hatte Pontonac das Gefühl, daß Galbraith Deighton und Roi Danton genau wußten, welche Ziele das Rettungskomitee hatte, denn bisher waren von Imperium-Alpha aus keine Schritte gegen Pontonacs Gruppe unternommen worden.

Vielleicht hofften Deighton und Danton, daß Pontonac das erreichte, was ihnen verboten war: die Macht des Homo superior auf der Erde zu brechen.

Doch Pontonac wußte, daß er dies nicht so schnell erreichen konnte. Er griff mit seinem Rettungskomitee überall dort ein, wo der Homo superior die eigenen Vorstellungen bis zur letzten Konsequenz zu verwirklichen versuchte. Das Rettungskomitee hatte bisher siebzehn Industrieanlagen und Energiestationen vor der völligen Demontage bewahrt. Bei diesen Aktionen war es zu unerfreulichen Zwischenfällen gekommen. Es hatte insgesamt drei Tote und über ein Dutzend Verletzte gegeben. Pontonac gab sich keinen Illusionen hin. Er wußte, daß Perry Rhodan ihn früher oder später zur Rechenschaft ziehen würde.

Pontonac war auf dieses Zusammentreffen vorbereitet. Im Gegensatz zu Rhodan war er nicht der Meinung, daß sie den Homo superior gewähren lassen sollten. Der Homo superior war ein Gegner des Menschen – aus welchen Motiven heraus er auch handelte.

Pontonac wurde in seinen Gedanken unterbrochen, als jemand über den Landungssteg des Schnellbootes kam.

Eine Gestalt schälte sich aus dem Nebel. Es war der untersetzte Sogmonth, seit vier Wochen Mitglied des Rettungskomitees, ein verschlossener Mann, der nie lachte. Pontonac hatte ihn zu seinem Stellvertreter gemacht, denn Sogmonth war früher Major der Solaren Abwehr gewesen. Inzwischen hatte Pontonac diesen Entschluß bereut, denn Sogmonth kannte nur ein Ziel: den Homo superior zu vernichten. Obwohl er nie darüber sprach, mußte Sogmonth etwas Schreckliches erlebt haben. Etwas, worin der Homo superior verwickelt war.

Sogmonth kam direkt auf Pontonac zu. Er hatte offenbar einen besonderen Orientierungssinn, daß er so leicht durch den dichten Nebel sein Ziel fand.

Eine Welle von Haß und Verbitterung schlug Pontonac entgegen, der in diesem Augenblick wünschte, keinen Para-Wachinstinkt zu besitzen.

»Ich bin der letzte«, sagte Sogmonth in seiner knappen Art. »Das Boot kann versiegelt werden.«

Pontonac blickte den anderen an. Dann zog er sein Vielzweckgerät heraus und schaltete den Schutzschirm um das Boot ein. Die Bucht, die sie sich ausgesucht hatten, lag versteckt, aber es war nicht auszuschließen, daß sich eine Gruppe von Plünderern hierher verirren würde.

Sogmonth war schon davongeeilt, sein ewig ruheloser Geist duldete offenbar nicht, daß er sich längere Zeit an einem Platz aufhielt. Wahrscheinlich war er zu den Robotern unterwegs, die er betreuen mußte.

Pontonac machte sich Vorwürfe, daß er Sogmonth mit dieser Aufgabe betreut hatte, und war entschlossen, das früher oder später rückgängig zu machen. Er witterte Unheil.

»Alles bereit!« klang eine Stimme durch den Nebel.

Pontonac schloß unwillkürlich die Augen. Vor jedem Einsatz war er nervös. Er sehnte sich nach ihrem Hauptstützpunkt im Indischen Ozean zurück.

Neben ihm knirschte der Sand. Alpher Creek stand neben ihm. Der kleine, stets verbindlich wirkende Arzt machte sich an seinem Kombinationsgürtel zu schaffen.

»Wie heißt die Stadt, Sir?« fragte er.

»Ersparen Sie sich das Sir!« empfahl ihm Pontonac unwirsch. »Die Stadt heißt Gerona.«

»Fünfzig Meilen?«

»Fünfzig Meilen!« bestätigte Pontonac. »Unseren Informationen nach haben einige Mitglieder des Homo superior in den Randgebieten der Stadt damit begonnen, Kartoffeln anbauen zu lassen. Alle Industrieanlagen der Stadt wurden demontiert. Die Menschen, deren sich der Homo superior bedient, werden angeblich wie Sklaven gehalten.«

Creek seufzte. »Haben Sie inzwischen Verbindung zu Imperium-Alpha aufgenommen?«

»Nein«, sagte Pontonac zögernd. »Ich sehe keinen Sinn darin. Danton und Deighton würden uns sofort zurückpfeifen, auch wenn sie uns gefühlsmäßig vielleicht recht geben.«

»Ich glaube nicht, daß wir auf die Dauer eine Chance haben«, meinte der Mediziner. »Wir sind zuwenig Immune. Der Homo superior braucht uns nur zu ignorieren.«

Auch darüber hatte Pontonac schon nachgedacht. Bisher waren sie kaum auf Widerstand gestoßen. Bei Angriffen des Rettungskomitees zog sich der Homo superior fast immer zurück.

So waren alle Angriffe mehr oder weniger Vorstöße ins Leere gewesen, die lediglich dazu gedient hatten, Übergriffe des Homo superior auf wichtige Industrieanlagen zu verhindern.

In letzter Zeit waren Pontonacs Leute auch dazu übergegangen, Verbindungen zwischen dem Homo superior und verdummten Menschengruppen zu zerschlagen, denn es war offensichtlich, daß die sogenannten Neuen Menschen ihre verdummten Artgenossen für verschiedene Zwecke auszunutzen versuchten.

Unbestritten versuchte der Homo superior, Ruhe und Ordnung auf der Erde herzustellen.

Doch um welchen Preis!

Millionen von Menschen waren zum Tode verurteilt, wenn der Homo superior seine Pläne durchsetzen konnte. Die Milliarden von Menschen, die auf der Erde lebten, konnten sich nicht allein von Ackerbau und Viehzucht ernähren. Das waren Wunschvorstellungen des Homo superior.

Pontonac riß sich gewaltsam von diesen Gedanken los.

»Wir werden versuchen, in Gerona ein Hauptquartier für Süd- und Mitteleuropa zu errichten«, erklärte er. »Von diesem Stützpunkt aus werden wir dann operieren.«

Alpher Creek, der genau wußte, wie wohl Pontonac sich im alten Flottenstützpunkt im Indischen Ozean fühlte, schaute seinen Gesprächspartner skeptisch an.

»Wie lange?«

Pontonac hob die Schultern. »Was weiß ich! Bis die Verhältnisse in Europa geregelt sind.«

Für Creek war das eine vage Aussage.

»Wenn wir erst in die großen Städte kommen, werden wir feststellen, daß noch viel zu tun ist«, prophezeite er. »Mehr, als das Komitee überhaupt übernehmen kann. Wir hätten es nicht nur mit dem Homo superior, sondern mit umherstreifenden Banden, kriminellen Einzelgängern und hungernden Verdummten zu tun. Das ist ein bißchen viel für einhundertfünfzig Immune.«

»Uns interessiert nur der Homo superior!« rief Sogmonth, der lautlos herangekommen war.

Creek zuckte zusammen. »Wir müssen das Problem als Komplex ansehen.«

»Nein!« Sogmonth stand breitbeinig da. Irgendwie erinnerte er Creek an eine Maschine, die jeden Augenblick losrollen und alles niederwalzen würde. »Das Ziel des Komitees ist die Unschädlichmachung dieser Phantasten.«

»Das ist Ihre Interpretation!« mischte Pontonac sich ein. »Ich habe es anders formuliert: Wir wollen die zunehmende Einflußnahme des Homo superior eindämmen.«

Sogmonth knirschte hörbar mit den Zähnen. »Und wo ist da der Unterschied?« Er stampfte durch den Sand wieder davon, ständig ruhelos, scheinbar ohne festes Ziel.

»Hoffentlich passiert Ihnen nichts, Oberst«, bemerkte Creek.

Pontonac sah ihn an. »Wie kommen Sie darauf?«

»Sogmonth würde Ihr Nachfolger.«

Pontonac lächelte, obwohl er sich Sogmonths wegen Gedanken machte. Er beschloß, seinen Stellvertreter nicht aus den Augen zu lassen.

»Wir wollen jetzt aufbrechen!« ordnete er an.

Creek folgte ihm zum Sammelplatz. Die Feuer, die die ganze Nacht über gebrannt hatten, waren erloschen. Die Männer trugen ihre flugfähigen Schutzanzüge.

Pontonac bestimmte vier von ihnen, die in der Bucht zurückbleiben sollten. Er hatte ursprünglich alle Mitglieder des Komitees mit nach Gerona nehmen wollen, doch seine angeborene Vorsicht ließ ihn diesen Entschluß revidieren.

»Wir werden in Funkkontakt bleiben, damit Sie uns mitteilen können, wenn es hier zu Schwierigkeiten kommen sollte«, sagte der Oberst. Er schlüpfte in seinen Schutzanzug und hakte den Gürtel zu. »Alle anderen folgen mir nach Gerona. Wir wissen nicht genau, was dort geschieht, denn die uns vorliegenden Berichte sind alles andere als zuverlässig. Deshalb werden wir erst eingreifen, wenn wir genau wissen, was sich dort abspielt.«

Er hob einen Arm. »Ich brauche nicht zu wiederholen, daß jeder von uns, der leichtfertig von seiner Waffe Gebrauch macht, vor das Komiteegericht gestellt wird. In Ermangelung eigener Gesetze gelten für das Komitee die Gesetze der Solaren Flotte. Ich hoffe, daß wir früher oder später dem Flottenoberkommando unterstellt werden.«

Terlam Pappon trat vor. Der Farbige war über einhundertfünfzig Jahre alt und hatte früher für die USO gearbeitet. Er genoß innerhalb des Komitees eine gewisse Popularität, weil er behauptete, ein Nachkomme des legendären Raumschiffskommandanten Nome Tschato zu sein. Pappon sah noch relativ jung aus und besaß eine erstaunliche Vitalität.

»Sollten wir nicht ein Vorauskommando schicken, das sich in Gerona umsieht, Sir?«

»Nein!« lehnte Pontonac ab. »Das würde nur Zeit kosten. Wir gehen überhaupt kein Risiko ein, wenn wir alle losfliegen.«

Pappon schob den flachen Helm in den Nacken, so daß sein graues Kraushaar sichtbar wurde.

»Sie sind der Chef!«

»Ja«, sagte Pontonac. »So ist es. Weitere Fragen?«

»Ich möchte noch etwas wissen!« rief ein jüngerer Mann. Es war Keilschen Marous, Funker und Reporter. Früher hatte er Reportagen über die Flüge von Explorer-Schiffen geschrieben. Der Grund seiner Immunität war nicht bekannt, aber Pontonac vermutete, daß Marous auf einer der zahlreichen Welten, die er besucht hatte, immunisiert worden war. Leider war nicht mehr festzustellen, unter welchen Umständen das geschehen war, sonst hätte man zahlreiche Menschen vor der Verdummung retten können.

»Sprechen Sie!« forderte Pontonac den jungen Mann auf.

Keilschen Marous wirkte verlegen.

»Ich habe Verwandte in Barcelona«, sagte er. »Vielleicht ... vielleicht könnte ich bei dieser Gelegenheit ...«

»Barcelona ist niedergebrannt!« unterbrach Pontonac ihn schroff. »Sie werden kaum noch jemand von Ihrer Familie finden.«

Marous war verzweifelt. »Ich dachte ...«

Der Anblick des jungen Mannes erweichte Pontonac.

»Also gut! Sie haben zwei Tage Urlaub. Melden Sie sich zurück, wenn diese beiden Tage um sind.«

Marous bedankte sich überschwenglich und hob vom Boden ab.

»He!« rief Pontonac ihm nach. »Wissen Sie überhaupt, wohin Sie fliegen müssen?«

»Immer entlang der Küste«, antwortete Marous lachend, dann verschwand er im Nebel.

»Ich denke, das wäre alles!« rief Pontonac. »Wir fliegen los.«

Sie schalteten ihre Flugaggregate ein und hoben vom Boden ab.

»Nicht zu weit ausschwärmen!« rief der Oberst.

Er ertappte sich dabei, wie seine Blicke Sogmonth suchten. Ärgerlich über sich selbst, biß er sich auf die Unterlippe. Noch gab es keinen Grund, diesem Mann zu mißtrauen. Aber in Gerona würde er aufpassen müssen.

Vielleicht wäre es unter den gegebenen Umständen aber am besten gewesen, Verbindung mit Imperium-Alpha aufzunehmen. Doch Pontonac zögerte noch.

Als Holtogan Loga erwachte, war er in Schweiß gebadet. Der Meister der Fünfzig Ersten Sprecher spürte sofort, daß etwas mit ihm nicht in Ordnung war. Er hatte keine Schmerzen, aber es fiel ihm schwer, seine Gedanken in geordnete Bahnen zu lenken.

Der Anführer des Homo superior richtete sich in seinem Bett auf. Im Zimmer war es still. Das Fenster stand halb offen, der Vorhang war vom Luftzug aufgebläht.

Holtogan Loga lauschte in sich hinein. Er hatte gelernt, sich in sich selbst zu versenken, um Reaktionen seines Körpers zu erforschen. Langsam stand er auf und trat ans Fenster. Der Park, auf den er hinausblickte, war unverändert – und trotzdem: Etwas war über Nacht geschehen. Holtogan Loga hatte das Gefühl, daß er einen entsetzlichen Verlust erlitten hatte. Ein Schauer lief durch seinen Körper. Er hatte Angst!

Abrupt wandte er sich ab, ein zartgliedriger Mann mit weißen Haaren, der leicht gebeugt ging und mit den Füßen über den Boden schlurfte.

Seine Gedanken verwirrten sich erneut.

Er kehrte zum Bett zurück und ließ sich auf der Kante nieder. Eine Weile saß er mit geschlossenen Augen da. War es denkbar, daß er krank wurde, obwohl er nirgends in seinem Körper Spuren einer organischen Krankheit finden konnte?

Und seelisch? War seelisch alles mit ihm in Ordnung?

Er erhob sich und ging zur Tür. Nach kurzem Zögern öffnete er und streckte den Kopf in den Gang hinaus.

»Kartisch!« rief er leise. Ein junger Mann eilte herbei.

Holtogan Loga kniff die Augen zusammen. »Wo ist mein Tee?« erkundigte er sich.

Kartisch blieb stehen und blickte sich ratlos um. »Sie haben ihn *vergessen?«*

Es durchzuckte Holtogan Loga wie ein Stromstoß. Da war es wieder, dieses Gefühl, daß irgend etwas geschehen war.

Erst jetzt sah er, daß der junge Mann zitterte.

»Ich weiß nicht, was mit mir los ist«, stammelte Kartisch. »Ich fürchte, daß ich krank werde.«

Holtogan Loga machte eine kraftlos wirkende Bewegung.

»Holen Sie jetzt bitte den Tee.«

Er sah dem jungen Mann nach. War es ein Zufall, daß auch Kartisch verwirrt war? Oder war der Zustand, in dem sie sich offenbar beide befanden, Vorbote einer Krankheit?

Beunruhigt kehrte Loga in sein Zimmer zurück. Er zog die Vorhänge zurück und beugte sich aus dem Fenster. Die kühle Luft tat ihm gut. Unten im Park gingen zwei Frühaufsteher Seite an Seite über einen der kiesbeschütteten Wege und diskutierten miteinander. Es sah alles völlig normal aus.

Holtogan Loga strich sich über das Haar. Er würde die Wahrheit am schnellsten erfahren, wenn er sich mit den anderen unterhielt. Wenn sie ähnliche Symptome wie Kartisch und er aufwiesen, mußte die Sache untersucht werden.

Ein schrecklicher Verdacht erwachte in dem Meister der Ersten Sprecher. War es möglich, daß die Feinde des Homo superior Krankheitskeime in diesem Wohngebiet ausgesetzt hatten? Holtogan Loga dachte in erster Linie an dieses geheimnisvolle Rettungskomitee, das ihnen in letzter Zeit immer häufiger Schwierigkeiten bereitete. Aber es gab auch organisierte Banden, die einen wahren Krieg gegen den Homo superior führten.

Kartisch kam mit dem Tee. Er wirkte noch nervöser als zuvor.

»In der Küche!« sagte er verwirrt. »Mantran und Orbi Nashcon hatten nichts vorbereitet. Sie streiten sich.«

Dort also auch! dachte Holtogan Loga.

Er warf seinen Umhang über und verließ das Zimmer. Kartisch folgte ihm.

»Ihr Tee, Meister!«

»Ich brauche ihn jetzt nicht!« Loga rannte die Treppe hinab. Der Lift in diesem Gebäude war längst abgeschaltet worden. Für die Mitglieder des Homo superior gehörte er zu den schädlichen technischen Errungenschaften.

Das Büro, das eine Etage tiefer lag, war noch nicht besetzt.

Holtogan Loga sah, daß Kartisch noch bei ihm war.

»Rufen Sie alle Sprecher zusammen, die sich im Hause aufhalten!« befahl er. »Die anderen werde ich über Funk benachrichtigen.«

»Über Funk?« wiederholte Kartisch maßlos erstaunt.

»Besondere Probleme erfordern besondere Maßnahmen«, betonte Holtogan Loga. »Das bedeutet nicht, daß wir unseren Prinzipien untreu werden.«

Kartisch ging davon. Schon wenige Augenblicke später traf Mon Armig im Büro ein. Er gehörte zu den Fünfzig Ersten Sprechern.

»Was ist denn los?« erkundigte er sich. »Dein Assistent machte einen ziemlich aufgeregten Eindruck, wollte mir aber nicht sagen, worum es geht.«

Holtogan Loga betrachtete den anderen. »Wie geht es dir?«

»Was?« Armig war verwirrt. »Was soll diese Frage? Natürlich geht es mir gut.«

Holtogan Loga atmete unwillkürlich auf. *Also nicht alle!* dachte er erleichtert.

Doch das Unbehagen kehrte schnell wieder zurück. Vielleicht traf es die anderen erst später.

Armig merkte jetzt, daß mit dem Meister der Fünfzig Ersten Sprecher etwas nicht in Ordnung war.

»Du siehst schlecht aus!« stellte er fest. »Du denkst zuviel nach.«

»Das ist es nicht! Ich bin krank!«

»Krank?« Armig lächelte. »Das kann ich nicht glauben.«

Loga machte eine alles umfassende Bewegung.

»Es betrifft mich nicht allein. Auch Kartisch, mein Assistent, zeigt diese Krankheitssymptome. Und zwei Männer in der Küche. Sicher sind es noch mehr, die davon betroffen sind. Es könnte sein, daß eine Epidemie droht.«

Nun verlor auch Mon Armig seine Beherrschung.

»Das ist nicht wahr!«

»Wir werden sehen!« Holtogan Loga blickte zur Tür, wo soeben zwei andere Sprecher erschienen: Tarvus und Mandragan. Tarvus sah normal aus, aber Mandragans Gesicht war schweißbedeckt und gerötet. Er atmete schnell.

Loga senkte den Blick. »Wir müssen beratschlagen«, erklärte er den anderen. »Etwas stimmt nicht mit uns.«

»Wir hatten für heute andere Pläne«, versetzte Tarvus ungeduldig. Für ein Mitglied des Homo superior war er ungewöhnlich breitschultrig und muskulös. Er gehörte zu den Sprechern, die nichts dabei fanden, regelmäßig einen Gleiter zu benutzen. »Wir wollen die Gruppen für Australien zusammenstellen. Dort wurde bisher kaum etwas getan. Vor allem die noch intakten Kraftwerke von Sydney müssen demontiert werden.«

»Ich fürchte, daß Australien warten muß«, sagte Loga, während weitere Sprecher hereinkamen. »Armig wird die Besprechung leiten, während ich versuchen werde, mit allen Sprechern in Funkverbindung zu treten. Ich muß wissen, ob diese Erscheinungen auf unser Gebiet beschränkt geblieben oder überall aufgetreten sind.«

Er ging hinaus, ohne sich um die verständnislos blickenden Sprecher zu kümmern.

Die große Funkanlage befand sich in der ersten Etage des Gebäudes. Früher, erinnerte sich Holtogan Loga, hatten sich in diesem Haus Angestellte der General Cosmic Company aufgehalten. Es lag in der Nähe von Puppet, einer kleinen Stadt an der Westküste der ehemaligen USA. Für die Mitglieder des Homo superior war es ein ideales Quartier, weil es kaum technische Einrichtungen gab. Die Angestellten, die hier gearbeitet hatten, waren in erster Linie im Außendienst tätig gewesen und nur in unregelmäßigen Abständen in ihre Büros gekommen.

Loga betrat den Funkraum. Vanieoh hing im Sessel und drehte kaum den Kopf. Loga räusperte sich.

»Wie geht es Ihnen?«

Vanieoh gehörte nicht zum Homo superior, er war ein Verdummter, der gerade noch soviel Intelligenz besaß, um einfache Arbeiten für den Homo superior zu verrichten.

Er wartete vor der Funkanlage. Wenn Sendungen eintrafen, mußte Vanieoh einen der Fünfzig Ersten Sprecher benachrichtigen.

»Wie geht es Ihnen?« fragte Holtogan Loga erneut.

Der Verdummte gähnte und grinste. Dabei entblößte er ein paar schadhafte Zähne. Er trug einen Kordanzug, der mit Schnüren zusammengehalten wurde. Loga wunderte sich, daß ihm das ausgerechnet jetzt auffiel. Früher hatte er Vanieoh kaum beachtet.

»Mir geht es gut«, antwortete Vanieoh.

»Ich muß die Funkanlage bedienen«, erklärte Holtogan Loga. »Räumen Sie den Platz vor den Kontrollen.«

Vanieoh erhob sich nicht sofort, sondern beugte sich nach vorn. Es sah so aus, als würde er aufmerksam die Schalttafeln ansehen.

Holtogan Loga befahl ungeduldig: »Machen Sie Platz!«

Dann sah er, wie der Verdummte einen Arm ausstreckte und mit den Händen über die Kontrollen strich. Seine Hände kamen über dem Hauptschalter zur Ruhe. Dann schaute er Holtogan Loga fragend an.

Loga stand wie erstarrt. *Wußte* der Verdummte, wo die Anlage eingeschaltet wurde? Oder waren seine Bewegungen ein Zufall?

»Schalten Sie ein!« befahl Loga mit unsicherer Stimme.

Vanieoh hob ratlos die Schultern. Er stand auf. »Ich verstehe es nicht«, sagte er.

Diese deutliche Sprache! dachte Loga. Bisher hatte der Verdummte immer wie ein Kind gesprochen.

Der Weißhaarige gab sich einen Ruck. Das war ja lächerlich. Er durfte sich von ein paar unbedeutenden Ereignissen nicht aus der Ruhe bringen lassen.

»Ich will jetzt allein sein!« sagte er. »Gehen Sie!«

Er beobachtete, wie Vanieoh sich der Tür näherte und ohne Zögern den Öffner nach unten drückte. Auch das Schließen der Tür gelang dem Verdummten einwandfrei.

Kein Wunder! dachte Loga. Vanieoh benutzte diese Tür schließlich oft genug, um ihren Mechanismus zu verstehen. Man hätte sogar ein Tier zum Öffnen und Schließen dieser Tür dressieren können.

Er glaubte sich jedoch zu erinnern, daß Vanieoh vor ein paar Tagen noch Schwierigkeiten gehabt hatte, als Loga ihn hinausgeschickt hatte.

Ich bin überempfindlich! dachte Loga.

Er ließ sich vor der Funkanlage nieder. Bevor er sie einschalten konnte, ertönte ein Summen. Jemand versuchte, mit dieser Station in Verbindung zu treten.

Eine steile Falte erschien auf der Stirn des Meisters. Er schaltete auf Empfang und wartete. Der Bildschirm wurde hell. Holtogan Loga erkannte das Gesicht von Alliohyn Tankmeder, der ebenfalls zu den Ersten Sprechern gehörte und in Bombay tätig war.

»Holtogan Loga!« rief Tankmeder erleichtert. »Ich bin froh, daß ich mit dir sprechen kann.«

»Was gibt es?« fragte Loga.

»Meine Gruppe bereitet mir Schwierigkeiten!« berichtete Tankmeder hastig. »Wir hatten das Olgan-Kraftwerk in Angriff genommen. Doch die meisten arbeiten nur zögernd. Ein paar haben die Arbeit niedergelegt.«

Holtogan Loga schloß die Augen. Das war offenbar noch schlimmer, als er befürchtet hatte. Die Krankheit tauchte überall auf, in anderen Städten sogar schlimmer als in Puppet.

»Versuche trotzdem weiterzumachen!« ordnete Loga an. »Ich möchte eine Versammlung aller Sprecher einberufen. Es ist wichtig. Offenbar werden wir von einer unbekannten Krankheit bedroht.«

Tankmeder schüttelte wild den Kopf. »Ich habe ein paar meiner Mitarbeiter untersuchen lassen. Sie sind völlig in Ordnung.«

»Ja, ja!« Loga nickte. »Es ist am besten, wenn du einen Stellvertreter ernennst und sofort hierherkommst. Dann sprechen wir weiter. Ich muß jetzt die anderen unterrichten.«

Er unterbrach die Verbindung, obwohl Tankmeder offenbar noch etwas sagen wollte.

Eine Zeitlang saß er wie betäubt da, kaum, daß er einen vernünftigen Gedanken zu Ende führen konnte. Alle Überlegungen, die er produzierte, verwirrten sich, wurden zu unklaren Vorstellungen und unwirklichen Gedankenbildern.

Nur eines war ihm mit schmerzlicher Deutlichkeit bewußt: Die Neuen Menschen befanden sich völlig unerwartet in einer schweren Krise. Irgend etwas bedrohte die Vormachtstellung des Homo superior.

Holtogan Loga konnte nicht glauben, daß das Rettungskomitee dafür verantwortlich war. Die von einem Oberst Edmond Pontonac geführte Organisation besaß im Höchstfall 200 Mitglieder. Sie konnte nicht in allen Teilen der Welt gegen zwei Millionen Mitglieder des Homo superior arbeiten.

Im Unterbewußtsein hörte Loga das Funkgerät summen. Er schaltete auf Empfang.

Diesmal blieb der Bildschirm dunkel, aber Loga hörte eine erregte Stimme.

»Hier ist Parvantlin! Wer hört mich?«

»Holtogan Loga!«

»Der Meister! Ein Glück. Wir sind in Schwierigkeiten.«

»Ich weiß!« unterbrach Loga den Anrufer. »Ich werde jetzt einen Rundruf abstrahlen und alle Ersten Sprecher nach Puppet rufen. Es ist besser, wenn du auch kommst, Parvantlin.«

»Was ist überhaupt geschehen?« fragte Parvantlin.

»Das weiß niemand genau!« Holtogan Loga war in Gedanken bereits bei den nächsten Aktionen, die jetzt begonnen werden mußten. Er war froh, daß Parvantlin das Gespräch von sich aus unterbrach. Loga strahlte einen kurzen Rundspruch aus, in dem er alle Sprecher aufforderte, sofort nach Puppet zu einer wichtigen Zusammenkunft zu kommen. Er bemerkte dabei, wie schwer es ihm fiel, die wenigen Sätze richtig zu formulieren.

Als er den Funkraum verließ, um einen Assistenten hineinzuschicken, gaben seine Knie nach. Er mußte sich an der Tür festhalten. Sein Herz klopfte heftig. Zweifellos war das eine Folge der Aufregung, aber Loga verstand nicht, warum er seinen Körper nicht unter Kontrolle bekam.

Am Ende des Ganges stand Vanieoh und blickte aus dem Fenster. Loga zögerte.

Sollte er den Verdummten einer gründlichen Untersuchung unterziehen lassen, um festzustellen, was mit diesem Mann los war? Gab es einen Zusammenhang zwischen dem seltsamen Benehmen Vanieohs und der mysteriösen Krankheit, die zahlreiche Mitglieder des Homo superior befallen hatte?

Loga setzte sich in Bewegung, wobei er immer in der Nähe der Wand blieb, um sich bei einem erneuten Schwächeanfall stützen zu können.

Zwei jüngere Männer kamen aus einem der Büroräume. Sie stritten heftig miteinander. Es war zum erstenmal, daß Holtogan Loga so etwas beobachtete. Seine Bestürzung wuchs.

Was geschah mit ihnen?

Der Meister der Fünfzig Ersten Sprecher erreichte die Treppe und zog sich am Geländer hoch. Er kam schneller außer Atem. Doch er überwand seine Schwierigkeiten. Allmählich ging es ihm wieder besser. Er atmete auf. Vielleicht war alles nur eine vorübergehende Angelegenheit.

Als Loga den Raum betrat, wo sich die anderen inzwischen versammelt hatten, spürte er sofort die Unruhe, die dort herrschte. Mehrere Männer und Frauen versuchten gleichzeitig zu reden. Mon Armig war auf einen Tisch geklettert und versuchte vergeblich, die erregten Versammelten zu besänftigen.

Er erblickte Holtogan Loga und schaute ihn hilfesuchend an.

Loga erfaßte, daß sich einige der Anwesenden in einem schlimmen Zustand befanden. Sie hatten sich in eine unnatürliche Erregung gesteigert und schrien aufeinander ein. Das Auftauchen des Meisters brachte sie jedoch zur Besinnung.

Holtogan Loga trat in den kleinen Kreis, er hielt sich mühsam aufrecht.

»Ich bin bestürzt!« rief er aus. »Bestürzt und empört darüber, wie sich einige von uns benehmen. Es besteht überhaupt kein Anlaß für ein solch unwürdiges Verhalten.«

Alle sahen ihn an. Die Autorität, die er besaß, war ungebrochen. Es trat völlige Ruhe ein. Eine vierzigjährige Frau, die dunkle Ringe unter den Augen hatte, trat vor und sagte mit zitternder Stimme: »Sagen Sie uns, was geschehen ist, Meister. Warum sind viele von uns so plötzlich krank geworden?«

Armig kletterte vom Tisch herunter und trat neben den Weißhaarigen.

»Sie waren wie verrückt!« berichtete er leise. »Ich möchte wissen, was in sie gefahren ist. Unsere Projekte sind gefährdet, wenn das so weitergeht.«

»Diese Symptome«, sagte Loga ebenso leise, »sind bei Mitgliedern des Homo superior auf der gesamten Welt aufgetreten. Aus dem Weltraum liegen noch keine Berichte vor, aber wir können annehmen, daß unsere Freunde auf den anderen Welten ebenfalls von dieser rätselhaften Entwicklung betroffen sind.«

Armig war bei diesen Worten blaß geworden. »Was bedeutet das?«

Holtogan Loga antwortete nicht, sondern wandte sich an die anderen.

»Es besteht kein Grund zur Beunruhigung. Ich habe die Fünfzig Ersten Sprecher zu einer Konferenz hierherbestellt. Wir werden beraten, was zu tun ist. Bisher wissen wir nur, daß einige von uns sich in einem unerklärlichen Zustand befinden. Vielleicht ist es der Beginn einer Krankheit – vielleicht auch etwas anderes.« Er merkte plötzlich, daß er nicht weitersprechen konnte. Nicht, daß seine Stimmbänder den Dienst versagt hätten – es war sein Gehirn, das aufhörte, weitere Gedanken zu produzieren.

Nach einer Weile hatte Holtogan Loga sich wieder gefaßt und betrachtete die ernsten Gesichter seiner Freunde.

»Eine Krise zeichnet sich ab«, sagte er. »Wir müssen jetzt fester zusammenhalten als jemals zuvor.«

2.

Die Atmosphäre hektischer Betriebsamkeit herrschte innerhalb von Imperium-Alpha bei Tag und bei Nacht. Die Besatzung des terranischen Hauptquartiers in Terrania City kam selten zur Ruhe. Durch die Ankunft zahlreicher immuner Menschen in den vergangenen Monaten war die Zahl der Immunen auf tausend Frauen und Männer angewachsen. Die

Verantwortlichen hatten alle Hände voll zu tun, um die Lebensmittelversorgung der irdischen Bevölkerung aufrechtzuerhalten. Dazu gehörte vor allen Dingen, daß die Containerstraße von Olymp einwandfrei funktionierte. Außerdem mußte das Bandenunwesen bekämpft werden, damit Plünderungen von Vorratslagern verhindert werden konnten. Von Imperium-Alpha aus waren zahlreiche Immune in alle Teile der Welt aufgebrochen, um neue geordnete Gruppen zu bilden. Diese Zellkerne einer neuen Ordnung hatten sich nicht in allen Fällen bewährt, denn die Schwierigkeiten waren oft zu groß.

Es war ein zähes Ringen gegen das vollständige Chaos. Zwischen Imperium-Alpha und dem Homo superior herrschte eine Art Waffenstillstand. Beide Gruppen wußten, daß sie kaum Zeit hatten, sich um die andere Partei zu kümmern. Zwar versuchten Immune aus Imperium-Alpha immer wieder, Zerstörungen technischer Einrichtungen durch den Homo superior zu verhindern, doch dieser Widerstand beschränkte sich auf die wichtigsten Anlagen. Es blieb den Terranern von Imperium-Alpha nichts anderes übrig, als den Homo superior gewähren zu lassen. Hinzu kam noch, daß Perry Rhodans Befehle keinen Zweifel daran ließen, wie sich die Immunen auf Terra dem Homo superior gegenüber zu verhalten hatten.

Auch in seinen letzten Funknachrichten hatte Rhodan noch einmal darauf hingewiesen, daß er eine gewaltsame Lösung im Konflikt mit den Neuen Menschen ablehnte.

An all diese Dinge mußte Roi Danton denken, als er sein kleines Büro verließ, um an einer Besprechung mit den Kommandanten von Imperium-Alpha teilzunehmen.

Fünfzehn Monate waren seit Beginn der Katastrophe vergangen. Im Verlauf dieser Zeit hatte sich Dantons Aussehen verändert. Die jugendliche Frische war aus seinem Gesicht gewichen. Scharfe Linien hatten sich um Mund und Nase gebildet, die Augen waren gerötet und lagen in tiefen Höhlen. Das waren die Spuren der Anstrengung, der Preis für ein Leben in ständiger Konzentration. Dantons ehemals schlanke Figur wirkte jetzt eckig, er hatte zwölf Kilo abgenommen.

Im Korridor, der zur Zentrale führte, bestieg Rhodans Sohn einen kleinen Wagen. Vorüberkommende Besatzungsmitglieder beachteten ihn kaum, in Imperium-Alpha hatte niemand Zeit für überflüssige Gespräche.

Danton bog in einen größeren Korridor ein. Es war merkwürdig still hier unten, fast bedrückend. Eine abgeschlossene Welt, dachte Danton. Manchmal erschien es ihm als ungerecht, daß tausend Menschen in dieser sicheren Station leben konnten, während Milliarden Terraner an der Oberfläche ihres Heimatplaneten um ihr Leben kämpfen mußten.

Danton wurde von einem anderen Wagen eingeholt. Der Fahrer war

Major Stableen. Stableen trug eine tief in der Stirn sitzende Mütze. Sein Mund wurde von einem großen Schnauzbart bedeckt. Zusammen mit drei anderen Offizieren befehligte Stableen die Immunenzellen, die überall in der Welt tätig waren.

»Guten Morgen!« rief Stableen.

Danton grinste. »Ist denn Morgen?«

Der Major gab ebenfalls grinsend zurück: »Was weiß ich! Irgendwo auf der Welt ist Morgen. Und ich habe ein paar Stunden geschlafen, deshalb ist für mich jetzt Morgen.«

Sie hielten in der Nähe der Zentrale, unmittelbar vor dem Konferenzraum. Zwei bewaffnete Roboter standen neben dem Eingang, aber sie waren nicht aktiviert. Ein Mann in der Uniform der Solaren Flotte kam aus dem Konferenzzimmer.

Stableen nickte Danton zu. »Sehen Sie! Es gibt immer noch ein paar Menschen, die auf ihr Äußeres achten. Der Kerl hat sogar gebügelte Hosen.«

Am Eingang erwartete sie ein Assistent Deightons.

»Die Besprechung hat bereits begonnen«, informierte er die beiden Männer. »Sie und Major Stableen sind die letzten.«

Danton nickte nur. Gemeinsam mit Stableen betrat er den großen Raum, in dem leicht zweihundert Menschen Platz gefunden hätten. Jetzt waren hier nur siebzehn Männer und vier Frauen anwesend.

Deighton, der am Kopfende des langen Tisches saß und in Papieren wühlte, sah verloren aus. Die Bildschirme an den Wänden waren eingeschaltet, ebenso die Funkanlage. Die Decke bestand aus einem durchsichtigen Material, so daß man in den über diesem Zimmer liegenden Maschinenraum blicken konnte. Die Architekten dieser Station hatten nicht nur an Zweckmäßigkeit gedacht, sondern beim Bau auch gewisse Effekte erzielen wollen.

Von den im Konferenzzimmer versammelten Menschen blickte jedoch keiner zur Decke hinauf, um die bizarr geformten Grundplatten der über ihnen stehenden Maschinen zu betrachten. Längst hatten sie sich an diesen Anblick gewöhnt, denn es wurde fast jeden Tag eine Besprechung abgehalten.

Die Wände waren in einem hellen Braun gehalten und leicht gemasert, so daß es aussah, als wären sie mit Holz getäfelt. Farbige Tiefenbilder unterbrachen die glatten Flächen.

Jeder Sitzplatz war mit einer Schaltanlage ausgestattet, zu der eine Interkomausrüstung gehörte.

Deighton blickte auf. Der Abwehrchef fand ebenso wie Roi Danton kaum noch Ruhe. Auch sein Gesicht zeigte Spuren der ständigen Strapazen.

»Collins hat einen Antrag eingebracht«, verkündete Deighton ohne jede Vorrede. »Wir sollten uns seiner Ansicht nach mit dem sogenannten Rettungskomitee in Verbindung setzen. Vielleicht erklären Sie einmal selbst, was Sie vorschlagen wollen, Collins.«

Alle Blicke richteten sich auf Storman Collins, einen mittelgroßen Mann mit schlanken Händen und einem runden Gesicht. Collins gehörte wie so viele nicht zur Stammbesatzung von Imperium-Alpha, sondern war vom Raumhafen Terrania City gekommen.

Er stand auf.

»In letzter Zeit«, sagte er, »erhalten wir immer häufiger Berichte vom Eingreifen des sogenannten Rettungskomitees. Wir wissen inzwischen, daß diese Organisation von einem ehemaligen Flottenstützpunkt im Indischen Ozean aus operiert. Das kann nur bedeuten, daß zumindest die Befehlshaber dieser Gruppe Flottenoffiziere sind.«

»Worauf wollen Sie eigentlich hinaus?« rief jemand ungeduldig. »Was Sie erzählen, wissen wir alle.«

»Die Ziele des Rettungskomitees scheinen ebenfalls klar zu sein«, fuhr Collins unbeirrt fort. »Überall dort, wo diese Organisation auftaucht, versucht sie, das Wirken des Homo superior zu verhindern. Ein paarmal hatte sie dabei auch Erfolg. Wir wissen, daß das Rettungskomitee militärisch ausgerüstet ist und offensichtlich im Widerspruch zu den Befehlen Perry Rhodans handelt. Bisher haben wir uns aber nicht um diese Gruppe gekümmert. Wir dulden sie stillschweigend, weil wir wissen, daß sie viel Druck von uns nimmt. Ich persönlich bin gegen diese stillschweigende Übereinkunft.«

»Ich muß Sie unterbrechen!« rief Deighton. »Es besteht weder eine offene noch eine stillschweigende Übereinkunft. Das Problem des sogenannten Rettungskomitees hat sich noch nicht so aufgedrängt, daß wir es hätten lösen müssen.«

Collins lächelte nervös.

»Das haben Sie fein umschrieben!« Er nahm ein Blatt Papier vom Tisch. »Ich habe mir die Mühe gemacht, einmal alle Fälle aufzuschreiben, in denen das Rettungskomitee eingegriffen hat. Dabei gibt es noch eine beachtliche Dunkelziffer. Schließlich gehen wir von Imperium-Alpha gegen alle organisierten Banden vor. Mit der Duldung des Rettungskomitees aber legitimieren wir eine Art Konkurrenzunternehmen, das uns später einmal den Anspruch auf Führung streitig machen könnte.«

»Maybelle!« rief Deighton. »Sie wollten etwas sagen.«

Eine Farbige, die Danton gegenübersaß, beugte sich nach vorn. Sie war eine ehemalige USO-Spezialistin und arbeitete jetzt als Kommandantin im Beschaffungssektor Asien. Im Verhältnis zu den Kommandanten der anderen Sektoren hatte sie es leicht, aber ihre Aufgabe war immer noch schwer, wenn nicht sogar unlösbar.

»Ich wollte Storman fragen, was er für wichtiger hält: Jagd auf ein paar Einzelgänger zu machen oder sich um die Ernährung der Verdummten zu kümmern.«

Collins hieb mit der Faust auf den Tisch.

»Einzelgänger nennen Sie das? Ich behaupte, daß es sich um eine bestens ausgerüstete Gruppe handelt. Meine Nachforschungen haben ergeben, daß mindestens einhundertfünfzig Immune zu dieser Gruppe gehören. Menschen also, die besser für Imperium-Alpha arbeiten würden. Das beweist mir, daß die Anführer des Rettungskomitees mit lokkenden Parolen arbeiten. Vielleicht versprechen sie sogar mehr, als sie den Umständen nach versprechen dürften.«

»Das sind doch alles nur Vermutungen!« rief ein älterer Mann dazwischen.

Collins warf seine Unterlagen auf den Tisch. »Sehen Sie sich doch alles an, dann werden Sie feststellen, ob es tatsächlich nur Vermutungen sind.«

»Mein Beschaffungssektor wird niemanden abstellen, der sich um das Rettungskomitee kümmern muß«, erklärte Maybelle entschieden.

Deighton schaute auffordernd zu Danton. »Es sieht so aus, als müßten wir uns tatsächlich um das Rettungskomitee kümmern.«

»Ja«, sagte Danton widerwillig. Er war diesem Problem bisher immer ausgewichen, denn seine Lösung würde zusätzlichen Ärger bedeuten. Danton gestand sich ein, daß er mit den Aktivitäten des Rettungskomitees oft genug sympathisiert hatte. Irgend jemand mußte dem Homo superior schließlich zeigen, daß er nicht alles, was die Menschen sich erschaffen hatten, ungestört vernichten durfte.

»Wir wollen das Problem auf übliche Weise lösen«, sagte Deighton. »Wir werden abstimmen. Wer dafür ist, daß wir uns um das Rettungskomitee kümmern sollten, den bitte ich um Stimmabgabe.«

Auf dem Zahlensockel vor Deightons Platz leuchtete die Zahl Vierzehn auf. Erstaunt sagte er: »Die Mehrheit!«

Danton unterdrückte eine Verwünschung. Das hatte gerade noch gefehlt.

Storman Collins ließ sich auf seinem Platz nieder. Er sah zufrieden aus. Maybelle verließ demonstrativ das Verhandlungszimmer.

Wir sind alle leicht reizbar und aggressiv geworden, dachte Danton bedauernd.

»Also gut!« Deighton schob ein paar Papiere von sich. »Roi und ich werden die nötigen Schritte unternehmen und Ihnen demnächst die ersten Ergebnisse vorlegen. Kommen wir jetzt zum ...«

»Halt!« unterbrach ihn Collins. »Damit bin ich nicht einverstanden. Was heißt überhaupt ›demnächst‹?«

»Zum frühestmöglichen Zeitpunkt«, erläuterte Deighton verdrossen.

»Das genügt mir nicht, es ist mir zu vage. Ich beantrage, daß Sie in sechs Tagen den ersten Bericht vorlegen.«

»Meinetwegen«, sagte Deighton widerwillig. »In sechs Tagen.« Wieder schaute er zu Danton. »Machen wir jetzt weiter«, sagte er dann. »Ich verlese die vorliegenden Berichte der Immunenzellen.«

Bevor er damit beginnen konnte, summte sein Interkom.

»Was ist jetzt wieder los?« fragte er wütend. »Ich wollte nicht gestört werden.«

»Die Ortungszentrale hat sich gemeldet, Deighton!« sagte eine unpersönlich wirkende Stimme. »Drei geheimnisvolle Gestalten bewegen sich am Rand des Schutzschirms von Imperium-Alpha.«

»Drei!« wiederholte Deighton ungläubig. »Deshalb lassen Sie die Konferenz stören?«

»Es wäre besser, wenn Sie mit Danton nach oben kämen, um sich die Sache anzusehen«, kam die Stimme aus dem Lautsprecher.

Deighton wurde ungeduldig. »Sagen Sie mir endlich, was oben vorgeht!«

»Es handelt sich offenbar um drei Verdummte. Sie benehmen sich merkwürdig.«

»Merkwürdig?« Jetzt hatte Danton seinen Interkom eingeschaltet und sprach mit der Ortungszentrale von Imperium-Alpha. »Erklären Sie das.«

»Sie benehmen sich nicht, wie man es von Verdummten erwarten könnte.« Der Sprecher suchte offenbar nach den richtigen Worten. Es fiel ihm schwer, das Verhalten der Unbekannten zu erklären.

»Wir kommen!« entschied Danton.

»Nun gut!« Deighton schob die vor ihm liegenden Papiere auf einen Stapel zusammen. »Knanmahl, Sie leiten inzwischen die Besprechung. Verlesen Sie bitte die Berichte der Immunen!«

Danton und Deighton, die beiden Männer, deren Aufgabe es war, die verdummte Erdbevölkerung zu retten, verließen den Konferenzraum. Draußen auf dem Korridor blieb Deighton stehen und schob eine Haarsträhne aus der Stirn.

»Manchmal«, sagte er, »möchte ich alles hinwerfen und mich auf einen einsamen Planeten zurückziehen.«

»Das bringen *Sie* doch nicht fertig.«

»Da haben Sie allerdings recht. Kommen Sie, Roi. Sehen wir nach, was oben los ist.«

Sie begaben sich zum nächsten Antigravschacht und schwebten bis zur ersten Ebene hinauf, wo die Ortungszentrale untergebracht war. Im allgemeinen kamen nur noch wenige Verdummte in das Gebiet von Imperium-Alpha.

Längst waren alle Schutzschirme in Ordnung gebracht worden und schirmten den gesamten Sektor ab. Die Verdummten fürchteten die strahlenden Kuppeln und hielten sich ihnen fern. Ab und zu erschienen ein paar Banditen in der Nähe, aber sie waren klug genug, keinen Angriff zu riskieren.

Das Gebiet um Imperium-Alpha wirkte wie ausgestorben, obwohl einzelne Stadtteile von Terrania City inzwischen wieder besiedelt worden waren.

Danton betrat die Ortungszentrale ohne besonderes Interesse. Er glaubte nicht an sensationelle Neuigkeiten. Sie wurden von Major Abraham begrüßt.

»Es tut mir leid, daß ich die Konferenz stören ließ, aber die Angelegenheit erscheint mir wichtig genug.« Er führte Danton und Deighton zwischen Positroniken und Schaltanlagen hindurch zu den Bildschirmen der Außenbeobachtung. »Da!« rief er und deutete auf einen Bildschirm. »Das sind die drei!«

Danton sah drei armselig gekleidete Männer, die im Westen von Imperium-Alpha vor dem Schutzschirm standen. Sie schienen zu überlegen. Sie hatten offenbar keine Angst.

Sie bewegten sich wieder. In einem Sicherheitsabstand von mehreren Metern gingen sie am Schirm entlang.

»Vielleicht sind es keine Verdummten«, überlegte Danton.

»Doch!« sagte Abraham mit Bestimmtheit.

Wieder blieben die drei Fremden stehen.

»Sie diskutieren!« stellte Deighton fest.

»Ihre Unschlüssigkeit beweist, daß es keine Immunen sind«, sagte Abraham. Er deutete auf die lange Reihe von Kontrollsesseln, die alle besetzt waren. »Wir beobachten sie schon seit einer Stunde. Ah!«

Sein letzter Ausruf galt wieder den drei Männern, die jetzt vor einer aus dem Boden ragenden Säule standen.

»Eine Rufsäule!« stellte Danton fest. »Früher konnte sie von jedem benutzt werden.«

»Sie probieren an den Schaltern herum«, sagte jemand.

Von der anderen Seite des Raumes kam ein großer schlanker Mann. Danton kannte ihn. Es war Pellayron, der einzige immune Galakto-Psychologe in Imperium-Alpha.

»Ich habe Don Pellayron gerufen, weil ich mir dachte, daß es ihn interessieren würde«, erklärte Abraham aufgeregt.

»Ja«, bestätigte Pellayron. Er lehnte sich gegen die Verkleidung eines Datenspeichers. Seine dichten Augenbrauen ließen ihn finster wirken, aber er hatte Lachfältchen um die Augen und eine sanft klingende Stimme. Beim Sprechen machte er unauffällige Gesten mit der rechten Hand.

»Was halten Sie davon, Doc?« erkundigte sich Danton.

»Es sind zweifellos drei Verdummte«, sagte Pellayron. »Ich beobachte sie jetzt etwa zwanzig Minuten. Aber etwas fällt mir an ihnen auf: Sie haben die für die Verdummten typische Stupidität verloren. Das beweist schon die Tatsache, daß sie sich für die Rufsäule interessieren, auch wenn sie sie nicht bedienen können.«

Deighton faßte einen Entschluß. »Wir holen die drei Männer herein und versuchen festzustellen, was mit ihnen los ist.«

»Das heißt, daß wir sie gefangennehmen«, verbesserte Abraham.

Deighton winkte ab. »Nennen Sie es, wie Sie wollen.«

Abraham grinste und schaltete einen Interkom ein, um die entsprechenden Anweisungen zu geben. Bereits wenige Augenblicke später sahen die Beobachter in der Ortungszentrale, wie sich auf der Erdoberfläche eine flache Kuppel teilte. Drei flugfähige Roboter und ein mit einem Schutzanzug ausgerüsteter Mann wurden sichtbar. Sie flogen durch eine Strukturschleuse des Schutzschirms und näherten sich den drei Männern, die beim Anblick der Roboter die Flucht ergreifen wollten. Die Roboter setzten ihre Paralysestrahler ein.

Danton sah, wie die drei Männer zu Boden sanken und von den Robotern aufgehoben wurden. Der Mann im Schutzanzug gab ein paar Befehle. Wenige Sekunden später flogen die Roboter mit den drei Gefangenen in Richtung Imperium-Alpha zurück. Der Immune folgte.

Abraham schaltete den Bildschirm aus und schaute auf die Uhr.

»Kümmern Sie sich um die Sache, Pellayron!« befahl Deighton. »Wir kehren ins Konferenzzimmer zurück. Rufen Sie uns, wenn es erste Ergebnisse gibt.«

Pellayron hastete davon.

»Es tut mir wirklich leid, daß ich Sie gestört habe«, beteuerte Abraham nochmals.

Deighton winkte Danton. »Stellen Sie sich einmal vor, *alle* verdummten Menschen hätten ihre Stupidität verloren«, sagte er draußen im Korridor zu Danton.

»Daran glaube ich nicht«, erwiderte Rhodans Sohn.

Die blassen Gesichter der drei Verdummten bildeten einen scharfen Kontrast zu den mit Samt überzogenen Wänden des Behandlungsraumes. Indirektes Licht spendete gerade genug Helligkeit, um Danton sehen zu lassen, daß die drei Männer abgemagert und schmutzig waren. Ihre Blicke waren unstet. Sie fürchteten sich.

Pellayron lehnte mit dem Rücken gegen einen Medikamentenschrank. Unbewußt dachte Danton daran, daß der Galakto-Psychologe sich immer irgendwo anlehnte, wenn er sich nicht gerade bewegte.

»Deighton ist oben geblieben«, erklärte Danton. »Er spricht noch mit den Kommandanten über Stufe Drei des Versorgungsprogramms.«

Die Gefangenen saßen in bequemen Sesseln, aber sie wirkten alles andere als entspannt. Der Behandlungsraum lag in der untersten Ebene von Imperium-Alpha. Ganz in der Nähe lagen die Krankenstationen, die mit immunen Ärzten und Medo-Robotern besetzt waren.

Pellayron stieß beide Hände so tief in seine Kitteltaschen, als wolle er das Futter durchbohren.

»Das sind Necsmith, Fargoner und Chil-Anjon«, stellte er Danton die Gefangenen vor. »Sie stehen unter einem leichten Schock, aber Sie können mit ihnen sprechen.«

Danton kam sich ein bißchen hilflos vor. Schließlich machte er einen Schritt auf die drei Männer in den Sesseln zu. »Wie geht es Ihnen?«

Sie sahen ihn an. Irgendwie erinnerten sie Danton an gefangene Tiere. Begriffen sie überhaupt, was hier vorging?«

»Niemand hat etwas Schlimmes mit Ihnen vor«, versuchte Danton die Männer zu beruhigen. »Wir wollten nur herausfinden, was Sie dort oben taten.«

»Wir ... wir haben uns umgesehen«, stammelte jener, den Danton für Fargoner hielt.

»Das ist Fargoner«, erläuterte Pellayron, der Dantons Gedanken zu erraten schien. »Er ist Bildhauer und zweifellos der intelligenteste unserer Freunde. Aber eines haben diese drei Männer gemeinsam: Sie sind nicht so stupid wie die Verdummten, mit denen wir es bisher zu tun hatten. Das bedeutet nicht, daß sie ihre ursprüngliche Intelligenz zurückgewonnen hätten. Aber der Schleier des Vergessens hat sich bei ihnen gelüftet.«

»Wodurch?« fragte Roi spontan.

»Wenn ich das herausfinden könnte, wären wir viele unserer Sorgen los. Vielleicht ist es eine allgemeine Erscheinung.«

Danton hielt den Atem an. »Halten Sie das für möglich?«

»Ja«, sagte der Galakto-Psychologe. »Ich habe mich mit den drei Männern unterhalten. Sie sagten gemeinsam aus, daß sie feststellten, daß irgend etwas nicht in Ordnung war. Deshalb kamen sie hierher, weil sie sich hier offenbar Aufklärung und Hilfe erhofften. Das ist ...« Er wurde durch das Summen des Interkoms unterbrochen und verschwand im Nebenraum.

Danton ging ihm nach und sah ihn gegen die Wand gelehnt in das Mikrophon des Interkoms sprechen.

»Ja«, sagte er gerade. »Danton ist hier.« Er drehte sich um. »Deighton! Er will mit Ihnen sprechen.«

»Roi!« rief Deighton. »Blicken Sie sich um, ob Sie nicht in einem Raum mit flacher Decke stehen, denn Sie werden jetzt gleich einen Satz machen. Ich habe gerade eine Nachricht erhalten und erfahren, wer der Anführer des Rettungskomitees ist.«

»Spannen Sie mich nicht auf die Folter.«
»Oberst Edmond Pontonac!«
Danton stieß einen Pfiff aus.
»Noch etwas«, fuhr Deighton fort. »Oben sind wieder Verdummte aufgetaucht. Diesmal über sechzig. Sie benehmen sich nach Abrahams Aussage nicht viel anders, als unsere drei Freunde es getan haben.«
In diesem Augenblick erlebte der Galakto-Psychologe Pellayron, der Spontaneität und Freudenausbrüche gewohnt war, eine Überraschung. Danton sprang auf ihn zu und umarmte ihn.
»Haben Sie gehört? Es betrifft alle! Alle Verdummten haben ihre Stupidität verloren.«
Pellayron blickte sich suchend um und machte ein paar Schritte bis zum Türrahmen zurück, wo er sich anlehnen konnte.
»Vergessen Sie nicht, was ich Ihnen gesagt habe. Es bedeutet nicht, daß die Verdummung völlig aufgehoben ist.«
Doch Danton hörte ihn nicht mehr. Er war schon draußen. Endlich hatten sie in Imperium-Alpha das, was sie brauchten, um weiter für die Rettung der Menschen kämpfen zu können: Hoffnung!

3.

Auf einem Wagen saßen vier Vertreter des Homo superior und beobachteten hundert Verdummte, die damit beschäftigt waren, ein Maisfeld von Unkraut zu säubern. Vor dem Wagen stand ein Pferd. Es bewegte den Schwanz, um die Fliegen zu verjagen, von denen es gequält wurde. Die Arbeiter, die Männer auf dem Wagen und das Pferd waren nicht die einzigen Wesen, die sich im Maisfeld aufhielten.
Etwa hundert Meter vom Wagen entfernt kauerten sechs bewaffnete Männer in einer Bodensenke und beobachteten, was in ihrer Nähe geschah. Einer der Männer war Edmond Pontonac, ein anderer Sogmonth.
Auch die vier übrigen gehörten zum Rettungskomitee. Weiter hinten, zwischen Korkeichenbäumen, standen vier große Kampfroboter.
Sogmonth hob den Kopf und spähte über den Rand der Senke.
»Da sind sie!« sagte er mit haßerfüllter Stimme. »Greifen wir an und befreien die versklavten Menschen.«
Pontonac legte eine Hand auf den Rücken des untersetzten Mannes.
»Ich gebe die Befehle. Wir warten und beobachten noch. Ich will sicher sein, daß wir keine Fehler begehen. Außerdem werden wir uns

darauf beschränken, die vier Mitglieder des Homo superior gefangenzunehmen und zu verhören. Später lassen wir sie wieder frei.«

»Und was geschieht mit den Sklaven?« fragte Sogmonth.

Pontonac schüttelte ärgerlich den Kopf.

»Das sind keine Sklaven, Sogmonth. Es sind Verdummte, die vom Homo superior ausgenutzt werden. Sicher denkt der Homo superior sogar, daß er diesen Menschen einen Gefallen erweist.«

»Menschen, die Mais- und Kartoffelfelder praktisch mit den Händen bestellen müssen, sind nichts anderes als Sklaven«, gab Sogmonth zurück.

Die wilde Entschlossenheit Sogmonths machte Pontonac unsicher. Er wollte diese Sache auf seine Weise regeln, aber Sogmonth war ein viel zu unsicherer Faktor, als daß Pontonac gewiß sein konnte, daß alles so verlaufen würde, wie er es sich vorstellte.

Sie beobachteten weiter. Ab und zu stand einer der vier Neuen Menschen im Wagen auf und rief einen Befehl.

Pontonac drehte sich um und blickte in Richtung der Stadt hinüber. Auch Gerona hatte die Katastrophe nicht unbeschadet überstanden, obwohl die meisten Städter bereits unmittelbar nach der Verdummungswelle aufs Land gezogen waren. In Gerona war es zu Bränden und Plünderungen gekommen, eines der großen Kraftwerke im Süden der Stadt war explodiert. Nun war der Homo superior gekommen, um die letzten funktionsbereiten Maschinenanlagen zu demontieren und die Verdummten zum Anbau von Kartoffeln und Mais zu bewegen.

Pontonac wußte, daß es in Gerona eine Zentrale des Homo superior gab. Dort hielten sich etwa sechzig Neue Menschen auf. Sogmonth hatte vorgeschlagen, die Zentrale anzugreifen und zu vernichten, doch der Oberst war nicht darauf eingegangen.

»Keiner der vier Männer drüben auf dem Wagen darf entkommen!« sagte Pontonac zu seinen Begleitern. »Sie würden ihre Freunde warnen. Wir wollen hier alles schnell erledigen, damit wir weitermachen können.« Er hob einen Arm. »Wir fliegen los! Die Kampfroboter bleiben für den Fall zurück, daß wir angegriffen werden.«

Pontonacs Männer hatten das gesamte Feld umstellt. Eine Flucht der vier Mitglieder des Homo superior war damit weitgehend ausgeschlossen.

Pontonac hob einen Arm. »Los!« befahl er.

Als die sechs Männer aus der Senke flogen, geschah auf dem Maisfeld etwas Merkwürdiges. Wie auf ein geheimes Kommando hörten die Verdummten plötzlich auf zu arbeiten.

»Halt!« befahl Pontonac sofort. »Zurück in Deckung.«

»Weshalb das?« protestierte Sogmonth.

»Kommen Sie zurück!« rief Pontonac scharf.

Der andere gehorchte nur widerstrebend.
»Wir warten, was jetzt geschieht«, sagte Pontonac, als sie wieder nebeneinander in der Senke lagen. »Etwas ist nicht in Ordnung.«
Sie sahen, wie einer der Neuen Menschen vom Wagen sprang und sich den Verdummten näherte, die die Arbeit unterbrochen hatten.
»Was ist los?« rief der Homo superior. »Warum macht ihr nicht weiter? Was soll das Geschwätz während der Arbeit? Das Feld muß bis heute abend sauber sein!«
Die Verdummten bildeten kleine Gruppen und begannen heftig zu diskutieren. Pontonac traute seinen Augen nicht. So etwas hatte er bei Verdummten noch nicht erlebt. Was bedeutete das?
Jetzt verließen auch die drei anderen Mitglieder des Homo superior ihren Platz auf dem Wagen, um sich um die Feldarbeiter zu kümmern. Aber alle Befehle wurden mißachtet.
»Man könnte glauben, die Verdummten wären plötzlich vernünftig geworden«, bemerkte Alpher Creek, der mit in der Senke kauerte.
»Unsinn«, sagte Sogmonth. »Wir sollten sofort angreifen.«
Pontonac reagierte nicht darauf. Voller Interesse beobachtete er, wie sechs der Verdummten sich von den anderen entfernten und zum Rand des Maisfeldes gingen.
Da er sicher sein konnte, daß weder die Verdummten noch die Neuen Menschen Peilgeräte bei sich trugen, schaltete Pontonac sein Armbandsprechgerät ein.
»Hier ist Pontonac!« meldete er sich. »Carpino, hören Sie mich?«
»Hier ist Carpino!«
Pontonac wußte, daß der ehemalige Leutnant der DRUUPBOIDEN mit fünf Männern versteckt an jener Stelle lag, auf die sich die sechs Verdummten zubewegten.
»Sechs Verdummte kommen auf Ihr Versteck zu!« sagte Pontonac. »Ich muß genau wissen, was sie vorhaben.«
»Was ist überhaupt passiert?« wollte Carpino wissen. »Was ist in die Verdummten gefahren, warum benehmen sie sich so merkwürdig?«
»Das wissen wir noch nicht«, gab Pontonac zu. »Aber wir hoffen, daß wir es herausfinden können.«
Er verlor die sechs Verdummten aus den Augen. Noch immer bemühten sich die vier Mitglieder des Homo superior darum, die anderen Männer und Frauen zur Aufnahme der Arbeit zu bewegen. Aber sie hatten keinen Erfolg. Die Verdummten stießen ihre Wächter zurück, wenn sie zu nahe herankamen. Schließlich schienen die vier Neuen Menschen einzusehen, daß sie nichts ausrichten konnten, und gingen zum Wagen zurück.
Die Verdummten unterhielten sich. Einzelne gestikulierten heftig mit den Armen. Niemals zuvor hatte Pontonac eine derart erregte Diskussion bei Verdummten beobachten können.

»Hier am Feldrand stehen drei Traktoren, die bestimmt schon über ein Jahr nicht mehr benutzt worden sind«, meldete sich Carpino. »Es sieht ganz danach aus, als würden sich die Verdummten dafür interessieren.«

Das war für Pontonac eine neue Überraschung.

»Bleiben Sie mit den anderen hier!« befahl er Alpher Creek. »Sogmonth und ich sehen nach, was dort drüben geschieht.«

Sogmonth folgte ihm widerwillig, aber er widersprach nicht.

Die beiden Männer flogen dicht über dem Boden, so daß sie vom Maisfeld aus nicht gesehen werden konnten. Links vor ihnen standen ein paar kuppelförmige Gebäude, Silos aus der Zeit vor der Katastrophe. Dort war auch die zentrale Bewässerungsanlage für dieses Gebiet untergebracht. Sie war vom Homo superior nicht zerstört worden.

Pontonac und Sogmonth erreichten das Versteck, wo sich Carpino mit seinen Begleitern verborgen hielt. Der junge Leutnant war ein großer, kräftig gebauter Mann mit blonden Haaren und dunkelbraunem Gesicht. Vor Jahren hatte er einmal an der Moiwperschen Raumkrankheit gelitten und sich offenbar nicht rechtzeitig behandeln lassen, denn seine Haut wies tiefe Narben auf.

Carpino winkte dem Obersten zu. »Dort drüben!« sagte er und deutete auf eine Lichtung zwischen den Korkeichenbäumen.

Pontonac fühlte sich von einer seltsamen Erregung befallen. Er ahnte, daß entscheidende Dinge geschahen.

Die drei Traktoren, von denen Carpino gesprochen hatte, standen zwischen den Bäumen. Wahrscheinlich waren sie seit Beginn der Katastrophe unberührt geblieben. Die Unwetter, die in den ersten Monaten auf der Erde getobt hatten, waren dafür verantwortlich, daß die drei Maschinen mehr oder weniger mitgenommen aussahen.

Doch das war jetzt weniger interessant. Was Pontonac beeindruckte, war die Tatsache, daß die sechs Verdummten die drei Traktoren umstanden und offenbar beratschlagten, was sie damit anfangen konnten.

Schließlich trat einer der Männer vor und berührte die Motorverkleidung einer Maschine. Das war für die fünf anderen wie ein Signal. Sie kletterten auf die Traktoren und untersuchten die hervorstehenden Teile. Auch an den Schaltungen machten sie sich zu schaffen. Obwohl sie nicht in der Lage zu sein schienen, eine Maschine in Gang zu bringen, versuchten sie es.

»Das sind keine verdummten Menschen mehr«, stellte Carpino fest. »Sie interessieren sich für diese Maschinen, die sie in den vergangenen fünfzehn Monaten nicht einmal angesehen haben.«

»Trotzdem haben die Verdummten ihre ursprüngliche Intelligenz nicht zurückgewonnen!« wandte Sogmonth ein. »Es wäre sonst leicht für sie, die Schaltungen der Maschinen zu begreifen.«

»Das ist richtig!« stimmte Pontonac zu. Er hielt sich mit einer Hand an einem Ast fest und beobachtete weiter, was auf der Lichtung geschah. »Wir müssen wissen, ob dieses Phänomen auf dieses Gebiet beschränkt ist oder überall auf der Welt auftritt. Deshalb werden wir unsere Operation abbrechen und zu unserem Stützpunkt zurückkehren.«

Sogmonth knirschte hörbar mit den Zähnen. »Damit bin ich nicht einverstanden! Wir sind aufgebrochen, um die Vorhaben des Homo superior in Europa zu sabotieren. Es besteht kein Grund, diese Operation abzubrechen.«

Wieder hörte Pontonac den unbändigen Haß des ehemaligen Majors aus dessen Stimme heraus. Der Oberst zwang sich zur Ruhe. Er durfte sich mit Sogmonth nicht streiten.

»Es ist eine neue Situation eingetreten«, blieb er gelassen. »Bevor wir nicht wissen, was los ist, hat ein weiteres Eingreifen des Rettungskomitees keinen Sinn.«

»Da bin ich völlig anderer Ansicht!« protestierte Sogmonth. »Aber ich bin gespannt zu erfahren, was Sie jetzt vorhaben.«

»Wir nehmen zwei oder drei Verdummte mit in unseren unterseeischen Stützpunkt«, kündigte Pontonac an. »Dort werden wir sie untersuchen, um herauszufinden, was mit ihnen geschehen ist.«

»Und der Homo superior?«

Pontonac winkte ab. »Der ist jetzt nicht so wichtig.«

In Sogmonths Gesicht ging eine Veränderung vor. Pontonac sah deutlich, wie es in diesem Mann arbeitete.

»Lassen Sie mir die Hälfte der Männer hier zurück, damit ich unsere Mission beenden kann.«

»Nein«, lehnte Pontonac ab.

Sogmonth ballte die Hände zu Fäusten.

»Sie sind nicht allein verantwortlich, Oberst! Wir arbeiten gemeinsam an diesem Projekt. Ich werde die Komiteemitglieder fragen, wer in Zukunft bei mir bleiben will.«

Pontonac war machtlos dagegen. So, wie er das Rettungskomitee gegründet hatte, konnte Sogmonth versuchen, eine eigene Gruppe aufzustellen. Pontonac dachte voller Erbitterung daran, wie Sogmonth arbeiten würde. Der von einem unverständlichen Haß angetriebene Mann würde mit Waffengewalt gegen die Neuen Menschen vorgehen und sie überall töten, wo er sie antraf.

Das mußte unter allen Umständen verhindert werden. Nicht nur, weil Sogmonth seine Verbrechen im Namen des Rettungskomitees begehen würde, sondern weil er rücksichtslos und brutal war.

»Ja«, bekräftigte Sogmonth seine Entscheidung. »Ich arbeite nicht mehr mit Ihnen zusammen, Oberst.«

Pontonac faßte einen schnellen Entschluß. Er zog seinen Strahler und richtete ihn auf den untersetzten Mann.

»Sogmonth, Sie sind verhaftet!«

Sogmonth wurde blaß. »Sie können mich nicht verhaften. Dazu haben Sie kein Recht.«

»Das ist mir gleichgültig. Carpino, entwaffnen Sie ihn.«

Der ehemalige Leutnant der DRUUPBOIDEN zog die Handfeuerwaffen aus Sogmonths Kombinationsgürtel. Sogmonth stand mit gesenktem Kopf da; im Augenblick war er nicht in der Lage, irgend etwas zu tun, aber Pontonac war sich darüber im klaren, daß er sich einen unversöhnlichen Gegner geschaffen hatte, der bei nächster Gelegenheit zurückschlagen würde.

»Sie sind für ihn verantwortlich, Carpino«, sagte Pontonac zu dem jungen Raumfahrer. »Bewachen Sie ihn. Sie müssen damit rechnen, daß er einen Fluchtversuch unternehmen wird.«

»Er wird mir nicht entkommen«, versprach der Leutnant.

Bevor Pontonac weitere Entscheidungen treffen konnte, meldete sich Alpher Creek über Sprechfunk.

»Kommen Sie zurück, Pontonac!« rief der Arzt. »Mit den vier Neuen Menschen im Wagen geschehen merkwürdige Dinge.«

Pontonac nickte Carpino zu und flog in die Senke zurück, wo Creek und die anderen warteten. Er blickte zum Wagen hinüber. Die vier Mitglieder des Homo superior saßen auf dem Holzgatter und schauten auf den Boden. Sie bewegten sich nicht.

»In dieser seltsamen Haltung verharren sie schon ein paar Minuten.« Er blickte beunruhigt zu den Korkeichen hinüber. »Wo bleibt denn Sogmonth?«

»Ich habe ihn verhaftet«, sagte Pontonac entschieden.

Der Mediziner stellte keine weiteren Fragen, aber er sah sehr erleichtert aus.

Pontonac blickte zum Wagen hinüber. Er hatte schon davon gehört, daß ein Homo superior stundenlang meditieren konnte, aber er glaubte nicht, daß die vier Männer auf dem Wagen ausgerechnet jetzt damit beginnen würden. Ihr Verhalten mußte sich anders erklären lassen.

»Sie scheinen jedes Interesse an den Verdummten verloren zu haben«, bemerkte Pappon, der ebenfalls in der Senke lag.

»Hm!« machte Pontonac nur. Er hatte ein Gefühl, als würden seine Prothesen jucken, aber das war natürlich Einbildung. Immer wenn er intensiv nachdachte, glaubte er wieder im Besitz seiner Beine zu sein. Er wußte, daß dies eine Reaktion der Nerven war.

Nach einer halben Stunde bewegten sich die vier Neuen Menschen wieder. Umständlich, als wären sie völlig geistesabwesend, kletterten sie vom Wagen. Sie sprachen nicht miteinander, schienen aber ein gemeinsames Ziel zu haben.

»Sie verlassen das Maisfeld«, stellte Creek fest.

»Wir folgen ihnen!« bestimmte Pontonac. »Creek, Sie bleiben zurück und stellen eine Gruppe zusammen, die zwei oder drei Verdummte gefangennimmt.«

»Was haben Sie vor?« fragte Alpher Creek.

Pontonac erklärte es ihm, dann verließ er mit vier Männern die Senke, um den Neuen Menschen zu folgen. Die Männer in ihren langen Gewändern, die die verdummten Feldarbeiter bewacht hatten, bewegten sich nur langsam. Sie gingen in Richtung der Stadt. Pontonac nahm an, daß sie zu ihrem Stützpunkt zurückkehren wollten.

Nach einer Weile erreichten die beiden Gruppen eine mit Kunststoff überzogene Straße, die quer durch die Felder führte.

Pappon machte Pontonac auf eine Gruppe von Arbeitern aufmerksam, die am Straßenrand standen, und heftig diskutierten.

»Überall das gleiche Phänomen!« sagte Pontonac. »Ich möchte wissen, was geschehen ist.«

»Vielleicht finden wir eine Antwort in der Stadt«, hoffte der alte Farbige.

Aus dieser Entfernung sah Gerona unberührt aus, doch Pontonac wußte, daß dieser Eindruck täuschte. Wie überall auf der Welt gab es auch in dieser Stadt zerstörte Gebäude, ausgebrannte Hallen und eingestürzte Hochstraßen. Nach vorliegenden Berichten schätzte Pontonac, daß in Gerona zur Zeit nicht mehr als zehntausend Menschen lebten. Alle anderen waren in die kleinen Dörfer des ehemaligen Katalanien geflohen, wo sie weitaus größere Überlebenschancen hatten. Im ehemaligen Spanien gab es nur eine Immunenzelle von Imperium-Alpha. Sie befand sich in Madrid, und ihre Mitglieder hatten mit großen Schwierigkeiten zu kämpfen.

Es war undenkbar, daß sie sich um die Geschicke der letzten Bewohner von Gerona kümmern konnten.

Die Straße beschrieb eine Kurve. Zwischen den Korkeichen sah Pontonac einen kleinen Landeplatz, auf dem zwei Fluggleiter standen. Früher waren hier Transportmaschinen gelandet. Pontonac vermutete, daß die beiden Gleiter von Angehörigen des Homo superior geflogen wurden. Wenn es darum ging, eigene Vorteile wahrzunehmen, bedienten sich die Neuen Menschen oft genug der Produkte der von ihnen verfluchten Technik.

Die vier Männer, denen Pontonacs Gruppe folgte, bewegten sich auf den kleinen Landeplatz zu.

»Das sind *ihre* Gleiter!« stellte Weybpon, einer von Pontonacs Begleitern, fest. »Wenn sie damit losfliegen, können wir ihnen nicht mehr folgen.«

»Es wundert mich, daß sie uns noch nicht entdeckt haben«, bemerkte ein anderer Komiteeler.

Pontonac lachte nervös. »Sie haben uns längst gesehen. Aber sie ignorieren uns.«

Aus früheren Zusammenstößen mit dem Homo superior wußte Pontonac, daß seine Gegner sich grundsätzlich nicht zum Kampf stellten. Sie hatten sich bisher immer vor den Immunen des Komitees zurückgezogen. Diese Taktik hatte sich für den Homo superior bewährt, denn die Komiteeleute konnten nicht überall gleichzeitig sein. Der Homo superior zog sich zurück und wartete, bis das Rettungskomitee eine neue Aufgabe übernahm. Dann kehrten die Neuen Menschen an den ursprünglichen Platz zurück und beendeten ihre Mission, die in den meisten Fällen in der Demontage wichtiger Stationen und Anlagen bestand.

Pontonac wurde in seinen Gedanken unterbrochen, denn die vier Neuen Menschen hatten die Gleiter erreicht. Je zwei Männer stiegen in eine Maschine.

»Sie fliegen weg!« sagte Pontonac enttäuscht. »Wahrscheinlich zum Hauptquartier in der Stadt.«

»Sie bewegen sich so komisch«, stellte Pappon fest. »Man könnte denken, sie wären an Armen und Beinen gelähmt.«

»Etwas ist mit ihnen nicht in Ordnung«, sagte Pontonac.

Die Triebwerke eines Gleiters heulten auf. Pontonac zuckte zusammen.

»Sind die wahnsinnig?« rief er aufgeregt. »Warum benutzen sie nicht die Antigravprojektoren?«

Verständnislos sah er zu, wie einer der Gleiter ruckartig vom Boden abhob und mit viel zu hoher Anfangsgeschwindigkeit davonraste.

»Sie bekommen ihn nicht unter Kontrolle!« schrie Weybpon erregt.

Der Gleiter raste quer über die Straße, gewann dann an Höhe und flog aufs offene Land hinaus. Danach beschrieb er ein paar enge Kurven und sackte wieder ab.

»Das sind Verrückte«, sagte Pappon atemlos.

Inzwischen war auch der zweite Gleiter gestartet. Er flog langsamer, aber in wilden Zickzackbewegungen, wobei er die Wipfel einiger Bäume streifte.

Pontonac sah wie gebannt zu. Er ahnte, daß er Augenzeuge einer Katastrophe sein würde.

»Verstehen Sie das?« fragte Pappon dumpf.

Pontonac schüttelte den Kopf. Er versuchte vergeblich, einen Zusammenhang zwischen der nachlassenden Stupidität der Verdummten und der zunehmenden Verwirrung des Homo superior zu erkennen. Dabei war er sich darüber im klaren, daß er kein lokales Ereignis erlebte. So, wie es jetzt im ehemaligen Spanien zuging, mußte es überall auf der Welt aussehen.

Vielleicht sogar auf allen von Menschen besiedelten Planeten.

Gaben diese Ereignisse zu Hoffnung Anlaß, oder waren sie Vorboten einer noch schlimmeren Katastrophe?

Die Explosion des ersten Gleiters riß Pontonac gewaltsam aus seinen Überlegungen. Unverständlichen Steuerimpulsen folgend, war die Maschine plötzlich wie ein Stein nach unten gefallen und am Boden zerschellt. Eine Rauchwolke kennzeichnete die Explosionsstelle.

Pontonac merkte, daß er zu zittern begann.

»Wahnsinn!« sagte Pappon verstört. Er stand mitten auf der Straße und blickte zur Unglücksstelle hinüber.

»Glauben Sie, daß es sich um Selbstmord handelt?« fragte ein Komiteemitglied namens Tuun Anoor.

Pontonac wußte keine Antwort auf diese Frage. Er beobachtete den zweiten Gleiter, der wie ein welkes Blatt durch die Luft wirbelte.

Pontonac faßte einen Entschluß. Er schaltete sein Armbandsprechgerät ein und versuchte, die Besatzung des zweiten Gleiters über Funk zu erreichen. Vielleicht konnte er die beiden Neuen Menschen zur Besinnung bringen.

Doch er bemühte sich vergeblich. Es kam keine Verbindung zustande.

»Pappon!« befahl er. »Fliegen Sie zur Unglücksstelle, vielleicht braucht jemand Hilfe.«

»Dort?« fragte der Farbige zweifelnd. »Da lebt niemand mehr.«

»Schon möglich«, gab Pontonac zu. »Trotzdem müssen wir uns vergewissern.«

Während Pappon davonflog, raste der zweite Gleiter dicht über einen Korkeichenwald dahin, verfing sich in den Ästen und wurde seitwärts gerissen. Eine Stichflamme schlug zwischen den Bäumen hervor, die sofort in Flammen standen.

»Der zweite«, sagte Weybpon erschüttert.

Pontonac brauchte einige Zeit, bis er sich gefaßt hatte. Es erschien ihm, als würde er aus einem Alptraum erwachen, doch die beiden Rauchwolken bewiesen ihm, daß er sich nicht getäuscht hatte. Die Neuen Menschen waren offenbar nicht mehr in der Lage gewesen, die Maschinen zu fliegen.

Aber sie waren in diesen Gleitern hierhergekommen und einwandfrei gelandet. Sie hatten den Mechanismus der Maschinen beherrscht. Hatten sie diese Fähigkeit in kurzer Zeit verloren? Oder hatten sie tatsächlich Selbstmord begehen wollen?

Ein anderer Gedanke stieg in Pontonac auf. War es möglich, daß die Mitglieder des Homo superior im gleichen Maße an Intelligenz verloren, wie die normalen Menschen an Intelligenz zurückgewannen?

Verrückt! dachte der Oberst. Was sollte er jetzt tun?

»Kommt!« sagte er zu den anderen. »Wir wollen die andere Unglücksstelle untersuchen.«

Die Männer flogen in Richtung des Waldes davon. Unter ihnen blieb die Straße verlassen zurück.

Auf dem freien Platz inmitten des großen Parks hatten sich zweihundert Mitglieder des Homo superior versammelt. Zweiunddreißig von ihnen gehörten zu den Fünfzig Ersten Sprechern. Es war Nacht, aber ein über dem Platz schwebender Tiefstrahler sorgte für Helligkeit. Im Mittelpunkt des freien Platzes stand ein kleiner Tempel aus Naturstein. Er war ein paar Wochen nach der Katastrophe von den immunen Anführern einer jener Sekten errichtet worden, die sich damals in großer Zahl gebildet hatten.

Die Mitglieder dieser Sekte waren längst in alle Teile des Landes geflohen, die Anführer hatten die Sinnlosigkeit ihrer Bemühungen erkannt und gingen jetzt anderen Beschäftigungen nach.

Der Tempel bestand aus vier genau im Quadrat aufgestellten Säulen, über die sich ein halbrundes Dach spannte. Auch der Boden des Tempels bestand aus lose zusammengefügten Steinen.

Von der Anhöhe, auf der der Tempel stand, konnte Holtogan Loga den gesamten freien Platz überblicken. Er war enttäuscht, daß sich nicht mehr Angehörige seines Volkes versammelt hatten, aber vielleicht konnte man unter den gegenwärtigen Umständen nicht mehr erwarten. Loga hatte auch die Hoffnung aufgegeben, daß die fehlenden achtzehn Ersten Sprecher noch nach Puppet kommen würden. Ein paar von ihnen waren abgereist, ohne das Ziel zu erreichen.

Der seltsame Prozeß, der vor zwei Tagen begonnen hatte, war bisher nicht zum Stillstand gekommen. Überall auf der Welt verfielen Mitglieder des Homo superior in Lethargie und Stumpfsinn. Es wurden schwerwiegende Fehler begangen, die Organisation befand sich in der Auflösung.

Holtogan Loga selbst mußte sich zu jeder Bewegung zwingen. Eine innere Stimme versuchte ihn immer wieder zur Tatenlosigkeit zu überreden. Die Sinnlosigkeit jeder Aktivität war Loga in voller Klarheit bewußt. Alles war unabänderlich.

Loga beobachtete die Versammelten. Sie machten einen mehr oder weniger teilnahmslosen Eindruck. Kaum jemand sprach. Männer und Frauen standen wie Statuen im Park und schienen auf irgend etwas zu warten.

Bitterkeit überkam Loga und weckte ihn aus seiner Lethargie. Es fiel ihm ein, daß er den ganzen Tag keine Nahrung zu sich genommen hatte. Essen und Trinken erschienen ihm überflüssig.

So erging es allen Neuen Menschen. Überall auf der Welt gab es Angehörige des Homo superior, die tatenlos abwarteten, was nun geschehen würde. Die von der seltsamen Krankheit Befallenen waren weit in der Überzahl – Immune schien es nicht zu geben. Ein paar Männer und Frauen waren später befallen worden, aber bei ihnen ging der Wechsel von Aktivität zu Lethargie noch schneller vor sich.

Der Meister der Fünfzig Ersten Sprecher wußte inzwischen, daß bei den Verdummten ein umgekehrter Prozeß eingetreten war: Der Homo sapiens erwachte aus seiner geistigen Starre und begann sich wieder für seine Umwelt zu interessieren.

Kein Homo superior wußte, wodurch diese Entwicklung ausgelöst worden war, aber sie schien unaufhaltsam zu sein.

Mon Armig, der sich noch verhältnismäßig wohl fühlte, trat neben Loga. »Mehr scheinen nicht zu kommen«, stellte er fest. »Du kannst jetzt zu ihnen sprechen.«

Loga hatte keine Rede vorbereitet. Er wäre dazu nicht mehr in der Lage gewesen, außerdem war es fraglich, ob man ihn überhaupt verstanden hätte.

»Die Kräftigsten von uns«, sagte er in der abgehackten Sprechweise, die er sich in den beiden letzten Tagen angewöhnt hatte, »müssen versuchen, etwas zu unternehmen. Armig wird sie führen. Wir müssen die Gesündesten zusammenziehen. Sie müssen weiter gegen den Homo sapiens bestehen. Die Zivilisation der Normalen darf nicht wiederaufgebaut werden, wenn nicht alles umsonst gewesen sein soll.«

Loga sprach weiter. Er sagte, was ihm gerade einfiel. Der kalte Nachtwind drang durch seine dünne Kleidung, und er fror. Aber auch das machte ihm nichts aus. Er fand sich damit ab.

Seine Zuhörer zeigten kaum eine Reaktion. Es stand noch nicht einmal fest, ob sie ihm überhaupt zuhörten.

Schließlich hob Mon Armig, der noch eine gewisse Initiative entwikkeln konnte, einen Arm.

»Eine schreckliche Katastrophe bedroht unser Volk!« rief er. »Es wird Zeit, daß wir etwas unternehmen. Es ging alles so schnell, daß uns bisher kaum Zeit zum Handeln blieb. Doch wir dürfen nicht zusehen, wie unser Volk in einen Zustand gerät, der dem des Homo sapiens gleichkommt. Wir sind die Erben der Menschheit, wir müssen unsere Aufgabe lösen.«

Loga hörte verwirrt zu. Während Mon Armig sprach, verstand Loga den Sinn der Worte, doch dieses Verständnis hielt nicht lange an.

Armig preßte plötzlich beide Hände vor das Gesicht und begann zu schluchzen. Diese verzweifelte Geste berührte Holtogan Loga seltsam und ließ sein Interesse für den alten Freund aufflackern.

»Was hast du?«

Armig sagte deprimiert: »Du würdest es nicht verstehen.«

Loga ging schon wieder einer anderen Gedankenspur nach.

»Wir müssen für die ausgeschiedenen Ersten Sprecher neue Mitglieder bestimmen.«

»Ist das jetzt so wichtig?« fragte Armig verdrossen.

»Ich weiß es nicht!« Loga blickte in den Lichtschein des Tiefstrahlers und senkte den Kopf. Für ein paar Sekunden war er so geblendet, daß er nichts mehr sah.

Die zweihundert im Park versammelten Neuen Menschen umstanden den Tempel und warteten. Ein paar hatten sich auf den kalten Boden gelegt. Niemand ergriff die Initiative.

»Es ist alles sinnlos«, klagte Armig voller Bitterkeit. »Wenn keine Hilfe von außen kommt, sind wir verloren.«

Dumpf erinnerte sich Holtogan Loga an das Funkgerät im Gebäude der GCC. Vielleicht konnte er auf diesem Weg Hilfe herbeirufen. Irgendwo mußte es noch Mitglieder ihres Volkes geben, die sich nicht verändert hatten.

Doch in den letzten Stunden waren keine Funknachrichten mehr eingetroffen. Armig, der sich bemüht hatte, mit verschiedenen Außenstationen Verbindung aufzunehmen, hatte keine Antwort erhalten. Das Nachrichtennetz des Homo superior, das nicht nur auf Terra, sondern in der gesamten Galaxis bestanden hatte, funktionierte nicht mehr. Es schien keine Mitglieder des Homo superior mehr zu geben, die noch am Austausch von Informationen interessiert waren.

Standen diese Ereignisse in einem engen Zusammenhang mit jenen Ahnungen, die Holtogan Loga schon früher oft befallen hatten? In schrecklichen Träumen hatte Loga Dinge erlebt, die er ins Reich der Phantasie verbannt hatte, die aber nun scheinbar Wirklichkeit zu werden drohten.

Wieder verwirrten sich die Gedanken des Weißhaarigen. Ohne darüber nachzudenken, warum er es tat, legte er sich neben Armig auf den Steinfußboden.

»Steh auf!« fuhr Mon Armig ihn wütend an. »Du darfst jetzt nicht aufgeben.«

Er packte Loga an den Armen und zog ihn wieder hoch. Loga leistete keinen Widerstand.

Armig blickte in den Park. Niemand schien ein Interesse daran zu haben, was innerhalb des kleinen Tempels vorging.

In diesem Augenblick erlosch der Tiefstrahler. Entweder war ein Schaden in der Anlage aufgetreten, oder jemand hatte die Hauptenergieanlage im GCC-Gebäude ausgeschaltet.

Es war so still, daß Armig Loga atmen hören konnte. Niemand im Park nahm die Dunkelheit zum Anlaß, seinen Platz zu verlassen und zum Gebäude zurückzukehren.

Armig war überzeugt davon, daß die Versammelten im Park bleiben würden, wenn sich niemand um sie kümmerte. Sie würden weder essen noch trinken, sondern nur ganz still herumstehen oder daliegen.

Wie sollte das enden? Wartete der Homo superior auf sein Ende? Diese schreckliche Vorstellung schnürte Mon Armig den Atem ab.

Irgendwo am Rand des Parks flammte ein Handscheinwerfer auf. Erleichtert blickte Mon Armig in Richtung des Lichtscheins. Dort war endlich jemand, der Initiative entwickelte.

Armig ließ Loga zu Boden sinken. »Ich komme sofort wieder!«

Diese Worte kamen ihm sinnlos vor, denn er ahnte, daß es Loga gleichgültig war, ob Armig sich um ihn kümmerte oder nicht.

Armig rannte die Anhöhe hinab. Es war ein sternklarer Nachthimmel, so daß Armig sehen konnte, wo Männer und Frauen standen. Das Licht am Parkrand bewegte sich, jemand ging dort mit einem Handscheinwerfer.

Armigs Herz klopfte. Endlich würde er jemanden treffen, der nicht von dieser schrecklichen Lethargie befallen war. In seiner Erregung stieß Armig gegen einen Mann und warf ihn zu Boden. In der Dunkelheit glaubte er Tankmeder zu erkennen, der gestern eingetroffen war. Der Mann blieb am Boden liegen.

Armig zögerte einen Augenblick, dann rannte er weiter. Alles, was er jetzt getan hätte, wäre vergeblich gewesen. Nur eine organisierte Hilfe konnte dem Homo superior helfen.

Vielleicht fand er ein paar Männer und Frauen, die ebenso wie er noch verhältnismäßig gesund waren.

Er war nur noch ein paar Schritte von dem Licht entfernt.

»Warte!« rief er. »Ich bin es: Mon Armig!«

Der Lichtstrahl schwenkte herum und blendete Armig. Er konnte nicht sehen, wer den Scheinwerfer hielt.

»Ich bin froh, daß ich jemanden gefunden habe, der noch in Ordnung ist«, fuhr Armig fort. »Wir wollen gemeinsam beraten, was wir zur Rettung unseres Volkes tun können.«

Er trat aus dem Lichtkreis, so daß er nicht länger geblendet wurde. Als er das Gesicht des Mannes sah, der mit dem Scheinwerfer zwischen den Bäumen stand, ließ ihn der Schock fast aufschreien.

Der Mann war Vanieoh.

4.

Der Gleiter schwebte hundert Meter über der Küste. Von seinem Platz an den Kontrollen aus konnte Roi Danton den Strand beobachten.

Da standen sie! Tausende von Neuen Menschen.

Sie standen reglos, das Gesicht dem offenen Meer zugewandt und die Augen weit geöffnet. Sie standen bis hinauf nach Urpsala-Moni, wo steil aufragende Felsen ihnen keinen Platz gewährten.

Die Nachrichten, die nach Imperium-Alpha kamen, stimmten also.

Danton nickte dem Piloten zu. »Gehen Sie tiefer, Armouac!«

Dann wandte er sich an Don Pellayron, der zusammen mit Dr. Webber an Bord gekommen war. »Was halten Sie davon?«

Der Galakto-Psychologe war tief in den Sitz gesunken und hatte die Beine weit von sich gestreckt. Er hielt die Augen halb geschlossen.

»Es ist unerklärlich. Sie erinnern mich an Lemminge, obwohl sie offenbar nicht gekommen sind, um ins Meer zu gehen. Sie stehen nur da und blicken aufs Wasser hinaus. Ihre Augen sind starr. Es sieht so aus, als würden sie sich in Trance befinden.«

»Und es sind über dreihunderttausend«, fügte Dr. Webber hinzu.

Danton hatte Imperium-Alpha verlassen, um sich ein persönliches Bild von den Vorgängen auf der Erde zu machen. Die Berichte, die in der Zentrale eingetroffen waren, schienen den Tatsachen völlig zu entsprechen. Die verdummten Menschen hatten einen Teil ihrer Intelligenz zurückgewonnen. Zwar waren sie nach wie vor nicht in der Lage, komplizierte Vorgänge zu begreifen oder technische Schaltungen vorzunehmen, aber sie interessierten sich wieder für ihre Umgebung. Dieses Interesse beschränkte sich glücklicherweise nicht allein auf Nahrungseinnahme und Sicherheit.

Völlig konträr dagegen war die Entwicklung des Homo superior verlaufen. Er hatte in den letzten Tagen jede Initiative verloren. Die Neuen Menschen standen und lagen überall auf der Welt in ihren ehemaligen Einsatzgebieten herum, als hätten sie jeden Lebenswillen verloren. Sie waren noch lethargischer als zuvor die Verdummten. Allerdings konnte niemand etwas Genaues über die geistige Entwicklung des Homo superior sagen. Dr. Webber behauptete, daß bei den Neuen Menschen auch eine zunehmende Verdummung spürbar wurde, während Pellayron glaubte, daß es nur eine Willensveränderung war.

Völlig unklar war nach wie vor, wodurch die neue Situation entstanden war. Theoretisch konnten nur neue Manipulationen der Schwarmbewohner dafür verantwortlich sein. Niemand wußte jedoch genau, was diese geheimnisvollen Wesen getan hatten. Die Nachrichten aus dem Weltraum, vornehmlich von der GOOD HOPE II und der INTERSOLAR, waren spärlich.

Der Gleiter schwebte langsam über dem Strand dahin. Die Menschen, die ihre nackten Füße von den Wellen umspülen ließen, nahmen keine Notiz von der Maschine.

Armouac, der kleine, schwarzhaarige Pilot, hatte die Zähne so fest aufeinandergebissen, daß seine Backenmuskeln hervortraten. Er konnte nicht verstehen, was dort unten vorging. Für ihn waren die Mitglieder des Homo superior Menschen. Es bedrückte ihn, Menschen in einer derartigen Verfassung zu sehen.

Danton faßte einen plötzlichen Entschluß. »Landen Sie!« befahl er.

Pellayron hob den Kopf. »Wir sollten sie in Ruhe lassen«, meinte er.

»Ja«, sagte auch Dr. Webber. »Es ist nicht unsere Sache. Wer weiß, was in Wirklichkeit dahintersteckt. Vielleicht ist es eine Art Übergang in ein nächstes Stadium. Ich halte es nicht für ausgeschlossen, daß wir bald noch größere Schwierigkeiten durch den Homo superior zu erwarten haben.«

Danton deutete nach unten und lachte bitter. »Von diesen armen Teufeln? Das glauben Sie doch wohl selbst nicht, Doc!«

Armouac landete den diskusförmigen Gleiter auf einem freien Platz, der früher einmal als Kinderspielplatz gedient hatte. Jetzt waren keine Kinder da. Spielende Kinder waren ein seltener Anblick geworden, seit es vor fünfzehn Monaten zur Verdummungskatastrophe gekommen war.

Die Kinder, dachte Danton, *sind immer ein Maßstab für den zivilisatorischen Stand eines Volkes.*

Danton öffnete die Schleuse. Kühle Seeluft kam herein. Rhodans Sohn sprang hinaus und blickte sich um. Pellayron folgte ihm. Der Galakto-Psychologe blickte sich suchend um und trat dann an das Gerüst einer elektrischen Wippe, gegen das er sich lehnen konnte. Der Spielplatz lag etwa zehn Meter höher als der Strand und war sechzig Meter davon entfernt. Landeinwärts standen ein paar Hotels, die Jalousien an den Fenstern waren herabgelassen. Nur auf einem Balkon erkannte Danton zwei Männer, die ebenfalls den Strand zu beobachten schienen.

»Eine einsame Gegend!« bemerkte Dr. Webber, der jetzt ebenfalls herauskam.

»Früher war das anders«, versetzte Danton. »In den Sommermonaten konnten Sie keinen Platz mehr in den Hotels bekommen.«

Pellayron drückte einen Wippensitz mit der Hand nach unten und schob ihn langsam seitwärts. Die Wippe begann zu summen und schwang hin und her.

»Ich glaube, diese Zeiten sind endgültig vorbei.«

Er hatte leise gesprochen, so daß Danton, der bereits zum Strand unterwegs war, ihn nicht mehr hören konnte.

Dr. Webber blickte fragend hinter Rhodans Sohn her. »Was hat er vor?«

»Kommen Sie!« rief Roi ungeduldig. »Wir wollen versuchen, ob wir Kontakt herstellen können.«

Die drei Männer wateten durch den feinen Sand zum Meeresufer hinab. Danton blieb vor dem ersten Neuen Menschen, den er erreichte, stehen. Der Fremde war mittelgroß und sah aus wie ein Sechzigjähriger. Danton wußte aus Erfahrung, daß die Mitglieder des Homo superior in der Regel zehn oder zwanzig Jahre älter aussahen, als sie in Wirklichkeit waren.

Der Homo superior beachtete Danton nicht. Er hatte hellblaue Augen und ein asketisch wirkendes Gesicht. Seine Hände, die er eng an den Körper gepreßt hatte, waren von dicken Adern überzogen.

»Ich bin kein Homo superior«, sagte Danton zu dem Fremden. »Aber wir interessieren uns für Ihr Schicksal. Werden Sie uns ein paar Auskünfte geben?«

Seine Worte erschienen ihm schwerfällig, aber was sonst hätte er sagen sollen?

Der Mann reagierte nicht. Er atmete regelmäßig, aber alles, was ihn zu interessieren schien, waren die Wellen, die gleichmäßig über den weißen Strand rollten.

Danton trat vor den Mann und versperrte ihm die Sicht aufs Meer hinaus. Die Augen des Homo superior blieben starr und weit geöffnet, als könnten sie durch Danton aufs Meer blicken.

»Ich bin Roi Danton«, fuhr Danton hartnäckig fort. »Meine beiden Begleiter und ich wollen mit Ihnen sprechen.«

Als er auch jetzt keine Antwort erhielt, packte er einen Arm des Mannes und schüttelte ihn.

»Sie sollten das lieber lassen«, meinte Pellayron unbehaglich. »Man weiß nie, wie Menschen in diesem Zustand reagieren.«

Der Fremde schien aus seiner Starre zu erwachen. Er drehte den Kopf und blickte die drei Männer an. In seinem Gesicht drückte sich weder Erstaunen noch Feindschaft aus.

»Endlich!« rief Danton. »Verstehen Sie mich?«

»Ja«, sagte der Homo superior leise. Seine Stimme klang teilnahmslos, dieser Mann schien mit seinen Gedanken in einer völlig anderen Welt zu weilen.

»Wir müssen versuchen, etwas von ihm zu erfahren!« sagte Danton entschieden. »Nötigenfalls nehmen wir ihn mit nach Imperium-Alpha und verhören ihn dort.«

Edmond Pontonac stand an der Reling des Schnellboots und wartete auf das Eintreffen der einzelnen Gruppen des Rettungskommandos. Das Boot würde die Ausrüstung zu der Insel bringen, wo die Gleiter der Organisation standen. Die Männer, die nicht an Bord untergebracht werden konnten, würden die Insel mit Hilfe ihrer flugfähigen Schutzanzüge erreichen.

Die Wellen klatschten gegen das Boot und ließen es leicht schwanken.

Creek trat an die Reling. »Keilschen Marous ist noch nicht zurück!«

»Wir können nicht auf ihn warten«, sagte Pontonac. »Wir brechen auf, sobald die letzte Gruppe ihre Ausrüstung abgeliefert hat.«

Vier schwere Kampfroboter kamen über den Landesteg an Bord. Einer der Männer brachte sie unter Deck und desaktivierte sie.

Pontonacs Armbandgerät summte. Er schaltete auf Empfang.

»Hier ist Carpino!« meldete sich eine schwer verständliche Stimme.

»Carpino!« rief Pontonac. »Wo, zum Teufel, bleiben Sie?«

Eine kurze Pause entstand, während der nur das Rauschen der Wellen zu hören war. Dann: »Er ist weg, Sir! Er hat uns übertölpelt.«

Pontonacs Gesichtsausdruck veränderte sich. Auf seiner Stirn erschienen ein paar Falten.

»Wovon reden Sie überhaupt?«

»Sogmonth!« rief Carpino erregt. »Er ist uns entkommen.«

Creek, der mitgehört hatte, fluchte. Er beugte sich weit über die Reling und spuckte ins Meer.

»Das hat uns noch gefehlt.«

Pontonac war fassungslos. Er konnte nicht begreifen, daß Carpino einen so schweren Fehler begangen hatte. Aber Sogmonth war gerissen, er kannte alle Tricks der Solaren Abwehr.

»Es ... es tut mir leid!« stammelte Carpino.

Pontonac antwortete nicht, sondern schaltete sein Armbandgerät aus. Er schloß einen Moment die Augen und versuchte sich vorzustellen, was Sogmonth allein und ohne Waffen unternehmen könnte. Doch ein Mann wie Sogmonth würde weder lange unbewaffnet noch ohne Begleiter bleiben. Der ehemalige Major würde versuchen, eine Bande zusammenzustellen. Es würde ihm nicht schwerfallen, Anhänger zu finden.

Und danach ... Es war zu befürchten, daß Sogmonth unter Mitgliedern des Homo superior ein Blutbad anrichten würde.

»Was werden Sie jetzt tun?« drang Alpher Creeks Stimme in seine Gedanken.

»Was würden Sie vorschlagen?« fragte Pontonac zurück.

»Jemand sollte zurückbleiben und sich um Sogmonth kümmern!«

Daran hatte Pontonac auch schon gedacht. Aber wen sollte er zurücklassen? Wer von seinen Männern war Sogmonth gewachsen?

Vom Ufer näherten sich ein paar Gestalten.

»Da kommen Elschkin und seine Männer!« rief Creek. »Jetzt fehlt nur noch Carpinos Gruppe.«

Ohne zu antworten, wandte Pontonac sich ab. Er ging unter Deck und betrat die kleine Kombüse neben dem Maschinenraum. Wie er erwartet hatte, traf er hier Pappon bei der Zubereitung einiger Sandwiches an. Der Alte lächelte.

»Ich dachte, daß einige Männer genug von Nahrungskonzentraten hätten, Sir.«

»Pappon«, sagte Pontonac. »Sie wissen, daß ich Ihnen vertraue.«

Der alte Mann legte das Messer weg. Sein Gesicht wurde ernst. Er stützte sich mit beiden Armen auf den Tisch und sah Pontonac fragend an.

»Sogmonth ist geflohen«, erläuterte Pontonac. »Wenn wir nicht aufpassen, wird er im Namen des Rettungskomitees schreckliche Dinge tun. Ich möchte Sie bitten, in Katalanien zurückzubleiben und sich um ihn zu kümmern.«

Der Farbige wischte sich die Hände an den Hosen ab und kam um den Tisch herum. »Ich verstehe!« Er nahm seinen Schutzanzug aus einem Wandschrank und begann ihn anzulegen. Während er die Stiefel verschnürte, fragte er: »Wissen Sie, warum er alle Neuen Menschen haßt?«

»Nein«, sagte Pontonac.

»Seine Frau und seine beiden Kinder«, berichtete Pappon, »lebten in der Nähe eines Kraftwerks, das vom Homo superior zur Explosion gebracht wurde. Da sie alle drei verdummt waren, ahnten sie die Gefahr nicht und verbrannten. Sogmonth traf eine Stunde später ein und fand ihre Leichen.«

»Woher wissen Sie das?«

»Ich war einmal bei ihm, als er sich betrank. Dann redete er. Er redete sich seinen Haß von der Seele.« Pappon griff nach dem flachen Helm und schob ihn über den Kopf. »Wir wissen alle sehr wenig voneinander, Oberst.«

Als Pappon die Kombüse verlassen wollte, hielt Pontonac ihn am Arm fest.

»Trotzdem müssen wir Sogmonth ausschalten«, sagte er. »Es geht nicht an, daß er einen Rachefeldzug führt.«

Pappon zeigte seine weißen Zähne, aber er lächelte nicht.

»Ich werde ihn finden«, sagte er überzeugt. »Er wird eine Spur hinterlassen, die niemand übersehen kann. Eine Spur der Gewalt und der Vernichtung.«

Er schob eine Waffe in seinen Gürtel und ging an Deck. Pontonac sah ihm nach. Am Ufer hob Pappon ab und flog davon. Er blickte nicht mehr zurück. Creek, der noch an der Reling lehnte, richtete sich auf und sah zu Pontonac hinüber.

»Haben Sie Pappon ausgewählt?«

Pontonac antwortete nicht. Er hatte plötzlich das Gefühl, daß er die Ereignisse nicht mehr unter Kontrolle hatte. Zu viele Dinge geschahen, die er nicht vorausgesehen hatte. Zum erstenmal erkannte er, daß sein Rettungskomitee keine Zukunft mehr hatte. Jetzt, da mit den Verdummten und den Neuen Menschen irgendeine Veränderung vor sich ging, war das Rettungskomitee praktisch nutzlos geworden.

Pontonac sah zu den Männern hinüber, die sich an Deck versammelt hatten. Er dachte an Pappons Worte.

Sie wußten tatsächlich nichts voneinander. Eine zusammengewürfelte Gruppe von Männern, die nur das Ziel hatte, die verhängnisvolle Tätigkeit des Homo superior einzudämmen. Niemand wurde nach seiner Vergangenheit gefragt.

»Ich glaube«, sagte Pontonac gedehnt, »ich werde nach Terrania City fliegen und Kontakt zu Deighton und Danton aufnehmen.«

Creek sah den Schatten seines Oberkörpers auf der Wasseroberfläche. »Das wäre das Ende des Rettungskomitees.«

»Sogmonth hat mir die Augen geöffnet. Niemand hat das Recht, von sich aus zu bestimmen, was gut und böse ist. Auch wir müssen uns nach den Gesetzen richten.«

»Das kenne ich schon«, gab der Arzt zurück. »Aber die alten Gesetze haben keinen Sinn mehr. Nicht in unserer Lage. Es geht um die Erhaltung der Menschheit.«

Pontonac hörte kaum zu. In Gedanken war er bereits bei seinem nächsten Vorhaben. Er würde die Verdummten, die sie an Bord genommen hatten, im Stützpunkt verhören und mit den Ergebnissen nach Terrania City fliegen.

Er mußte damit rechnen, daß man ihn in Imperium-Alpha verhaftete. Als Offizier der Solaren Flotte hätte er niemals eigenmächtig handeln dürfen.

Pontonac hatte nicht die Absicht, sich in irgendeiner Form zu rechtfertigen. Er hatte das getan, was er für richtig gehalten hatte. Vielleicht hatte das von ihm gegründete Rettungskomitee nicht viel erreicht, aber Pontonac konnte nachweisen, daß er zumindest die Demontage einiger Energiestationen verhindert hatte.

Pontonac stand immer noch an der Reling, als Leutnant Carpinos Gruppe eine halbe Stunde später eintraf. Carpino wich den Blicken des Obersten aus. Er fühlte sich schuldbewußt. Pontonac ging zu ihm.

»Es ist nun einmal geschehen«, sagte er. »Pappon wird sich um den Flüchtling kümmern.«

Ein Ruck ging durch den Körper des jungen Mannes.

»Lassen Sie mich ebenfalls an der Verfolgung teilnehmen. Ich möchte meinen Fehler wiedergutmachen.«

»Ich habe mir gedacht, daß Sie mich darum bitten würden.« Pontonac schüttelte den Kopf. »Es genügt, wenn Pappon hinter ihm her ist.«

»Aber Pappon ist ein alter Mann!«

Pontonac sah den Leutnant an. Carpino senkte den Kopf und ging davon.

»Landungssteg einziehen!« befahl Pontonac. »Wir stechen in See.«

Die Wellen waren stärker geworden. Danton beobachtete, wie einer der Neuen Menschen, der bis zu den Knien im Wasser stand, den Halt verlor. Er machte keine Anstrengungen, sich aus dem Wasser zu befreien. Die anderen sahen teilnahmslos zu, wie er von den Wellen weggespült wurde und unterging.

Dr. Webber rannte los, um ihm zu helfen.

»Haben Sie das gesehen?« wandte Danton sich an den Blauäugigen. »Warum helfen Sie diesem Mann nicht? Er ist einer der Ihren?«

»Helfen?« wiederholte der Homo superior verständnislos. »Wozu?«

»Wollen Sie nicht leben?« schrie Danton. »Wollen Sie warten, bis die Flut kommt und einen nach dem anderen ins Meer zieht?«

Er erhielt keine Antwort. Entschlossen zog er seinen Kombistrahler und lähmte den vor ihm stehenden Mann mit zwei gezielten Schüssen. Pellayron fing den Zusammensinkenden auf.

»In Ordnung, Don!« sagte Danton leise. »Tragen Sie ihn zum Gleiter. Wir nehmen ihn mit nach Imperium-Alpha. Vielleicht kommt beim Hypno-Verhör ein bißchen mehr heraus.«

Pellayron machte eine alles umfassende Bewegung.

»Und was geschieht mit allen anderen? Wollen wir sie ihrem Schicksal überlassen?«

Danton fiel die Antwort schwer. Was sollten sie tun – oder besser: Was *konnten* sie tun?

Sie hatten genügend eigene Schwierigkeiten. Ein paar Milliarden Verdummte mußten versorgt werden. Plünderer und Banditen mußten bekämpft werden. Die Verantwortlichen in Imperium-Alpha hatten keine Zeit für die Probleme des Homo superior.

Andererseits ...

Danton schüttelte den Kopf. Er wußte nicht, was er tun sollte. In dieser Situation war er überfordert.

»Es sind Menschen«, bemerkte Pellayron. »Menschen wie Sie und ich.«

»Na und?« schrie Danton auf. »Was wollen Sie damit andeuten? Daß ich verantwortlich für sie bin?«

»Jeder Mensch ist für den anderen verantwortlich«, sagte der baumlange Psychologe. Er schob den bewußtlosen Homo superior über die

Schulter, als wäre er ein Kind, und ging davon. In diesem Augenblick kam Dr. Webber zurück. Er war völlig durchnäßt und außer Atem.

»Haben Sie das gesehen, Sir?« fragte er ungläubig. »Der Bursche wäre ertrunken, wenn ich ihn nicht herausgezogen hätte. Er machte keinerlei Anstalten, das Meer wieder zu verlassen.«

Danton fühlte sich so hilflos wie niemals zuvor in seinem Leben. Dr. Webber schien zu spüren, was mit Rhodans Sohn los war, denn er ging hastig in Richtung des Gleiters davon. Ein Windstoß, der vom Meer kam, brachte Danton zur Besinnung. Die Luft schmeckte nach Salz.

Danton wandte sich ab. Als er den Gleiter erreichte, sah er Don Pellayron im Einstieg lehnen. Der Psychologe deutete mit dem Daumen in die Schleusenkammer.

»Deighton ruft uns!« berichtete er. »Ein Kurier von der Hundertsonnenwelt befindet sich in Imperium-Alpha.«

Froh über die Ablenkung, kletterte Danton in den Gleiter. Armouac machte den Platz an den Kontrollen frei.

»Galbraith Deighton wartet, Sir!«

Danton bedankte sich und nahm Platz. Auf dem ovalen Bildschirm sah er Deightons Gesicht.

»Hm!« machte Deighton, als er Danton erblickte. »Sie sehen aus, als wären Sie Ihrem eigenen Gespenst begegnet.«

»Schlimmer«, sagte Danton ausweichend. »Was ist geschehen?«

»Dr. Ortschnyk von der Hundertsonnenwelt ist vor einer Stunde eingetroffen. Waringer hat ihm eine Art Wunschliste mitgegeben.«

»Wunschliste?« fragte Danton begriffsstutzig.

»Waringer und sein Team sind dabei, ein Gerät zu entwickeln, das eine Immunität gegen die Verdummungsstrahlen bewirken soll. Doch dazu braucht er noch Mitarbeiter. Einhunderttausend Frauen und Männer, die er auf seiner Liste namentlich erfaßt hat. Sie halten sich irgendwo in der Galaxis auf und sind alle verdummt. Wir sollen sie zur Hundertsonnenwelt schaffen, wo die Verdummung aufgehoben ist.«

Danton machte eine ungeduldige Handbewegung.

»Damit können wir uns nicht aufhalten. Wozu hat Perry das ISK gegründet?«

»Sie sind also ebenfalls der Ansicht, daß ich Dr. Ortschnyk nach Quinto-Center schicken soll, damit er sich mit den Verantwortlichen des Intelligenz-Suchkommandos zusammensetzt?«

Danton nickte.

Sein Gesprächspartner, von dem im Augenblick nur der Oberkörper auf dem Bildschirm zu sehen war, winkte ihm zu und unterbrach das Gespräch.

Pellayron streckte den Kopf in die Zentrale und fragte: »War es schlimm?«

Danton beachtete ihn nicht, sondern ging nach hinten, wo der gelähmte Homo superior auf einer Liege kauerte.

»Wir fliegen zurück!« ordnete Danton an.

Er hörte jemand aufatmen. Es war Armouac. Der Pilot schien froh zu sein, den Strand nicht länger sehen zu müssen. Dabei, dachte Danton, war es ein friedlicher Anblick. Dreihunderttausend Menschen, die am Strand standen und aufs Meer hinausblickten. Aber irgendwie hatte man ein seltsames Gefühl, wenn man am Meer entlangging.

Wie auf einem Friedhof.

Der Stützpunkt des Rettungskomitees lag am Grund des Indischen Ozeans unter drei verschieden großen Kuppeln, die mit breiten Kanälen verbunden waren. Zwei Mitglieder des Rettungskomitees, die früher hier gearbeitet hatten, sorgten dafür, daß die Station weiterhin funktionsfähig blieb. Sie hatten Pontonac auch auf die Idee gebracht, hier sein Hauptquartier aufzuschlagen. An diesem Ort war das Rettungskomitee vor allen Angriffen sicher. Keine der Banden, die auf der Oberfläche der Erde umherzogen, war gut genug ausgerüstet, um einen Angriff auf die unterseeische Station riskieren zu können. Der Homo superior hatte sich bisher auf Ziele an der Erdoberfläche konzentriert.

Tief unter dem Meeresspiegel konnten Pontonac und seine Helfer alle Operationen gründlich vorbereiten. Dazu stand ihnen das militärische und technische Potential des ehemaligen Flottenstützpunkts zur Verfügung.

Pontonac mußte daran denken, daß er, was das Hauptquartier des Rettungskomitees betraf, großes Glück gehabt hatte. Der fast zwei Meter große Mann verließ den Unterseehangar, in dem die beiden Gleiter verankert worden waren, zusammen mit Alpher Creek und Tom-Tom Aymel, einem kleinen Immunen mit wulstigen Lippen. Sie benutzten einen Antigravschacht, um in die oberen Räume zu gelangen.

Inzwischen waren die gefangenen Verdummten in einen Untersuchungsraum gebracht worden.

Walzcynik und Van Moisen, die die Station verwalteten, meldeten sich über Funk und begrüßten die Zurückgekehrten.

»Ich kann mir vorstellen, daß Sie neugierig sind«, sagte Pontonac über Interkom. »Aber ich habe jetzt noch wichtige Dinge zu tun.«

»Seien Sie kein Frosch, Ponty!« rief Walzcynik, der Pontonac schon seit Jahren kannte und daher diese vertrauliche Anrede benutzte. »Schikken Sie Creek, damit er uns erzählt, was oben vor sich geht.«

Pontonac schaute Alpher Creek fragend an. Der Arzt lächelte verständnisvoll und verschwand durch einen Rollkorridor. Pontonac und Aymel begaben sich in den Untersuchungsraum. Die Gefangenen waren bei

Bewußtsein. Sie blickten sich ängstlich im Raum um. Zwei Ärzte und ein Psychologe waren anwesend.

Tom-Tom Aymel betrachtete Pontonac prüfend. »Sie sind jetzt fast sechsunddreißig Stunden auf den Beinen, Sir. Ich denke, Sie sollten sich vor dem Verhör eine Ruhepause gönnen.«

»Ja«, bestätigte Brundner, einer der Ärzte. »Legen Sie sich hin, wir kümmern uns inzwischen um die Männer.«

Pontonac fühlte, daß er erschöpft war. Er bezweifelte jedoch, daß er Ruhe finden würde. Zuviel beschäftigte ihn. Nicht nur die Veränderungen der Menschen an der Oberfläche, sondern auch sein geplantes Zusammentreffen mit Danton und Deighton. Alles mußte überlegt und vorbereitet werden.

»Ich werde Tabletten nehmen«, kündigte er an. »Dann halte ich noch einen Tag durch.«

Der Arzt hatte Bedenken.

»Sie haben den Gebrauch von Stimulantia in letzter Zeit übertrieben. Ich muß Sie auf die Folgen aufmerksam machen.«

Pontonac winkte ab. Er empfand es geradezu als lächerlich, daß ihn der Arzt in der gegenwärtigen Situation auf seinen Gesundheitszustand aufmerksam machte. Schließlich besaß er eine sehr robuste Konstitution.

Er zog einen Stuhl zu sich heran und winkte ungeduldig. »Wir wollen endlich anfangen!«

Überall auf der Erde und auf Planeten des Solaren Imperiums erwachten in diesen Tagen die normalen Menschen aus ihrer völligen Verdummung. Zwar gewannen sie nicht ihre ursprüngliche Intelligenz zurück, aber sie verloren ihre Stupidität und begannen sich für ihre Umgebung zu interessieren. Nach wie vor waren die Verdummten nicht in der Lage, komplizierte technische Zusammenhänge zu verstehen oder Schaltungen an technischen Anlagen auszuführen – aber sie versuchten es.

Das wiederum hatte zur Folge, daß sich auf der Erde wieder schwere Unfälle ereigneten, bei denen auch einige Vertreter des Homo superior ihr Leben verloren. Die Menschen experimentierten mit ungebrochenem Mut weiter.

Es stellte sich jedoch bald heraus, daß das Nachlassen der Verdummung nicht anhielt, die davon betroffenen Menschen blieben auf dem Stand, den sie nach zwei Tagen erreicht hatten. Trotzdem bedeutete der Umschwung eine große Erleichterung für die Immunenzellen von Imperium-Alpha. Versorgungsschwierigkeiten konnten behoben werden, weil die aus ihrer Lethargie befreiten Menschen zur Mitarbeit bewegt und für alle Arten von einfachen Arbeiten angelernt werden konnten.

Die rätselhafte Entwicklung beschränkte sich auf die Menschen und den Homo superior.

Bei anderen galaktischen Völkern, die von der Verdummung ebenfalls in vollem Umfang betroffen worden waren, ergab sich keine Veränderung. Die immunen Wissenschaftler theoretisierten, wie es zu dieser Veränderung gekommen sein konnte, aber eine einleuchtende Erklärung wußte keiner von ihnen zu geben.

Während die verdummten Menschen den Schleier des Vergessens abstreiften, verfiel der Homo superior in einen schlafähnlichen Zustand. Überall, wo es Neue Menschen gab, hörte jede Aktivität auf. Bereits nach wenigen Tagen stand fest, daß der Homo superior unrettbar verloren sein würde, wenn er sich aus diesem Zustand nicht befreien konnte. Auf der Erde begriffen herumziehende Banden schnell, was mit den Neuen Menschen los war. Verbrecher griffen die Quartiere des Homo superior an und raubten sie aus. Niemand leistete ihnen dabei Widerstand. Dem Homo superior schien es gleichgültig zu sein, wenn er seine Vorräte verlor.

Äußeres Zeichen für den geistigen Verfall der neuen Art waren Bewegungslosigkeit und starrer Blick. Bis auf wenige Ausnahmen, die nicht so stark betroffen waren, befanden sich die Mitglieder des Homo superior in einem Zustand der Trance. Sie verloren jedes Interesse an ihrer Umwelt, sie tranken und aßen nicht mehr.

Auch hier stritten sich die immunen Wissenschaftler vergeblich über die Bedeutung des Vorgangs.

Einige behaupteten, es wäre ein Übergang in eine neue Entwicklungsphase, so daß der Homo superior noch intelligenter und weitaus überlegener sein würde, wenn der jetzige Zustand beendet sein würde, andere dagegen meinten, es wäre der Anfang vom Ende.

Die Verhältnisse auf der Erde und auf allen von Menschen besiedelten Planeten änderten sich innerhalb weniger Tage. Niemand konnte sagen, was noch alles geschehen würde. Die Beobachter, in erster Linie die wenigen Immunen, konnten nicht viel tun.

Sie warteten ab. Jeder ahnte, daß etwas geschehen würde.

Holtogan Loga erwachte und schlug die Augen auf. Die helle Decke über ihm verschwamm vor seinen Augen. Er blieb ruhig liegen und atmete schwer. Vergeblich versuchte er, seine Gedanken auf irgend etwas zu konzentrieren. Er fühlte sich apathisch.

Ein Gedanke, der ihn quälte, kehrte immer wieder zurück und prägte sich ein.

Was geschah mit seinem Volk?

Loga war sich der Tatsache bewußt, daß sich alle Mitglieder des Homo superior in einer Verfassung befanden, die seiner eigenen ähnelte. Die wenigen Ausnahmen würden früher oder später ebenfalls an die Reihe kommen. Es war ein unaufhaltsamer Prozeß, dessen Ende nicht abzusehen war.

Loga überlegte, wer ihn in sein Zimmer getragen und aufs Bett gelegt hatte. Im Haus war es vollkommen still. Durch das offene Fenster drang das Vogelgezwitscher aus dem Park.

Eine schreckliche Angst überfiel den Meister der Fünfzig ErstenSprecher. Er begann zu befürchten, daß er allein im riesigen Gebäude der GCC sein könnte. Alle anderen waren gegangen und hatten ihn zurückgelassen.

Trotzdem blieb er still liegen. Er fühlte sich zu schlapp, um irgend etwas zu tun.

Er spürte weder Hunger noch Durst; alle Bedürfnisse seines Körpers schienen mit einem Schlag ausgelöscht worden zu sein. Loga besaß nicht die Möglichkeit, über dieses Phänomen nachzudenken, denn sein Gehirn war ebenfalls von der negativen Entwicklung betroffen.

Wenn er an seine Freunde dachte, überfiel ihn grenzenlose Traurigkeit. Vage erinnerte er sich an ihre großen Ziele: eine befriedete Erde, frei von jeder verderblichen Technik. Ein paradiesischer Planet, in dessen Gärten die Mitglieder des Homo superior wandern und neuen Gedanken nachhängen würden.

Eine Welt ohne Sorgen und Nöte.

Würde dieses Ziel sich verwirklichen lassen?

An der Tür entstand ein Geräusch. Holtogan Loga drehte nicht einmal den Kopf, um festzustellen, wer hereingekommen war. Es interessierte ihn nicht. Ein Schatten fiel über das Bett.

»Mon Armig«, flüsterte Holtogan Loga, als er den Mann erkannte, der ins Zimmer gekommen war.

»Ich bin froh darüber, daß du mich noch erkennst«, sagte Armig. »In der vergangenen Nacht war das anders. Du warst völlig apathisch.«

»Ja«, sagte Loga. Er wußte nicht, was er hätte antworten sollen, es fiel ihm nichts ein. Er begriff, daß Armig und er bereits zwei verschiedenen Welten angehörten. Loga befand sich schon in der Welt des Todes, in einem Korridor, der sich nur in einer Richtung begehen ließ.

»Es wird immer schlimmer«, berichtete Armig. »Viele von uns sind bereits krank geworden. Die Organe beginnen mit einer Rückentwicklung. Es sieht so aus, als würde der Zellteilungsvorgang in den Körpern der Befallenen zum Stillstand kommen.«

Vergeblich versuchte Loga zu begreifen, welche Einzelheiten Armig ihm berichtete. Er fühlte sich elend. Plötzlich wünschte er, Armig wäre gegangen. Er wollte nicht länger zuhören, denn er spürte unbewußt, daß Mon Armig von einer Katastrophe berichtete.

»Der körperliche Zerfall wird zunächst am Austrocknen der Haut sichtbar«, fuhr Armig fort, als empfände er ein grausames Vergnügen am Schildern von Einzelheiten. »Ich bin jetzt sicher, daß es sich um eine Seuche handelt.«

Das Wort »Seuche« löste eine Reihe von Assoziationen im Gehirn des Meisters aus, doch er war nicht in der Lage, Zusammenhänge zu begreifen.

Armig ließ sich auf dem Bettrand nieder und blickte zum offenen Fenster hinüber.

»Der Homo superior ist zum Untergang verurteilt!«

Es klang wie ein Todesurteil.

Loga spürte, wie sich sein Herz zusammenzog. Letzte Reste seines Lebenswillens, verborgen in den innersten Regionen seines Bewußtseins, drangen an die Oberfläche.

Loga richtete sich mit einem Ruck auf.

Er erlitt einen Hustenanfall.

Sein Körper wurde durchgeschüttelt, seine Augen traten hervor. Mit einer Hand umklammerte er einen Arm Armigs.

»Was sagst du?« rief er matt.

»Das Ende!« sagte Armig tonlos. »Es gibt keine Zukunft mehr für unser Volk.«

Loga sank zurück. Er atmete schwer.

»Wir haben nur eine Chance«, fuhr Armig fort. »Wir müssen den Homo sapiens um Hilfe bitten.«

Die Blicke des fünfzigjährigen Mannes auf dem Bett wurden trüb.

»Du mußt dich zusammenreißen, Holtogan Loga!« rief Armig laut. »Es ist wichtig, daß du Verbindung mit Imperium-Alpha aufnimmst. Man kennt dich dort. Man wird uns helfen, wenn du mit den Menschen sprichst.«

Loga war sich darüber im klaren, daß Armig irgend etwas Verrücktes gesagt hatte.

Armig zog etwas aus der Tasche und hielt es ihm vor die Augen.

»Ich habe einen Text aufgesetzt. Wir werden jetzt in die Funkstation gehen und versuchen, Verbindung mit Imperium-Alpha zu bekommen. Du brauchst nur den Text abzulesen, das ist alles.«

»Lesen«, wiederholte Loga müde.

»Kannst du noch lesen?«

»Ich weiß es nicht«, sagte Loga. Er schaute auf das Papier. Die Buchstaben tanzten vor seinen Augen. Er las einzelne Wörter, die jedoch keinen zusammenhängenden Sinn ergaben.

Armig packte den Weißhaarigen und zog ihn hoch.

»Es muß *jetzt* geschehen, bevor alles zu spät ist. In den letzten Stunden sind Tausende von Neuen Menschen gestorben.«

Loga machte eine vage Bewegung. »Ein Traum ...«, lallte er schwerfällig.

Auf Mon Armig gestützt, schwankte er aus dem Raum. Der Korridor erschien ihm endlos lang. Sie kamen an offenen Türen vorbei. In einem der Zimmer lagen ein paar Frauen und Männer am Boden, mit offenen Augen, aus denen jeder Glanz gewichen war.

Loga empfand etwas von der Trostlosigkeit, die sich überall ausgebreitet hatte.

Exodus ... Auszug aus einem geplanten Paradies.

»Überall auf der Welt beginnen sich die Mitglieder des Homo sapiens aus der Verdummung zu lösen«, sagte Armig verzweifelt. »Je weiter wir in Lethargie versinken, desto gründlicher löst sich unser Gegner aus den Fesseln der Stupidität.«

Für Loga waren diese Worte nur ein An- und Abschwellen von Tönen, er konnte keine Bedeutung erkennen.

Irgendwie gelangten sie ein paar Minuten später in den Funkraum.

»Ich befürchte«, sagte Armig, während er Holtogan Loga in den Sessel vor der Funkanlage sinken ließ, »daß es bei mir auch anfängt.« Er trocknete sich die schweißnasse Stirn ab. »Ich werde die Verbindung herstellen, dann werden wir sprechen. Du wirst den Text verlesen, alles andere übernehme ich.«

Er packte Loga an den Schultern und schüttelte ihn. »Hör mir zu!«

Loga schluchzte wie ein Kind.

»Du wirst den Text verlesen!« schrie Mon Armig. »Du wirst ihn verlesen, für dich und für dein Volk!«

Logas Kopf fiel haltlos auf die Kontrollen. Sein Körper wurde durchgeschüttelt.

Armig zog ihn nach hinten und drückte ihm ein Blatt Papier in die Hände.

»Hier!« sagte er hart. »Lies!«

5.

Ein Schwarm Wachteln flatterte zwischen den Büschen hoch und flog flach über die Felder davon.

Sogmonth blieb stehen und blickte zu dem flachen Landhaus hinüber, das er seit zwei Stunden beobachtet hatte. Seine Hand umklammerte den verrosteten Säbel, den er in einem Haus in Gerona gefunden hatte, ein wenig fester.

Dort drüben, das wußte er aus den Unterlagen des Rettungskomitees, befand sich ein Quartier des Homo superior. Sogmonth hoffte, daß die Bewohner des Gebäudes nicht durch die fliehenden Vögel aufgeschreckt worden waren.

Sogmonth wartete in einem Gebüsch in der Nähe des Brunnens, denn er hoffte, daß früher oder später jemand herauskommen und Wasser holen würde. Das Wasserversorgungsnetz in und um Gerona war bei Explosionen nach der Katastrophe zusammengebrochen. So gelangten Brunnen, die ursprünglich nur zur Verschönerung der Gärten gedacht waren, wieder zur Bedeutung.

Der Himmel war bedeckt, bleigraue Wolken zogen darüber hinweg. Sogmonth fror. Er hatte die letzten beiden Tagen, fast ausschließlich im Freien zugebracht. Seine Augen lagen tief in den Höhlen. Das Gesicht des untersetzten Mannes war von Bartstoppeln bedeckt.

Sogmonth ließ die Ausgänge des Gebäudes nicht aus den Augen. Er hatte bisher weder Geräusche noch Bewegungen wahrgenommen. Allmählich begann er zu befürchten, daß das Haus nicht mehr bewohnt war. Sein Plan, jeden Homo superior, der zum Brunnen kommen würde, mit dem Säbel zu töten, schien nicht realisierbar zu sein.

Nach einer Weile entschloß sich Sogmonth, näher ans Haus heranzuschleichen, um festzustellen, was im Innern geschah. Vielleicht hatten sich alle Mitglieder des Homo superior aus diesem Gebiet zurückgezogen.

Geduckt huschte Sogmonth zwischen den Büschen hindurch. Ab und zu blieb er stehen und beobachtete das Gebäude. Nichts geschah, aber er wollte unter allen Umständen vermeiden, daß ihn jemand frühzeitig sehen und alle anderen warnen würde.

Niemand würde ihn an seiner Rache hindern.

Sogmonth erreichte einen Schuppen hinter dem Haus. Er war offenbar erst in den letzten Monaten aus unbearbeiteten Brettern errichtet worden.

Sogmonth nahm an, daß in ihm Futter für die Tiere aufbewahrt wurde. Überall dort, wo der Homo superior Landwirtschaft betrieb, wurden Rinder und Pferde zusammengetrieben.

Sogmonth entdeckte eine Leiter und trug sie an die äußere Schuppenwand. Er wollte über das Dach des Schuppens auf das Landhaus gelangen. Alle diese Häuser besaßen einen Sonnenhof. Er hoffte, daß er vom Dach aus in ihn einsehen konnte. Vielleicht hielten sich die Gegner dort auf.

Sogmonth wußte aus Erfahrung, daß Mitglieder des Homo superior keine großen kämpferischen Qualitäten besaßen. Wenn es nicht viele waren, konnte er sie überfallen und töten.

Die Bretter des Schuppens knarrten, als Sogmonth vorsichtig über sie hinwegschlich. Er zuckte zusammen und hielt inne. Alles blieb ruhig. Seine Enttäuschung wuchs. Es schien tatsächlich niemand mehr hierzusein.

Mit einem Satz erreichte er das flache Dach des Landhauses. Das Gebäude bestand aus zwei Ecktürmen und vier im Quadrat angelegten Wohntrakten. Sie umschlossen den Sonnenhof, aus dem Bäume über die flachen Dächer ragten.

Sogmonth schlich bis zum inneren Dachrand und blickte in den Sonnenhof. Überall lag Unrat. Der Brunnen funktionierte nicht. Auf der anderen Seite entdeckte Sogmonth eine umgekippte Pneumoliege. Sie war aufgeplatzt, ihre Füllung quoll hervor.

Die Fenster waren zum größten Teil zerstört, einzelne Sonnenjalousien waren aus der Verankerung gerissen und hingen lose herab. Es sah so aus, als wäre das Landhaus von einer plündernden Bande heimgesucht worden.

Sogmonth wurde unsicher. Hatte er sich geirrt? Befand sich das Quartier des Homo superior in einer anderen Gegend?

Er mußte sich Klarheit verschaffen.

Ohne zu zögern, glitt er über den Dachrand und kletterte an einer von Efeu bewachsenen Säule nach unten. Lautlos setzte er die Füße auf den polierten Steinboden. Ein Klopfgeräusch ließ ihn zusammenzucken. Er packte den Säbel fester und blickte sich um. Wieder ertönte das Geräusch. Sogmonth atmete auf. Irgendwo schlug der Wind ein offenes Fenster gegen den Rahmen.

Sogmonth zog sich bis zur Hauswand zurück und schlich an ihr entlang, bis er das erste Fenster erreichte. Vorsichtig spähte er in den halbdunklen Raum. Alles, was er sehen konnte, waren ein paar umgestürzte Möbel und ein zusammengerollter Teppich, in den jemand eine vertrocknete Sonnenblume gesteckt hatte. An den Wänden sah Sogmonth helle Stellen, dort hatten früher einmal Bilder gehangen.

In geduckter Haltung schlich Sogmonth zum nächsten Fenster. Er konnte in eine verlassene Küche sehen. Sie war altmodisch eingerichtet, aber ein großer, positronisch gesteuerter Ofen bewies, daß die ehemaligen Bewohner die Vorzüge der Technik zu schätzen gewußt hatten. Die Programmierungstafel des Ofens war zertrümmert worden. Das ließ auf die Tätigkeit des Homo superior schließen. In der Mitte der Küche lag ein aufgeplatzter Sack am Boden. Maiskörner quollen hervor. Sogmonth nahm an, daß der Sack erst vor kurzem hierher gebracht worden war.

Das nächste Fenster, durch das er blickte, war eingeschlagen. Sogmonth nutzte die Gelegenheit, um in das Zimmer zu klettern. Im Halbdunkel erkannte der ehemalige Offizier der Solaren Abwehr Regale an den Wänden. Davor lagen Bücher und Musikspulen. Die Tür zum nächsten Raum oder zum Korridor war halb geöffnet.

Sogmonth blieb stehen und lauschte. Alles blieb still. Behutsam kletterte Sogmonth über die am Boden liegenden Gegenstände hinweg. Er gelangte in einen mit Teppichen ausgelegten Flur, der das Gebäude in zwei Zimmerfluchten teilte.

Von hier aus konnte er alle Räume erreichen. Er ging langsam weiter. Allmählich ließ seine Konzentration nach, denn er glaubte jetzt sicher zu sein, daß er das einzige lebende Wesen im Landhaus war.

Plötzlich hörte er ein Stöhnen.

Er richtete sich bolzengerade auf und lauschte. Das Geräusch war aus einem der vor ihm liegenden Zimmer gekommen. Jemand hatte gestöhnt.

Oder war es der Wind, der durch die zerstörten Fenster strich?

Nein! dachte Sogmonth. Er konnte sich auf sein Gehör verlassen. Vielleicht lag irgendwo ein Kranker, der von den anderen zurückgelassen worden war. Oder irgend jemand gab diese Geräusche im Schlaf von sich. Sogmonths alte Entschlossenheit kehrte zurück. Er hielt den Säbel weit von sich gestreckt und ging weiter. Der dicke Teppich verhinderte, daß man seine Schritte hörte.

Wieder hörte er das Stöhnen. Es kam aus dem Raum, dessen Tür schräg vor ihm lag. Die Tür war nur angelehnt.

Sogmonth schlich sich heran. Jetzt konnte er unregelmäßige Atemzüge vernehmen. Zumindest eine Person war in dem Raum vor ihm.

Sogmonth blieb breitbeinig vor der Tür stehen. Wer immer sich in diesem Raum aufhielt, wußte nichts von der Anwesenheit eines Eindringlings. Sogmonth war entschlossen, den Vorteil der Überraschung zu nutzen.

Er stieß mit der Säbelspitze die Tür auf und sprang mit einem Satz in den halbdunklen Raum.

Galbraith Deighton brauchte einige Zeit, bis er begriff, daß der Mann, dessen eingefallenes Gesicht sich auf dem Bildschirm abzeichnete, Holtogan Loga war. Erschüttert drehte er sich zu Collins um, der mit ihm in die Funkzentrale gekommen war.

»Das ist der Meister der Fünfzig Ersten Sprecher! Informieren Sie Roi über diesen Anruf. Er soll nach Möglichkeit in die Funkzentrale kommen.«

Collins beugte sich über den nächsten Interkomanschluß, um Danton zu benachrichtigen.

Deighton sah auf den Bildschirm. Logas Gesicht glich einer wächsernen Maske. Die Augen lagen tief in den Höhlen und glänzten fiebrig. Das Haar sah strähnig aus. Die Lippen waren eingefallen. Deighton war sich darüber im klaren, daß er einem menschlichen Wrack in die Augen sah.

Wahrscheinlich konnte Loga ihn ebenfalls sehen, aber er redete weder, noch gab er durch ein Zeichen zu verstehen, daß die Verbindung zustande gekommen war.

»Loga!« rief Deighton mitleidig. »Was ist mit Ihnen geschehen?«

Vergessen waren die Konflikte mit dem Homo superior. Im Augenblick sah der Abwehrchef in Loga nur einen Kranken, der Hilfe brauchte. Dabei war es vor allem Loga gewesen, der von einer klaren Abgrenzung zwischen Homo sapiens und Homo superior gesprochen hatte. Logas Befehle hatten dazu geführt, daß Dutzende lebenswichtiger Stationen überall auf der Erde demontiert worden waren. Loga war der Mann, den die Verantwortlichen von Imperium-Alpha verdächtigten, daß er insgeheim den Untergang des Homo sapiens erreichen wollte.

Loga senkte den Kopf. Seine Lippen begannen sich zu bewegen.

»Der Appell, den ich an Sie richte, soll verhindern, daß unser Volk untergeht«, sagte Loga mit monotoner Stimme.

Deighton vermutete, daß der greisenhaft aussehende Mann von einem Papier ablas. Es sah so aus, als würde Loga den Sinn seiner Worte nicht begreifen.

»Es wird Sie erstaunen, daß ausgerechnet wir uns an Sie wenden«, fuhr Loga fort. »Aber wir haben keine andere Wahl. Wir beschwören Sie. Verhindern Sie den Untergang des Homo superior, der nicht mehr in der Lage ist, sich selbst zu helfen. Wir müssen ...« Die Stimme versagte. Kraftlos sank Loga nach vorn. Ein anderer Mann wurde sichtbar, der Loga stützte.

Er blickte direkt auf Deighton und machte einen verhältnismäßig frischen Eindruck. »Ich bin Mon Armig!« sagte er.

»Sie gehören zu den Fünfzig Ersten Sprechern«, erinnerte sich Deighton.

Er wurde vom Bildschirm abgelenkt, denn Danton kam herein und trat neben ihn.

»Roi Danton!« rief Armig. »Berichten Sie ihm, was Loga gesagt hat.«

Nachdenklich blickte Deighton auf den Bildschirm. Armig stand hinter Loga, der völlig in sich zusammengesunken war und offenbar nichts von dem wahrnahm, was um ihn herum geschah.

Oder, fragte sich der stets wachsame und mißtrauische Deighton, war das alles nur ein großangelegter Bluff?

Unbewußt schüttelte er den Kopf. Niemand konnte sich so verstellen. Loga war nur noch ein Wrack, daran gab es keinen Zweifel. Deighton berichtete Danton, was er gehört hatte.

»Wir haben inzwischen den gefangenen Homo superior zu verhören versucht«, sagte Roi. »Viel ist nicht dabei herausgekommen. Das Aussehen des Gefangenen bestätigt jedoch Logas Worte. Man kann fast zusehen, wie er körperlich verfällt.«

»Ich bin einer der wenigen, die noch aktiv sind.« Aus Armigs Stimme klang jetzt Verzweiflung. »Aber ich bin nicht glücklich darüber. Ich muß den Niedergang meines Volkes bewußt miterleben.«

Danton und Deighton sahen sich an. Beide waren ratlos.

»Es gibt zwei Millionen der Spezies Homo superior«, sagte Collins schließlich. »Ich kann mir nicht vorstellen, wie wir ihnen helfen sollen, zumal wir nicht einmal die Aufgaben erledigen können, die wir uns gestellt haben. Jeder Abzug von Mitarbeitern zugunsten des Homo superior könnte die Lage der Verdummten auf der Erde wieder radikal verschlechtern. Außerdem«, fügte er bitter hinzu, »hat bisher kein Homo superior daran gedacht, *uns* zu helfen. Im Gegenteil: Man hat uns nur Schwierigkeiten gemacht und alles getan, um unsere Aufbauarbeit zu sabotieren.«

Danton blickte zum Bildschirm.

»Sie haben Collins gehört. So wie er denken vermutlich alle Immunen von Imperium-Alpha. Sie würden sich weigern, dem Homo superior zu helfen.«

Armigs Gesicht blieb unbewegt, aber Danton konnte sich gut vorstellen, welche Gefühle in diesem Mann tobten.

»Sie mißverstehen uns«, erwiderte Armig. »Wir kommen nicht als reumütige Sünder zu Ihnen. Wir glauben nach wie vor, daß wir richtig gehandelt haben. Die Erde und die Menschheit können nur weiterexistieren, wenn jede Technik abgeschafft wird und der Mensch zu einem natürlichen Leben zurückkehrt.«

»Sie brauchen das nicht alles zu wiederholen«, meinte Deighton. »Wir haben es oft genug gehört.«

»Wir wenden uns an Sie, weil wir keine andere Chance mehr haben«, sagte Armig schnell. »Wir wollen nichts unversucht lassen, unseren Untergang zu verhindern.«

Danton stützte sich auf die Rückenlehne eines Sessels.

»Das ist alles Ihre Idee!« erriet er.

»Jeder von uns hätte an meiner Stelle ebenso gehandelt«, behauptete Mon Armig. »Loga ist leider nicht mehr in der Lage, Verhandlungen mit Ihnen zu führen.«

»Ich muß mich mit meinen Freunden beraten«, sagte Danton.

Armig schüttelte den Kopf. »Jede Verzögerung würde unser Ende bedeuten. Sie müssen uns jetzt helfen.« Armig zögerte, dann fügte er leise hinzu: »Ich bin mir darüber im klaren, daß diese Hilfe ihren Preis kostet. *Sie* können diesen Preis bestimmen.«

Für Danton stand fest, was Armig anbot: die völlige Unterwerfung des Homo superior. Die Einstellung aller Demontagen, die Rückkehr zur ursprünglichen Abgeschlossenheit. Danton wußte auch, daß er sich auf die Worte Armigs verlassen konnte.

Aber er sah trotzdem keine Möglichkeit, den Neuen Menschen zu helfen. Es war technisch nicht möglich. Was sollten sie tun? Die mühsam aufgebauten Immunenzellen auflösen? Die in Imperium-Alpha tätigen Immunen ausschicken?

Wie wollte man in der gegenwärtigen Situation innerhalb kürzester Zeit zwei Millionen Frauen und Männern helfen?

»Wir müssen darüber beraten!« entschied Danton. Mit einer heftigen Bewegung schaltete er die Funkanlage aus. Bevor Armigs Bild verblaßte, sah Danton noch die maßlose Enttäuschung, die vollkommene Hoffnungslosigkeit, die sich im Gesicht des Homo superior auszubreiten begann.

Danton drehte sich um. Wieder sah er in das Gesicht eines Mannes. In das Gesicht eines Homo sapiens.

In Collins' Gesicht. Es war abweisend und hart.

»Verdammt will ich sein, wenn ich für diese Clique auch nur eine Hand rühre«, sagte Kommandant Collins.

Mon Armig trug Loga in das Zimmer des Meisters zurück und legte ihn aufs Bett. Im gesamten Haus war es still. Armig wußte, daß seine Freunde in den Zimmern lagen und auf das Ende warteten. Vermutlich hatte es bereits die ersten Toten gegeben.

Armig zwang sich dazu, seine Gefühle völlig auszuschalten. Es war im Augenblick der einzige Schutz vor dem Wahnsinn.

Noch einmal schaute er auf den wie betäubt daliegenden Holtogan Loga. Dann ging er in Richtung des Ausgangs. Als er die Tür fast erreicht hatte, hörte er Loga rufen.

»Armig!«

Der Erste Sprecher blieb stehen und blickte zum Meister seines Volkes zurück. Loga hob einen Arm. Er schien völlig klar zu sein.

»Komm her!«

Armig ging zum Bett. Von Logas Gesicht ging etwas aus, eine verhaltene Kraft und der unerschütterliche Glaube an das, was er in seinem Leben getan hatte. Vielleicht, dachte Armig traurig, hatte erst diese Katastrophe kommen müssen, um ihn Loga richtig verstehen zu lassen. In diesem Augenblick wurde er sich der Persönlichkeit dieses Mannes erst richtig bewußt.

»Sie haben es abgelehnt, nicht wahr?«

Es war eine Feststellung, sie wurde ohne Trauer getroffen.

»Sie wollen beraten«, wich Armig aus.

Der Mann im Bett lächelte verstehend. Er schien weder zornig noch enttäuscht zu sein.

»Ich bin im Augenblick völlig klar, Mon Armig«, sagte er. Er wurde immer wieder von Hustenanfällen unterbrochen. »Vielleicht sind dies die letzten Minuten meines Lebens, in denen ich vernünftig denken kann.«

»So darfst du nicht sprechen«, sagte Armig schwach.

Logas Augen weiteten sich.

»Unser Volk wird untergehen«, prophezeite er. »Ich weiß jetzt, welches unbehagliche Gefühl mich seit meiner Jugend begleitete. Es war eine Vorahnung, aber ich war nicht tapfer genug, der Wahrheit ins Auge zu sehen.«

»Wahrheit!« Armig spie dieses Wort hervor. »Wer fragt auf dieser Welt schon nach der Wahrheit?«

»Es ist bedauerlich, daß du so verbittert bist.« Holtogan Loga richtete sich im Bett auf und preßte die Hände gegen die Brust. »Ich sehe uns jetzt, wie wir wirklich sind. Mein lieber Freund, es wird dir schrecklich vorkommen, aber ich denke, daß wir nur ein Experiment der launischen Natur sind, ein Versuch, die Menschheit vor den Folgen des Schwarmes zu retten.«

»Was redest du da?« rief Armig bestürzt. »Das ist ja Wahnsinn.«

»Es ist die Wahrheit, und ich hoffe, daß jeder von uns sie vor seinem Ende erkennen wird.«

»Es würde bedeuten, daß dieser Schwarm ein Naturereignis ist. Ein immer wiederkehrendes Mysterium, auf das sich die Evolution einzustellen versucht.«

»So ist es«, stimmte Loga zu. »Vielleicht wird beim nächstenmal, wenn der Schwarm in Jahrhunderttausenden wieder durch unsere Galaxis ziehen sollte, das Experiment gelingen.«

Armig schlug die Hände vors Gesicht. Der Meister war wahnsinnig geworden, denn was er da sagte, war unvorstellbar.

»Ich bin kein Nihilist«, sagte Armig. »Ich werde kämpfen. Niemand darf aufgeben. Wenn die Normalen uns helfen, haben wir vielleicht eine Chance. Natürlich können nicht alle gerettet werden, aber wenn ein paar tausend von uns überleben oder nur ein paar hundert, dann kann unsere Art gerettet werden.«

Loga sank zurück. Er war jetzt völlig entkräftet.

»Nicht *wir* bestimmen, ob wir weiterhin existieren werden.« Seine Stimme war so schwach geworden, daß Armig ihn kaum noch verstand. Dann schloß Loga die Augen. Seine Brust hob und senkte sich unregelmäßig.

Armig stürzte aus dem Zimmer. Im Korridor blieb er stehen. Er kam sich innerhalb des Gebäudes beengt vor, die Wände schienen zusammenzurücken und ihn erdrücken zu wollen. Trotz dieser Last, die sich auf seinen gesamten Körper legte, blieb er stehen.

»Hört mir zu!« schrie er hinaus. »Hört mir alle zu! Kommt aus euren Zimmern und kämpft. Wehrt euch gegen das Ende.«

Seine Stimme fand ein Echo in den zahllosen Gängen und Räumen des ehemaligen GCC-Gebäudes.

Armig stand da und wartete.

Nach einer Weile kam Vanieoh und blickte sich interessiert um.

Von den Neuen Menschen kam niemand.

Es waren ein Mann und eine Frau. Sie lagen auf dem Boden, die Gesichter nach oben. Ihre Augen standen offen, sie sahen Sogmonth weder überrascht noch ängstlich an. Sie hielten sich an den Händen.

Ein Paar! dachte Sogmonth. *Ein Homo-superior-Weibchen und ein Homo-superior-Männchen.*

»Ich wußte, daß ich einige von euch finden würde!« Sogmonth erschrak vor seiner eigenen Stimme.

Er hob den Säbel und ging damit auf die beiden Neuen Menschen zu. Sie reagierten nicht. Sie machten überhaupt keine Anstalten, sich in irgendeiner Weise zur Wehr zu setzen. Auch an Flucht schienen sie nicht zu denken.

»Das hilft euch nicht!« schrie Sogmonth. Er holte mit dem Säbel aus.

Ein Wimmern drang an sein Gehör.

Er fuhr herum. In einer Ecke des Raumes kauerten drei Kinder, zwei Mädchen und ein Junge. Sie machten einen ebenso apathischen Eindruck wie die beiden Erwachsenen.

»Ah!« machte Sogmonth. »Das ist gut! Eine ganze Familie. Eine Familie!« Immer wieder schrie er: »Eine Familie!«, bis seine Stimme sich überschlug. Dann warf er den Säbel auf den Boden und begann hemmungslos zu schluchzen.

Er wußte nicht, wieviel Zeit verstrichen war, als er ein Geräusch auf dem Korridor hörte. Gleich darauf erschien ein Mann in der Tür: Pappon, der alte Farbige. Pappon übersah die Szene mit einem Blick.

»Kommen Sie!« sagte er ruhig. »Ich bringe Sie zurück.«
Willenlos ließ Sogmonth sich hinausführen.
»Ich konnte es nicht tun«, sagte er, als sie draußen standen. »Vielleicht die beiden Alten. Aber dann, die Kinder. Es war unmöglich.«
Der alte Pappon kratzte sich am Hinterkopf. »Es sind nur Menschen, Sogmonth. Sind Sie bereit?«
Der Major nickte.
Es war sehr leicht! dachte Pappon. *Leichter, als ich gedacht hatte.*
Pontonac würde froh sein, wenn Sogmonth zum Komitee zurückkehrte.
Ein Sogmonth, dessen Handlungen nicht von unversöhnlichem Haß bestimmt wurden, war für das Rettungskomitee unersetzlich.

Die beiden Männer, die Edmond Pontonac an der Strukturschleuse abholten, machten einen freundlichen Eindruck. Sie verhehlten nicht, daß sie mit den Ideen des Rettungskomitees und dessen Anführer sympathisierten. Pontonac rechnete damit, daß er überall auf diese Sympathie stoßen würde, aber das machte ihn nicht gerade glücklich. Popularität war keineswegs ein Beweis für richtiges Handeln.
Pontonac wußte, daß die Männer, mit denen er zusammentreffen würde, ihn nach seinen Handlungen beurteilen würden.
»Ich bin Oberst Edmond Pontonac!« Der Anführer des Rettungskomitees zog seine alte Identitätskarte aus der Tasche. »Sie können sich gern bedienen.«
Einer der beiden Männer winkte ab.
»Wir wissen genau, wer Sie sind, Sir. Man erwartet Sie bereits in der Zentrale von Imperium-Alpha. Mein Begleiter, Artus Omeniahn und ich werden Sie dorthin bringen. Ich bin Calliück. Sergeant Calliück, Sir.«
»Hm!« machte Pontonac. »Titel sind im Augenblick wenig populär. Wir müssen alle zusammenstehen.«
Calliück grinste. Er hatte ein breites, gutmütiges Gesicht und kleine dunkle Augen.
»Wir haben viel von Ihnen gehört«, bekannte er.
»Ja«, sagte Pontonac ruhig. »Das war nicht anders zu erwarten.«
Omeniahn machte eine alles umfassende Bewegung.
»Was tun Sie eigentlich alles dort draußen?«
Dort draußen – das war die Welt außerhalb von Imperium-Alpha! dachte Pontonac. Der Beton- und Stahldschungel, in den einzudringen noch immer gefährlich war. Auch jetzt noch, fünfzehn Monate nach der Katastrophe. Wer von außerhalb kam, war für die Besatzungsmitglieder von Imperium-Alpha ein exotisches Geschöpf.
»Ich möchte nicht darüber sprechen«, sagte Pontonac, der sich plötz-

lich nicht mehr wohl fühlte. Er begann bereits, seinen Entschluß zu bedauern. Vielleicht hätte er nicht kommen sollen.

Calliück und Omeniahn schienen zu spüren, daß der Mann, den sie abgeholt hatten, nicht besonders redselig war. Die beiden Immunen schwiegen ebenfalls.

Hinter der Schleuse stand ein Wagen bereit. Pontonac nahm darin Platz. Während sie über eine Hochstraße zum Zentrum fuhren, fragte Calliück unverbindlich: »Sie sind sicher nicht zum erstenmal hier?«

»Nein«, erwiderte Pontonac. »Früher war ich schon ein paarmal in der Zentrale.«

Früher! wiederholte er in Gedanken. Das war zum Wort für die Zeit vor der Katastrophe geworden. Dabei war es erst fünfzehn Monate her, daß die Menschheit von der Verdummungswelle betroffen worden war.

Der Wagen rollte bis zu einem Transmitter.

»Der ist nicht einsatzbereit!« erklärte Calliück. »Aber dort drüben unter der Kuppel befindet sich ein Antigravschacht. Dort steigen wir ein.«

Pontonac schaute sich neugierig um und fragte sich, wann er wieder an die Oberfläche kommen würde.

In einer der unteren Ebenen wurde Pontonac von einer schwarzhäutigen Frau begrüßt, die die beiden Männer, die Pontonac bis hierher geführt hatten, mit einer Handbewegung entließ.

»Ich bin Maybelle«, sagte sie. Sie sah ihn prüfend an. »Im allgemeinen grinsen die Männer, wenn sie meinen Namen hören.«

»Schon möglich«, meinte Pontonac gleichgültig. »Ich finde, der Name paßt zu Ihnen.«

»Ich bin Kommandantin«, erklärte sie. »Wir treffen uns alle im Konferenzsaal. Danton und Deighton werden auch dasein.«

Pontonac wunderte sich darüber, wie unkonventionell hier unten alles vor sich ging. Ohne viele Umstände wurde er zu einer Konferenz eingeladen. Vielleicht hatte er unbewußt erwartet, daß man ihm mehr Aufmerksamkeit schenken würde, obwohl er nicht der Mann war, der unbedingt im Mittelpunkt stehen wollte.

Ob die Konferenz seinetwegen stattfand?

Er betrachtete die Frau. Sie war nicht besonders hübsch, machte aber einen sympathischen Eindruck.

»Werden Sie mir etwas verraten, wenn ich Sie danach frage?«

»Nein!« Ihre Antwort klang bestimmt. »Sie müssen abwarten.«

Sie betraten gemeinsam einen Rollkorridor.

»Sie machen mich neugierig«, bekannte Pontonac.

»Wodurch?«

»Durch Ihr Schweigen. Und durch Ihr geheimnisvolles Gesicht.«

Sie musterte ihn.

»Verliert man oben eigentlich den Humor langsamer als in Imperium-Alpha?«

Edmond wartete auf eine Erklärung.

»Ich meine«, fuhr sie lächelnd fort, »daß hier unten niemand mehr Zeit für billige Witze hat.«

Am Ende des Korridors stießen sie auf einen nervösen Offizier, der pausenlos fluchte.

»Das ist Abraham!« stellte Maybelle vor. »Am besten, Sie ignorieren ihn, sonst werden Sie in ein paar Tagen so verrückt wie er.«

»Maybelle!« rief Abraham klagend.

Er winkte einem seiner Assistenten. Ein Gleiter schwebte heran.

»Man fliegt uns direkt zum Konferenzort«, erklärte Maybelle.

Bevor die Konferenz der Sektorenkommandanten begann, wurde Pontonac von Maybelle in einen Nebenraum des Konferenzzimmers gebracht. Hier warteten Deighton und Danton auf ihn. Die Begrüßung zwischen den drei Männern, die sich von früher kannten, fiel herzlich aus. Dann kam Roi sofort zur Sache.

»Sie haben uns mit Ihrem Rettungskomitee zugegebenermaßen oft geholfen, Edmond. Trotzdem standen alle Ihre Aktionen außerhalb des Gesetzes.«

Der Mann mit zwei Bein- und einer Armprothese befeuchtete nervös die Lippen mit der Zungenspitze. »Ich bin mir darüber im klaren und entziehe mich nicht der Verantwortung.«

»Wir wollen nicht über Sie zu Gericht sitzen«, sagte Deighton. »Dazu haben wir weder Zeit noch Lust.« Er schaute zu Roi. »Sein Vater jedoch wird diese Sache kaum auf sich beruhen lassen.«

Pontonac nickte finster.

»Sie kennen die augenblickliche Situation«, fuhr Deighton fort. »Weitere Aktivitäten des Rettungskomitees gegen den Homo superior sind sinnlos geworden, denn die Neuen Menschen sind vom Untergang bedroht. Sie sind apathisch geworden. Es gibt keine Mitglieder des Homo superior mehr, die sich im Sinne ihres Volkes um die Verdummten bemühen oder zu Demontagefeldzügen aufbrechen.«

»Das ist alles ziemlich rätselhaft«, fügte Danton hinzu. »Wir versuchen jedoch, uns auf diese Situation einzustellen. Ihr Komitee, so erfuhren wir, besteht aus einhundertfünfzig immunen Mitgliedern.«

Pontonac bejahte. »Sie sind jetzt mehr oder weniger arbeitslos.« Eine Pause entstand. Schließlich stieß Pontonac einen Pfiff aus. »Ich kann mir denken, daß man in Imperium-Alpha einhundertfünfzig weitere Immune gut brauchen könnte.«

»Ja«, bestätigte Deighton. »Nötiger als alles andere, denn wir haben nicht genügend Menschen, die uns bei unserer schweren Aufgabe helfen können.«

»Meine Leute warten in unserem Hauptquartier auf weitere Befehle. Keiner von ihnen würde sich einer neuen Aufgabe entziehen.«

»Das ist gut so«, sagte Danton. »Wir haben etwas Besonderes mit ihnen vor.«

Deighton machte eine einladende Bewegung zur Zwischentür.

»Kommen Sie mit nach nebenan. Die Kommandanten sind sicher schon gespannt darauf, Sie kennenzulernen.«

Danton stand am Kopfende des Tisches und deutete auf den Platz, wo Edmond Pontonac saß.

»Nun, Storman Collins«, sagte er nicht ohne Spott. »Ich hoffe, daß wir damit Ihrer Forderung nachgekommen sind. Vor uns sitzt Edmond Pontonac, Anführer und Gründer des Rettungskomitees. Er ist bereit, alle Ihre Fragen zu beantworten.«

Ein paar Kommandanten lachten. Sie gönnten dem angeberischen Collins diese Niederlage.

Collins war jedoch nicht im mindesten betroffen. Er war klug genug, jetzt einzulenken.

»Das Rettungskomitee hat keine Bedeutung mehr«, sagte er mit fester Stimme. »Es wird bald keine Mitglieder des Homo superior mehr geben. Deshalb wird auch das Rettungskomitee aufhören zu existieren.«

Diese Argumentation war genau richtig. Am Kopfnicken der Kommandanten erkannte Danton, daß man Collins zustimmte. Das Thema »Rettungskomitee« war für die Immunen abgeschlossen. In Imperium-Alpha konnte man wieder zur Tagesordnung übergehen.

Pontonac merkte, wie das anfängliche Interesse an ihm schnell abflaute. Die Männer und Frauen waren viel zu angespannt, um sich ausschließlich auf ihn konzentrieren zu können. Doch für Danton und Deighton war das Thema noch nicht abgeschlossen.

»Vor Ihnen liegt ein Bericht über ein Funkgespräch, das Deighton und ich im Beisein von Storman Collins mit zwei führenden Vertretern des Homo superior führten. Sie haben diesen Bericht inzwischen gelesen und wissen, was die Neuen Menschen von uns erbitten.«

Unruhe kam auf.

»Die haben Nerven!« rief Stableen erregt. »Denken sie wirklich, daß wir ihnen helfen?«

Danton hob beide Arme, um die aufkommende Unruhe einzudämmen.

»Ich weiß, wie Sie alle darüber denken. Aber wir haben nicht das Recht, den Homo superior untergehen zu lassen.«

Jetzt wurde es still.

»Wir haben«, fuhr Danton fort, »genau überlegt, was wir für den Homo superior tun können.«

Deighton stand auf.

»Meine Damen und Herren, entgegen unseren sonstigen Gepflogenheiten haben Roi Danton und ich in diesem Fall selbst entschieden. Es gibt eine Organisation, die ab sofort mit der Rettung des Homo superior beauftragt wird.«

Alle sahen den Ersten Gefühlsmechaniker an.

»Wir meinen«, sagte Deighton, »Edmond Pontonacs Rettungskomitee.«

Eigenartig, dachte Pontonac, als er durch den stillen Antigravschacht nach oben schwebte. Als erbittertster Gegner des Homo superior war er nach Imperium-Alpha gekommen. Nun verließ er als Retter der Neuen Menschen die Immunenzentrale, wobei allerdings noch nicht feststand, ob er dieser Bezeichnung gerecht werden konnte.

Der Name »Rettungskomitee« hatte ab sofort einen völlig anderen Sinn bekommen. Es ging nicht mehr darum, Verdummte und technische Stationen vor den Übergriffen des Homo superior zu retten, sondern der ehemalige Gegner mußte vor dem Untergang bewahrt werden.

»Glauben Sie, daß Sie bei Ihren Leuten damit durchkommen?« erkundigte sich Maybelle, die Pontonac nach oben brachte.

Darauf wußte der Oberst keine Antwort. Sicher würden die meisten Mitglieder seiner Organisation heftig protestieren. Es war denkbar, daß viele aus dem Rettungskomitee ausscheiden würden. Pontonac, der alle Vollmachten Dantons und Deightons besaß, hoffte jedoch, daß er genügend Einfluß besaß, um die meisten Komiteemitglieder zum Bleiben bewegen zu können. Er hatte ein Argument, das stichhaltiger war als alles andere: Mit der Rettungsarbeit für den Homo superior konnte das Komitee zumindest einen Teil der Gesetzesübertretungen wiedergutmachen. Bei einer späteren Verhandlung würde das ins Gewicht fallen.

»Ich wünsche Ihnen auf jeden Fall viel Glück«, sagte Maybelle, als sie Pontonac in der Nähe eines großen Landeplatzes an der Oberfläche verabschiedete. »Ihr Pilot wartet schon. Er wird Sie zum Stützpunkt des Komitees zurückbringen.«

»Ich weiß, daß die Aufgabe, die man mir gestellt hat, praktisch undurchführbar ist«, sagte Pontonac. »Trotzdem werde ich alles versuchen, einen Erfolg zu erzielen.«

»Ich fürchte«, sagte Maybelle, »daß das nicht allein von Ihnen abhängen wird.«

6.

Das Medizinische Depot der Solaren Flotte in Detroit öffnete zum erstenmal seit fünfzehn Monaten seine Tore.

Pontonac, der zusammen mit Alpher Creek, Sogmonth und Pappon im Kontrollturm des kleinen Landefeldes darüber wachte, daß die Aktivierung der Roboter reibungslos verlief, hatte innerhalb weniger Stunden ein Soforthilfeprogramm aufgestellt. Der Zustand der Neuen Menschen hatte sich weiter verschlechtert. Die Mitglieder des Homo superior verweigerten jede Nahrungsaufnahme. Bei den meisten waren inzwischen organische Veränderungen aufgetreten. Die Betroffenen starben zu Tausenden.

Pontonac standen Schweißperlen auf der Stirn.

»Ihr Kreislauf ist in Unordnung geraten«, stellte Creek sachlich fest. »Sie brauchen Schlaf.«

»Ja, schon gut!« wehrte Pontonac ab. »Erst müssen wir die Roboter in Marsch setzen.«

Vom Kontrollturm aus konnten die Männer beobachten, wie Tausende von neu programmierten Robotern aus den Hallen des Medizinischen Depots marschierten. Viele dieser Medo-Roboter waren mit Herz-Lungen-Geräten ausgerüstet.

Von diesen Automaten erhoffte sich Pontonac entscheidende Hilfe. Alle Roboter, die programmiert waren, wurden in bereitgestellte Gleiter gebracht und in alle Gebiete der Erde geflogen.

Pontonacs größter Kampf gegen den Untergang des Homo superior hatte begonnen. Nach seiner Rückkehr in den Stützpunkt des Rettungskomitees hatten über sechzig Männer die Organisation verlassen. Sie waren durch nichts zu bewegen gewesen, den Neuen Menschen zu helfen. Pontonac machte den Abtrünnigen keinen Vorwurf. Er konnte von niemandem verlangen, die ehemaligen Feinde als Freunde anzusehen.

Auf dem Landefeld starteten und landeten ständig große Transportgleiter. Pontonac war sich darüber im klaren, daß es nicht genügend Roboter gab, um allen Neuen Menschen zu helfen, deshalb wollte er die Automaten überall dort einsetzen, wo sich große Quartiere des Homo superior befanden.

Danton und Deighton hatten den Obersten mit allen nur erdenklichen Vollmachten ausgerüstet. Die Pontonac treu ergebenen Mitglieder des Rettungskomitees waren in alle Gebiete der Erde geflogen, um die Arbeit der Roboter zu unterstützen. Pontonac befürchtete jedoch, daß vierundachtzig Männer nicht in der Lage sein würden, das Leben von zwei Millionen Kranken zu retten.

Der große Mann seufzte bei dem Gedanken an die fast unlösbare Aufgabe.

Creek blickte auf die Uhr. »Hier läuft alles planmäßig«, stellte er fest. »Da wir noch fünf Stunden hiersein werden, können Sie sich ein bißchen ausruhen.«

Pontonac war versucht, diesen Vorschlag anzunehmen, doch dann gab er sich einen Ruck. »Sogmonth wird zusammen mit den immunen Depottechnikern darauf achten, daß es keine Zwischenfälle gibt. Wir fliegen inzwischen nach Puppet, wo sich die meisten Ersten Sprecher des Homo superior aufhalten.«

Creek und Pappon verließen zusammen mit Pontonac den Kontrollturm und bestiegen einen Gleiter, der am Rand des Landefelds stand. In unmittelbarer Nähe hob ein mit Medo-Robotern besetzter Transportgleiter vom Boden ab.

Pontonac blickte zum Kontrollturm hinüber. Hinter den transparenten Wänden der oberen Kuppel glaubte er eine einsame Gestalt zu erkennen: Sogmonth, der den Aufmarsch der Automaten nun allein überwachte.

Pappon bemerkte den Blick des Obersten. »Noch immer mißtrauisch?«

»Ich weiß es nicht«, gestand Pontonac. »Ich werde ihn wohl nie ganz verstehen lernen. Trotz seines Gesinnungswandels ist er mir noch immer unheimlich.«

»Er ist in Ordnung«, sagte Creek. »Sie dürfen nicht anfangen, sich über jeden Sorgen zu machen. Schließlich besteht das Rettungskomitee nicht aus Hohlköpfen.«

»Sie haben recht«, meinte Pontonac beschämt. »Ich fange an zu glauben, daß ich alles selbst erledigen muß. Vielleicht ist das nur ein Zeichen meiner Müdigkeit.«

Inzwischen hatte Pappon den Gleiter gestartet. Sie schwebten dicht über der Stadt dahin. In den Straßen gab es so gut wie keinen Verkehr. Obwohl die Verdummten ihre Lethargie abgelegt hatten, waren sie nach wie vor nicht in der Lage, Maschinen zu bedienen. In einigen Gebieten der Stadt waren jedoch Aufräumungsarbeiten im Gang. Vielleicht würden die Städte auf der Erde eines Tages wieder das alte Bild bieten.

Pappon zog den Gleiter nach oben. Die Maschine raste zur Küste. Ihr Ziel war Puppet.

In den letzten Stunden waren drei Männer und eine Frau gestorben. Armig war froh, daß Vanieoh das ehemalige GCC-Gebäude noch nicht verlassen hatte. Der Verdummte half ihm, die Leichen in den Park zu schaffen, wo sie sie gemeinsam begruben. Armig verrichtete diese Arbeit mit äußerster Verbissenheit. Er befürchtete, daß es bald so viele Tote geben würde, daß Vanieoh und er mit ihrer Bestattung nicht mehr nachkämen. Außerdem ging es Armig ständig schlechter. Die Krankheit nahm bei ihm einen anderen Verlauf als bei den anderen, aber im Endeffekt würde er auf eine ähnliche Weise enden wie die Neuen Menschen, die sie jetzt begraben hatten.

Loga lebte noch immer, aber er lag apathisch in seinem Bett, aß und trank nicht und erkannte Armig nicht mehr.

Armig wuchtete die Schaufel in den weichen Boden und stützte sich auf den Stiel.

»Du kannst noch mehr Löcher graben«, sagte er zu Vanieoh. »Wir werden sie brauchen.«

Der Verdummte, der offenbar glücklich darüber war, daß er einfache Arbeiten ausführen konnte, arbeitete weiter.

Armig ging zum Haus und ließ sich auf einer Bank neben dem Eingang nieder.

Er war völlig ratlos. In den letzten Stunden hatte er oft gewünscht, daß das Ende schneller kommen würde.

Plötzlich hörte er ein Geräusch in der Luft. Als er aufblickte, sah er einen großen Transportgleiter. Nachdem die Maschine eine Zeitlang über dem Park gekreist war, landete sie auf der Lichtung neben dem Tempel.

Armig stand auf, um nachzusehen, was das bedeutete.

Auf dem Weg zur Lichtung kamen ihm sechs schwere Medo-Roboter entgegen.

Armigs Abneigung gegen die Technik erwachte. Er versteckte sich hinter einem Baum, obwohl er genau wußte, daß eine solche Handlungsweise lächerlich war.

Die Roboter marschierten zielstrebig auf das Gebäude zu. Armig vermutete, daß sie kamen, um die Kranken im GCC-Gebäude zu behandeln. Also hatten Danton und Deighton doch den Entschluß gefaßt, Hilfe zu schicken.

Armig trat hinter dem Baum hervor und folgte den Robotern in sicherem Abstand.

Er beobachtete, daß Vanieoh die Schaufel hingeworfen hatte und fasziniert die sechs Roboter betrachtete. Wahrscheinlich erweckte der Anblick der Automaten bestimmte Vorstellungen in seinem Gehirn.

Armig sah, daß die Roboter das Haus betraten. Nach kurzem Zögern folgte er ihnen. Die Maschinen verteilten sich in den Räumen, wo Kranke lagen. Sie stellten Diagnosen und kümmerten sich um die Männer und Frauen, denen es besonders schlechtging. Armig blickte durch den Spalt einer halbgeöffneten Tür in ein Zimmer, wo einer der Roboter arbeitete. Der Automat begann mit der künstlichen Beatmung der

Schwerkranken. Er hatte drei Anschlüsse und konnte mit seiner Lungenmaschine drei Menschen versorgen. Gleichzeitig begann er mit künstlicher Ernährung der Kranken.

Armig fühlte, daß Übelkeit in ihm aufstieg. Der Anblick der blitzenden Geräte war ihm zuwider. Es war wie ein Schock für ihn, als er sah, wie sich die Injektionsnadeln des Medo-Roboters in die Venen der Kranken schoben.

Armig stöhnte auf.

Bisher hatten seine Freunde und er alles getan, um Maschinen wie diese zu vernichten. Nun mußte er mit ansehen, wie Mitglieder des Homo superior von Automaten berührt und behandelt wurden.

Armig schloß die Augen. Ein Schwindelgefühl überkam ihn. Hastig hielt er sich an der Wand fest. Er torkelte ein paar Schritte seitwärts und schlug dann schwer auf den Boden.

So fand ihn Vanieoh, der ein paar Minuten später neugierig ins Haus kam, um nachzusehen, was die seltsamen Maschinen taten. Der Verdummte beugte sich über den Bewußtlosen.

»Mon Armig!« rief er und schüttelte den Mann an der Schulter. »Kommen Sie zu sich!«

Der Homo superior reagierte nicht.

Vanieoh hörte ein Klirren. Durch die halboffene Tür blickte er in das nächstliegende Zimmer, wo die Roboter an der Arbeit waren.

»Kommt hierher!« rief er ihnen zu. »Hier liegt noch ein Kranker.«

Ein tentakelförmiger Diagnosesensor schlängelte sich auf den Gang und berührte Armig an Kopf und Händen. Er zog sich sofort wieder zurück. Die Maschine hatte festgestellt, daß es in diesem Haus Menschen gab, die ihrer Hilfe dringender bedurften als Armig.

Vanieoh überlegte, was er für Armig tun konnte. Vielleicht war es am besten, wenn er sich aus dem Haus zurückzog. Aber ein Gefühl der Verbundenheit zu Armig hielt ihn von der Verwirklichung dieses Planes zurück. Er kauerte neben dem Ersten Sprecher am Boden.

Leise Geräusche, die aus den umliegenden Räumen kamen, bewiesen ihm, daß der Roboter in aller Eile die Kranken versorgte.

Ab und zu verließ ein Automat ein Zimmer, um gleich darauf in ein anderes zu gehen.

Die Kranken ließen die Behandlung apathisch über sich ergehen. Es gab keine nennenswerten Erfolge.

Nach einer Weile kam Armig zu sich. Er stöhnte und rieb sich den Kopf. Vanieoh half ihm auf die Beine.

»Die Roboter heilen«, sagte er zu Armig. »Sie sind überall im Haus.«

Armig erinnerte sich. Er lehnte sich gegen die Wand.

»Es ist widerlich«, sagte er schwerfällig. »Ich kann nicht mit ansehen, wie sie meine Freunde betasten und herumschieben.«

»Aber sie helfen den Kranken doch!« wandte Vanieoh verständnislos ein.

Armig wußte, daß es keinen Sinn hatte, mit dem Verdummten zu diskutieren. Vanieoh würde ihn nicht verstehen.

Aus den oberen Etagen drang ein Aufschrei an sein Gehör.

»Holtogan Loga!« rief Armig alarmiert. »Ich muß nachsehen, was passiert ist.«

Mit langen Sätzen stürmte er die Treppe hinauf. Vanieoh hatte Mühe, ihm zu folgen.

Als die beiden ungleichen Männer das Zimmer des Meisters betraten, sahen sie Loga gegen einen Medo-Roboter ankämpfen, der ihn behandeln wollte. Der Roboter hielt Loga mühelos zurück. Die Augen des weißhaarigen Mannes traten vor Anstrengung hervor, er hustete und rang nach Atem.

»Weg!« schrie er immer wieder. »Weg mit dir!«

Der Roboter drückte ihn aufs Bett zurück und begann mit der Untersuchung.

Wie von Sinnen warf Armig sich auf den Automaten und wollte ihn wegzerren. Er wurde zurückgestoßen. Seine Blicke suchten nach einer Waffe, mit der er den Roboter angreifen konnte. Als er sich bewußt wurde, was er tat, blieb er stehen.

»Vanieoh!« rief er erregt. »Die Maschine muß hier heraus. Sie wird Loga nicht helfen, sondern ihn umbringen. Loga kann es nicht ertragen, von diesem Ding behandelt zu werden.«

»Soll ich eine Waffe holen?« fragte Vanieoh.

Armig war erstaunt. »Weißt du denn, wo du eine finden kannst?«

»Natürlich«, erklärte der Verdummte selbstbewußt.

Armig, der sich nie um Waffen gekümmert hatte, nickte. Als Vanieoh aus dem Zimmer verschwunden war, richtete der Erste Sprecher seine Aufmerksamkeit wieder auf den Meister und den Roboter. Loga hatte jede Gegenwehr aufgegeben. Wie tot lag er im Bett. In seinen Nasenöffnungen staken transparente Schläuche, am Kopf waren Elektroden befestigt. Armig mußte sich übergeben, als er sah, wie sich eine Injektionsnadel in Logas dürren Unterarm schob.

Wenige Augenblicke später kam Vanieoh zurück. Er hielt einen Kombi-Lader in den Händen.

»Kannst du ihn bedienen?« fragte Vanieoh zögernd. Er begann an den Schaltungen herumzuspielen.

»Aufhören!« warnte Armig. »Ich erkläre dir, wie die Waffe funktioniert. Dann erledigst du den Roboter.«

»Den Roboter?« wiederholte Vanieoh ungläubig. »Warum soll ich auf ihn schießen? Er hilft doch diesem alten Mann.«

Armig riß dem Verdummten die Waffe aus den Händen. Obwohl sich alles in ihm dagegen sträubte, brachte er die Waffe in Anschlag und richtete sie auf den Roboter.

»Das würde ich nicht tun«, sagte in diesem Augenblick eine ruhige Stimme vom Eingang her. »Sehen Sie nicht, daß der Roboter dem Todkranken hilft?«

Edmond Pontonac trat auf Mon Armig zu und nahm ihm die Waffe aus den Händen. Der Homo superior ließ es willenlos geschehen. Ohne sich um die Umgebung zu kümmern, setzte der Medo-Roboter die Behandlung fort.

»Sie sind Mon Armig, nicht wahr?« erkundigte sich Pontonac. Als Armig nickte, fügte der Oberst hinzu: »Roi Danton und Galbraith Deighton haben mir von Ihnen berichtet. Sie sind eine erstaunliche Ausnahme bei den Neuen Menschen. Ich schlage vor, daß Sie sich einer gründlichen Untersuchung unterziehen. Auf diese Weise können wir vielleicht den Grund für Ihre Immunität finden und den anderen helfen.«

»Ich muß Sie enttäuschen«, sagte Armig leise. »Bei mir geht es auch los, nur langsamer.«

Pontonac nickte den beiden Männern zu, die im Eingang standen.

»Kümmern Sie sich um Armig. Vielleicht hilft uns eine Untersuchung doch weiter.«

»Ich bin Mediziner«, sagte einer von Pontonacs Begleitern. »Mein Name ist Alpher Creek. Das ist Pappon, unser Mädchen für alles.«

Er ergriff Armig am Arm und führte ihn hinaus.

»Ich hoffe, daß Sie nichts dagegen einzuwenden haben, wenn ich Sie untersuche?«

»Meinetwegen«, sagte Armig resigniert. »Aber achten Sie darauf, daß keiner der Roboter mich anrührt.«

»Das wird sich nicht umgehen lassen.«

Armig versteifte sich. »Dann lasse ich mich nicht untersuchen.«

Gelassen zog Creek seinen Strahler und lähmte den Homo superior mit einem gezielten Schuß.

»Ich glaube, daß wir besser wissen, was für Sie und Ihre Freunde gut ist«, sagte er.

Gemeinsam mit Pappon trug er den Gelähmten hinaus.

Inzwischen hatte Edmond Pontonac festgestellt, daß der Kranke im Bett Holtogan Loga war. Erschüttert sah er, wie die Krankheit diesen Mann gezeichnet hatte.

Das also war sein großer Gegenspieler, jener Mann, den er immer zu treffen gehofft hatte, als er mit dem Rettungskomitee noch gegen die Absichten und Taten des Homo superior gekämpft hatte.

Pontonac wünschte, sie wären sich unter anderen Umständen begegnet

– als gleichwertige Gegner. Dieser halbtote Mensch war wahrscheinlich unfähig, auch nur ein Wort zu sprechen.

Pontonac sah zu, wie der Roboter schweigend seine Arbeit verrichtete. Holtogan Loga zeigte keine Reaktionen.

»Wird er gesund werden?« fragte Vanieoh zögernd. Der Verdummte begriff nur schwer, was in den letzten Minuten geschehen war.

Pontonac fuhr herum. »Wer sind Sie?«

»Vanieoh!«

Der Oberst merkte, daß er einen Verdummten vor sich hatte. Wie alle Nichtimmunen in den letzten Tagen hatte auch dieser Mann seine Apathie abgelegt und zeigte Interesse für seine Umgebung.

»Warum sind sie alle krank?« fragte Vanieoh. »Sie haben mir immer Essen gegeben und waren freundlich zu mir.«

»Ja, wie zu einem Hund«, antwortete Pontonac bitter.

Er wandte sich wieder Holtogan Loga zu, dessen eingefallene Wangen sich allmählich zu röten begannen.

»Er kommt offenbar zu sich«, sagte Pontonac. »Die Behandlung scheint zu wirken.«

Er schickte den Roboter hinaus, denn er wollte nicht, daß der alte Mann im Bett einen Schock erlitt, wenn er zu sich kam. Der Roboter blieb im Korridor stehen, löste aber nicht alle Anschlüsse vom Körper des Homo superior.

Nach einer Weile schlug Loga die Augen auf. Seine Blicke suchten den Roboter. Ein Ausdruck der Erleichterung trat in sein Gesicht, als er die Maschine nicht sehen konnte. Dann entdeckte er die Anschlüsse und wollte sie vom Körper reißen.

Pontonac hinderte ihn daran, indem er ihm die Arme festhielt.

»Bleiben Sie ruhig, Holtogan Loga!« beschwor Pontonac den Kranken. »Wir wollen Ihnen helfen.«

Loga sah ihn an. Erkennen flackerte in seinen Augen auf.

»Pontonac!« flüsterte er.

»Sie kennen mich?« Pontonac war erstaunt.

»Das Rettungskomitee!« Die Stimme war nur noch ein Hauch. »Was wollen Sie hier?«

»Wir haben unsere Pläne geändert«, erklärte der Oberst. »Wir sind noch immer das Rettungskomitee, aber unsere Aktionen dienen jetzt der Rettung des Homo superior.«

»Sie lügen!«

Diese ruhige Feststellung traf Pontonac schwer, aber er protestierte nicht dagegen.

»Sie experimentieren mit uns«, behauptete Loga, dessen Verstand wieder geschärft zu sein schien. »Aber Sie werden nichts über uns erfahren.«

»Wir wissen schon eine Menge!« sagte Pontonac.

Loga schloß die Augen und deutete damit an, daß er nicht bereit war, die Unterhaltung mit Pontonac fortzusetzen.

»Wird er sterben?« fragte Vanieoh naiv.

»Das weiß ich nicht!« Pontonac sprach absichtlich laut, damit der Weißhaarige ihn hören konnte. »Es wird auch von ihm und seinem Willen zum Überleben abhängen. Vielleicht haben die Neuen Menschen sich selbst aufgegeben.«

Der Verdummte blinzelte verständnislos. Er verstand diese Worte nicht.

»Wir lassen Holtogan Loga jetzt allein, damit er sich ausruhen kann«, entschied der ehemalige Flottenoffizier.

Sie gingen hinaus. Der Roboter blieb im Korridor und beobachtete den Kranken. Loga unternahm keine Versuche mehr, sich von den Anschlüssen des Automaten loszureißen.

Zwei Etagen tiefer stießen Pontonac und Vanieoh mit Pappon zusammen. Der alte Farbige machte einen niedergeschlagenen Eindruck.

»Sie sterben, Sir! Trotz der Behandlung.«

»Hm!« machte Pontonac nur. Er hatte diese Entwicklung befürchtet. »Wie weit ist Alpher mit Mon Armig?«

»Ich glaube nicht, daß etwas dabei herauskommt«, antwortete Pappon. »Creek macht nicht gerade einen zuversichtlichen Eindruck. Er ist mit zwei Robotern bei Armig. Vielleicht findet er etwas.«

Pontonac betrat ein verlassenes Zimmer. Er war am Ende seiner Kräfte. Egal, was jetzt geschah, er mußte sich ein paar Stunden ausruhen.

»Das ist sehr vernünftig!« lobte Pappon, als er sah, daß der Anführer des Rettungskomitees sich auf einem Bett niederließ.

Pontonac schlief innerhalb weniger Augenblicke ein.

»Bleiben Sie bei ihm!« befahl Pappon dem Verdummten. »Rufen Sie mich, wenn etwas nicht in Ordnung ist.«

Stolz über die ihm übertragene Verantwortung, hockte Vanieoh sich neben dem Bett auf den Boden. Er lauschte auf die Atemzüge des Schlafenden.

Ab und zu stöhnte Pontonac im Schlaf oder hieb mit den Armen um sich. Vanieoh beobachtete ihn besorgt. Der Fremde mußte sehr erschöpft sein.

Bereits nach zwei Tagen stand fest, daß der Einsatz von Edmond Pontonacs Rettungskomitee sinnlos war. Überall auf der Erde starben die Neuen Menschen zu Tausenden. Weder die Medo-Roboter mit ihren hochwertigen Geräten noch die von Pontonac eingesetzten Ärzte konnten daran etwas ändern.

Was mit zunehmender Lethargie begonnen hatte, wurde schnell zu körperlichem Verfall. Die Organe der Kranken begannen sich zu verändern, die Zellteilung im Körper hörte auf.

Obwohl die Roboter dazu übergingen, die Betroffenen künstlich zu ernähren, starben immer mehr Mitglieder des Homo superior. Junge Menschen wurden innerhalb weniger Tage zu Greisen und erlitten den Tod. Mit Hochdrucksprühpistolen schossen die Medo-Roboter nahrhafte Medikamente in das Gewebe der Kranken – vergeblich.

Die Roboter setzten die modernsten Mittel der medizinischen Wissenschaft ein, ohne etwas ändern zu können.

Pontonacs Leute arbeiteten Tag und Nacht mit stummer Verbissenheit. Die einstmals besessenen Gegner des Homo superior schufteten bis zur völligen Erschöpfung.

Auch die Direkternährung des Zellkerns brachte keine Erfolge. Die Neuen Menschen starben weiter.

In Puppet, wo Edmond Pontonac vorübergehend sein Hauptquartier aufgeschlagen hatte, traf eine Meldung von Imperium-Alpha ein. Es war eine von Wissenschaftlern aufgestellte Theorie, die von den noch funktionierenden Sektionen des Riesengehirns NATHAN auf Luna bestätigt wurde.

Die Wissenschaftler vermuteten, daß das plötzliche Auftauchen des Homo superior (und sein ebenso plötzliches Verschwinden) ein Naturereignis war, das sich in Abständen von einer nicht schätzbaren Zahl von Jahren wiederholte. (Einige Wissenschaftler wurden konkreter und nannten eine Zahl von einer Million Jahren.) Zwischen den Manipulationsschiffen aus dem Schwarm, den sogenannten Manips, und dem Auftauchen des Homo superior bestand nach Ansicht der Wissenschaftler ein unmittelbarer Zusammenhang. Man nahm an, daß die ersten Manips bereits vor fünfzig Jahren heimlich in der Galaxis aufgetaucht waren. Da sich inzwischen herausgestellt hatte, daß keiner der Neuen Menschen älter als fünfzig Jahre war (trotz ihres älteren Aussehens), schien sich diese Vermutung zu bestätigen.

Mit dem Auftreten der veränderten Gravitationskonstante von 852 Megakalup erlebte der Homo superior seine Blütezeit, die fünfzehn Monate lang anhielt.

Nun war sie vorüber.

Pontonac, der den Bericht erhielt, konnte damit nichts anfangen. Theorien waren sinnlos. Sie halfen den Unglücklichen in keiner Weise.

So setzte Pontonac seinerseits einen Funkspruch an Imperium-Alpha ab. Er lautete sinngemäß: »Sie haben bald ausgelitten. Die Schlacht ist verloren.«

Edmond Pontonac wurde durch einen dumpfen Laut aus seinem Halbschlummer gerissen. Er richtete sich im Bett auf und blickte sich irritiert um.

Ein paar Schritte von ihm entfernt saß der völlig erschöpfte Pappon in einem Sessel und schnarchte.

Draußen auf dem Korridor hörte Pontonac Schritte und laute Rufe. Er schlug die Decke zurück und ging zur Tür. Als er sie aufriß, wäre er fast mit Alpher Creek zusammengeprallt. Der Arzt zitterte am ganzen Körper.

Pontonac erkannte, daß etwas Schlimmes passiert war.

»Armig hat sich losgerissen!« berichtete der Arzt stoßweise. »Bevor wir ihn aufhalten konnten, sprang er aus dem Fenster.« Creek senkte den Kopf. »Ich habe noch nicht nachgesehen, was mit ihm los ist. Ich kann es nicht.«

Der Oberst schluckte ein paarmal. Ausgerechnet Armig, der aufgrund seiner Konstitution den Mittelpunkt ihrer schwachen Hoffnung gebildet hatte.

Pontonac drehte sich um und ging zum Fenster. Er blickte hinaus und sah unten im Hof einen zusammengekrümmten Körper liegen. Der Mann, der da lag, war Armig. Er bewegte sich nicht. Ein Roboter kam durch das Hauptportal und begann Armig zu untersuchen.

»Nun?« fragte Creek zögernd.

Pontonac schüttelte den Kopf.

»Das ist das endgültige Ende«, stellte der Arzt deprimiert fest. »Wo sollen wir jetzt weitermachen?«

Pappon wachte von dem Lärm auf, stellte aber keine Fragen. Er schien zu merken, daß sich ein Unglück ereignet hatte.

Wortlos verließ Pontonac den Raum und ging nach unten. Als er das Gebäude verließ, beendete der Roboter die Untersuchung. Mon Armig war tot.

Vanieoh kam heraus und begann laut zu jammern.

»Verschwinde!« befahl Pontonac barsch. »Niemand kann sich das anhören.«

Creek kam heraus, dann Pappon. Zu dritt umstanden sie die Leiche. Keiner sprach ein Wort. Sie wußten alle, was Armigs Tod bedeutete.

Von knapp zweihundert Neuen Menschen, die sie bei ihrer Ankunft in Puppet angetroffen hatten, lebten jetzt noch siebzehn. Erstaunlicherweise gehörte Loga dazu. Obwohl sein körperlicher Verfall schon weit fortgeschritten war, blieb er am Leben. Unbewußt mußte er einen unvorstellbaren Lebenswillen entwickeln. Ein Medo-Roboter war ständig bei ihm, um ihn zu versorgen.

Pontonac riß sich zusammen.

»Damit ist die Arbeit des Rettungskomitees beendet«, stellte er fest. »Jeder von uns kann nun tun, was er möchte. Ich bitte Sie jedoch alle, sich den Verantwortlichen von Imperium-Alpha zur Verfügung zu stellen.«

»Das sollte wohl der Text für einen Funkspruch sein, der an alle Komiteemitglieder abgestrahlt wird«, vermutete Pappon.

»Ja, Pappon«, bestätigte Pontonac. »Übernehmen Sie das bitte.«

Deighton und Danton hatten die von den Mitgliedern des Rettungskomitees zusammengestellten Berichte und Filmaufnahmen gesammelt. Beide waren noch stiller geworden. So groß die Erleichterung über die Besserung im Befinden aller verdummten Menschen auch war, so sehr litten die Besatzungsmitglieder von Imperium-Alpha unter der Katastrophe, die nun den Homo superior heimsuchte.

Trotz aller Gegensätze spürten die meisten Männer und Frauen, daß die anderen letzten Endes ebenfalls Menschen waren, verwickelt in ein geheimnisvolles Geschehen, das ihnen zum Schicksal wurde.

Deighton hielt die letzten Funkbotschaften Pontonacs in den Händen, als Roi Danton die Zentrale betrat.

»Es wird Zeit, daß wir den regelmäßigen Kurier zur GOOD HOPE II und zur INTERSOLAR schicken«, sagte Rhodans Sohn. »Auch Quinto-Center und die anderen wichtigen Stationen sollen benachrichtigt werden.«

Deighton blickte auf. »Vermutlich wollen Sie alle Berichte des Komitees mitschicken, Roi?«

Danton nickte. Sein Vater und Bully sollten erfahren, was auf der Erde vorgegangen war.

Deighton faltete die Papiere mit dem Funktext zusammen und übergab sie Danton.

»Pontonac hat sein Komitee aufgelöst und den Mitgliedern empfohlen, für Imperium-Alpha zu arbeiten.«

»Das wird ihn nicht vor einem Verfahren retten«, befürchtete Danton.

»Ich glaube nicht, daß er sich der Verantwortung entziehen möchte«, entgegnete der Abwehrchef. »Aber im Augenblick haben wir wirklich andere Dinge zu tun, als einem Mann wie Edmond Pontonac den Prozeß zu machen.«

Vermutlich, überlegte Rhodans Sohn, würde es niemals zu einem solchen Prozeß kommen. Es würden noch Jahrzehnte vergehen, bis alle Spuren der Katastrophe ausgelöscht waren. Und das auch nur dann, wenn der Schwarm keine weitere Aktivität mehr entwickeln sollte. Das hielt Danton jedoch für ausgeschlossen. Er sah weitere Komplikationen voraus.

»Damit wäre das Kapitel Homo superior abgeschlossen«, meinte Deighton. »Es gibt sicher genug Menschen, die die Katastrophe für eine glückliche Lösung halten.«

»Vielleicht haben wir kein Maß mehr, um solche Ereignisse zu begreifen«, antwortete Danton. »Das Grauen hat seit dem Eintritt des Schwarms in unsere Galaxis eine neue Dimension gewonnen. Wir kapseln uns unbewußt gegen die Ereignisse ab. Wir werden gleichgültiger.«

»Wie wollten wir sonst weiterleben?«

Edmond Pontonac stand zwischen den Bäumen im Park. Es regnete in Strömen. Das richtige Wetter für die Ereignisse auf der Erde, dachte der Oberst. Es störte ihn nicht, daß er allmählich völlig durchnäßt wurde. Der kalte Regen ernüchterte ihn und ließ ihn klarer denken. Die anderen waren im GCC-Gebäude.

Vor einer Stunde waren drei Neue Menschen gestorben. Jetzt lebte nur noch Holtogan Loga. *Der Geist dieses Mannes lebt noch!* verbesserte sich Pontonac in Gedanken. Denn Logas Körper konnte unmöglich noch am Leben sein. In einem solchen Körper konnte es kein Leben geben.

Pontonac hing seinen Gedanken nach. Er dachte auch an die Zukunft.

Was würde er jetzt unternehmen? Zur Flotte zurückkehren, wo man immune Männer dringend brauchte?

Er wußte es nicht.

Eine Gestalt kam durch den Regen auf ihn zu. Es war der alte Pappon. Auf seinem kräftigen Kraushaar schimmerten Regentropfen.

»Loga ist noch einmal zu sich gekommen!«

Pontonac nickte. Er hatte es fast erwartet.

Die beiden Männer gingen nebeneinander ins Haus. Auf der Treppe nach oben hinterließen sie eine nasse Spur. Im Korridor der ersten Etage standen die sechs Medo-Roboter.

Sie hatten nichts mehr zu tun.

Als Pontonac Logas Zimmer betrat, traf er dort auf Creek und Vanieoh. Der Arzt blickte Pontonac an.

»Es geht zu Ende.«

Der Oberst trat an das Bett des Meisters. Loga sah zu ihm hoch. Sein Blick war klar, ein Zeichen, daß er bei Verstand war.

Pontonac hörte die drei anderen hinausgehen.

Er war allein mit dem Homo superior. Vielleicht mit dem letzten lebenden Vertreter dieser Spezies.

»Können Sie sich vorstellen, daß ich noch immer an die Richtigkeit dessen glaube, was wir getan haben?« fragte Holtogan Loga unvermittelt. Seine Stimme war kraftlos, aber deutlich zu verstehen.

»Ja, natürlich«, sagte Pontonac. Er kam sich hilflos vor. Was sollte er einem solchen Mann antworten?

»Wir sind untergegangen«, fuhr Loga fort. »Aber unsere Idee wird weiterleben, solange es Menschen gibt.«

Sie sahen sich an, vor ein paar Tagen noch erbitterte Gegner, jetzt zwei Menschen, die jenseits solcher Gefühle wie Feindschaft und Haß standen.

»Eines Tages wird der Homo superior seine Wiedergeburt erleben«, sagte Holtogan Loga überzeugt. »Dann wird er nicht mehr untergehen.«

Es klang so zuversichtlich, daß Pontonac fast geneigt war, diesem Mann zu glauben. Plötzlich lächelte Holtogan Loga.

»Ich nehme Abschied«, flüsterte er. »Nicht für immer, sondern nur für eine gewisse Zeit.«

Er schloß die Augen und streckte sich. Pontonac brauchte eine ganze Weile, bis er begriff, daß der Meister der Fünfzig Ersten Sprecher nicht mehr am Leben war.

Er rief die anderen herein. Daß Creek den Tod feststellte, war nur noch eine Formsache.

Vanieoh sagte: »Ich möchte ihn im Park begraben.«

Pontonac nickte den beiden anderen Komiteemitgliedern zu.

»Wir holen die Roboter und verschwinden.«

Eine Stunde nachdem die drei Immunen gegangen waren, erschien Vanieoh im Park. Er trug den Homo superior, der nicht mehr wog als ein Kind, auf der Schulter.

In der Nähe der Lichtung, unmittelbar neben einem hohen Baum, hob Vanieoh ein Loch aus. Er stieß Holtogan Loga in die Grube und schüttete sie mit Erde zu. Mit der Schaufel glättete er den Boden.

Zwei Stunden stand Vanieoh im Regen neben dem Grab.

Dann ging er nach Puppet, wo die Verdummten unter der Anleitung eines Immunen damit begonnen hatten, die Straßen der kleinen Stadt von Trümmern zu räumen.

7.

Aggres, vor langer Zeit ...

Tadschor verfolgte den Angriff auf den kuaturischen Stützpunkt Ilkete auf den Monitoren. Flugsonden übermittelten ihm Bilder und Geräusche in seine Befehlszentrale.

Die erste Phase des Überraschungsangriffs war ein voller Erfolg gewesen. Niemand aus Ilkete hatte mit der neuen Geheimwaffe des Reiches Sashani gerechnet. Die »Hirnlosen« waren von den Gegnern als das eingestuft worden, als was sie auftraten: als hilfesuchende, heruntergekommene Flüchtlinge aus der von Sashani-Truppen besetzten Ruinenstadt Prulathurn.

Tadschor beobachtete, wie die »Hirnlosen« von feindlichen Soldaten eskortiert und zu den Pfortenbunkern des Stützpunktes geleitet wurden. Nachdem sie in den Eingängen verschwunden waren, widmete der Wissenschaftler sich dem Nachrichtenschreiber.

Die letzten Meldungen aus dem Hauptquartier unterschieden sich nicht wesentlich von den Tagesberichten, die seit Wochen eingingen. Heftige Kämpfe um die Insel Dideron, Luftschlacht über dem Grodonos-Meer, Bombardierung gegnerischer Städte und feindliche Angriffe auf eigene Städte.

Tadschor wandte sich um, als sein Assistent Porzos eintrat.

»Wie sind die Versuche mit unserem Ubalaer verlaufen, Porzos?« erkundigte er sich.

Porzos nahm seinen Blick von den Monitoren.

»Bisher zufriedenstellend, Tadschor. Dennoch wird es einige Tage dauern, bis die Versuchsreihen abgeschlossen sind und wir wissen, ob der Ubalaer bedenkenlos eingesetzt werden kann.«

»Ich hoffe, man läßt uns diese Frist«, gab Tadschor zurück. »Die Kuaturer versuchen seit einiger Zeit, uns zu einer Entscheidungsschlacht zu drängen. Wenn ihnen das gelingt – und wenn sie dabei siegen sollten –, dann müssen wir den Ubalaer unverzüglich einsetzen.«

Porzos spreizte abwehrend die Finger.

»Davon rate ich ab, Tadschor. Wir müssen erst noch die Konsequenzen berechnen, die ein Einsatz des Ubalaer zur Folge haben könnte.«

Tadschor blickte seinen Assistenten unwillig an.

»Konsequenzen!« sagte er verächtlich. »Es gibt nur eines, was für uns wichtig ist, das ist die Rückeroberung des Götzen Galango.«

»Wir brauchen ihn nicht zurückzuerobern«, widersprach Porzos. »Der Götze Galango befindet sich auf der Insel Dideron, die bisher weder von unseren Truppen noch von denen des Reiches Kuatur erobert werden konnte. Die Einrichtungen zum Schutze Galangos funktionieren etwas zu gut.« Er lachte. »Was ich als großes Glück für die Zivilisation auf Sidir betrachte.«

Tadschors Gesicht rötete sich.

»Sie reden wie ein Verräter, Porzos! Erstens enthalten Sie dem Götzen Galango seinen Titel vor, und zweitens gehört der Götze nur uns Sashanis, der einzigen wirklichen Zivilisation auf Sidir. So steht es im Vermächtnis der Vorfahren, die aus dem Göttlichen Reich Arkh' Noon kamen.«

Porzos setzte sich vor ein Kontrollpult und musterte seinen Vorgesetzten. Tadschor war groß, hager, hatte helle Haut und langes weißes Haar. Er sah aus, wie die Vorfahren in den Büchern der Göttin Log beschrieben wurden. Sie alle stammten von den Vorfahren ab, doch die meisten Bewohner Sidirs waren untersetzt, besaßen braune Haut und hartes blauschwarzes Haar. Porzos nahm an, daß die Nachfahren der ersten Bewohner von Sidir durch die Umweltverhältnisse verändert worden waren, doch das durfte er nicht laut sagen; es wäre ein Verstoß gegen die Wahrheitsprinzipien des Galango-Kultes gewesen.

Nur Tadschor gegenüber riskierte Porzos hin und wieder Offenheit, denn der Wissenschaftler vertrat zwar die Wahrheitsprinzipien, war jedoch kein Fanatiker, auch wenn er sich meist den Anschein gab.

»Der Götze Galango«, sagte Porzos nachdenklich, »hat meiner Meinung nach seine Funktion längst eingestellt. Einst sollte er über Sidir regieren, aber seit mehr als zwanzig Jahren schon gibt er keine Befehle mehr heraus. Der Kampf um die Insel Dideron ist ebenso unsinnig geworden wie der ganze Krieg.«

Tadschor seufzte.

»Sie werden noch vor dem Reinheits-Tribunal landen, wenn Sie weiterhin derartig ketzerische Ansichten aussprechen, Porzos. Was dann mit Ihnen geschieht, brauche ich wohl nicht erst zu sagen. Nur wir Sashanis sind die rechtmäßigen Nachfolger der Arkh' Noon. Erst wenn wir das Reich Kuatur zerschlagen haben, können wir das Vermächtnis unserer Vorfahren erfüllen.«

»Die Kuaturer stellen es umgekehrt dar. Ich fürchte, beide Seiten sind im Unrecht. Dieser Krieg zerstört das Vermächtnis der Vorfahren, die nach der Theorie Isolas nicht aus deinem ›Göttlichen Reich‹ kamen, sondern von einem anderen Planeten.«

»Isola wurde hingerichtet«, erklärte Tadschor in zurechtweisendem Ton. Er senkte seine Stimme. »Ich kenne seine Theorie. Danach kamen unsere Vorfahren aus einem großen Reich zwischen den Sternen, mit dem Auftrag, hier auf Sidir eine Tochterzivilisation zu errichten und später ...« Er unterbrach sich und hob die Hand. »Es ist soweit. Unsere Truppen greifen Ilkete an. Die ›Hirnlosen‹ haben ihre Aufgabe erfüllt und das entsprechende Signal abgestrahlt.«

Auf mehreren Monitoren sah er, wie die Kampfwagen der vor Ilkete liegenden Truppen losfuhren, gefolgt von Fußtruppen mit stählernen Schutzpanzern und tragbaren Laserwaffen. Sie überquerten ungehindert das von Explosionen zerwühlte und von Laserstrahlen verbrannte Niemandsland, erreichten den ersten Abschirmbereich des feindlichen Stützpunktes und ...

Tadschor zuckte zusammen, als der Energieschirm sich flackernd über Ilkete aufbaute. Etwas mußte schiefgegangen sein, denn die »Hirnlosen« hätten zu dieser Zeit längst ihre Aufgabe vollendet haben sollen.

Die sashanischen Kampfwagen bremsten ab. Einige schafften es nicht mehr ganz, gerieten in den Energieschirm und glühten auf. Die anderen schossen mit ihren Laserkanonen auf den Schutzschirm während sie langsam rückwärts fuhren. Doch der Schutzschirm hielt, wie er bisher immer gehalten hatte.

Plötzlich brachen im Rücken der Angriffstruppen Löcher im Boden auf. Stählerne Röhren schoben sich daraus hervor, und Tausende von metallisch glänzenden kleinen Körpern ergossen sich aus den Röhrenmündungen ins Freie.

Roboter!

Tadschor drückte einige Schalttasten. Die sashanischen Angriffstruppen machten kehrt und wandten sich den neuen Gegnern zu. Ein erbitterter Kampf entbrannte, wogte hin und her – bis der Energieschirm über Ilkete erlosch und die Geschützkuppeln des Stützpunktes ausgefahren wurden.

Innerhalb kurzer Zeit waren die sashanischen Angriffstruppen dezimiert und zersprengt; ihre Reste versuchten, durch die Roboterkolonnen zu stoßen und sich in Sicherheit zu bringen. Es war nur eine Frage der Zeit, bis die Besatzung des Stützpunktes zur Gegenoffensive antrat und den sashanischen Stützpunkt Troastes berannte.

»Troastes ist von Truppen entblößt«, sagte Tadschor. »Jetzt sind wir in der Lage, in die wir Ilkete bringen wollten. Wenn wir die endgültige Niederlage abwenden wollen, müssen wir den Ubalaer einsetzen.«

Seine Hand streckte sich nach einem Hebel aus.

»Nein!« rief Porzos. »Nicht den Ubalaer! Er würde den Kuaturern eine solche Niederlage beibringen, daß ...«

»Das soll er auch!« beharrte Tadschor grimmig. »Sie müssen endlich wissen, daß sie den Krieg niemals gewinnen können.«

Er legte den Schalthebel um.

Auf einem weiteren Monitor beobachtete er, wie sich der Ubalaer, ein gigantischer Roboter aus besonders gehärtetem Stahl und mit einem autarken Gehirn, in seinem Einsatzschacht bewegte.

Tadschor lächelte triumphierend, als der Ubalaer den Schacht verließ und mit dröhnenden Schritten auf die gegnerischen Robotergruppen zumarschierte. Die Laserkanonen des Roboters spien Vernichtung. Gegen sie hatten die feindlichen Roboter keine Chance, da der Ubalaer einen Schild aus Kraftfeldern vor sich herschob, der die schwachen Laserstrahlen der kleinen kuaturischen Kampfmaschinen mühelos abwehrte.

Im Stützpunkt Ilkete erkannte man die Gefahr sehr schnell. Das Feuer der Geschützkuppeln wurde auf den riesigen Roboter gelenkt. Aber darauf hatte Tadschor nur gewartet. Er legte einen zweiten Schalter um.

Äußerlich geschah nichts – außer daß die Geschützkuppeln von Ilkete ihr Feuer nach kurzer Zeit einstellten. Daraus schloß Tadschor, daß der neuentwickelte Hysterisator des Ubalaer wie vorausberechnet wirkte.

Der endgültige Beweis dafür wurde ihm sehr bald geliefert. Die Tore der Pfortenbunker von Ilkete öffneten sich, und in unablässigem Strom quollen kuaturische Soldaten ins Freie. Sie waren größtenteils unbewaffnet und vermittelten den Eindruck einer Herde Mikasses, die voller Panik blindlings davonstürmte.

Unberührt von ethischen Hemmungen, feuerte der Ubalaer in die kopflos umherlaufende Masse der feindlichen Soldaten, bis die letzte Bewegung aufgehört hatte ...

Tadschor meldete den Erfolg ans Hauptquartier und wurde gelobt. Man wies ihn an, so viele Ubalaer wie möglich zu bauen und dem Oberkommando zur Verfügung zu stellen.

Doch bevor der Wissenschaftler darangehen konnte, diese Anweisung auszuführen, wurden die Nachrichtenkanäle durch Alarmmeldungen blockiert. Die überall eingerichteten Luftüberwachungszentralen gaben bekannt, daß sich große Raketenschwärme dem Gebiet des Reiches Sashani näherten. Ihrem Kurs nach waren sie im Reich Kuatur gestartet worden.

Tadschor sah sich nach Porzos um, doch sein Assistent hatte sich zurückgezogen. In aller Eile dirigierte der Wissenschaftler den Ubalaer in den Stützpunkt zurück, dann wollte er den Lift besteigen, um in die Tiefbunkeranlagen zu fahren, bevor die ersten feindlichen Raketen einschlugen.

Eine Meldung der nächsten Luftüberwachungszentrale bewog ihn, damit noch zu warten. Die Meldung besagte, daß einige der feindlichen Raketen in der Hochatmosphäre explodiert waren. Kurz darauf wurde Strahlungsalarm gegeben. Sämtliche feindlichen Raketen waren in der Hochatmosphäre explodiert. Überall trieben leuchtende Wolken über sashanisches Gebiet. Von ihnen ging eine harte Strahlung aus, die alles Leben bedrohte.

Als Tadschor aus anderen Meldungen erfuhr, daß auch die sashanischen Raketen gestartet wurden, um das kuaturische Gebiet ebenfalls durch Strahlung zu entvölkern, wußte er, daß Porzos mit seinen Warnungen recht behalten hatte.

Der durchschlagende Erfolg des Ubalaer hatte den Gegner in eine Panikstimmung versetzt und angesichts der befürchteten Niederlage dazu bewogen, sein Potential an Strahlungsbomben abzuschießen. Das allein bedeutete schon Selbstmord, denn die strahlenden Wolken würden viele Jahrhunderte um den ganzen Planeten kreisen und unter sich alles Leben vernichten. Der Abschuß der sashanischen Strahlungsbomben war eigentlich ein überflüssiger Vergeltungsschlag; er würde das Sterben nur beschleunigen.

Tadschor war sich seiner Schuld bewußt. Aber er wollte nicht aufgeben. Er hatte schon vor langer Zeit dafür gesorgt, daß er selbst eine mögliche Katastrophe überstand und später versuchen konnte, eventuelle Überlebende beziehungsweise deren Nachkommen zu sammeln und den Anfang zu einer neuen Zivilisation zu legen.

Er fuhr mit dem Lift in den tiefsten Bunker des Stützpunktes, wo der Ubalaer ihn bereits erwartete. Nachdem er dem Roboter befohlen hatte, vor dem Geheimtrakt zu warten und zu wachen, öffnete er die Tür zu seinem Labor.

Lächelnd musterte er die Geräte, die er in jahrelanger Arbeit zusammengesetzt hatte. Niemand außer ihm kannte ihre wahre Bedeutung. Dann begann Tadschor, sich zu entkleiden ...

8.

Ende Februar 3442, Schwarm

Der Klang der Flöte zitterte über das Blätterdach des Urwaldes, auf dem die Sonnenstrahlen von unzähligen Wassertropfen reflektiert wurden und ein glitzerndes Meer aus Diamanten schufen. Ein Regenbogen spannte sich gleich einem majestätischen Tor über diese Landschaft.

Der Flötenspieler saß auf dem höchsten Punkt eines halbverfallenen Bauwerkes, das neben anderen in einer Lichtung stand. Baumstämme und aufgewühlte Erde verrieten, daß die Lichtung erst vor kurzem in den Urwald geschlagen worden war.

Der Mann mit der hölzernen Flöte trug nur eine lindgrüne Hose und graue Wadenstiefel. Sein nackter brauner Oberkörper glänzte von Schweiß. Zu Füßen des halbverfallenen Bauwerkes standen Tausende und aber Tausende seltsamer Lebewesen. Sie waren größtenteils in unterschiedliche bunte Kleidungsstücke gehüllt, teilweise aber unbekleidet, so daß ihre Körperformen sich dem Blick des Beobachters offen darboten.

Körperformen, wie sie kein humanoides Lebewesen aufwies.

Die Wesen waren durchschnittlich 2,40 Meter groß, besaßen Außenskelette aus schwarz-rotem Chitin und acht Gliedmaßen. Jeweils vier Gliedmaßen befanden sich am stark entwickelten, tonnenartig geformten Brustteil, während die durch starke Einkerbungen abgeschnürten beiden hinteren Körperteile – Mittelstück und Unterleib – je zwei Gliedmaßen besaßen.

Die Köpfe der Lebewesen waren stark abgeflacht und besaßen ein Paar große Facettenaugen, in denen die Sonnenstrahlen irisierende Lichtreflexe erzeugten. Der überwiegende Teil dieser Wesen hockte auf den mehrfach gegliederten Beinen der beiden hinteren Körpersegmente, hatte das Brustteil mit dem Kopf angehoben und auf die langen, starken vier Vordergliedmaßen gestützt. Zwei Fühlerpaare standen schwach vibrierend vom Kopf ab.

Bis auf mein Flötenspiel herrschte vollkommene Stille. Ich, Captain Hysk Vantolier, Kosmozoologe auf dem terranischen Forschungsschiff EX-6633 Special, war vor einer Stunde zu dieser Lichtung gekommen, um die in glücklicheren Zeiten ausgegrabenen Bauwerke einer uralten Kultur zu untersuchen. Es gab so viel, was wir noch nicht wußten. Aber der mittägliche Regenguß war noch nicht vorüber gewesen, als die Ausgrabungsstätte von Tausenden jener eingeborenen Intelligenzen umringt worden war, die nun reglos meinem Flötenspiel lauschten.

Die Plostas, wie die Eingeborenen hießen, waren die intelligenten Abkömmlinge einer großen Insektenart. Nach allem, was ich bisher hatte erfahren können, wären die Plostas wahrscheinlich nie zum Aufbau einer Zivilisation fähig gewesen, wenn es nicht vor drei- bis viertausend Jahren zu einem einschneidenden Ereignis gekommen wäre, das zu einer tiefgreifenden Veränderung der Vererbungsanlagen geführt hatte.

Viele Jahrhunderte lang mußte die Oberfläche des Planeten Aggres von kaum vorstellbar harter Strahlung bombardiert worden sein, offenbar das Ergebnis eines wahnwitzigen Krieges, in dem die Nachkommen früher arkonidischer Kolonisten sich und ihre blühende Zivilisation selbst ausgelöscht hatten.

Die Plostas, Produkte eines selbstmörderischen Vernichtungskrieges und damit auch Produkte menschlichen Wahnwitzes, waren zu Wesen geworden, denen das Leben des Individuums weniger als nichts bedeutete. Ihr einziger Lebensinhalt war – neben der Arterhaltung – der Kampf, und das war auch der Grund für meine Anwesenheit auf diesem Planeten.

Das Solare Imperium hätte wahrscheinlich niemals von der Existenz dieses Volkes erfahren, wenn nicht vor einigen Jahrzehnten viele Tausende dieser Lebewesen als Söldner im Dienste des Diktators Dabrifa und des Carsualschen Bundes aufgetreten wären. Sie hatten sich besonders bei dreisten Überfällen auf Stützpunktplaneten des Solaren Imperiums und auf unabhängige Siedlungswelten hervorgetan. Obwohl sie keine eigenständige technische Zivilisation besaßen, begriffen sie doch sehr schnell – vor allem die Funktionsweise und Bedienung hochmoderner Vernichtungswaffen. Wo sie aufgetaucht waren, hatte ihr furchtloses Vorstürmen und erbarmungsloses Wüten bald Schrecken und Panik verbreitet.

Sie kannten weder Zögern noch Mitgefühl, und viele unserer Kosmopsychologen sprachen ihnen überhaupt jedes Gefühl ab.

Ich hätte ihnen das Gegenteil beweisen können, denn jene furchtlosen wilden Geschöpfe lauschten nun schon seit fast zwanzig Minuten schweigend meinem Flötenspiel, nachdem sie anfänglich versucht hatten, mich umzubringen.

Mir blieb gar nichts weiter übrig, als weiterzuspielen. Wenn ich die Flöte absetzte, mußte ich damit rechnen, daß die Plostas über mich herfielen. Also spielte ich alle jene Melodien, die bei uns zu Hause, in den terranischen Anden, von Generation zu Generation weitergegeben wurden und deren Herkunft in die Zeit der Inkas und weiter zurückreichen sollte, wie mir meine Großmutter erzählt hatte.

Und während ich spielte, zogen die Ereignisse seit meiner Ankunft auf Aggres überdeutlich an meinem geistigen Auge vorüber ...

Seit dem ersten Auftreten der plostasischen Söldnertruppen hatte die Solare Abwehr fieberhaft nach der Herkunft der Plostas geforscht. Diese aggressiven Lebewesen bedeuteten für alle friedliebenden Völker der Galaxis eine Gefahr, solange sie von gewissenlosen Machthabern angeworben werden konnten.

Wenige Wochen vor dem Eintritt des Ereignisses, auf das ich später zurückkommen werde, konnten die galaktischen Koordinaten des plostasischen Heimatplaneten endlich beschafft werden. Den Grundsätzen des Solaren Imperiums folgend, wurde nicht etwa eine Kampfflotte in Marsch gesetzt, um die Gefahr ebenso rigoros wie inhuman zu beseitigen, sondern der Sicherheitsausschuß in Terrania beauftragte das Explorerkommando, sich des Problems anzunehmen.

Staatsmarschall Bull beorderte meinen Vorgesetzten, Major Mincos Polata, und mich zu sich. Er enthob uns unseres damaligen Kommandos auf einem Kontaktschiff an der galaktischen Eastside und erteilte uns den Auftrag, das Spezialschiff EX-6633 zu übernehmen, auszurüsten und mit Hilfe der Personalpositronik eine Besatzung zusammenzustellen, die alle Voraussetzungen zur friedlichen Erforschung eines aggressiven Volkes mitbrachte.

Die EX-6633 war schon mehrmals zu ähnlichen Einsätzen verwendet worden. Aufgebaut auf der Kugelzelle eines Schweren Kreuzers, verfügte sie über alle Aggregate, die zum defensiven Schutz seiner Besatzung erforderlich waren. Für den Fall, daß schwerbewaffnete Raumschiffe anderer Zivilisationen unsere friedliche Forschungsarbeit behindern sollten, gab es auch eine starke Offensivbewaffnung. Doch die Bestimmungen zu ihrem Einsatz waren sehr streng, so daß jeder Mißbrauch ausgeschlossen war.

Insgesamt stellte Major Polata vierhundert Personen ein, männliche und weibliche Wissenschaftler der Explorerflotte, die jeweils zwei Spezialgebiete beherrschten und zusätzlich, wie das in der Explorerflotte üblich war, mit den kosmonautischen und militärischen Aufgaben eines großen Raumschiffes vertraut waren.

Wir starteten Mitte November 3440 und flogen ungehindert in das

System der kleinen gelben Sonne ein, das Major Polata nach altem Brauch EX-Polata nannte. Die Sonne besaß nur drei Planeten, und Nummer zwei war der, der in den Unterlagen der Solaren Abwehr den Namen Aggres trug.

Major Polata steuerte die EX-6633 in eine Kreisbahn um Aggres und nahm Funkverbindung mit den Bewohnern des Planeten auf. Wir bekamen bereits erste Informationen über die politischen Gliederungen der Plostas, als unser Anruf von der sogenannten »Zentralen Koordinierungsstelle der Ruhmreichen Stämme« beantwortet wurde. Ein Plosta mit Namen Id Zirroh Par begrüßte uns in halbwegs verständlichem Interkosmo, das allerdings von unseren Frequenzbereich-Umsetzern erst in eine für uns wahrnehmbare Lautsprache verwandelt werden mußte.

Die Plostas waren Lebewesen, deren sprachliche Lautäußerungen im Ultraschallbereich lagen. Der Sprachschatz deckte sich jedoch weitgehend mit dem unseren, was auf die Erfahrungen im Umgang mit den Vertretern anderer humanoider Völker zurückzuführen war.

Id Zirroh Par erteilte uns anstandslos Landeerlaubnis. Wir erhielten einen Leitstrahl und setzten in einer Ebene zwischen weit verstreuten riesigen Steinbauten auf, die in ihrer Form ungefähr terranischen Termitenbauten ähnelten, nur daß sie durchschnittlich fünfhundert Meter hoch waren.

Kurz nach der Landung erlebten wir ein beeindruckendes Schauspiel. Aus zahllosen Öffnungen in den Steinbauten erhoben sich Zehntausende geflügelter Wesen, schraubten sich hoch in den Himmel und segelten dann in großen Schwärmen über unser Schiff hinweg. Anfangs verstanden wir nicht, was sie damit bezweckten, bis die Schwärme sich plötzlich in zwei Heerscharen gruppierten, die mit allen nur denkbaren Strahlwaffen aufeinander schossen.

Natürlich erfüllte uns das mit Schrecken und Unbehagen, denn wir dachten, hier fände ein gegenseitiges Abschlachten statt. Aber dann stellte sich heraus, daß die plostasischen Heere sich nur ein Scheingefecht lieferten, um uns zu beeindrucken. Niemand wurde getötet, und die Schwärme landeten eine Stunde später neben dem Schiff.

Nach dem Scheingefecht kam eine Abordnung der plostasischen Stämme unter Führung von Id Zirroh Par an Bord. Die Mitglieder der Abordnung hießen uns willkommen und zeigten starkes Interesse an den technischen Einrichtungen des Spezial-Explorers. Wir wurden eingeladen, die Stammesburgen – sie sagten tatsächlich Burgen dazu – zu besuchen.

Selbstverständlich nahmen wir die Einladung an. Das war ja die Gelegenheit, die wir brauchten und auf die wir vorher kaum zu hoffen gewagt hatten.

Wir lernten die Lebensweise unserer Gastgeber gründlich kennen. Wie wir bereits aus den Unterlagen der Solaren Abwehr erfahren hatten, handelte es sich um intelligente Insektenabkömmlinge. Neu für uns war die Feststellung, daß die überwiegende Mehrzahl Plostas weiblichen Geschlechts war und daß die Krieger ausschließlich vom weiblichen Geschlecht gestellt wurden.

Der Grund dafür hatte biologische Ursachen. In jeder Generation eines Stammes wurde jeweils nur ein männliches Wesen geboren. Es entwikkelte sich zu einer Körpergröße, die die der Weibchen um das Achtfache überstieg, und hatte nur die Aufgabe, die Eier der Weibchen zu befruchten. In der Behausung eines Männchens, die stets im untersten Stockwerk der Stammesburg lag, herrschte ein ständiges Kommen und Gehen. Abgesehen von der Erfüllung ihrer arterhaltenden Pflichten, mußten die Männchen sich mit hochwertigen Nahrungsmitteln vollstopfen, sich putzen und pflegen lassen, damit ihre Kräfte nicht frühzeitig nachließen oder sie sogar vor der Geburt und der Geschlechtsreife des nächsten Männchens starben, was den Untergang des Stammes bedeutet hätte.

Da die Weibchen nur einmal im Jahr und innerhalb kurzer Zeit bis zu dreihundert Eier legten, hatten sie Zeit, auch alle übrigen anfallenden Arbeiten zu erledigen. Sie vergrößerten die Stammesburg, führten Ausbesserungsarbeiten durch und versorgten die Herden der zentnerschweren madenähnlichen Ghools, die den Plostas neben einer Pilzart als Nahrung dienten.

Wir mußten allerdings feststellen, daß bei vielen Stämmen die Burgen vernachlässigt wurden. Fast überall gab es Anzeichen von Verfall. In schroffem Gegensatz dazu standen die Reichtümer, die von den Plostas in Form technischer Gerätschaften gehortet wurden.

Wir erkannten sehr bald, daß es sich hierbei nur um einen scheinbaren Gegensatz handelte. Tatsächlich standen beide Faktoren – zunehmende Vernachlässigung und Anhäufung von Reichtümern – in unmittelbarem Zusammenhang. Die kampfbesessenen Plostas ließen sich in immer größerer Zahl von verantwortungslosen Machthabern als Söldner anwerben. Diejenigen, die zurückkehrten, brachten zwar als Lohn ihrer Kriegsdienste moderne Gerätschaften technischer Zivilisationen mit, aber während ihrer Abwesenheit fielen sie als Arbeitskräfte aus. Zudem kehrten durchschnittlich nur jeweils vierzig Prozent der Söldner zurück, was zur Verringerung der Bevölkerungszahl führte. Mit Hilfe der technischen Gerätschaften hätte sich das zwar ausgleichen lassen, doch die Plostas interessierten sich nur für die mitgebrachten Waffen, nicht aber für Maschinen, die ihnen körperliche Arbeit abnehmen konnten. Kaum daß sie ihre Fusionsreaktoren dazu verwendeten, die Stammesburgen mit elektrischem Licht und Heizstrom zu versorgen.

Leider kamen wir nicht einmal dazu, die Plostas ganz behutsam auf diese Gefahr hinzuweisen, die dem Fortbestand ihrer Zivilisation drohte.

Als sie nämlich merkten, daß wir nicht beabsichtigten, Söldner unter ihnen anzuwerben, nahmen sie eine feindselige Haltung ein, so daß es unmöglich wurde, sie weiterhin in ihren Stammesburgen zu besuchen.

Eines Tages dann zogen sie eine ansehnliche schwerbewaffnete Streitmacht um unser Schiff zusammen und drohten mit einem Angriff, wenn wir nicht unverzüglich ihren Planeten verließen. Weitere Verhandlungen wurden in schroffer Form abgelehnt.

Es wäre uns nichts anderes übriggeblieben, als ihrer Forderung nachzukommen, denn wir durften – unseren Grundsätzen entsprechend – uns nicht auf einen Kampf einlassen, da wir uns auf dem Territorium eines fremden Volkes befanden.

Da trat etwas ein, mit dem niemand auch nur im Traum gerechnet hatte. Die Besatzung des Explorers verdummte beinahe schlagartig – mit Ausnahme von Major Polata und mir. Ebenso verdummten die Bioplasmazusätze der Bordpositroniken, so daß ein Start nur mit voller Besetzung der Haupt- und Nebenzentralen hätte erfolgen können. Zwei Mann allein waren nach dem Ausfall der Biopositroniken dazu nicht in der Lage.

Die ersten Tage nach dem Auftreten der Verdummung waren wohl die schlimmsten meines bisherigen Lebens. Major Polata und ich hatten nicht nur für vierhundert nahezu hilflose Frauen und Männer zu sorgen, sondern auch die intelligent gebliebenen Plostas davon zu überzeugen, daß ein Start des Explorerschiffes unter den geänderten Umständen unmöglich war.

Wir machten schwere Stunden durch, bevor die Insektenwesen uns glaubten, und später, viel später, kamen noch schwerere Stunden hinzu. Ungefähr ein Jahr nach unserer Landung auf Aggres erschien ein riesiges pilzförmiges Raumschiff, landete auf dem Planeten und begann mit einer ebenso geheimnisvollen wie bedrohlich wirkenden Tätigkeit. Wir hielten uns von ihm fern und wurden auch nicht belästigt, aber die Plostas griffen – ihrer Mentalität entsprechend – wütend an und holten sich eine Niederlage nach der anderen.

Inzwischen hatten Major Polata und ich die schon lange begonnenen Ausgrabungsarbeiten beendet und die Überreste einer Zivilisation entdeckt, deren Träger humanoide Lebewesen wie wir gewesen sein mußten. Alles deutete darauf hin, daß es sich um die Nachkommen arkonidischer Siedler gehandelt hatte.

Und nun saß ich auf einem dieser halbverfallenen Bauwerke und spielte auf meiner Flöte, um die angriffslustigen Plostas zu beschwichtigen.

Ein dumpfes Grollen übertönte mein Flötenspiel und schreckte die Plostas auf. Weit im Westen, wo die Savanne begann, auf der auch die EX-6633 stand, flackerten Energieentladungen auf. Rauchwolken stiegen empor.

Durch die um mich versammelten Insektenwesen lief eine Welle der Erregung. Zuerst breiteten nur einige von ihnen die zusammengefalteten Flügel aus und stiegen empor, dann wurden es mehr und mehr. Innerhalb weniger Minuten war ich allein.

Ich schob die Flöte unter meinen Gürtel und stand auf. Ich konnte mir denken, was geschehen war. Es hatte sich in letzter Zeit immer wieder ereignet. Ein plostasischer Stamm war, gereizt durch die Anwesenheit des Pilzraumschiffes, wieder einmal zum Angriff übergegangen – und wieder einmal unter fürchterlichen Verlusten zurückgeschlagen worden.

Während ich noch überlegte, ob ich die Untersuchung der ausgegrabenen Ruinen fortführen oder mit meinem Gleiter zum Explorer zurückfliegen sollte, entdeckte ich dicht über dem Dschungeldach einen glitzernden Punkt, der sich mir in raschem Flug näherte. Wenige Minuten später überflog eine Gestalt in terranischem Kampfanzug den Rand der Lichtung und landete neben mir.

Die Gestalt klappte den Kugelhelm zurück, und ich blickte in Mincos Polatas breites grobporiges Gesicht.

»Die Plostas sind unbelehrbar«, sagte der Major erregt. »Sie haben das Pilzraumschiff schon wieder angegriffen und wurden durch massiertes Feuer aus schweren Energiewaffen dezimiert und zurückgetrieben.«

Ich schloß die Augen. Sofort spürte ich wieder, wie die Erinnerungen aus meinem Unterbewußtsein strömten und das bewußte Denken lahmlegten. Vor meinem geistigen Auge erschien das Bild des landenden Pilzraumschiffes ...

Es war Nacht gewesen, als das riesige Gebilde in der savannenartigen Ebene landete, aber die Infrarotgeräte und Energieorter der EX-6633 hatten ein klares Bild auf die Schirme gezeichnet.

Fassungslos betrachteten Major Polata und ich das Abbild des monströsen Raumschiffes. Die Anzeigen wiesen eine Höhe von fünftausend Metern aus. Der »Pilzhut« war annähernd halbkugelförmig; seine Schnittfläche hatte einen Durchmesser von siebentausend Metern. In ihr befanden sich die Triebwerke, wie an den leuchtenden Impulsströmen zu erkennen war. Unter dem »Hut« zog sich ein trichterförmiger stählerner Sockel nach unten und ging in den zylindrischen »Stiel« über, dessen Bodenfläche zweitausend Meter durchmaß.

Wir verzichteten darauf, die Schutzschirme des Explorerschiffes zu aktivieren oder die Offensivwaffen einzusetzen, obwohl die plasmafreie Feuerleitpositronik noch einwandfrei funktionierte.

Wie gebannt beobachteten wir das ungeheuerliche Gebilde. Seine Triebwerke entfesselten einen Orkan, der die Stammesburgen der Plostas wanken ließ. Der Boden unter dem gelandeten Pilzraumschiff wurde verbrannt und in glutflüssiges Magma verwandelt.

Die Plostas verhielten sich relativ zurückhaltend. Vielleicht dachten sie, daß endlich wieder jemand gelandet war, um neue Söldner anzuwerben, nachdem ihr Planet viele Monate lang nicht mehr besucht worden war.

Mincos Polata unterbrach meine Erinnerungen: »Während Sie Ihren Gedanken nachhängen, Captain Vantolier, werde ich die Untersuchung des Bauwerks fortsetzen, auf dem Sie stehen.«

Verwirrt blickte ich ihn an.

Er wiederholte seine Worte und fügte hinzu: »Die Besatzung unseres Schiffes ist versorgt, und erfahrungsgemäß beschränken sich die Aktionen des Pilzraumschiffes auf die Abwehr der Plostas. Sie können also ruhig noch ein wenig träumen, während ich die Vergangenheit des Planeten zu entschleiern versuche.«

»Was gibt es schon noch zu entschleiern«, gab ich zurück, ohne zu merken, daß ich mir selbst widersprach, denn ich war eigentlich hierhergekommen, um in den Zeugnissen der Vergangenheit nach Hinweisen zu suchen.

Major Polata erwiderte nichts darauf, sondern schaltete seine Flugaggregate ein und verschwand aus meinem Gesichtsfeld.

Ich setzte mich auf die geborstenen Plastikbetonplatten, noch völlig im Bann der Erinnerungen. Schon früher hatte ich erlebt, daß starke emotionelle Eindrücke bei mir zu visionären Rückblenden geführt hatten, und zwar immer dann, wenn ein Ereignis die Erinnerungen daran weckte. Doch so stark wie hier auf Aggres war dieses Phänomen noch nie aufgetreten. Wenn es mich überkam, dann war ich nur selten in der Lage, mich davon zu lösen.

Ich lehnte mich an ein Trümmerstück und blickte über den Dschungel, ohne die Realitäten erkennen zu können. Mein Geist kehrte zurück in die Zeit nach der Landung des Pilzraumschiffes ...

Zehntausende von Plostas waren aus ihren Stammesburgen geströmt und hatten das Pilzraumschiff in weitem Ring eingeschlossen. Allmählich erstarrte das geschmolzene Gestein und Erdreich unter der Pilzkuppel. Die Triebwerksöffnungen glühten noch nach; das Material kühlte knackend ab.

Immer mehr Plostas strömten herbei. Ich dachte daran, welche schweren Zeiten wir durchgemacht hatten, bevor die Insektenwesen uns glaubten, daß außer Major Polata und mir alle Besatzungsmitglieder unseres Schiffes verdummt waren. Da die Plostas ihre Intelligenz in vollem Umfang behalten hatten, waren ihre Zweifel verständlich gewesen.

Polata und ich führten ihre Immunität – oder wie immer man es nennen konnte – auf eine tiefgreifende Mutation ihrer Gehirne zurück.

Erst als wir den Plostas gestattet hatten, Untersuchungskommandos in die EX-6633 zu schicken, die unsere Verdummten testeten, schwanden ihre Zweifel allmählich. Dazu kam wohl auch, daß keine fremden Raumschiffe mehr landeten, um Söldner anzuwerben, und die plostasische Hyperfunküberwachung ebenso wie wir die zahllosen Notrufe anderer galaktischer Völker auffing, aus denen hervorging, daß die Verdummungswelle nahezu alles intelligente Leben innerhalb der Galaxis ergriffen hatte.

Trotz dieser erschwerenden Umstände und den Schwierigkeiten mit unseren Verdummten hatten Polata und ich zu ergründen versucht, worauf die plötzliche Intelligenz-Retardierung zurückzuführen sei. Wir stellten fest, daß die Feldlinien-Gravitationskonstante um genau 852 Megakalup gesunken war. Da dieser neue Wert konstant blieb, brachten wir ihn natürlich in Zusammenhang mit der Verdummung. Der letzte Beweis dafür fehlte uns allerdings noch.

Meine Gedanken kehrten wieder in die Zeit kurz nach der Landung des Pilzraumschiffes zurück ...

Stunden verstrichen, ohne daß die Besatzung des Schiffes sich über Funk gemeldet oder gezeigt hätte. Der wartenden Plostas bemächtigte sich steigende Unruhe.

Dann öffneten sich in der Wandung des Stielsockels plötzlich acht große Torbogen. Helles Licht fiel daraus hervor und spiegelte sich auf dem erstarrten und erkalteten Magma. Polata und ich hielten unwillkürlich den Atem an, als aus diesen Toren Tausende fremdartiger Gestalten strömten. Sie besaßen zylinderförmige Körper von durchschnittlich 2,50 Metern Größe. Acht stummelartige Beine ragten aus der glatten Unterseite des Rumpfes; auf ihnen bewegten sich die Fremden erstaunlich behende.

Überhaupt spielte die Zahl acht bei diesen Lebewesen eine besondere Rolle. Im kuppelförmigen Oberteil, wahrscheinlich dem Kopf, befanden sich acht kleine Facettenaugen. Unterhalb der Kuppelwölbung ragten acht kurze Armstummel heraus, die sich an ihren Enden in je zwei Tentakel teilten. Diese Tentakel wiederum besaßen je acht dünne, fingerähnliche Auswüchse.

Die Fremden waren fast vollständig in ockergelbe Kombinationen aus einem lederartigen Material gehüllt, die in unregelmäßigen Abständen Löcher von durchschnittlich zehn Zentimetern aufwiesen. Durch diese Löcher hindurch – und am unbekleideten Kopf – konnten wir sehen, daß die Haut der Fremden schwarzbraun und lederartig war.

Sie kümmerten sich weder um die EX-6633, die allerdings rund achtzig Kilometer von ihrem Landeplatz entfernt war, noch um die wartenden Plostas. Dafür begannen sie sehr emsig mit rätselhaften Arbeiten. An der Zielstrebigkeit erkannten wir, daß diese Lebewesen nicht verdummt sein konnten. Aber die Insektenwesen erkannten es auch, und sie erwarteten mit noch größerer Ungeduld die Kontaktaufnahme, die ihnen, wie sie glaubten, die ersehnte Gelegenheit geben würde, sich in großer Zahl für eine fremde Armee zu verpflichten.

Doch die Fremden trafen nicht die geringsten Anstalten dazu. Sie arbeiteten weiter, als gäbe es nicht Zehntausende anderer Lebewesen, die ihnen dabei zusahen. Allmählich wurde uns klar, daß das Ziel der hektischen Tätigkeit in der Umformung des Pilzraumschiffes bestand. Es veränderte sich zu einem noch fremdartigeren Gebilde. Ständig wurden neue Installationen vorgenommen. Unterhalb des Pilzhutes entstand etwas, das entfernt an die Götzenbilder aus den Urreligionen der terranischen Menschheit erinnerte. Undeutlich wurde so etwas wie ein Gesicht erkennbar, in dem sich nach einiger Zeit acht runde Öffnungen bildeten, die flamingorot glühten.

Es wirkte gespenstisch, und dieser Eindruck blieb auch, als der nächste Tag anbrach. Die Richtmikrophone des Explorerschiffes waren ständig auf den Landeplatz des Pilzraumschiffes gerichtet. Wir konnten hören, daß sich die Fremden pausenlos unterhielten. Ihre Sprache widerstand leider den Bemühungen unserer kleinen Translatoren, sie zu übersetzen, und die großen Translatoren waren ausgefallen.

Das einzige, was Polata und ich heraushören, aber nicht sinngemäß erfassen konnten, waren immer wiederholte Zurufe, die sich wie »Y'Xanthomonary« anhörten.

Wie Major Polata und ich befürchtet hatten, verloren die Plostas schließlich die Geduld. Sie zogen ihren Einkreisungsring enger. Erste Schwärme stiegen auf und näherten sich dem umgewandelten Pilzraumschiff.

Plötzlich bildeten sich in der Wandung des »Pilzhutes« zahlreiche Öffnungen, aus denen sonnenhelle Strahlbahnen in den Himmel fuhren. Viele der fliegenden Insektenwesen wurden von ihnen verbrannt.

Das war das Zeichen für die anderen, ihrerseits anzugreifen. Sie kamen mit veralteten Flugpanzern arkonidischer Fabrikation, Geschützplattformen aus den Beständen der Dabrifa-Armeen und in ausrangierten akonischen Kampfanzügen. Während der ersten Minuten richteten ihre wütenden Angriffe ein unbeschreibliches Chaos unter den zylinderförmigen Wesen an. Viele von ihnen kamen im Feuer der Plostas um; die anderen zogen sich fluchtartig in das Raumschiff zurück.

Der Gegenschlag erfolgte auf eine Weise, wie Polata und ich sie bisher noch nie erlebt hatten. Aus den flamingofarbenen »Götzenaugen« quollen stark emittierende dunkelrote Energiegebilde von Tränenform. Es sah aus, als weinte der »Götze« über den Angriff der Insektenwesen. Aber dann nahmen diese »Tränen« plötzlich Fahrt auf, rasten in die Reihen der angreifenden Plostas und explodierten dort mit der Gewalt kleiner Fusionsbomben.

Die Insektenwesen ließen sich durch ihre furchtbaren Verluste weder einschüchtern noch beirren. Alle Überlebenden stürmten weiter auf das Pilzraumschiff zu und feuerten dabei ununterbrochen aus ihren verschiedenartigen Waffen.

Sie stürmten und kämpften so lange, bis sie von den auf sie niederpeitschenden Energiestrahlen vernichtet worden waren. Kurz darauf nahmen die zylinderförmigen Wesen ihre seltsame Tätigkeit wieder auf, als hätte es keinen Zwischenfall gegeben.

In den darauffolgenden Monaten legten die Stämme der Plostas eine bemerkenswerte Zurückhaltung an den Tag. Sie waren offenbar durchaus fähig, eine militärische Lage objektiv einzuschätzen. Dennoch siegte hin und wieder ihr natürlicher Aggressionstrieb. In unregelmäßigen Abständen versuchten einzelne Stämme, das Raumschiff in Überraschungsangriffen zu stürmen. Alle die Attacken scheiterten unter großen Verlusten für die Insektenwesen.

Major Polata und ich verhielten uns abwartend, während wir unsere Verdummten versorgten und immer neue Messungen vornahmen, um herauszufinden, was das Pilzraumschiff eigentlich auf Aggres wollte.

Vor einiger Zeit erhielten wir den ersten brauchbaren Hinweis. Als die zylinderförmigen Lebewesen ihre Arbeiten abbrachen, maßen wir wenige Stunden später einen seltsamen Strahlungsausbruch im fünfdimensionalen Bereich an. Die Quelle war offenbar das Pilzraumschiff – und kurz darauf stellten unsere Meßgeräte fest, daß die fünfdimensionale Gravitationskonstante der Galaxis innerhalb der Reichweite unserer Geräte um genau 132,6583 Millikalup angehoben worden war.

Von da an überlegten Major Polata und ich fieberhaft, was wir gegen die auf Aggres gelandeten Fremden unternehmen könnten. Aber die tödlichen »Tränen« des »Götzen« hatten uns gewarnt. Wir durften den Kampf nicht eher aufnehmen, bis unser Schiff wieder manövrierfähig war.

Und daran war in absehbarer Zeit nicht zu denken ...

Mein Bewußtsein löste sich allmählich von den Bildern der Vergangenheit und kehrte in die Gegenwart zurück.

Als ich nach Westen blickte, stellte ich fest, daß die Fanale des Kampfes erloschen waren. Vorsichtig stieg ich von der Ruine und wandte mich dem freigelegten Eingang zu. Mein tragbarer Scheinwerfer stand noch da, wo ich ihn hingestellt hatte, als die Posten mich bedrängten. Ich schaltete ihn ein und richtete den gelblichweißen Lichtkegel in den leicht geneigten Gang hinter der Öffnung.

Von irgendwo schräg unter mir kamen polternde Geräusche. Das mußte Polata sein. Eigentlich war es absurd, daß wir in unserer Situation noch Interesse für die Erforschung einer längst untergegangenen Zivilisation aufbrachten. Aber es hatte sich als die beste Möglichkeit erwiesen, die schwer belastete geistige Gesundheit zu erhalten.

Ich folgte der Schräge des Ganges. Überall war die gespaltene Decke durch dünne Metallplastikstangen abgestützt, die aus dem Magazin des Explorers stammten. Nach einigen Minuten traf ich auf den Major. Er hatte mit Hilfe eines Desintegrators eine weitere Öffnung freigelegt. Der Raum dahinter glich einem großen Saal, und die leicht gewölbte Decke hatte bisher gehalten, obwohl sie von zahlreichen feinen Rissen durchzogen war.

Die Einrichtung allerdings war größtenteils verrottet. An den Wänden entdeckte ich immerhin zwischen Fragmenten verrosteter Stahlrahmen die Reste von starkwandigen Glasplatten. Die meisten waren zu Boden gefallen und zerbrochen, als die Rahmen sich aufgelöst hatten, aber sie hatten offenbar lange genug gehalten, um den Auflösungsprozeß der hinter ihnen installierten Teile zu verzögern.

Major Polata stocherte mit einem Meßfühler zwischen elektronischen Bauteilen herum, die an isolationslosen Drähten aus rostfreiem Material hingen. Er wandte sich um, als er meine Schritte hörte.

»Es scheint, als hätten wir die Überreste einer Monitoranlage gefunden, deren Bildschirme noch nach dem früheren holographischen System der Arkoniden gearbeitet haben.«

Ich trat näher und fand Polatas Ansicht bestätigt.

»Eine Monitoranlage ...«, überlegte ich. »Sie könnte zur Überwachung der Umgebung gedient haben, aber auch zur Überwachung anderer Räume dieses Gebäudes.«

Dann entdeckte ich eine rechteckige Öffnung in der Wand. Ihre Ränder waren zerbröckelt, und unter ihr lag ein kleines Häufchen Rost. Ich ging hin, stützte mich mit einer Hand an der Wand ab und leuchtete mit der Handlampe in die Öffnung.

»Das ist ein Schacht«, sagte ich überrascht. Als Polata neben mir stand, fügte ich hinzu: »Sehen Sie die streifenartigen rostbraunen Verfärbungen an den Schachtwänden. Das könnten die Spuren von Gleitschienen sein, in denen sich eine Liftkabine bewegte. Major, ich glaube, wir haben eine bedeutsame Entdeckung gemacht. Wenn wir mit Antigravgeräten in den Schacht absteigen, finden wir wahrscheinlich heraus, daß wir bisher nur einen kleinen turmartigen Oberteil eines viel größeren Bauwerks untersucht haben.«

Mincos Polata strich sich über seine blonden Haarstoppeln und grinste.

»Es freut mich, daß Sie zur gleichen Schlußfolgerung kamen wie ich, als ich den Schacht zum erstenmal sah, Captain Vantolier. Ich schlage vor, Sie gehen zum Gleiter, ziehen Ihren Kampfanzug an und kehren zurück, damit wir ...«

Er unterbrach sich, als sein Armbandtelekom das charakteristische Rufsignal von sich gab. Wir waren beide überrascht, denn wir waren die einzigen nicht verdummten Menschen auf diesem verwünschten Planeten. Wer also konnte uns schon auf der Armbandfunkfrequenz anrufen?

Es dauerte einige Sekunden, bis Major Polata sich so weit von seiner Überraschung erholt hatte, daß er das Funkgerät einschalten konnte.

»Major Polata hier!« meldete er sich. »Wer ruft?«

»Was ist das?« sagte jemand, als spräche er zu sich selbst. »Das Ding kann sprechen, Ossuti, hast du das gehört?«

Polata und ich wechselten einen raschen Blick. Ossuti Wangemu war der Cheforter unseres Explorerschiffes, jedenfalls bis zu seiner Verdummung. Soviel wir wußten, befand er sich an Bord des Schiffes und war in seiner Kabine eingeschlossen, wie die anderen Besatzungsmitglieder auch. Da er eine Einzelkabine bewohnte, mußte jemand ihn besucht haben.

Und aus den Worten dieses Besuchers war nicht schwer zu erkennen, daß er sich über die Funktion eines Sprechfunkgerätes nicht im klaren war.

»Das ist kein Ding, das da spricht«, erklärte der Major langsam, »sondern ich, Major Mincos Polata, spreche über mein Armbandfunkgerät zu Ihnen. Wie ist Ihr Name?«

Eine Zeitlang herrschte Stille; nur ein schweres Atmen war zu hören, dann sagte die gleiche Stimme wie zuerst:

»Das kann nicht sein. Major Mincos Polata ... Der Name erinnert mich an jemand, an einen Menschen. Aber wie kann ein Mensch in diesen kleinen Kasten kriechen? Ossuti, hast du eine Erklärung dafür?«

Wir hörten Geflüster, dann ertönte eine dunkle Baßstimme.

»Hier spricht Ossuti. Ich glaube, das ist ein Gerät, mit dem man über große Entfernungen mit anderen Menschen sprechen kann. Dennoch begreife ich vieles nicht. Als ich vor einiger Zeit wie aus einem Alptraum erwachte, fand ich mich in ein Zimmer mit seltsamen Gegenständen eingeschlossen. Ich konnte mich befreien. Wer spricht dort?«

»Major Polata, Kommandant der EX-6633«, antwortete Mincos Polata mit mühsam unterdrückter Erregung. »Sie sind Ossuti Wangemu, Cheforter des Explorerschiffes. Bitte fassen Sie keine weiteren Geräte an, bevor ich bei Ihnen bin! Verhindern Sie auch, daß sonst jemand an irgendwelchen Geräten hantiert! Ich komme so schnell wie möglich. Ende.«

Er senkte die Hand zum Schaltknopf des Telekoms, entschloß sich dann aber doch, die Verbindung stehenzulassen. Ohne daß Worte nötig gewesen wären, liefen Polata und ich den Gang zurück. Wir schalteten unsere Handscheinwerfer aus, stellten sie neben dem Eingang ab und eilten zu meinem Gleiter.

Mit Höchstgeschwindigkeit rasten wir zu unserem Schiff. Auch jetzt schwiegen wir noch, aber unsere Gedanken bewegten sich sicher auf den gleichen Bahnen.

Als wir den Explorer verlassen hatten, war noch keiner der Verdummten fähig gewesen, sich aus seiner Kabine zu befreien oder sich Gedanken über den Sinn und Zweck technischer Geräte zu machen. Noch weniger hätte jemand ein Funksprechgerät als etwas bezeichnen können, mit dem man über große Entfernungen mit anderen Menschen spricht.

Genau das aber war geschehen.

Mincos Polata bremste erst kurz vor dem Explorerschiff ab und setzte den Gleiter reichlich unsanft in der offenen Hangarschleuse auf. Wir sprangen aus dem Fahrzeug, stiegen in den nächsten Antigravlift und schwebten zum Deck mit den Mannschaftskabinen.

Als wir den Außenkorridor betraten, sahen wir eine offenstehende Kabine. Es war die von Ossuti Wangemu. Hinter der nächsten Biegung erblickten wir das zweite offene Schott. Da sich die Schotten normalerweise automatisch schlossen, nachdem jemand sie passiert hatte, mußte der Sperrmechanismus aktiviert worden sein.

Bevor wir die Öffnung erreichten, traten zwei Männer aus der Kabine auf den Flur. Der eine war Ossuti Wangemu, der andere Nosartes Alcante, unser Magazinverwalter, ein etwas beleibter älterer Herr, dessen Hauptberuf die Kosmosoziologie war.

Sie sahen uns mit seltsamem Gesichtsausdruck entgegen. Ich registrierte, daß ihre Augen klarer waren als seit der Verdummung.

Polata und ich gingen langsamer und blieben dicht vor den beiden Männern stehen. Der Major lächelte etwas gezwungen, wie ich bemerkte, und sagte atemlos:

»Ich bin Major Mincos Polata – falls Sie mich nicht erkennen sollten –, und mein Begleiter ist Captain Hysk Vantolier. Wie fühlen Sie sich?«

Nosartes Alcante lächelte schüchtern, was sonst gar nicht seine Art gewesen war – jedenfalls nicht vor der Verdummung.

»Ich glaube, es geht mir gut«, antwortete er unsicher. Er dachte nach. »Mir ist, als hätte ich einen furchtbaren Traum gehabt und wäre noch nicht völlig wach. Wenn ich nachdenken will, spüre ich einen dumpfen Schmerz hier oben.« Er zeigte an seinen Kopf.

»Es war etwas viel Schlimmeres als ein furchtbarer Traum«, versetzte Major Polata. »Doch nun wird alles wieder gut werden. Professor Alcante.«

Ossuti Wangemu legte sein dunkelbraunes Gesicht in zahllose Falten, die angestrengtes Nachdenken verrieten.

»Unser ... Verstand war ... blockiert, nicht wahr?« fragte er stockend.

»Ich erinnere mich nur undeutlich an diese Zeitspanne, aber allmählich kehren immer mehr Erinnerungen an die Zeit davor wieder. Wir sind mit einem Schiff gestartet, einem Schiff, das sich zwischen den Sternen bewegt. Der Begriff ›Solares Imperium‹ geistert durch mein Bewußtsein, aber ich kann ihn noch nicht einordnen.«

Mincos Polata atmete geräuschvoll ein. Offenbar dachte er das gleiche wie ich, daß nämlich die schlimmste Zeit vorüber sei und die Verdummten allmählich aus ihrem schrecklichen Zustand erwachten.

»Wir befinden uns noch auf dem Sternenschiff«, erklärte er. »Und das Solare Imperium ist unsere Heimat. Wir begaben uns ...«, er vermied geflissentlich Begriffe, die die Erwachenden vielleicht verwirren konnten, »... zu einer unbekannten Welt, um Lebewesen zu besuchen, die ...«, er suchte nach Worten, »... die ein wenig anders aussehen als wir. Hier schwächten sich plötzlich die Verstandeskräfte ab – mit Ausnahme der von Captain Vantolier und mir. Wir mußten Sie in Ihre Wohnungen einsperren, damit Sie nicht mit Geräten spielten, dessen Funktions ... ähem ... Arbeitsweise Sie nicht mehr verstanden, und eventuell Schaden anrichteten.«

Ossuti Wangemu fuhr sich mit den Fingern durch seinen schwarzen Bart. Wir hatten unsere Verdummten nicht auch noch rasieren können. Langsam sagte er: »Wir befinden uns also auf einem Sternenschiff. Habe ich recht, wenn ich annehme, daß wir nicht allein sind?«

»Sie haben recht«, antwortete Polata. »Wir sind insgesamt vierhundert Personen – außer Captain Vantolier und mir.«

»Dann müssen wir uns darum kümmern, wie es den anderen Personen geht«, erklärte Wangemu. »Wenn sie alle erst langsam aus der ... der Verdummung erwachen, brauchen sie vielleicht Hilfe.«

Mincos Polata lächelte erleichtert.

»Ich bin sehr froh, daß der Vorschlag von Ihnen kommt, Captain Wangemu. Wir werden uns sofort um unsere Gefährten kümmern.«

Er wandte sich an Professor Alcante. »Würden Sie uns bitte dabei helfen, Professor?«

»Natürlich, gern. Ich begreife zwar nicht alles, worüber Sie gesprochen haben, aber ich will helfen, wo ich kann.«

»Dann laßt uns keine Zeit mehr verlieren«, sagte Mincos Polata. »Wir werden von Kabine zu Kabine gehen, mit den Bewohnern sprechen und sie psychologisch aufmuntern.« Die letzten Worte waren an mich gerichtet.

Ich nickte. »Aber wir sollten auch dafür sorgen, daß außer uns niemand mehr seine Kabine verläßt, Major. Jedenfalls in diesem Stadium noch nicht.«

»Das ist selbstverständlich.« Polata lachte. »Sonst drückt womöglich noch jemand auf die Feuerknöpfe.«

9.

»Ein phantastisches Bild, Perry, nicht wahr?«

Ich wandte mich um. Völlig in die Betrachtung des Schwarms versunken, hatte ich Atlans Eintritt gar nicht bemerkt.

»Für den, der es aus sicherer Entfernung beobachten kann, gewiß«, entgegnete ich. »Nicht für die Lebewesen, deren Planeten in absehbarer Zeit vom Schwarm verschlungen werden.«

Mein arkonidischer Freund nickte und ließ sich in einem Sessel der Beobachtungskuppel nieder.

Ich widmete mich ebenfalls wieder der Betrachtung des Schwarms oder vielmehr des aus Milliarden von seifenblasenähnlichen riesigen Gebilden bestehenden Energieschirms, der den Schwarm lückenlos umhüllte und nur undeutliche Einblicke gestattete.

Wir flogen mit der GOOD HOPE II drei Lichtwochen vor dem »Kopf« des Schwarmes einher und hielten dabei exakt die gleiche Geschwindigkeit wie der Schwarm ein, nämlich halbe Lichtgeschwindigkeit.

Bei dieser geringen Entfernung bot sich der Schwarmkopf dem menschlichen Auge als eine schillernde und funkelnde Mauer dar, die scheinbar das Universum in zwei Hälfte teilte. Etwa 820 Lichtjahre betrug der Durchmesser der Kopfrundung zur Zeit. Ab und zu vergrößerte oder verkleinerte sich dieser Wert, doch für unser Blickfeld blieb der Eindruck einer unendlich großen Fläche bestehen.

Ich drehte mich mit meinem Sessel herum und blickte ungefähr in Fahrtrichtung. Die Sterne unserer Galaxis wirkten seltsam verzerrt, ein Resultat unserer hohen Eigengeschwindigkeit. Da bei fünfzig Prozent LG bereits ein meßbarer Dilatationseffekt auftrat, durften wir natürlich nicht wochenlang vor dem Schwarm herfliegen. Die dabei auftretende – relative – Beschleunigung des Zeitablaufs auf den Planeten unserer Galaxis wäre nicht gerade groß gewesen, aber sie hätte dazu geführt, daß wir nicht mehr ökonomisch genug arbeiten konnten.

Als der Interkommelder summte, schaltete ich das Gerät mit einem Druck auf die Tastatur der Armlehne ein. Auf dem Bildschirm erschien das Symbol unserer Hyperfunkzentrale, und die Stimme Joak Cascals sagte:

»Hyperkomanmeldung: Solarmarschall Tifflor von der INTERSOLAR, Sir. Soll ich umlegen?«

»Ich bitte darum.«

Gleich darauf flimmerte der Bildschirm. Das vertraute Gesicht Julian Tifflors erschien darauf. Tiffs Gesicht hatte nichts von seiner Jungenhaftigkeit verloren, aber seine Stimme verriet, wie groß die psychische Belastung im letzten Jahr gewesen war.

»Hallo, Tiff!« sagte ich. »Verzichten Sie auf Förmlichkeiten und sagen Sie mir, was Sie auf dem Herzen haben.«

Tifflor lächelte.

»Ich habe weisungsgemäß in Flugrichtung des Schwarms aufgeklärt, Sir. Die Beiboote der INTERSOLAR sind ständig unterwegs. Bisher konnten wir zweiundachtzig Sonnensysteme registrieren, die zwischen vier Lichtstunden und elf Lichtjahren vom Schwarmkopf entfernt sind. Ein Sonnensystem, blauer Riese mit rotem Zwergbegleiter und einem Planeten, wird in genau drei Stunden, neunundfünfzig Minuten und zwölf Sekunden Kontakt mit dem Kristallschirm erhalten.«

»Kein bewohnter Planet, nehme ich an.«

»Eine tote Welt, Sir. Soll ich Ihnen die Koordinaten durchgeben?«

»Ja, bitte. Geben Sie sie direkt an die Kommandozentrale durch, Tiff. Ich werde Senco Ahrat anweisen, die GOOD HOPE II in die Nähe dieses Systems zu bringen.«

Nachdem wir das Gespräch beendet hatten, blickte Atlan zu mir herüber.

»Du willst den Vorgang aus der Nähe beobachten, Perry?«

»Hauptsächlich meßtechnisch«, gab ich zurück. »Wir können nicht genug Informationen sammeln.«

Ich stellte eine Interkomverbindung zum Ersten Kosmonautischen Offizier meines Schiffes her. Senco Ahrat bestätigte mir, daß er die Koordinaten des bewußten Systems erhalten hatte.

»Es ist hundertvierundsechzig Lichtjahre von uns entfernt, Sir«, fügte er hinzu. »Wir haben also noch ausreichend Zeit. Wann soll ich mit dem Linearmanöver beginnen?«

»So, daß wir etwa eine halbe Stunde vor der Kristallschirmüberlappung in zehn Lichtstunden Entfernung eintreffen«, erwiderte ich.

Kaum hatte ich die Verbindung unterbrochen, summte der Interkommelder schon wieder. Diesmal erschien Cascals Gesicht selbst auf dem Bildschirm.

»Hyperkomanruf eines Majors Custosa, Sir«, sagte er. »Er strahlte die zwischen Ihnen und Ihrem Sohn vereinbarte Kodegruppe ab und bat um Positionsangabe der GOOD HOPE II.«

»Geben Sie ihm die Positionsdaten und richten Sie ihm aus, er möge sich beeilen. Wir bleiben nicht mehr lange hier. Ende.«

»Offenbar ein Kurier Mikes«, bemerkte Atlan. »Ich bin gespannt, was er uns für Nachrichten bringt.«

Ich erhob mich.

»Wir werden es bald wissen. Erfreuliche Nachrichten sind es bestimmt nicht. Hoffentlich haben die Superiors nicht schon wieder Unruhe gestiftet.«

Ich ging zur Kommandozentrale. Mein Freund folgte mir. Wenige Minuten nachdem wir die Kommandozentrale betreten hatten, materialisierte der Mausbiber neben mir.

»Ein Kurier wird erwartet?« erkundigte er sich.

Ich lächelte ihn nur an.

Gucky ließ seinen Nagezahn sehen und sagte: »Na schön, ich habe gelauscht, Perry. Aber nicht bei dir, sondern bei Cascals Assistenten. Ich bin gespannt, was es Neues gibt.«

»Ich auch«, gab ich zurück. »Wie geht es Harno?« Die »lebende« Fernsehkugel war durch einen Einsatz innerhalb des Schwarms, den Gucky, Ras Tschubai, Alaska Saedelaere und Toronar Kasom durchgeführt hatten, befreit worden.

Der Mausbiber ließ seinen Nagezahn verschwinden.

»Schlecht. Er nimmt nur wenig Energie auf, obwohl er große Mengen bräuchte, um wieder zu Kräften zu kommen. Das Abenteuer mit dem Kristall der gefangenen Seelen hat ihn stark mitgenommen.«

»Es hätte euch alle beinahe das Leben gekostet«, fügte ich hinzu.

Vor uns leuchtete ein Bildschirm auf. Das Abbild Alaska Saedelaeres war zu sehen. Der Transmittergeschädigte trug nach wie vor seine Plastikmaske.

»Ortung! Space-Jet im Anflug auf GOOD HOPE II. Identifiziert als Kurierfahrzeug Roi Dantons, Sir.«

Ich bedankte mich für die Meldung. Eine Viertelstunde später legte die Space-Jet nach dem Angleichungsmanöver an. Kurz darauf betrat ein untersetzter schwarzhaariger Mann im Raumanzug die Zentrale.

Ich hatte mich erhoben und wartete.

»Major Custosa, Sir«, meldete der Mann lächelnd. »Ich bringe Informationsmaterial, das mir von Roi Danton übergeben wurde.«

Er hielt mir einen zylinderförmigen Behälter entgegen. Ich nahm ihn und reichte ihn an Fellmer Lloyd weiter, der neben mir stand.

»Sie kennen das Informationsmaterial, Major?« erkundigte ich mich.

»Ja, Sir.«

»Gut, dann berichten Sie bitte in knappen Worten, worum es sich handelt!«

Major Custosa holte tief Luft und sagte: »Die Menschen auf der Erde haben einen Teil ihrer früheren Intelligenz zurückerhalten. Sie sind nicht mehr vollständig verdummt, sondern zeigen wieder reges Interesse an allem, was um sie hervorgeht, auch an technischen Dingen.«

Die in der Kommandozentrale Anwesenden horchten auf, dann sprachen sie plötzlich alle durcheinander. Ich hob den Arm und wartete, bis wieder Ruhe eingetreten war, danach fragte ich: »Betrifft das alle Menschen auf der Erde?«

Custosa nickte. »Ja, Sir. Aber es ist kein vollständiges Erwachen aus der Verdummung. Lediglich ein Ausbruch aus der schlimmsten Stupidität. Vorläufig scheint sich nur die geistige Aufnahmebereitschaft etwas gesteigert zu haben. Olymp meldet das gleiche Phänomen. Wir erhielten auch Meldungen von anderen durch Menschen besiedelten Planeten. Dort hat der gleiche Vorgang stattgefunden.«

»Das ist tatsächlich eine Nachricht, die für die Zukunft hoffen läßt«, sagte ich.

»Aber es ist nur die halbe Nachricht, Sir«, ergänzte Major Custosa sorgenvoll. »Der Homo superior stirbt aus.«

»Wie bitte?« fragte ich entsetzt.

»Der Homo superior stirbt aus«, wiederholte Custosa. »Es begann damit, daß die Menschen dieser Gattung plötzlich unruhig wurden und Fehlhandlungen begingen, dann ließ ihre Intelligenz rapide nach. Sie wurden stumpfsinnig. Schließlich kam es zu körperlichen Verfallserscheinungen. Wir halfen, so gut wir konnten, aber der Verfall ließ sich durch nichts aufhalten. Die Körperzellen stellten einfach ihre Arbeit ein. Verschiedene Wissenschaftler sehen einen Zusammenhang zwischen dem ersten Auftreten des Homo superior, seinem plötzlichen Absterben und dem Schwarm.«

Ich war erschüttert. Zwar hatte ich das Auftreten des Homo superior immer als eine gefährliche Fehlentwicklung der Natur angesehen, aber daran trugen natürlich die einzelnen Individuen keine Schuld. Ihren Tod hatte ich niemals gewünscht.

Senco Ahrat räusperte sich.

»Sir, ich müßte in zwanzig Minuten das Linearmanöver einleiten, wenn wir noch zurechtkommen wollen.«

Ich blickte den Emotionauten entrüstet an. Wie konnte er angesichts einer solchen Nachricht an ein Linearmanöver denken? Aber als ich Ahrats Gesicht sah, korrigierte ich mich. Der Mann war nicht weniger erschüttert als wir alle; er hatte nur früher als wir begriffen, daß uns das nicht von der Pflicht befreite, so viele Informationen wie nur möglich über den Schwarm zu sammeln, damit wir rechtzeitig herausfanden, wie wir die Menschheit vor dieser fürchterlichen Bedrohung schützen konnten.

»Führen Sie das Linearmanöver wie geplant durch«, sagte ich.

Dann wandte ich mich wieder dem Kurier zu.

»Sie werden eine Erholungspause brauchen, Major. Ich lasse Ihnen eine Kabine anweisen und sorge dafür, daß Ihre Space-Jet mit der GOOD HOPE II gekoppelt wird.«

Custosa schüttelte den Kopf.

»Vielen Dank, Sir, aber ich habe Befehl, sofort umzukehren, sobald ich

Ihnen die Informationen überbracht habe. Roi Danton braucht jeden Mann und jedes Schiff.«

Dem konnte ich nicht widersprechen. Nachdem ich mich bedankt und eine Nachricht für Mike überreicht hatte, verabschiedete ich den Kurier. Wenige Minuten später beschleunigte seine Space-Jet und löste sich von der GOOD HOPE II.

Noch bevor sie im Linearraum verschwand, schaltete Senco Ahrat die Triebwerke unseres Schiffes hoch. Die GOOD HOPE II nahm sogleich Fahrt auf.

Die bevorstehenden Beobachtungen lenkten uns etwas von dem ab, was Major Custosa berichtet hatte. Später würde ich die Informationen gründlich auswerten.

Jetzt galt es, einen Vorgang zu beobachten, der auch dem Solsystem drohte, wenn wir es nicht schafften, rechtzeitig ein Mittel zu finden, durch das der Schwarm aufgehalten wurde.

Ein Schwarm von der Ausdehnung einer Kleingalaxis ...!

Acht Tage waren nach dem ersten Abklingen der Verdummung vergangen, doch Polatas und meine Hoffnungen hatten sich nicht erfüllt. Die Besatzung der EX-6633 war zwar aus der tiefsten Verdummung »aufgetaucht«, aber auf einem Intelligenzniveau stehengeblieben, das weit unter ihrem früheren lag.

Ich lehnte mich in meinem Sessel zurück und blickte auf den elektronischen Zeitstreifen über dem Kabinenschott.

5. März 3442.

Wie lange sollten wir noch auf diesem Planeten festsitzen? Tag für Tag hatten wir uns neue Gruppen Verdummter vorgenommen, ihnen Informationen gegeben, unzählige Fragen beantwortet und versucht, sie mit der Bedienung technischer Gerätschaften vertraut zu machen.

Sie nahmen alle Informationen begierig auf und lernten schnell – aber nur in begrenztem Umfang. Technische Zusammenhänge begriffen sie nicht.

Ich fragte mich, ob es überhaupt angebracht sei, diese bedauernswerten Männer und Frauen in der Bedienung technischer Geräte zu unterweisen. Sicher, die meisten von ihnen konnten inzwischen den Interkom bedienen und sich die gewünschten Mahlzeiten selbst auf dem Versorgungsautomaten tasten. Doch sie wollten nicht einsehen, daß es gefährlich wäre, sie frei im Schiff umhergehen zu lassen. Wir hatten ihnen freie Bewegung auf dem Mannschaftsdeck zugestanden, die Liftschächte und Nottreppen aber abgeriegelt.

Als der Interkommelder summte, richtete ich mich auf und schaltete das Gerät mittels der Tastatur meiner Armlehne ein. Auf dem Bildschirm erschien der Oberkörper eines rothaarigen muskulösen Mannes. Professor Dawidow Selchenin, Kosmopsychologe und Völkerkundler.

»Hallo, Professor Selchenin«, sagte ich freundlich.

Selchenin schaute mich wütend an.

»Ich möchte endlich das Schiff verlassen, Captain Vantolier! Es ist menschenunwürdig, was Sie mit uns treiben. Ich will wieder einmal die frische Luft eines Planeten atmen anstatt das regenerierte Zeug, das aus den Klimaanlagen strömt.«

Ich schüttelte den Kopf.

»Das, was Sie ›regeneriertes Zeug‹ nennen, Professor, ist die angesaugte und verteilte Luft des Planeten Aggres. Wir werden doch nicht unsere Vorräte angreifen, wenn uns genügend natürliche Luft zur Verfügung steht.«

»Das glaube ich Ihnen nicht«, entgegnete Selchenin. »Ich kann kaum noch atmen, und meine Haut juckt heftig. Ich brauche die natürliche Luft eines Planeten.«

Ich seufzte.

Offenbar hatte sich Selchenin derartig in seine falsche Meinung über die Bordatmosphäre verrannt, daß es schon zu einer Neurose gekommen war. Wenn ich mich an die Zeit erinnerte, in der Dawidow Selchenin noch seinen normalen Intelligenzquotienten besessen hatte! Damals war er ein Mann gewesen, den nichts erschüttern konnte, ein polterndes Rauhbein mit einem Herzen aus Gold.

Und was war er jetzt? Ein jammerndes Nervenbündel.

»Das ist natürlich etwas anderes, Professor«, sagte ich beschwichtigend. »Ich komme zu Ihnen, und wir sprechen über Ihr Problem. Einverstanden?«

»Ja, aber kommen Sie bald!«

»Selbstverständlich.«

Und so ging es weiter. Die Menschen im Schiff litten unter ihrer Isolation. Stündlich traten neue Fälle von Hysterie auf. Und der Major und ich waren zwei Immune gegen sie alle.

Die GOOD HOPE II fiel genau zehn Lichtjahre von der Doppelsonne entfernt in den Normalraum zurück und beschleunigte sofort wieder bis auf halbe Lichtgeschwindigkeit.

Für kurze Zeit verringerte der Schwarmkopf die Distanz, dann standen wir wieder relativ unbeweglich zueinander. Unsere Meßinstrumente arbeiteten und leiteten die gewonnenen Daten sofort an die kleinen Speicherpositroniken weiter, damit sie später ausgewertet werden konnten.

Der blaue und der rote Stern trieben zusammen mit ihrem einzigen Planeten in nördlicher Richtung am sich unaufhaltsam nähernden Kristallschirm des Schwarmkopfes entlang. Die aus dem Schwarm auf sie einwirkenden Gravitationskräfte – beziehungsweise die Verzerrungen, die von der Masse des Schwarms im galaktischen Gravitationsfeld hervorgerufen wurden – veränderten ihre gemeinsame Bahnkomponente allmählich und zwangen sie in eine flache Kurve in Richtung auf den Kristallschirm.

Mit bloßem Auge war das allerdings nicht zu erkennen, aber die Meßgeräte lieferten unmißverständlich Ergebnisse. Wir erkannten, daß auch die internen Bahnen dieses Sonnensystems beeinflußt wurden. Der Abstand zwischen beiden Sonnen vergrößerte sich, während der Planet völlig in den Bann der Schwerkraft des blauen Riesensterns geriet.

»Ich bin froh, daß es auf diesem Planeten kein Leben gibt, Perry«, bemerkte Atlan, der neben mir saß. »Es sieht so aus, als würde er in den nächsten Wochen in den blauen Riesen stürzen.«

»Wahrscheinlich werden die Herren des Schwarms das verhindern, sobald das System erst einmal innerhalb ihres Schutzschirmes ist«, gab Gucky zu bedenken. »Es ist erstaunlich, wie präzise sie mit Sonnen und Planeten jonglieren.«

Als hinter uns der Boden unter dröhnenden Schritten erbebte, wandte der Mausbiber sich um und schrie in gespielter Empörung: »Schon wieder dieser Haluter mit seiner dummen Kette! Kannst du dich nicht dort aufhalten, wo ich nicht bin, Icho?«

Icho Tolot lachte. Wieder einmal glaubte ich, mein Trommelfell würde den starken Schallwellen nicht standhalten, die er erzeugte.

»Du kannst ja in eine andere Schiffssektion teleportieren, wenn du so wenig Sinn für Schönheit hast, Gucky.«

»Teleportieren!« Der Ilt plusterte sich förmlich auf. »Wie kann ich teleportieren, wenn du mit deiner Entdummungskette in der Nähe bist, du galaktischer Trampel!«

»Bitte, mäßige dich!« warnte ich den Mausbiber.

Gucky grinste und zwinkerte Tolot zu. »Komm an meine Seite, du Held von Halut mit den glutvollen Augen. Sicher hast du eine Mohrrübe mitgebracht.«

»Eine Mohrrübe konnte ich leider nicht auftreiben, Gucky«, erwiderte Tolot. »Dafür habe ich so etwas Ähnliches.« Er zog einen Rettich aus der Brusttasche seiner Kombination.

Gucky verschluckte sich fast vor Ärger, denn Rettiche gehörten ganz und gar nicht zu seinen Lieblingsspeisen. Doch bevor er eine neuerliche Schimpfkanonade loslassen konnte, steckte der Haluter den Rettich wieder weg und holte dafür ein Bündel frischer junger Karotten hervor. Sofort war der Mausbiber wieder versöhnt.

Sein Zorn über die Kette Tolots war natürlich nur gespielt gewesen, denn Gucky wußte genau, daß der Haluter ohne diese irrlichternden

Steine von Hidden World I verdummt geblieben wäre. Ihre Strahlung bewirkte bei Icho Tolot eine Art Mentalstabilisierung und machte ihn damit zum Immunen. Allerdings bewirkte diese Strahlung auch, daß in unmittelbarer Nähe der Kette keine parapsychischen Kräfte angewandt werden konnten, weder Telepathie noch Telekinese oder Teleportation und was es sonst an parapsychischen Fähigkeiten gab.

Nach diesem kleinen Zwischenspiel wandte ich meine Aufmerksamkeit wieder dem Doppelsternsystem zu. Die kristallen glitzernde Wand aus ineinander verschachtelten Schutzschirmen hatte sich weiter genähert. Innerhalb der nächsten Minuten mußte die Überlappung erfolgen. Die Meßinstrumente wiesen aus, daß es auf der Oberfläche der blauen Riesensonne zu heftigen Eruptionen kam. Protuberanzen von vielen Millionen Kilometern Ausdehnung schossen in den Raum. Der rote Begleiter dagegen zeigte keine wesentliche Veränderung.

Mentro Kosum, unser Zweiter Kosmonautischer Offizier, schaltete an den Geräten der Meßwertumwandler. Kurz darauf leuchtete ein Bildschirm auf und zeigte eine dreidimensionale elektronische Rekonstruktion der mit den Hypertastern ermittelten Werte. Alle Verzerrungseffekte waren ausgefiltert, so daß wir die beiden Sonnen, ihren Planeten und den Kristallschirm klar und deutlich sehen konnten, als wären wir nur wenige Lichtminuten davon entfernt.

Wenig später bildete sich im Kristallschirm eine Einbuchtung. Die Ränder schoben sich vor, an den Sonnen vorbei und schlossen sich dann allmählich. Wegen dieses Vorgangs war für den Schirm auch die Bezeichnung »Schmiegeschirm« geprägt worden.

Abermals war ein Sonnensystem dem Schwarm einverleibt worden.

Bevor sich der Energieschirm vollständig geschlossen hatte, rief Alaska Saedelaere aus der Ortungszentrale an. Er berichtete, daß an einer fünfzehn Lichtjahre entfernten Stelle des Kristallschirms Bewegungen stattfanden.

»Es sieht so aus, als würden unmittelbar hinter dem Schirm zahlreiche Raumschiffe zusammengezogen«, ergänzte er.

Ich bat ihn, den Vorgang aufmerksam zu verfolgen und mich über jede weitere Veränderung sofort zu unterrichten.

Niemand sagte etwas dazu, obwohl sich sicher jede anwesende Person Gedanken über den beobachteten Vorgang machte.

Fünf Minuten später rief Saedelaere abermals an.

»Der Energieschirm öffnet sich an der bewußten Stelle«, erklärte er erregt. »Sir, soeben messen unsere Hypertaster die ersten Raumschiffe an, die den Schwarm verlassen.«

Ich stand auf und ging in die benachbarte Ortungszentrale, um mir den Vorgang direkt anzusehen. Atlan folgte mir.

Wir sahen die elektronisch reproduzierte Realität. Der Kristallschirm hatte sich in einem Durchmesser von vierzehn Lichtminuten geöffnet. Grüne Lichtpunkte bezeichneten die Raumschiffe, die sich bereits außerhalb des Schirmes befanden. Auf dem Auswertungsschirm erschienen Elektronenbilder der bisher ermittelten Schiffstypen. Es waren so viele unterschiedliche, daß der Schirm bald nicht mehr ausreichte, um sie alle darzustellen.

Unterdessen war das Objekt-Zählwerk angelaufen. Die Zahl der ausgeflogenen Schiffe hatte bereits tausend überschritten und erhöhte sich ständig.

Nach weiteren fünf Minuten schaltete der große Elektronenbildschirm automatisch um. Er zeigte plötzlich nur noch einen einzigen Schiffstyp, während seine Robotstimme erklärte, daß von diesem Typ insgesamt achthundert Raumschiffe den Schwarm verlassen hätten.

»Bienenstöcke!« flüsterte Atlan.

Ich blickte den Arkoniden fragend an.

Er lachte humorlos.

»Entschuldige, Perry. Ich vergaß, daß du unter Bienenstöcken nur jene bunten Plastikgehäuse verstehst, die vollklimatisiert auf Antigravplattformen montiert sind. Eigentlich meinte ich auch nicht Bienenstöcke, sondern Bienenkörbe. Früher benutzten eure Vorfahren tatsächlich geflochtene Körbe als ›Ställe‹ für die domestizierten Honigproduzenten. Die Körbe hatten die gleiche Form wie der abgebildete Raumschiffstyp.«

Ich wandte mich stirnrunzelnd wieder dem Elektronenbildschirm zu. Der abgebildete Raumschiffstyp besaß die Form einer länglichen Kuppel. Leuchtende Pfeile und Schriftbilder wiesen darauf hin, daß sich die Haupttriebwerke der »Bienenkorbschiffe« in der ebenen kreisrunden Grundfläche befanden und daß die Schiffe mit der gewölbten Seite vorausflogen.

»Der Schirm schließt sich wieder«, meldete Alaska Saedelaere. »Insgesamt sechstausend Raumschiffe haben den Schwarm verlassen, davon achthundert vom Typ Bienenkorb. Sie fliegen mit sechzig Prozent LG und formieren sich offensichtlich noch.«

Ich erhob mich. »Das sehen wir uns aus der Nähe an, bevor der Verband im Linearraum verschwinden kann. Besonders die Bienenkorbschiffe interessieren mich.«

Über Hyperkom erteilte ich Senco Ahrat eine entsprechende Anweisung, dann kehrte ich mit Atlan in die Kommandozentrale zurück. Die GOOD HOPE II nahm Fahrt auf, ging in den Linearraum und fiel fünfzehn Lichtjahre weiter wieder in den Normalraum zurück.

Als der Schwarmkopf relativ zu uns stillstand, sahen wir vor uns den aus sechstausend Einheiten bestehenden Schiffsverband. Er entfernte sich auf einer Linie, die dem verlängerten bisherigen Kurs des Schwarms entsprach, und beschleunigte weiter.

Senco Ahrat blickte fragend zu mir. Ich nickte.

Der Emotionaut beschleunigte erneut. Die GOOD HOPE II entfernte sich abermals vom Schwarm und jagte dem Schiffsverband nach. Als ich erkannte, daß wir wegen der höheren Beschleunigungswerte unseres Schiffes die Fremden in etwa einer halber Stunde eingeholt haben würden, ging ich in die Funkzentrale.

Ich stellte eine Hyperkomverbindung zur INTERSOLAR her.

Julian Tifflor lächelte vom Bildschirm herab.

»Ich habe Ihre Manöver verfolgt, Sir«, erklärte er. »Auch das Ausschleusen der sechstausend Schiffe. Wo wollen wir uns treffen?«

Ich erwiderte das Lächeln.

»Eine halbe Lichtminute von der nordwestlichen Flanke des Schiffsverbandes entfernt – in zehn Minuten.«

»Wir werden pünktlich dort sein«, bestätigte Tifflor.

Ich rief Senco Ahrat über Interkom an und bat ihn, in einem kurzen Linearmanöver zur nordwestlichen Flanke des Schiffsverbandes vorzustoßen.

Anschließend rief ich über Rundruf nach Major Bossa Cova. Der ehemalige olympische Reeder, der zwischenzeitlich zu uns gestoßen war, hatte sich zuerst gesträubt, einen Dienstrang anzunehmen, doch als ich ihm versicherte, daß es sich nur um eine Formsache für die Zeit unserer unmittelbaren Zusammenarbeit handelte, war er schließlich einverstanden gewesen. Er meldete sich kurz darauf bei mir.

Ich ging mit ihm in die Kommandozentrale und sagte: »Major Cova, ich habe einen Sonderauftrag für Sie.«

10.

Der Großadministrator hatte mich für einen Sonderauftrag verpflichtet, den ich gemeinsam mit dem Mausbiber Gucky erledigen sollte, wenn der Fall eintrat, mit dem Perry Rhodan rechnete.

Nachdem alle Vorbereitungen dazu abgeschlossen waren, kehrten Gucky und ich in die Kommandozentrale zurück. Ich sah, daß wir die sechstausend Schiffe aus dem Schwarm mit einem Kurzlinearmanöver eingeholt hatten und uns neben seiner linken Flanke befanden, der nordwestlichen, wenn man sich nach der galaktischen Ebene orientierte.

Gucky rutschte unruhig auf dem für ihn zu großen Kontursessel hin und her.

»Was ist los mit dir?« fragte ich. »Hast du etwa Bienen in der Hose?«

Der Ilt schnaufte empört.

»Ausgerechnet Bienen! Weißt du, wie Atlan diese Kuppelschiffe nennt, Bossa?«

Ich stellte mich ahnungslos und schüttelte den Kopf.

»Fliegende Bienenkörbe«, erklärte Gucky. »Als ob Bienen in Körben leben würden.«

Lordadmiral Atlan blickte zu uns herüber, räusperte sich und sagte: »Früher wurden die Bienen tatsächlich in Körben gehalten, jedenfalls auf Terra, und noch früher lebten sie in hohlen Bäumen.«

»Erzähl deine Märchen meiner Urgroßmutter«, gab Gucky verächtlich zurück. »Terra und hohle Bäume! Hohle Köpfe gibt es dort genug, aber keine hohlen Bäume. Ich habe jedenfalls noch keinen gesehen.«

Atlan wandte sich lächelnd ab.

Gucky vergaß die Debatte schnell wieder. Er schaute auf die Ausschnittvergrößerung des Bildschirms vor uns, auf der eines der Kuppelschiffe zu sehen war.

Der Ilt mußte heute mit dem verkehrten Bein aufgestanden sein, denn er setzte die Reihe seiner mürrischen Bemerkungen fort.

»Ich möchte bloß wissen, weshalb die Kerle in den Honigbehältern die Außenflächen ihrer Schiffe beleuchten! Wollen sie damit etwa beweisen, daß sie größere Energiereserven haben als wir?«

Ich musterte das abgebildete Kuppelschiff. Es leuchtete tatsächlich in allen Farben des Spektrums, allerdings glaubte ich nicht, daß dieses Leuchten mit Hilfe von Kraftstrom erzeugt wurde.

Ich forderte von der Positronik die bisher ermittelten Daten an und las sie dem Ilt leise vor.

»Die Bordwände der Schiffe vom Typ Bienenkorb sind in zahlreiche sechseckige Flächen aufgeteilt, die gegeneinander versetzt sind und dadurch funktionsmäßig zur Oberfläche eines gigantischen Kristalls verschmelzen, der einen sehr hohen Reflexionswert aufweist. Das Leuchten dieser Schiffe entsteht durch Brechung und Reflexion des auftreffenden Sternenlichtes.«

»Das glaube ich nicht«, widersprach Gucky. »Nichts kann das Licht von Sternen, die viele Lichtjahre entfernt sind, so stark reflektieren, daß eine Schiffswandung wie ein Scheinwerfer leuchtet.«

Bevor ich etwas darauf erwidern konnte, trat Perry Rhodan aus dem Durchgang zwischen Kommando- und Funkzentrale.

»Bitte hören Sie mir zu!« rief er. »Ich habe mit Solarmarschall Tifflor, dessen INTERSOLAR nur zwanzig Lichtsekunden von uns entfernt ist, vereinbart, daß er seine Beiboote ausschleust. Sie sollen dichter an den Schiffsverband herangehen und dessen Reaktionen testen. Zeigt sich keine direkte feindselige Reaktion, werden wir ebenfalls dichter heranfliegen.«

Er setzte sich neben Senco Ahrat und sprach leise auf den Ersten Kosmonautischen Offizier ein.

»Ich möchte gar zu gern einmal in eines der Bienenkorbschiffe teleportieren, Bossa«, erklärte Gucky. »Hättest du Lust, mich zu begleiten?«

Ich sah den Ilt stirnrunzelnd an. Zwar hatte ich inzwischen Zeit gehabt, ihn näher kennenzulernen, seit wir auf Last Hope zusammengetroffen waren, aber seine impulsiven Vorschläge überraschten mich doch immer wieder.

»Du weißt genau, daß wir unsere feststehenden Befehle haben«, entgegnete ich. »Teleportieren kommt also vorläufig nicht in Frage.«

»Befehle!« sagte Gucky wegwerfend. »Befehle sind dazu da, ignoriert zu werden. Seit wann bist du überhaupt ein so beflissener Befehlsempfänger?«

»Seit ich mich freiwillig Rhodans Kommando unterstellt habe. Wer so etwas tut, muß auch entsprechend handeln. Übrigens erinnere ich mich, gehört zu haben, daß du dich bei Einsätzen ebenfalls freiwillig Rhodans Befehl unterstellst.«

»Aus alter Freundschaft, Bossa.«

»Aus welchem Grund, spielt keine Rolle. Nur die Tatsache an sich zählt.«

Der Mausbiber stieß einen leisen Pfiff aus und deutete auf die Meßwertanzeigen.

»Die sechstausend Schiffe beschleunigen stärker. Es sieht so aus, als wollten sie Einsteins Gartenmauer durchstoßen.«

Ich seufzte.

Der Ilt hatte eine Art, wissenschaftliche Begriffe zu verniedlichen, daß man manchmal glaubte, ein Kind vor sich zu haben. Dabei übertraf sein Fachwissen das meinige ganz erheblich.

»Wir könnten fünfmal so schnell beschleunigen, wenn wir wollten«, erklärte Senco Ahrat. »Offenbar sind unsere Triebwerke besser als die der Fremden.«

Perry Rhodan schaute mich nur an. Ich nickte lächelnd. Es war immer wieder erstaunlich, wie wenige Worte man brauchte, um sich mit diesem Terraner zu verständigen. Manchmal hatte es den Anschein, als suggeriere er einem seine Gedanken ein.

Vor Perry Rhodan leuchtete der Interkombildschirm auf. Ich sah das Gesicht von Joak Cascal abgebildet.

»Der Solarmarschall meldete, seine Beiboote seien bis auf anderthalb Lichtsekunden an den Verband herangegangen. Es gab keine feindseligen Reaktionen.«

»Danke«, sagte Rhodan. Er wandte sich an Senco Ahrat. »Schließen Sie bitte vorerst zu einer Distanz von drei Lichtsekunden auf!«

Der Emotionaut nickte.

Kurz darauf schwenkte die GOOD HOPE II einige Grad nach Steuerbord herum und beschleunigte mit voller Kraft. Der Schiffsverband rückte näher. Die fünftausendzweihundert Schiffe unterschiedlicher Bauart waren auf den normalen Panoramaschirmen nicht zu sehen, dafür schwoll das Leuchten der Wabenschiffe sehr stark an. Es sah aus, als flögen wir auf einen leuchtenden Gasnebel zu. Allmählich aber, je näher wir kamen, löste sich das Bild in zahlreiche einzelne Lichtpunkte auf.

Dann schwenkte die GOOD HOPE II wieder herum und flog neben dem Schiffsverband her. Die Geschwindigkeit betrug inzwischen siebenundachtzig Prozent LG, aber da wir uns ihr angeglichen hatten, standen wir zueinander still.

»Wir sollten lieber die Schutzschirme einschalten, Rhodanos!« dröhnte Tolots Stimme aus dem Hintergrund. »Wenn die Fremden uns überraschend angreifen, sind wir verloren, und bei angeglichener Geschwindigkeit würden uns nicht einmal neunundneunzig Prozent LG vor Treffern bewahren.«

»Sie haben recht, Tolotos«, sagte der Großadministrator. »Aber erst muß ich wissen, wie es bei den Beibooten der INTERSOLAR aussieht.« Er schaltete den Interkom zur Funkzentrale durch. »Cascal, erkundigen Sie sich bitte bei Solarmarschall Tifflor, was seine Beiboote inzwischen berichtet haben!«

Joak Cascal bestätigte und meldete sich eine halbe Minute später wieder.

»Fünfzehn Beiboote der Korvetten-Klasse stoßen mit sechsundneunzig Prozent LG durch den Verband; die anderen ziehen sich langsam zurück.«

Rhodan pfiff leise durch die Zähne. »Tiff wagt allerhand«, sagte er vor sich hin.

»Nicht zuviel«, warf Cascal grinsend ein. »Die Beiboote fliegen um neun Prozent LG schneller als die Schiffe des Verbandes. Da ist kein genaues Zielen möglich.«

Rhodan nickte. »Auf die fünfzehn Beiboote nicht, auf uns aber schon.« Er beugte sich vor und drückte die Tasten für die drei unterschiedlichen Energieschirme der GOOD HOPE II. Flackernd bauten sich der normalenergetische Schirm, der Hochenergie-Überladungsschirm und der Paratronschirm auf.

Die Lichtpunkte der Wabenschiffe verblaßten auf den Schirmen der Panoramagalerie. Dafür strahlten dort, wo sich die übrigen Schiffe des Verbandes befinden mußten, zahllose grelle Flecken auf.

Im nächsten Moment tobte ein Energiegewitter furchtbaren Ausmaßes in den Schutzschirmen der GOOD HOPE II. Das Schiff wurde heftig durchgeschüttelt; Alarmglocken schrillten, Warnsignale flackerten auf den Kontrollpunkten.

Senco Ahrat reagierte blitzschnell. Die GOOD HOPE II beschleunigte mit Maximalwerten.

Gucky und ich warteten nicht ab, was weiter geschah. Jetzt war der Augenblick für uns gekommen. Nachdem der Haluter, der eingeweiht war, die Kommandozentrale nahezu fluchtartig verlassen hatte, ergriff ich Guckys Arm.

Der Mausbiber teleportierte.

Wir materialisierten in der Steuerkanzel einer startklaren Space-Jet, setzten uns vor die Kontrollen und schalteten.

Vor uns öffnete sich das Hangarschott. Dann wurde die Space-Jet vom Abschußkatapult in den Weltraum hinausgeschleudert. Ich schaltete die Triebwerke hoch.

Vor uns blitzte es an zahllosen Stellen ununterbrochen auf – und hinter uns entkam die GOOD HOPE II mit zunehmender Geschwindigkeit dem Feuer des Gegners.

Unser Einsatz hatte begonnen.

Da wir die Triebwerke bald wieder abschalteten, entgingen wir vorerst der gegnerischen Ortung. Infolge der Geschwindigkeit, die wir von der GOOD HOPE II mitbekommen hatten, waren wir etwas schneller als der Schiffsverband. Allmählich holte er jedoch wieder auf.

»Sie beschleunigen weiter«, stellte der Ilt nach einem Blick auf die Kontrollen fest. »In etwa fünfzig Sekunden werden wir ebenfalls beschleunigen müssen, wenn wir nicht zurückbleiben wollen, Bossa.«

»Dann beschleunigen wir eben«, gab ich zurück.

Der Ilt blickte mich prüfend an. Ich lächelte.

»Nein, ich habe schreckliche Angst, Kleiner. Aber was wir wagen, wagen wir für die ganze Menschheit, und die ist doch wohl wichtiger als wir.«

»Und wichtiger als jeder Befehl«, gab Gucky rätselhaft zurück.

Wenn wir so dicht am Schiffsverband unsere Impulstriebwerke wieder einschalteten, würde das den Ortungsgeräten der gegnerischen Schiffe kaum entgehen. Das brachte uns nicht nur in große Gefahr, sondern zwang uns wahrscheinlich auch zum Abbruch unseres Einsatzes.

Wenn wir uns aber in den Schiffsverband einschlichen, dann ging unsere Triebwerksaktivität sicherlich in den starken Energie-Emissionen der anderen Schiffe unter. Außerdem würden wir mitten im Verband noch bessere Meßergebnisse erzielen als außerhalb.

Die Frage war nur: Wie kamen wir in den Verband hinein, ohne uns durch das Einschalten der Triebwerke zu verraten?

Als mir der rettende Einfall kam, lachte ich unwillkürlich auf. Gucky blickte mich argwöhnisch an.

»Jetzt sind die letzten Schrauben in deinem Denkkasten locker geworden, wie?« erkundigte er sich. Seine Ausdrucksweise konnte einem wirklich die Fassung rauben.

Anstatt ihm zu antworten, schaltete ich die Verdichtungspumpen unseres großen Wassertanks ein. Ich wartete, bis der Innendruck auf fünfzig Atmosphären gestiegen war, dann öffnete ich per Fernschaltung die backbordseitigen Rohrmündungen der Schnellentlüfter-Anlage.

»Was soll das?« schimpfte der Mausbiber. »Willst du etwa den Weltraum anfeuchten?«

Dann schaute er auf den positronischen Kursanzeiger, und seine Augen weiteten sich.

»Du hast das Wasser ausgeblasen, um unseren Kurs zu ändern?« fragte er ungläubig. »Und das bei annähernd Lichtgeschwindigkeit?«

»Wie du siehst, funktioniert es«, erwiderte ich. »Der Schub ist zwar minimal, verglichen mit dem Schub unserer Triebwerke, aber er bringt uns auf einen Kurs, der allmählich in den Verband führt. Vor allem aber dürften auch bei den Fremden die Energietaster nicht auf Wasser ansprechen.«

Der Ilt schluckte.

»Bei allen Kometen und Meteoren! Wenn ich das Perry erzähle!« Er kicherte. »Eine Space-Jet zu einer Wasserdruckrakete umzufunktionieren ist doch wirklich das letzte!«

Er kratzte sich am Hinterkopf.

»Nein, ganz so abwegig ist das auch wieder nicht. Ich wette, Perry wäre auf die gleiche verrückte Idee gekommen, wenn er in dieser Space-Jet säße.«

Ich erwiderte nichts darauf, sondern widmete meine Aufmerksamkeit den Meßinstrumenten. Der Schiffsverband hatte inzwischen die gleiche Geschwindigkeit erreicht wie wir, aber anstatt weiter zu beschleunigen, wie ich erwartete, schalteten die Schiffe plötzlich ihre Triebwerke ab.

Gucky suchte die Funkfrequenzen ab, bekam aber keine Funkgespräche der Fremden herein. Dafür war plötzlich eine leise Stimme zu hören. Sie sprach Interkosmo.

Der Ilt drehte am Lautstärkeregler, und die Stimme füllte die Steuerkanzel des Diskusschiffes.

»... sind südöstlich des Verbandes herausgekommen, ohne beschossen zu werden.« Offenbar handelte es sich um die Hyperfunkmeldung des Korvettenverbandes, der durch die Formation der sechstausend Schiffe geflogen war. »Danach lösten sich fünfhundert Schiffe aus dem Verband und nahmen die Verfolgung auf. Der Verband stellt die Beschleunigung ein, wahrscheinlich um auf die Schiffe zu warten, die uns verfolgen.«

»Tifflor spricht!« ertönte die Stimme des Solarmarschalls. »Ziehen Sie sich kampflos zurück! Ihre Aufgabe ist erfüllt. Die INTERSOLAR wartet eine Lichtstunde vor der Spitze des Schiffsverbandes. Ende.«

»Ich wollte, wir besäßen einige tausend Großraumschiffe mit geistig intakten Besatzungen«, sagte ich. »Bei der technischen Unterlegenheit der Schwarmschiffe müßten wir erhebliche Verwirrung stiften können.«

»Du würdest zu einem massierten Angriff raten, Bossa?«

Ich schüttelte den Kopf.

»Zu genau berechneten Störmanövern, Gucky. Es würde genügen, wenn wir den Schwarm zur Änderung seines bisherigen Kurses zwingen könnten. Aber was sollen diese Überlegungen? Wir könnten nicht einmal hundert Schiffe notdürftig besetzen.«

Der Ilt wollte noch etwas sagen, schwieg aber, denn in diesem Augenblick drangen wir in den Schiffsverband ein. An allen Seiten glitten leuchtende Wabenschiffe vorüber. Die Meßdaten zeigten an, daß jedes Wabenschiff achttausend Meter lang war und an der runden Heckfläche viertausend Meter durchmaß. Unsere Energietaster ermittelten starke energetische Aktivität in ihrem Innern.

»Die Gelegenheit ist so günstig wie noch nie«, flüsterte Gucky. »Aus den Wabenschiffen kommen zahllose seltsame Gedankenimpulse. Verwirrend, aber nicht bösartig. Was könnte Perry schon gegen einen kleinen Erkundungssprung haben?«

Ich überlegte.

Die Gelegenheit war tatsächlich günstig. Wenn es uns gelang, das Innere eines Wabenschiffes direkt zu erkunden, sammelten wir sicher wertvolle Informationen.

Nur in einer Hinsicht hatte ich Bedenken.

»Wir müßten die Space-Jet allein lassen«, erklärte ich. »Das würde bedeuten, daß du uns sofort zurückbringen mußt, sobald der Verband wieder beschleunigt.«

»Nicht, wenn ich allein springe.«

»Das wäre zu gefährlich, Gucky. Wir wissen nicht, was dich in dem Schiff erwartet. Vielleicht gibt es Gefahren, mit denen auch ein Multimutant wie du nicht allein fertig würde. Wir teleportieren auf jeden Fall gemeinsam.«

»Ich glaube, ich habe eine Lösung gefunden«, meinte der Mausbiber. »Wir müssen nur den Autopiloten so umprogrammieren, daß er von sich aus schaltet, wenn die Schiffe des Verbandes beschleunigen.«

»Und wenn der Verband in den Linearraum geht?«

»Kann unsere Space-Jet ihm ebenfalls folgen, wenn wir eine Verbundschaltung zwischen Halbraumspürer und Autopiloten herstellen.«

Diese Idee faszinierte mich. Ich schob alle Bedenken beiseite. Während Gucky die Verbundschaltung herstellte, programmierte ich den Autopiloten um. Von nun an würde er dem Schiffsverband so lange folgen, bis wir das Sonderprogramm löschten. Natürlich konnten trotzdem Komplikationen auftreten, die ihm eine Verfolgung erschwerten oder unmöglich machten, aber weder Gucky noch ich wollten jetzt noch zurück.

Der Ilt zeigte seinen Nagezahn. Wir schlossen unsere Druckhelme, dann nahm ich Guckys Arm ...

Ent- und Rematerialisation erfolgten praktisch im gleichen Augenblick. Eben noch hatten wir in der Steuerkanzel unserer Space-Jet gestanden, und nun befanden wir uns in einem schmalen, niedrigen Gang. Mein Kugelhelm war nur wenige Millimeter von der rötlich leuchtenden Decke entfernt.

»Hm! Gute Sauerstoffatmosphäre«, sagte der Ilt und klappte seinen Helm zurück.

Ich folgte seinem Beispiel, denn so konnten wir uns ohne Funkgeräte unterhalten.

Eine Weile standen wir reglos und lauschten den vielfältigen Geräuschen, die auf uns eindrangen, dem Rumoren starker Fusionskraftwerke, dem Summen von Feldleitern, verschiedenen dumpfen, undefinierbaren Tönen und dem Trappeln zahlloser Füße. Dazwischen hörten wir immer wieder Rauschen und Zischen.

Guckys Mund öffnete sich; sein Nagezahn erschien in voller Pracht.

»Die kleinen purpurnen Stummen«, lispelte er. »Ich erkenne sie an den charakteristischen Hirnimpulsmustern wieder.«

Ich wußte, wen Gucky mit den »kleinen purpurnen Stummen« meinte. Es handelte sich um Angehörige eines Sklavenvolkes, das die unterschiedlichsten Dienste für die Schwarmherren verrichtete. Sie sollten sehr abstoßende Sitten und Gebräuche haben und so gut wie keinen Selbsterhaltungstrieb besitzen.

Meine Rechte öffnete sich gegen meinen Willen. Telekinese. Etwas Kühles, Hartes preßte sich in die Handfläche. Ich blickte darauf hinunter und sah einen ungefähr eiförmigen Gegenstand aus undefinierbarem Material, der an einer Seite spitz zulief und an der Unterseite ein kurzes Rohr besaß. Zahlreiche kleine Löcher waren in die Oberfläche des Gegenstandes eingelassen.

Ich sah Gucky an und fragte: »Was ist das, und was soll ich damit?«

Der Ilt grinste verschwörerisch. »Das ist eine Okarina, Bossa. Ich habe sie mir aus Arnulf Jensens Instrumentensammlung geliehen.«

Ich stutzte.

Dr. Arnulf Jensen war ein Immuner und der Bordarzt auf der GOOD HOPE II. Er besaß eine reichhaltige Sammlung präkosmischer Musikinstrumente, von der er sich nicht hatte trennen wollen.

»Na schön, du hast sie also ›entliehen‹. Aber was soll ich damit?«

»Darauf spielen natürlich. Ich habe dich einmal auf deinem Saxophon spielen hören. Es war ganz große Klasse. Na, und hier wie dort braucht man bloß an der richtigen Stelle zu blasen und die richtigen Löcher zum richtigen Zeitpunkt zuzuhalten.«

Ich konnte nicht anders, ich mußte lachen. »Bei dir hört sich alles so ungeheuer einfach an, Gucky. Warum spielst du nicht darauf?«

»Weil das Mundstück dauernd mit meinem Nagezahn zusammenstößt. Du bist aber heute schwer von Begriff! Los, probiere die Okarina mal aus. Wenn die kleinen purpurnen Stummen uns nicht die Hälse umdrehen sollen, mußt du sie mit Musik besänftigen.«

Soviel hatte ich mir inzwischen auch gedacht, nachdem ich mich daran erinnerte, daß diese Eigenschaft der Purpurnen schon einmal in einem Bericht erwähnt worden war.

Ich setzte das Mundstück an die Lippen und blies hinein. Meine Finger glitten über die Tonlöcher. Einige Minuten lang wurde die Geräuschkulisse des Schiffes durch böse Dissonanzen bereichert, doch dann hatte ich erfaßt, wie man auf der Okarina spielen mußte. Ich spielte das »Lied der Kleinen Roten Sonne«, ein beliebtes Lied der Freifahrer.

Gucky klatschte begeistert in die Hände.

»Was habe ich gesagt! Man braucht nur an der richtigen Stelle hineinzublasen und die richtigen Löcher zum richtigen Zeitpunkt zuzuhalten.«

»Du hast recht – wie immer«, versetzte ich ironisch. »Und nun wollen wir uns ein wenig umsehen. Ich bin nicht hierhergekommen, um nur auf der Okarina zu spielen.«

»Halt sie fest«, flüsterte der Ilt und ergriff meine freie Hand. Wir entmaterialisierten und fanden uns in einem anderen Teil des Wabenschiffes wieder.

Etwa anderthalb Meter große Wesen mit purpurfarbener Haut hasteten an uns vorüber. Plötzlich schienen sie zu spüren, daß Fremde aufgetaucht waren. Ruckartig blieben sie stehen. Große Augen waren auf uns gerichtet.

»Spielen!« flüsterte Gucky.

Ich setzte die Okarina an und spielte das »Lied vom Knaben, der vom Flug zwischen den Sternen träumt«. Die kleinen Purpurnen bewegten sich unruhig. Sie waren spärlich bekleidet, daß wir deutlich ihre Haut sehen konnten, die eigentlich keine Haut im normalen Sinne war, sondern eine Fläche aus zahllosen sich berührenden roten Hornplatten. Wenn sich die Wesen bewegten, zeichnete sich unter den Hornplatten das Spiel kräftiger Muskelbündel ab. Auf den runden, glänzenden Schädeln wuchsen lange Haarschöpfe von unterschiedlicher Färbung. Jede Hand hatte sieben Finger mit langen starken Nägeln, die wie kleine scharfe Dolche wirkten.

Langsam kamen die Purpurnen auf uns zu. Sie waren offenbar vom Okarina-Spiel fasziniert. Mir dagegen war gar nicht wohl in meiner Haut.

Diese Sklaven eines unbekannten Herrscher- und Eroberervolkes hatten eine bestimmte Aufgabe zu erfüllen, wie aus ihren früheren schnellen Bewegungen zu schließen gewesen war. Wenn sie ihre Pflicht für längere Zeit vernachlässigten, mußte das Verdacht erregen.

Plötzlich zuckten die kleinen purpurnen Stummen zusammen, blieben stehen und murmelten etwas, das wie »Y'Xanthimona« klang. Dann drehten sie sich um und liefen eilig davon.

»Spiel leiser!« flüsterte Gucky. Er zupfte an meinem Arm und ging den Purpurnen nach.

Wir kamen zu einer Halle, in der achtzehn Transportbänder einliefen. Sie beförderten silbrig glänzende Behälter, die von den Purpurnen aufgenommen und fortgetragen wurden. Andere Purpurne kehrten ständig mit offenbar leeren Behältern zurück und stellten sie auf den weglaufenden Transportbändern ab. Die Purpurnen blickten immer wieder zu uns, aber sie blieben nicht mehr stehen, um sich die Musik anzuhören.

Der Mausbiber zog mich weiter. Nach kurzer Zeit standen wir vor einer senkrechten quadratischen Stahlwand, die sich aus zahlreichen Sechskantröhren zusammensetzte. Die Purpurnen hasteten über Sprossen und Stege hinauf und hinab. Ich sah, daß sie vor jeweils einer Rohrmündung anhielten und den Inhalt ihrer Behälter mit Hilfe trichterförmiger Schläuche in die Öffnung sprühten. Es handelte sich um eine weißliche Emulsion.

»Waben!« flüsterte Gucky erregt. »Diese Sechskantröhren sind nichts anderes als große Waben.«

Ich hörte kaum hin, denn mich faszinierte das, was sich in den unteren Waben bewegte, die ich einsehen konnte. Ich kniff die Augen zusammen, denn die Wabenbewohner – falls es sich überhaupt um Lebewesen handelte – strahlten ein helles ockergelbes Leuchten aus, das mich blendete.

Als der Ilt seinen Druckhelm nach vorn klappte, folgte ich seinem Beispiel. Die Filterautomatik des Helms blendete die schlimmste Helligkeit aus. Dennoch erkannte ich in den Waben nicht mehr als ein konturloses, ockergelbes Wabern und Wallen. Es verstärkte sich jedesmal, wenn ein Purpurner die weißliche Emulsion durch die Öffnung sprühte.

»In den Behältern ist offenbar eine Nähremulsion«, flüsterte ich. »Kannst du erkennen, wie die Lebewesen aussehen, die man damit versorgt, Gucky?«

Der Mausbiber seufzte.

»Leider nicht. Ob ich einmal versuche, den Inhalt einer Wabe telekinetisch ans Licht zu ziehen?«

»Das läßt du lieber bleiben«, widersprach ich.

»Man läßt mir sowieso keine Zeit dazu«, sagte der Ilt mit veränderter Stimme.

Er hatte den Kopf nach rechts gewandt. Ich folgte seinem Blick und entdeckte eine Gruppe Purpurner, die sich ihren Weg durch die umherwimmelnden Artgenossen bahnten. Sie trugen etwa einen Meter lange, rohrförmige Objekte aus einem glänzendem Metall, an denen an verschiedenen Stellen Diskusse von unterschiedlichen Größen aufgereiht waren.

Ihr Ziel waren zweifellos wir, und wir hatten keine Lust, abzuwarten und herauszufinden, was man mit uns vorhatte.

Gucky zögerte kurz. Er überlegte wohl, ob er telekinetisch gegen die Bewaffneten vorgehen sollte. Dann griff er nach meiner Hand und teleportierte.

Wir materialisierten wieder in einem schmalen Gang. Kleine purpurne Stumme huschten an uns vorüber. Als sie stehenblieben und sich uns zuwandten, setzte ich abermals die Okarina an. Die Musik verfehlte auch diesmal ihre Wirkung nicht. Doch es dauerte keine halbe Minute, da tauchten an beiden Enden des Ganges Bewaffnete auf. Sie hoben ihre röhrenförmigen Waffen. Lange Feuersäulen brachen aus den Mündungen hervor und verbrannten einige der Purpurnen, die uns umringten. Die anderen stoben schreiend auseinander.

Gucky griff nach meiner Hand. Wieder rematerialisierten wir in einem anderen Teil des Wabenschiffes. Aber diesmal hielten wir uns nicht auf. Ohne darüber zu sprechen, wußten wir, daß die beherrschenden Intelligenzen des Schiffes uns als Eindringlinge eingestuft hatten und entsprechend handelten. Da die Bewaffneten zuerst vor der Wabenwand aufgetaucht waren, nahm ich an, daß die ockergelben Wabenbewohner mit den beherrschenden Intelligenzen des Schiffes identisch waren.

Wieder einmal die Farbe Gelb!

Wir sprangen kreuz und quer durch das Schiff und gewannen allmählich einen Überblick über den inneren Aufbau. Außer dem Triebwerkssektor bestand es hauptsächlich aus einer Ansammlung großer Blöcke, die sich wiederum aus vielen Wabenzellen zusammensetzten. Anhand dieses Überblicks würden wir später ausrechnen können, wie viele Blöcke und Wabenzellen das Schiff enthielt.

Unterdessen wurde die Jagd auf uns immer besser organisiert. Der Ilt mußte in immer kürzeren Abständen teleportieren. Aber noch konnten wir das Schiff nicht verlassen, denn bei einem Sprung in den Triebwerkssektor hatten wir festgestellt, daß ein großes Aggregat arbeitete, das in seiner Wirkungsweise ungefähr dem terranischen Waring-Konverter entsprach.

Das Wabenschiff befand sich im Linearraum.

»Hoffentlich geht das nicht stundenlang so weiter«, sagte Gucky, als wir wieder einmal rematerialisiert waren. Der Ilt zeigte deutliche Spuren von Erschöpfung.

Wenige Sekunden später mußten wir abermals teleportieren.

»Ich hoffe nur, daß unsere Space-Jet nicht irgendwo abgehängt wird«, erklärte ich nach der nächsten Wiederverstofflichung.

Der Ilt sprang, als um die nächste Biegung ein Trupp Bewaffneter kam. Diesmal kehrte er zum Linearantrieb zurück. Wir waren beide erleichtert, als wir feststellten, daß das Aggregat außer Betrieb war.

»Jetzt geht es nach Hause!« rief Gucky triumphierend.

Ich griff nach seinem Arm – und im nächsten Moment materialisierten wir in der Steuerkanzel unserer Space-Jet. Sie schwebte noch immer zwischen den leuchtenden Wabenschiffen. Aber der Verband war in Auflösung begriffen. Vor ihm – und uns – leuchtete kirschengroß eine gelbe Sonne.

»Ich fürchte, bis nach Hause ist es noch ein weiter Weg«, sagte ich.

Als der Schiffsverband abermals beschleunigte und zehn Minuten später im Zwischenraum verschwand, waren Major Cova und Gucky noch immer nicht zurückgekehrt.

Ich wies Julian Tifflor an, mit der INTERSOLAR im Normalraum zu bleiben und alle verfügbaren Beiboote, Space-Jets und Lightnings auf die Suche nach den beiden Verschollenen zu schicken. Danach folgten wir dem Schiffsverband in den Linearraum.

Unser Halbraumspürer fand die sechstausend Schiffe fast sofort. Die Fremden flogen nur mit hunderttausendfacher Bezugs-Lichtgeschwindigkeit in nordöstlicher Richtung.

Doch bereits nach drei Lichtjahren Überlichtflug fielen die anderen Schiffe wieder in den Normalraum zurück. Als die GOOD HOPE II ihnen folgte, entdeckten die Ortungsgeräte vor uns eine kleine gelbe Sonne mit drei Planeten. Dieses Sonnensystem war offenbar das Ziel des Schiffsverbandes.

Doch das interessierte mich augenblicklich nicht so sehr wie das Schicksal von Gucky und Bossa Cova. Mein einziger Trost war, daß wir vor dem Linearmanöver keine Waffenenergie angemessen hatten und es demnach auch kein Gefecht gegeben hatte.

Ich wandte den Kopf, als sich eine Hand auf meine Schulter legte.

»Keine Sorge, Perry, der Kleine wird schon wieder auftauchen«, sagte Atlan. »Es hat kein Gefecht gegeben, folglich kann die Space-Jet nicht beschossen worden sein.«

»Das habe ich mir auch schon überlegt. Aber warum melden sich dann die beiden nicht?«

Der Arkonide verzichtete auf eine Antwort, tastete am Versorgungsautomaten zwei Becher Kaffee und reichte mir einen.

»Hier, wärme dich innerlich auf«, meinte er. »Du siehst ja ganz verfroren aus.«

Ich fror tatsächlich innerlich, weil ich das Schlimmste für den Mausbiber und Cova befürchtete. Vor allem Gucky war mir so ans Herz gewachsen, daß ich mir ein Leben ohne ihn kaum vorzustellen wagte. Ich machte mir Vorwürfe, weil ich ihn in die unmittelbare Nähe des Pulks geschickt hatte, um noch mehr und noch bessere Informationen zu erlangen.

Alaska Saedelaere meldete sich über Interkom.

»Das wahrscheinliche Ziel des Verbandes dürfte der zweite Planet des unbekannten Sonnensystems sein, Sir«, erklärte er. »Die Wabenschiffe halten genau darauf zu, während die anderen Schiffe ausschwärmen.«

Ich bedankte mich und wandte mich dann an Mentro Kosum, unseren Zweiten Kosmonautischen Offizier.

»Haben Sie schon Hinweise auf das Dreiplanetensystem entdeckt, Kosum?«

Er schüttelte den Kopf. »Der Katalog sagt ungalant, das Dreisystem ist unbekannt, und es sagt mir mein Gehirn, der Katalog kann sich nicht irr'n.«

»Ihr Gehirn leistet geradezu Unwahrscheinliches«, warf Senco Ahrat spöttisch ein. »Warum tut es nicht mal ein gutes Werk und stellt seine Arbeit ein? Der Unterschied zum jetzigen Zustand dürfte nur minimal sein.«

Kosum grinste. »Es läßt, im Gegensatz zu Ihrem, sich durch dumme Reden nicht verwirren.«

»Bitte, Kosum!« sagte ich verweisend. »Halten Sie sich wenigstens so lange im Zaum, bis wir wissen, was aus Gucky und Cova geworden ist!«

Mentro Kosum wurde ernst.

»Selbstverständlich, Sir. Darf ich einen Vorschlag unterbreiten?«

»Nur zu!«

Kosum räusperte sich.

»Wie ich Gucky einschätze, hat er den Linearflug des Verbandes mitgemacht. Da sich die Formation der achthundert Wabenschiffe, den letzten Ortungen zufolge, lockert, sollten wir vielleicht dort nach der Space-Jet suchen.«

Ich überlegte, dann schüttelte ich den Kopf.

»Der Vorschlag ist gut, aber ich fürchte, wenn wir in den Verband einfliegen, ziehen wir die bewaffneten Begleitschiffe dorthin. Dann würde die Space-Jet vielleicht erst dadurch entdeckt. Nein, wir warten noch.«

Ich leerte meinen Kaffeebecher und ging hinüber in die Ortungszentrale. Alaska Saedelaere wandte sich um, als ich eintrat.

Er deutete auf einen Meßwertanzeiger.

»Planet Nummer zwei ist eine erdähnliche Welt, Sir. Durchmesser am Äquator 13.413 Kilometer, Rotationsdauer 31,71 Stunden, Schwerkraft 1,103 Gravos. Gute Sauerstoffatmosphäre, feuchtheißes Klima. Es gibt drei Großkontinente und zahlreiche Inselgruppen in den Ozeanen. Die

Spektralanalysen weisen eine üppige Vegetation aus. Vielleicht hat sich dort sogar intelligentes Leben entwickelt.«

Für einige Zeit vergaß ich meine Sorge um Gucky und den Reeder. Der Gedanke, daß auf dem zweiten Planeten der gelben Sonne intelligente Lebewesen wohnen könnten, erregte mich. Und die Gewißheit, daß diese Lebewesen einem grauenhaften Schicksal entgegensahen, stimmte mich traurig und ließ mich wieder einmal unsere Ohnmacht gegenüber dem Schwarm spüren.

Würden wir ebenso ohnmächtig zuschauen müssen, wie eines Tages das Solsystem in den Schwarm einverleibt wurde?

»Schwacher Ortungsreflex!« sagte Saedelaere atemlos. »Er wandert aus dem Zentrum des Wabenschiffsverbandes.«

»Das könnte die Space-Jet sein!«

Ich rief Ahrat, unterrichtete ihn über Saedelaeres Ortung und befahl ihm, dem Ortungsreflex entgegenzufliegen. Inzwischen hatten die Ortungsgeräte einen Verband von hundert Raumschiffen erfaßt, die sich aus einem der Begleitpulks lösten und Kurs auf die Wabenschiffe hielten.

Das machte meine Vermutung zur Gewißheit.

Ich kehrte in die Kommandozentrale zurück und wies Ahrat an, stärker zu beschleunigen und den Space-Jet-Hangar zu öffnen. Mentro Kosum aktivierte von sich aus den Leitstrahlgeber und die Traktorstrahler.

Unser Flug wurde ein Wettlauf mit den Jagdschiffen des Gegners, den unsere stärkeren Triebwerke für uns entschieden. Zweidreiviertel Lichtminuten vor dem Verband der Wabenschiffe schleusten wir die Space-Jet ein. Anschließend steuerte Senco Ahrat die GOOD HOPE II mit hoher Geschwindigkeit über den gegnerischen Verband hinweg. Die Jagdschiffe kehrten um, als sie bemerkten, daß sie uns nicht einholen konnten.

Kurz darauf materialisierte Gucky mit Bossa Cova in der Kommandozentrale. Der Mausbiber zeigte seinen Nagezahn in voller Größe, was bei ihm stets ein Zeichen von guter Laune war.

»Sonderoffizier Gucky meldet sich von erfolgreich abgeschlossenem Erkundungsunternehmen zurück«, erklärte er. »Wir waren in einem Wabenschiff. Was sagst du nun?«

»Daß ihr damit gegen meine Weisungen gehandelt habt«, antwortete ich streng. »Tiff mußte deswegen mit der INTERSOLAR zurückbleiben, um nach der Space-Jet zu suchen.«

»Da kann er lange suchen. Ihr habt euch doch nicht etwa Sorgen um uns gemacht?«

»Nicht die Spur«, erwiderte ich. »Wer sich unnötig in Gefahr begibt, soll selbst sehen, wie er wieder herauskommt.«

Ich rief Cascal an und bat ihn, Tifflor anzurufen und ihm mitzuteilen, daß Gucky und Major Cova wieder aufgetaucht seien. Er sollte seine Beiboote einschleusen und uns folgen.

Danach bat ich den Ilt und Bossa Cova um ihren Bericht. Natürlich führte Gucky wieder das Wort und schmückte die Erlebnisse nach eigenem Gutdünken aus. Er berichtete über die Entdeckung von Wabenblökken mit undefinierbaren Bewohnern, über die kleinen purpurnen Stummen und die Jagd, die man auf ihn und Cova veranstaltet hatte. Der Reeder gab hin und wieder sachliche Ergänzungen.

Anschließend stellten wir Berechnungen an, um einen Überblick über die Größenordnungen innerhalb des Schiffes zu bekommen. Danach enthielt jedes Wabenschiff genau zweitausend große Blöcke mit jeweils tausend sechseckigen Wabenzellen. Das ergab die Summe von zwei Millionen Wabenzellen pro Schiff.

Da wahrscheinlich jede Wabenzelle eines der ockergelb leuchtenden Lebewesen beherbergte, gab es in allen achthundert »Bienenkorbschiffen« zusammen 1,6 Milliarden von ihnen.

1,6 Milliarden!

Wenn ich mir überlegte, daß ein Verband von achthundert Schiffen gegenüber dem Schwarm nicht größer als ein Sandkorn im Vergleich zu einem ganzen Planeten war, dann konnte ich mir leicht vorstellen, daß es innerhalb des Schwarms noch Milliarden Wabenschiffe gab.

Mich durchlief es eiskalt.

Wenn eines Tages alle diese Wabenschiffe ausschwärmten, dann ergoß sich eine Flut von Invasoren über unsere Galaxis, gegen die Dschingis-Khans Horden rückblickend wie ein Grüppchen Sonntagsausflügler wirkten ...

11.

Ich schloß den Magnetsaum meines Kampfanzuges, schnallte den breiten Waffengurt um und zögerte einen Moment, bevor ich die Flöte in einer Außentasche verstaute.

In den federleichten Ohrmuscheln des Anzug-Telekoms knackte es, dann meldete sich Mincos Polata.

»Wenn Sie fertig sind, Vantolier, treffen wir uns im Hangar.«

»Ich bin fertig, Major«, gab ich zurück. »Ende.« Bei dem Stichwort »Ende« schaltete sich der Telekom ab.

Ich lächelte gedankenverloren.

Als ich den Hangar betrat, streckte Major Polata den Kopf aus dem offenen Schott des Flugpanzers und fragte ungeduldig, wo ich mich aufgehalten hätte.

Als er mein Gesicht sah, wußte er, daß meine Gedanken an der Verzögerung schuld waren. Er sagte irgend etwas und zog den Kopf wieder zurück.

Ich stieg ein und setzte mich neben Polata, der vor den Steuerkontrollen saß.

»Hoffentlich bleiben die Eingeborenen ruhig«, meinte er. »Es wäre mir unangenehm, wenn wir in einen Kampf verwickelt würden.«

»Wir müssen ja nicht auf sie schießen«, sagte ich. »Dazu haben wir schließlich den Shift mit dem Paratron-Generator genommen. Gegen einen Paratronschirm dürften die Waffen der Plostas nichts ausrichten können.«

Polata grinste und steuerte das Fahrzeug durch das geöffnete Hangarschott.

»Natürlich nicht. Unsere Lage ist die eines Menschen, der ohne Antigravgerät aus dem hundertsten Stock eines Hauses springt. Während er fällt, passiert ihm überhaupt nichts; erst wenn er unten ankommt, wird es gefährlich. Uns passiert auch nichts, solange wir fliegen oder fahren; erst wenn wir aussteigen, könnte es gefährlich werden.«

»Dieser Vergleich ist mir zu makaber«, murrte ich. »Wenn Sie nicht aussteigen wollen, hätten wir gleich im Schiff bleiben können. Oder wollen Sie die Ruinen vielleicht vom Shift aus untersuchen?«

Mincos Polata lachte und legte mir seine Hand auf den Unterarm.

»Schon gut, Vantolier. Sie haben heute offenbar Ihren schlechten Tag. Ich werde Sie künftig wie ein rohes Ei behandeln.«

»Erinnern Sie mich nicht an Eier«, gab ich mißmutig zurück. »Wenn ich daran denke, daß wir zweihundert unserer Fortefrio-Eier aufgetaut und mit einem selbstgebauten Brutschrank ausgebrütet haben, nur um statt eierlegender Hennen zweihundert Hähnchen zu bekommen ...!«

»Hören Sie auf!« rief Polata gequält.

Den Rest des Fluges legten wir schweigend zurück. Mincos Polata landete den Shift auf der Lichtung neben dem turmähnlichen Gebäude. Wir warteten und suchten die Umgebung mit den Individualtastern ab. Doch bisher ließ sich kein Plosta blicken.

Nachdem wir unsere Geräte ausgeladen hatten, versteiften wir den Rest des Ganges und stützten vorsichtshalber auch die Decke des Monitorraumes ab. Danach schoben wir die beladene runde Antigravplattform in den alten Liftschacht, aktivierten die Antigravgeräte unserer Kampfanzüge und flogen hinterher.

Zweihundert Meter tiefer war der Schacht zu Ende. Ein kleiner Rosthügel und das grauweiße Pulver zerfallenen Plastikmaterials waren das einzige, was von der Liftkabine übriggeblieben war.

Wir klappten die Helme zurück, öffneten die Magnetsäume ein wenig und begannen mit der Arbeit. Unsere Desintegratoren fraßen sich durch den Schutt eines zusammengestürzten Ganges. Nach jeweils fünf Metern stützten wir die Deckenreste mit aufblasbaren Plastiksäulen ab und sprühten schnelltrocknenden Glasfaserkitt über alle Risse.

Nach knapp einer Stunde stießen wir auf ein gut erhaltenes Schott aus Metallplastik. Hier gab es keinerlei Verfallsspuren. Aber das Schott war mit einer Impulssperre versehen, deren Öffnungskode sich auch mit unseren Abtastgeräten nicht ermitteln ließ.

»Es sieht so aus, als hätten zumindest einige der ausgestorbenen humanoiden Bewohner die Technik ihrer früheren Vorfahren noch beherrscht«, meinte Polata.

»Das ist meist so, wenn die Nachkommen raumfahrender Kolonisten die Stufenleiter der Entwicklung durch irgendwelche Umstände hinabfallen. Einige Leute retten die Reste des technischen Erbes und benutzen sie dazu, sich eine persönliche Vormachtstellung zu schaffen und zu erhalten. Brennen wir das Schott auf?«

Mincos Polata nickte.

Wir brannten das Schott mit den Impulsstrahlern heraus. Als es in den dahinterliegenden Gang fiel, leuchteten plötzlich mehrere Deckenplatten im Gang auf. Einige flackerten unruhig, andere glommen nur düster, aber ein Teil der Leuchtplatten funktionierte noch einwandfrei.

»Also arbeitet sogar noch ein Stromgenerator«, sagte Polata und trat durch die Öffnung.

Ich folgte ihm. Nach etwa dreißig Metern bog der Gang nach rechts ab, und nach weiteren dreißig Metern standen wir vor der Öffnung eines Schachtes. Auch hier gab es keinen Verfall, obwohl die Gleitschienen an den Schachtwänden verrieten, daß es sich nicht um einen Antigrav-, sondern um einen Kabinenlift handelte.

Mincos Polata drückte auf die Schalttaste mit dem aufwärts gerichteten Pfeil. Wir hörten ein lauter werdendes Summen. Aber es dauerte fast eine Viertelstunde, bevor die Liftkabine vor uns anhielt.

Wir begriffen. Die Kabine hatte sich ziemlich schnell bewegt. Wenn sie dennoch knapp eine Viertelstunde bis nach oben gebraucht hatte, mußte dieser Liftschacht mindestens zweieinhalb Kilometer tief sein.

Tief genug, um der Strahlung nach einem Atomkrieg zu entgehen, wenn man über ausreichend Nahrung oder Anlagen zur Produktion synthetischer Nahrungsmittel verfügte.

Konnten dort unten noch Nachkommen der arkonidischen Siedler existieren?

Als ich die Liftkabine besteigen wollte, hielt Polata mich zurück.

»Wir wollen lieber zu vorsichtig als zu leichtsinnig sein«, riet er.

Er nahm ein kastenförmiges Beobachtungsgerät von der Antigravplattform, zog die Stativbeine heraus und stellte es in die Liftkabine. Dann beugte er sich vor, drückte den Abwärtsknopf innerhalb der Kabine und zog sich schnell zurück.

Die Kabinentür schloß sich, dann glitt die Kabine nach unten. Wir aktivierten die kleine Monitoranlage und sahen auf den Bildschirmen die Kabinenwände. Wieder dauerte es fast eine Viertelstunde, genau zwölfeinhalb Minuten, bis die Kabine anhielt. Gespannt warteten wir darauf, was die Monitoren uns zeigen würden, wenn sich die Kabinentür öffnete.

Als das Beobachtungsgerät dann übermittelte, was es durch die geöffnete Tür »sah«, waren wir sprachlos. Das hatten wir niemals zu sehen erwartet.

Auf einem der Monitoren war eine große Halle zu sehen – und im Hintergrund der Halle stand ein gigantischer Roboter aus bläulich schimmerndem Metall. Er war mindestens fünfzehn Meter groß und von Schultergelenk zu Schultergelenk etwa fünf Meter breit. Ein halbkugelförmiger, ungefähr anderthalb Meter hoher und an der Basisfläche drei Meter durchmessender Kuppelkopf drehte sich langsam hin und her, während die Deckklappen von Linsensystemen sich abwechselnd öffneten und schlossen.

Plötzlich erschienen zwei Öffnungen in der Rumpfhöhe. Aus einer schob sich ein glasartiger spiraliger Lauf, der mich sofort an die ersten Modelle präkosmischer terranischer Laserstrahler erinnerte, die ich früher im Waffenmuseum von Terrania gesehen hatte. Aus der anderen Öffnung schob sich ein Gebilde, das wie eine kegelförmige Antenne aus Silberdrahtgeflecht aussah.

Als der Lauf des Laserstrahlers aufglühte, stellten unsere Monitoren ihren Dienst ein. Das Beobachtungsgerät war zerstört.

»Wenn wir statt des Gerätes in der Liftkabine gewesen wären ...«, sagte Polata. Dann schüttelte er den Kopf. »Nein, wir hätten wahrscheinlich unsere Paratronschirme aktiviert und den Roboter zerschossen. Gegen unsere Bewaffnung hat er keine größeren Chancen als eine Wasserpistole.«

»Versuchen wir es«, sagte ich und drückte den Knopf mit dem aufwärts gerichteten Pfeil.

Ich hörte noch das Summen der anfahrenden Kabine, dann wurde ich plötzlich von dumpfen, undefinierbaren Geräuschen überflutet. Vor meinen Augen tanzten rote Ringe, und die Muskeln meines Körpers handelten wie eigenständige Lebewesen. Ich wußte weder genau, was ich tat, noch konnte ich meine Handlungen willentlich beeinflussen. Kaleidoskopartig zogen verwirrende Bilder und Geräusche an mir vorüber.

Irgendwann mußte ich das Bewußtsein verloren haben, denn als ich wieder zu mir kam, lag ich in einem kahlen Raum mit Wänden, die aus großen Steinblöcken zusammengefügt waren.

Ich wälzte mich herum, setzte mich auf und entdeckte unter mir eine Lage trockener Blätter. Ein eigentümlicher Geruch hing in der Luft, und von der Decke des Raumes verbreitete eine Gasleuchte matte Helligkeit. Ich sah an mir hinab und merkte, daß ich nur noch die Bordkombination trug. Mein Kampfanzug und meine Waffen waren verschwunden.

»Guten Morgen, Captain Vantolier!« sagte eine vertraute Stimme in meiner Nähe.

Ich wandte mich um und sah Major Polata, der ebenfalls auf einem Laubhaufen saß und mich musterte.

»Wasserpistole«, sagte ich.

»Wie bitte?«

Ich lachte humorlos.

»Sie hatten behauptet, der Roboter hätte gegen unsere Bewaffnung keine größeren Chancen als eine Wasserpistole. Offensichtlich haben Sie ihn unterschätzt. Was kann das nur gewesen sein, das uns völlig hilflos gemacht hatte?«

»Wahrscheinlich eine Strahlung, die Hysterie erzeugt. Erinnern Sie sich noch an das antennenähnliche Gebilde?«

Ich nickte. »Ein Hysteriestrahler. Hm! Aber er scheint nur auf menschliche Gehirne zu wirken.«

»Wieso?«

Ich deutete auf die Wände unserer Behausung.

»Wie es aussieht, haben die Plostas uns gerettet und in eine ihrer Stammesburgen gebracht. Sie können demnach nicht von der Hysteriestrahlung erfaßt worden sein.«

Bevor der Major etwas darauf erwidern konnte, öffnete sich hinter uns die eisenbeschlagene Holztür mit lautem Quietschen.

Ich wandte mich um und sah zwei Plostas. Die Insektenwesen winkten mit schweren Paralysatoren.

Eines von ihnen trug einen unserer Translatoren vor der Brust. Es schaltete ihn ein und sagte: »Steht auf und folgt uns. Das Gericht der Stämme wartet auf euch.«

Ich erhob mich. »Das Gericht der Stämme? Was sollen wir dort? Was wirft man uns vor?«

»Die Vorbereitung der Invasion. Kommt!«

Verwirrt ließen wir uns abführen. Es ging eine Steintreppe hinauf zum Dach der Stammesburg, von wo aus man einen weiten Ausblick über die savannenartige Ebene hatte – und was wir dort entdeckten, raubte uns den Atem.

Überall zwischen den Stammesburgen hatten sich die seltsamsten Gebilde niedergelassen, die ich je gesehen hatte. Um stählerne kreisrunde Sockel gruppierten sich in mehreren Ringen zwölfkantige Gebilde mit zahllosen sechseckigen Wabenöffnungen. Es mußten jeweils mindestens zweitausend solcher Gebilde sein, und aus jedem ragte eine Art Turm, von einer metallisch blitzenden Antennenkugel gekrönt.

»Was ist das?« fragte Mincos Polata fassungslos.

»Das sind die Invasoren, die ihr gerufen habt«, antwortete der Plosta mit dem Translator. »Das Gericht der Stämme wird euch dafür verurteilen.«

Das Gericht der Stämme tagte in einer ovalen Arena, die sich auf dem Dach eines nur dreihundert Meter hohen Steingebäudes befand. Als wir dieses Bauwerk zuerst sahen – kurz nach unserer Landung auf Aggres –, hatten wir nach dem Zweck gefragt, aber keine Antwort darauf erhalten.

Nun wußten wir es.

Schätzungsweise hundertfünfzig Plostas erwarteten uns. Sie saßen in den nischenartigen Einbuchtungen der um den freien Platz der Arena angeordneten Steinterrassen.

Eines der Insektenwesen, ich erkannte an dem symbolgeschmückten Umhang Id Zirroh Par, stand in der Mitte des freien Platzes. Wir wurden dorthin geführt und mußten uns neben Id Zirroh Par stellen, die ebenfalls einen unserer Translatoren trug.

»Diese Fremden«, begann Id Zirroh Par, »die sich Terraner nennen und von unseren Stämmen gastfreundlich aufgenommen wurden, haben uns lange Zeit Friedfertigkeit vorgetäuscht. Obwohl uns diese fremdartige Haltung enttäuschte, duldeten wir sie auf unserer Welt.«

Beifälliges Zangenknacken antwortete darauf.

»Heute nun mußten wir erkennen«, fuhr Id Zirroh Par fort, »daß die beiden Terraner nur zu uns kamen, um die Landung ihrer Freunde vorzubereiten. Überall auf dieser Welt haben Fremde ihre Stammesburgen zwischen unsere gesetzt, ohne um Erlaubnis zu fragen. Das wäre noch verzeihlich gewesen, wenn sie gekommen wären, um unsere tapferen Krieger anzuwerben. Aber auch das ist nicht geschehen. Deshalb beantrage ich, den beiden Terranern den Trunk der Tapferkeit zu reichen, damit sie gegen unsere besten Krieger kämpfen, bevor wir die anderen Fremden vertreiben.«

Abermals antwortete beifälliges Zangenknacken.

Ich wartete darauf, daß andere Plostas sprachen, doch das schien bei diesen Insektenwesen nicht üblich zu sein. Deshalb hob ich die Hand und sagte laut:

»Warte noch! Ihr unterliegt einem bedauerlichen Irrtum. Wir kennen die Bewohner dieser fremdartigen Stammesburgen nicht, und wir haben niemanden veranlaßt, auf eurer Welt zu landen. Ihr seid die tapfersten Krieger, die wir je kennenlernten, aber ich bitte auch, nicht voreilig gegen die Fremden vorzugehen. Ihre Krieger sind gegen eure gewiß nur armselige Maden, aber ihre Stammesburgen sehen so aus, als verfügten sie über technische Mittel, die euren weit überlegen sind.«

Id Zirroh Par wandte sich mir zu.

»Aus dir spricht die Furcht einer weißen Made, Terraner. Ob die Fremden eine überlegene Technik besitzen oder nicht, der Tapferkeit unserer Krieger werden sie nicht lange widerstehen. Wir freuen uns auf den Kampf. Wenn ihr den Trunk der Tapferkeit getrunken habt, werdet ihr diese Freude ebenfalls kennenlernen. Der Kampf wird euch das größte Glück eures Lebens vermitteln, und der Tod in diesem Kampf ist der Höhepunkt des Glücks.«

»Meine Vorfreude kennt keine Grenzen«, sagte Polata mit bitterem Sarkasmus. Er blickte mich an. »Wo haben Sie Ihre Flöte, Captain?«

Da der Translator auch diese Worte übersetzte, hatte Id Zirroh Par sie natürlich verstanden. Er zog meine Flöte unter dem Umhang hervor und reichte sie mir.

»Spiel noch ein Lied, bevor du zum Kampf antrittst, Terraner!«

Ich nahm die Holzflöte, setzte sie an die Lippen und spielte mein Lieblingslied.

Der Kondor zieht vorbei ...

Die Plostas lauschten, gebannt wie immer, obwohl sie nur die im Ultraschallbereich liegenden Obertöne hören konnten, also etwas ganz anderes als das, was Polata und ich hörten.

Dennoch erkannte ich bald, daß mein Flötenspiel uns diesmal nicht retten würde, denn noch während ich spielte, traten zehn seltsam geschmückte und bemalte Plostas durch eine Lücke in die Arena. Sie bewegten sich wie in Trance. Zwei von ihnen trugen flache Metallschalen, in denen violette Dämpfe wogten.

Der Trunk der Tapferkeit!

Ich setzte die Flöte ab. Durch die Reihen der auf den Terrassen sitzenden Plostas ging plötzlich Bewegung. Zuerst führte ich das auf den Abbruch meines Flötenspiels zurück, doch dann sah ich den Plosta, der mit schwirrenden Flügeln über den oberen Rand der Terrassenanlage flog.

Das Insektenwesen senkte sich vor Id Zirroh Par in die Arena herab und sagte: »Der Urtaavi strahlt, Id Zirroh Par!« Obwohl der Translator den Begriff Urtaavi nicht ins Interkosmo übersetzen konnte, wußten wir, worum es sich handelte.

Urtaavi nannten die Plostas das riesige Pilzraumschiff mit den Götzenaugen, die rote Tränen weinten.

Die Erwähnung des Pilzraumschiffes rief einen Aufruhr im Gericht der Stämme hervor. Die Insektenwesen entfalteten ihre Hautflügel und stiegen schwirrend in die Luft.

Id Zirroh Par zögerte noch einen Moment, dann streifte er den Translator ab, ließ ihn achtlos fallen und flog seinen Artgenossen hinterher. Nur die zehn geschmückten Krieger blieben in der Arena stehen.

Polata und ich warteten nicht darauf, ob man uns den Trunk der Tapferkeit noch reichte oder nicht. Wir verständigten uns mit Blicken, dann sprangen wir die Terrassen zum oberen Rand der Arena hinauf.

Das Pilzraumschiff stand etwa achtzehn Kilometer entfernt in der Savanne. Doch da es fünftausend Meter hoch war, konnten wir es trotzdem gut sehen. Der riesige Pilzhut leuchtete in einem ockergelben pulsierenden Licht. Ich spürte, wie sich in mir das Gefühl unmittelbar drohender Gefahr breitmachte. Das Leuchten mußte etwas zu bedeuten haben, und nach allem, was wir mit diesem Schiff indirekt erlebt hatten, konnte es nichts Gutes sein.

Als meine Knie plötzlich einknickten, flüsterte ich eine Verwünschung und wollte mich wieder aufrichten. Doch dann drückte mich etwas gänzlich zu Boden. Ich klammerte mich an einem Steinblock fest, den Blick unverwandt auf den gelblich leuchtenden Pilzhut gerichtet. Die Schwärme fliegender Plostas, die Kurs auf das Pilzraumschiff genommen hatten, gerieten in Unordnung. Taumelnd verloren die Insektenwesen an Höhe. Sie stießen zusammen, kämpften in wilder Wut gegen die Kraft an, die sie herabzog – und sanken schließlich ausnahmslos zu Boden.

»Ein Schwerkraftgenerator!« rief Major Polatas keuchend. »Der Pilzhut ist ein Schwerkraftgenerator. Die Schwerkraft muß sich mindestens verdoppelt haben.«

»Und wir sind ohne unsere Antigravaggregate.«

Im selben Moment wurde mir klar, daß das gar nichts zu bedeuten hatte. Unsere Rettung befand sich in unmittelbarer Nähe, in der Arena nämlich.

Wir wälzten uns beide gleichzeitig herum und blickten zu dem Shift, der verlassen in der Mitte des Platzes stand. Die zehn Plostas dort standen trotz der erhöhten Schwerkraft noch immer. Sie schwankten zwar, und die Schalenträger hatten ihre Gefäße fallen gelassen, aber sie hielten sich aufrecht.

Mincos Polata sprach meine Gedanken aus, als er sagte: »Wenn die Krieger uns nicht angreifen, schaffen wir es in spätestens einer halben Stunde bis zum Shift, aber wenn sie uns angreifen, sehe ich schwarz. Bei dieser Schwerkraft und ihrer Kondition wären wir gegen sie so hilflos wie kleine Kinder gegen ein Rudel Wölfe.«

Das Sprechen hatte ihn überanstrengt. Polata rang keuchend nach Luft. Ich wartete geduldig, bis er sich wieder erholt hatte, dann krochen wir mühsam über die oberste Terrasse.

Wir hatten gerade den Abstieg zur zweiten Terrasse geschafft, als wir die tosenden, dröhnenden Entladungen schwerer Energiewaffen hörten.

Hinter dem oberen Rand der Arena waberten grelle Leuchterscheinungen.

»Diese heldenmütigen Idioten!« rief Polata in ohnmächtigem Zorn.

Er stand plötzlich aufrecht, zog sich über die Wand zur oberen Terrasse und sank oben in die Knie. Auf Händen und Knien kroch er weiter. Ich riß mich zusammen und schaffte es ebenfalls, mich aufzurichten, obwohl die hohe Schwerkraft an meinen Gliedern zog, als fesselten mich Stahlseile an den Boden. Auf der oberen Terrasse sank ich jedoch ebenfalls in die Knie.

Als ich Polata am äußeren Rand der Terrasse einholte, sah ich ein zugleich faszinierendes und erschütterndes Bild.

Die Plostas, ihrer Flugfähigkeit beraubt, drangen zu Fuß oder auf Antigravplattformen und in Transportgleitern gegen die Ansammlungen der Wabenblöcke vor. Offenbar hatten die Stammesburgen sämtliche Krieger aufgeboten, denn es wimmelte in der Savanne von Heerscharen. Millionen von Plostas stürzten sich in wilder Wut auf die Invasoren, und ein großer Teil von ihnen stieß in Richtung zum Pilzraumschiff vor.

Geschütze auf Antigravplattformen und fahrbaren Lafetten feuerten pausenlos auf die Wabenblöcke und das Pilzraumschiff. Tausende von Energiebahnen zuckten durch die Luft.

Und die Invasoren erwiderten das Feuer. Aus den Götzenaugen unter dem Pilzhut quollen rote Tränen, jagten auf ihren Gravitationsbahnen in die Masse der Angreifer. Aber diesmal blieben die Stammesburgen nicht verschont. Wo die »roten Tränen« eine Stammesburg trafen, blieb nur noch ein flacher Berg brodelnden geschmolzenen Gesteins übrig.

Es war schon jetzt zu erkennen, daß der Kampf mit einer grauenvollen Niederlage der Insektenkämpfer enden würde.

Doch es kam noch schlimmer.

Plötzlich wurde das Kampfgewühl von unbarmherzigem, grellem Licht überstrahlt. Eine Flut weißer Helligkeit ließ die Landschaft wie das Geistergemälde eines wahnsinnigen Künstlers aussehen.

Major Polata und ich hüteten uns, nach oben zu sehen. Wir wußten, was geschehen war. Kurz darauf bestätigte ein ohrenbetäubendes Donnern, daß mehrere große Raumschiffe in die Atmosphäre eingedrungen waren und rücksichtslos mit hohen Werten abbremsten.

Das Gras der Savanne wurde, soweit es noch nicht im Strahlfeuer verbrannt war, von einer imaginären Faust niedergedrückt, und die Bäume des angrenzenden Dschungels wogten hin und her wie reife Kornhalme im Sturm.

Dann fuhren die ersten Strahlbahnen von oben herab, pflügten in rasender Geschwindigkeit durch den Boden, breite Furchen voll glutflüssiger Schmelze hinterlassend. Stammesburgen sanken aufglühend in sich zusammen, der nasse Dschungel brannte schwelend und erzeugte Rauch und Dampf, und in den Angriffskolonnen der Plostas entstanden neue Lücken.

Aber der Strahlbeschuß hielt nur kurz an. Als er aufhörte, regnete es Tausende und aber Tausende kleiner roter Gestalten vom Himmel. Sie versammelten sich an den Landestellen, formierten sich zu kleinen Trupps und marschierten mit der Sturheit und Unerschrockenheit von Robotern auf die Insektenwesen zu. Hier prallten Lebewesen aufeinander, denen Dinge wie Todesfurcht und Gnade unbekannt waren.

Erschauernd wandte ich mich von dem Gemetzel ab.

»Los, zum Shift, Vantolier!« rief Polata. Seine Stimme klang völlig verändert, und als ich ihn ansah, entdeckte ich Tränen in seinen Augen.

Wir krochen zurück.

Aber auch diesmal kamen wir nicht weit. Abermals dröhnte es über uns. Ich spähte aus zusammengekniffenen Augen nach oben und sah ein seltsam geformtes Raumschiff mit Konturen, ähnlich einer riesigen Drehleiter, etwa tausend Meter hoch vorbeifliegen.

Im nächsten Moment schloß ich die Augen vor der grellen Glut, die beim Schiff aufblitzte und fast im gleichen Augenblick in die Arena schlug. Eine Druckwelle hob mich hoch und schleuderte mich gegen einen Steinquader.

Als danach wieder Stille eintrat, öffnete ich vorsichtig die Augen. Ich lehnte an einem mächtigen Steinblock am äußeren Rand der obersten Terrasse. Dort, wo der Arenaplatz, der Gleiter und der Trupp Insektenkrieger gewesen waren, gab es nichts mehr. Die Arena war von der unteren Terrasse an verschwunden, wie durchgeschnitten, und der Schmelzrand glühte noch.

Ich blickte mich nach dem Major um. Mincos Polata lag bewußtlos am Terrassenrand, seine Schultern und sein Kopf hingen in der Luft. Mühsam kroch ich hinüber und zog ihn zurück.

Dann sah ich mich nach allen Seiten um. In der Ebene tobten die Kämpfe mit unverminderter Härte. Vereinzelte »rote Tränen« jagten ihren Zielen entgegen. Etwa ein Viertel der Steinburgen war zerstört oder schwer beschädigt.

Und wir lagen auf einem dreihundert Meter hohen Steingebäude, von dem kein Weg nach unten führte ...

Leutnant Epher Tusalis preßte die Handflächen gegen die Schläfen, hinter denen der dumpfe klopfende Schmerz wühlte. Er schaute sich um und sah seine Umgebung plötzlich mit anderen Augen.

Schon vor einiger Zeit war er aus einem Alptraum erwacht und hatte gewußt, daß er sich in der Kabine eines Fahrzeuges befand, das zwischen den Sternen fliegen konnte. Man hatte ihn besucht und ihm verschiedene

Dinge erklärt, aber erst jetzt verstand er alles – oder glaubte wenigstens, alles zu verstehen.

Er ließ die Hände sinken.

Dort war der Interkom. Das hatte er schon gewußt, auch daß dieser halb in die Wand eingelassene niedrige Schrank mit der Tastatur der Versorgungsautomat seiner Kabine war. Doch dieses Tischchen mit der Schaltkonsole und dem ovalen Bildschirm darüber erkannte er erst jetzt. Das war der Anschluß an den Speicher der Hauptpositronik. Mit Hilfe der Schaltung konnte man ungezählte Informationen anfordern, außerdem Unterhaltungsfilme und Tausende von Musikstücken.

Epher Tusalis ging zum Interkom und schaltete ihn ein. Mit zusammengepreßten Zähnen kämpfte er gegen den tobenden Kopfschmerz an.

Der Bildschirm leuchtete auf und zeigte ein Symbol. Eine Stimme sagte:

»Der Kommandant und sein Stellvertreter sind vorübergehend nicht zu erreichen. Bitte, rufen Sie später noch einmal an, oder sprechen Sie eine kurze Mitteilung für den Kommandanten.«

»Ich brauche einen Arzt!« schrie Tusalis verzweifelt. »Oder wenigstens ein Mittel gegen meine Kopfschmerzen!«

Als er ohne Antwort blieb, schaltete er den Interkom ab. Zögernd ging er zum Abrufpult für den positronischen Speicherkomplex. Er drückte eine Schalttaste und sagte:

»Leutnant Tusalis an Positronik. Ich benötige dringend Informationen, wie ein gesperrtes Kabinen-Impulsschloß ohne Kodegeber geöffnet wird.«

Niemand antwortete ihm, nicht einmal der Bildschirm leuchtete auf.

Tusalis versetzte dem Abrufpult einen Tritt und wollte sich abwenden. Plötzlich stutzte er, dann lächelte er triumphierend.

»Die werden sich wundern«, sagte er. »Mich einfach in meiner Kabine einzusperren, ohne ärztliche Betreuung und ohne die Möglichkeit, mit jemandem zu sprechen.«

Er ging zu seinem Hobbyschrank. Die Kopfschmerzen waren verflogen. Leutnant Epher Tusalis hatte wieder ein Ziel, für das zu arbeiten sich lohnte.

Ein großer Teil seiner Hobbyausrüstung war verschwunden. Anscheinend hatte man sie ihm weggenommen. Aber das, was er für seine Zwecke benötigte, hatte man liegenlassen: einen elektronischen Baukasten, zu dem auch eine kleine primitive Positronik, ein sogenannter Experimentalcomputer, gehörte.

Tusalis arbeitete ohne Unterbrechung und mit großem Geschick rund zwei Stunden lang, dann lag ein Gebilde von der Größe eines Aktenkoffers vor ihm auf dem Tisch.

Er drückte mehrere Schalttasten. Zwei Kontrollampen leuchteten auf, und eine fingergroße Antenne drehte sich auf dem Gebilde. Sekunden später glitt ein schmaler Magnetplastikstreifen aus dem Schlitz an der Seite des koffergroßen Gerätes.

Tusalis musterte die darauf eingestanzten Symbole, dann drückte er mehrere Tasten in bestimmter Reihenfolge. Die kleine Antenne drehte sich abermals. Etwas klickte – und plötzlich glitt das Kabinenschott zur Seite.

Der Leutnant lachte irr. Er nahm das Gerät auf die Arme, verließ seine Kabine und ging zielsicher zum Schott, das den Korridor von der Nottreppe des Antigravschachtes trennte.

Auch hier ermittelte er den Kode durch Abtastung des Impulsschlosses. Das Schott öffnete sich, und Epher Tusalis eilte die Wendeltreppe hinauf.

Er stieg im Mitteldeck aus. Die Transportbänder waren stillgelegt, aber nach zehn Minuten hatte der Leutnant die Kommandozentrale erreicht. Er brauchte fast eine halbe Stunde, um das komplizierte Impulsschloß des Panzerschotts zu überwinden.

Dann stand er in der Zentrale und sah sich um. Er erkannte fast alles wieder: die Steuerkontrollen, die Fernkontrollen für den Maschinenleitstand, die Bildschirmeinstellungen – und vor allem das Feuerleitpult, denn er war, bevor man ihn in seine Kabine gesperrt hatte, Zweiter Feuerleitoffizier des Explorers gewesen.

Zärtlich strich er über die Knöpfe und Tasten der sogenannten Feuerorgel. Dieser uralte Begriff war verpönt und wurde von den Vorgesetzten nicht gern gehört. Auch Epher Tusalis hatte dieses Instrument der Vernichtung höchstens abwertend so genannt.

Doch diesmal sagte er das Wort mit sichtlichem Genuß. »Feuerorgel!«

Kaum hatte er es ausgesprochen, da sprang ihm der Boden der Zentrale entgegen. Tusalis stürzte und stieß mit der Schulter gegen einen Kontursessel. Verwünschungen ausstoßend, raffte er sich auf und wankte zum Schaltpult für die Bildschirmeinstellung.

Er drückte die Tasten. Die Bildschirme wurden hell und zeigten Szenen, auf die Tusalis minutenlang maßlos verwirrt schaute. Draußen lag eine weite savannenähnliche Ebene mit völlig unbekannten Bauwerken, und dazwischen bewegten sich große Kolonnen fremdartiger Lebewesen und schossen mit Strahlwaffen aufeinander. Von einem riesigen Pilz mit ockergelb strahlendem Dach lösten sich rote, tränenförmige Gebilde und rasten mit verschlungenen Schleifen auf große Steinhaufen zu. Atomare Explosionen wüteten.

Epher Tusalis war so verwirrt, daß er erst wieder klar denken konnte, als zahllose verschiedenartig geformte Raumschiffe in die Atmosphäre eindrangen und die Kämpfenden mit heftigem Strahlfeuer überschütteten.

Der Leutnant atmete keuchend. In geduckter Haltung eilte er zum Feuerleitpult und schaltete die Energieversorgung der Strahlgeschütze und der beiden Transformkanonen hoch. Seine Finger arbeiteten wie selbständig denkende Wesen, und möglicherweise gehorchten sie weniger seinem Gehirn als dem durch langjähriges Training erworbenen Automatismus.

Als die Versorgungskraftwerke fünfzig Prozent ihrer Maximalkapazität erreicht hatten, aktivierte Leutnant Tusalis den Paratronschirm und schaltete ihn auf Strukturlückenautomatik. Für jeden abzufeuernden Schuß würde sich exakt für seine Dauer eine entsprechende Lücke im Paratronschirm öffnen.

Die fremdartigen Raumschiffe hatten ihr Feuer bereits wieder eingestellt, als Tusalis sich vor das Feuerleitpult setzte und nacheinander sämtliche Knöpfe drückte.

Die Energiegeschütze der EX-6633 feuerten in regelmäßigem Takt. Ihre Zielverfolgungsautomatiken ließen jeden Schuß zu einem Volltreffer werden. Innerhalb weniger Minuten wurden siebzehn Schiffe durch Transformbomben vernichtet und mehrere andere durch Energiebeschuß mehr oder weniger stark beschädigt.

Als der Hyperkommelder schrillte, schaltete Epher Tusalis die Geschütze auf Dauerfeuer und eilte zum Hyperkom. Er schaltete das Gerät ein.

Der Bildschirm wurde hell. Der Oberkörper eines Mannes erschien darauf. Das Gesicht kam dem Leutnant bekannt vor.

»GOOD HOPE II an geortetes Kugelraumschiff«, sagte der Mann hastig. »Stellen Sie das Feuer auf die Schwarmschiffe ein. Wer sind Sie?«

Leutnant Epher Tusalis grinste.

»Leutnant Tusalis, Zweiter Feuerleitoffizier der EX-6633. Und wer sind Sie?«

»Ich bin Perry Rhodan. Wer hat zur Zeit das Kommando auf dem Explorer?«

»Ich. Sie sind Perry Rhodan? Deshalb kam mir Ihr Gesicht so bekannt vor.«

»Hören Sie, Leutnant!« sagte Rhodan eindringlich. »Stellen Sie sofort das Feuer ein. Über Ihnen sammelt sich ein Verband der Jagdflotte des Schwarms. Er wird Sie in kurzer Zeit angreifen, wenn Sie das Feuer nicht einstellen, und gegen sein massiertes Feuer hilft auch Ihr Paratronschirm nicht, jedenfalls nicht sehr lange.«

Tusalis schüttelte den Kopf.

»Niemand wird die EX-6633 vernichten.« Er lachte irr. »Greifen Sie doch ein, Perry Rhodan! Schicken Sie den Fremden die Solare Flotte entgegen! Oder fürchten Sie den Kampf? Ich fürchte mich nicht.«

Rhodan öffnete den Mund, um etwas zu entgegnen, doch dann schloß er ihn wieder. Er dachte intensiv nach, und nach einigen Sekunden fragte er ruhig:

»Was ist mit den übrigen Besatzungsmitgliedern, Leutnant Tusalis? Soviel ich mich entsinne, gehören zu einem Spezialexplorer dieses Typs vierhundert Personen. Gibt es außer Ihnen noch jemand, der mit den Schaltungen des Schiffes umgehen kann?«

Tusalis nickte.

»Ja, Major Polata und Captain Vantolier, aber die haben anscheinend das Schiff verlassen. Sie hatten mich in meine Kabine gesperrt und die anderen wahrscheinlich auch.«

Perry Rhodan seufzte.

»Leutnant, ich bitte Sie, ich befehle Ihnen, stellen Sie unverzüglich das Feuer ein und starten Sie, wenn Sie können! Es gibt keine Solare Flotte mehr, die Ihnen helfen könnte. Die Menschheit befindet sich in größter Gefahr. Retten Sie sich und die Besatzung des Explorers. Wir brauchen Sie – alle!«

Aber Epher Tusalis hörte gar nicht mehr hin. Er schaute geradeaus, als sähe er durch den Bildschirm hindurch, dann erhob er sich und ging mit steifen Schritten zum Schott.

Er betastete es, während er vor sich hin undeutliche Worte flüsterte. Seine Augen waren glanzlos und stumpf.

Als grelle Entladungen durch den Paratronschirm des Explorers tobten und das Schiff wie eine riesige Glocke zu schwingen begann, setzte er sich auf den Boden, den Rücken gegen das Panzerschott gelehnt.

12.

Resignierend schaltete ich den Hyperkom ab. Leutnant Tusalis' Geist war offenbar nach einer Phase fragwürdiger Wachheit völlig in Verdummung abgesunken.

»Was können wir unternehmen, um die EX-6633 zu retten?« fragte Atlan. »Dreihundert Schiffe der Jagdflotte sind auf Angriffskurs gegangen.«

Ich überlegte.

»Mit der GOOD HOPE II einzugreifen wäre zwecklos, und wenn wir die INTERSOLAR einsetzen, ziehen wir nur die gesamte Jagdflotte auf uns und damit auch auf den Explorer. Wenn wir aber Major Polata und Captain Vantolier auftreiben könnten ...!«

»Du meinst, sie haben einen Kodegeber mitgenommen, der auch den Paratronschirm des Explorers öffnet, Perry?«

»Ich bin sicher, daß es so ist. Wer ein Schiff voller Verdummter verläßt, muß für jeden denkbaren Fall Vorsorge treffen. Wahrscheinlich können Polata und Vantolier wegen der Kämpfe nicht zu ihrem Schiff zurück, aber wenn wir die Teleporter schicken ...«

Ich aktivierte die Rundrufanlage. »Gucky und Ras bitte sofort in die Kommandozentrale!«

Sekunden später materialisierten der Mausbiber und Major Cova neben Atlan und mir. Kurz darauf kam auch Ras Tschubai.

Ich klärte sie über die Situation auf und sagte:

»Der Paratronschirm des Explorers hält dem massierten Beschuß von dreihundert Jagdschiffen höchstens zwei Stunden stand. Gucky, ich weiß, es ist schwierig, jemand telepathisch zu orten, dessen Gehirnwellenmuster man nicht kennt, aber ...«

»Schon verstanden, Perry«, warf der Ilt ein. »Schalte mal dein Sprechaggregat für ein paar Minuten ab, ja.«

Er teleportierte auf die Couch, die eigens für ihn in der Zentrale aufgestellt worden war, entspannte sich und schloß die Augen.

Flüsternd fuhr ich, zu Ras und Bossa Cova gewandt, fort:

»Sobald Gucky die beiden Offiziere angepeilt hat, springen Sie. Wenn Sie wollen, können Sie sich mitnehmen lassen, Major Cova. Dann teleportieren Sie mit Polata und Vantolier zum Explorer und hinein, sobald eine Strukturlücke geschaltet worden ist. Schalten Sie alle Geschütze ab und lenken Sie die eingesparte Energie in den Paratronenergie-Umwandler. Danach müssen Sie selbst entscheiden, was zweckmäßiger ist: entweder den Explorer in den Raum zu bringen oder alle Verdummten in ein Beiboot zu bringen und damit zu fliehen.«

Gucky fuhr von seiner Couch hoch und rief triumphierend:

»Ich habe sie! Sie befinden sich in einem subplanetaren Gang, der durch Energieschuß freigelegt wurde.« Sein Stirnfell legte sich in tiefe Falten. »Komisch, sie denken ständig an irgendwelche geheimen Anlagen und einen Riesenroboter, der sie mit Hysteriestrahlen beschossen hat. Aber sie sind nicht hysterisch. Arkoniden? Wie, die Nachkommen arkonidischer Siedler sollen den Roboter und die geheimen Anlagen erbaut haben?«

»Arkoniden?« fragte Atlan. »Arkoniden auf diesem Planeten?«

Der Ilt schüttelte den Kopf.

»Nein, nein. Dort gibt es keine Arkoniden mehr. Ich empfange außer denen der Explorerbesatzung nur die Hirnimpulse von zwei humanoiden Wesen, und das sind Polata und Vantolier. Daneben gibt es unzählige sehr fremdartige Impulse, auch solche von kleinen purpurnen Stummen. Moment, das sind doch Impulse von Plostas! Ja, natürlich! Als ich damals nach Goolan geflogen war, um den Kampf gegen die Invasoren Dabrifas zu leiten, mußten wir unter anderem gegen rund zehntausend Insektenwesen kämpfen, die im Sold Dabrifas standen. Sie strahlten die gleichen Hirnimpulse aus wie die Mehrzahl der Intelligenzen dort unten.«

»Ich denke, das ist jetzt uninteressant«, ließ sich Major Cova vernehmen, der sich seinen Kampfanzug in aller Eile übergezogen hatte.

»Jetzt geht es um die Besatzung des Explorers. Wenn wir das Problem gelöst haben, können wir weitersehen.«

Der Mausbiber blinzelte.

»Das weiß ich selbst. Worauf warten wir eigentlich noch?«

Er und Ras, die bereits Kampfanzüge trugen, nahmen Bossa Cova in die Mitte. Im nächsten Augenblick waren sie verschwunden.

Ich wandte mich um und blickte auf die Ausschnittvergrößerungen der Bildschirme, die einen Teil der Oberfläche des zweiten Planeten wiedergaben. Vor sechs Stunden erst waren die achthundert Wabenschiffe auf dem Planeten gelandet. Dabei hatten sie sich zehn Kilometer über dem Boden in ihre Einzelteile zerlegt. Nun standen, in kleinen Gruppen über alle Kontinente des Planeten verteilt, ringförmige Ansammlungen von großen Wabenblöcken – und auf der gleichen savannenartigen Ebene, auf der wir vor einer halben Stunde den Explorer geortet hatten, stand auch ein Pilzraumschiff der sogenannten Schwarminstallateure.

Dazwischen gab es überall auf dem Planeten große Steinbauten, die an riesige Termitenhügel erinnerten. Offenbar waren es die Behausungen jener Insektenwesen, die Gucky geortet hatte und die sich als Söldner Dabrifas und des Ertruser-Triumvirats mehrfach an Überfällen auf friedliche Welten und schwach bewaffnete Stützpunkte beteiligt hatten. Das alles lag für uns weit in der Vergangenheit, durch einen Abgrund von der Zeit getrennt, die durch eine Verdummung der galaktischen Völker gekennzeichnet war.

»Moment!« sagte ich.

»Ja, Perry?« Atlan sah mich fragend an.

»Dort unten wird überall heftig gekämpft – und zwar mit Energiewaffen. Verdummte aber können keine Energiewaffen bedienen. Das bedeutet doch, daß die Plostas nicht verdummt sind!«

Der Arkonide nickte bedächtig.

»Stimmt. Vielleicht haben Polata und Vantolier den Widerstand der Eingeborenen organisiert.«

»Das glaube ich nicht. Offiziere des Explorerkommandos können eine Lage nüchtern einschätzen. Es wäre verantwortungslos von ihnen, gegen die Übermacht der Eroberer zu kämpfen. Wer vom Schwarm oder seinen Voraustruppen übernommen wird, kann nur stillhalten, wenn er sich und seinem Volk wenigstens das nackte Leben erhalten will, das Leben von Sklaven.«

Ich stöhnte. Hoffentlich fanden wir endlich etwas, um wenigstens den größten Teil der Menschheit vor dem grauenhaftesten Schicksal zu bewahren, das man sich vorstellen konnte.

Ich wandte mich um, als Alaska Saedelaere die Kommandozentrale betrat.

»Es tut mir leid«, sagte der Transmittergeschädigte, »aber ich hatte in letzter Zeit alle Ortungsgeräte auf die Wabensiedlungen, den Explorer und die Jagdschiffe gerichtet. Dadurch stellte ich erst jetzt fest, daß sich die Gravitation auf dem zweiten Planeten ungefähr verdoppelt hat. Sie beträgt 2,2156 Gravos. Außerdem gehen mit der Sonne seltsame Dinge vor. Ich konnte Protuberanzen einer Größenordnung anmessen, die für diesen Sonnentyp absolut ungewöhnlich sind.«

Ich schaute Saedelaere an, während sich in meinem Kopf die Gedanken jagten.

Verdopplung der planetaren Gravitation! Es war ein Wunder, daß die Eingeborenen trotzdem weiterkämpften. Sie mußten über eine ungewöhnlich starke Konstitution verfügen.

Und meine Leute?

Nein, die Teleporter und Cova waren nicht gefährdet. Die Antigravaggregate ihrer Kampfanzüge absorbierten die erhöhte Schwerkraft einwandfrei. Auch die Besatzung des Explorers konnte dadurch nicht in Schwierigkeiten geraten; dafür sorgten die Schwerkraftregler an Bord. Und die immunen Offiziere würden sicher auch Kampfanzüge tragen.

Ich atmete auf. Wahrscheinlich befand sich die Besatzung der EX-6633 schon in einer Stunde in Sicherheit.

Wir hatten es nur einem glücklichen Umstand zu verdanken, daß wir den Zugang zum Stollensystem fanden.

Nachdem ein Teil der durch Energiebeschuß halbierten Arena eingestürzt war, beschlossen Polata und ich, über die dadurch entstandene Trümmerhalde abzusteigen. Wir krochen und kletterten mühselig genug voran, aber im Laufe der Zeit merkten wir, daß der menschliche Körper sich in gewissem Ausmaß an eine erhöhte Schwerkraft anpassen konnte. Zwar schmerzten unsere Muskeln, doch wir bewegten uns in einem kräftesparenden Gang schneller als zuvor vorwärts.

Beim Abstieg über die Trümmerhalde entdeckten wir dann in der Restwand des Bauwerks ein Loch. Zuerst war es nur Neugier, die uns veranlaßte, die den Weg versperrenden Steinbrocken fortzuwälzen. Danach nahmen wir einen Luftzug wahr, der aus der Öffnung strich, und für Aggres war es bemerkenswert kühle Luft.

Der Major und ich dachten sofort an die Tiefenanlage, die wir entdeckt hatten. Dort funktionierten noch Fusionsreaktoren, also gab es sicher auch Klimaanlagen und vielleicht auch Schwerkraftregler. Wenn wir ganz großes Glück hatten, fanden wir sogar tragbare Schwerkraftregler, mit denen wir uns wieder normal bewegen konnten.

Kurz entschlossen vertrauten wir uns dem finsteren Stollen an – und nun befanden wir uns in einem Gangsystem, das erstaunlich gut erhalten war. Vereinzelte Leuchtplatten an den Decken wiesen uns den Weg.

Wir krochen unermüdlich weiter, obwohl wir ahnten, daß wir am Ende unseres Weges dem Riesenroboter und seinem Hysteriestrahler gegenüberstehen würden. Da diese Anlagen jedoch von organischen Lebewesen, den Nachkommen ehemaliger arkonidischer Siedler, errichtet worden waren, mußte es Schaltungen geben, mit denen man den Riesenroboter desaktivieren konnte, wenn er – beispielsweise – irregulär arbeitete.

Wir krochen gerade über eine Kreuzung und bogen in die nach rechts führende Abzweigung ein, weil sie als einzige beleuchtet war, als plötzlich drei Gestalten wie aus dem Nichts vor uns auftauchten.

Der erste Schreck schwand schnell, denn die Gestalten stürzten unter dem Zug der hohen Schwerkraft zu Boden, sie konnten also nicht aus den Wabenansammlungen, dem Pilz oder den seltsamen Schiffen gekommen sein.

Sekunden später richteten sic sich jedoch wieder auf. Aber da hatte ich hinter dem kugelförmigen Helm der einen längst ein Gesicht erkannt, das allen Menschen bekannt war.

Das Gesicht von Gucky, dem Mausbiber!

Gucky sagte etwas zu seinen Begleitern, was wir wegen des geschlossenen Helms nicht verstehen konnten. Einer, offenbar Ras Tschubai, entmaterialisierte wieder.

Der Mausbiber und der andere Mann, ein schwarzhäutiger Hüne mit schwarzem, von silbernen Fäden durchwobenem Kraushaar, klappten ihre Helme zurück.

»Beruhigt euch, Mincos und Hysk«, sagte der Ilt. »Ras holt nur Kampfanzüge für euch. Gleich könnt ihr wieder wie Menschen gehen. Seid ihr so aus dem Explorer aufgebrochen?«

»Nein«, antwortete Polata. »Mit einem Shift und mit Kampfanzügen. Die Plostas haben uns alles abgenommen. Das sind Insektenwesen, die ...«

»Ich weiß«, unterbrach Gucky ihn. »Nur den Namen der Sonne und des Planeten kenne ich nicht. Nein, stimmt nicht ganz. Du bist der Kommandant, Mincos, dann hast du das System natürlich EX-Polata getauft.«

»Richtig. Und der Planet heißt Aggres.«

»Ein hübscher Name. So richtig zum Gruseln.«

In diesem Moment erschien Ras Tschubai. Er trug zwei Kampfanzüge über den Armen. Die Mutanten und der ebenholzschwarze Hüne halfen uns, sie anzulegen. Als wir die Antigravaggregate einschalteten, fühlten wir uns sekundenlang so leicht wie gasgefüllte Ballons.

»So«, sagte der Mausbiber energisch, »jetzt laßt uns überlegen, wie wir in den Explorer kommen.« Er deutete auf den Hünen. »Das ist übrigens Bossa. Major Bossa Cova. Wo befindet sich der Kodegeber, mit dem wir eine Strukturlücke im Paratronschirm des Explorers schalten können?«

»Er befand sich im Shift, aber der ist zerstört«, antwortete ich. »Paratronschirm? Du irrst dich, Gucky. Wir haben geflissentlich vermieden, den Explorer in Schutzschirme zu hüllen.«

»Ein Leutnant Tusalis hat es getan. Er hat außerdem das Feuerleitpult aktiviert und sämtliche Waffen auf Dauerfeuer geschaltet. Ihr Explorer schießt mit sämtlichen Energiegeschützen und mit den Transformkanonen auf die Jagdschiffe. Wenn wir nicht bald etwas unternehmen, wird der Explorer von der Übermacht vernichtet.«

»Epher Tusalis ...«, wiederholte Mincos Polata. »Zweiter Feuerleitoffizier aus der EX-6633. Der Mann gehört zu den Verdummten. Auch wenn er einen geringen Teil seiner Intelligenz zurückgewonnen hat, kann er nicht einmal seine Kabine verlassen, geschweige denn in die Kommandozentrale eindringen oder gar die Feuerschaltungen betätigen.«

»All das hat er aber getan«, entgegnete Major Cova. »Perry Rhodan sprach sogar über Hyperkom mit ihm ...«

»Perry Rhodan?« fragten Polata und ich wie aus einem Mund.

Bossa Cova nickte.

»Er schickte uns zu Ihnen. Auf den Großadministrator machte Leutnant Tusalis den Eindruck eines Mannes im Vollbesitz seiner Intelligenz, allerdings mit gefährlichen paranoiden Zügen. Leider erlosch seine vorübergehend ›aufgetaute‹ Intelligenz während des Gesprächs mit Rhodan. Er war plötzlich nicht mehr ansprechbar, und ich fürchte, er wird von sich aus niemals das Feuer einstellen. Er wird es gar nicht mehr können.«

Aus Guckys Telekom drang ein schwaches Summen. Der Ilt betätigte die Schaltungen und meldete sich.

»Habt ihr den Kodegeber?« wisperte es. Gucky verstärkte die Lautwiedergabe. Die nächsten Worte waren laut genug, daß ich Perry Rhodans Stimme erkennen konnte. »Der Explorer wird pausenlos beschossen. Die dreihundert Jagdschiffe haben eine Verstärkung von hundert Einheiten erhalten, nachdem elf durch Transformbeschuß vernichtet wurden.«

»Leider nicht, Perry«, antwortete der Ilt. »Der Kodegeber wurde zusammen mit dem Shift, in dem er sich befand, vernichtet. Kannst du uns nicht helfen?«

»Nein, es gibt keine Möglichkeit dazu. Ihr braucht den Original-Kodegeber, nur der existiert nicht mehr. Noch etwas, Kleiner. Das Pilzraumschiff der Schwarminstallateure hat Verstärkung erhalten. Insgesamt befinden sich jetzt neunundzwanzig Pilzraumschiffe auf dem Planeten.«

»Aggres«, sagte Gucky.

»Wie bitte?«

»Der Planet heißt Aggres, das System EX-Polata.«

»Unwichtig. Die Pilzraumschiffe zapfen die Sonne an, Gucky. Mächtige Zapfstrahler holen riesige Energiemengen überlichtschnell von der Sonnenoberfläche und heizen damit die Planetenatmosphäre auf. Die Temperaturen liegen zur Zeit um dreiundfünfzig Grad Celsius, und sie steigen weiter.«

»Das ist schlimm für die Plostas«, meinte Gucky. »Sie sind zwar als blutrünstige Wilde verschrien, und ich habe selbst schon gegen sie gekämpft, aber für mich sind sie nicht schlechter als ihr Menschen. Ihr hättet euch einmal beinahe selbst ausgerottet, was man von den Plostas nicht behaupten kann.«

»Du hast recht«, ertönte Rhodans Stimme lauter als vorher, »aber darum geht es nicht. Die Besatzung des Explorers ist in höchster Gefahr. Vierhundert Menschen! Denkt nach! Wir müssen einen Weg finden, sie zu retten.«

»Die Geheimanlage der arkonidischen Siedler!« rief ich. »Vielleicht finden wir dort technische Mittel, die unser Problem lösen.«

Der Ilt blickte mich nachdenklich an.

»Daran glaube ich zwar nicht, aber da uns nichts Besseres einfällt, können wir ja einmal nachsehen. – Wir melden uns wieder, Perry.«

Er schaltete seinen Telekom ab.

»Wie ist das mit dem Hysterie-Roboter?« erkundigte er sich. »Womit erzeugt er diese Strahlung, beziehungsweise womit strahlt er sie ab?«

»Mit einer Antenne«, antwortete Mincos Polata. »Sie ist nicht zu übersehen, Gucky.«

Der Mausbiber zeigte seinen Nagezahn.

»So, dann warte mal hier auf mich. Ich werde den Roboter suchen und ihm die Antenne verbiegen. Sobald ich das erledigt habe, kehre ich zurück und hole euch nach.«

Er schloß seinen Druckhelm und verschwand.

Nach wenigen Minuten kam er wieder zurück, öffnete den Helm und sagte schlicht: »Das wäre erledigt.«

Sekunden später materialisierten wir in der großen Halle, die wir auf dem Monitor schon einmal gesehen hatten. Der riesige Roboter stand reglos im Hintergrund. Die Abstrahlantenne lag neben ihm. Sonst war keine Beschädigung zu sehen.

»Ich bin in seine Denkkuppel teleportiert und habe die Verbindung zur Energieanlage unterbrochen«, erklärte der Ilt.

Er bewegte sich in eigentümlichem Watschelgang auf den Roboter zu und durch dessen Beine hindurch. Als ich ihm – mit gemischten Gefühlen – folgte, sah ich, daß dahinter ein Tor war, dessen Fugen von den Beinen des Roboters genau verdeckt wurden.

Es öffnete sich ohne sichtbares Zutun. Offenbar hatte der Ilt seine telekinetischen Kräfte eingesetzt. Wir traten in eine Schleusenkammer.

»Es wird besser sein, wenn wir die Helme schließen«, meinte Bossa Cova.

Gucky nickte.

»Ja, hinter dem nächsten Schott könnte alles mögliche sein, eine Giftatmosphäre oder gar keine oder eine Überdruckkammer.«

Wir schlossen die Helme. Gucky richtete seinen Blick auf das gegenüberliegende Schott, nachdem das Tor sich hinter uns geschlossen hatte.

Plötzlich schossen aus den Wänden und der Decke gelblichweiße Flüssigkeitsstrahlen und verwandelten sich in dichten Nebel. Ich blickte auf das Analysegerät an meinem rechten Handgelenk und stellte fest, daß es sich um eine keimtötende und zugleich strahlungsabsorbierende Substanz handelte. Anschließend wurden wir von anderen Chemikalien und zuletzt mit klarem Wasser abgesprüht. Die Flüssigkeiten liefen durch kleine versenkte Gitteröffnungen ab, die sich im Boden aufgetan hatten.

Nachdem die letzte Dusche vorbei war, öffnete sich das Innenschott.

Ich hatte halb erwartet, auf die fernen Nachkommen der Überlebenden des Atomkrieges zu stoßen, doch niemand kam uns entgegen. Wir gelangten in eine flächenmäßig kleine, aber hohe achteckige Halle. In der Mitte stand auf einem niedrigen Podest die goldfarbene Statue eines humanoiden Lebewesens, eines Mannes mit schulterlangem Haar und hoher Stirn.

»Ein Denkmal«, sagte Polata enttäuscht über Helmfunk.

»Ein ›Denkmal‹ mit Hirnimpulsen«, erwiderte Gucky aufgeregt. »Wahrscheinlich eine Art Roboter mit einem organischen Hirn. Die Individualimpulse werden stärker. Das Gehirn muß bis vor wenigen Minuten im Tiefschlaf gelegen haben.«

Er hatte es kaum gesagt, da strahlte die Statue plötzlich auf. Es war eine kalte Strahlung; wir registrierten keine Wärme. Im nächsten Moment blätterte die Außenschicht der Statue ab – und dahinter kam ein lebender Mensch zum Vorschein, ein Mann mit enganliegender weißer Kleidung, einem gelben Gürtel mit Schaltungen und kurzen gelben Stiefeln. Sein Haar war weiß wie das eines Arkoniden, doch die Augen zeigten nicht die albinotische Rötung wie bei Atlan.

Er musterte uns, wobei sein Blick besonders lange auf Gucky sowie den schwarzhäutigen Terranern Ras Tschubai und Bossa Cova ruhte. Diese Färbung schien ihn zu irritieren.

Wir blieben reglos vor ihm stehen.

Nach einer Weile hob der Mann die Hände und sagte in leicht abgewandeltem Interkosmo:

»Ich grüße Sie. Mein Name ist Tadschor. Sind Sie Bewohner der Oberfläche?«

»Nein«, antwortete Tschubai. »Wir sind Besucher von einem anderen Planeten, Tadschor. Sie sind ein Nachkomme arkonidischer Siedler, nicht wahr?«

»Sind Sie nicht von Arkon?« fragte Tadschor. Er lächelte. »Da Sie nicht von der Oberfläche Sidirs kommen, kann ich den Namen richtig aussprechen. Oben wird man wohl noch immer den falschen Namen nennen. Wie viele Bewohner gibt es oben?«

Gucky trat unruhig von einem Fuß auf den anderen. Ich konnte seine Nervosität verstehen, war ich doch selbst nervös. Die Unterhaltung mit einem aufgewachten Tiefschläfer hielt uns nur auf, während vierhundert Menschen im Explorer in Gefahr waren.

»Oben gibt es seit Jahrtausenden keine humanoiden Lebewesen mehr«, sagte Major Mincos Polata mit brutaler Offenheit, um das fruchtlose Thema zu beenden. »Sie haben sich in einem Atomkrieg selbst ausgerottet. Ihre Nachfolger sind intelligente Insektenwesen. Aber auch sie werden nicht mehr lange existieren, denn diese Welt wurde von Invasoren überfallen.«

Tadschor wankte. »Alle sind tot?« flüsterte er. Mit steifen Bewegungen stieg er von seinem Podest – und brach zusammen.

Gucky begriff die Ursache zuerst. Er hob Tadschor telekinetisch auf das Podest zurück, auf dem die Schwerkraft offensichtlich künstlich reguliert wurde. Wir alle hatten nicht mehr daran gedacht, daß die Gravitation von Aggres verdoppelt worden war; unsere Antigravaggregate ließen es uns nur zu leicht vergessen.

»Kümmern Sie sich um ihn, Hysk!« rief der Ilt mir zu. Er winkte Tschubai. Beide Teleporter verschwanden. Sie suchten nach technischen Geräten, mit denen man eine Strukturöffnung im Paratronschirm des Explorers schalten konnte.

Ich legte den Erwachten bequem hin und öffnete seine Kleidung über der Brust. Er atmete schwer und hielt die Augen geschlossen. Der Schock über Polatas Auskunft und die wenn auch nur kurze Einwirkung der hohen Schwerkraft hatten ihm schwer zugesetzt.

Als ich die Medobox vom Gürtel nahm, um Tadschor ein kreislaufstabilisierendes Medikament zu injizieren, vernahm ich ein scharfes Knakken.

Ich blickte auf und überlegte, woher das Geräusch gekommen sein mochte. Als Tadschors Glieder in plötzlichem Krampf zuckten, seine Augen sich weit öffneten und er einen tiefen Seufzer von sich gab, wußte ich Bescheid.

Ich öffnete seinen Mund und sah die bräunliche Verfärbung von Zunge und Zähnen sowie die Splitter einer Glaskapsel.

Tadschor hatte sich vergiftet.

Das Überprüfungsgerät der Medobox bestätigte, daß Herzschlag und Atmung ausgesetzt hatten und der Hirntod eingetreten war.

Ich schloß die Augen des Mannes und trat zurück.

In dem Augenblick materialisierten Gucky und Tschubai.

»Er ist tot«, stellte der Mausbiber nüchtern fest. Als Telepath erkannte er das natürlich sofort.

»Nichts, nicht wahr?« fragte Major Cova.

»Nichts«, bestätigte Gucky. »Schließt die Helme. Wir springen zum Explorer. Irgendwie müssen wir ins Schiff kommen.« Seine Stimme klang verzweifelt und mutlos.

Major Polata und ich, wir beide wußten genau, daß wir unseren Leuten nicht helfen konnten, wenn kein Wunder geschah. Dann schlossen wir unsere Helme und streckten die Hände aus.

Als wir einige Kilometer vom Explorer entfernt materialisierten, mußten wir sofort die Paratronschirme unserer Kampfanzüge aktivieren. Im Paratronschirm der EX-6633 tobten gewaltige Entladungen. Doch nicht nur unser Schiff wurde angegriffen. Überall, so weit wir sehen konnten, kreisten große Raumschiffe über dem Planeten und vernichteten systematisch die Stammesburgen der Plostas. Auf dem Boden rieben kleine purpurrote Wesen die Reste der plostasischen Truppen auf.

Die Teleporter sprangen mit uns in die Nähe einer riesigen Anlage aus Wabenblöcken, als die Purpurnen uns in großer Zahl angriffen. Ich blickte zum erstenmal in die Wabenzellen und erschauerte beim Anblick der ockergelben Massen, die darin wogten und wallten, ohne daß feste Konturen zu erkennen gewesen wären.

Über Helmfunk meldete sich Perry Rhodan. Er fragte, wo wir uns befänden, und kündigte, entgegen seiner bisherigen Absicht, einen Angriff der GOOD HOPE II und der INTERSOLAR an, um einen letzten Versuch zu unternehmen, die Besatzung des Explorers zu retten.

»Sie kommen unverzüglich an Bord!« ordnete er an.

Gucky weigerte sich und setzte sich durch.

Wir sprangen abermals, um purpurroten Wesen auszuweichen. Diesmal materialisierten wir auf dem stählernen Mittelsockel der Wabenanlage. Kurz darauf griffen die INTERSOLAR und ein kleineres Kugelraumschiff die Jagdschiffe an, die auf den Explorer feuerten. Es war nicht mehr als ein Akt der Verzweiflung. Für die vierhundert Menschen im Explorer kam jede Hilfe zu spät, denn der Paratronschirm brach zusammen, bevor die GOOD HOPE II und die INTERSOLAR zum zweiten Anflug ansetzen konnten.

Ich schloß die Augen, als unser Schiff explodierte.

Im nächsten Moment beförderten die Teleporter sich und uns in das kleine Kugelschiff. Wir materialisierten in der Kommandozentrale und konnten gerade noch mit ansehen, wie das auf der Ebene stehende Pilzraumschiff und zahlreiche benachbarte Wabenblöcke mit einem Transformgeschoß vernichtet wurden.

Anschließend mußten wir uns fluchtartig zurückziehen, denn von allen Seiten rasten nun Tausende von Kampfschiffen heran und nahmen uns unter konzentrisches Feuer.

Ich sah nicht auf, als sich das Schott der Kabine öffnete, die ich gemeinsam mit Mincos Polata bewohnte. Völlig in Gedanken versunken, blies ich auf meiner Holzflöte.

Nach einer Weile setzte ich die Flöte ab. Meine Gedanken weilten noch immer nicht hier, an Bord der GOOD HOPE II, sondern in einer Vision der Vergangenheit, deren Geschichte bruchstückhaft und mit blühender Phantasie ausgeschmückt in unserer Familie von Generation zu Generation weitergegeben worden war.

Als jemand sich leise räusperte, schwanden die Visionen. Ich bemerkte, daß ich die Kabinenwand fixierte, und drehte den Kopf.

Da sah ich Perry Rhodan. Der Großadministrator saß in einem Schalensessel und betrachtete mich nachdenklich.

»Sie sind ein Meister auf der Inkaflöte«, sagte er.

Ich erhob mich, legte die Flöte auf den Tisch und nahm ihm gegenüber in einem Sessel Platz.

»Sie kennen das Instrument, Sir?«

»Ich habe es früher oft gehört, von einem berühmten Künstler, der in der Susonic Hall von Terrania auftrat. Ich glaube, das war vor rund dreihundert Jahren – und der Künstler hieß Ezorra Vantolier.«

»Ein Urahn von mir. Heute gehört mir seine Flöte, und wenn ich eines Tages Kinder habe, werde ich sie dem vererben, das sie am besten spielt – wenn je einer von uns irgendwann Kinder haben kann.«

Rhodan seufzte.

»Ja, es sieht böse aus, Mr. Vantolier. Unsere letzten Messungen beweisen, daß das Temperaturmittel auf Aggres bei dreiundsechzig Grad Celsius liegt. Wenn das – zusammen mit der Verdopplung der Schwerkraft – auf einem von Menschen bewohnten Planeten geschieht, werden die meisten Bewohner zugrunde gehen.«

Ich sah ihn an. Mir wurde klar, daß er mit »einem von Menschen bewohnten Planeten« nicht eine beliebige Welt gemeint hatte, sondern die Erde, die Heimat des Homo sapiens.

Und die Bewegungsrichtung des Schwarms zielte auf jenen Sektor des Orionis-Armes, in dem das Solsystem war.

»Die Entfernung zwischen EX-Polata und Sol beträgt immerhin 20.408 Lichtjahre«, sagte ich. »Bevor der Schwarm auch nur die Hälfte dieser Strecke zurückgelegt hat, müßten wir ein wirksames Mittel gefunden haben, um dieser Gefahr zu begegnen.«

»Wir müßten es, aber werden wir es auch?« Rhodans Augen leuchteten in fiebrigem Glanz. »Dieser Schwarm, ich habe das unbestimmte Gefühl, als hätte er vor unserer schon zahllose andere Galaxien heimgesucht – und als hätte niemand ihm bisher wirksamen Widerstand entgegensetzen können.«

»Vielleicht ist der Schwarm wie ein Komet, der, den Gesetzen des Universums gehorchend, blind wiederkehrend seine Bahn zieht. Jahrtausend um Jahrtausend, Zehntausende, Hunderttausende, Millionen Jahre lang...«, überlegte ich. »Ohne Ausgangspunkt und ohne Ziel ...«

Wir blickten beide auf, als das Schott sich öffnete.

Mincos Polata trat ein, nickte uns zu, setzte sich und beugte sich in Rhodans Richtung vor.

»Es ist also wahr? Die solare Menschheit wurde voll von der Verdummungswelle erfaßt?«

Rhodan nickte.

»Bis auf wenige Ausnahmen, Major. Aber was Sie über die Besatzung der EX-6633 berichten, trifft auch auf die Menschheit zu. Der Verdummungsgrad hat sich vermindert. Leider reicht das nicht aus, um beispielsweise umfassende Vorbereitungen zur Verteidigung des Solsystems gegen den Schwarm zu ergreifen. Aber es dürfte genügen, um eine große Anzahl von Menschen im Falle eines direkten Angriffs in die Tiefbunkeranlagen zu dirigieren.«

»Ich hoffe, daß es nie so weit kommen wird«, sagte Polata ernst.

Der Großadministrator erhob sich.

»Wir müssen in wenigen Minuten aus dem Linearraum zurückfallen. Ich gehe in die Beobachtungskuppel. Wenn Sie mich begleiten möchten ...«

Ich erhob mich, nahm meine Flöte und ging zum Schott. Mincos Polata winkte ab.

»Danke, aber ich bleibe vorläufig hier.«

Als wir die Beobachtungskuppel betraten, teilte Senco Ahrat gerade über die Rundrufanlage mit, daß die GOOD HOPE II in dreißig Sekunden in den Normalraum zurückkehren würde.

Wir nahmen in Kontursesseln Platz. Kurz nach uns traf auch Lordadmiral Atlan ein. Der Arkonide setzte sich neben mich, nickte mir kurz zu und blickte auf die transparente Kuppelhülle, hinter der noch die eigentümlichen Leuchterscheinungen des Zwischenkontinuums tobten.

Ein elektronischer Gong kündigte das Ende der Linearetappe an. Es war wie auf einem Passagierraumschiff in friedlichen Zeiten. Die

Leuchterscheinungen des Linearraums verschwanden und machten dem Sternenhimmel des galaktischen Südwestsektors Platz.

Atlan beugte sich vor und schaltete am Kontrollpaneel. Aus dem Wandsockel schob sich ein flacher, großer Bildschirm und verdeckte einen Teil der Kuppelhülle. Der Arkonide stellte eine Ausschnittvergrößerung ein und deutete auf eine kirschgroß wiedergegebene gelbe Sonne.

»EX-Polata. Von Eruptionen ist natürlich nichts zu sehen, da das Bild nicht mit den Hypertastern ermittelt wurde. Wir sind fünf Lichtjahre von EX-Polata entfernt und würden die Eruptionen erst in fünf Jahren beobachten können.«

Perry Rhodan drehte sich mit seinem Sessel herum und deutete auf eine Stelle der Kugelhülle.

»Von dort nähert sich der Schwarm. Es ist ein eigenartiges Gefühl, nichts von ihm zu sehen. Man könnte fast glauben, es gäbe den Schwarm überhaupt nicht.«

Ich sah in die angegebene Richtung. Die Sterne leuchteten wie Diamanten vor einem schwarzsamtenen Tuch. Das Leuchten des Kristallschirms, von dem man mir berichtet hatte, würde bis zum derzeitigen Standort der GOOD HOPE II 4,6 Jahre brauchen.

»Wenn es nicht anders geht ...«, sagte ich gedankenverloren, »... schließen wir die Augen und warten ab. Der Schwarm ist gekommen, und er wird vorbeiziehen. Dann können wir alles wieder aufbauen, was er zerstört hat ...«

Ich setzte die Flöte an die Lippen und spielte die Melodie eines Liedes, das meine Vorfahren schon gesungen hatten, als sie noch auf einem einsamen Kontinent gelebt hatten.

Der Kondor zieht vorbei ...

13.

Sandal Tolk

Das Lycamber kletterte einen schrägen, wildbewachsenen Hang empor, knurrte hungrig und blieb stehen. Der schlanke, weißhaarige Mann, der dicht hinter dem geschwungenen Hals des Reittieres hockte, schwang sein rechtes Bein über die Kruppe, streifte die Schuppen am Ansatz des Schwanzes und federte hinunter auf den Boden. Im gleichen Augenblick wurde er von dem Thoen entdeckt. Das Thoen aber verhielt sich abwartend, fast träge.

»Hier machen wir eine lange Rast«, sagte Sandal Tolk leise.

Jetzt verstand und sprach er fast vollständig das Idiom seines knöchernen Begleiters.

Sie waren mitten im Dschungel, und Sandal dachte wieder an Atlan und Chelifer Argas, die grünäugige junge Frau. Der Wunsch, beide wiederzusehen, wurde stärker und drängender und machte ihn hin und wieder unvorsichtig.

»Unsere Vorräte sind zum Teil naß und verdorben, aber sie werden heute noch reichen«, meinte Tahonka-No. Seine dunkle Stimme verlor sich im Schweigen des düsteren Bergwaldes. Es wurde spät.

Das Sonnenlicht war tief und fast wie ein roter Widerschein des Buschfeuers, als es fast waagerecht durch die Masse der Blätter und Zweige drang. Auch Tahonka-No schwang sich aus dem primitiven Sattel, der nur aus einem Gurt, zwei Steigbügeln und den Schlaufen für Haltegriff und Gepäck bestand.

Die beiden Wanderer über die Fläche dieses erstaunlichen Planeten Vetrahoon führten die Tiere durch ein Netz schwarzer und dunkelroter Streifen vorwärts. An der Quelle entfernten Sandal und Tahonka-No die Trensen aus den Mäulern der Tiere, wobei sie von dem Thoen interessiert beobachtet wurden.

Den Reittieren, den schnellfüßigen, mutigen Lycambern, wie sie von Tahonka-No genannt worden waren, wurden die Vorderfüße an die kurzen Fesseln gelegt, damit sie nicht während der Nacht weit weglaufen konnten. Dann breiteten die Männer, nachdem sie einen kleinen Rundgang unternommen hatten, ihre Ausrüstungsgegenstände aus und machten Feuer.

Noch lagen die Schleier des feinen purpurnen Blütenstaubes auf ihren Körpern. Die Stiefel und Hosenbeine waren fleckig von den Spuren des Morastes. Der Schweiß hatte in die Puderschicht aus Staub tiefe schwarze Rinnen gegraben. Neugierig beugte sich das Thoen vor und betrachtete die Gesichter der Männer.

Zwei Lebewesen erkannte das Thoen, die sich aufrecht bewegten wie das Thoen selbst. Ob sie auch fliegen konnten?

Sandal zog sich langsam aus, hob einen brennenden Ast hoch und leuchtete die Umgebung des Feuers ab. Er ging die zwanzig Schritte bis zur Quelle und sah, daß das Wasser im Laufe der Jahrtausende einen tiefen Trog aus dem weichen Sandstein herausgeschält hatte. Hier konnte er sich baden.

Hinter dem Quelltrog sah Sandal den Stein und darüber die Hälfte der unheimlich glühenden Augen des Thoen. Langsam hob er die Waffe.

»Vorsichtig!« flüsterte er und hielt den Ast hoch.

Mit einem Sprung war No auf den Beinen und kam von der Seite heran.

»Was ist los?« rief er und zielte mit seiner Waffe auf den Stein. Dann sah auch er die verwitterte Inschrift. Einer der Füße des Thoen baumelte über die Hieroglyphen.

Tahonka-No senkte die Waffe wieder und sagte leise: »Nicht schießen. Dies ist ein verspieltes Tier, das uns nichts tun wird. Es belästigt uns höchstens mit seiner Neugierde.«

In der gleichen Sekunde bewegte das Thoen seinen einzigen Arm und warf ein Bündel von Früchten durch die Luft. Es landete genau vor Sandals nackten Zehen. Sandal grinste erleichtert, hob die Früchte auf, und der Bann war gebrochen.

»Was ist dies für ein Stein, Freund Tahonka?« fragte er und ging näher heran.

Die Sprache seines Freundes verstand er, aber nicht die Lettern, die diese vielen Völker im Schwarm verwendeten.

»Ich weiß es nicht«, sagte No.

»Kannst du die Schrift lesen? Die Bilder entziffern?« fragte Sandal gespannt und aufgeregt.

»Ja. Aber nicht in der Dunkelheit. Morgen früh werde ich sie übersetzen, mein Freund!«

»Ausgezeichnet. Bist du ebenso erschöpft wie ich?«

»Ich fürchte«, sagte No, »noch viel erschöpfter, als ich es zugeben will.«

Sandal versprach: »Ich werde uns einen vorzüglichen Braten schießen.«

Er besaß noch genau zweieinhalbhundert Pfeile in drei Köchern. Auf der langen, nun schon rund sechzig Tage dauernden Wanderschaft vom Plateau der feurigen Berge bis hierher in die Wälder des Südens, vorbei an vielen durchsichtigen Kuppeln voller aufregenden Inhalts, hatte er aus Pfeilgras einige neue Pfeile anfertigen können, mit denen er die Schüsse wagte, bei denen der Pfeil unwiderruflich verlorenging.

»Wir haben ihn sicher nötig«, meinte Tahonka-No.

Als Sandal, nur mit Badehose und Stiefeln bekleidet, dem fast unsichtbaren Tierpfad folgte, der nach Tierkot, Fäulnis und Aas stank und im letzten Licht des Tages lag, stellte sich dem jungen Krieger eine dunkle, unheimlich reglose Gestalt entgegen, halb so groß wie Sandal.

Sandal zog den Bogen aus, fauchte einen Lockruf und schoß.

Die heißglühenden roten Augen schlossen sich, als das Tier den Todesschrei ausstieß. Der gedrungene, kleine Bulle warf sich vorwärts; ein schneidendes Geräusch kam aus den Nüstern. Furchtbare Hörner blitzten auf, als das Tier heranstürmte. Sandal warf seinen Bogen in die Äste über sich, als der Boden des Pfades unter den Hufen des Tieres zu beben begann.

Sandal sprang wie ein Raubtier hoch und machte, als seine Hand einen

Ast zu fassen bekam, eine halbe Drehung in der Luft. Er hing an einem dicken Ast, zog sich hoch, und im selben Augenblick donnerte die mörderische, dunkle Masse des Tieres unter ihm vorbei. Sandal roch den Hauch des wilden, urhaften Körpers. Der Bulle brach seitwärts aus der Biegung des Pfades aus, rammte eine breite Gasse in das Dickicht und verendete zehn Schritt vom weißglühenden Feuer entfernt.

Sandal fiel auf den Pfad hinunter, holte seinen Bogen aus dem Geäst und nickte zufrieden. Aus dem Fell des Tieres konnten sie zwei Satteldecken machen, um die Rücken der Lycamber zu schonen.

Was aber bedeuteten die Lettern und Bilder auf dem Stein?

Leicht verdrossen – es war kurz nach Sonnenaufgang, und die Dschungelvögel hatten ihr ohrenbetäubendes Konzert schon beendet – betrachtete der weißhaarige Jäger mit den goldfarbenen Augen und den weißen Augenbrauen sein stählernes Armband, das eine Kombination vieler Geräte darstellte.

Der Januar des Jahres 3442 war zu Ende gegangen, ohne daß Sandal mit den Frauen und Männern der GOOD HOPE II Kontakt hatte aufnehmen können. Die einzigen Funksprüche, die er aufgefangen hatte, kamen aus einem Gebiet jenseits der Linie, die den Planeten Vetrahoon in zwei Teile zerschnitt.

Teilweise Funksprüche mit unentzifferbarem Text, teilweise konnte sie der Translator an seinem Oberarm entziffern, teilweise hatte Tahonka-No mitgehört und übersetzt. Dort, jenseits der hohen Berge in der Ferne, schien ein reges Kommen und Gehen zu herrschen.

»Und von dorther kommen vermutlich auch die fliegenden Tropfen, die uns ununterbrochen ärgern!« sagte flüsternd der Jäger und hob den Kopf.

Sandal lag bequem in der straff gespannten Hängematte unter zwei Bäumen. Sein Gesicht lag im Schatten, und um ihn herum hingen Kleidung und Stiefel zum Trocknen. Auf der dünnen Decke neben dem Feuer befanden sich die Teile der Ausrüstung – bis auf die Waffe. Sandal trug sie, mit einem Riemen am Handgelenk angebunden.

Sandal sah den schwarzen, monolithischen Block, der über dem armdicken, sprudelnden Wasserstrahl der Quelle thronte. Auf dem Block kauerte das Thoen und sah Sandal aus mindestens acht Augen an.

Das Tier und die Schriftzeichen – ein weiteres Rätsel.

Während der langen Wanderung nach Süden waren Tahonka-No und Sandal immer wieder an kleineren Kuppeln vorbeigekommen. Aber stets wenn er, Sandal, von Rache gesprochen hatte und eindringen wollte, hatte No abgewinkt und nach Süden gedeutet. Mehrmals waren sie beide nur mit knappem Abstand dem Tod aus der Luft entgangen; zweimal waren es riesige, flugfähige Echsen gewesen, mindestens ein dutzendmal jedoch Dinge, die wie offene diskusartige Space-Jets aussahen und mit Männern – oder fremden Wesen – in silberfarbenen Schutzanzügen besetzt waren. Suchte man nach ihnen, oder suchte man nur allgemein nach Fremden, die diese Kuppeln bedrohten?

Jedenfalls waren sie beide weitergeritten, ohne versucht zu haben, die Kuppeln mit all ihren farbenfrohen Häusern und Parks zu betreten. Tahonka-No machte den unerschütterlichen Eindruck eines Mannes, der mehr wußte, als er zu sagen gewillt war.

Sie hatten sich kennen- und schätzengelernt, er und Tahonka-No.

Beide waren Einzelgänger, typisch bis zum Klischee. Sie unterwarfen sich willig und ohne Kommentar jedem sachlichen Zwang, jeder akuten Notwendigkeit, aber sie vermieden es sorgfältig, den anderen mehr zu belasten als nötig. Sie reagierten blitzschnell und in der Mehrzahl der Fälle auch richtig.

Sandal schätzte an Tahonka-No dessen unerschütterliche Ruhe, sein sonores Gelächter und sein offensichtlich großes Wissen über diesen Planeten.

Umgekehrt konnte sich Tahonka-No auf die hohen Fähigkeiten des jungen Kriegers verlassen, der in sämtlichen Gebieten der Jagd, des Rittes, des Kampfes und des Versteckens wohlausgebildet war. Sie ergänzten sich ausgezeichnet.

Nur der Umstand, daß Tahonka-No eines Tages von einem Geheimnis jenseits der Berge gesprochen hatte, hielt bisher Sandal nachdrücklich davor zurück, in eine der Kuppeln einzudringen.

Sie hatten noch einen langen Weg vor sich.

Wo endete er? Wie würde er enden? Kam er, Sandal, endlich noch zu dem Augenblick, da er die Rache für die Familie Crater und die junge, schöne Beareema vollziehen konnte?

Sein feines Gehör und seine Fähigkeit, Gefahren zu erahnen, sagten ihm, daß er ruhig weiterschlafen konnte.

Sandal schaute noch einmal auf das Thoen, auf den schwarzen Steinblock und auf den schlafenden Freund, dann schlief er wieder ein. Er wachte erst auf, als Tahonka-No, der inzwischen seine Scheu verloren hatte, in Gegenwart anderer Wesen zu essen und zu trinken, den Braten über dem Feuer hatte.

Neugierig und leise miauend kam das Thoen näher und blieb mitten im Rauch des Feuers stehen.

»Mahlzeit!« sagte Tahonka-No ruhig.

Sandal band sein Haar mit dem Lederstreifen fest, säuberte die runde Korallenkugel in seinem Ohrläppchen und zog sich, nachdem er den Rest der Hautcreme verwendet hatte, langsam an. Sämtliche Kleidungsstücke waren sauber und völlig trocken.

Auf riesigen, gewaschenen Blättern lagen geschälte Früchte, aus den Schalen gebrochene Nüsse, große, in Fett gebratene Pilzstücke und entrindete eßbare Wurzeln, die süß und mehlig schmeckten. Sie hatten sogar eine große Salzecke gefunden mit einem geheimnisvollen weißen Skelett mitten darin, und so war der Salzvorrat ersetzt worden. Sie konnten von sich behaupten, geradezu hervorragend ausgerüstet zu sein. In den großen, halbrunden Schalen aus der harten Schale dreieckiger Riesennüsse stand frisches Wasser. Tahonka-No öffnete seinen Mund – der nicht lächeln konnte, weil die entsprechenden Muskeln anders angesetzt waren – und sagte: »Ich konnte nicht mehr schlafen, außerdem hast du mit deinem Schnarchen sämtliche Tiere vertrieben.«

Sandal faltete seine hauchdünne Schlafdecke zusammen und verstaute sie wieder in der dafür vorgesehenen Tasche. Er erwiderte:

»Ich sehe, Freund, daß du ganze Arbeit geleistet hast! Sogar die Haut des Bullen liegt im Wasser!«

»Ich habe mich bemüht, es so schnell und gut wie du zu machen«, erklärte der Knöcherne nüchtern.

Sandal sah nach den Lycambern, versorgte sie, während der Braten fertig wurde. Dann setzte er sich neben das ausgehende Feuer in den Schatten der Baumkronen und begann schweigend zu essen. Er fühlte sich ausgeschlafen, ausgeruht und wahnsinnig hungrig. Alle anderen Gedanken und Pläne waren für diese Zeit aufgeschoben.

Sie verfügten, nachdem sie gegessen und getrunken hatten, noch über Vorräte für mindestens eine Woche.

Sandal deutete auf das Thoen und fragte: »Du kennst das Tier, No?«

Der Knöcherne, dessen lederartige Haut von dem Fett glänzte, mit dem er sich eingerieben hatte, erklärte:

»Ich habe davon gehört, daß es solche Tiere gibt. Sie verfügen über hohe Intelligenz und hohen Spieltrieb. Die Nüsse, die hier gesammelt worden sind, hat das Thoen gebracht.«

Zur Bestätigung sagte die Kreatur unverkennbar: »To-en!«

Sandal nickte, er erkannte diese Lautfolge als die natürliche Stimme des Tieres. Aber er sah kein Maul und keinen Mund, aus dem die Stimme hervorgekommen sein könnte. Das Thoen verfügte über vier lange Beine, die aus dem Unterteil des fast kugeligen Körpers hervorkamen. Rund um den Körper verlief ein Band, auf dem unzählige Augen angebracht waren, die wie hervorgedrückte Kugeln aussahen.

»Was tun wir jetzt mit diesem Tier? Kann man es denn essen?« fragte Sandal.

»Ungenießbar«, meinte No. »Es kann uns helfen, Früchte und Nüsse zu suchen.«

Sandal fragte: »Woher kennst du das Thoen – und die vielen anderen Tiere? Und woher weißt du, welche Früchte und Nüsse genießbar sind und welche giftig?«

»Ich weiß ziemlich viel. Dort, woher ich komme, kennt man viele Dinge. Man lernt sie in Schulen.«

Sandal sagte nachdenklich, mehr zu sich selbst: »Du hast also Dinge gelernt, ehe du sie gesehen hast. So war es auch bei Chelifer Argas und Atlan in der GOOD HOPE II. Und woher kennst du die Schriftzeichen, die du mir nachher vorlesen wirst?«

Das Thoen tänzelte unsicher von der Glut des Feuers weg, miaute laut und rannte in einem merkwürdig stelzenden Trab zum Wasser. Dort tauchte es den gesamten Körper unter, und die Feuchtigkeit färbte das dunkelgrüne Fell, das wie ein Pelz mit kurzem Haar aussah, schwarzblau.

»Auch diese Schrift habe ich gelernt. Gewisse Ähnlichkeiten mit derjenigen, die wir auf dem Planeten meines Volkes benutzen.«

Sandal stand auf und deutete auf den schwarzen Findlingsblock, dessen beide Seiten beschriftet waren.

»Worauf warten wir noch?« fragte er aufgeregt.

Er wußte nicht, warum, aber es schien ihm, daß diese Schrift dort Aufschlüsse geben würde über den Weg der nächsten Tage und Wochen.

»Einverstanden.«

Sie säuberten, nachdem sie mit den Messern die Zweige rund um den Block abgeschnitten hatten, auch einige Teile des Steines vom dunkelgrünen, etwas zottigen Moos, das aussah wie der Bart eines sehr alten Mannes.

Tahonka-No las langsam vor:

»An dich, der du den qualvollen und langsamen Tod suchest. Er wird dir beschieden werden auf mannigfache Weise.«

Sandal bemerkte verächtlich:

»Unsinn! Man kann nur einmal sterben!«

»Aber der Tod kann einen an vielen Stellen ereilen!« widersprach der Knöcherne und las mit seiner dunklen Stimme weiter. Sie waren jetzt die vielen Stunden lang nicht behelligt worden; niemand konnte die winzige Lichtung aus der Luft entdecken, da sie im Schatten mächtiger Baumkronen lag.

»Suchest du den Tod, so gehe nach Mittag. Der Dschungel wird dich verschlingen; seine Bestien werden dich schlagen und deine Glieder zerfetzen.«

»Das ist bekannt«, sagte Sandal, »und es hätte nicht erwähnt zu werden brauchen.«

»Wollen wir scherzen, oder soll ich vorlesen?« erkundigte sich der Knöcherne düster.

Sandal grinste, schlug seinem Freund auf die Schulter und merkte im gleichen Moment, daß er vergessen hatte, den Translator umzuschnallen. Er verstand bis jetzt ohne die Hilfe des Gerätes jedes Wort und dessen genaue Bedeutung.

»Lies!« sagte er.

Tahonka-No bückte sich und fuhr fort:

»Der lautlose Tod lauert auch in der Savanne, wenn du dem Dschungel entkommen bist. Die Fläche der kleinen Schatten reicht vom Dschungel zum Gebirge, das aufragt zwischen dem Geheimnis und diesem Stein der Tödlichen Warnung. Die Fläche der kleinen Schatten wird dein Gehirn ausdörren wie einen Schwamm, und wenn du dennoch überlebt hast, ohne daß der Wahnsinn dich in seinem erbarmungslosen Griff hat, wird dich die Höhe der drei Berge erschrecken.«

Sandal legte No die Hand auf die Schulter und bemerkte: »Für zwei Kämpfer wie dich und mich ist dies eine Herausforderung, nach dem Geheimnis im Süden, also gen Mittag, zu suchen. Ist das Geheimnis, das diese Tafel hier beschreibt, auch jenes, das du bisher vor mir verborgen hast, Tahonka-No?«

»Ja!« bestätigte der Knöcherne und las den dritten Absatz der Inschrift vor.

»Der Steinschlag der eisigen Hänge wird dich erschlagen und dein Gebein mit sich zu Tal tragen. Die dünne Luft einsamer, eisiger Gipfel zerschneidet deine Lungen. Und dann zerschmettert dich der Blick in das Tal glückseliger Erkenntnisse.«

»Viele Versprechungen!« sagte Sandal. Trotzdem fühlte er, wie eine gewisse Furcht, zusammengemischt aus Skepsis und Vorsicht, sich seiner bemächtigte.

»Sei überzeugt: Wer das hier schrieb, weiß, ob es stimmt oder nicht«, beharrte der Knöcherne ernst.

»Für jede Gefahr, und sei sie noch so groß, gibt es einige, die sie besiegen«, widersprach Sandal grimmig. »Du und ich gehören dazu.«

Das Thoen blies einen langen, feinen Strahl Quellwasser in die Richtung der beiden Männer. Der Strahl kam aus einer unsichtbaren Öffnung neben dem ockerfarbenen Haarschopf in der oberen Mitte des Kugelkörpers.

Dann faßte die achtfingrige Hand des Tieres nach dem Schopf. Es zog daran. Gleichzeitig erhob sich das Thoen aus dem Wasser – es sah aus, als habe es sich am Schopf selbst herausgezogen.

»Ich bin nicht so sicher. Weiter ...«, sagte Tahonka. Er las:

»Vierfach ist das Ufer des Ringmeeres geschützt. Durch das Feld der Dornen, durch den Sand der bleichenden Knochen und des spurlosen

Verschwindens, durch die faulige Verderbnis des Morastes und durch den Wald der Fleischfresser.«

»Verdammt!« sagte Sandal. »Bis zur Stunde der Rache ist der Weg lang und beschwerlich!«

Tahonka sah ihn aus seinen großen, stumpfen Augen an und las zu Ende.

»Die Insel der Glücklichen erreichst du nie. Du, der du sie suchest, verstecke dich und zittere voll Angst, denn dein Tod ist näher, als du ahnst.«

Sandal stellte fest: »Wir wissen jetzt genau, durch welche Arten von Gelände wir wandern und reiten müssen, um die Insel zu erreichen. Ich wußte bis jetzt nicht, daß das Geheimnis auf einer Insel liegt.«

Tahonka-No fügte zögernd hinzu: »Der ganze Planet ist verboten. Wir werden sicherlich sterben, aber du bist mein Freund, und ich werde dir alle Fragen beantworten.«

Ein Lächeln glitt über das schmale Gesicht des jungen Kriegers.

»Ich danke dir«, sagte er leise. »Dies ist die erste Frage: Was ist dieses sogenannte und vielgeschützte Geheimnis?«

Tahonka führte Sandal zurück zum Feuer und berichtete: »Unser Volk weiß ziemlich genau über viele Dinge, die im Schwarm vorgehen, Bescheid. Wir kennen beispielsweise die mächtigen Lebewesen. Sie werden von uns die Ersten Diener des Y'Xanthymr genannt.«

Sandal fragte atemlos: »Wie sehen sie aus? Klein und purpurn, dürr und schweigend etwa? Sie haben ...«

Der Knöcherne breitete seine Arme aus und winkte ab. Seine Augen verfolgten einige Sekunden lang den zitternden Flug eines Schmetterlings, ehe er fortfuhr:

»Nein, nicht klein und purpurn. Die kleinen Stummen gehören zu den Sklavenvölkern. Sie sind ockerfarbene Wesen, sehr mächtig und mit großer dämonischer Macht ausgerüstet. Sie leben in einer riesigen Kuppel aus reiner Energie, tief im Süden, auf der Insel im Ringmeer. Sie besitzen Kräfte, gegen die auch dein mächtiger Bogen, Freund Sandal Tolk, nutzlos ist.«

Sandal, der sehr wohl wußte, daß jedwedes Leben einmal aufhörte und daß jedes Lebewesen sterblich war, wenn auch nicht nur durch seine Pfeile zu töten, sagte voller Verachtung:

»Ich werde auch die gelben Wesen töten können, glaube mir. Denn meine Kraft ist der Schrei meines sterbenden Großvaters, sind die berstenden Mauern von Burg Crater. Dies ist die Kraft meines tödlichen Bogens und der lautlosen Pfeile, mein Freund. Glaube es mir.«

Tahonka-No sagte nach einer Weile fast staunend, fast ein bißchen ehrfürchtig: »Beim Gelben Götzen, Sandal! Ich glaube, du schaffst es tatsächlich!«

»Ich glaube es auch«, sagte Sandal. »Erzähle mir weiter über die Ersten Diener des Y'Xanthymr, bitte!«

Er dachte an den geschwärzten, verkrümmten Leichnam von Beareema, seiner jungen Frau.

»Ich weiß nicht viel über die Ersten Diener«, sagte No. »Sie lassen sich fast ausschließlich von untergeordneten Lebewesen und von Sklavenvölkern bedienen und sogar von ihnen tragen.«

»Auch von den kleinen Purpurnen?« fragte Sandal.

»Auch von ihnen!« bestätigte sein knöcherner, exotischer Freund.

»Wir werden Crater rächen!« sagte Sandal leise.

Das Thoen miaute und kam heran. Es setzte sich so hin, daß alle vier Gliedmaßen unter dem Kugelkörper verschwanden. Die Finger der einzigen Hand des einzigen Armes faßten in die Glut, hoben ein Stückchen davon auf und ließen es an einer Stelle des Körpers verschwinden, die von Sandal und No nicht eingesehen werden konnte.

Während am nächsten Morgen Tahonka-No die Lycamber sattelte und ihr schuppenbedecktes Fell säuberte, die Mähnen entflocht und das Zaumzeug kontrollierte, während er aus den einfachen Sätteln mit Hilfe zweier Fellstücke etwas bequemere und schonendere Sitzgelegenheiten machte, schrieb Sandal langsam auf die Rolle im Griff seines Bogens:

»Die Auskunft von Tahonka-No hat bei meinen Überlegungen und Absichten entscheidenden Einfluß gehabt. Ich erinnere mich genau an die vier vernichtenden Züge der Purpurnen auf dem Planeten meiner Heimat. Diese Wesen haben eine kugelförmige Sänfte auf allen ihren Wegen mit sich herumgeschleppt. Wenn immer eine Entscheidung verlangt wurde, rannten die Purpurnen zu dieser Kugel und holten sich Befehle; das glaube ich wenigstens.

Ich muß also auch während der nächsten Tage und Wochen mich weiterhin mit meinem Funkgerät befassen und versuchen, festzustellen, welche Funksprüche zwischen den Insassen der riesigen Kuppel im Süden – Insel der Glücklichen nennen sie sie! – und unbekannten anderen Stellen gewechselt werden.

Auch werde ich in keine der kleineren Kuppeln mehr einzudringen versuchen, wie wir sie schon mehrmals aus nächster Nähe gesehen haben, Tahonka-No und ich.

Ich kann nur dann meine Rache vollziehen, wenn ich in die große Kuppel eindringe und dort die Wesen treffe, die man die Ersten Diener des oder der Götzen nennt.

Von der Insel der Glücklichen aus werden ständig Befehle gegeben, soviel konnte ich feststellen. Alle anderen Wesen auf diesem Planeten Vetrahoon scheinen die Befehle befolgen zu müssen. Mehr unbewußt haben wir, seit wir uns trafen und die erste Kuppel passierten, unsere Richtung nach Süden eingeschlagen.

Jetzt, da wir die Schrift entziffert haben, wissen wir, daß die Richtung stimmt. Dort, wo die Insel ist, werde ich den Endpunkt meiner Rache kennenlernen.

Ich schreibe weiter, wenn überraschende und neue Dinge geschehen sind, um die Chronik der Geschlechter von Crater zu ergänzen.

Geschrieben im Februar des Jahres 3442 auf Vetrahoon, im Licht der Sonne gegen Mittag.«

Sandal stand auf, wickelte die Rolle eng zusammen und verstaute sie wieder am Griff des Bogens. Dann sagte er: »Wir reiten heute nur eine kurze Strecke, No!«

Eine Flut von Licht und Hitze stürzte an diesem Tag vom Himmel; es war wesentlich heißer als sonst. Nicht ein einziger Luftzug bewegte die Blätter. Der Tag würde in einem höllischen Tropengewitter enden.

Sandal hob plötzlich die Hand. Das Schnarren des Armbandfunkgerätes hatte ihn aufmerksam gemacht.

Er drückte den Kontaktknopf, stellte auf Empfang und näherte Mikrofon und Lautsprecher den Membranen des automatischen Übersetzers, den er am rechten Oberarm trug.

»Ein Funkspruch. Aus der Richtung der Kuppel?«

Sandal drehte sich langsam, und als die gedachte Linie nach Süden wies, die sich ergab, wenn man die Achse des Armbandes verlängerte, war der Empfang klar und besonders deutlich. Also wurde auch der Funkspruch von der bisher nicht gesehenen Kuppel von der Insel der Glücklichen ausgesandt.

Der Übersetzer sprach knarrend und deutlich. Sandal hörte genau zu, dann wiederholte er den Text des langen Spruches für sich noch einmal.

»Aus der Energiekuppel der Ersten Diener kommen weiterhin Anweisungen für die übrigen Gäste auf Vetrahoon. Es wird jedem Lebewesen bei Strafandrohung der Vernichtung verboten, sich näher als bis zum Rand der Savanne, also bis zum Feld der Dornen, an die Kuppel heranzuwagen. Der Götze verbietet es, denn große Dinge gehen vor.«

Sandal dachte an die Doppelfratze in der Felswand, die beide Männer beinahe das Leben gekostet hatte.

»Es scheint immer sicherer zu sein«, meinte Tahonka, »daß du dort finden wirst, was du suchst.«

Sandal sah, wie das mörderisch heiße Sonnenlicht zwischen den Zweigen hindurchschoß, auf den schwirrenden Flügeln eines großen Insekts glitzerte und sich in den Wellen des Wassers brach, das den Hang abwärts strömte und irgendwo versickerte. Der lichte Wald, der den

Sumpf und den Dschungel der letzten Tage des Rittes abgelöst hatte, lag wie gelähmt unter den Strahlen des furchtbaren Gestirns.

Sandal sagte nachdenklich: »Ich muß jenen Herrscher finden, der die Planeten und Sonnen deiner Heimat in meine Heimat gesteuert hat. Er muß diesen Krieg abbrechen, oder ich töte ihn.«

»Beim Götzen«, sagte Tahonka-No bewundernd, »ich bin soviel älter als du, aber dein Mut ist stärker als das Licht der Sonne. Ich werde an deiner Seite reiten!«

Sandal ahnte, daß Tahonka-No zwischen seinem Glauben an die Macht des Gelben Götzen und der Freundschaft zu ihm schwankte. Er selbst glaubte nicht an Götzen; der Mensch war seines Lebens Steuermann, und wenn er starb, so war dies gut, wenn es in Ehre und Würde geschah.

»Es ist logisch«, sagte er nachdenklich und übersah, daß das Thoen einen riesigen, eßbaren Pilz heranbrachte und ihn an die Lycamber verfütterte. Die Tiere blieben ruhig, obwohl das Thoen einen unwirklichen Eindruck machte.

»Was ist logisch?« fragte Tahonka.

»Daß die Befehle aus der großen Kuppel kommen. Denn wenn dieser Planet ein Erholungszentrum ist, dann können auch die mächtigen Ersten Diener hier eine Art Krankenhaus aufgebaut haben. Für sich oder andere Wesen.«

»So ist es!« rief der Knöcherne. »Wir brauchen für heute nacht einen sicheren Unterschlupf. Es wird ein Gewitter geben, das uns und die Tiere erschreckt.«

Sandal wies mit ausgestrecktem Arm nach Süden.

»Dort sind kleine Berge. In Bergen gibt es Höhlen. Wir werden eine finden. Reiten wir?«

»Gut. Einverstanden. Mein Wort, dir zu helfen, gilt bis zum Kamm des Gebirges. Dort oben werde ich mich entscheiden, ob ich auch bis zur Kuppel mit dir reite, Sandal.«

Kurz entschlossen schwangen sie sich in die fellbezogenen Sättel und ritten los. Sie hinterließen fast keine Spuren, aber das Thoen folgte ihnen. Als der Weg zu beschwerlich wurde, entfaltete das skurrile Tier vier durchscheinende Flügel und verfolgte die zwei Reiter durch die Luft.

Zwölf Tage lang bewegten sich die beiden Reiter in einer fast geraden Linie nach Süden. Sie ritten durch den Wald, kamen an Felsen vorbei, durchquerten aufspritzende Furten und trieben die Tiere mit Sporen und Schlägen steile, von Felstrümmern übersäte Hänge hinauf und hinunter.

Sie rasteten an Wasserfällen, die aus zweihundert Metern Höhe herunterprasselten und inmitten der Schluchten grüne Zonen bewässerten. Das Gelände stieg unaufhörlich an, und die Reiter erkannten, daß eine mondsichelförmige Reihe, die aus drei geschwungenen Massiven bestand, den

Erdteil spaltete. Weit im Osten sahen sie, wie auch wieder weit im Westen, sanft ansteigende Hügelketten, die immer höher wurden. Im Süden, Südosten und Südwesten erreichten die Bergzüge ihre höchsten Höhen, dann nahmen sie wieder an Höhe ab. Eine dreigeteilte Barriere verbarg Insel, Feld der Dornen und Meer vor den Reitern.

Zwölf Tage.

Durch Hitze und Dämmerung, durch Schwärme von Insekten, durch reißende Bäche und sumpfige Täler. Zwölfmal rund fünfzig Kilometer, wie Sandal schätzte. Kurze Rasten wechselten mit langen Pausen der Erschöpfung von Männern und Tieren ab. Das Thoen schien seinen Spieltrieb vergessen zu haben; zusammen mit den Männern suchte es nach Nahrung, und da es – abgesehen von Glutstückchen aus dem Feuer – auch dasselbe aß wie die Reiter, lösten sich einige Probleme wie von selbst. Der ockerfarbene Haarschopf des Kugelwesens wurde zum vertrauten Anblick, und das Thoen rettete ihnen einmal das Leben, als es aufgeregt zu miauen begann, als sich ein Suchtrupp in der Luft näherte.

Und dann standen sie, keuchend und in der dünnen Luft des hohen Gipfels leicht fröstelnd, unterhalb des höchsten Gipfels. Noch dreihundert Meter, und sie hatten die Landschranke hinter sich.

14.

Tahonka-No zitierte ausführlich und, wie es Sandal schien, etwas furchtsam:

»Vierfach ist das Ufer des Ringmeeres geschützt. Durch das Feld der Dornen, durch den Sand der bleichenden Knochen und des spurlosen Verschwindens, durch die faulige Verderbnis des Morastes und durch den Wald der Fleischfresser. Die Insel der Glücklichen erreichst du aber nie. Du, der du sie suchst, verstecke dich und zittre voll Angst, denn dein Tod ist näher, als du ahnst.«

Ein schneidender Wind, der unbekannte, singende Geräusche mit sich brachte, heulte um ihre Köpfe, und die Lycamber drängten sich enger zusammen. Sandal hielt beide Zügel mit einem harten Griff und streichelte den Tieren beruhigend die Köpfe. Sie alle hatten eine längere Rast dringend nötig, selbst das Thoen.

»Angst? Furcht? Der Ausblick hat uns nicht zerschmettert«, sagte Sandal ruhig.

Er schützte seine Augen mit dem durchsichtigen Plastikstreifen vor der grellen Sonne und betrachtete das gigantische Panorama, das unter ihnen lag. Es schien, als könnten sie durch die dünne Luft bis zum Südpol des Planeten schauen.

»Keine Furcht, Sandal. Aber ich sehe die geschilderten Gefahren.«

»Ich auch, und sie erscheinen mir nicht unbezwingbar. Dies ist die Stunde der Wahrheit für uns, Freund Tahonka-No!«

»Ich weiß. Lasse mir noch etwas Zeit, Sandal.«

Sandal nickte verständnisvoll.

Er schätzte, daß sie eine Höhe von dreitausend oder viertausend Metern erreicht hatten. Das Atmen fiel seltsam leicht, aber ständig spürten Tiere und Männer, daß sie nach Luft rangen und kurzatmig wurden. Weit über ihnen donnerte, winzig klein und nur als silbernes Funkeln erkennbar, ein Raumschiff durch die Lufthülle. Es flog nach Süden.

»Die Kuppel. Sie überragt alles, was wir bisher gesehen haben«, sagte Sandal.

Der höchste Punkt der Kuppel, die wie das obere Drittel eines Kreises geformt war, befand sich etwa in »Augenhöhe« mit ihnen. Darin entdeckten sie, von Wolken umgeben und in einem gelblichen Licht, das durch die Filterwirkung des energetischen Schirmes hervorgerufen wurde, eine riesige Stadt. Durchmaß die Kuppel hundert oder nur zehn Kilometer? Sie konnten es nicht sagen – die Grenzen verflossen mit den Horizonten.

Sandal erinnerte sich an den Stein der furchtbaren Warnungen und sagte: »Es stimmt alles. Ich entdecke eine riesige Insel, deren Grenzen wir nicht sehen. Wenn ich rechne und den Kreis vollende, dann könnte die Insel mehr als zweihundert Kilometer durchmessen. Die Stadt, die Kuppel also, ist auf der uns zugewandten Seite der Insel errichtet worden.«

Das Gebirge fiel in einem Winkel von etwa fünfundvierzig Grad bis auf wenig höher als Meeresniveau ab. Zwischen dem funkelnden Wasserstreifen vor der Insel und dem letzten Berghang erstreckte sich eine gewaltige Ebene – natürlich von vielen kleinen Erhebungen unterbrochen.

Tahonka-No deutete nach oben.

»Ein zweites Raumschiff nähert sich dem rötlich schimmernden Energieschirm!« sagte er. »Dort liegt dein Ziel, Krieger Sandal!«

»Ich sehe es.«

Über ihnen spannte sich ein wunderbarer blauer Himmel, über den riesige Wolken in runden Formationen segelten, ununterbrochen von Westen nach Osten, Licht und Schatten glitten über die Savanne, über die Dünen, über den Sumpf und über den Ring des Dschungels, der sich vor dem Wasserstreifen abzeichnete. Alles war, soweit dies von hier zu erkennen war, ringförmig angeordnet.

»Dort drüben im Dschungel also scheint ein Raumhafen zu sein. Du hast doch ein Gerät, mit dem du entfernte Dinge nah sehen kannst?« fragte der Knöcherne.

»Ich habe es bereits in den Fingern«, sagte Sandal und überließ die Zügel dem Thoen, das aufgeregt mit dem Haarschopf wedelte.

Natürlich sah Sandal – und kurz darauf auch No – durch den Feldstecher nicht alles, aber die Phantasie konnte ergänzen.

Kreisförmig schien alles um das Zentrum der Insel angeordnet zu sein: Die Insel selbst war annähernd rund, dann folgte das Binnenmeer, das an der Stelle etwa einhundert Kilometer breit zu sein schien ... Sandal stutzte und rechnete sich aus, daß das menschliche Auge, selbst durch dieses Gerät verstärkt, aus dieser Höhe eigentlich niemals so weit blicken konnte.

Aber dann erkannte er seinen eigenen Trugschluß: Der Energieschirm rückte das Bild näher an den Betrachter heran, weil er als Maßeinheit diente. Offensichtlich stimmten die Maße, die er anhand des Gesehenen ausgerechnet hatte.

In konzentrischen Kreisen folgten der Dschungelstreifen, der fast schwarze Morast, der Sand und die Dornensavanne.

Im Osten, mitten im Dschungel, ragte ein hoher Mast auf – ein Turm für den Raumhafen, auf dem eben das dritte beobachtete Raumschiff landete. Von diesem Hafen spannte sich eine bogenförmige, nur sehr undeutlich zu erkennende Energiebrücke bis zur Insel. Ihr Ende verschwand in der Helligkeit vor dem Energieschirm.

»Außerhalb dieser Röhre oder dieser Brücke findet offensichtlich kein Flug statt – kein Flug zur Insel!« sagte Sandal.

»Das ist die Heimat der Mächtigen!« erklärte Tahonka-No. Es war deutlich, daß er jetzt wieder Furcht verspürte.

Sandal war hungrig und sehnte sich nach einem langen Schlaf.

»In ganz kurzer Zeit reite ich weiter«, sagte er in ruhigem Tonfall. »Denn ich sehe meinen Weg und das Ziel.«

Die Nervosität und Unruhe, die seit Tagen immer deutlicher zutage getreten waren, brachen bei Tahonka-No aus. Heftig wandte er sich an Sandal: »Du wirst sterben, wenn du weiterreitest, Sandal!«

»Möglich«, sagte Sandal hart. »Aber wenn ich sterbe, werde ich dies als Krieger tun, nicht als Gehetzter. Und es erscheint mir außerordentlich fraglich, ob Wesen, die mit Gleitern fliegen, für meine Art des Kampfes taugen. Ich werde sie alle besiegen mit meinen zweihundertfünfzig Pfeilen.«

Tahonka senkte schweigend den Kopf, wartete einige Minuten und sagte schließlich: »Ich werde mit dir reiten, Sandal. Und wenn der Ritt geradewegs in den Tod führt.«

Sandal streckte seine Hand aus. Die beiden ungleichen Partner schüttelten sich kräftig die Hände.

»Du bist härter als dieser Fels hier, aber ich schöpfe Hoffnung!« sagte er. »Reiten wir abwärts.«

»Prägen wir uns vorher noch einmal die Richtung und die markantesten Wegzeichen ein«, versetzte Sandal.

Lange glitt sein Blick über die Landschaft, suchte nach Festpunkten in der Masse aus wechselnden Geländeformen, heftete sich auf die Kuppel und auf die schwirrenden glitzernden Punkte, die in Wirklichkeit Fluggeräte waren, dann nickte er.

»Los!« sagte er.

Weit unter ihnen schwebte ein riesiger Gleiter über den Savannenstreifen. Das Mißverhältnis würde die beiden Reiter auch weiterhin retten – das Mißverhältnis zwischen ihrer geringen Größe im Vergleich zu diesen technischen Apparaten. Und jemand, der es gewohnt war, aus der Luft zu suchen und zu kämpfen, hatte gegen einen entschlossenen Jäger und Krieger auf dem Boden und in den vielfältigen Formen der Deckung nicht die geringste Chance, wenn er nicht gleich einen großen Geländestreifen vernichtete.

»Denn unser Tod ist näher, als wir ahnen!« zitierte Tahonka-No, als er sich in den Sattel schwang und Sandal folgte.

Das Thoen entfaltete die Flügel und wirbelte nach unten.

Der Todesritt begann.

Während er die Zügel lockerte und sein Tier den Weg allein finden ließ, versuchte der Knöcherne, seine Gedanken wieder zu ordnen. Zwei Weltbilder kämpften in seinem Innern einen lautlosen, aber erbitterten Kampf aus.

Er hatte in den vielen Tagen seit der Stunde, in der Sandal sein Leben gerettet hatte, diesen kühnen jungen Jäger schätzengelernt wie seinen eigenen Bruder. Er sah ein, daß Sandal der Vertreter des Pragmatismus von Überleben und Kampf war, der geborene Waldläufer, Kämpfer, Bogenschütze ... offen für jede Äußerung aus Natur, Gefahr oder Technik. Ein Verstand, der völlig unbelastet und ohne Vorurteile war. Sandal verkörperte für ihn den Typ des Intelligenzwesens, das sich überall mit den richtigen Mitteln durchsetzen konnte.

Dagegen wirkte das bisherige Leben des Knöchernen eintönig. Er trug auf seinen Schultern die schwere Last von Glauben und Aberglauben, von vielen Fakten und Gewohnheiten der Erziehung und des Zusammenlebens und der Machtstrukturen innerhalb des »Schwarms«, wie Sandal seine Heimat nannte. Ein Verbot, von den Ersten Dienern ausgesprochen, galt für ihn, für das Volk des Knöchernen, ebenso wie für die kleinen purpurnen Stummen. Was sollte er tun? Einerseits war er froh darüber, daß er sich entschlossen hatte – und sein Entschluß würde tatsächlich bis zu seinem möglichen Ende gehen.

Andererseits ... die Gefahren, die sich vor ihnen türmten, waren vergleichsweise gigantisch. Sie hatten zwar die halbe Wegstrecke hinter sich gebracht, ohne erschlagen, erschossen oder zerfetzt zu werden, aber irgendwann – auch das hatte er von Sandal – setzte das Gesetz der großen Zahl ein.

Zwei Männer gegen Tausende von Gefahren. Auf die Dauer mußten sie verlieren.

Es war Abend, als sie in einer kleinen, kühlen Schlucht lagerten. Sie hatten etwa zwei Drittel des Abstieges geschafft. Zwischen ihnen und der Insel lagen noch etwa einhundertsiebzig Kilometer.

Und zahllose Todesfallen.

In den ersten Stunden des Morgens wechselte der Baumbestand am unteren Ende des letzten Berghanges in das so gänzlich veränderte Vegetationsgebiet des Dornenfeldes über.

Es wurde kühler, gleichzeitig änderte sich das Licht. Ein kleiner Bach, der in zahllosen Windungen verlief, trat rechts von den fünf Gestalten aus dem Wald und verschwand hinter den Dornenbüschen.

Sandal sagte: »In Ordnung, Tahonka. Hier rasten wir zwei Tage lang, um wieder zu Kräften zu kommen. Die Savanne der Dornen müssen wir in zwei schärfsten Tagesritten durchrasen – dazu brauchen wir reiche Vorräte und ausgeruhte Tiere. Einverstanden?«

Tahonka deutete hinter sich.

»Einverstanden. Nur ... ab jetzt ist jeder einzelne Schritt lebensgefährlich. Verwechsle Mut nicht mit Leichtsinn.«

»Danke für den Rat«, sagte Sandal. »Du hast recht.«

Sie schlugen ihr Lager auf, schossen Wild, machten Feuer und reinigten sich und die Tiere. Stunden später nahmen sie mit Hilfe des Thoen ihre erste richtige Mahlzeit nach langen Tagen ein. Die Tiere weideten und wälzten sich im Wasser, das Thoen turnte durch die Äste der Bäume, und langsam näherte sich der Nachmittag. Beide Reiter lagen faul und schläfrig in den Hängematten; das Thoen hatte lange die Matte Sandals studiert und schließlich aus Lianen und seltsamen, haarähnlichen Blütenfäden eine zweite Hängematte geknüpft. Unregelmäßig zwar, aber genügend stark, um das Gewicht Tahonkas zu tragen.

Sandal wurde aus seinen angenehmen Gedanken gerissen, als er das Fauchen hörte. Es kam unzweifelhaft von »draußen«, also vom Feld her.

»Was ist das?« rief er alarmiert und griff nach seiner Waffe, die dicht über seinem Gesicht an einem Ast hing.

»Eine der Luftstreifen, nehme ich an. Wir hörten dieses Geräusch schon häufig.«

»Aber noch niemals so nahe!« sagte Sandal und sprang auf den Boden. Geräuschlos lief er bis zu den letzten Stämmen vor der Savanne.

Er blieb stehen, eng an die Borke gepreßt und mit dem Schatten verschmolzen.

Ein mittelgroßer Gleiter, etwa zehn oder fünfzehn Meter lang, schwebte dicht über den Baumkronen von Westen nach Osten heran. Sandal konnte jede einzelne Niete und jede Erhebung des Bodens erkennen.

»Suchen sie nach uns?« fragte er leise.

»Nein. Dann hätten sie einen anderen Weg gewählt«, sagte Tahonka-No. Sandal drehte sich überrascht um; er hatte seinen Freund nicht kommen hören.

Der Gleiter kam näher. Er flog in etwa dreißig, vierzig Metern Höhe.

Sehr gründlich suchten die Unbekannten in dem seltsamen, tropfenartig geformten Gefährt die Gegend ab. Würde Tahonka seine Energiewaffen benutzen, konnte man die beiden Reiter leicht orten.

Der Gleiter bog, indem er gleichzeitig hochgezogen wurde, rund zwanzig Meter vor dem Versteck der beiden Männer ab und kurvte nach Süden, also in die Richtung des fernen Strandes. Jetzt erkannten sie die durchsichtige, von Öffnungen durchbrochene Kuppel über den Sitzen und dahinter annähernd menschenähnliche Gestalten, die durch seltsame Geräte blickten. Lautlos bewegten sich schlanke Röhren und deuteten auf den Wald und die einzelnen Büsche des Felds.

»Warum haben sie ihre Suche wohl abgebrochen?« fragte No.

Sandal öffnete den Mund, aber er sagte nichts. Er stieß No aufgeregt an und deutete nach vorn. Dort schwebte das Thoen, langsam, wie ein riesigengroßes Insekt, mit angezogenen Beinen. Es verharrte in der Luft über einem der dornigen Büsche mit den grün-weißen Blüten. Die Sonne schuf pausenlos winzige Reflexe auf den durchscheinenden Schwingen.

»Das Thoen sucht Nahrung oder Spielzeug«, sagte No verblüfft. »Sie werden es umbringen! Ein harmloses Tier, nichts weiter ...«

Der Gleiter ging in eine Kurve, umrundete den fraglichen Busch, und einer der Waffenläufe zielte auf das Thoen. Sandal hielt den Atem an.

»Nein!« rief er aufgeregt.

Langsam ließ sich das Thoen herab, bis es dicht über der obersten Blüte verharrte. Ein Anblick für einen Romantiker und der Tod für das Tier. Eiskalte Wut wallte in Sandal hoch, dann ertönten in schneller Folge vier harte, klickende Laute von weiter links, und eine Kette von Detonationen erschütterte den Wald.

Von einer nicht einsehbaren Stelle aus schossen Strahlen nach oben, trafen den Gleiter vorn und hinten, dann in der Mitte. Explosionen erfolgten, ein gellender Schrei war zu hören und weitere Explosionen.

»Sie schießen ihren eigenen Gleiter ab!« schrie Tahonka durch den Lärm.

»Tatsächlich!«

Der Gleiter, mindestens ein dutzendmal getroffen, verwandelte sich in ein glühendes, rauchendes Wrack, in das unaufhörlich neue Einschläge hineinhämmerten. Eine Maschine heulte schrill auf, der Gleiter begann einen Steigflug, und einige Sekunden später stürzte er ab, eine riesige schwarze Rauchfahne hinter sich herziehend. Am Boden detonierte er.

Jaulend und kreischend jagten weißglühende Bruchstücke durch die Luft, zerfetzten die Gewächse und schlugen prasselnd in den Wald ein. Der Lärm sprengte fast die Trommelfelle der Männer. Das Thoen schrie laut auf, streckte die Beine von sich und raste in einem wirren Zickzackflug zurück in den Wald und verschwand dann zwischen den Baumkronen.

Der Gleiter verschwand in einer Reihe von Explosionen und in einer Rauchwolke, die sich pilzförmig ausbreitete und von dem trägen Wind nur langsam zerstreut wurde.

»Ich habe es gesehen, aber ich kann es kaum glauben«, sagte Sandal leise und schüttelte verblüfft den Kopf.

»Ihr Verbot gilt auch für ihre eigenen Trupps. Selbst diejenigen, die zum Schutz der Insel der Glücklichen da sind, dürfen den Todesstreifen nicht überfliegen.«

Der Rauchschleier breitete sich aus und schob sich zwischen die sinkende rote Sonne und die beiden Männer. Sandal kratzte sich nachdenklich im Nacken und meinte: »Die Idee, einen Gleiter zu kapern und damit bis zur Insel zu fliegen, müssen wir also aufgeben.«

»So ist es!« bestätigte Tahonka. »Und du bestehst dennoch darauf, die Todeszone zu durchschreiten?«

»Jawohl!« betonte Sandal.

Es war nunmehr ganz klargeworden: Sicher entsprachen die vier Geländeringe einigermaßen der Natur, waren aber eindeutig manipuliert worden und zu einem tödlichen System ausgebaut. Selbst das Gras, das in diesem Feld zwischen den Dornenbüschen wuchs und einigermaßen gepflegt wirkte trotz des hohen Wuchses, schien ein Ergebnis dieser merkwürdigen »Landschaftsgestaltung« zu sein.

»Jeder Schritt bedeutet Gefahr«, wiederholte Tahonka.

»Du sagtest es schon einmal«, bemerkte Sandal. »Wir werden uns schrittweise vortasten. Dadurch wird sich die Zeit, die wir brauchen, verlängern, und wir müssen uns vorher noch ausruhen.«

»Bist du so mutig, oder ist dies etwa Dummheit?« erkundigte sich Tahonka-No sarkastisch.

»Manchmal weiß ich es selbst nicht. Aber Beareema und Chelifer sagten, es sei Mut.«

Sandal ging zurück zum Lager. Er fand das Thoen, das sich zitternd unter einem Baum zusammengerollt hatte und eine zerzauste Blüte in den schmalen Fingern hielt. Plötzlich wirkte die Hand sehr menschlich und zerbrechlich.

Der Knöcherne folgte ihm, schwang sich in die Hängematte und schlief bald ein.

Sie hatten ihre Ausrüstung ständig wieder überprüft, hatten die Wasserbehälter, die zum Teil aus länglichen, flachen Kürbissen bestanden, befestigt und die Tiere hervorragend gepflegt. Alles war bereit – sie holten sozusagen Atem, um den ersten Gürtel des Todes zu durchqueren.

»Es ist nur die Frage, ob wir nachts durchreiten, Tahonka, oder ob wir es am Tage wagen sollen.«

Sie bedachten die Gefahren vom Boden her und aus der Luft, und der Knöcherne sagte nach einem kurzen, tiefen Gelächter, das seinen neuerwachten Mut ausdrückte:

»Wir sollten ein Mittelding wählen und beim letzten Dunkel der Nacht aufbrechen, dann, wenn sich der Horizont grau zu färben beginnt!«

»Das ist gut«, sagte Sandal. »Es ist die Stunde, in der alle Wächter schlafen.«

Es war Abend. Hoch über ihnen, im letzten Sonnenlicht, sahen sie ein Raumschiff, das eben gestartet war. Noch hatte sie der Lärm nicht erreicht.

»Dann sollten wir noch einmal ausschlafen. Es sind sieben Stunden, also hat jeder dreieinhalb Stunden Wache. Klar?«

»Das ist in meinem Sinn«, sagte Tahonka.

Sie waren beide gespannt und aufgeregt wie vor einem Kampf, der sicher bevorstand. Die erwartungsvolle Unruhe übertrug sich sogar auf die beiden Reittiere und auf das hochsensible Thoen.

Ihre Waffen waren durchgesehen, neu gefüllt und gesäubert worden, die Kleidung war sauber, und die Vorräte würden bei kluger Einteilung etwa zehn Tage reichen. Vorsicht und Klugheit waren die besseren Teile eines Wagnisses, das wußten sie beide.

Zuerst schlief Sandal, von Tahonka-No bewacht, dann wechselten sie.

Sie bestiegen die Tiere in der Dunkelheit, ritten langsam bis zum Waldrand und warteten. Das Thoen kauerte über Sandals Kopf und schaute mit sämtlichen Augen in die Runde. Niemand sprach. Sie warteten auf ein Zeichen, auf einen auslösenden Impuls, der die aufgestaute Kraft entladen konnte. Vielfältige Gedanken schossen durch die Köpfe beider Männer und versuchten, sie zu verwirren, aber schließlich flüsterte der Knöcherne:

»Dort drüben zieht ein Gewitter auf. Beim nächsten starken Blitz reiten wir.«

Sandal mußte grinsen. Ohne Wagnis kein Erfolg.

»Einverstanden, Partner!« sagte er und zog die Handschuhe straff. Die Köcher hingen teils am Sattel, teils auf seinem Rücken. Er war bereit und wollte ... »Vorwärts!«

Die flache Hand des Knöchernen knallte auf die Kruppe des Lycambers. Das Tier heulte auf, stieg kerzengerade in die Höhe und preschte los. Sandal zügelte sein Tier, wartete einige Sekunden und folgte dann, etwas weniger dramatisch.

Der erste Schwung und ein trommelnder Galopp trugen Tahonka ungefähr zweihundert Meter weit in das Feld hinein.

Dann schlug die erste Falle zu.

Würdevoll stolzierte das Thoen, einen langen Ast in der einzigen Hand, in den Spuren von Sandal und Tahonka-No einher. Sandal ritt vorwärts und versuchte, genau in den Spuren von No zu bleiben.

Das Gras raschelte.

Und da war noch ein anderes Geräusch, ein wildes Schlagen, als ob sich Äste bewegten. Tahonka sah aus dem Augenwinkel, wie sich unter dem Gras lange Formen aufrichteten, die wie große schwarze Kakteen aussahen. Zehn Schritte vor dem Lycamber tauchte ein schwarzer Zeigefinger auf, schwankte etwas und reagierte dann auf die Annäherung. Vermutlich hatte der Lycamber eine emfindliche Wurzel berührt. Die Kaktee feuerte alle ihre Stacheln, die knapp handlang waren, ab. Die Stacheln schwirrten wie Bolzen einer Armbrust nach allen Seiten, und zehn davon trafen den Mann und das Reittier.

Tahonka-No spürte nur die Geschosse, aber sein Tier bäumte sich auf, schrie und wimmerte schmerzvoll und keilte nach allen Seiten aus. Dabei trat es auf andere Wurzeln, drehte sich auf der Stelle, und Hunderte von weiteren Stacheln wurden abgeschossen. Sie prasselten auf die Lederhaut des Knöchernen, prallten ab und fielen wirkungslos zu Boden. Die Haut des Tieres wurde perforiert, Stacheln bohrten sich in die Nüstern, in die Augen, den Hals und das weiche Maul. Das Tier blutete innerhalb einer Minute aus hundert Wunden, ging durch und stolperte mitten im Lauf. Tahonka wurde aus dem Sattel geschleudert, drehte sich katzengleich in der Luft und fing den Sturz ab. Auch er berührte die empfindlichen Wurzelnerven, wurde wieder vielfach getroffen und spürte, wie einer der Wassersäcke auslief, von den kleinen Pfeilen durchlöchert. Die Pfeile steckten überall in der Kleidung des Ledernen, aber er hatte keine einzige Wunde abbekommen.

Er richtete sich blitzschnell auf und schrie kurz in Sandals Richtung: »Vorsicht! Ein lebendes Minenfeld aus Pflanzen. Reite genau in meiner Spur, sonst bist du verloren!«

»Verstanden. Dein Tier?«

»Erledigt, Sandal!« rief Tahonka zurück. »Weiche, beim Götzen, nicht aus der Spur!«

Langsam, Schritt um Schritt, bewegte sich Sandal. Jetzt hatten sie nur noch ein Reittier. Das bedeutete eine Umstellung der Taktik und mehr Arbeit und Belastung für den Knöchernen.

»Ich komme!«

Dicht neben Tahonka-No, der wütend die Stacheln aus seiner Kleidung zog, verendete das erste Reittier in einigen Zuckungen, die wie Schauder über die geschuppte Haut liefen. Sandal blieb im Sattel, als er den zerwühlten Kreis betreten hatte. Im ersten Morgengrauen sah er, was geschehen war.

»Wie gehen wir vor?« erkundigte sich Tahonka-No knapp.

»Listenreich wie stets«, sagte Sandal. »Deine Haut ist gegen die Stacheln widerstandsfähig. Wenn du langsam vor mir hergehst, dann bewegst du dich durch den Schauer der Stacheln. Ich bleibe unverletzt.«

Tahonka-No schlenkerte seine Füße und entfernte dadurch die Stacheln aus den Säumen des overallähnlichen Kleidungsstückes.

»Sehr sicher und bequem – für dich«, sagte er.

»Dafür nehme ich dir auch alles Gepäck ab. Schnell!«

»Einverstanden. Wir müssen den Rand des Felds erreicht haben, ehe die ersten Späher wieder in der Luft sind.«

Bei einem Durchmesser von rund dreißig Kilometern, den dieser Streifen auswies, war dies bis kurz nach Sonnenaufgang zu schaffen, wenn der Knöcherne schnell lief. Dann aber kam erst die Sandfläche, von der die Warnung drastisch genug gesprochen hatte.

»Ich tue mein Bestes, du weißt es.«

Sie wälzten das Tier zur Seite und lösten sämtliches Gepäck vom Sattel. Beide Männer achteten darauf, nicht außerhalb der zahlreichen Hufeindrücke ihren Fuß ins Gras zu setzen. Das wäre für das zweite Reittier und auch für Sandal und das Thoen tödlich.

Als Sandals Lycamber voll bepackt war, hob Tahonka-No den Arm und sagte: »Ich versuche, so schnell zu laufen, wie es geht. Gib acht!«

»Keine Sorge!« sagte Sandal.

Er wandte sich um, versuchte, dem Thoen zu bedeuten, daß ein Flugversuch zweifellos lebensverlängernd sein würde. Das Thoen sprang aufgeregt auf der Stelle auf und ab und sagte laut: »To-en, toen.«

Dann schnatterte es etwas Unverständliches, lief in einem Bogen um Sandal herum und setzte sich dicht neben den Knöchernen. Prompt richteten sich drei Kakteen auf und schossen ihre Stacheln nach allen Seiten durch die Luft.

Jetzt verstand der Jäger – auch das Thoen war gegen die Kraft der Pflanzengeschosse immun.

Das Tier und der knöcherne Mann liefen Seite an Seite nach Süden.

Links von ihnen färbte sich der Horizont grau, dann silbern, schließlich erschien ein hellrotes Band, das wie das Zodiakallicht aussah.

In einem langsamen Trab folgte Sandal mit dem schwer beladenen Lycamber.

Eine Stunde verging ... etwa zehn, zwölf Kilometer, nicht mehr. Die zweite Stunde brach an, und schließlich mußte Tahonka-No anhalten, weil er wie ein Igel vor Stacheln starrte, aber nur an den Stellen, an denen er bekleidet war. Er streifte büschelweise die dünnen rot-grünen Stacheln ab und sagte knurrend zu Sandal:

»Diese widerlichen Pflanzen sind alle unter dem Gras versteckt. Man kann sie nicht sehen, bis man darauf tritt und eine ihrer feinnervigen Wurzeln berührt. Sie reagieren auf Erschütterungen und auf Druck.«

»Wenn das alle Gefahren dieses Streifens sind, dann haben wir es leicht«, meinte Sandal, obwohl er seinen rasenden Herzschlag spürte. Sowohl seine Handflächen als auch sein Rücken waren schweißnaß.

Wieder gab es einen dumpfen Knall, wieder verschoß eine Kaktee ihre Stacheln. Das Thoen und Tahonka-No wurden getroffen, aber die Stacheln, diesmal etwas kleiner und augenscheinlich weicher, prallten unschädlich ab. Sandal wäre jedoch getötet worden.

Die zweite Stunde endete, und zwischen den Gruppen bizarrer, flachkroniger Bäume sah Sandal vom Sattel aus bereits hin und wieder Sand auftauchen. Es waren Dünenkämme, deren oberste Kanten, wie versteinerte Wellen geformt, von den ersten Sonnenstrahlen getroffen wurden.

»Wir schaffen es bis zum Sonnenaufgang!« rief Tahonka-No und wurde schneller.

Es wurde heller und heller, aber von der roten Sonnenscheibe war erst das oberste Zehntel zu sehen. In einem schnelleren Trab lief das Lycamber den beiden Lebewesen nach. Unaufhörlich, je näher die seltsame Karawane dem Sand kam, platzten die Kakteen und schleuderten ihre Stacheln. Sandal wagte sich einmal zu weit vor und wurde von zwei Geschossen getroffen – einmal in den Gurt seiner Energiewaffe, ein zweites Mal gab es einen hellen Laut, als der Stachel vom Funkgerät abprallte. Daraufhin fiel Sandal etwas zurück; er hatte nun keine Schwierigkeiten mehr, die Spuren zu erkennen.

»Wohin rennst du?« rief Sandal, als die Sonne halb zu sehen war.

Tahonka-No stob wie ein Wilder durch das Muster aus dunklem, taunassem Gras und langen Schatten. Er rannte auf eine große, auffallende Gruppe von Bäumen und Sträuchern zu, die an jener Stelle standen, wo der Sand ins Gras überging – oder umgekehrt.

»In Deckung!« schrie Tahonka zurück und wurde abermals schneller. Sandal spürte den Strom heißer Luft, der aus der Wüste herankam und den Schweiß auf seiner Stirn trocknete. Dann hatte er genug zu tun, um das Reittier in der Spur zu halten.

In einer schnellen Serie explodierender Kakteen kamen das Thoen und Tahonka unter der Krone des ersten Baumes an.

Sie blieben stehen, dann trampelte der Knöcherne eine breite Spur, schritt sorgfältig alle Stellen ab, und als Sandal ankam, waren die Gefahren fürs erste beseitigt. Der erste Ring war überwunden.

Sandal fiel fast aus dem Sattel und sagte heiser: »Dort drüben liegt eine weitere Mahnung für uns.«

Er löste den primitiven Sattelgurt und hängte das geringe Gepäck und die Köcher an einige trockene Aststumpen. Der Knöcherne war völlig erschöpft. Er setzte sich auf Sandals ausgebreitete Decke und lehnte den Kopf an den Baumstamm. Sein Atemsystem arbeitete mit pfeifenden Geräuschen.

»Ich bin total erledigt!« keuchte Tahonka-No.

Sandal versorgte das Tier und sah sich um. Zwischen den tiefhängenden Ästen und Zweigen, die einen schützenden grünen Dom bildeten, konnte Sandal deutlich sehen, daß es Tag war; das rote Licht der Sonne strahlte auf die riesigen, gebogenen Knochen eines großen Skeletts, das dreißig oder mehr Meter vom Grasrand entfernt im Sand steckte. Ein Schauer rann Sandal über den Rücken.

»Bei Crater!« sagte er und kaute eine Handvoll dreieckiger Nüsse. »Das wird ein heißer Tag für uns.«

15.

Die Baumgruppe, die aus etwa einem Dutzend Stämmen und fünfzig Büschen voller Früchten bestand, durchmaß etwa fünfzig Meter. Das Thoen turnte schnell einen Baumstamm hinauf und verschwand.

Sandal setzte sich und betrachtete traurig den unbrauchbaren Wasserbehälter. Er grub ein Loch und versteckte den Beutel, dann entfernte er einige Stacheln, die in der Ausrüstung steckengeblieben waren.

Der Knöcherne hob matt den rechten Arm und sagte deutlich: »Wir können keinesfalls durch den Wüstenstreifen, solange es hell ist!«

»Ganz klar. Auch meine Meinung, No!« stimmte Sandal zu.

Hier schienen sie sicher zu sein. Die Sonne schob sich höher und höher, und unter den Baumkronen wurde es heller. Eine rote Glut erfüllte die Luft. Der Knöcherne lag da und erholte sich, und Sandal betrachtete den Sand.

Er hatte gelernt zu warten.

Sand, sagte sich Sandal, war zerstörter, zermahlener Felsen. Jahrtausende und länger hatten Natur und Erosion eingewirkt und die Felsen zerschliffen. Im günstigsten Fall bedeutete es, daß unter bestimmten

Sandflächen noch fester Felsgrund vorhanden war. Der Rest waren Sand und bleichende Knochen, wie die Warnung gesagt hatte.

»Wir haben Glück gehabt. Ein Viertel der Strecke ist geschafft.«

»Ja, wir haben sehr viel Glück gehabt«, sagte Tahonka-No.

Falls jemand auf diesem Planeten landete, beispielsweise einen Raumanzug besaß, dann konnte dieser Eindringling ohne Gefahr das Trommelfeuer der Stacheln durchqueren.

Und wenn er keine energetischen Anlagen in Betrieb setzte, würde man ihn bei einigem Glück nicht orten, zumal auch den Wächtern das Überfliegen dieses Ringes verboten war.

Dieses natürliche Feld pflanzlicher Minen war nicht mehr als eine deutliche Warnung. Die Gefahren würden sich steigern, je näher man dem Strand kam.

»Wir erholen uns am besten, wenn wir schlafen«, schlug Sandal vor. »Wir haben Zeit bis zum Anbruch der Nacht. Wir werden nicht gesehen, wenn wir den Sand bei Nacht durchqueren. Der sandige Streifen ist weniger breit als dieses Feld.«

»Du hast recht!« Der Knöcherne stand auf. Die Anstrengung des rasenden Laufes hatte ihn gezeichnet; er sah hagerer aus als sonst.

Sie breiteten die Hängematten aus, befestigten sie, banden auch das Reittier fest und schliefen ein.

Nach sieben Stunden wurden sie von einem gellenden Schrei geweckt. Sie reagierten mit verblüffender Schnelligkeit und völlig richtig.

»Auf! Gefahr!«

Sandal und Tahonka-No ließen sich nach links und rechts aus den Matten fallen, hielten ihre Waffen bereits in den Händen, als sie nach beiden Seiten auseinanderrannten und am Rand des Blätterdomes stehenblieben.

Das Reittier hatte den Strick gelöst, war zwischen den Zweigen hervorgegangen und hatte sich grasend bis in die Nähe einer Kakteenwurzel bewegt.

Die Kaktee hatte sich aufgerichtet und rund ein Drittel aller Stacheln in das Tier geschossen.

Das Lycamber ging durch und sprang buckelnd in die Höhe. Es schrie laut, löste drei weitere Kakteenfallen aus und raste dann, von Schmerzen gepeinigt, geradeaus in den Sand hinein.

Das Tier kam genau fünfzig Meter weit, dann versank es im Sand. Ein langsamer Strudel bildete sich, das Blut quoll aus den zahlreichen kleinen Wunden, und der kreiselnde Sand verschlang das Tier zentimeterweise.

Einige Zeit wehrte es sich noch, mit weit aufgerissenem Rachen und vorquellenden Augen, dann versank es.

Der Mahlsand schloß sich, nur noch einige Stöße erreichten die Oberfläche und bewegten sie.

»Wenn ich vergessen hätte, unsere Ausrüstung vom Sattel zu nehmen ...«, flüsterte Sandal und trocknete sich die schweißnasse Stirn ab. Er fühlte sich unglaublich elend.

Langsam ging er zurück zum Stamm des Baumes. Tahonka-No näherte sich von der anderen Seite.

»Wir sind ohne Reittiere!« stellte der Knöcherne fest. »Fußgänger wie am Anfang!«

Sandal nickte bedauernd.

»Viel haben wir nicht zu tragen, aber ich habe mich schon gefragt, wie das Tier durch den Sand gekommen wäre. Jedes Ding hat eine unangenehme und eine positive Seite – das ist die positive.«

Der Knöcherne sicherte seine Waffe, steckte sie zurück und bemerkte giftig: »Dein Humor ist wie der Biß einer Natter, Partner!«

»So ist es!« bestätigte Sandal resignierend.

Er schlief zwei Stunden lang nicht ein, aber sie waren bereit, als die Sonne sank und ein kühler Wind durch die Zweige fuhr.

Es gab kein Zwielicht mehr in dieser Gegend; die Nacht fiel wie ein Vorhang über die schweigende, leblose Landschaft. Der heiße Wind, der von dem Sandring her unter den Baum fuhr, kam in immer unregelmäßigeren Stößen und verebbte jetzt – die Fläche gab die Hitze, die sie tagsüber aufgesogen hatte, in der Nacht wieder ab.

Tahonka sagte leise: »Wir haben gegessen und getrunken – binden wir uns nun aneinander.«

»Wohl gesprochen!« Sandal entrollte die zusammengeknoteten Schnüre, die er sorgfältig gesammelt hatte; der Sattel und das Zaumzeug des toten Tieres waren ja vorher abgenommen worden. Beide Männer beluden sich mit dem Gepäck, vergruben die unbrauchbaren Reste und bemerkten, daß das Thoen ihnen aufmerksam zusah.

Dann spannte sich zwischen ihnen ein etwa fünfzehn Meter langes Seil.

»Ausprobieren!« schlug Sandal vor. Löste sich ein Knoten, riß ein Stück, war einer von ihnen unter Garantie tot.

»Selbstverständlich.«

Sie liefen nach zwei Richtungen auseinander, und als das Seil sich straffte, sprangen sie mit aller Kraft weiter. Die Konstruktion hielt.

»Los!«

Sie verließen die schützende Baumkrone. Das schwache, diffuse Licht des Schwarminnern umgab sie. Schwach waren die Konturen der wellenförmigen Sandoberfläche zu sehen. Die Trittspuren des Lycambers wurden von den wandernden Sandkörnern bereits wieder zugeweht. Ein leichter Wind wehte stetig von Osten.

»Auch morgen wird wieder ein heller Himmel sein und wenig Wolken«, meinte Sandal.

»Wer führt?«

»Ich!« sagte Sandal. Er folgte den Spuren des Tieres, schätzte die Stelle ab, an der das Tier versunken war, und machte einen Kreis, der zehn Meter durchmaß. Sie sanken nur wenige Zentimeter ein, nicht mehr. Tahonka folgte in Sandals, das Thoen in Nos Spuren. Ein schweigender Marsch fing an.

Der Ring bestand aus einem Sand, der Sandal nach den ersten fünfzig Metern in Erstaunen versetzte. Der Sand war feucht und kühl.

Kalt? überlegte er. Wesentlich kühler als die Umgebung und viel kälter, als er es sich vorgestellt hatte.

Er blieb stehen und folgte der Linie des hängenden Seiles. Auch der Knöcherne hielt inne.

»Weißt du nicht weiter?« fragte er. Seine dunkle Stimme durchschnitt das Singen der Sandkörner.

»Nein. Ich probiere den Weg aus – halte das Seil stets gespannt. Wenn ich rufe, ziehe mich bitte zurück.«

»Gut, Freund Sandal.«

Sandal befand sich jetzt auf dem windwärts gewandten Hang einer Düne. Er stieg vorsichtig zum Kamm hinauf, aber er sank nicht mehr als sonst ein. Er wurde von Tahonka beobachtet, der ihm ruhig folgte. Zweihundert Meter. Sie blieben in einer Dreiergruppe stehen.

Sandal deutete auf das Thoen und sagte: »Du wirst uns helfen, mein miauender Freund. Denn du kannst, wenn dich der Treibsand verschlingen will, auffliegen. Los!«

Er und Tahonka-No, der blitzschnell begriffen hatte, bedeuteten dem aufgeregten Tier, die Spitze zu übernehmen. Sie vollführten die entsprechenden Gesten und endeten damit, daß sie das Fliegen imitierten; ein sehr komisches Bild, dachte Sandal später, hatten sie als mit den Armen wedelnde Figuren auf der Dünenspitze abgegeben.

»To-en!« sagte das Tier.

Es ging den Dünenhang hinunter, lief etwa dreißig Schritte und flog dann auf. Es verharrte auf der Stelle, sank wieder abwärts, und der Haarwedel vollführte einen wilden, drehenden Reigen.

»Bravo!« sagte der Knöcherne. »Der Planet hilft uns gegen seine eigenen Tücken!«

»Die Tücken des Planeten sind von den Mächtigen eingebaut worden«, korrigierte Sandal und ging weiter.

Die nächsten zwei Stunden funktionierte dieses Verfahren tadellos.

Das Thoen lief eine Strecke, und wenn es nicht versank, blieb es stehen, bis Sandal und der Knöcherne aufgeholt hatten. Dann lief es weiter.

An einer Stelle, an der der Sand gierig die Beine des Tieres zu verschlingen versuchte und sich in Spiralen drehte, faltete dieses Wundertier seine Flügel aus und zog sich aus dem Sand heraus, wobei es in charakteristischer Weise mit der Hand den Schopf umklammerte und daran zerrte.

»Ein teuflisch schlauer Trick!« sagte der Knöcherne anerkennend, als sie wieder einen kurzen Sandstreifen hatten, der ihr Gewicht trug. Die Nacht war halb vorbei, als Sandal stolperte. Er fiel auf beide Hände, fluchte und merkte, daß er sich auf einer Felsplatte befand.

Er setzte sich hin, grinste und schüttelte zwei kleine Haufen Sand aus den Stiefeln.

»Was ist los?« erkundigte sich mit pfeifendem Atem der Knöcherne, als er neben Sandal stand.

»Ich sitze auf festem Fels!«

Sandal sah sich um, Tahonka-Nos scharfe Augen folgten der ausgestreckten Hand. Nur in dem diffusen Licht sichtbar, zog eine Spur durch den Sand. »Abgebrochene« Dünen kennzeichneten ein verborgenes Felsenriff, das hier in Nord-Süd-Richtung zutage trat. Sie hätten es nicht besser treffen können.

Sandal sprang auf die Beine und sagte: »Ich habe mitgezählt. Genau einunddreißigmal ist das Thoen in Treibsand geraten. Wir hätten ohne es kaum ein Zehntel der Strecke hinter uns.«

»Halt keine Reden, lauf weiter!« beschwor ihn der Knöcherne.

»Schon gut.«

Sie warfen das Seil über die Schultern, hielten Abstand und folgten dem Riff. Es ging eine Stunde lang ausgezeichnet weiter, also rund vier oder mehr Kilometer. Schließlich besserte sich die Laune der beiden Männer in demselben Maß, wie ihre Vorsicht abnahm. Sandal merkte als erster, daß der Felsen zu Ende war.

Eben noch hatten einzelne Sandkörner auf dem glatten Stein unter den Sohlen geknirscht, und jetzt stolperte der Krieger ins Leere. Er überschlug sich halb, hielt in einem Reflex Bogen und Köcher fest und landete in feuchtwarmem Sand.

»Gefahr!« rief er, dann drang ihm der Sand in Mund und Nase ein. Sandal rang nach Luft und keuchte wie ein sterbendes Tier. Seine Lungen brannten, und auf der Zunge hatte er den metallischen Geschmack zermahlenen Sandsteins.

Ein schwerer, harter Ruck packte ihn an der Brust und unter den Schultern.

»Ich habe dich!« rief der Knöcherne.

Sandal zwang sich zur Ruhe, aber seine Beine arbeiteten fast willenlos in der Panik weiter. Er klammerte sich an das Seil und drehte sich langsam. Zehn Meter über ihm stemmte sich Tahonka-No gegen das Seil, drehte sich um und zog kräftig, das Seil schnitt in seine muskelbepackte Schulter ein.

»Weiter!«

Sandal schob sich, nachdem auch seine Beine richtig reagierten, Zentimeter um Zentimeter aus dem Sand, und suchte nach einem Stück Felsen, an dem er sich festklammern konnte.

Der Sand schien mit Tonnengewichten an ihm zu ziehen. Er registrierte, als er sich abermals drehte, daß sich der Horizont zu färben begann. Der Tag war nicht mehr fern.

Dann hörte er das Schwirren über sich. *Thoen!* schoß es ihm durch den Kopf.

»Gut so!« flüsterte er erschöpft, als sich vier Gliedmaßen kreuzförmig um seinen Körper schlossen.

Das Thoen schlug wie rasend mit den Flügeln und hob ihn wie einen Stein aus dem Sand. Der Knöcherne fiel fast, als das Gegengewicht am Seil aufgehoben wurde, und er zog Sandal durch die Luft über den Sand bis auf die feste Felsenplatte.

Einen Meter über dem Boden lockerte das Thoen seinen Griff, und Sandal glitt aus den verschränkten Gliedmaßen des Tieres. Er setzte sich hin und nieste; Sand flog aus einen Nasenlöchern.

»Verdammt!« keuchte er. Langsam schwand die Todesangst und machte einer grenzenlosen Erleichterung Platz.

Aus der Entfernung kamen hintereinander drei dumpfe, pochende Geräusche, als sei eine große Blase in einem Sumpf aufgeplatzt.

»Hier!« sagte der Knöcherne und reichte Sandal einen großen Wasserkürbis.

Sandal spülte zuerst den Mund aus und trank dann in großen Schlukken. Dann taumelte er, von Tahonkas harter Hand gestützt, auf die Beine und blickte das Thoen staunend an.

»Das Thoen hat mir das Leben gerettet«, sagte er. »Wie kann ich mich bedanken?«

Das Tier sprang in die Höhe und warf drei Fontänen Sand mit der Hand hinter sich.

»To-en, to-en!« sagte es laut.

Es klang wie die Stimme eines Spielzeugtiers, aber der Mann von Exota Alpha machte sich keine Illusionen. Er wußte nicht, ob Tahonka mit der Menge des Mahlsandes fertig geworden wäre. Jedenfalls waren sie beide vollkommen erschöpft.

Tröstend bemerkte der Knöcherne, während Sandal den Sand aus seiner Kleidung zu entfernen versuchte: »Wir haben es nicht mehr weit. Ich höre die Sumpfblasen aufbrechen, und dort hinten ist ein dunkler Streifen mit runden Erhebungen.«

»Gut. Ich muß sagen, mit Reittieren war es bequemer.«

»Besser lebend gelaufen als tot geritten!« meinte Tahonka-No. »Bist du kräftig genug, um weitergehen zu können?«

Sandal wischte das Gesicht mit einem feuchten Tuch ab. »Meinetwegen!« sagte er.

Sie gingen bis zum Felsabsturz und sahen darunter schwach den glatten Sand, der sich bereits wieder geschlossen hatte. Beide Männer wichen seitlich aus, blieben auf dem Grat einer Düne, und das Thoen überholte sie und begann von neuem mit dem Spiel. Insgesamt elfmal versank das Tier, und elfmal zog es sich wieder selbst heraus, elfmal umkreisten die Männer das betreffende Gebiet.

Dann sahen sie, schwach sich gegen den Horizont abhebend, die Bäume, die in dem Sumpfstreifen wuchsen.

Als sie nur noch einhundert Meter zwischen sich und dem Sumpfrand wußten, ging die Sonne auf und überschüttete die Landschaft mit einem blutigen, bösen Licht. Es kennzeichnete den Tag.

Das Thoen lief eine Spur bis zu einer Baumgruppe, blieb dicht davor stehen und deutete mit dem Arm in die Richtung der Sonne.

Zufällig blickte Tahonka-No in die Richtung. Eine halbe Sekunde später drückte der Knöcherne Sandal in den Sand und rief leise: »Ein Gleiter von Osten!«

Rasend schnell kam eine kleine Maschine näher. Sie zielte direkt auf die Männer. Ein Schuß blitzte und donnerte auf, beide Männer warfen sich, als dicht vor ihnen eine Sandfontäne in die Höhe wuchs, auf der abgewandten Seite der Düne nieder.

»Nicht schießen! Sie können uns orten!« schrie Sandal und zog seinen Arm nach hinten; der Bogen lag bereits in seiner Hand, als seine andere Hand über die Schulter den ersten Pfeil aufgelegt hatte.

»Sie haben uns bereits geortet«, sagte der Knöcherne und schoß.

Dann ging alles rasend schnell. Der Gleiter wurde getroffen und rasierte ein sichelförmiges Stück des Dünenkammes ab, als er nur zwei Meter von den Männern entfernt durch die Sandfläche schnitt. Sein Vorderteil detonierte in einer Explosion, die den Männern die Glut in die Augen blies. Sandal warf sich herum und lag halb auf dem Rücken, richtete sich auf und sah, wie der Gleiter auf die Schräge der nächsten Düne aufkam, schwänzelnd über den Sand raste und abgebremst wurde.

Noch während der Gleiter brannte, griff der Treibsand nach der Metallkonstruktion. Und als der Gleiter versank, flogen vier Klappen auf, und vier Gestalten taumelten ins Freie hinaus.

»Kleine Purpurne!« rief Sandal.

Er schoß in blinder Wut. Innerhalb von sieben Sekunden schickte er vier Pfeile los, und der erste Schuß traf einen Purpurnen, als er noch mit einer Rolle vorwärts aus dem sinkenden Gleiter fiel und den Sand berührte. Die messerscharfen, geviertelten Spitzen aus Terkonitstahl töteten ihn, als seine Knie den Sand berührten.

Der zweite starb, als er sich aufrichtete und seinen Arm mit der langen, glänzenden Waffe nach vorn schwang. Der dritte und der vierte starben im Stehen.

Tahonka-No sah Sandal verblüfft an; eine solch schnelle Schußfolge hatte er noch nie gesehen.

Sandal sagte haßerfüllt: »Diese ... sie haben die Burg zerstört und meine Eltern umgebracht.«

Sie sahen zu, wie binnen weniger Minuten Fahrzeug und Leichen im Sand versanken.

»Vorbei!« stellte der Knöcherne düster fest. »Du hast dich vergessen, und dein Haß ist mit dir durchgegangen, Freund!«

»Ich weiß. Aber ich habe nicht schlecht geschossen ... trotzdem«, sagte der weißhaarige Jäger.

Sie rannten in den Spuren ihres namenlosen Helfers den letzten Dünenhang hinunter, über eine ebene Sandfläche, und dann waren sie im Bereich der stinkenden Sümpfe.

Sie retteten sich wieder in den Schatten einer Dreiergruppe von Bäumen mit weicher Rinde.

Die Hälfte des Weges war hinter ihnen. Sie hatten den dritten Ring erreicht.

»Längere Pause!« sagte der Knöcherne.

Wieder platzte eine Blase; ein fauliger Geruch wehte an ihnen vorbei.

Sandal deutete nach oben und meinte: »Diesmal wird unser Lager auf dem Baum sein, nicht darunter. Es ist sicherer.«

Sie mußten sich ausruhen, dann erst konnten sie sich den Problemen stellen. Eine halbe Stunde später schliefen sie zwischen den Ästen. Auch das Thoen hatte, in der luftigen Baumkrone kauernd, sämtliche Augen bis auf eines geschlossen.

Das Schnarchen ging in den blubbernden, pfeifenden, fauchenden und platzenden Geräuschen des Ringes der fauligen Verderbnis unter.

Der Ring aus Sumpf, Morast und abgrundtiefen schwarzen Moortümpeln war neunzehntausend Schritt breit.

Fast unmerklich ging er nach dieser Distanz in einen Dschungel aus mächtigen, ineinander verfilzten Bäumen, Lianen und Büschen über. In die schwarze Zone, aus der es unaufhörlich dampfte, aus deren blasigem Wasser, das beträchtlich warm war, ständig giftige Sumpfgase aufstiegen, waren Tausende fester Inseln eingebettet. Auf ihnen wuchs allerlei bizarres Strauchwerk, darauf wuchsen Bäume, die mehr Ähnlichkeit mit blassen Pilzen hatten als mit Laubbäumen; darauf breitete sich ein giftiges, ekelhaftes Leben aus. Dort standen auch die Bäume, deren Rinde von Zeit zu Zeit mit einem gewaltigen, dumpfen Geräusch aufbrach und Wolken rauchenden Gases ausstieß.

Das alles merkten Tahonka und Sandal nicht.

Sie schliefen den gesamten Tag über, aßen und tranken, und sie schliefen die folgende Nacht ebenso gut und tief. Sie erholten sich von den Strapazen, und sie merkten auch, daß ihre Vorräte kleiner und eintöniger wurden.

Das Thoen ließ sich nicht sehen und blieb in der Baumkrone.

Erst eine Stunde nach Sonnenaufgang des nächsten Tages standen die ungleichen Freunde neben dem Stamm und sahen hinaus ins Moor. Sandal sagte mit einem bitteren Lächeln:

»Die Inschrift hatte teils recht, teils unrecht – wir leben noch, und zwischen der Insel liegen nur noch zwei Gefahren. Alle anderen haben wir besiegt.«

Nach einer Weile meinte Tahonka müde: »Und wie es aussieht, ist hier der Weg zu Ende. Wie kommen wir von Insel zu Insel? Sie liegen weit auseinander. Und die Dämpfe werden uns vergiften.«

Jetzt waren sie schon fast an der Trennungslinie zweier Planetenhälften; die Schatten konnten nicht mehr viel kleiner werden.

Langsam und unschlüssig gingen sie bis an den deutlich sichtbaren Rand der annähernd runden Vegetationsinsel. Je näher die Männer dem Sumpf kamen, desto betäubender war der Gestank.

Ihre Augen begannen zu tränen, und das Innere der Nasen stach unaufhörlich.

Wieder gab es einen Knall, und Sandal zuckte zusammen. Er deutete hinüber zur nächsten Baumgruppe, sechzig Meter entfernt.

»Der Baum explodiert förmlich!« sagte er erstaunt.

Einer der Bäume blähte sich auf, dann riß dicht unter der Krone und knapp über dem Boden die dünne, weiße Rinde auf, ein senkrechter Schnitt bildete sich, und wie ein um den Stamm gewickeltes Stück Stoff schlug die Rinde gegen den Nachbarstamm.

»Er wirft die Rinde ab!«

Die Rinde sank wie ein Tuch in sich zusammen. Aus großen Poren im jetzt weißen Stamm blies der Baum bläuliches Gas aus, das sich verteilte und mit großer Schnelligkeit zwischen den Zweigen nach oben schoß. Stücke der Rinde und gewölbte Blätter fingen sich in dem Gas und schwebten ruhig nach oben.

Sandal bemerkte ärgerlich: »Wir werden diesmal keinen festen Boden unter den Füßen finden. Wie kommen wir durch den Sumpfgürtel? Sollen wir ein Boot bauen?«

»Selbst wenn es uns gelänge«, sagte der Knöcherne, »dann würden uns die Gase ersticken. Außerdem ... dort drüben!«

Eine fünfzig Meter hohe Fackel aus brennendem Gas schoß schräg aus dem Boden, verbrannte einige Vögel, sprengte den übrigen Schwarm auseinander und sank wieder in sich zusammen. Eine Minute später brach wieder Feuer aus dem fauligen Boden heraus, diesmal in einer anderen Richtung.

»Laß mich nachdenken!« bat Tahonka-No.

Sandal knurrte, verzweifelt nach einem Ausweg suchend. »Das Gas zieht in die Höhe. Und es nimmt Teile der Rinde und Blätter mit sich. Es kann also tragen. Es kann vielleicht auch uns tragen.«

»Kaum«, meinte Tahonka. »Wir müßten, da wir schwer sind, eine riesige Menge Gas einsammeln. Viel Gewicht, viel Gas.«

Sandal dachte an die Hängematte, mit der Decke ausgefüllt, zusammengebunden. Er machte eine entsprechende Bewegung mit beiden Händen.

»Zu klein!«

»Was ist größer?« fragte Sandal gereizt.

»Wir haben nichts, was größer ist.«

»Wenn wir nichts haben, müssen wir etwas bauen«, sagte der Weißhaarige. Er spürte, wie sich ein Ausweg langsam anbahnte, aber er kannte die Lösung nicht.

»Woraus?«

»Aus dem Material, das uns hier überall zur Verfügung steht«, sagte Sandal.

»Uns stehen nur Schlamm und Grashalme, Blätter und Rinde zur Verfügung. Rinde? Rinde!« Tahonka-No riß den Mund auf, brummte dröhnend und schrie: »Rinde! Sandal, das ist die Lösung!«

»Welche Rinde?«

Der Knöcherne deutete hinüber zu der großen Bauminsel und schrie aufgeregt: »Die Rinde, die der Baum abgestoßen hat.«

»Wir müssen sie zusammenfügen«, zweifelte Sandal. »Wie können wir vorgehen?«

»Zusammennähen ... das wird nicht gehen«, sagte Tahonka-No leise. »Welche Werkstoffe gibt uns der Planet darüber hinaus?«

Sandal erinnerte sich an die Rinde, die er auf seiner Heimat kennengelernt hatte. Seine Amme hatte geschimpft, wenn er mit klebrigen Fingern vom Baumharz zurückgekommen war, nachdem er stundenlang im Wald gespielt und geturnt hatte.

Klebrige Finger?

»Kleben!« sagte er aufgeregt. »Wir können die Rinde zusammenkleben.«

»Womit?«

»Mit Baumharz. Es wird sich finden. Wir erhitzen es, bestreichen Rindenstücke damit und kleben sie aneinander. Dann halten sie längere Zeit, wenn wir mit Lianen oder Bast nachhelfen.«

»Das ist die Lösung! In welcher Form können wir das Gas am leichtesten einfangen?«

»Eine Kugel«, sagte Sandal.

»Wie können wir denn eine Kugel zusammensetzen? Mit welchen Formen?«

Sie probierten eine Weile herum, indem sie Blätter in verschiedene Formen rissen, dann wußten sie, daß es Ellipsen mit spitzen Enden sein mußten. Je schmäler und länger die Ellipse, desto größer die Kugel. Aber sie wollten nicht Wochen arbeiten, also mußte schon das erste Modell seinen Zweck erfüllen.

»Ist das die einzige Möglichkeit? Eine Gaskugel füllen und daranhängen?« fragte der Knöcherne skeptisch. Er schien seinem eigenen Einfall nicht richtig zu trauen.

»Ich sehe keine andere. Aber hier stehen nur drei Bäume. Wir müssen dort zur großen Bauminsel hinüber.«

Tahonka-No überlegte eine Weile, dann sagte er: »Das Thoen wird uns tragen. Drei Flüge: Sandal, Gepäck und mich.«

»Du kannst besonders gut mit ihm sprechen«, schlug Sandal vor. »Worauf warten wir eigentlich noch?«

»Einverstanden. Gehen wir an die Arbeit.«

Es gelang ihm, das Thoen aus der Baumkrone zu locken. Dann vollführte Tahonka, während Sandal das Gepäck in die leichte Hängematte einschnürte – die Waffen ließ er extra liegen – eine gelungene Pantomime. Das Tier schien zu verstehen.

Einige Minuten später begann der erste Flug.

Sie hatten kurze und lange Halme gezogen; Tahonka hatte verloren. Er ergriff die Hand des Tieres, die vier Gliedmaßen verschränkten sich unter ihm, und mit dieser schweren Last flatterte das Thoen langsam in die Höhe und in einem torkelnden Flug hinüber zur großen Bauminsel. Sandal beobachtete den Flug mit großer Sorge – das Tier war überfordert und fiel immer wieder herunter zum Boden, fing sich in letzter Sekunde und landete schließlich mit einem Sturz, den beide aber unbeschadet überstanden.

Sandal wartete, bis das Tier sich erholt hatte und wieder herüberkam. »Zuerst ich – das Gepäck ist erstens leichter, zweitens weniger wichtig als ich.«

Er stellte sich vor, wie er mitsamt dem Thoen in einen Tümpel kochenden Sumpfschlamms fiel, dann schüttelte er den Kopf und legte sich flach auf den Boden, den Bogen und die Köcher umklammernd.

Die Beine schoben sich unter ihn, und er griff nach einem Knöchel und hielt sich fest.

Der torkelnde Flug begann. Sandal schloß mehrmals die Augen, als das Tier mit ihm durchsackte und sich knapp über spritzenden Schlammflächen wieder fing und Höhe gewann. Dann raste der Boden Sandal entgegen, er stemmte sich nach vorn, und das Thoen und er überschlugen sich mehrmals und landeten vor den Füßen des Knöchernen, der die Leine inzwischen mit einem Ast beschwert und wurfbereit gehalten hatte.

»Wir sind wieder einmal durch ein Wunder gerettet worden – was wäre geschehen, wenn ich das Thoen irrtümlich für jagdbares Wild oder für ein Raubtier gehalten hätte?« fragte Sandal nachdenklich und blieb kopfschüttelnd und mit zitternden Knien sitzen.

Das Thoen holte das leichte Gepäck und brachte es herüber. Dann verkroch es sich unter einem Busch und schlief dreiundzwanzig Stunden ununterbrochen.

In der Zwischenzeit konstruierten die Männer den Gasball.

Sie suchten und fanden Rindenstücke, die noch feucht waren. Insgesamt neun von ihnen wurden mit den Messern in die gewünschte Form gebracht. Dabei stellte sich schnell heraus, daß an den Schnittflächen ein milchiger Saft austrat, der in insgesamt vier Stunden trocken war.

Sandal legte ein Netz aus Lianen um die schlaffe Hülle und hoffte, daß er sich mit den Maßen nicht verrechnet hatte.

Sie preßten die Schnittstellen aufeinander und warteten, bis die breite Naht von dem Saft bedeckt war. Manchmal preßten sie noch mehr Saft aus und schmierten ihn über die betreffenden Stellen.

Das Netz wurde mit der Hülle verbunden.

Am ersten Tag schafften sie viel, am zweiten war eine Kugel vom dreifachen Durchmesser einer Manneslänge fertig, eine mehr als unregelmäßige Kugel, und nun begannen die Probleme. Wie bekamen sie das Gas in den Ball hinein?

»Ein langes Rohr, das wir an einen Baum kleben!« schlug Tahonka-No vor.

»Es ist möglich, daß dies funktioniert«, sagte der Weißhaarige.

Sie waren über und über beschmutzt, klebrig und stanken so, daß sie es selbst in diesem Inferno aus verschiedenen Fäulnisgasen merkten.

Jedenfalls hatten sie eines: genügend Zeit.

Sie warteten, bis einer der Bäume seine Rinde knallend abstieß, schnitten sie der Länge nach durch und klebten so einen zweiundzwanzig Meter langen Schlauch zusammen. Der Knöcherne verband ihn mit dem offenen Unterteil des Balles und verschmierte literweise Rindensaft um die Öffnung.

Dann berieten sie weiter.

Wie wurde ein Stamm dazu gezwungen, das Gas in seinem Innern abzustoßen? Sie versuchten es mit den Messern und bohrten Löcher, aus denen tatsächlich ein Gasstrom fauchte. Also brauchten sie größere Löcher, aus denen noch mehr Gas kam.

Sandal wagte es, seinen Strahler kurz einzusetzen und ein tiefes Loch zu brennen. Er preßte die Mündung des Schlauches darauf, und das Gas fauchte dröhnend durch den schlaffen Schlauch. Dann erreichte es den Ball und begann, ihn aufzublähen.

Sandal schoß insgesamt fünfzig Löcher.

Nach der Gasmenge aus zwanzig Löchern richtete sich die schlaffe Hülle auf und bildete eine Art Kuppel, die noch unansehnlicher war, als Sandal und der Knöcherne es sich vorgestellt hatten. Aus einigen Öffnungen entwich das Gas wieder. Die Öffnungen wurden von No mit flüssigem Rindensaft und Flicken aus Rinde verschlossen. Noch mehr Bastseile bildeten die noch dichteren Maschen eines Netzes. Als der Ball zu zwei Dritteln gefüllt war, mußten sie ihre Füllarbeit unterbrechen und die Masse, die nach oben zerrte und zwei Männer mühelos tragen würde, mit dreißig Seilen an Wurzeln und Ästen anbinden. Die Seile gingen schon von den Stellen aus, die sie von unten noch mit Messern erreichen konnten. Steine zum Beschweren gab es nicht, aber am vierten Tag beflügelte sie der Erfolg derart, daß sie in Rekordzeit einen Tragekorb flochten.

Sandal sagte staunend: »Wir haben das richtige Mittel gefunden. Es ist alles andere als schön, aber es wird uns sicher über den Sumpf bringen.«

Im gleichen Moment leuchtete wieder die periodisch arbeitende Fackel in ihrer Nähe auf und verbrannte weitere Äste und Blätter in der Nähe, weil sie diesmal fast waagerecht aus dem Sumpf fauchte.

Am fünften Tag waren sie fertig.

»Der Ball wird noch die Insel mit sich ziehen!« sagte der Knöcherne und nickte zufrieden. Sie arbeiteten noch immer in bester Deckung, denn die Baumkronen schützten sie. Wenn sie die Insel fliegend verließen, waren sie aber relativ schutzlos. Bisher hatten sie allerdings suchende Flugkörper immer nur über dem Sand entdeckt, niemals über dem Sumpfstreifen.

Der Ball war gefüllt, und die letzten Löcher wurden geflickt. Am unteren Pol, neben dem langen Schlauch, hing an sechzig Seilen eine Art Matte, in der alle drei Wesen dieser Expedition und die Gepäckstücke Platz hatten. Der Proviant war bis auf einige Beutel Nüsse und zwei Flaschenkürbisse verbraucht.

»Wann starten wir?« fragte Sandal.

»Kommende Nacht, wenn der Wind günstig ist. Wir brauchen Nordwind, und der ist in dieser Zone selten.«

Sandal stampfte mit dem Fuß auf und rief: »Wir haben alles an Gefahren besiegt, wir können sogar über den Sumpf fliegen, und jetzt werden wir warten und verhungern müssen!«

Tiefsinnig korrigierte der Knöcherne: »Ein guter Krieger wartet mit endloser Geduld. Das stammt von dir!«

Sandal schrie wütend ein nicht wiederzugebendes Schimpfwort, dann grinste er.

»Du hast recht ... aber ich entsinne mich, vor zwei Tagen ein Gewitter erlebt zu haben. Es zog mit großer Gewalt nach Süden.«

»Das heißt, daß ich einen Gewitterzauber machen muß«, sagte der Knöcherne.
»Kannst du das?« fragte Sandal verblüfft.
»Nein«, erwiderte Tahonka-No.
Sie versuchten sich zu reinigen, aßen Nüsse und tranken das warm gewordene Wasser. Sie warteten – was blieb ihnen übrig? Sie warteten einen Tag und eine halbe Nacht, und als der erste Blitz über der fernen Dornensavanne aufzuckte, weckte der eine den anderen.
»Das Gewitter, Thoen!«
Das Tier, das ständig auf Nahrungssuche unterwegs gewesen war und nur wenig gefunden hatte, kam zwischen den Bäumen hervor. Die vielen Augen wirkten niedergeschlagen in der Beleuchtung der Sumpfgasfakkel. In den Donner mischte sich das Geräusch eines weiteren platzenden Baumes. Der Gasball war prallvoll.
»Warten wir, bis das Gewitter heran ist, oder fliegen wir vor ihm her?«
»Wenn der Regen kommt, wird der Ball vielleicht naß und weicht auf«, gab Tahonka zu bedenken.
»Also los beim ersten Windstoß!«
»So sei es! Beim Gelben Götzen!« rief der Knöcherne entschlossen.
Sie schoben das Thoen in das Netz, kletterten selbst hinein und vergewisserten sich, ob sie alles bei sich hatten. Der Leim aus Rindensaft verwandelte sich, nachdem er die Feuchtigkeit verloren hatte, in eine gummiähnliche Masse, die, wenn man sie von der Haut wegriß, sämtliche Härchen mitnahm. Sandal schimpfte fast ununterbrochen. Aber von der Kleidung wurde auf diese Weise auch der meiste Schmutz entfernt.
Donnernd und blitzend kam das Gewitter näher. Das fahle Leuchten verschwand vom Himmel, als der Regen über die Sandfläche tobte und als die ersten Windstöße das Gas verquirlten und die Bäume schüttelten.
»Losschneiden, aber gleichmäßig!«
»Verstanden. Jede dritte Liane durchschneiden!«
Mit ihren scharfen Messern begannen sie eine fieberhafte Tätigkeit. Sie arbeiteten sich jeweils dreimal um die Hälfte des Balles herum, und die letzten Befestigungsseile barsten von selbst. Dann schob die Kugel die Äste zur Seite und schoß förmlich in die Nacht hinaus.
Fast senkrecht.
Sandal lockerte den Doppelring aus Seilen, der um den langen, nachschleifenden Schlauch lag, und hörte, wie ein geringer Teil des Gases entströmte. Dann drehte er den Knebel wieder zu und der Ball stabilisierte sich in etwa hundertzwanzig Metern Höhe. Er schwenkte, drehte sich, taumelte, die Männer hielten sich krampfhaft an den Maschen des Netzes fest.
»Wir fliegen«, stellte Tahonka fest.
Sie flogen in südöstlicher Richtung, etwa auf den Raumhafen zu, des-

sen Lichter einen fernen, ungewissen Halo über dem Dschungel schufen.

Die gefahrvolle Fahrt begann jetzt. Ein Sturmstoß erfaßte den Ball, drehte ihn wie eine Feder um und um, drohte die Männer hinauszuschleudern, und dann raste der Ball wieder abwärts, direkt auf einen schwarzen, riesigen See voller platzender Blasen zu. Der lange Verbindungsschlauch schleifte durch Gras und Vegetation, durch Morast und durch das brodelnde Wasser nach.

»Schneid diesen verdammten Schlauch ab!« heulte der Knöcherne auf.

»Dann schlägt unsere Gaskugel um!« erwiderte brüllend Sandal.

Ein Blitz fuhr in einen Baum, und im blendenden Widerschein sahen sie, wie dieses flaschenähnliche Gewächs in mehrere Teile aufgesplittert wurde. Eine Bö wirbelte den Ball wieder nach oben, und das Gas aus den Sumpfblasen wurde dünner. Die Männer hörten auf zu husten.

Mit der schmalen Hand bedeckte das Thoen immer wieder die Augen, ziellos eines nach dem anderen. Dabei miaute es ununterbrochen und laut.

»Wir müssen an der Fackel vorbei!«

»Spring ab und zieh uns nach links!« tobte der Knöcherne.

Der Sturm und der Regenschauer, der nach ihm über das Land fegte, trieben den Gasball schaukelnd und rotierend auf und nieder. Jetzt steuerte er geradewegs auf eine der periodischen Feuersäulen zu, die sich an allen Stellen immer wieder in geheimnisvollen Rhythmen aus dem Sumpf erhoben.

Berührte die Fackel den Ball, so würde er explodieren und die Männer in den Sumpf schleudern, der sie verschlingen würde.

»Unser Ende ist nahe!« schrie der Knöcherne verzweifelt.

»Noch leben wir!« erwiderte Sandal.

16.

Das Gewitter änderte seine Richtung, und der Sturm wurde heftiger. Er drückte die fauchenden, hellodernden Sumpfgasfackeln an den Boden, und die wenigen Pflanzen wurden versengt. Brände breiteten sich aus.

»Der Blitz wird uns erschlagen!« rief Tahonka-No aus. Er zitterte am ganzen Körper und hielt sich krampfhaft an den Verstrebungen aus geflochtenen Rindenstreifen und gedrehten Bastschnüren fest.

»Der Regen wird den Blitz löschen!« widersprach Sandal.

Heiße und kalte, feuchte und trockene Luftströme wirbelten jetzt über dem breiten Morastring durcheinander. Sie machten das seltsame, unregelmäßige Fluggerät zu ihrem Spielball. Einmal drehte sich die Gaskugel wie rasend und drohte die drei Insassen aus dem Korb hinauszuwirbeln.

Dann raste der Gasball dem Boden entgegen, steuerte die Luftsäulen an, die sich über den Fackeln aus hellem Feuer erhoben, einmal schleifte der Schlauch durch ein Feuer, und explodierende Gasreste zerfetzten einen Großteil des Schlauches.

Dann wieder hagelte ein Schauer aus nußgroßen Regentropfen auf die Rinde, durchweichte sie, und noch ehe sie sich auflösen konnte, wurde sie von einem heißen Wind getrocknet. Abermals raste der Ball nach oben, schwankte wie eine Glocke unaufhörlich hin und her und wurde schließlich vom Sturm, der sie mit einem hämmernden Regenschauer durchnäßte, dicht über die Oberfläche des Moores hinabgedrückt.

Wir werden in den Tümpeln ersaufen! dachte Sandal.

Ein riesiges, offenes Sumpfloch tauchte auf. Die schwarze Oberfläche war vom Sturm aufgewühlt wie die eines kleinen Sees. Im Schein der zahlreichen Blitze sahen die Insassen des Ballons die Landschaft aus lauter wechselnden Momentaufnahmen zusammengesetzt.

Das aufgefaserte Ende des Zuführungsschlauches tauchte ins schwarze Wasser, zog eine dreieckige Spur hindurch und schleifte dann wieder über Land. Das Ende verfing sich in Pflanzen, riß den federnden, schwankenden Boden auf und schlängelte sich weiter.

Fauchend entwich irgendwo aus der oberen Wölbung des Balles das Gas.

»Wir stürzen ab!« schrie der Knöcherne.

Ein schmetternder Blitzschlag und der in gleicher Sekunde erfolgende Donner verschluckten das letzte Wort.

Der Ball sank tiefer und tiefer. Knallend barsten nacheinander ein paar Befestigungsseile, als der Korb durch den Morast schleifte. Er tauchte Sekunden darauf tief in ein Sumpfloch ein, wurde ruckartig wieder hochgerissen, und dann schien wirklich das Ende nahe zu sein.

Die Ballhülle verlor schlagartig Gas.

Gleichzeitig schleuderten Regen und Sturm in einem dramatischen Finale voller zuckender Blitze den Ball zur Seite und gegen den dunklen Wall, der jenseits der letzten Bauminsel aufragte.

Der Ball verlor noch mehr Gas und rollte am Boden entlang, quer durch Sumpf, Büsche, Äste und Gräser. Eine unsichtbare Faust ergriff ihn, schleuderte ihn aufwärts und schmetterte den Ball in die vielfach gegabelte Krone eines riesigen Dschungelbaumes.

Dann, nach einem weiteren Blitz und Donnerschlag, rauschte langsam und in breiten Tropfenbahnen der Regen herunter und durchnäßte die beiden Männer, das Thoen und das Gepäck sowie die jämmerlichen Reste des Gasballes.

Der Flug war beendet – die Freunde lebten noch.

Sie waren von dem Aufprall benommen, aber nach einigen Minuten brachte sie der kalte Regen, der in ihre Gesichter hämmerte, wieder zur Besinnung. Gurgelnd spie Sandal einen schlammigen Wasserstrahl aus und sagte laut:

»Wir sind reichlich zerrupft und mitgenommen, aber wir haben auch diese Zone der Gefahren glücklich überwunden. Vorsicht – du fällst!«

Sie lagen oder saßen auf den federnden Resten der Ballteile, die von dem Netz zusammengehalten wurden. Wenn sie sich zu stark bewegten, bestand die Gefahr, daß einer von ihnen abrutschte und in die Tiefe stürzte. Der Sturm bewegte den Baumwipfel hin und her, und das Knirschen der Äste bildete eine schauerliche Begleitmusik zum Sturm und zu den Blitzen.

»Schon vorbei. Ich halte mich fest. Wir hatten mehr Glück, als wir verlangen durften«, sagte der Knöcherne und öffnete den Mund weit, um Regenwasser zu trinken.

Langsam beruhigten sich die beiden Freunde.

Das Thoen miaute, kletterte über das Netz und einige Ausrüstungsgegenstände hinweg und verschwand im Geäst.

Ein gigantischer Schatten rauschte flügelschlagend in großer Höhe über sie hinweg, und als sie versuchten, im Licht der Blitze etwas zu erkennen, verhinderte dies der Schleier des dichten Regens.

Irgendein Tier, dachte Sandal, *ein Gigant aus dem Dschungel, der zwischen uns und dem Strand des Ringmeeres liegt.*

»Was tun wir nun?« erkundigte sich der Knöcherne.

»Wir versuchen, unseren unbehaglichen Sitz zu verlassen. Im Schutz der Äste können wir unsere Matten anknüpfen und den Rest des Proviants essen.«

»Einverstanden. Aber warten wir, bis der Regen aufgehört hat!«

»Gut!« sagte der junge Krieger.

Das Wasser rann über ihre Schädel. Sie hatten keinen trockenen Faden mehr am Körper, und die Insekten peinigten sie.

»Was war das dort oben? Hast du eine Erklärung?« fragte Sandal und tastete nach seinen Waffen und dem Köcher.

»Ein Tier des Waldes, aber ein Riesentier. Ich muß es bei Licht sehen – dann kann ich vielleicht etwas Genaueres darüber sagen.«

Sie sammelten in der Dunkelheit, die nur noch hin und wieder durch ferne Flächenblitze durchbrochen wurde, ihre Ausrüstung zusammen. Dann kletterten sie vorsichtig, einer nach dem anderen, auf dem dicksten Ast nach unten und befestigten die Matten.

Jetzt lag noch ein Marsch von rund zwanzig oder fünfundzwanzig Kilometern durch einen Dschungel vor ihnen, dessen Gefahren keiner von ihnen kannte.

Aber die Gefahren würden sich, so dachte Sandal im Halbschlaf, nicht grundlegend von denen unterscheiden, die in jedem Dschungel eines jeden Planeten lauerten. Er dachte dies, obwohl er nur die Wälder eines Planeten genau kannte – die seiner Heimat.

Und dies war ein grundlegender Irrtum.

Einige Stunden später war das Gewitter vorbeigezogen. Der Himmel wurde klar, der Regen hörte auf, und die Stille wurde nur noch von einem gelegentlichen fernen Donnergrollen, einem platzenden Baum oder dem Ticken der Tropfen unterbrochen, die von Blatt zu Blatt fielen.

Die Wärme nahm zu, der Wind wurde stärker und fuhr zwischen den Blättern hindurch. Als die Männer schliefen, flog das Riesentier in entgegengesetzter Richtung wieder über den großen Dschungelbaum hinweg; es war ein geradezu auffallend großer Flugsaurier, dessen lederne Schwingen die obersten Äste in Bewegung brachten.

Das Tier verschwand in Richtung auf die fernen Lichter des kleinen, unregelmäßig geformten Raumhafens.

Tahonka-No erwachte erst, als die Sonne zwei Handbreit über den Wipfeln schwebte und ihre hellen Strahlen die stechende Hitze des Tages mit sich brachten.

»Ein beschwerlicher Weg fängt an, Partner«, sagte er und weckte Sandal. Sie nahmen ihre Ausrüstung und kletterten vierzig Meter abwärts, bis sie den Boden erreichten. Er bestand aus faulen und frischen Blättern, aus einer dünnen Schicht Humus und aus einer Masse von kriechenden, fliegenden und springenden Kleininsekten, die sie erschreckte.

»Wir brauchen schnellstens Wasser, anderen Proviant und einen gewaltigen Braten. Sonst gehe ich keinen Schritt weiter«, sagte Tahonka-No.

»Genau das sind meine Gedanken, Partner!« bestätigte Sandal und ging langsam nach Süden weiter.

Die Insekten peinigten ihn und machten ihn schon nach wenigen Metern nervös und gereizt. Sie kamen von allen Seiten und liefen über seine Haut, verkrochen sich in Nase und Ohren und erzeugten ein unangenehmes Kribbeln auf der Haut und im Kragen.

Es war ein unerträglicher Zustand. Sandal nahm seinen Bogen von der Schulter, drei Pfeile aus dem Köcher und warf zwei andere Pfeile aus Rohrgras, die unbrauchbar geworden waren, weg.

»Ich werde wahnsinnig!« stöhnte Sandal.

»Nur keine unpassenden Reaktionen!« sagte Tahonka, dem die Insekten nichts auszumachen schienen.

Nach einem Marsch von etwa einem Kilometer erreichten sie eine Lichtung, die äußerst ungewöhnlich wirkte. Ein trügerischer Friede lag über dieser etwa hundert Meter durchmessenden Fläche. Zwei Felsen stießen schräg aus dem Boden, aus einem runden Hügel sprang eine Quelle und bildete einen kleinen Tümpel, zwei Meter tief und zehn Meter durchmessend – das Loch sah wie der Einschlagkrater eines Meteors aus.

Plötzlich wurde Sandal von einem unwiderstehlichen Drang ergriffen. Er blieb stehen, drehte wild den Kopf und suchte nach etwas, das er angreifen, töten, zerfetzen konnte. Er atmete schwer, und als sein Blick den Knöchernen traf, zog er langsam und in einer unsicheren Bewegung den Bogen aus. Die Pfeilspitze zitterte leicht.

»Ich suche ...«, flüsterte Sandal heiser. »Ich suche etwas ... es muß sterben ...«

Mit einem Satz war der Knöcherne an seiner Seite, drückte den Bogen nach unten und sagte schroff:

»Du hörst Gespenster. In diesem Dschungel ist eine zusätzliche Falle eingebaut – es ist ein flüsternder Befehl der Mächtigen. Sie befehlen jedem denkenden Wesen, Handlungen des Angreifens, des Tötens zu vollführen. Wenn du genau in dich hineinhörst, wirst du diese Befehle verstehen!«

Verwirrt entspannte der junge Krieger den Bogen, er schaute den Knöchernen verblüfft an.

»Du hast recht!« sagte er aufatmend. »Es sind Befehle, die kommen und gehen.«

Tahonka-No berührte die Schulter des Freundes und sagte in beschwörendem Ton: »Sie senden Befehle über eine Art Funkgerät. Vielleicht kannst du sie in deinem Armbandgerät hörbar machen. Die Sendung läuft in Wellenform, stärker, schwächer, stärker ... Ich spüre sie natürlich auch.«

Sandal nickte, er hatte verstanden. »Wären die Sendungen stärker, würde jedes Lebewesen dieses Dschungels jedes andere Lebewesen angreifen. Wo ist das Thoen?«

»Es folgte uns, als wir den Stamm hinunterkletterten.«

»Dann wird es wieder auftauchen«, sagte Sandal. »Ich gehe einen Braten suchen, und du besorgst die Ausrüstung und ein Feuer, ja?«

»Einverstanden.«

Sandal verschwand zwischen den Büschen des Dickichts. Im weiten Umkreis dieser Lichtung, dort, wo die Sonnenstrahlen einsickern konnten, verwandelte sich der Urwald in eine Art Wald, wie sie ihn von der anderen Seite der drei Gebirgszüge her kannten – auch der Boden war mit grünen Pflanzen aller Art bedeckt.

Sandal pirschte einen Tierpfad entlang, den er nach wenigen Minuten entdeckt hatte. Er folgte ihm zweihundert Meter, suchte mit seinen scharfen Augen die Umgebung ab und schoß schließlich ein gazellenartiges

Tier mit riesigen, langen Ohren, und bald darauf drehte sich der Braten über dem Feuer. Das Salz allerdings war feucht und klumpte.

Während Tahonka den Braten drehte, ging Sandal zweimal um den kleinen Teich herum und durchsuchte alle Büsche. Er köpfte einige gefährlich aussehende Schlangen und sah, daß hier keinerlei Raubtiere versteckt waren. Auch die Insekten waren hier nicht mehr so aufdringlich.

Die beiden Wanderer mußten ihren gesamten Proviant ersetzen, mußten ihre Körper pflegen und die Ausrüstung durchsehen und ausbessern, ehe sie es wagen konnten, weiterzuziehen.

Sie verbrachten drei Tage an diesem Platz. Diese drei Tage waren – zum Teil – eine schweigende, furchtbare Hölle der Gedanken.

Am ersten Tag, als Sandal in der Sonne lag und seine Nägel schnitt, überfiel ihn mitten in dieser Tätigkeit wieder der Tötungsdrang. Er sprang auf die Füße, griff nach der Strahlwaffe und raste davon.

»Warte, du Narr!« wetterte Tahonka und rannte ihm nach.

Sie stolperten und rannten fünfhundert Meter durch den Urwald, und plötzlich blieb Sandal stehen. Vor sich, um einen dicken Baumstamm gewickelt, befand sich ein großes, schlangenähnliches Tier, das die Männer aus riesigen Augen anstarrte und leise brummte. Zwei Fühler auf dem Reptilienkopf spielten und bewegten sich wie Staubgefäße seltener Blüten.

»Ich bringe dich um, du Bestie ... ich zerfetze dich!« schrie Sandal auf. In seinen Schläfen raste pochend ein sägender Schmerz.

»Halt!« donnerte die Stimme des Knöchernen.

Das Tier ringelte seinen Schwanz um einen Ast, spannte seine Muskeln und hob drohend oder erschreckt den Kopf.

Sandal kämpfte mit sich selbst, er hob die Waffe, zielte, seine Hand schwankte, und der Finger, der sich um den Abzug krümmte, begann zu zittern. Schweiß lief ihm in breiten Bächen von der Stirn und biß sich salzig in die Augen.

Tahonka-No riß Sandals Hand herunter und schlug mit der Handkante heftig gegen den Oberarmmuskel des Jägers.

»Es sind wieder die Befehle!« schrie er zornig. »Los, zurück!«

Sandal senkte den Kopf und meinte beschämt: »Ich verstehe ... nur ein geheimnisvolles Flüstern ... Wie können wir uns dagegen wehren, mein Freund?«

Der Knöcherne blickte wie beiläufig auf das Tier, das unruhig, zehn Meter von ihnen entfernt, den Kopf hin und her wiegte und mit dem langen Hals pendelte.

»Komm zurück zum Lager! Wir müssen miteinander sprechen, wenn es wieder anfängt!«

»Es hat eben aufgehört!« Sandal rieb seine Stirn. Der Schmerz hatte so schnell nachgelassen, wie er angefangen hatte.

Tahonka-No legte seinen harten Arm um die Schultern des jungen Kriegers und führte ihn zum Lager zurück. Der Knöcherne war sicher, daß es auf der Insel jenseits des Ringmeeres einen hypnosuggestiven Sender gab, der alle drei Stunden dieses Gebiet hier bestrahlte.

Die Strahlung sollte unbefugte Eindringlinge, falls sie wirklich diesen Dschungelstreifen erreicht haben würden, dazu verführen, unüberlegte und aggressive Handlungen zu begehen. Tahonka-No richtete sich nach dieser Einsicht und konnte verhindern, daß die Hypnose ihn zu Dingen zwang, die er nicht wollte, aber Sandal litt sehr darunter.

Er erholte sich ziemlich schnell; jetzt wußten sie, wieviel Zeit zwischen zwei Höhepunkten lag.

Plötzlich deutete Sandal senkrecht hinauf in den Himmel über der Lichtung. »Was siehst du?«

»Jenes Riesentier!« stellte der Knöcherne ruhig fest. »Es ist wirklich gigantisch.«

Sie schauten aufmerksam hinauf. Das gewaltige geflügelte Untier zog dort seine Kreise. Es ähnelte nur wenig einem Vogel, viel mehr den Tieren, die Sandal an Bord der GOOD HOPE II in Bildern gesehen hatte. Chelifer Argas hatte gesagt, daß jene Tiere einst auf ihrer Heimat gelebt hatten. Wie war der Name gewesen? fragte sich Sandal.

Saurier!

»Es ist ein Flugsaurier«, sagte er leise.

»Schon möglich. Ich kenne es nicht«, meinte Tahonka-No.

Sie beobachteten das Wesen, das nach Nahrung oder einem Ruheplatz zu suchen schien. Es sah aus wie aus zwei Dreiecken zusammengesetzt; zwischen je zwei mächtigen Gliedmaßen spannten sich wirklich riesige Flügel. Ein langer Hals, ein spitzer Schnabel und ein hammerähnlicher Fortsatz waren, abgesehen von einem langen, steuernden Schwanz, die wesentlichen Merkmale.

Wenn Sandal die Höhe der Bäume mit der Ausdehnung des Tieres verglich, kam er auf eine Länge von rund achtzig Metern – ein erstaunliches Tier.

Zwei von ihnen würden alles Leben in dem Dschungelstreifen längst getötet haben. Woher bekamen sie die Nahrung? Diese Überlegungen konnte nur ein guter, geschulter Jäger anstellen.

»Verblüffend!« sagte der Knöcherne. »Ausgesprochen unglaubwürdig. Gut, daß uns dieses Tier nicht in der Nacht gesehen hat, in der Baumkrone.«

Sandal winkte ab. »Wir sind für diesen Giganten der Luft klein wie eine Fliege.«

»Auch richtig. Wann gehen wir weiter?«

»Wenn jedes Stück unserer Ausrüstung wieder vollkommen tadellos in Schuß ist«, antwortete Sandal. »Außerdem müssen wir Proviant suchen.«

»Du kannst schon anfangen. Dort drüben sind Büsche voller Nüsse!« Tahonka-No winkte dem Thoen, das, einen kleinen Zweig schwenkend, zwischen den Büschen auftauchte.

Statt einer Antwort verschwand Sandal mit einem Satz im Wasser und schwamm herum.

Sein Körper hatte jetzt überall die Farbe des Knöchernen angenommen; fast dunkelbraun. Nicht einmal das Arbeitsgeräusch von Raumschiffstriebwerken störte die beiden Freunde. Sie sahen die Kleidung und die Waffen durch, aßen und tranken, erholten sich und kämpften alle drei Stunden miteinander gegen die Strahlung an.

Schließlich brachen sie auf und wanderten im hellen Tageslicht weiter nach Süden.

Das knallende Platzen der Flaschenbäume verhallte hinter ihnen, dafür rochen sie mehr und mehr die salzige Luft, die ihnen von der Küste her entgegenschlug.

Kleine Tiere flohen vor ihnen, große Tiere zeigten eine seltsame Scheu, sie anzugreifen, selbst in den Phasen stärkster Strahlung.

Die Freunde bahnten sich zuerst einen Weg durch die Büsche, folgten einem verschlungenen Tierpfad und betraten dann wieder den Bereich des Regenwaldes. Der Boden federte unter ihren Stiefeln beziehungsweise den nackten, harten Sohlen des Knöchernen.

Von den untersten Ästen tropften entlang dünner, weißer Fäden klebrige Tropfen.

Die Gefährten wichen den Tropfen aus, redeten miteinander und versuchten, sich vor Unbesonnenheiten zu bewahren, denn die Befehlsstrahlung wirkte immer noch auf sie ein. Langsam kamen sie vorwärts, das Thoen folgte ihnen in respektvollem Abstand.

Dreimal sahen sie fliegende Großsaurier, und als die Riesen ihre Flugbahn veränderten, konnten Sandal und Tahonka-No die mächtigen Greifarme sehen und den Körperoberteil, der mit einer zerklüfteten Landschaft aus Knochen und schillerndem Horn bedeckt war. Die Farbe der Saurier war ein grelles, ungebrochenes Weiß, nur die Enden der Arme und der Schnabel waren rot.

Sandal sagte resigniert: »Er ist für meine Pfeile zu groß, No!«

»Auch fliegt er viel zu hoch, Partner. Ausnahmsweise hättest du keine Chance, ihn zu töten, wenn er angreift.«

Und einen Tag später erreichten sie, ausgeruht und merkwürdigerweise nicht mehr unter der Strahlung leidend, den Rand des Binnenmeeres.

Vor ihnen, am Horizont, erhob sich die riesige, fast goldfarbene Kuppel, die in roten Reflexen spiegelte. Einhundert Kilometer entfernt – über dem Wasser.

»Wir sind da!« sagte Sandal zufrieden.

Drei bemerkenswerte Vorgänge liefen ab, nachdem die beiden Männer und ihr seltsamer Weggenosse das Ufer erreicht hatten.

Aus dem Wasser flatterte ein Saurier auf, kreiste mit schwerfälligen Flügelschlägen über der sichelförmigen Bucht, deren Hänge felsig und bewachsen waren. Dann entfernte sich das Tier nach Osten.

»Wie kommen wir über dieses Wasser, mein Freund?« erkundigte sich sarkastisch der Knöcherne.

»Was schlägst du vor? Schwimmen?« fragte Sandal zurück.

»Die Raubfische werden uns fressen, ehe wir die Bucht verlassen haben.«

»Ich habe viel darüber nachgedacht.« Sandal machte sich an den Abstieg über eine Felsentreppe, die überraschend bequem war. »Aber ich fand keine Lösung für dieses Problem.«

»Jedenfalls lassen wir uns lieber nicht vor jenen fliegenden Wächtern blicken«, sagte der Knöcherne.

»Wir sollten es vermeiden.«

Der Strand des ringförmigen Binnenmeeres war, so weit sie sehen konnten, sandig, felsig und von reichem Grün bewachsen. Dschungel und Küste schienen direkt ineinander überzugehen. Das Wahrzeichen der unsichtbaren Insel am Horizont, die runde Kuppel, stand wie ein Gebirge über der Szene. Und im Osten begann die schon beobachtete geschwungene Energiebrücke, von hier sah sie wie eine leicht gebogene Röhre aus.

Der zweite Vorgang ließ Sandal noch mehr stutzen. Plötzlich schien sein Funkgerät, das in den letzten Tagen insgesamt zwanzigmal angesprochen hatte, lebendig geworden zu sein. Pausenlos wurden von der Insel Funksprüche losgeschickt.

Es waren Warnungen, die beide Freunde schon zur Genüge kannten. Anforderungen für Materialien, Temperaturen der tätigen oder ruhenden Vulkane und Kleinkrater, Dialoge mit einigen Verantwortlichen des Raumhafens ... und so fort. Nichts, was ihnen weiterhelfen konnte.

Sie bereiteten sich ein kleines Lager, und dann merkte Sandal plötzlich, daß der Luftverkehr zugenommen hatte. In kurzen Abständen landeten und starteten Luftgleiter, erhoben sich und schwebten durch die Röhre hindurch. Raumschiffe tauchten aus dem gleißenden Himmel herunter und landeten mit einem letzten Aufbrüllen der Maschinen hinter dem Dschungel und starteten entlang des riesigen Turmes.

Drei Dinge. Wie hingen sie zusammen? Kam dort drüben, auf der Insel der Glücklichen, etwas in Gang, das ihn interessieren mußte?

Er wußte es nicht. Auch Tahonka-No wußte es nicht, aber er hatte einen guten Vorschlag. Er sagte: »Jeder von uns geht ein Stück Strand aufwärts. Du nach Westen, ich nach Osten. Erkunden wir die Umgebung. So läßt sich das Warten sinnvoll betreiben.«

Sandal nickte. Er sah, daß sein Freund ebenso unruhig war wie er selbst. »Einverstanden.«

Sandal warf seinen Köcher über den Rücken, nahm den Bogen und machte sich an den Aufstieg. Er wanderte die geschwungenen Buchten entlang und sah immer wieder hinüber zur Energiekuppel, dann wieder zurück zur dunklen Wand des Waldes. Ein stechender Geruch kam nach einiger Zeit in seine Nase, und er dachte nach.

Wo hatte er diesen Geruch schon gespürt?

Natürlich dort draußen im Sumpf, als sie den Gasball geklebt hatten. Das waren Gase, die aus der Erde kamen.

»Die Hitze ... sie nimmt zu!« stellte er verwundert fest.

Er hielt an, denn vor ihm rührte sich etwas. Mit einigen Sprüngen war er an einem Felsen, preßte sich dicht an die heiße Wand und schob den Kopf vor. Was er sah, erfüllte ihn mit eisigem Schrecken.

Eine Flugechse.

Sie kam aus dem Dschungel, kappte achtlos mit einem Schwung ihres Schwanzes einen mittleren Baum und stapfte schwerfällig ans Ufer heran. Erst jetzt sah Sandal die ganze, furchterregende Größe dieses Tieres. Das Tier wurde schneller, breitete die Beine aus und stützte sich auf den Schwanz. Die riesigen Flughäute spannten sich, und ein Sturmstoß riß Sandals Haar nach hinten.

Dann nahm das Tier einen Anlauf, schlug mit den Gliedmaßen und flatterte halb, halb rannte es, den Abhang hinunter. Dicht über dem Wasser, in das der lange Schnabel eintauchte, fing sich die Luft unter den Schwingen, und das Tier flog.

»Phantastisch!«

Hundert Menschen hätten auf dem Rücken Platz, dachte er.

Das Tier kam langsam und schwerfällig höher, streifte einmal noch die anrollenden Wellen und flog dann schneller und höher. Es schraubte sich in einer weiten Spirale nach oben und wurde rasch kleiner, ein guter Anhaltspunkt für seine wirklichen Flugfähigkeiten. Mit offenem Mund sah Sandal staunend den Koloß verschwinden, nach langer Zeit als Pünktchen aus Weiß vor dem Schirm niedergehen und an dessen unterem Rand im Dunst verschwinden. Bald darauf kam aus einer anderen Richtung ein zweiter Flugsaurier.

»Diese Tiere fressen Fleisch, unter allen Umständen. Mit Pflanzennahrung würden sie auf keinen Fall satt zu bekommen sein«, sagte Sandal etwas lauter und verließ sein Versteck. Geräuschlos ging er näher heran und sah den Weg, den das Riesentier aus dem Dschungel gebrochen hatte, und die riesigen Schleifspuren im Sand des Hanges. »Beachtlich. Aber was stinkt hier so?« fragte er sich.

Nach einer weiteren Viertelstunde kam er zu einem leicht rauchenden Loch im Boden. Er sah sofort, daß es sich um einen kleinen feuerspeienden Berg handelte, wie er ihn beim Absturz des Diskusraumschiffes zum ersten Mal gesehen hatte.

Genauer gesagt: kein Berg, sondern ein Krater im Boden.

Eine graue Rauchsäule kräuselte sich in der heißen Luft langsam aufwärts; sie kam aus dem schwarzen Loch in der Mitte der schrägen Trichterwände.

»Immer wieder fliegen diese Saurier dort hinüber«, sagte Sandal. »Das hat etwas zu bedeuten!«

Er ahnte es: Dort auf der Insel fütterte man die Flugsaurier. Dafür sorgten sie für die Bewachung des Meeres. Die Fauna innerhalb dieses Dschungelstreifens wäre von zehn oder zwanzig Echsen binnen einiger Wochen restlos ausgerottet worden. Aber was bedeuteten diese Vulkane? Sandal ging näher heran.

Er untersuchte den Sand und die gelblichgrünen Ausscheidungen, die im Laufe langer Jahre ausgesickert waren. Er brauchte nicht lange zu suchen, dann sah er die Tatzenabdrücke einiger Saurier.

Er versuchte, ihre Bewegungen zu rekonstruieren.

»Sie landen hier, ihr Gang ist unsicher ... dann drehen sie sich, bis ihr Hinterteil über dem Trichter ist. So verharren sie lange Zeit!« sagte er.

Die entsprechenden Spuren waren besonders tief und deutlich ausgeprägt.

Eine starke Hitzewelle schlug Sandal ins Gesicht, als er an den Rand des Trichters kam und sich hinüberbeugte. Er sah nur glatte Sandwände und streifenförmige Aschespuren.

Sandal nickte, ging zurück zwischen die Felsen, sah hinüber zum schweigenden Dschungel, der nur von kleinen Tieren und Vögeln bevölkert zu sein schien, dann suchte er eine keine, schattige Höhle. Er nahm den Bogen von der Schulter, legte ihn schußbereit neben sich, tat den Köcher dazu und legte den Kopf auf die Unterarme.

Sandal Tolk wartete.

Er wartete vier oder mehr Stunden, dann hörte er über sich das bekannte Rauschen riesiger Schwingen. Einer der Saurier kam herunter, der Himmel verfinsterte sich. Sandal schob sich vorsichtig, schnell und lautlos weiter in die Deckung hinein.

Das Tier taumelte und torkelte, drehte sich mehrmals unkonzentriert und bewegte sich mit eingefalteten Schwingen rückwärts auf den kleinen Vulkanschlot zu.

Dann ringelte es den langen Schwanz zu einem Fragezeichen hoch und versank ächzend bis zur Hälfte des Körpers im heißen Dampf und Rauch des kleinen Vulkans.

»Ich kann es kaum glauben«, flüsterte Sandal.

Er überlegte rasend schnell. Der Bauch dieses Wesens war geschwollen und dick; es war hochträchtig. Da es sich aber um eine Echse handelte, bedeutete dies, daß ein Ei im Bauch des Saurierweibchens heranreifte. Ein Riesenei, größer als Sandal.

»Das Weibchen setzt das Ei also der Hitze aus. Das beschleunigt den Brutvorgang«, überlegte Sandal.

Er beobachtete das Tier mit größter Aufmerksamkeit. Es hatte die Augen geschlossen und bewegte den langen Hals auf und ab. Es war abgestumpft und irgendwie nur halb bei Bewußtsein, jedenfalls spürte es den Felsen nicht, den Sandal einige Minuten später auf die lange, reptilienhafte Schnauze schleuderte.

Sandal erinnerte sich an die Haltung der Hühner, die er in den Ställen von Burg Crater beobachtet hatte. Es schien das Ende des Brutvorganges herangekommen zu sein; die Lederhaut des riesigen Eies würde geschmeidig gemacht, um besser den Körper verlassen zu können. Also würde hier bald ein Junges schlüpfen, sicherlich ein Nestflüchter, der nach kurzer Zeit schon rennen und fliegen konnte.

Nestschlüpfer würden sehr schnell Nahrung brauchen, denn kein organisches Dottereiweiß hielt diese mörderische Hitze aus dem Planeteninnern aus.

»Ich warte weiter«, entschied Sandal.

Er brauchte nur an seine Rache zu denken, und unter diesem Gesichtspunkt ließen sich alle Strapazen ertragen. Aber Sandal war klug genug, zu wissen, daß er sich in kleinen Schritten seinem Ziel entgegenkämpfte, daß er das Ziel nicht genau kannte – nun: Es hatte sich nicht verändert.

Der König des Schwarms.

Aber wo fand er ihn, den er zwingen mußte, den Angriff auf die Sterne abzubrechen? Wo sollte er ihn suchen? Dort in der Kuppel? Vielleicht.

Aber ebensogut konnte diese Kuppel nur eine weitere aufregende und von tödlichen Gefahren erfüllte Etappe auf seinem langen Weg sein.

»Dieses Bauchbrüter-Weibchen wird unruhiger und unruhiger ... der Zeitpunkt kommt näher«, meinte Sandal.

Er hoffte, daß Tahonka-No und das Thoen nicht nach ihm suchten, denn es wurde bereits langsam Abend. Eine halbe Stunde verging in qualvoller Ereignislosigkeit.

Dann kletterte das Tier mit geschlossenen Augen aus dem Loch heraus, watschelte tolpatschig direkt unterhalb Sandals Versteck vorbei, und diesmal konnte Sandal genau die Kämme, Hornleisten, die Zacken und Sprünge sehen, die den mächtigen Rücken des Tieres bedeckten. In einer unbewußten Anstrengung erhob sich das Tier, schlug dreimal mit den Flügeln und landete einige hundert Meter weiter entfernt.

Das Ei trat als längliche Blase aus dem Körper aus.

»Und ... wie geht es weiter?« Sandal war wißbegierig.

Aus dem leeren Krater kam eine mächtige dunkle Wolke und schob sich zwischen den Jäger und die Riesenechse. Als sich das Bild wieder klärte, sah Sandal das Junge, das herumtaumelte und den Kopf schüttelte. Es entfaltete seine Schwingen und wedelte damit, rannte um den Saurier herum und stieß helle, piepsende Töne aus.

»Das Junge ist noch häßlicher als die Alte«, sagte Sandal schaudernd.

Der Reptiliengeruch wehte heran und verursachte ihm fast Magenschmerzen.

Eine Stunde später flogen die Alte und das Junge hintereinander nach Süden, der Insel zu.

Sandal kroch aus seinem Versteck, reckte die steifen Glieder und ging schnell zurück zu Tahonka, der bereits an einem kleinen, hervorragend abgeschirmten Feuer saß und das Tier, das sie auf den letzten Metern des Dschungels erlegt hatten, auf dem Spieß drehte. Er hob den Kopf, betrachtete Sandal aufmerksam und sagte:

»Dein Grinsen sagt mir, daß du etwas Neues weißt.«

Sandal sah sich wachsam um und setzte sich ans Feuer, nachdem er die Waffen zur Seite gelegt hatte.

»Ich weiß, wie wir das Ringmeer überqueren«, sagte er trocken.

Tahonka schaute ihn verwundert an, dann lachte der Knöcherne laut und schallend. Das Thoen sprang vor Schreck zwei Meter in die Höhe und wedelte mit dem Haarschopf.

»Du bist völlig verrückt und redest irre!« Tahonka winkte ab.

»Keineswegs. Wir werden den Flug auf dem Rücken einer weiblichen Riesenechse zurücklegen.«

Vor ungläubigem Gelächter ließ der Knöcherne fast den Braten ins Feuer fallen.

»Was sage ich?« fragte er sich und nickte. »Er spricht irre. Die Sonne hat seinen Geist verwirrt.«

Sandal sagte ruhig: »Ich werde dir berichten, was ich gesehen habe. Hör zu!«

Er schilderte kurz und umfassend, was er gesehen und welche Schlüsse er daraus gezogen hatte.

»Du willst auf den Rücken des Tieres kriechen und dich dort verstekken, während die Echse in dem Vulkankrater sitzt?« fragte No vollkommen verblüfft.

»So ist es«, sagte Sandal. »Kaum ein einziges lebendes Wesen kann ohne Spiegel seinen eigenen Rücken betrachten. Warum sollte es auch? Selten ist ein Rücken ein schöner Anblick.«

»Ich muß sagen, daß dein Rücken mir zur Zeit der passende Anblick wäre – willst du uns mit Gewalt umbringen?«

Sandal grinste und sah zu, wie die Fetttropfen im Feuer aufbrannten.

»Keineswegs. Der Schwanz des Tieres, selbst wenn er den Rücken berührt, wird nicht in die vielen Vertiefungen hineingeraten. Er ist lang und starr!«

»Du bist wahnsinnig. Wir werden doch herunterfallen.«

Sandal sah seinen Freund an, als zweifle er an dessen Fähigkeiten.«

»Wir werden uns festbinden, so wie unter der Gaskugel. Wir werden nicht herunterfallen, sondern einen tadellosen Flug haben.«

»Und das Junge? Wenn es schwach wird vom langen Flug und auf dem Rücken seiner Mutter landet?«

»Der Rücken ist groß und voller Verstecke!« sagte Sandal. »Sollte es uns als Nahrung betrachten, so haben wir unsere Messer, die Pfeile, deine Lichtkugelwaffe und meinen Strahler, genügt das nicht?«

»Diese Waffen und dein Aberwitz, Freund, sind schon zuviel. Ich mache nicht mit!«

»Ich fliege jedenfalls, sobald ein brütendes Weibchen eintrifft. Wir sind nicht gefährdet.«

Tahonka-No faßte einen weisen Entschluß und verkündete: »Zuerst essen und schlafen wir einmal, denn am nächsten Morgen sehen alle Probleme anders aus.«

»Richtig«, sagte Sandal sarkastisch. »Wir werden von einer prunkvollen Barke geweckt, die uns abholen wird.«

»Das nicht. Aber vielleicht hat dein verderblicher Wahn etwas abgenommen!«

Sie aßen und zogen sich dann in die Matten zurück.

Nach einer Weile fragte Tahonka-No durch das Geräusch der kleinen Wellen: »Ist das dein Ernst, Sandal, oder willst du mich nur erschrekken?«

Sandal wartete einige Sekunden. »Kein Scherz. Ich habe vor, unter allen Vorsichtsmaßnahmen den Rücken einer Echse zu erklettern und dort zu warten, bis sie zur Insel hinüberfliegt.«

Der Knöcherne murmelte laut und beschwörend: »Auf dem mächtigsten und größten Tier dieses Planeten willst du mehr als einhundert Kilometer weit fliegen? Das ist der direkte Weg zum Tod.«

Sandal widersprach leidenschaftlich und legte sich bequemer in der gespannten Matte zurecht.

»Wir werden zusehen und warten. Dann werden wir so vorsichtig sein wie niemals. Wir werden uns auf dem Rücken verstecken, der nur etwas kleiner ist als diese Bucht. Und wir binden uns fest, klammern uns an den vielen Rissen und Vorsprüngen von Horn und Knochen an. Wenn das Tier auffliegt, wird es uns etwas durchschütteln, sonst nichts.«

»Ich kann es mir nicht vorstellen. Ich glaube nicht, daß wir es schaffen«, sagte der Knöcherne mutlos. »Du traust dir hier zuviel zu. Ich habe Angst, Sandal. Ich will nicht sterben auf dem Rücken eines solchen Tieres oder indem ich einige Kilometer lang durch die Luft fliege und im Wasser lande.«

»Ich werde dich festhalten«, versprach Sandal. »Bestimmt! Denk daran – die Gefahren, die hinter uns liegen, waren alle einzeln größer als dieser Flug.«

»Du hast sicher recht, aber ich zittere, wenn ich nur daran denke!«

Sandal fürchtete sich nur vor der hypnotischen Befehlsstrahlung, die sicher hoch über dem Meer wirksamer werden würde. Hier am Strand merkten sie alle drei Stunden nur noch wenig davon und konnten sich entsprechend beherrschen.

»Du wirst nicht zittern, wenn wir losrennen, glaube mir!«

Grollend sagte der Knöcherne: »Warten wir es ab. Jedenfalls bin ich um den Schlaf dieser Nacht gebracht worden.«

Sandal meinte abschließend: »Du wirst mich nicht allein abfliegen lassen. Du weißt, daß ich dir vertraue, mein Freund.«

Kurz darauf war ihr Schnarchen das einzige Geräusch außer der Brandung.

Das Thoen verschwand und rannte auf seinen vier Beinen die lange Steintreppe hinauf. Das Tier lief auf die Felsen zu und grub dort in panischer Angst eine gewaltige Grube. Es setzte sich in die Grube und wartete.

Sie mußten einige Tage warten, bis wieder eine Echse landete.

Diese Tage waren eine Nervenfolter für die beiden. Sandal erklärte immer wieder, wie ungefährlich es sein würde, und der Knöcherne widersprach. Er rechnete mit seinem sicheren Tod, wenn er sich in dieses aberwitzige Abenteuer einließ.

Dann war es soweit.

»Wo ist eigentlich das Thoen?« fragte Sandal.

»Keine Ahnung. Es ist in der Nacht weggelaufen, in der wir uns zum ersten Mal gestritten haben.«

Immerhin war es Sandal gelungen, seinen Freund bis zum Felsenversteck zu bringen. Hier beobachteten sie, wie eines der Ungeheuer im Gleitflug ankam. Die Bewegungen waren müde und torkelnd, als das Tier sich drehte und rückwärts stolperte. Dann ließ sich die Echse in den Vulkanschlot hinunterrutschen und schloß die Augen. Aus ihrer immensen Kehle kamen summende Geräusche.

»Sie verflucht uns!« flüsterte Tahonka-No.

»Sie singt ein Wiegenlied für ihr Ei«, meinte Sandal respektlos.

Das Ei reifte innerhalb der Körperhülle heran. Als Sandal die Zeichen erkannte, die auf das Verlassen des Vulkans hindeuteten, rannte er los. Er war vorbereitet, und als er um das Tier herumrannte, sah er, daß Tahonka-No folgte. Zuerst zögernd mit allen Zeichen der Verzweiflung, dann schneller und schneller, als habe er Angst um seinen Freund.

Sie erreichten den Rücken, der wie die zackige Felswand vor ihnen aufragte. Sandal kletterte hinauf und war binnen kurzer Zeit im Schutz von vier riesigen Knochenplatten und dicken Hornstacheln verschwunden.

»Dein Mut sei verflucht!« schrie der Knöcherne und folgte ihm hastig.

Dann schüttelte sich die Echse und beugte sich vor.

17.

Mit einer langen, gezielten Anstrengung zog sich Tahonka-No hoch. Sandals Arm kam zwischen zwei Hornplatten hervor, griff nach dem breiten Gürtel des Knöchernen und zog ihn die Schrägfläche hoch. Die Hände und Füße fanden Halt in dem schrundigen Hornuntergrund. Beide Männer atmeten schwer, als sie sich mit den Resten des Seils festbanden.

»Ich denke, du wolltest mich allein fortfliegen lassen?« erkundigte sich der weißhaarige Jäger ohne Sarkasmus.

Tahonka-No lachte kurz und erwiderte, während seine starken Finger ein paar Knoten schlugen: »Ich brachte es nicht übers Herz, wie du dazu sagen würdest. Ich stellte mir vor, wie einsam du sein würdest, und da bin ich losgerannt.«

»Du bist wirklich ein Freund, wie man sich ihn wünschen kann!« beteuerte Sandal.

Die aufgestaute Hitze des Vulkanschlotes schlug über ihnen zusammen und strich entlang des Rückens, der für sie wie ein kleiner Berghang wirkte. Über ihnen, wie ein gewaltiger Baum, schwankte der Steuerschwanz des Tieres. Sie merkten ferner, daß sich die schiefe Ebene mehr und mehr neigte und schließlich fast waagerecht lag.

Ein unheimlich schabendes, knisterndes Geräusch ertönte – das Tier spreizte die Flugarme, torkelte hin und her und schwang dann die Flügel. Bei jedem der vier oder fünf Flügelschläge schwankte der Schwanz auf und ab, berührte den Boden.

Fünf riesige Sätze wurden durchgeführt – riesig für die beiden Männer.

»Sieh dort hinüber!« sagte Tahonka-No leise.

Sandal blickte in die Richtung der Felsen und sah, wie das Thoen sich aus dem Sandhügel ausgrub. Es rief: »To-en, to-en!« und entfaltete die durchsichtigen Flügel. Aus dem Sandhaufen folgten in einer Reihe kleine Wesen, die gut handgroß waren ... kleine Thoen!

»Nachwuchs!« sagte Sandal lakonisch. »Das Thoen verläßt uns!«

»Es fliegt zurück in seine Heimat – vermutlich hat es hier seine Jungen ausgegraben und führt sie zurück.«

Das Thoen flog nach Norden davon, und die insgesamt elf kleinen Bälle bildeten eine Perlenkette, deren Flügel im Sonnenlicht aufglitzerten. Hatte sie mit dem Thoen zusammen auch das Glück verlassen?

Eine mächtige, konvulsivische Zuckung ging durch den Körper der Echse.

Tahonka wandte sich fragend an Sandal: »Wirft sie jetzt das Ei aus?«

»Wahrscheinlich.«

Sie lagen auf meterdicken Hornschichten, zwischen denen die pyramidenähnlichen Fortsätze der Knochenleisten herausragten. Wieder bewegte sich das Tier; die Haut schob sich zusammen, einzelne Schuppen glitten laut knarrend übereinander, als ob sich eine Schlange fortbewegen würde. Das Thoen und seine Nachkommen verschwanden hinter den Bäumen des Dschungels.

Ein langgezogenes Stöhnen durchfuhr den gesamten Körper, an dem sich die Männer festklammerten. Sandal sah sich langsam um und beobachtete, wie sich die einzelnen Teile des Panzers aus mächtigen Schuppen zusammenschoben und wieder teilten. Er und Tahonka-No saßen auf einer einzelnen, großen Knochen-Hornplatte, wie auf einem Floß auf den Wellen. Sie waren sicher, und die Seile, die sie hielten, besaßen nach allen Seiten genügend Spielraum. Auch der Proviant und die Ausrüstung, in die Hängematten eingeschnürt, waren sicher vertäut.

»Wir müssen noch etwa eine Stunde warten!« meinte der Mann von Exota Alpha. »Dann ist das Junge flügge.«

»Dein Plan ist wahnwitzig. Aber ich sehe jetzt, daß wir doch einige Chancen haben, zu überleben«, meinte der Knöcherne.

Sie lehnten sich zurück und warteten. Die energetischen Waffen ruhten gesichert in den Taschen, und das Fieber der Erwartung erfüllte die beiden Freunde.

Sandals Ziel war der oberste Punkt der hierarchischen Pyramide des Schwarms. Und Tahonka-Nos Beschäftigung würde darin bestehen, Sandal auf seinem Weg zu begleiten. Als der Knöcherne dies dachte, senkte er den Kopf und verbarg sein Gesicht in den Händen.

Unmerklich verstrich in der trägen Nachmittagsluft die Zeit. Die Minuten schienen aus zähem, tröpfelndem Baumharz zu bestehen und in ihren Bewegungen einzuschlafen. Das Tier lag wie tot da, nur in Zehnminutenabständen lief ein langgezogenes Stöhnen durch den Körper, gefolgt von kurzen Zuckungen. Die Männer schwitzten, und die Myriaden von Insekten, die zwischen den Hornschichten zu leben schienen, stürzten sich auf sie. Dann hörten sie irgendwo unter sich das quiekende Geräusch des Jungen.

»Es geht los!« mutmaßte der Knöcherne.

Das Junge schien einen Anlauf zu nehmen, überflog zweimal den Rükken der Echse, und jetzt kam wieder Leben in das Riesentier. Es richtete sich auf und ging schwerfällig hinüber zum Dschungelrand. Dann nahm es einen Anlauf und stapfte hinunter zum See, schlug mit den riesigen, durch ungeheuer lange Knochen verstrebten Lederschwingen und erhob sich in die Luft, ein häßliches Krächzen ausstoßend.

»Beim Gelben Götzen! Wir fliegen!« sagte Tahonka-No erschüttert.

Sein Bewußtsein wehrte sich gegen die Erkenntnis, daß sie den Boden verlassen hatten und noch immer lebten. Das Tier berührte mehrmals das Wasser. Riesige Schauer von Wassertropfen und ein Sturzbach, der zwischen den Hornplatten versickerte und Millionen Schmeißfliegen mit sich riß, waren die unmittelbaren Folgen.

»Ich habe es gewußt, mein Freund«, sagte Sandal. »Es war riskant, aber es ging so vonstatten, wie wir es uns vorgestellt hatten.«

Tahonka-No berichtigte grollend: »Wie du es dir vorgestellt hast, Partner!«

Während das Untier schneller und schneller wurde, während die beiden dreieckigen Schwingen einen ungeheuren Doppelwirbel erzeugten und sich die Freunde tiefer zwischen die Hornerhebungen duckten, riß der Flugwind die Insekten mit sich. Das Untier kletterte ziemlich schnell; bald lag der Küstenstreifen weit unter ihnen.

Tahonka-No sagte, sich mit beiden Händen an den rissigen Bastseilen festhaltend: »Glaube nicht, daß wir alle Schwierigkeiten hinter uns haben, wenn dieses Ungetüm landet. Wir sind nur näher an der Kuppel – sonst nichts.«

Die Ersten Diener des Y'Xanthymr werden uns grausam töten, durchfuhr es ihn, als er nach vorn sah und bemerkte, daß der Saurier eine Höhe von rund zweitausend Metern erreicht hatte.

Etwas stimmte nicht; aus dem gradlinigen Flug wurde ein Torkeln und Kreisen.

Sandal und Tahonka blickten sich stumm an, dann sicherte der Jäger und stand langsam auf.

»Das Junge!« erklärte er, gegen das Sausen der Luftwirbel ankämpfend.

»Was ist mit ihm?«

»Es findet den Kurs nicht. Dort, sieh nach vorn!«

Sandals Haar flog, der Fahrtwind trieb ihm und dem Knöchernen das Wasser aus den Augen. Sie blickten nach vorn. Das Tier hatte seinen langen Hals aufwärts gebogen, und die Augen seitlich des Reptilienrachens starrten schräg nach hinten, wo das Junge flog. Das vor einer halben Stunde flügge gewordene Tier flog nicht geradeaus, sondern schien echte Schwierigkeiten zu haben.

Es torkelte hin und her, kam vom Kurs ab und flog gerade jetzt in einer Zickzacklinie nach Westen. Dorthin wollten weder die Flugsaurier noch die beiden Freunde. Aber die Alte änderte ihren Kurs, flog nördlich des

Kleinen vorbei und trieb ihn mit leichten Schlägen des langen Schnabels wieder nach Süden.

Sandal, der lange genug Zeit gehabt hatte, das Verhalten des Tieres zu studieren, sagte abwägend: »Es scheint, als hätten beide Tiere gewaltigen Hunger.«

»Woraus schließt du das?« wollte der Knöcherne wissen.

Sandal erklärte es ihm, während die dünne Luft in zweieinhalbtausend Metern Höhe sie umraste. Beide Tiere strebten mit schnellen Flügelschlägen und einer gewissen Gier nach Süden, der Insel zu. Sandal erklärte, daß diese Tiere nur dann existieren konnten, wenn sie gefüttert würden, und dies konnte nur dort drüben geschehen, da kein anderer Landstrich für den ungeheuren Appetit der Riesentiere genügend Fauna besaß.

»Ich verstehe!« schrie Tahonka-No.

Das Junge machte weiterhin Schwierigkeiten. Es ließ sich rund fünfhundert Meter tief fallen, ruderte hilflos mit den Flügeln, und der Gigant mit den Freunden auf dem Rücken stürzte über den rechten Flügel ab, raste schräg nach unten und wies dem Kleinen erneut den Weg.

Die beiden Echsen flatterten langsam höher und höher. Aber sie flogen nicht nach Süden, sondern in einer verwackelten Linie in Kreisen. Der alte Saurier schrie lange und klagend, und der junge, weiße Saurier wurde immer aufgeregter. Schließlich riß der großen Echse die Geduld, und von einem Moment auf den anderen ignorierte sie ihr Junges. Sie kümmerte sich einfach nicht mehr darum und hielt jetzt stur nach Süden.

In einem rasenden Flug in großer Höhe brachte sie die restlichen fünfzig oder sechzig Kilometer hinter sich.

Vor ihr wurde die Insel sichtbar, vor den Männern wuchs die Energiekuppel und wurde die Energiebrücke deutlicher, die zwischen dem Ufer und der Insel durch die Luft schnitt. Die Männer atmeten auf, als ein langgestreckter Landeanflug begann, die Echse segelte jetzt mehr, als sie flog.

Sandal beobachtete alles, was er vor sich ausgebreitet sah – den Rand der Insel, die gewaltigen Knochenberge, die dort lagen, die anderen Saurier, die auf dem Boden um unkenntliche Brocken rostrot-weißer Materie hockten und sich stritten, die Brücke und die Gebäude, die durch den Schirm hindurch sichtbar wurden.

»Du hast mich hierhergelockt, du Schuft ... ich bringe dich um!«

Tahonka-No hatte sich halb erhoben, schnitt mit seinem Messer gerade zwei Bastseile durch und war im Begriff, sich auf Sandal zu stürzen. In Sandal wallte unsinnige, vernichtende Wut hoch: Sein Freund war wahnsinnig geworden und wollte sie vor lauter Angst auf den letzten Kilometern noch umbringen durch seine aggressive Unbesonnenheit.

Sandal brüllte: »Es ist die Befehlsstrahlung, No!«

Ein eisiger Schrecken durchzuckte ihn; sie würden alle umkommen. Sie stritten sich schon vor der Landung. Unvorstellbare Gefahren warteten dort unten. Es war sinnvoller, dem Leben jetzt freiwillig ein Ende zu setzen, um alldem zu entgehen.

Sandal riß seine Waffe aus der Tasche und steckte die Mündung in den Mund.

»Nein!« kreischte der Knöcherne.

Sandal drückte entschlossen ab, einmal, zweimal. Nichts geschah. Dann hatte der Knöcherne das letzte Halteseil durchgeschnitten und warf sich auf Sandal. Er riß Sandal die gesicherte Waffe aus der Hand, holte weit aus, und Sandal schnellte sich nach vorn. Er ergriff das Handgelenk des Freundes und prallte mit dem Schädel gegen die Brust des anderen. Es war, als habe er einen Felsen umstoßen wollen.

»Du bist wahnsinnig!« schrie der Knöcherne.

Die Echse bewegte die Flügel, ein Ruck ging durch die Schuppen des Rückenpanzers, und der Knöcherne wäre beinahe abgestürzt. Sandal griff mit der anderen Hand gegen den Knöchel und rief:

»Wir sind beide wahnsinnig. Die Strahlung!«

Plötzlich schien ihn Tahonka nicht mehr zu hören. Sie kämpften einen lautlosen, erbitterten Kampf auf dem Rücken des Sauriers, und sie hätten sich gegenseitig zumindest Verletzungen beigebracht, wenn nicht der Flug bockend und unregelmäßig gewesen wäre.

Die Echse landete.

Schließlich bewegte sie sich aus dem Fokus des hypnotischen Strahls heraus, und der Strahl wanderte weiter. Die Freunde kamen zur Besinnung, als das Tier mit einem fürchterlichen Aufprall landete. Sandals Strahler flog in hohem Bogen davon und verschwand zwischen den Hornplatten.

Sandal schrie: »Hinunter! Ich suche die Waffe.«

Er war plötzlich wieder vollkommen normal und frei von dem diktierten Aggressionstrieb des Strahls.

»Verstanden!« sagte Tahonka. »Ich verstecke mich dort drüben in dem Knochenberg.«

»Ich werde dich finden!« rief Sandal.

Tahonka warf sich die beiden Gepäckbündel auf den Rücken und richtete sich auf. Von seinem Gurt baumelten die Reste der Bast-Halteseile herab. Er bewegte sich zwischen den hornigen Erhebungen wie zwischen übermannsgroßen Felstrümmern in die Richtung des Schwanzes, der unaufhörlich durch die Luft pfiff.

Sandal sah seitlich von sich verschiedene Tiere, meist Echsen absonderlicher Form. Von seinem Platz aus sah er auch, daß sie zu seinem und Tahonkas Glück mit den Kadavern von Tieren beschäftigt waren – das Mahlen und Reißen riesiger Kiefer und spitzer Zähne schallte über den etwa zehn Kilometer breiten Sandstreifen, hinter dem sich wie eine unendlich hohe Mauer der Energieschirm erhob. Während die Echse einen trompetenden Laut ausstieß, der Sandal in den Ohren gellte, warf sich das Tier nach vorn und rannte auf die Beute zu.

Tahonka machte einen Panthersatz, überschlug sich und raste wie ein Wahnsinniger in den gewaltigen Knochenhaufen.

»Wo ist der Strahler ... er ist unersetzlich!« rief Sandal und suchte in der Richtung, in der er ihn vermutete. Er kletterte zwischen dem Horn umher, stolperte und fluchte, schließlich fand er die Waffe in einem kleinen Spalt.

Er steckte sie ein, lief schnell im Zickzack zwischen den aufragenden Flügeln hoch und sprang dicht neben dem wirbelnden Schwanz zu Boden.

Neben ihm ragte wie ein Baum der Hinterfuß der Echse in die Luft.

Schaudernd rannte Sandal auf den Knochenberg zu, blieb neben Tahonka stehen und sagte: »Wir haben unser Ziel erreicht. Jetzt müssen wir nur noch durch die Kuppel eindringen.«

Vor ihnen hatten sich etwa fünfzig Tiere versammelt, die an rund zehn gewaltigen Fleischmassen zerrten und sich um die fetten Brocken stritten. Sie machten achtungsvoll Platz, als die Riesenechse kam.

Sandal sagte: »Solange sie fressen, werden sie genügend abgelenkt. Ein speisender Wächter paßt nicht auf!«

Der Knöcherne entgegnete bissig: »Wenn du nicht prahlen kannst, fühlst du dich unglücklich, wie?«

Sandal lachte übermütig, schlug dem Knöchernen zwischen die Schulterblätter. »Noch fünftausend große Schritte, und wir sind neben dem Schirm. Los! Ehe die Sonne sinkt ...«

Sie blieben in der Deckung des Knochenberges und entfernten sich in südwestlicher Richtung auf den schmalen Grünstreifen zu, der zwischen den auslaufenden Wellen des Strandes und dem gigantischen Schirm wuchs.

Eine Stunde später standen sie schwer atmend im Schatten eines Baumes, dessen Rinde bis zu den untersten Ästen abgefressen war.

»Das ist die Insel der Glücklichen. Wir haben sie lebend erreicht«, sagte Sandal als einzigen Kommentar.

Während sie vor den fressenden Tieren flohen und der Wand aus reiner Energie immer näher kamen, hatten Sandal und Tahonka-No folgendes festgestellt:

Auf dem rund zehn Kilometer breiten Streifen, der meistenteils aus Sand bestand, mit erstaunlich vielen Bäumen und Büschen darin, trieben sich große, fellbedeckte Tiere herum. Sie waren ziemlich langsam und schienen sich von dem Grünzeug zu ernähren. Sie dienten ausnahmslos als Nahrung für die Echsen und andere Raubtiere, die zur Wache und zur Kontrolle des Luftraumes und des Küstenstreifens verwendet wurden.

Einmal beobachtete Tahonka-No, wie sich eine Energieschleuse des Brückenschlauchs öffnete und ein Kasten herausschwebte, der auf Gleisketten zu rollen begann, kaum daß er den Boden berührt hatte.

»Nimm dein gläsernes Doppelauge«, sagte Tahonka und blieb hinter einem schützenden Busch stehen, »und sage mir, was du siehst. Dort vorn geht etwas vor.«

Sandal bemerkte, daß mehrere Fluggleiter aufgetaucht waren und über dem Kasten kreisten. Er setzte den kleinen Feldstecher zusammen und hob ihn an die Augen.

In dem runden Bild sah er, wie die eine Seite des Robotkastens langsam nach unten aufging und eine Art große Rampe bildete. Das dunkle Innere des Kastens war nur undeutlich zu sehen, aber dann zuckten darin einige fahle Blitze auf.

Über die Rampe kamen zwanzig oder fünfundzwanzig verschiedene Tiere, die mit hocherhobenen Köpfen nach allen Richtungen davonrasten, offensichtlich laut brüllend. Die Entfernung war zu groß, um noch deutlich unterscheiden zu können.

Eine der Flugechsen hob den Kopf, musterte eines der galoppierenden Tiere und stieß dann mit dem Schnabel zu. Jetzt hörte Sandal den Todesschrei des kleineren Tieres. Genüßlich zerbiß und zerfetzte die Echse das Tier und schlang gewaltige Bissen hinunter.

Sandal erklärte, was er gesehen hatte, und meinte: »Ich hatte also recht. Die Echsen werden hier gefüttert, und dafür säubern sie den Luftraum.«

Er beobachtete weiter.

Der Kasten schloß sich wieder, und die Gleisketten bewegten sich rückwärts. Sandal erkannte an der Seite des großen Transportfahrzeuges, das auch schweben konnte, eine halbverglaste Kugel, in der sich viele kleine Linsen bewegten. Ein Robotfahrzeug also, das nur diesem Zweck diente.

Es rollte direkt unter die Energieröhre, durch die gerade in schnellem Flug ein großer Gleiter raste. Dann hob sich die Maschine, tauchte durch eine Art Schleuse in die große Röhre ein und folgte dem Gleiter nach innen.

Da die Energiekuppel hier nur in direkter Sicht einen Durchblick gestattete, nicht in Längsrichtung, weil dann das Bild undeutlich wurde, sah Sandal nichts mehr. Er nickte seinem Freund zu und sagte:

»Unser Weg ist wie eine lange Treppe. Wir steigen sie Stufe um Stufe hoch. Der Weg bis unter die Röhre ist die nächste Stufe.«

Tahonka deutete auf die Kuppel. Sie verschmolz, je mehr sie die Köpfe nach hinten legten, immer stärker mit dem Himmel und ragte wie die Mauer eines Zyklopenwesens auf. Die Rundung verschwand hier fast völlig; diese erstaunliche Konstruktion wirkte fast wie eine plangeschliffene Fläche, in der sich das Sonnenlicht spiegelte.

In der unmittelbaren Nähe der Kuppel merkten die Freunde nichts mehr von der Strahlung, die sie beinahe umgebracht hatte.

»So!« sagte Tahonka-No. »Wir gehen einfach auf die Schleuse zu, als ob wir uns hier in vorzüglicher Deckung befänden. Es gibt zweifellos auch hier fliegende Wächter. Dann sind die Tiere, die zur Fütterung der Wächterechsen dienen, auch nicht ungefährlich. Die Echsen selbst töten uns, wenn sie uns sehen. Mit den Energiewaffen dürfen wir nicht schießen, und deine Pfeile vermögen nicht alles. Was willst du tun?«

Sie marschierten seit Stunden, und Sandal taten die Füße weh. Er entgegnete vorsichtig:

»Ich weiß es noch nicht genau, Freund No. Ich bin dafür, daß wir uns in einem Baumwipfel eine gute Deckung suchen und einen Tag lang alles beobachten. Dann kennen wir die Gefahren, die hier herrschen.«

»Und dann können wir versuchen, ihnen zu entgehen.«

Sie bewegten sich in einem großen Bogen auf den einzigen geeigneten Baum zu, der aus einer Gruppe kleinerer Bäume aufragte. Dort richteten sie ihr Lager ein.

Sie schliefen und erwachten beim Morgengrauen. Einige Tage später befanden sie sich im unwiderruflich letzten Versteck, dem letzten Baum, neben der Gasse, die unter der Energieröhre freigehalten worden war. Über ihnen spannte sich die Energiebrücke, befanden sich die halb durchsichtigen Flächen der Schleusen, war der Ort, wo sich die Kuppel und die etwa zweitausend Meter durchmessende Röhre trafen.

Sie lagen schlaflos da und fixierten die Röhre über ihnen. Es herrschte eine mehr als gespenstische Stimmung; hier gab es keine Tiere, keine Saurier und nicht einmal Knochen.

»Es ist das Problem, in die Schleusen dort oben hineinzukommen«, meinte Sandal.

Eintausend Meter über dem Boden? Wahnsinn!

»Beides, Schirm wie Röhre, sind undurchdringlich!« sagte Tahonka-No.

»Wir müssen zuerst in die Röhre hinein«, meinte Sandal. »Und für diesen Zweck bietet sich der Robot an, der fast täglich die Echsen mit Tieren versorgt.«

Tahonka überlegte lange und wälzte in seinen Gedanken alles hin und her, was er über programmgesteuerte Maschinen und, was für ihn wichtiger war, über die entsprechenden Anlagen wußte.

Dann sagte er: »Vorausgesetzt, wir kämen in den Laderaum dieser Maschine hinein. Das ist gefährlich, weil während des Ausladens Gleiterpatrouillen um den Kasten schweben. Wird es uns gelingen, sie abzulenken?«

»Ja«, sagte Sandal. »Ich schieße einen Brandpfeil.«

»Gute Idee. Ich berichte weiter: Wir sind drinnen, die Maschine steigt hoch, gleitet durch die Schleusen, erreicht das Innere der Kuppel. Wir werden in einem Bezirk riesiger Zuchtställe sein. Genügt uns das als Basis?«

Sandal sagte mit großer Bestimmtheit: »Es genügt uns völlig. Eingekeilt zwischen Tieren – eine bessere Deckung können wir uns nicht wünschen.«

»Gut. Wie funktioniert das mit dem Brandpfeil?«

Sandal erklärte es ihm und hoffte, daß er alles richtig machen würde.

18.

Nur zwei Männer, die seit etwa zwei Monaten täglich unter dem Druck von Umweltgefahren gestanden hatten, konnten dies wagen.

Es war eine Sache für Männer, deren Reflexe ungeheuer schnell funktionierten. Die handelten, ohne zu überlegen – und dann noch richtig handelten. Das wiederum bedeutete, daß sozusagen jeder einzelne Schritt überlegt sein mußte. Drei Tage verbrachten die Freunde mit der Planung. Sie versäumten sogar einen Tiertransport, um ganz sicher sein zu können. Und in der Nacht bauten sie ihre Fallen auf.

Sandal hatte einen Pfeil gebastelt, der ihm helfen sollte zu überleben. Er rechnete wieder damit, daß eine mehr oder minder hochtechnisierte Gruppe nicht die Art des Kampfes kannte, die seine und die des Knöchernen war.

Als sie über sich – es war fast Nacht, nur ein roter Schein leuchtete am Horizont – Bewegungen der erwarteten Art sahen, handelten sie. Sie waren auf diese Sekunde vorbereitet und brauchten nicht einmal ein Wort zu wechseln.

Sie turnten entlang des Stammes nach unten. Als Tahonka-No den Boden berührte, legte Sandal zehn Meter über ihm den Pfeil auf die Sehne und wartete gespannt.

Vier Gleiter schossen aus der Höhe herunter, umschwirrten in kleinen Kreisen den Kasten mit der dumpf röhrenden und brüllenden Fracht. Als die Raupenketten den Sand berührten, entzündete Sandal den dünnen

Faden. Eine kleine Flamme lief an ihm entlang und verschwand im Innern einer unregelmäßigen Kugel. Sandal steckte das Feuerzeug zurück und zog die Sehne aus.

Der Pfeil schoß in einer steilen Parabel in die Luft, der Luftzug schürte die Flamme, hielt sie aber unsichtbar im Innern der Kugel aus Schlamm, Holz, Federn, trockenen Blättern und Baumharzteilen. Dann schlug der Pfeil genau in den riesigen Haufen hinein, den sie zwischen den Büschen gesammelt hatten. Drei Sekunden später sah man die Flammen.

»Los!« flüsterte Sandal und ließ sich den Stamm hinuntergleiten.

Jetzt berührte die Vorderkante der Klappe den Boden, und die Schockentladungen trieben die massigen, wuchtigen Tiere hinaus. Die Insassen der Gleiter sahen jetzt den flackernden Feuerschein und rasten mit ihren Gefährten darauf zu. Tahonka-No stob bereits zwischen den flüchtenden Tieren auf den Schlund der Maschine zu, und Sandal rannte jetzt los.

Ein riesiger Bulle sah ihn, wich nach der falschen Seite aus, und Sandal spurtete schräg an ihm vorbei. Sie hatten nur die wichtigsten und leichtesten Ausrüstungsgegenstände am Körper befestigt.

Der Knöcherne erreichte die Rampe, als sie sich bereits wieder vom Boden hob.

Sandal schlug abermals einen Haken, rannte im Schutz der Dunkelheit zwischen zwei schreienden Tieren hindurch und sah undeutlich, daß sich die Rampe hob. Er wurde schneller, schätzte den Sprung ab und drehte sich im Laufen um.

Ihr Plan hatte Erfolg.

Vier Gleiterbesatzungen kümmerten sich um das Feuer – sie schossen hinein.

Sandal rutschte im Tierkot aus, schlug hin, kam wieder auf die Beine und ahnte, daß er zu spät kommen würde. Die Kante der Platte befand sich bereits einen Meter über dem Boden, und die Bewegung, der Schließvorgang, wurde schneller. Er rannte weiter, sprang in die Höhe, und er kam mit der Brust gegen die Kante. Seine Arme flogen nach vorn, er hängte sich ein und spürte, wie der Bogen und der Köcher gegen die Kniekehlen schlugen.

Tahonka-No hielt sich mit einem Arm fest, stemmte sich mit beiden Beinen gegen die Schräglage. Sein Arm schoß vor.

»Nicht schreien!« sagte er fast übernatürlich ruhig.

Er faßte mit der Faust in Sandals Haar, seine Finger schlossen sich mit einem eisernen Griff, und als Sandal seinen Fuß über die Kante schwang, wurde sein Kopf nach vorn, dann nach oben und schließlich nach unten gezogen. Er wimmerte vor Schmerzen auf, und beide Männer rutschten die Schräge hinunter und landeten zwischen Wand und Boden.

»Geschafft!« rief Tahonka-No triumphierend und richtete sich wieder auf.

Es stank. Überall lagen Halme und Kot.

Ihr Versteck schloß sich mit Nachdruck. Die Platte kippte ganz hoch, legte sich an, und auch der letzte Rest von schwachem Lichtschimmer schwand dahin. Die Freunde standen im Dunkeln. Fünf Meter über ihnen war die Decke dieses Käfigs. Sie hörten, wie Motoren anliefen, dann wurde der Robot erschüttert, rollte zurück und blieb stehen.

»Jetzt schwebt er nach oben«, sagte Sandal. Seine Kopfhaut brannte, aber er wußte, daß dieser gezielte Griff des Freundes ihm vermutlich das Leben gerettet hatte. Auf alle Fälle verdankte er es ihm, daß er sich innerhalb des Verstecks befand.

Das Geräusch der Schüsse verhallte – die letzten Spuren waren wohl vernichtet, verbrannt.

Die Maschine kletterte mit ihnen senkrecht nach oben, hielt an. Sie merkten deutlich, daß sich die Bewegungsrichtung veränderte, denn sie rutschten und mußten sich gegenseitig stützen, was in der Dunkelheit immerhin ein Problem war.

Sandal stellte sich vor, wie die Maschine jetzt durch die Röhre glitt, schließlich vor einer Schleuse haltmachte, eingeschleust und wieder ausgeschleust wurde und dann weiterglitt auf energetischen Feldern, von deren Funktion er niemals eine Ahnung haben würde. Einige Minuten vergingen für sie. In Wirklichkeit war es eine halbe Stunde, aber die Zeit kam ihnen diesmal wesentlich kürzer vor.

»Wir landen wieder. Wo werden wir sein?«

Sandal merkte, daß sein Freund sich entfernte. Vermutlich ging er in die Ecke des Käfigs, an der er den ersten Ausblick haben würde.

Die Maschine rollte ein Stück, bewegte sich hin und her, und schließlich schwiegen die brummenden Motoren. Ein heller Lichtspalt erschien oben, zwei spitzwinklige Dreiecke bildeten sich an den Seiten. Sandal sah die Silhouette des Freundes, der regungslos dastand und nach draußen blickte.

»Der Weg ist frei«, sagte der Knöcherne.

Sandal ließ die Waffe sinken; er hätte sich im Fall einer Überraschung bis zum letzten Schuß verteidigt. Langsam sank die Platte nach unten.

»Das hatte ich nicht erwartet!« staunte Sandal und sah sich um.

Er unterbrach seine Tätigkeit, als die Platte den Boden berührte. Beide Männer rannten blitzschnell nach rechts und fanden sich Sekunden später auf einer schrägen Rampe. Sie rasten die Rampe hoch, eine weitere Schrägfläche, dann standen sie hinter einem großen System von Schaltpulten. Es war angenehm warm, aber es roch betäubend nach Tier.

»Eine runde Halle, ohne Zweifel. Wir haben sie durch den Schirm erkennen können«, sagte der Knöcherne ruhig. Hier war offensichtlich eine Welt, in der er sich wesentlich besser zurechtfand als der Jäger.

Augenscheinlich würden ab jetzt die Rollen vertauscht sein; Sandal akzeptierte es, ohne nachzudenken – es war normal so.

»Du wirst uns führen, Partner«, sagte er. »Und in großem Bogen um Gefahren herum, die *ich* nicht erkenne.«

»Beim gelben Götzen – dies werde ich tun!« versprach Tahonka und hob die Hand. Es war wie ein Schwur.

Vor ihnen lag eine runde Halle, nicht höher als zwanzig Meter. Sie war in viele Sektoren eingeteilt, in denen sich riesige Mengen von Tieren drängten. Automatische Fütterungsstellen, breite Gänge, Balken und Schiebeanlagen, mit denen die Tiere aus den Gehegen getrieben und in den Gang gebracht werden konnten, der an der Rampe des Transporters endete. Nichts sonst. Nur einige Überwachungsmaschinen, die an langen, hydraulischen Hebeln über dem Saal kreisten.

»Hinaus hier!« Tahonka sah sich um. Er suchte einen Weg, auf dem sie niemandem begegnen würden. Vor allem keinem der kleinen Purpurnen, denn ihr Anblick löste bei Sandal Wutanfälle und gezielte Pfeilschüsse aus. Also Gänge und Schächte innerhalb der Maschinen.

»Nach mir, Freund!« sagte Tahonka-No. Er verhielt sich, als sei er hier aufgewachsen.

Er öffnete mit der Hand eine schmale Tür hinter sich, und ein langer, schwach erleuchteter Gang tat sich auf. Die Männer schlüpften in den Gang hinein, schlossen die Tür und liefen langsam den Korridor entlang, bis sie in einen zylindrischen Raum kamen. Tahonka-No orientierte sich schnell, folgte den Leitungen, las ein Dutzend Aufschriften und Abkürzungen, lachte laut und sagte:

»Diese Richtung, Freund. Dann kommen wir in ein gigantisches Warenlager. Es wird für uns vermutlich mehr als ein Fest werden. Hier fühle ich mich endlich wieder einmal sicher. Lauter Maschinen ... überall selbsttätige Maschinen. Sie sind wie Narren.«

»Ich vertraue dir!«

Sie liefen einen breiteren Gang entlang, dessen Inneres von Leitungen, Kabeln und Schaltern ausgefüllt war. Dann kamen sie wieder an eine Tür, öffneten sie vorsichtig und sahen sich einer langen, rechteckigen Halle gegenüber. Sie befanden sich in großer Höhe, auf einer der vielen Rampen, die diese Anordnung hier umliefen. Über ihnen war kein Licht mehr, aber sie sahen eine Menge von Türen.

In der Mitte, unter ihnen, zwanzig Meter tief am Boden, befand sich eine vollautomatische Entladestation für Waren aller Art.

»Hier können wir bleiben«, sagte No.

Sie schlossen die Tür und gingen langsam und sichernd nach links. Überall summten eingebaute Maschinen, die Gegenstände sortierten, auf Bänder stellten, sie wieder von Bändern nahmen und in Löchern in der Wand verschwinden ließen.

Sandal blieb neben der ersten Tür stehen. »Hier hinein?«

Tahonka-No schüttelte den Kopf. »Nein, erst weiter hinten!« sagte er.

Sie kamen an die nächste Wand, ließen einige Türen aus und kamen endlich an eine Wendeltreppe, die sofort von Tahonka-No erstiegen wurde. Sie führte in sieben Windungen nach oben und in eine Kontrollzentrale hinein, die nur aus Schirmen und Pulten bestand. Diese Zentrale befand sich in Form einer kleinen Kuppel auf dem Dach des Raumes, und als Sandal an das transparente Material herantrat und seine Stirn dagegen lehnte, sah er, daß sich die vielen flachen großen Gebäude in einem Park befanden.

Jenseits des Parks lagen erleuchtete Zonen und schöne, wenn auch fremdartige Bauwerke. Man hatte sie durch den milchig wirkenden Schirm nur undeutlich erkennen können. Sie waren Meisterwerke aus einer Architektur, die auf die Verwendung von Kanten verzichtet hatte; alles floß in leichten, gerundeten Flächen ineinander über. Das »Mauerwerk« war von vielen selbstleitenden Lichtflächen unterbrochen, und das höchste Gebäude sah aus wie ein steingewordener Traum.

»Wo können wir uns verstecken?« fragte Sandal.

Er wäre lieber auf einem Baum dort draußen im Park gewesen.

»Im Ersatzteillager dieses Kontrollraumes«, sagte Tahonka-No. »Hier!«

Er ließ eine breite Tür aufgleiten, und sie standen in einem Raum, der der Werkstatt des Schiffes ähnelte, in dem Sandal von dem Planeten »Testfall Rorvic« geflohen war. Es gab, da der Raum etwa fünfzigmal so groß war, rund zweihundert Verstecke.

Sie schlossen die Tür, traten ein und öffneten die Fenster, um sich einen Fluchtweg zu sichern. Der Fluchtweg würde über die verschiedenen Dächer führen. Dort gab es unzählige Türen, Falltüren, Niedergänge und Verstecke. Sandal war zufrieden.

»Ausgezeichnet!« sagte er.

Sie entdeckten in den nächsten Stunden einige Räume, die ausschließlich für die Bequemlichkeit von Wesen eingerichtet worden waren, deren Aufgabe es schien, die Reparaturmaschinen für die Steuermaschinen zu überwachen.

Drei Räume ...

Räume mit Sesseln, Tischen und Liegen. Mit heißem und kaltem Wasser, mit Seife und Tüchern, mit kleinen automatischen Küchen, in denen überall Vorräte vorhanden waren. Tahonka beseitigte sämtliche gefährlichen Leitungen und Schalter, indem er einfach die Verbindung löste.

»Schau dich gründlich um«, sagte er. »Wir können hier unsere Ausrüstung tausendmal ergänzen. Selbst Energiewaffen gibt es hier.«

Sandal verstand. Ihnen stand das gesamte Lager zur Verfügung, das ihnen automatisch alles liefern würde, was sie brauchten. Aber dies war die Arbeit der nächsten Stunden und Tage. Sandal selbst sehnte sich nach einem heißen Bad in wohlriechenden Essenzen und nach einer eiskalten Dusche, nach Wein und gutem Essen, nach Ruhe und Geborgenheit – für einige Zeit.

»Wir werden hier«, sagte der weißhaarige Jäger und vermutete zu Recht, daß diese Räume auf die Bedürfnisse der kleinen Purpurnen zugeschnitten waren, »erst einmal Ruhe finden. Beobachten! Nichts überstürzen! Nur die Geduld führt zum Erfolg!«

Der Knöcherne sagte: »Du wirst deine Ahnenrolle weiterführen können – unglaubliche Abenteuer, wilde Jagden, unglaubliche Erlebnisse für deine Enkel ...«

Sie lachten sich an und legten die Waffen ab.

Aber selbst dabei gingen sie vor, als hätten sie die gefährliche Wildnis niemals verlassen. Sie verhielten sich so, als wären sie gezwungen, jede Sekunde fliehen zu müssen.

Sandal Tolk asan Feymoaur sac Sandal-Crater brauchte nicht mehr viel, um glücklich zu sein beziehungsweise um sich einigermaßen glücklich zu fühlen.

Er lag in einer Wanne, in der ein Darcan hätte baden können, ein Reittier von Exota Alpha. Eine Maschine hatte sein Haar auf eine erträgliche Länge geschnitten, es gewaschen und gelockert und die Parasiten entfernt.

Bis zum Hals war Sandal in hellblauen Schaum eingehüllt, der knisterte und roch. Er dehnte sich und wusch den Schmutz, den Schweiß und einen Teil der Erinnerungen von sich ab.

Tahonka-No, der in der Robotküche ein Programm geschaltet hatte, das beiden schmecken würde, dachte flüchtig daran, daß er einmal geflohen war, weil er öffentlich gegessen hatte – auch diese Erinnerung war schon verblaßt und fast vergessen.

Dann ging er vor einen Bildschirm, schaltete ihn ein und bestellte Kleidungsstücke, Stiefel, Gürtel und alles andere, was ihm und Sandal vermutlich passen würde. Er vergaß niemals anzugeben, daß es sich um Expeditionsmodelle handelte – das war er sich und seinem Freund schuldig.

Zwei Stunden später hatten sie ihre Körper gereinigt und gepflegt.

Sie trugen ausgezeichnete, zweckmäßige und unverwüstliche Kleidungsstücke, deren Qualität, fand Sandal, derjenigen der terranischen Anzüge in nichts nachstand.

Sie trafen sich, mit aufgefüllten Waffen und wachsam wie immer, an einem Tisch, den die Maschine gedeckt hatte.

Zwei Stunden später wiederum waren sie satt und zufrieden.

Sie gingen daran, ihre Ausrüstung zusammenzustellen und zu überprüfen. Was nicht mehr zu gebrauchen war, kam in den Abfallvernichter.

Einen halben Tag später: Sie hatten einen möglichen Fluchtweg gesichert, konnten mit einem einzigen Griff ihr Gepäck erreichen und fliehen. Jetzt lagen sie bei geöffnetem Fenster auf den Liegen und hatten sämtliche Warneinrichtungen eingeschaltet, die sie finden konnten.

Tahonka-No fragte: »Der nächste Schritt, mein Freund?« Seine Stimme klang schläfrig, wie er sich fühlte.

»Wir versuchen, unterirdisch oder auf einem anderen Weg in die Königin aller Gebäude einzudringen. Jenes Schloß, das im Dunkeln leuchtet!«

»Ich bin bereit. Aber nicht heute und nicht morgen. Wir können gleichzeitig schlafen, denn die Wächter werden uns warnen, wenn sie kommen – mit ihren eigenen Warngeräten.«

Bevor Sandal einschlief, betrachtete er noch einmal das Datum auf dem Funkgerät, aus dem er endlich wieder einmal Atlans Stimme hören wollte.

Bevor er einschlief, sprang eine Zahl. Es war der neunte März, und Sandal dachte grinsend daran, daß er weit in den zehnten hinein schlafen würde.

Sie waren dem geheimnisvollen Bereich, in dem die Ersten Diener des Y'Xanthymr lebten, auf Bogenschußentfernung nahe gekommen.

Der nächste Schritt: näher an den König des Schwarms heran.

Sandal schlief ein ...

19.

Tahonka-No saß am Tisch. Sandal grinste, als er die gewaltige Pranke des Freundes bemerkte, die einen kunstvoll hergestellten Pokal hob und an die schmalen Lippen setzte. Der Inhalt des Pokals war ein süßes Getränk.

Sandal sagte gutgelaunt: »Wir haben uns ausgeruht. Niemand hat uns gestört. Wir sind vollkommen neu und erstklassig ausgerüstet, mein Freund. Das ist Grund genug, sich der Trunksucht zu ergeben.«

Er hob seinen Pokal und nahm einen bemerkenswerten Schluck. Mit sicherem Überlegen hatte der Knöcherne einen großen Behälter dieses Getränkes angefordert, und der automatische Warenauswurf hatte ihn in den Raum gebracht. Für Tahonka-No bedeutete das Vorhandensein eines Spezialgetränkes seines Planeten, daß hier auf Vetrahoon auch Angehörige seines Volkes waren.

Sicher dienten sie den Ersten Dienern des Y'Xanthymr.

»Weit gefehlt!« sagte Tahonka. »Dieser Schluck ist als Abschied vom Wohlleben gedacht. Wir werden in Kürze versuchen, ins Innere der Kuppel vorzustoßen, zur Königin der Bauwerke, wie du das Hauptgebäude nanntest.«

Sie hatten tagelang die Umgebung betrachtet und sich jede der tausend verschiedenen Einzelheiten eingeprägt.

Innerhalb der Kuppel schien fast alles im System konzentrischer Ringe um ein fast eineinhalb Kilometer großes Bauwerk angeordnet zu sein; Parks und grazile Brücken, andere Bauten und seltsame weiße Würfel, die in schwarze Trägerelemente eingehängt waren. Der Raum zwischen der Kreislinie, an der sich Erdboden und Kuppelschirm berührten, war groß und wenigstens für Sandal voller Wunder und vieler Rätsel.

Es gab zuviel Bewegung, zuviel Farben, zuviel Leben ... Sandal versuchte in diesen Tagen sich alles erklären zu lassen, und der Knöcherne tat, was er konnte. Beide Männer spürten, daß die Tage der Ruhe vorüber waren.

»Schon heute?« Sandal deutete nach draußen. Es war noch Nacht, aber in wenigen Stunden würde die rote Sonne Vetrahoons durch den Schirm brechen.

»Wenn es hell wird, ja. Wir haben einen langen Weg bis ins Zentrum, und jenseits der Zone der Parks weiß ich keinen Pfad.«

Die Bauten nahmen offensichtlich an Wichtigkeit ab, je mehr sie sich von dem alles überragenden Mehrfachturm entfernten. Die gesamte Anlage war großzügig und von fremdartigem Reiz; wie ein Blick auf einen exotischen Garten. Aber Sandal rief sich, als er das Bild immer und immer wieder betrachtete, sein Ziel ins Gedächtnis zurück.

Dort, im Zentrum, würde er entweder den König oder Fürsten des Schwarms oder jemanden finden, der ihm den Weg zu ihm zeigen würde.

»Woran denkst du?« erkundigte sich Tahonka nach einer Weile.

Sie hatten die Lichter des Baumes gelöscht und nur die Warneinrichtungen aktiviert gelassen. So fühlten sie sich viel sicherer und geschützter.

»An Rhodan und an Atlan. Ich habe dir von meinen Freunden berichtet.« Der Jäger drehte die Korallenkugel zwischen Daumen und Zeigefinger.

»Du hoffst, sie wiederzusehen?«

Sandal sagte aufgeregt: »Sie sind ganz in der Nähe, das weiß ich. Ihr Plan war, mit ihrem Schiff und anderen Schiffen zusammen ständig um den Schwarm zu kreisen und zu versuchen, mehr über dessen Inneres zu erfahren. Ich werde ihnen sehr viel erzählen können, wenn ich zurückkehre.«

Sie waren ausgeschlafen und tatendurstig. Sie wollten wieder ihr Können, ihre List und ihre Schnelligkeit mit dem zahlenmäßig weit überlegenen Gegner messen. Sandal hatte alle seine Pfeile in einen Köcher gepackt und den zweiten leeren Köcher vernichtet. Wieder waren sie um einiges beweglicher geworden.

»Ahnst du, was wir hier finden werden?« erkundigte sich Sandal.

Er befand sich in einer Lage, die er haßte: Selbst wenn er sein nächstes Ziel erreicht haben würde, konnte er nicht sagen, ob dies wirklich der Endpunkt seiner Rache war. Auf Exota Alpha hätte er dies genau gewußt, denn dort handelte es sich stets um Wesen, die so aussahen und handelten wie er selbst und auch dieselbe Sprache redeten. Nicht so hier. Die Gegensätze konnten nicht größer sein.

Tahonka-No erklärte: »Ich ahne, aber ich weiß es nicht genau. Ich vermute, daß wir Leute von meiner Heimatwelt sehen werden, sicher auch welche aus den Reihen der kleinen purpurnen Stummen, vielleicht auch andere Wesen. Mehr kann ich nicht sagen.«

Sandal setzte den leeren Pokal ab und trug die Essensreste zurück in die automatische Küche, in der die Maschinen weiterhin bemüht waren, die Spuren der beiden Männer zu verwischen.

Als Sandal wieder in den mittelgroßen Raum zurückkam und sich gerade in einen der bequemen Sessel niederlassen wollte, sprang der Knöcherne auf und rief: »Still! Alarm!«

Eine der installierten Warneinrichtungen hatte sich eingeschaltet. Jemand näherte sich ihrem Versteck. Eine Minute später sahen sie ihn auch; eine Spionlinse fing ihn ein.

Tahonka-No sagte leise: »Es ist jemand von Gedynker Crocq, einer von meinen Leuten, Sandal. Was trägt er dort auf der Stirn?«

»Einen gelben Punkt. Vielleicht ist er aussätzig?« sagte Sandal.

Der zweite Knöcherne war ähnlich gekleidet wie Tahonka-No; ein Zufall, daß der Freund gerade diese Kleidungsstücke ausgesucht hatte. Der Fremde trug in beiden Händen eine lange Waffe, die unzweifelhaft aus dem Arsenal der Purpurnen stammte.

»Kommt er hierher?« flüsterte Sandal und griff nach Bogen und Pfeil.

»Ja.«

Der Fremde ging geradewegs auf den Kontrollraum zu. Er beschäftigte sich einige Zeit mit den Anzeigen und den Bildschirmen, dann drehte er sich um und kam genau auf den Raum zu, in dem sich die beiden Männer verborgen hielten.

Tahonka sagte fast unhörbar: »Du weißt nicht, wo bei uns Knöchernen die tödlichen Stellen sind. Außerdem werde ich versuchen, ihn zu betäuben.«

Sandal zog sich wieder zurück und nahm seine Waffe.

Drei weitere Warngeräte schlugen an und zeigten genau den Weg des Fremden. Er ließ die Tür aufgleiten, und der Knöcherne handelte augenblicklich.

Sandal sah drei Sekunden lang ein Bild, das aus wirbelnden Gliedmaßen, sich drehenden und zuckenden Körpern bestand, dann krachte der Fremde zu Boden. Die Tür zischte wieder zu.

Tahonka-No sagte leidenschaftslos: »Er ist tot. Ich wollte es nicht, aber ich habe ihm wichtige Knochen gebrochen.«

Sie schleppten den Fremden in die Mitte des Raumes, und jetzt sahen sie auch die ockergelb leuchtende Plakette auf der Stirn des Fremden.

»Ein Zeichen?« fragte der Knöcherne.

»Es sind vielleicht kleine Sender, die alle tragen müssen, die hier arbeiten. Wenn wir die Plaketten nicht haben, werden wir augenblicklich als Eindringlinge erkannt. Reiß sie ab, nimm sie!«

Der Knöcherne meinte: »Du kannst recht haben, Sandal. Ich werde es tun.«

Er riß die sechseckige Plakette, die etwa fünf Zentimeter Durchmesser aufwies, von der Stirn des Fremden und klebte sie auf seine Stirn. Der Klebstoff der biegsamen Plakette bestand aus einer organischen Masse, die augenblicklich auch an der Stirn Tahonka-Nos festhaftete.

»Dies wäre geschehen. Was machen wir mit ihm?«

»Zurück in den Kontrollraum«, sagte Sandal. »Bis er entdeckt wird, sind wir durch alle Parks.«

»Diese Räume hier wären besser. Hierher kommen noch seltener Kontrollen.«

Sie versteckten den Leichnam des Fremden hinter einem Lager, packten ihre Waffen und verließen den Raum. Tahonka-No führte an.

Sie waren unterwegs zum Zentrum der Stadt unter der Kuppel. Sie ahnten, daß es ein mühsamer Weg werden würde. Die Insel der Glücklichen, so hatte es auf der Warnung geheißen ... was bedeutete dies?

Sie würden es erfahren.

Zwischenspiel

Etwa zur gleichen Zeit überprüfte Joaquin Manuel Cascal die Verschlüsse seines Anzuges.

»Der Nachteil einer galaxisweiten Verdummung liegt unter anderem darin, daß Milliarden faulenzen können und nur wenige Menschen arbeiten müssen wie die Hirsche«, sagte Joaquin, der Mann mit der Terkonitschädelplatte.

Atlan erwiderte nicht unhöflich: »Unter den Blinden, Verehrtester, ist der Einäugige König.«

»Wie apart«, meinte Cascal. »Läßt das auf die Qualifikationen in der sogenannten reisenden Führungsspitze schließen?«

Atlan grinste, und Gucky entblößte seinen Zahn.

»Ersparen Sie mir bitte die Antwort, Joak«, sagte er.

Die drei Männer und der Mausbiber standen vor dem kleinen Lightning-Jäger. Rhodan, Joaquin und Gucky wollten einen kurzen, aber riskanten Einsatz fliegen.

»Vielleicht«, sagte Cascal, »erfahren wir heute etwas mehr.«

Rhodan lachte und zwängte sich hinter Cascal in den Sitz des Feuerschützen. Gucky sprang mit einem Satz auf Rhodans Schoß, schloß den Helm seines Raumanzuges und versuchte sofort zu schlafen.

Über die Funkanlage erkundigte sich Atlan: »Sie kennen Ihr Ziel, Cascal?«

Joaquin nickte und betätigte den Hebel, der das durchsichtige Verdeck schloß. Einige andere Schaltungen aktivierten eine Anzahl von Systemen.

»Ein guter Pilot ist ein Mann«, behauptete Cascal, der sich auf die Aussicht auf Abwechslung freute, »der sein Ziel im Auge behält, ohne zu schielen.«

»Wahr gesprochen!« sagte Atlan und schloß die Schleuse. »Starten Sie!«

Das Ziel war wieder die Insektenwelt Aggres. Cascal wartete, bis sich die Luke vor ihm geöffnet hatte, dann ließ er die Maschinen anspringen und schoß aus der engen Öffnung heraus. Er beschleunigte mäßig, aber mit durchaus hohen Werten. Auf der Positronik vor ihm waren die Daten für die Lineаretappe bereits programmiert.

Cascal kontrollierte konzentriert die Instrumente vor sich. Alle Systeme arbeiteten zuverlässig.

Die Lightning-Jet ging kurz darauf in den Linearraum, verließ ihn nach geraumer Weile wieder und schoß mit halber Lichtgeschwindigkeit in einer Tangente auf die obersten Grenzen der planetaren Lufthülle von Aggres zu.

»Ich verlangsame«, sagte Cascal. »Ist Gucky wach?«

»Keine Sorge«, sagte der Mausbiber. »Ich weiß genau, wann ich aufzuwachen habe. Ich verfüge nämlich über einen inneren Präzisionswecker.«

»Unter anderem«, sagte Perry Rhodan nachsichtig. »Du weißt, worum es geht: Begib dich also nicht unnötig in Gefahr.«

Gucky versuchte ein Grinsen. »Ich habe verstanden, Meister Rhodan.«

Dann verschwand er; er hatte sich auf die Oberfläche der Insektenwelt teleportiert.

Die Jet zog wieder hoch, Cascal drosselte die Fahrt noch mehr, und da das Objekt so klein war, daß es kaum geortet werden konnte, blieb Cascal in einem Orbit um den Planeten, knapp oberhalb der letzten Gasspuren der Lufthülle.

Gucky stand plötzlich, aus dem Nichts aufgetaucht, auf einem gelben, schrägen Felsen.

Er sah sich langsam um, wachsam und konzentriert. Er unterdrückte seinen Drang, hier herumzuspazieren und nach interessanten Dingen zu suchen. Vor sich, im Gegenlicht, glaubte er einen der vielen Wabenblöcke zu sehen, die es hier geben mußte. Er wagte einen zweiten Teleportersprung in die Nähe des Glitzerns; es war tatsächlich eine Wabenansammlung.

»Also habe ich doch noch keine Alters-Sehstörungen«, stellte er zufrieden fest und spazierte darauf zu.

Ob er versuchen sollte, dort einzudringen? Er blieb stehen, im Schatten eines abgestorbenen Baumes. Hier schien alles leblos zu sein; er konnte die Einsamkeit direkt persönlich spüren. Gucky visierte eine der Waben an und sprang.

»Bah!« sagte er zwei Sekunden später, als er sah, daß sich in der Wabe nichts anderes befand als zerlaufene Gewebsmasse. Sie zuckte konvulsivisch wie seinerzeit die Pseudokörper der Cappins, aber sonst fand Gucky nichts Bemerkenswertes.

»Wie gehabt«, kommentierte er. »Eine Körperform kann ich nicht erkennen.«

Gucky sprang wieder zurück auf den steinigen, staubigen Boden des Planeten, landete diesmal aber an einer anderen Stelle. Was immer diese Wesen dort in den Waben sein mochten oder vorhatten; im Augenblick waren sie ungefährlich und nicht zu identifizieren. Aber als der Ilt seinen Kopf drehte, sah er etwas in der Sonne glitzern.

»Potz Rhodan!« sagte er verblüfft.

Er sah drei oder vier etwa meterbreite Schleifspuren, die sich in einigen Kurven rund um die Wabenansammlung hinzogen. Eine Art dünner Film oder Schleim lag auf dem Sand und dem Geröll. Gucky dachte an die Spuren terranischer Schnecken, aber in Supergröße.

»Ich muß nachsehen«, sagte er sich und watschelte in die Nähe der ersten Spuren. Als er sie erreicht hatte, nahm er zu seinem Schrecken hypnosuggestive Impulse auf; schwach genug, um ihn zu belästigen, aber andererseits auch in einer Stärke, die es ihm gestattete, sie leicht zu verstehen.

Bleib fern – verehre mich!

Diese Impulse wurden in einem breiten Band abgestrahlt; also würden sie auch andere, weit weniger begabte Wesen hören und verstehen können.

Die blasige, silberweiß glitzernde und perlenartig strukturierte Schleimspur sandte also jene Impulse aus.
»Verblüffend!«
Gucky hörte zwar die Mitteilung, aber für ihn hatte sie keinen Befehlscharakter. Er brauchte ihr nicht zu gehorchen. Er war dagegen vollkommen immun.
Gucky bückte sich, um einen flachen Stein aufzuheben.
Als seine Hand ihn berührte, nahm er eine Gruppe der kleinen Purpurnen wahr, die hinter einem Felsen aufgetaucht waren und auf ihn deuteten.
Gucky erschrak, faßte sich sofort, aber er griff neben den Stein und verlor das Gleichgewicht.
Er rutschte aus, fiel in die schleimige Spur hinein, und als der erste Schuß krachte, teleportierte er zurück in die Jet.
Er sackte auf Rhodans Schoß und bedeckte dessen Raumanzug mit dem klebrigen Schleim.
»Bist du in einen Leimteich gefallen?« fragte Cascal, der die Jet beschleunigte, den Kurs einprogrammierte und sich dann in dem engen Sitz umdrehte.
»Sei nicht vorlaut, Langer«, sagte Gucky. »Hör lieber zu, was ich mitgebracht habe.«
Die Betonung seiner Worte machte Cascal und Rhodan stutzig, und sie merkten sofort die schwachen hypnotischen Befehle.
»Was hast du erlebt?« fragte Rhodan.
Weder er noch Cascal brauchten dieser dringenden, immer wiederholten Aufforderung zu gehorchen.
Bleib fern – verehre mich!
Die Situation, die nach Guckys Bericht herrschte, war nicht gefährlich. Aber die stereotyp wiederholte Botschaft regte zum Nachdenken an.
Noch bevor die Wachraumschiffe des Schwarms die Jet orten konnten – der gesamte Aufenthalt hatte nicht viel länger als dreihundert Sekunden gedauert –, raste sie davon, ging in den Linearraum und flog zurück zum versteckten Wartepunkt der beiden Raumschiffe.
Die INTERSOLAR und die GOOD HOPE II standen bewegungslos im All.
Der Jäger wurde in eine der Abschußröhren eingeschleust, und die Männer stiegen aus. Als Rhodan überlegte, auf welche Weise er seinen Raumanzug reinigen sollte, mußte er eine merkwürdige Beobachtung machen.
»Cascal!« sagte er aufgeregt. »Sehen Sie her!«
Cascal schaute ihn unsicher an. »Ich sehe, daß ich nichts sehe«, meinte er. »Abgesehen von Ihnen, Sir, aber Sie sind auf dem kurzen Flug nicht nennenswert gealtert, meine ich.«

»Die Schleimspuren haben sich aufgelöst, sowohl die an Guckys Anzug wie auch an meinem. Spurlos verschwunden!«

»Das erspart die Reinigung. Also parapsychische Energie, die sich verteilt oder aufgelöst hat?« fragte Cascal leise und pfiff durch die Zähne.

»Vielleicht haben Sie sogar recht ...«

Das war eine neue Beobachtung. Die fremden Wesen krochen umher und hinterließen eine Schleimmarkierung, die allen, die in ihre Nähe kamen, befahl, die Erzeuger jener Spur zu verehren, ihnen aber gleichzeitig fernzubleiben.

Rhodan, Atlan, Gucky und Cascal besprachen den Fall, dann wandten sie sich wieder den übrigen Arbeiten zu.

20.

Es war ihnen gelungen, im Schutz der Dunkelheit das Gebäude zu verlassen, einen Fluchtweg zu finden und den Ringpark zu betreten. Er war leer, hundertprozentig leer. Nur einige Tiere waren zu hören – ein vorzügliches Versteck, wenn sie sich wieder in Gefahr befanden.

Tahonka-No flüsterte: »Jenseits des Parks, du weißt es, geht eine Art Straße vorbei. Dort verkehren automatische und mit Personen besetzte Gleiter.«

Er kratzte sich im Nacken und spuckte dann aus. Die Freunde gingen schnell am Rand eines Pfades entlang, der im tiefen Schatten von uralten, wohlriechenden Bäumen lag. Sandal fragte zurück:

»Du glaubst, daß wir einen Gleiter entern sollten?«

Tahonka blieb stehen, riß Sandal am Arm zurück und legte seinen Daumen an die Lippen. Er drehte langsam und witternd den Kopf und entspannte sich dann.

»Nichts«, sagte er und fügte hinzu: »Ich denke nicht daran, einen Gleiter zu überfallen, du junger Narr! Wir könnten uns in diesem Fall gleich vor das Riesengebäude stellen und laut zu schreien beginnen: ›Wir sind da, um Rache zu nehmen!‹ Wie gefällt dir das?«

Sandal schluckte eine Verwünschung hinunter. »Warum dann?«

»Wir müssen sehen, mit welchen Gegnern und Wachen wir es hier zu tun haben. Sicherlich ist hier die Überwachung nicht so streng, denn es erscheint jedem undenkbar, daß jemand die zahlreichen Todesfallen umgangen haben kann. Und – wer würde gegen die Ersten Diener die Hand erheben?«

»Du und ich!« sagte Sandal.

Sie erreichten endlich das helle Band der Straße und beschränkten sich darauf, die Umgebung abzusuchen und den Inhalt der Maschinen zu betrachten.

Sandal sah nacheinander vier Arten von Fremden:

Solche vom Volk der Knöchernen; sie schienen, wie auch Tahonka-No, Ärzte zu sein oder medizinisches Hilfspersonal. Die Gleiter, mit denen sie sich bewegten, trugen gesonderte Kennzeichen. Und alle Fremden hatten dort, wo sich ihr Gehirn befand, jene gelben Plaketten.

Dann wieder kamen Wesen, die erstaunlich menschlich aussahen; schlank, fast dürr, mit einer langen weißen Mähne und viel zu langen, hageren Armen mit sechs Fingern. Auch sie trugen die Plakette ausnahmslos auf der linken Schläfe.

Die kleinen purpurnen Stummen kannte er bereits, auch sie waren in großer Menge hier vorhanden und schienen ziemlich niedrige Dienste zu verrichten.

Und dann, zu seiner Überraschung, entdeckte er auch eine Menge jener achtgliedrigen Wesen, die er »Schwarminstallateure« getauft und gegen die er und die Roboter auf Testfall Rorvic erbittert gekämpft hatten.

»Sogar Landsleute von dir, No!« sagte Sandal. »Was jetzt? Hier bist du, wie ausgemacht, der Anführer.«

»Wir suchen eine Stelle, an der wir den Park verlassen und etwa dort hinübergehen können«, sagte der Knöcherne leise.

»Nicht einfach über die Straße?«

»Nein! Das wäre Selbstmord!«

Alle Wesen, die entdeckt worden waren, trugen den gelben Punkt an der Stelle, hinter der sich das Gehirn verbarg. Auch Sandal mußte einen solchen Punkt haben, und er konnte ihn am besten nur von einem Wesen stehlen, das so ähnlich wie er aussah.

Der Knöcherne sagte nachdenklich, als sie wieder im Schatten verschwanden und nach Osten gingen, dem fernen Lichtschein entgegen:

»Innerhalb dieser Kuppel befinden sich also Lebewesen vieler Körperformen und verschiedener Intelligenzhöhe. Vermutlich haben die Ersten Diener hier die Angehörigen der Sklavenvölker versammelt und lassen sich bedienen. Schließlich ist diese Insel Teil einer Klinik- und Erholungswelt!«

»So wird es sein!« sagte Sandal.

Sie gingen weiter, bis es zu hell wurde und sie keine Deckung mehr hatten. Der Knöcherne fand einen unterirdischen Raum, den sie betreten konnten. Dort versteckten sie sich zunächst einmal.

Nach einem halben Tag verspürte Sandal Durst und suchte Wasser.

Der Knöcherne hielt ihn zurück und sagte, daß er dies besser könne. Er nahm die große Flasche von Sandals Gürtel und verschwand irgendwo in den weitläufigen Gängen des Kellers. Sandal wartete geduldig.

Schließlich, nach einer weiteren Stunde, hörte er Schritte. Die Stahlplatte, die ein auffallendes Muster trug, fuhr zur Seite – und vor Sandal stand einer der Fremden, die so ähnlich aussahen wie er selbst.

»Wer bist du«, fragte der Fremde, »und was suchst du hier ...?« Er kam nicht weiter.

Sandal ließ den Bogen fallen und sprang vorwärts. Der Fremde wich zur Seite aus, und der Hebel, den Sandal eingesetzt hatte, ging ins Leere. Alles durfte geschehen, nur kein Alarm ausgelöst werden. Sandal wirbelte herum, und seine Faust schmetterte gegen den Kopf des hochgewachsenen Mannes.

Ein Kampf entbrannte.

Beide Gegner waren etwa gleich stark, aber es ging nicht nur um den Sieg, sondern um Sandals und Tahonkas Leben. Sandal warf den Gegner gegen eine Wand, stürzte sich auf ihn und erhielt einen Schlag gegen das Brustbein, daß er röchelnd nach Luft schnappte. Er riß das Messer aus dem Stiefelschacht, sprang wieder vorwärts und wurde von einem Tisch abgewehrt, den der Fremde zwischen sich und Sandal schob.

Sandal hechtete über den Tisch, kippte ihn um und faßte die Beine des Mannes. Ein Ruck, und der Fremde krachte zu Boden.

Sandal warf sich über ihn, drückte ihm den Hals zu und suchte mit einem Fuß nach dem Messer.

Dann flog er wie ein Geschoß durch die Luft, überschlug sich und hatte die Klinge in der Hand.

Der Fremde kam wieder auf die Beine, und gerade als Sandal sich aufschreiend nach vorn warf, griff er an den Gürtel und zog eine Waffe heraus.

Der Fremde wich seitlich aus, und der erste Schuß entlud sich dröhnend.

»Ich bin dein Freund, du Narr!« schrie Sandal in der Sprache, die er über den Translator und von No gelernt hatte.

»Freunde? Es gibt hier keine Freundschaften!«

Sandal warf sich gegen die Knie des Mannes, und der zweite Schuß versengte nur den Stoff seines Ärmels. Langsam zog sich der Fremde zur Tür zurück, und hinter ihm tauchte Tahonka-No auf und bewegte sich blitzschnell.

Ächzend sank der Fremde zusammen.

»Gerade zur rechten Zeit!« sagte Tahonka und warf Sandal die gefüllte Vorratsflasche zu.

Er wischte sein Messer an der Kleidung des Toten ab. Sandal bückte sich und riß den ockergelben Punkt vom Schädel des Mannes und klebte ihn auf seinen eigenen Kopf.

»Wie konnte das passieren?« erkundigte sich No, als sie die Leiche versteckten. Sandal sagte es ihm.

»Wir müssen weiter!« drängte Tahonka. »Laß mich überlegen ... entweder Abwasserschächte oder unterirdische Energietunnel. Ich muß einen finden.«

Sandal steckte das Messer zurück, nahm die Waffe des Fremden an sich und beseitigte – so gut es ging – die Spuren des Kampfes. Es war ein Zufall gewesen, der ihn und seinen Gegner zusammengeführt hatte, aber ein Zufall, der ihre Anwesenheit hätte verraten können.

»Los. Folge mir!« sagte der Knöcherne.

Er suchte, aber er schien genau zu wissen, was er suchte und wie er es zu finden hatte. Vielleicht entsprach das Bauschema dieses Hauses einem Gebäude, das er von Gedynker Crocq her kannte. Sie rannten durch leere Gänge, ließen Schotte aufschnappen und schräge Rampen und befanden sich schließlich nach weiteren Ecken und der Benützung eines kleinen Lifts tief unter dem Erdboden.

»Eine Halle, in der Gleiter bereitstehen?« flüsterte Sandal.

»So ist es. Versuche, die Maschinen von Lebewesen zu unterscheiden, und wenn dich ein Lebewesen sieht, wende ihm deinen Signalpunkt zu und gehe schnell vorbei.«

Sie sahen sich einer riesigen, niedrigen Halle gegenüber, genauer einem langen Mittelgang, von dem rechts und links Boxen abzweigten. Mindestens dreihundert oder noch mehr Gleiter aller Größen und Formen standen hier. Robots warteten und pflegten die Fahrzeuge. Die Freunde gingen an den Boxen vorbei.

Sandal fragte flüsternd: »Wohin gehen wir?«

»Linke Ecke vorn!« wisperte Tahonka-No zurück.

Hin und wieder musterten sie die Boxen. Die meisten waren unbeleuchtet, und die Gleiter standen dort unbeachtet. Andere aber waren voller Licht und Bewegung. Sandal sah einzelne Schwarminstallateure, sehr viele Roboter. Geräusche wurden laut. Motoren surrten, Schaltungen klickten, Werkzeuge polterten und gaben helle Töne von sich. Die Freunde kamen ohne Zwischenfall bis an ihr ausgesuchtes Ziel, und der Knöcherne ließ ein weiteres Schott aufgleiten.

Sie befanden sich in einem Maschinenraum.

»Ventilation, Luftkühlung und -erwärmung, Abwasser, Energieleiter«, zählte der Knöcherne auf. »Wenn wir diesen Gang benutzen, kommen wir unter der Straße hindurch bis zu einem Silobau. Dort sind wir längere Zeit sicher.«

»Gut.«

Sie begannen zu laufen. Vor ihnen erstreckte sich die selbstleuchtende Decke eines Ganges, der nicht viel breiter als Tahonka-Nos Schultern war. Er schien in die Unendlichkeit zu münden. Unter den Stiefeln der Männer gurgelte das Abwasser, und ein geheimnisvolles Knistern begleitete sie die nächsten zwanzig Minuten.

»Nicht mehr lange!« brummte Tahonka-No. »Wir sind gleich an Ort und Stelle.«

Sie waren, wenn Sandal sich die Richtung exakt gemerkt hatte, dem Mittelpunkt der Kuppel um etwa dreitausend Meter näher gekommen. Dies war ein Fortschritt, den er nicht erwartet hatte, aber er bewegte sich zum erstenmal in seinem Leben unterhalb einer Stadt, in deren energetischen Adern.

Sie blieben in einer Maschinenhalle stehen und kletterten in einen Lift.

»Hinauf! Auf dem Dach haben wir den besten Überblick!«

Eine halbe Stunde später lagen sie unter der flachen Kuppel eines Entlüfters und hatten einen Großteil der Stadt unter beziehungsweise vor sich liegen. Deutlich zeichneten sich fünf verschiedene Ringe ab, in deren Mitte endlich das gewaltige Bauwerk, umgeben von einer wild durcheinandergewürfelten Anordnung verschiedener kleinerer Bauten, aufragte.

»Dort ist der absolute Mittelpunkt der Stadt unter dem Schirm«, meinte Tahonka-No.

»Ich sehe fünf verschiedene Systeme.«

»Richtig. Jedes müssen wir überwinden – wie die Todesstreifen.«

Die Zentrumsbauwerke waren von einem gepflegten Park umgeben. Dort sah Sandal durch sein Glas viele Spaziergänger und schwebende Wesen, die er nicht genau erkennen konnte. Überall waren Wachroboter. Aber es waren keine Purpurnen zu sehen.

Dann folgte ein mathematisch exakter Ring von kleinen, schwarzen Kuppeln, die sich unter dem Zentralbau zu ducken schienen. Von ihnen führten lange Energiestraßen in das Zentrum.

Den dritten Kreis nahm eine Mauer aus massiven Gebäuden ein, die untereinander durch sehr komplizierte Brückensysteme verbunden waren.

Der vierte Kreis bestand aus einem weniger ausgedehnten, weniger großartigen Park, in dem einige tausend kleine Häuschen über-, neben- und aneinander standen, wieder in Gestänge eingehängt.

Und der fünfte Streifen – einen Bogenschuß von diesem Dach entfernt – war wieder ein Todesstreifen.

»Unglaublich! Ein Ring aus Metall!« meinte Sandal staunend.

Sandal suchte mit dem Fernglas die Distanz zwischen ihrem Standort und dem Beginn des Todesstreifens ab, der in der Sonne glitzerte wie ein See aus Quecksilber.

»Das ist unbezahlbar«, entgegnete Tahonka-No. »Siehst du jetzt ein, daß wir eher noch langsamer und überlegter zu Werke gehen müssen?«

»Allerdings!«

Sandals Laune stand nicht zum besten. Die beiden Fremden hatten ihnen zwar die wichtigen Plaketten verschafft, hatten aber auch gezeigt, wie einfach es war, entdeckt zu werden. Dies hier war nicht Sandals Welt, nicht die offene Landschaft. Die fremdartigen Bauwerke verwirrten den Jäger, weil er deren Verwendungszweck und Einrichtung nicht kannte und hinter jedem Schalter und jeder Wand ein Geheimnis vermuten mußte. Er schüttelte sich ärgerlich, schnippte ein Insekt vom Handrücken und sagte:

»Vermutlich dienen alle diese Gebäude nur dem Zentrum. Ist das Zentrum etwas, das ich als Klinik oder Krankenhaus bezeichnen würde, Partner?«

Tahonka nahm ihm das Glas aus der Hand, setzte es ans linke Auge und sagte, während er hindurchblickte:

»Ich würde es so bezeichnen. Aber ich sinne noch immer darüber nach, warum diese Insel die der Glücklichen genannt wird.«

»Wir werden es erfahren – oder sterben«, entgegnete Sandal.

Hier gab es nichts Besonderes zu sehen. In dem Raum zwischen der riesigen Schleuse und dem Metallstreifen, über den sich wie Käfer einzelne Maschinen bewegten, um ihn sauberzuhalten, befanden sich viele Hallen und Verbindungsstege, die ausnahmslos zum Zweck der Versorgung mit Nachschub und der Steuerung von Energie dienten.

Zum wiederholten Male stellte Sandal die Frage: »Wie gehen wir vor, Tahonka?«

»Langsam und besonnen«, meinte der Knöcherne. »Wir warten die Dunkelheit ab, dann verlassen wir diesen Futtersilo.«

Die Sonne versank im Westen, hinter dem Ringmeer.

Die leicht neblige, stechende Rotstrahlung, die in der Kuppel herrschte, nahm ab. Dafür wurde es wieder heller: Die leicht diffuse, dem Mondlicht ähnliche Strahlung, die von der Innenwand der gigantischen Kuppel ausging, nahm an Intensität zu. Die Parks wurden zu schwarzen Flächen voller noch schwärzerer Streifen und Schatten. Überall gingen Lichter an. Aus den Hallen und Bauwerken wurden dunkle, geduckte Riesen, deren Umrisse mit denen der nächstgelegenen Bauwerke zu einer undurchdringlichen Masse verschmolzen.

Tahonka-No und Sandal standen auf, klopften den Staub aus ihren Kleidern und vergewisserten sich, daß die Signalplaketten klebten. Dann liefen sie geduckt bis zu einem Niedergang, sicherten nach allen Seiten und verschwanden hinter der Klappe.

»Wir nehmen wieder den Lift!« sagte Sandal. »Das geht schnell, und niemand hält uns auf.«

Sein Jagdfieber war wieder erwacht. Er bewegte sich wie vor Tagen: schnell und umsichtig. Das Problem, den Todesstreifen zu überwinden, beschäftigte ihn, ohne daß er es bewußt merkte. Er hoffte, daß sie auch hier Erfolg haben würden, eben weil der Gegner nicht ihren Kampf kannte.

»Hinein!« zischte Tahonka-No knapp.

Sie stellten sich in die Liftkabine, wählten das unterste Niveau und schossen abwärts. Der Lift wurde selten benutzt, stellte der Knöcherne fest, denn keinerlei Abnutzungsspuren waren festzustellen. Als der Lift stark bremste, fingen sie den Andruck mit den durchfedernden Kniegelenken auf und öffneten die Schiebetüren.

Tahonka spähte hinaus, winkte nach hinten. »Niemand hier! Schnell, dort hinüber!«

Er deutete auf eine Art gläsernes Treppenhaus, das Sandal überraschte; es war hell, in eleganten Formen gehalten, ganz anders als die Treppen auf Burg Crater. Er sah sich um und spurtete los. Ein Schwung brachte die beiden Männer bis zu einer gläsernen Pforte, die sich unter einem überhängenden Zierdach zum Park hin öffnete.

Eine Gruppe von Schwarminstallateuren stand vor dem Eingang und diskutierte mit hellen, spitzen Schreien. Die vielen Augen öffneten und schlossen sich in einem verwirrenden Rhythmus.

»Einfach schnell an ihnen vorbei und hinein in den Schatten des Parks!« sagte Tahonka.

»Aber ...«

»Los! Sonst werden sie stutzig.«

Sandal griff unter dem Stoff seiner Jacke nach dem Kolben der tödlichen Waffe, dann nickte er seinem Freund zu und ging neben ihm auf die Glasplatte zu, die vor ihnen zur Seite fuhr. Sie gingen auf die Schwarminstallateure zu, wichen ein wenig aus und zeigten deutlich ihre Signalpunkte.

Niemand kümmerte sich um sie – offensichtlich wußten die Diener nicht, welche Völker hier wirklich versammelt waren.

Tahonka wirkte keinesfalls auffällig, denn es gab ja Angehörige seines Volkes genug hier, und Sandal wurde nicht beachtet, weil er sich den halblangen Mantel des Getöteten über die Schulter geworfen hatte.

Er zwang sich dazu, sich nicht umzudrehen. Mit jedem Schritt wurden die Gesprächsfetzen leiser und leiser. Sandals aufgeregte Nerven beruhigten sich erst wieder, als sie mit einem Satz den Weg verließen und im Schatten untertauchten.

»Hier ist meine Welt ...«, sagte er. Schlagartig fühlte er sich sicher.

Er warf den Umhang zurück, spannte den Bogen halb und drehte sich langsam um dreihundertsechzig Grad. Seine Augen schienen die Dunkelheit durchbohren zu können, die Pfeilspitze zielte auf einen unsichtbaren Gegner. Niemand war hier, niemand verbarg sich in ihrem Versteck.

Sie schlichen unhörbar bis an den Rand des Streifens, der wirklich den Eindruck eines gefrorenen Sees machte. Sämtliche Lichter, auch die

Muster, die sich am fernen Zentralturm ständig änderten, spiegelten sich in der polierten Fläche.

»Warte ...«, sagte Tahonka, bückte sich und suchte mit raschelnden Fingern zu seinen Füßen. Dann fand er eine kleine, viereckige Frucht und warf sie vorsichtig parallel zu der Platte auf das Metall. Die Frucht rollte ein paar Meter, drehte und wirbelte plötzlich wie ein Wassertropfen auf einer heißen Herdplatte und verging dann in einer violetten Stichflamme.

Sandal schauderte.

»So würden wir sterben«, hörte er die Erklärung des erfahrenen Freundes, der von Tag zu Tag alle seine Selbstsicherheit wiederfand, die er draußen in der Wildnis verloren hatte. Sein Kampf gegen Aberglauben und gegen die Tabus seiner unerkannten Herren schien in der letzten Zeit zum Erliegen gekommen zu sein, aber es war auch möglich, daß ihn die Probleme ihres Weges so beschäftigten, daß er keine Gelegenheit zum Nachdenken fand.

»So würden wir sterben, wenn wir es wagten, einen Fuß auf die Platte zu setzen!« wiederholte Sandal.

Er dachte an ihre Gaskugel, aber dieses Verfahren schied hier aus.

»Wo ein Wille ist, ist auch ein Weg!« brummte er und deutete auf einen kleinen Robot, der näher kam. Die Maschine schwebte in einem Kurs, dessen Muster nicht zu erkennen waren, in Schleifen und Schlangenlinien über das Metall. Acht oder neun verschiedene Putzaggregate verbanden sich mit dem Kontrollorgan, das einer Halbkugel glich.

»Ich sehe deinen Willen, aber einen Weg vermag ich nicht zu erkennen«, sagte Tahonka-No und sah, wie die Maschine sich dem kleinen Staubhäufchen näherte, das die ausgeglühte Frucht hinterlassen hatte.

Dann begriff Tahonka-No und lachte laut auf.

Sandal hatte einen größeren Stein, vier große Früchte und eine Handvoll dürres Laub vor sich liegen und lockte den Robot zu sich heran.

Er warf zuerst den Stein zwischen sich und die saugende und kehrende Maschine. Der Stein zerbarst mit einem dumpfen Knall, verwandelte sich dann in eine Art Mehl, das zu brodeln und auszugasen begann. Die Maschine kam drei Meter näher und vertilgte diesen Stein, polierte emsig das Metall an dieser Stelle.

»Wer wagt die Überfahrt zuerst?« brummte der Knöcherne.

Sandal warf eine Frucht, die die Maschine abermals um zwei Meter oder mehr an ihn heranbrachte.

»Das ist gleichgültig«, sagte er. »Einer gibt dem anderen Deckungsfeuer, wenn es notwendig sein sollte. Aber ich glaube es nicht ... ich sehe und sah niemanden, der uns entdecken kann.«

Wieder verkohlte eine Frucht.

Wieder näherte sich der Robot. Er schwebte etwa einen Meter wie eine Spinne über dem blanken Metall, und je nach Bedarf fuhr er einen seiner zahlreichen Arme aus und saugte ein, blies oder kehrte. Es war speziell ein für diese Todesfalle entwickelter Reinigungsrobot; die Ästhetik selbst eines Vernichtungsmechanismus schien den Ersten Dienern diesen Aufwand zu rechtfertigen. *Andere Planeten,* dachte Sandal nicht wenig belustigt und warf sein Laub vor die Füße, *andere Bräuche.*

»Ich bleibe hier – ich sammle bereits Köder!« kündigte der Knöcherne an.

»Fein. Ich werde versuchen ...«

Sandal hatte eine noch bessere Idee, und er führte sie aus, solange die merkwürdige Maschine mit der Beseitigung der letzten Spuren beschäftigt war. Er stopfte sich zehn oder zwölf Früchte in die Taschen und einen großen Stein. Dann sagte er: »Ich schicke den Roboter wieder zurück, Tahonka. Los!«

Er balancierte auf einem Fuß, sprang gezielt nach vorn, den Bogen auf dem Rücken. Er landete genau auf dem Mittelpunkt der Halbkugel, stellte sich auf zwei Arme, die sich die ganze Zeit über nicht bewegt hatten, und ging in die Hocke, während er gleichzeitig den Bogen vom Rükken und einen Pfeil aus dem Köcher nahm.

»Es geht los!«

Er steckte den Pfeil zwischen die Finger, faßte in die Tasche und warf eine Frucht zehn Meter weit auf die freie Fläche hinaus. Mit Sandals dunklem Schatten auf dem Rücken fuhr der Robot kreiselnd über die Fläche, nahm die Frucht ins Visier und zielte mit einem Arm darauf.

Sandal hielt sich fest, kniete halb und hielt den Bogen leicht schräg.

Hier, in dieser Höhe, wirkte die verderbenbringende Strahlung nicht mehr. Langsam, in vier Etappen, kreiselte der Robot hin und her, beseitigte die Spuren und näherte sich dem jenseitigen Rand. Schließlich kollerte der Stein über das Metall – ein auffälliges Geräusch.

Zu auffällig, dachte Sandal, aber es war bereits zu spät.

Ein kleiner, offener Gleiter raste jenseits des Metallstreifens heran, Sandal erkannte die schmalen Schädel von drei Purpurnen. Hinter ihm zischte Tahonka-No: »Aufgepaßt! Rechts!«

Sandal sagte langsam und ruhig: »Keine Energiewaffen! Ich schaffe es schon. Greif nur im äußersten Notfall ein!«

»Klar!«

Sandal kauerte wie ein sprungbereites Tier auf dem Robot. Er war auf keinen Fall deutlich zu identifizieren. Er spannte den Bogen, hielt ihn fast waagerecht, und während der Robot die letzten Meter dem Stein hinterherschwebte, der sich aufzulösen begann, fauchte der erste Pfeil von der Sehne und bohrte sich in den Brustkorb eines Purpurnen.

»Rache für Burg Crater!« zischte Sandal. Wilder Haß stieg in ihm hoch.

Er griff über die Schulter, als der Gleiter bremste und sich die Entfernung zwischen Robot und Metallrand auf drei Meter verringert hatte.

Der zweite Pfeil.

Als der Robot herumschwang, feuerte Sandal seinen dritten Pfeil ab, dann sprang er mit einem riesigen Satz auf den Boden und rannte auf den stehengebliebenen Gleiter zu. Einige Schritte davor blieb er stehen und warf in schneller Folge drei der Früchte auf das Metall.

Gehorsam machte die Maschine kehrt und entfernte sich wieder in die Richtung auf Tahonka-No.

Sandal zog in rasender Eile die drei Pfeile aus den Körpern der Purpurnen, achtete nicht auf die quäkende Stimme aus einem eingebauten Lautsprecher und stellte dann den Fuß eines der Erschossenen auf den Geschwindigkeitshebel. Der Gleiter schoß davon und bohrte sich in die Dunkelheit.

Ein weiterer Satz – Sandal lehnte an einem borkigen Baumstamm, fünf Meter vom Rand der Metallfläche entfernt, und sah zu, wie die Maschine wieder langsam und trudelnd zu Tahonka-No zurückkehrte. Nichts deutete mehr darauf hin, daß hier eben ein tödlicher Kampf geführt worden war. Irgendwo gab es eine dumpfe Explosion, und ein paar heisere Stimmen begannen zu schreien. Es war gespenstisch.

Der Robot hatte den gegenüberliegenden Rand erreicht. Tahonka-No schwang sich auf die Kuppel, und Sandal bückte sich und rollte ein paar Früchte zwischen sich und den Apparat. Langsam und schwach summend, mit der pedantisch sturen Genauigkeit einer Maschine, kam das Gerät näher, saugte die Reste auf und polierte die Metallfläche. Sandal sah sich wachsam um, einen Pfeil auf der Sehne, dessen Spitze noch blutig war.

»Er wird es schaffen!« sagte er zu sich selbst. »Er kommt herüber. Ruhig, ganz ruhig, Partner!«

Die letzten Worte hatte er wesentlich lauter gesprochen. Als Tahonka-No sich nach vorn warf, sprang Sandal aus dem Schatten und zog den Freund vom gefährlichen Rand der Platte weg.

»So!« sagte er. »Unsere List ist geglückt. Diese Maschinen sind dumm!«

»Fühlst du dich kräftig genug, weiterzumachen?« fragte der Knöcherne.

Tahonka deutete in den bewohnten Park hinein, aus dem die Flächen erleuchteter Fenster strahlten.

»Selbstverständlich. Vorausgesetzt, ich verstehe, wie wir dieses Hindernis bewältigen können.«

Offensichtlich wohnten oder arbeiteten hier die besonders privilegierten Sklaven der Ersten Diener des Y'Xanthymr. Demnach gehörten sie verschiedenen Völkern mit verschiedenen Lebensbedingungen an. Waren ihre Unterkünfte gesichert? Maschinell oder durch Tiere oder andere Wesen?

Wieder einmal standen sie vor einem Rätsel. Der gegenüberliegende Innenrand der Kuppel war ein künstlicher Himmel, der die schwach fluoreszierende Kulisse für diesen breiten Geländestreifen voller würfelartiger Bauelemente bildete, die in einem Gewirr von Trägern eingehängt waren. Dicke Taue spannten sich zwischen den einzelnen Anhäufungen.

»Sandal?«

»Ja?« fragte der junge Krieger.

Sie gingen am Rand eines zu einem Drittelkreis geschwungenen Grünstreifens, der aus bizarren Gewächsen aller Größen bestand. Hinter dem Grün ragten die ineinandergeschachtelten Würfel auf. Hin und wieder blieben die Freunde stehen und sahen hinter getönten Glasscheiben die Silhouetten der sich bewegenden Fremden.

»Wir müssen dort drüben hindurch. Hier ist eine Mauer.«

»Verstehe.«

Als die beiden das Ende des Grünstreifens erreicht hatten, blieben sie vor einer Mauer aus glatten Steinen stehen. Sie sahen keine Warneinrichtungen, keine Photozellen. Die Mauer war etwa zehn Meter hoch. Es gab an dieser Stelle keine Möglichkeit, hinüberzukommen, außer zu fliegen.

»Dort drüben! Wir benutzen die Pflanzen und die Verstrebungen, in welche die Häuser eingehängt sind«, sagte der Krieger.

»Du kletterst besser.«

Sie zogen sich wieder zurück, dann studierten sie in aller Ruhe die Möglichkeiten, die sie hatten. Sandal machte den Anfang, kletterte einen schrägen, dornenbesetzten Stamm mit rissigen Astknorpeln hoch und erreichte mit einem Sprung einen Träger. Der Bogen schlug gegen das Metall, es gab einen leisen Ton wie von einer Glocke. Sandal hielt den Atem an und hielt sich wie eine Katze am Träger fest.

Niemand hatte etwas gehört.

Er winkte, und Tahonka-No folgte auf demselben Weg. Ruhig standen sie Sekunden später nebeneinander und sahen sich um, zehn Meter über dem Boden.

»Wir müssen das Dach des siebenten Hauses dort oben erreichen, von dort können wir über die Mauerkrone.«

»Ich bin ganz deiner Meinung«, sagte der Knöcherne. »Worauf warten wir noch?«

Sie kletterten im Gestänge neben den Häusern entlang, balancierten über schräge Taue und duckten sich unter den Fenstern. Die Bauten waren einem Doppelzweck unterworfen; hier wurde gewohnt und gearbeitet.

Sandal und Tahonka-No sahen viele Schwarminstallateure, die mit Konstruktionszeichnungen oder ähnlichen Arbeiten beschäftigt waren –

die hier angewandte Technologie war so fremd, daß Sandal sich nichts darunter vorstellen konnte.

»Was tun sie?« flüsterte er, als sie hintereinander an einer Dachkante entlangwanderten. Sie hoben sich als schwarze Schemen gegen das diffuse Leuchten im Innern der Kuppel ab.

»Ich weiß es nicht!« gab der Knöcherne ratlos zurück.

Plötzlich machte Sandal eine Armbewegung und hielt Tahonka-No auf. Sie blieben dicht nebeneinander stehen, ihre Schatten verschmolzen.

»Ein Geräusch, das mir gar nicht gefällt!« Der Jäger griff nach dem Bogen. Alle seine Nerven und Muskeln waren gespannt, er glich einem sprungbereiten, witternden Raubtier. »Es klingt wie das Heulen kleiner Tiere.«

Sandal erinnerte sich an die Hunde oder an die jungen Wölfe, mit denen man auf Exota Alpha nach ausgebrochenen Gefangenen gesucht hatte. Er strengte sein Gehör an und unterschied eine Reihe von Geräuschen. Das Öffnen eines Tores oder einer Tür, einige Kommandos in schriller Sprache, dann das Tappen von vielen kleinen Füßen. Schließlich herrschte eine Weile lang Stille, die dann, ganz in der Nähe, durch ein heiseres Fauchen unterbrochen wurde.

»Du hast recht, wenn du glaubst, daß sie Suchtiere freigelassen haben«, meinte der Knöcherne leise. »Aber sie können nur auf dem Boden suchen – nicht klettern.«

Sandal nickte. »Hoffentlich.«

Sie gingen weiter. Über ein Dach, dann entlang eines leeren Verbindungsganges zwischen zwei Häuserkomplexen, dann wieder durch einen kleinen Park, der sich auf einer runden Platte befand, einige Meter hoch über dem Boden. Als sie an einem plätschernden Wasserbecken vorbeikamen, blieb Sandal stehen, schöpfte mit der Hand Wasser und begann zu trinken.

»Weiter – nicht aufhalten! Wir müssen noch durch die großen Gebäude dort drüben«, drängte der Freund.

»Ja, ja«, sagte Sandal mißmutig.

Sandal stolperte über etwas, das er nicht genau erkennen konnte.

»Vorsicht!« fauchte der Knöcherne. »Vorsicht!«

Dann hörten sie unter sich und hinter sich eine Art Summer, der schnarrend lange Töne ausstieß, die eine Sekunde dauerten, mit zwei Sekunden lang Pause dazwischen.

»Alarm!«

Gleichzeitig begannen eine Ebene tiefer die Tiere zu hecheln und zu heulen.

»Schnell weiter – geradeaus!« rief Tahonka und rannte los.

Sie liefen nacheinander einen schmalen geschwungenen Gang entlang, der sich über einer Brücke spannte. Unter ihnen waren die Kronen kleiner Bäume. Als die Brücke und ein Doppeltau, das die Konstruktion hielt, sich kreuzten, flankte der Knöcherne seitlich über das Geländer.

Sandal wollte ihm folgen, aber am anderen Ende des Ganges tauchte ein kleiner Purpurner auf, dessen Haut aus lauter knöchernen Platten zu bestehen schien. Sie wirkten wie Schindeln, dachte Sandal. Er bückte sich im Laufen, zog eines der Messer aus dem Warensilo und schleuderte es mit aller Kraft. Gleichzeitig warf er sich hin, der Bogen rutschte neben ihm auf den glatten Boden.

Krachend fuhr ein Schuß dicht über Sandals Kopf hinweg und schmolz eine breite Bahn in den Boden.

Als Sandal seine Vorwärtsrolle beendet hatte, sah er, wie der kleine Purpurne seitwärts gegen das Geländer kippte, zusammensackte und dann in den Verstrebungen hängenblieb. Sandal machte einen Satz, kippte den Leichnam nach unten und wartete nicht auf das Geräusch des Aufpralls. Er folgte Tahonka-No und rannte auf dem dicken Seil sehr sicher zehn Meter weit schräg nach oben, dann erst verlor er das Gleichgewicht.

Tahonka-No zog ihn wieder in die Senkrechte und aneinander festgehalten, liefen sie langsam das Doppelseil hinauf und setzten sich, verborgen hinter Zweigen und im Lichtschutz einer Hausseite, in die Trägerkonstruktion.

»Ich bin gestolpert«, sagte Sandal, »und dann ging dieser Summer los.«

Um sie herum herrschte beträchtliche Aufregung. Überall schalteten sich vielfarbige Lichter an, traten Schwarminstallateure und jene Sandal so ähnlichen Wesen vor die Türen, die kleinen Suchtiere zerfetzten knurrend und mit gierigen Lauten die Leiche des Purpurnen.

»Du hast ihn getötet?« fragte Tahonka beinahe sachlich.

»Ja, Messer«, flüsterte der Krieger.

»Dein Messer? Sie werden wissen, daß Fremde hier sind, wenn sie es finden.«

Sandals Lachen klang leise in der Dunkelheit.

»Nicht mein Messer. Eines aus der Ausrüstung, die du im Warensilo bestellt hast. Es ist ihre eigene Waffe.«

»Verdammt klug, Partner.«

»Ich hatte rechtzeitig daran gedacht«, bestätigte Sandal und sah sich um.

Sie waren hervorragend gedeckt, doch der erste Lichtschimmer würde den Suchern zeigen, wo sie sich befanden. Aber nun konzentrierte sich die Suche auf die Stellen, an denen Sandal gestolpert und an der die Leiche aufgeschlagen war.

Das Bellen und Heulen der wolfsähnlichen Suchtiere steigerte sich in helle Raserei, als die Leiche weggeschafft wurde. Jemand schaltete den

Summer aus. Aufgeregte Stimmen erschollen; Sandal hatte den Translator abgeschaltet, damit sie das Gerät nicht verraten konnte. Er verstand einzelne Wortgruppen und ahnte, daß man an einen Zufall glaubte oder einen Irrtum.

»Wenn alles ruhig ist, klettern wir auf einem anderen Weg weiter«, sagte Tahonka-No.

»Selbstverständlich.«

Sie warteten etwa eine halbe Stunde und ruhten sich aus. Dann war um sie herum alles wieder so ruhig wie zuvor. Sie standen auf, kletterten langsam bis an die Spitze des Traggerüstes und begutachteten konzentriert einen möglichen Fluchtweg.

»Dort, über die Häuser, dann durch den kleinen Hochgarten, vorbei an den vier sich kreuzenden Brücken, hinunter in den Park und dann durch die Rückwand des ersten Hauses – eine Öffnung wird sich finden.«

Sandal verfolgte mit den Augen die vorgeschlagene Strecke und fand, daß sein Freund ein wahres Meisterwerk an Strategie vollbracht hatte: Bis auf die Position an der Rückwand des massiven Hauses hatten sie überall drei oder vier mögliche Fluchtwege. Er schaute von der Hausfront nach oben und sah die ihm zugewandte Seite des zentralen Bauwerks, der Königin aller Häuser.

»Sieh dort die Farben!«

»Ich sehe«, meinte Tahonka-No. »Es sind die herrscherlichen Farben dessen, was du den Schwarm nennst.«

Die riesige Kathedrale, eine Verbindung aus Türmen und Flächen, aus zahlreichen Erkern und Verstrebungen, glühte stellenweise in einem ständig wechselnden Licht. Sämtliche Farben des Spektrums waren vorhanden, und die Muster, in die sich die Farbenspiele gliederten, wechselten schneller als der Atem eines Menschen. Eine barbarische, furchterregende Pracht, würdig eines gewissenlosen und mächtigen Herrschers, fand der junge Barbar.

»Was haben die sich bewegenden Farben zu bedeuten, Partner?« flüsterte er, sichtlich ergriffen und verwundert.

»Ich weiß es nicht. Wenn sie aber etwas über das Empfinden dessen aussagen, der in diesem Turm der Türme wohnt, dann ist er sehr aufgeregt und nervös.«

»Ich verstehe«, sagte Sandal. Er konnte seinen Blick nur schwer von dieser flammenden Pracht wenden, senkte dann aber den Kopf und betrachtete noch einmal ihren Weg. »Los!« sagte er.

Er ging voran. Zuerst balancierte er mit ausgebreiteten Armen über ein weiteres mannsdickes Schrägkabel, schwang sich dann wieder in ein Gerüst hinein und steuerte im Zickzack den erwähnten kleinen Hochgarten an, eine rechteckige Fläche mit Bäumen und Büschen, deren Blüten so stark rochen, daß der Verstand verwirrt wurde, mit seltsamen Gräsern, die auch nicht auf Vetrahoon gewachsen waren – hier innen schien eine andere, importierte Welt zu sein.

Er erreichte den Rand des Parks, kauerte sich auf dem Gerüst nieder und schätzte Höhe und Richtung des letzten Sprunges ab. Tahonka schloß auf und hockte sich hinter ihn.

»Siehst du etwas?« flüsterte er nahe an Sandals Ohr.

»Nein, noch nichts.«

Sandals Augen durchbohrten das Dunkel, registrierten genau jede Bewegung der Blätter im Umkreis der Beleuchtungskörper und der beleuchteten Flächen. Nichts regte sich, abgesehen davon, daß ein stetiger Wind die Gewächse berührte. Woher kam dieser Wind, da doch die Kuppel dichter als ein Zelt war?

Woher kam der Regen, der vor vier Tagen gefallen war? Woher die Blitze?

Sandal fand keine Erklärung. Er sprang.

21.

Sie gingen weiter – auf einem schmalen Weg mitten durch die Anlage, deren Blüten so betäubend rochen. Ihr nächstes Ziel auf dem Weg zur Königin aller Bauwerke war die Kreuzung der vier schwebenden Brükken, mitten im Park, umgeben von vier großen Ansammlungen von Hauswürfeln.

Zwanzig Minuten ... Fünfhundert vorsichtige Schritte ...

Viele Herzschläge lang wanderten sie dahin, sahen nach rechts und links, spähten nach verräterischen Bewegungen und nach Fallen. Sie erwarteten einen weiteren Alarm oder einen patrouillierenden Gleiter, der das Feuer auf sie eröffnen würde. Nichts geschah. Sie kamen jetzt auf eine der vier Brücken. Hier mußten sie nach rechts abbiegen. Außerdem konnten sie fünf oder sechs Meter tief springen – in diesem Fall würden sie weich in Büschen landen.

»Was ist das?« fragte Sandal leise und deutete nach rechts.

Sie befanden sich in der Mitte der Brücke. Rechts von ihnen ragte eine runde Säule sieben Meter hoch auf. Sie war ockergelb und leuchtete von innen. Auf dem runden Sockel stand etwas, das Sandal schon auf den ersten Blick fremd und dennoch vertraut vorkam – woher kannte er diese Fratze?

»Ich weiß ... das ist der gelbe Götze ... aber leicht verändert.«

Es war vermutlich so, daß sich dieser Götze veränderte, je nach dem

Volksstamm, von dem er verehrt wurde. Y'Xanthymr hieß bei den Schwarminstallateuren anders als bei den Purpurnen; bei den hochgewachsenen Leuten mit dem langen weißen Schopf sah er wieder anders aus als bei den Leuten von Gedynker Crocq. Ja, so mußte es sein. Diese Form hier hatte Sandal noch nicht gesehen – sie besaß nur ein einzelnes Auge, das auf der Stirn saß, über der Nasenwurzel.

»Du sagst es. Willst du hier wurzeln und ihn anwimmern?« fragte der Knöcherne.

»Wohl kaum«, meinte Sandal.

Äußerst vorsichtig gingen sie weiter, auf die Kreuzung zu. Niemand bewegte sich mehr hier in der Umgebung, auch waren nur noch wenige Lichter eingeschaltet. Es war auch schon sehr spät; die Mitte der Dunkelperiode war längst überschritten. Auf leisen Sohlen erreichten sie die Kreuzung, bogen ab und liefen dann langsam auf das nächste Teilziel zu, auf den Park, der sie von der Rückwand des fraglichen Gebäudes trennte.

Die Brücke führte in einem leichten Bogen hinunter auf eine weiße Fläche aus Platten, von Büschen umstanden. Hier auf dem Bogen bewegten sich die Suchtiere, Hunde oder Wölfe. Das war die berechenbare Gefahr – unberechenbare mochten dazukommen. Sie blieben einige Sekunden auf der freien Fläche stehen, sicherten und wandten sich dann in die Richtung der dunklen Mauerfläche.

»Nicht zu schnell!« warnte Sandal.

Längst hatte er wieder einen seiner Pfeile auf der Bogensehne. Er schlich entlang einer Reihe von Büschen durch die Dunkelheit, fünf Meter hinter ihm ging Tahonka-No, in jeder Hand ein Messer. Der Knöcherne drehte unablässig den Kopf.

Bisher griff niemand an, nahm keines der Tiere ihre Witterung auf. Es war fast so gefährlich wie in einem unbekannten Dschungel, aber während es dort mit dem Angriff und der Abwehr getan war, würde hier ein Kampf andere Wächter heranlocken, und die Übermacht besiegte auch den besten Jäger.

Ereignislos vergingen die Minuten.

Sie gingen in einem weiten Bogen entlang der freien Fläche durch die Dunkelheit, und nur sehr selten raschelte das Laub unter ihren Schritten. Die Stiefel wurden naß vom Tau der Nacht – woher kam dieser Tau?

Sie werden nachts das Oberteil des Schirmes öffnen oder zumindest durchlässig machen, dachte Sandal, und er war einer physikalisch exakten Beurteilung gar nicht einmal so fern. Sie erreichten unangegriffen die Rückwand des Gebäudes, und hier mußten sie stehenbleiben. Es gab keine Öffnung.

Systematisch tastete Tahonka-No die gesamte Rückwand ab. Sandal stand daneben, eng an das kühle Mauerwerk gedrückt und mit halb gespanntem Bogen.

Als Tahonka wieder neben ihm stand, sagte er bedauernd: »Wir müssen es an einem anderen Gebäude versuchen oder aber im Durchgang zwischen zwei Bauten. Hier ist keine Öffnung.«

Sandal flüsterte: »Dafür kommen hier unsere Freunde. Acht Stück, wenn ich in der Dunkelheit richtig gezählt habe.«

Tahonka-No sah das Rudel der weißen Wolfsähnlichen und sagte: »Solange sie rennen, sind sie deine Feinde. Meine werden sie erst, wenn es zum Nahkampf kommt.«

Sandal lachte. »So werden wir es halten, Partner.«

Er atmete tief ein, und selbst dieses Geräusch genügte, um die Angriffslust des Wachtierrudels zu steigern. Fast lautlos, nur mit heraushängenden blauen Zungen, kamen sie näher, in Keilformation.

Sandal schoß innerhalb von sechs Sekunden vier Pfeile ab, jagte einen fünften los, als das Opfer nur noch sechs Meter von ihm entfernt war und zum Sprung ansetzte, dann warf er den Bogen weg, zog zwei Messer und stürzte sich schräg nach hinten, um den Angriff auf Tahonka-No abzuwehren.

Tahonka-No schien über sich hinauszuwachsen. Er warf sich vor den angreifenden Tieren zu Boden, bekam zwei Hinterläufe von zwei Bestien zu fassen und riß die Tiere mit sich hoch, als er blitzartig auf die Füße sprang. Er wirbelte die Gegner um sich herum und schmetterte sie dann gegen die Mauer. Sie waren sofort tot.

Sandal traf ein Tier mit dem Stiefel, es überschlug sich in der Höhe seines Kopfes, und noch während es sich drehte, erstach Sandal denjenigen Wolf, der sich in seinen linken Arm verbissen hatte, natürlich ins Leder des Armschutzes.

Tahonka bückte sich abermals, bekam die Kehle des letzten Wachtieres zu fassen und erdrosselte es.

Dann sagte er ruhig: »Der Weg ist frei.«

»Noch nicht«, meinte Sandal. »Meine Pfeile werden mit jedem Schuß kostbarer.«

Binnen kurzer Zeit hatte er die fünf Pfeile eingesammelt und gereinigt; der erste, den er abgeschossen hatte, lag weit draußen, fast in der Mitte des Platzes. Als sich Sandal aufrichtete, sah er den Gleiter, der über die Kante des letzten Hauses im Park schwebte.

Hatten sie ihn bemerkt?

Er warnte Tahonka: »Warten, nicht schießen, ein Gleiter!«

»Verstanden!« kam es aus der Dunkelheit zurück.

Sandal legte schnell den Bogen und den Köcher auf den Boden, schob sie unter das hohe Gras und kauerte sich nieder. Er wandte dabei seine Stirn mit dem gelben Punkt in die Richtung der Maschine. Dabei streichelte er ununterbrochen das tote Tier, das er mit der anderen Hand in eine Position hob, die der eines lebenden Wolfes entsprach.

Sein Pulsschlag raste, aber seine Gedanken blieben kühl.

Ein Scheinwerferstrahl blitzte auf, und Sandal schloß sekundenlang die Augen. Als er sie wieder öffnete, weil der Scheinwerfer ausgeschaltet wurde, sah er, wie der Gleiter mit sechs kleinen Purpurnen darin dicht neben und über ihm davonschwebte. Einige Worte drangen zu ihm herunter, und er atmete dreimal durch und streichelte automatisch den toten weißen Wolf, aus dessen Wunde das Blut lief, bis der Gleiter außer Sicht war.

Der Park war durchquert – die Bauwerke des Zentrums waren wieder näher gekommen. Sie fanden einen Weg zwischen zwei Häusern und kamen an den Ring der Kuppeln.

Sie standen jetzt, kurz vor Anbruch des Tages, vor dem Ring der niedrigen Kuppeln, die wie eine Perlenschnur, nur von einem Park unterbrochen und durch flimmernde Bahnen weißer Energie mit dem untersten Geschoß des Riesenbauwerks verbunden, das Zentrum umgaben. Es stellte sich den beiden Freunden die Frage, ob sie bleiben oder weitergehen sollten.

»Was sagst du zu diesem Problem, Tahonka?« fragte Sandal.

Etwa fünfzig Meter trennten sie von der Unterkante der nächsten flachen Kuppel. Diese Gebäude bildeten den Mittelpunkt eines Kreises aus feinen, glänzenden Bodenplatten. Säulenreihen, die hintereinander standen und so eng gestaffelt waren, daß man nicht durch die Zwischenräume blicken konnte, versperrten die Sicht ins Innere der Kuppeln.

Tahonka gab zu bedenken: »Wenn wir versuchen, weiter vorzudringen, dann werden wir in der Mitte des Weges vom Licht des nächsten Tages überrascht. Ich bin dafür, daß wir uns wieder einen hohen, sehr dichten Baum aussuchen und dort den Tag verschlafen.«

»... und die nächste Nacht versuchen, in das Zentrum einzudringen?«

Sandal betrachtete mißtrauisch die niedrige, nur etwa fünfzig Meter hohe Kuppel, die aus einem einzigen Stück Material zu bestehen schien und in den Farbenspielen des Zentrumsgebäudes glänzte und in wirren Mustern schimmerte.

»Genau das denke ich. Die Nacht war hier, unter dem Energieschirm, bisher unser bester Freund.«

Sandal überlegte hin und her, aber er fand keinen besseren Vorschlag. Also sagte er: »Gut, bleiben wir hier. Warten wir.«

Sandal hob den Kopf und suchte nach einem entsprechenden Versteck: Es mußte ein Baum sein, dessen Krone erstens weit genug vom Erdboden entfernt und zweitens so dicht war, daß sie beide dort ihre Matten ausspannen konnten. Niemand durfte sie sehen, denn dort oben waren sie wehrlos, wenn man sie einkesselte.

»Dort hinten, neben der Mauer ... das ist der beste Baum, den ich entdecken kann.«

Tahonka schien damit zufrieden zu sein, denn er setzte sich augenblicklich in Marsch. Kurze Zeit später befanden sie sich in der leicht schwankenden Krone und halfen einander, die Matten auszuspannen und zu befestigen. Eine Stunde später schliefen sie fest – sie waren erschöpft genug.

Es waren weniger die Anstrengungen des Kletterns, Rennens und Kämpfens, die sie so stark ermüdeten, sondern mehr die pausenlose Konzentration, das dauernde Angespanntsein. Sie schliefen fast den ganzen Tag und wurden erst munter, als die Sonne unterging. Der letzte Abschnitt stand bevor – heute abend würden sie das Zentrum der Kuppel, das Zentrum der Insel, betreten.

»Was ist in diesen Kuppeln, Tahonka-No?« fragte er.

»Ich weiß es ebensowenig wie du«, sagte der Knöcherne. »Wir werden sehen.«

Sie packten ihre Ausrüstung ein und warteten, bis die meisten Wesen auf den Pfaden, den Straßen und den Flächen verschwunden waren. Dann erst konnten sie am dicken Stamm hinunterklettern. Sie hielten zehn Meter über dem Boden an.

»Hier gibt es Angehörige aller Völker«, sagte der Knöcherne. »Nur kleine Purpurne sind nicht vorhanden.«

Sandal betrachtete die Szene, die vor ihnen lag. »Du hast recht. Woran mag das liegen?«

Tahonka lachte und meinte: »Ich weiß, es wird langsam langweilig – aber ich habe keine andere Antwort: Ich weiß es auch diesmal nicht, Freund Sandal.«

Sie wunderten sich. Selbst tagsüber war in den ausgedehnten Parks kaum jemand zu sehen gewesen, von dem sie hätten behaupten können, er wäre krank oder versuchte, durch Spaziergänge die Gesundheit wiederzuerlangen. Nur hastende Diener aller Völkergruppen rannten und eilten über die Wege, Roboter hielten die Parks gepflegt.

Also doch keine Kuppel, in der sich eine Klinik oder ein Krankenhaus befand?

Sie wußten viel zuwenig, um sich in dieses Abenteuer wagen zu dürfen – aber Sandals Haß und Ehrgeiz trieben ihn vorwärts.

»Los!« sagte Tahonka und ließ sich vom untersten Ast fallen.

Sie standen jetzt vor einer der Säulenreihen. Völlig frei, vor Minuten waren sie aus der Deckung herausgetreten. Jetzt gingen sie langsam auf den nächsten Kuppelbau zu. Die Kuppeln durchmaßen etwa zweihundert Meter und glichen so den Panzern riesiger Schildkröten.

»Hörst du auch diese merkwürdigen Klänge?« erkundigte sich Sandal, als er seine Hand ausstreckte und die Säule berührte.

»Ja.«

Die Säule bestand aus einem glasähnlichen Material, das angenehm kühl unter dem Handschuh war. Nach oben, wo sie ohne Absatz in die Unterschale der Kuppel überging, schien sie sich zu verjüngen. Hätte Sandal jetzt die Farbmuster an den Wänden des großen Bauwerks sehen können, würde er gemerkt haben, daß die Muster und die Klänge, die er hörte, in gewisser Weise übereinstimmten. So aber stocherte er mit einem Finger im Ohr.

»Klingt ziemlich hoffnungslos, dieses Zeug«, bemerkte er.

Es waren hohe Klänge, auf- und abschwellend, die jäh abrissen und anderen Klangfiguren Platz machten.

»Willst du lauschen oder weitergehen?« fragte der Knöcherne sarkastisch. »Wir geben hervorragende Zielscheiben ab.«

Sandal ging vorsichtig weiter. Zwischen der ersten und der zweiten Säulenreihe war ein Zwischenraum von etwa zwei Metern, und die Säulen waren versetzt angeordnet, so daß man auch jetzt noch nicht in die Kuppel hineinsehen konnte.

Die beiden Männer glitten schnell von Säule zu Säule, und schließlich standen sie neben den Säulen der sechsten, letzten und innersten Reihe. Vor ihnen breitete sich endlich das Innere der Kuppel aus. Der Boden senkte sich, bildete eine Schüssel und stieg am gegenüberliegenden Ende wieder an, so daß sie genau die einzelnen Gegenstände sehen konnten. Sandal und Tahonka ließen sich nicht aufhalten, sondern gingen zwischen den Säulen außen um den kreisförmigen Raum herum. Sie blickten ständig nach beiden Seiten.

»Die Dinge sehen aus, als wären sie auf vielen Planeten gesammelt worden«, sagte der Knöcherne.

»Davon verstehe ich nichts«, erwiderte Sandal ungehalten.

Es schien eine Art Ausstellung zu sein, die mit Plastiken, mit Licht und Schatten, mit Bewegungen und rätselhaften Formen arbeitete. Es war nicht zu sagen, welchem Zweck diese etwa zweihundertfünfzig Dinge dienen sollten. Sandal sah Farben, die im Nichts entstanden und sich zusammenballten, veränderten und wieder verschwanden – über runden Sockeln. Es gab Arrangements aus vielfarbigen Stäben, die sich ruckend bewegten und immer wieder neue Bilder ergaben.

Am meisten fesselten ihn Zahnräder und andere Räder, die ineinander liefen, um unsichtbare Achsen rotierten und klingelnde Geräusche von sich gaben, von vielfarbigen Lichtern angestrahlt.

»Vergiß es!« mahnte Tahonka-No. »Es verwirrt nur die Sinne.«

»Das werde ich Chelifer erzählen müssen«, bemerkte Sandal düster. »Wenn ich sie jemals wiedersehe.«

Sie standen jetzt dicht vor dem jenseitigen Ende ihres Weges. Zwischen den Säulen begann eine Rampe, die unmerklich nach oben führte. An ihrem Ende befanden sich offensichtlich jene leuchtenden Energiebahnen, die im untersten Geschoß des zentralen Bauwerks mündeten. Sie betraten die glatte Fläche mit sichtlichem Mißtrauen, zumal sie eben registriert hatten, daß wieder eine Befehlsstrahlung auftrat.

Diesmal war sie weniger aufdringlich, aber dauernder; der Sender bewegte sich also nicht. Sie forderte die Männer nicht dazu auf, irgend etwas anzugreifen, sondern lautete etwa sinngemäß:

Bleib fern – verehre mich!

Sandal drehte sich um, den halb gespannten Bogen in den Händen. Er brauchte nicht zu fragen; die Gestik seines Freundes sagte ihm, daß auch Tahonka diese Befehle wahrnahm. Da sie beide nicht wußten, worauf sich diese Aufforderung bezog, brauchten sie sich nicht danach zu richten. Auch waren die Befehle nicht zwingend genug, mehr eine dauernde Erinnerung. Unter ihnen gingen zwei der Wesen, die vom Planeten Gedynker Crocq stammten, zwischen den Plastiken hindurch, bewunderten sie ehrfürchtig und verschwanden hinter farbigen Lichtvorhängen.

»Und noch immer diese Musik!«

Sandal registrierte, daß die Klänge lauter geworden waren. Sie hatten sich der Schallquelle genähert. Er dachte an den Purpurnen, der gestorben war, als er den Klang der zerstörten Gitarre gehört hatte. Die kleinen Purpurnen waren deshalb hier nicht zu sehen, weil sie die Musik nicht vertrugen.

Sandal sagte seinem Freund, was er herausgefunden hatte.

»Also haben wir einen Gegner weniger!« bemerkte der Knöcherne zufrieden.

Sie erreichten das Ende der Rampe und sahen sich einer kleinen Plattform gegenüber. Von ihr aus zielte ein Strahl, etwa vier Meter durchmessend, genau auf die Linie, die der Boden des runden Parks mit der Mauer der Königin aller Bauwerke bildete.

Die beiden Männer wurden von drei verschiedenen Eindrücken vollkommen gefesselt und merkten nicht, daß hinter ihnen zwei Leute von Gedynker Crocq auftauchten. Sie waren bewaffnet.

Die Musik wurde lauter und intensiver.

Ein Meer aus Klängen aller Art badete die beiden Freunde. Sehr hohe und ungemein tiefe Töne schienen sich wie Seile ineinander zu verschlingen. Der gesamte Raum, der von den kleinen Kuppeln markiert wurde, schwang unter dem Ansturm der Klänge. Kein einziger Klang schien von einem wirklichen Instrument erzeugt worden zu sein – Musik von Maschinen für die vielen Wesen, die hier rund um das Zentrumsbauwerk waren. Erst jetzt erkannten die Freunde, wie groß und hoch dieses Gebäude wirklich war. Es füllte vor ihnen das gesamte Bild aus, und als sie nach oben starrten, hatten sie den Eindruck, daß die höchste Spitze das leuchtende Material der Kuppel berührte.

»Du zauderst, Freund?« fragte einer der beiden Gedynker-Crocq-Männer den Knöchernen.

Sandal zuckte zusammen. Er reagierte schnell und behielt die Nerven; Tahonka-No lachte und trat zur Seite, um die beiden anderen Männer vorbeizulassen.

»Ich staune und verehre!« sagte er und deutete nach oben.

Sandals Finger tasteten nach der Energiewaffe unter der linken Achsel.

»Verehre, aber bleibe fern. Wir dienen den Dienern.«

Tahonka-No verbeugte sich leicht und sagte leise: »Auch ich diene ihnen, Freund.«

Die Männer nickten Sandal und dem Knöchernen zu, gingen hinaus auf die Plattform und mitten in den Strahl hinein. Sandal unterdrückte seinen Impuls, sie zu warnen – sie würden abstürzen und fünfzehn Meter tiefer zerschmettert werden.

»Bleib ruhig!«

Tahonka zischte es zwischen den zusammengebissenen Kiefern. Die beiden Leuchtpunkte hatten sie gerettet und das Bewußtsein jener Dienersdiener, daß sich hier nur Eingeweihte aufhielten, beruhigt.

Die Männer blieben innerhalb des Strahls hängen und entfernten sich schnell. Als sie eine bestimmte Geschwindigkeit erreicht hatten, baute sich vor ihnen eine blaue Halbkugel auf und schützte sie vor dem Fahrtwind. Bald darauf waren sie im Gebäude verschwunden.

Sandals Herz hämmerte wie rasend. »Es ist unfaßbar ...«, flüsterte er. »Sie haben mit dir gesprochen und nicht gemerkt, daß ...«

»Einen zweiten Zufall dieser Art dürfen wir uns nicht mehr erlauben«, sagte Tahonka-No, der erst jetzt voll zu begreifen schien, was vorgefallen war. Sie waren als Angehörige der Dienervölker eingestuft worden; vermutlich kümmerte sich hier niemand um Eindringlinge, weil man nicht mit ihnen zu rechnen hatte. Aber Sandal sah so ganz anders aus als die Wesen, die hier umherliefen.

Es war schwer zu glauben, aber sie waren mit dem Leben davongekommen.

»Weiter!« sagte Sandal. »Wir müssen uns irgendwie verstecken. Ich bin ganz schockiert von diesem Vorfall.«

»Begreiflich.«

Der zweite Eindruck, der die Männer fesselte, war die riesige Nische in halber Höhe des Zentralbauwerks.

In ihr stand eine gelbschimmernde Götzenstatue von skurriler Form. Vermutlich die Urform des Y'Xanthymr. Eine Gestalt, entfernt humanoid, zweihundert oder mehr Meter groß. Sie stand mit gespreizten Beinen da, streckte einen Arm aus und wirkte wie das Bild eines stolzen Eroberers. Der Finger mit dem langen Nagel deutete zufällig genau auf die beiden Fremden. Das Gesicht drückte Hochmut und Arroganz aus und eine Wildheit, die fast körperlich zu spüren war. Der Mund war zu einer grausamen Grimasse verzerrt, und wieder leuchtete auf der Stirn des Götzen nur ein Auge. Es mußte einen Durchmesser von fast zehn Metern haben.

»Ein gelber Götze. Er sieht aus wie ein Eroberer, ein gelber, einäugiger Eroberer!« sagte der Mann von Exota Alpha schaudernd. »Und diese Strahlung kommt aus seinem Auge.«

Das Auge sah aus wie ein gewaltiger Diamant, in Millionen von Einzelflächen geschliffen. Das flimmernde Licht, das über die Wände jenes Schlosses wanderte, brach sich unaufhörlich in dem Riesenauge. Schon die Strahlung der farbigen Lichter wirkte hypnotisierend. Und es war deutlich, daß das Götzenauge nichts anderes darstellen konnte als eine gewaltige Maschinerie zur Erzeugung der Aufforderung:

Bleib fern – verehre mich!

»Unsere Verehrung ist dir sicher, auf unsere Art«, sagte Sandal spöttisch und wagte ein paar Schritte nach vorn. Wenn die anderen Männer durch den Strahl gehen konnten, dann vermochte auch er es. Tahonka-No folgte mit sichtlichem Zögern. Die Spannung in beiden Männern hatte nicht nachgelassen; sie rechneten auch jetzt noch mit allen Gefahren und Fallen, die sie sich vorstellen konnten.

»Ich habe etwas herausgefunden, No«, sagte Sandal mit einer Bestimmtheit, die ihn selbst erstaunte.

»Eine neue Gefahr?«

Das milde Leuchten unter der Energiekuppel wurde von der Musik und den Farbschleiern zurückgedrängt. Nur noch dieser Turm existierte, das Auge des Götzen und die Musik, mit Licht verbunden.

»Vielleicht. Diese Musik, die nicht in unsere Ohren paßt, ist ein Teil der Heilung von Unbekannten.«

»Der Heilung von den Ersten Dienern?« fragte Tahonka.

Sie standen jetzt beide dicht vor dem Strahl, der hier übergangslos mitten in der Luft entstand. »Ja. So muß es sein, denn Farben und Musik sind hochkünstlerisch, auch wenn wir es nicht begreifen können. Sie dienen zur Heilung – vielleicht werden wir es noch erfahren.«

Er nickte dem Knöchernen zu und warf sich nach vorn. Zu seinem Erstaunen fiel er nicht um eine Handbreit, sondern er konnte sich bewegen, als stünde er auf einer kleinen Plattform. Er drehte sich halb herum, grinste Tahonka-No an und winkte.

Auch der Knöcherne sprang jetzt mit einem viel zu starken Satz in den Strahl hinein.

»Keine Angst«, sagte Sandal. »Es geschieht nichts.«

Sie wurden rasch schneller und entfernten sich von der Plattform. Als der Fahrtwind begann, unangenehm zu werden, erschienen vor ihnen zwei blaue, halbkugelförmige Schirme, die sie schützten. Das Antigravitations-Transportband – Sandal hatte diese Technik bereits in der GOOD HOPE II kennengelernt – schien sich nicht zu bewegen, transportierte sie aber sehr schnell in die gewünschte Richtung.

Tahonka sagte: »Wenn diese seltsame Straße zu Ende ist, werden wir uns wieder verstecken müssen – im Zentrum fallen wir sicher auf.«

Sie überwanden in wenigen Sekunden den Raum zwischen den Kuppeln und dem Gebäuderiesen. Die Musik wurde leichter, die Farbenspiele blieben zurück, und auch die Strahlung aus dem Auge des Götzen ließ nach und verschwand schließlich, als sie in einen röhrenförmigen Gang gelangten und wieder auf eigenen Füßen standen. Tahonka-No sah sich um und winkte dem jungen Krieger, ihm zu folgen.

Sie liefen den Korridor bis zu seinem Ende, kamen auf eine Spirale aus milchigem Material, das wie Glas unter ihren Tritten klang, und rannten an der Außenwand entlang nach unten. Unten, so hatte der Knöcherne einmal erklärt, lägen immer die Maschinen und die Energieräume, die Leitungen und zahllose Räume und Schächte – dort waren ideale Verstecke zu finden. Ehe sie etwas unternahmen, mußten sie wissen, auf welchen Wegen sie in diesem Gebäude umherschleichen konnten.

Sandal vergaß ganz, daß er sich an dem Ziel befand, das er seit Wochen unter Einsatz des Lebens zu erreichen versucht hatte.

Sie liefen die Spirale entlang, kamen an vielen Ein- und Ausgängen vorbei und gelangten immer tiefer. Die Musik wurde immer leiser, dafür hörten sie nun das Brummen schwerer Maschinen.

Es wurde wärmer, die Luft war nicht mehr so gut und frisch wie draußen in den Parks. Schließlich kamen sie durch einen gläsernen, durchsichtigen Raum in eine riesige Maschinenhalle.

»Hier irgendwo werden wir bleiben«, sagte Tahonka-No. »Ich weiß nur nicht genau, an welcher Stelle.«

»Es wäre schön, wenn du dich bald dazu entschließen würdest, es zu finden.« Sandal deutete auf die vielen Schwarminstallateure, die Maschinen kontrollierten. Die Freunde befanden sich auf einer Rampe, die den Maschinensaal umlief, und die Installateure bewegten sich eine Ebene tiefer.

»Ich suche die Steuerzentrale!« sagte Tahonka-No.

Er studierte die Aufschriften und fand schließlich einen Weg. Sie gingen auf einem Steg bis in die Mitte der Halle hinein, bogen dann links ab und standen, nachdem sie einige Rampen und Korridore überwunden hatten, in einem kleinen, leeren Saal.

Eine Wand bestand nur aus Bildschirmen, in den anderen befanden sich Schotte. Tahonka öffnete eines nach dem anderen, während Sandal mit gespanntem Bogen davor wartete, ob ein Angriff erfolgte.

Alle Räume waren leer.

»Denk an einen Fluchtweg!«

»Genau das tue ich bereits die ganze Zeit«, knurrte der Knöcherne und entschloß sich endlich für einen kleinen Ersatzteilraum, der zwei verschiedene Eingänge hatte. »Hier bleiben wir vorläufig«, sagte er.

In der nächsten Stunde erkundeten sie die nähere Umgebung und prägten sich die Lage aller Räume und Gänge ein. Sie entdeckten auch einen Kabelschacht, der für die Benutzung durch Reparaturmaschinen eingerichtet war und nach unten und nach oben führte; sie sahen kein Ende.

Vielleicht konnten sie diesen Gang benutzen, um unerkannt nach oben vorzustoßen und nach dem Fürsten des Schwarms zu suchen.

Sandal lehnte an der Rückwand des Saales und betrachtete die Einrichtung. Von den Bildschirmen – es waren mehr als hundert – nahm er vorläufig keine Notiz, weil die Bilder ihn verwirrten. Er sah den dunklen, samtartigen Belag des Bodens, die Spezialsessel für die Schwarminstallateure, die er schon kannte, und davor die riesigen Kontrollpulte mit Tausenden von Schaltern und Uhren.

Zusätzliche Schirme gab es an den beiden Seiten des Raumes.

»Verwirrt?« fragte Tahonka-No, der seinen Proviant hervorgebracht hatte und aß, ohne daß er sich in Sandals Gegenwart davor scheute.

»Sehr verwirrt!« gab der Jäger zu. »Was bedeutet das alles?«

Tahonka-No sagte etwas undeutlich: »Wir sind hier in einem der untersten Decks dieses Gebäudes. Von diesem Raum aus wird etwas gesteuert; sei es die Wärme oder die Luft oder etwas Ähnliches. Ich werde es dir sagen können, wenn ich die Aufschriften gelesen habe. Vermutlich kommen hierher auch Kontrollen, vermutlich in regelmäßigen Abständen. Wenn du etwas suchst, so finde es schnell, ehe du gestört wirst.«

Sandal fragte weiter: »Wie sind die Schirme angeordnet? Welche Räume zeigen sie?«

Tahonka ging mißmutig nach vorn, las lange die einzelnen Buchstaben und sagte dann etwas lauter:

»Der oberste Raum dieses Gebäudes wird oben rechts eingesehen und der unterste, die Maschinenhalle, hier unten links. Natürlich gibt es viele Räume, die auf einer Ebene liegen, und viele Räume werden von hier nicht mit Bildschirmen beobachtet.«

Langsam ging Sandal von rechts nach links und beobachtete die scharfen, farbigen und dreidimensionalen Bilder. Er sah viele Dinge, die ihm neu waren. Noch mehr Erscheinungsformen verwirrten ihn, weil er sie nicht verstand. Und schließlich entdeckte er ein Bild, das ihn faszinierte.

»Tahonka!«

»Hast du etwas gefunden?«

Der Knöcherne blieb neben ihm stehen und betrachtete aufmerksam den Bildschirm, auf den Sandal deutete.

»Du meinst dieses runde, gelbe Ding?« fragte der Knöcherne.

»Ja.«

Das Wesen, das sie beide bestaunten, schwebte in einem schimmernden Antigravfeld. Es war, wenn Sandal andere Gegenstände des Raumes zum Größenvergleich heranzog, größer als zwei Meter terranischer Berechnung. Das Antigravfeld bewegte sich in sanften Wellenbewegungen, und Sandal glaubte, wieder Musik zu hören. Als er schließlich auf einer Wand in dem Raum, in den er hineinsah, die Projektion der Lichtmuster sah, war er sicher.

»Dieses Wesen ist krank!« stellte er fest. »Das gelbe Wesen liegt nackt in einem Antigravfeld, das sich im Klang der Musik und im Takt des Lichtes bewegt wie eine Kinderschaukel auf Burg Crater. Die Musik scheint dem Wesen zu behagen.«

»Mir nicht – aber du kannst recht haben. Das Bild kommt aus dem Zentrum in der neunten Ebene«, sagte der Knöcherne.

»Dorthin werde ich gehen. Hör genau zu, Freund Tahonka-No: Alle die anderen Völker, die hier versammelt sind, kennen wir. Die Ersten Diener des Y'Xanthymr sind nicht unter ihnen zu suchen. Also sind diese gelben Wesen hier die Ersten Diener. Ich werde sie fragen, wo ich den Herrscher des Schwarms finde.«

Tahonka-No lachte laut und meinte trocken: »Sie werden dir bereitwilligst alle Auskünfte geben, die du verlangst, du Anfänger. Ich helfe dir, aber wir müssen langsam und schrittweise vorgehen. Nicht anders. Oder willst du allein diesen Irrsinn wagen?«

»Nur mit deiner Hilfe!« versicherte ihm Sandal.

»Ich wußte ja, daß du vernünftig sein wirst«, sagte der Knöcherne.

Dieses Wesen, zweifellos mit Intelligenz ausgerüstet, wiegte sich verzückt in dem Antigravfeld. Musik und Licht versetzten es in eine Art Ekstase, die sicher heilende Wirkung hatte. Hier in diesem Krankenhaus arbeiteten die Fremden mit merkwürdigen psychiatrischen Methoden, dachte Sandal, aber er verkannte auch nicht, daß Wohlbefinden aller Heilung Anfang war.

Die Wesen beziehungsweise dieses eine Wesen, das Sandal entdeckt hatte, glich äußerlich einer birnenartigen Frucht. Der Körper war unten, an der dicksten Stelle, absolut waagerecht abgeschnitten. Sie war ganz rund und durchmaß schätzungsweise einen Meter.

»Du weißt, daß ich Arzt bin«, sagte der Knöcherne leise. »Ich sehe dort die Zeichen sehr hoher Intelligenz. Ich vermute aber auch, daß diese Wesen eine rein körperliche Degenerierung durchgemacht haben müssen. Vor Urzeiten sahen sie sicher ganz anders aus als heute.«

Sandal verstand Tahonkas Gedankengänge nicht, also fragte er leicht verwirrt: »Woran siehst du das?«

»An der Körperform«, erwiderte der Knöcherne. »Diese Wesen sind vermutlich hochgradig unfähig, sich selbst zu erhalten. Ihr Leben, wir haben es genau gesehen, ist auf Bedientwerden eingerichtet. Schmarotzertum oder Drohnentum ist niemals angeboren, sondern stets eine Degenerationserscheinung.«

»Das ergibt neue Überlegungen!« sagte Sandal.

Am obersten Ende jenes birnenförmigen, runden Körpers befanden sich zwei Auswüchse, die vermutlich viele Funktionen gleichzeitig erfüllten. Es waren weit hervorquellende, ellipsenförmige Multiorgane, etwa vierzig Zentimeter lang und zehn Zentimeter weniger durchmessend. Von ihnen ging ein irrlichterndes Funkeln aus.

Diese Organe selbst waren hell und glasklar, mit einem leichten Schimmer von Blau darin. Sie befanden sich dort, wo bei einem humanoiden Wesen die Stirn und der Hinterkopf waren. Der Mund war dort angebracht, wo sich in diesem Fall der Bauch befunden hätte, und dieses Organ sah so aus, als ob es zur Nahrungsaufnahme dienen würde.

»Kannst du mir erklären, welchen Sinn diese runden Fortsätze haben, Tahonka-No?« erkundigte sich Sandal.

Tahonka überlegte schon seit einer Weile.

»Sie dienen zum Sehen und zum Sprechen – aber nicht so, wie du und ich sehen und sprechen. Es sind Membranen eingefügt, die sich bewegen – das ist die Sprache. Ähnliche Membranen sind für das Hören verantwortlich, und besondere Öffnungen führen zu einem Geruchsorgan. Ich bin nicht ganz sicher, aber so muß es sein.«

»Aber dieser glatt abgeschnittene Unterkörper?«

Sie betrachteten den Schirm, der noch immer dieses erstaunliche Wesen zeigte, das sich in seiner Antigravschale zu den Klängen der miauenden und wimmernden Musik wiegte und unbeschreiblich glücklich wirkte. Wie es das fertigbrachte, glücklich zu wirken, das konnte Sandal nicht sagen, aber er hatte diesen und keinen anderen Eindruck.

»Sieh genau hin! Erkennst du die Rippen?«

Sandal schaute erneut auf den Bildschirm.

Der Körper, der einem abgeschnittenen Sockel ähnelte, besaß auf der unteren Fläche überraschend starke Rippen aus einem augenscheinlich sehr elastischen Material. Diese Rippen zogen sich im Takt der Musik zusammen und bogen wieder auseinander. Sie ähnelten in dieser Bewegung den sich bewegenden Muskeln von Schlangen, wenn sie sich durch den Sand schoben, oder gewissen Würmern. Auch Schnecken bewegten sich auf diese Weise fort, wußte Sandal von seiner Heimatwelt.

»Dann dienen sie zur Fortbewegung, ja?« erkundigte er sich.

Er sah es, noch ehe Tahonka die Frage beantwortet hatte.

Ein »bekleideter« Erster Diener kam herein. Er »ging« auf dem abgeschnittenen Stumpf seines Körpers mit erstaunlicher Geschwindigkeit, etwa so schnell wie Sandal, wenn er ohne sonderliche Eile dahinging. Jetzt, als Sandal ein sich frei bewegendes Wesen sah, mußte er auch erkennen, daß er zunächst etwas übersehen hatte.

»Sie haben sogar Arme«, stellte er erstaunt fest.

»Und bekleidet sind sie auch. Vermutlich sind die Kranken nackt, die Pfleger und Ärzte bekleidet!« sagte der Knöcherne.

Aber auch er wußte nicht viel mehr, als er sah. Nur seine Fähigkeit als Arzt half ihm, wesentlich mehr Zusammenhänge als Sandal zu erkennen und richtig zu deuten.

»Es scheint wirklich krank zu sein«, stellte Sandal fest.

Das andere Wesen sah ebenso aus, machte aber einen dynamischeren Eindruck. Es trug über seinem ockergelben Körper ein Kleidungsstück, das einem Sack ähnlicher sah als allem anderen. Es reichte hinunter zum Boden und wurde über den Schultern von zwei gekreuzten Bändern gehalten. Eines der Bänder rutschte bei diesem Wesen ständig, und es mußte mit einem der beiden muskulösen kurzen Arme nachschieben.

Die Arme ...

Sie waren zu vergleichen mit den Armen der Installateure. Es waren vier, unterhalb des »Kopfes« angeordnet, knochenlos und muskulös, voller Knorpel und Sehnen. Sie waren an der Basis rund fünfunddreißig Zentimeter lang, gabelten sich dort in zwei Nebenarme mit je sechs Fingern; vier Finger und zwei gegenständige Daumen wie bei Tahonka-No.

Sandal sagte leise: »Wir werden erst einmal versuchen, unseren Stützpunkt auszubauen. Dann gehe ich in die neunte Ebene hinauf und stelle mich zum Kampf.«

»Du bist ein verdammter junger Narr und viel zu unbeherrscht!« rief der Knöcherne. »Es wimmelt hier von Gefahren.«

»Im Moment merke ich«, sagte Sandal lakonisch, »herzlich wenig davon.«

22.

Und dann machten sie die zweite Entdeckung, die sie verblüffte.

Der Raum mit dem kranken, sich euphorisch in der Antigravsphäre wiegenden Wesen füllte sich mit Ärzten, Medizinern, Doktoren, Schwestern oder Pflegern ... oder welchen Rang die bekleideten Gestalten immer ausfüllen mochten. Alle waren sie ohne jenen Mikrosender-Punkt; also trugen ihn nur die Dienenden.

»Auf dem Boden, Tahonka-No, ziehen sich breite Schleimspuren! Was soll das?«

»Ich bin überfragt.«

Die fremden Wesen hatten auf diesem Planeten ein Zentrum errichtet, in dem ihre kranken Mitglieder geheilt wurden. Das Personal dieses bizarren und für Sandal vollkommen verwirrenden Krankenhauses bestand ebenfalls aus Angehörigen dieses rätselhaften Volkes. Sandal war zutiefst verwirrt; es war zuviel für ihn.

Es überstieg bei weitem sein Vorstellungsvermögen; er war aus einer kleinen, exakt überschaubaren Welt in einen Kosmos geworfen worden, der zu groß und zu mannigfaltig war, als daß er ihn selbst in den Grundstrukturen hätte überschauen können.

Er schämte sich fast seiner Vermessenheit, dieses Ziel gewählt zu haben ... aber dann dachte er an Großvater Sandal und an die schöne Beareema, an Atlan und Chelifer ...

»Wir gehen dort hinauf und sehen selbst nach!« sagte er starrsinnig.

Seine Rachegedanken gaben ihm wieder etwas von seiner alten Selbstsicherheit zurück; immer dann, wenn er handeln konnte, verbannte er die Gedanken des Zweifels aus seinem Kopf.

»Wir werden zuerst essen und schlafen. Nichts ist so schlecht wie ein müder und hungriger Jäger«, widersprach der Knöcherne.

»Wahr gesprochen!« sagte Sandal.

Er blickte auf sein kombiniertes Armband und entdeckte, daß inzwischen die Nacht fast vorbei war. Plötzlich mußte er gähnen. Die sendenden Plaketten würden sie die nächste Zeit vor Maschinenanlagen schützen, nicht aber vor kontrollierenden Fremden.

Sandal sagte: »Und wenn wir ausgeschlafen und satt sind, Tahonka-No, führst du uns hinauf in die neunte Ebene, ja?«

»Ich verspreche es dir, Sandal.«

Sie zogen sich aus der Halle mit den vielen Bildschirmen zurück in ihr

Versteck, und niemand entdeckte sie. Bei dem Gedanken, daß sie einwandfrei und unwiderruflich »heiliges« und verbotenes Gelände nicht nur betreten, sondern in dessen absoluten Mittelpunkt eingedrungen waren, schauderten sie.

Aber es gab kein Zurück mehr.

Einen Tag später: Sie waren von ihrem Versteck aus in den Energieträger-Schacht verschwunden und auf einer Montageplattform bis in die neunte Ebene hinaufgefahren. Sandal schätzte, daß sie rund fünfhundert Meter hoch waren, also bereits im oberen Drittel dieses erstaunlichen Krankenhauses.

Dann hielten sie das Gefährt an, stiegen hinunter und machten einen Frischluftkanal ausfindig, in den sie hineinkrochen. Ein unglaublicher Zufall hatte sie mindestens zwei dutzendmal die richtige Abzweigung finden lassen, und jetzt lagen sie nebeneinander auf dem Bauch und sahen aus mindestens fünfunddreißig Metern Höhe in einen »Krankensaal« hinein.

»Freund No, du hast uns ausgezeichnet geführt!« lobte Sandal zufrieden. »Hier findet uns niemand, und hier können wir alles sehen.«

»Es war weniger meine Kunst als eine Menge von Zufällen und glücklichen Umständen.«

Tahonka-No schien zu fiebern. Er war aufgeregt, seine Finger zitterten, und sein kaum bewegliches Gesicht hatte den Ausdruck höchster Konzentration angenommen, gepaart mit einer leichten Verzweiflung, denn er verstieß pausenlos, seit er Sandal kannte, gegen die Tabus, die seine Erziehung aufgestellt hatte.

Und dort unten sah er Geheimnisse, die seinem Volk zu kennen verboten waren.

»Diese Schleifspuren ... ich merke, daß sie etwas ganz Besonderes sind, No«, flüsterte Sandal.

»Sie sind hypnotisch wie der große Kristall im Auge des Götzen«, sagte der Freund leise und bestimmt.

Etwa zehn andere gelbe Wesen kümmerten sich um zwei Kranke, die hier in ihren Sphären schwebten. Die Musik und die Worte der Pfleger, die Sandal und Tahonka-No hörten, zerrten an ihren Nerven; die Musik war infernalisch und laut. Sie schien aber die gelben Wesen nicht zu stören.

Die zehn Gelben zogen schillernde, aus kleinen, strahlenden Blasen bestehende Schleifspuren hinter sich her wie die Schnecken in den Weinbergen von Burg Crater. Von diesen Spuren ging ein deutlicher hypnotischer Impuls aus.

Bleib fern – verehre mich!

»Bleib fern«, sagte Tahonka-No düster, »und verehre mich. Das senden sie dauernd. Wir müssen nicht gehorchen, aber wir werden ständig daran erinnert.«

»Für alle anderen Diener bedeutet dieser Impuls wahrscheinlich einen Zwang, dem sie gehorchen müssen«, versetzte der weißhaarige Krieger.

Sie beobachteten weiter.

Während diese Spur nach etwa einer Viertelstunde verblaßte und sich auflöste, aber durch die Bewegungen der helfenden Ärzte ständig erneuert wurde, kümmerten sich die Helfer um die beiden Gelben in den Sphären. Hin und wieder sank eine der Sphären bis zum Bogen herab, und dann stellten die Helfer Untersuchungen mit seltsamen und unbekannten Geräten an.

Aber wenn der Körperunterteil der beiden Kranken den Boden berührte, gab es keine schimmernde Schleifspur!

Der Raum unter ihnen war riesengroß. Er besaß nicht etwa vier Wände, sondern war vollkommen unsymmetrisch geformt. Selbst die mächtige Projektionswand, die etwa ein Drittel der Wandfläche einnahm, war nicht etwa plan, sondern mindestens zehnmal geknickt. Unablässig gellte die Musik durch den Raum. Den beiden Freunden klangen die Ohren, und wenn es zu schlimm wurde, hielten sie die Hände vor die Ohrmuscheln, was allerdings nur bedingte Erleichterung schaffte. Aber sie sahen ständig das Treiben dort unten und bemühten sich, jede Einzelheit zu registrieren.

Tahonka-No entschloß sich zu einer Frage. Er wußte, daß sie Sandal nicht gefallen würde, aber er hatte keine andere Wahl. Nur dann, wenn man ein Ziel hat, kann man sich über die Möglichkeit der Wege unterhalten, die zu diesem Ziel führen.

»Sandal – nun sind wir dort, wo wir sein wollten. Unser Ziel ist erreicht. Was soll jetzt geschehen?«

Sandal hatte sich selbst diese Frage schon einige Male gestellt, und er hatte sie auch von seinem Freund erwartet. Im Augenblick gab es keine Antwort darauf.

Er sagte unschlüssig: »Wir haben hier nur viele Diener gefunden; sie sind uninteressant. Wir fanden die Ersten Diener des Götzen, und die eine Hälfte ist krank, während sich die andere Hälfte um die Kranken kümmert. Ich suche den Fürsten des Schwarms, und ich habe den Verdacht, daß ich ihn hier nicht finde. Ich habe im Augenblick kein Ziel. Wir können nur eines tun.«

Sandal dachte und empfand, was auch der Knöcherne dachte.

»Was können wir tun?«

»Weitersuchen! Alles ansehen, was es in diesem Gebäude gibt – vielleicht treffen wir doch noch die GOOD HOPE II und Rhodan, und dann können wir viel erzählen. Und vielleicht haben wir Glück und finden in der Spitze dieses Turmes den wahren Fürsten.«

Zögernd fragte der Knöcherne: »Glaubst du daran?«

»Nicht recht«, sagte Sandal zögernd. »Aber was sollen wir tun? Hierbleiben?«

»Nein. Zu ungemütlich und zu unbequem.«

»Richtig«, schloß Sandal. »Und aus diesem Grund werden wir jetzt diesen relativ bequemen Platz aufgeben und ganz hinauf in die Spitze dieses Bauwerkes fahren. Vielleicht sehen wir dort mehr.«

»Vielleicht«, sagte der Knöcherne skeptisch.

Sie robbten durch die langen Schächte. Wenigstens hatten sie hier frische kühle Luft und keinen Schmutz. Die Musik, die in allen Räumen dieses Bauwerkes zu hören war, begleitete sie auch auf dem Rückzug. Sie kamen wieder in den Energieschacht, aktivierten die Plattform und fuhren nach oben, bis die Maschine von selbst anhielt.

»Wir sind in der Spitze – höher hinaus kannst du nicht mehr, Partner«, sagte Tahonka-No entschieden.

»Das ist abzuwarten!« Sandal sprang mit einem Satz von der Arbeitsplattform. Er fühlte sich wieder ein bißchen wohler – er konnte handeln. Er griff über die Schulter, nahm einen Pfeil aus dem Köcher und legte ihn auf die Sehne. Dann spannte er den Bogen halb aus und sagte: »Gehst du voran?«

»Selbstverständlich.«

Hier oben sahen sie niemanden, auch war die Maschinenmusik erstaunlich leise geworden. Tahonka-No öffnete ein Schott, achtete sorgfältig auf Alarmeinrichtungen, aber nichts geschah, als sie nacheinander einen runden, zylindrischen Raum aus Glas betraten. Sie waren an der Spitze dieses erstaunlichen Bauwerks – mehr als fünfzehnhundert Meter über dem Boden des Planeten.

»Hier kannst du dich als Herr des Planeten fühlen!« rief Sandal.

Sie sahen alles. Sie sahen von hier aus bis an die inneren Grenzen der leuchtenden Energiekuppel. Sie konnten aus dieser Höhe ihren Weg ungefähr verfolgen, aber bereits der Strand vor dem Schirm, auf der anderen Seite, das Innere der Insel, war so gut wie unsichtbar.

»Ich werde mich hüten«, meinte Tahonka. »Mir genügt schon, daß wir seit Wochen täglich unser Leben aufs Spiel setzen.«

Lange standen sie da und betrachteten dieses atemberaubende Panorama. Dann, nach etwa einer Stunde, verließen sie diesen Raum und kamen zehn Meter tiefer wieder in einen anderen runden Raum. Hier erwartete sie eine Überraschung.

Ein Wesen, das sie noch nie gesehen hatten, war in einer Glasröhre eingeschlossen. Zehntausende von Kabeln, zu dicken Schnüren vereinigt, endeten im Glas, und auf der Innenseite zeigten ebenso viele Nadeln auf dieses Wesen.

Das Wesen schlief oder war bewußtlos.

Die Gefährten wichen langsam an die Wand zurück und betrachteten die seltsame Anordnung. Hier kauerte in einem gläsernen Sessel ein »Ding«, das Ähnlichkeit mit einer seltsamen Pflanze hatte. Es bestand aus Kopf, sechs Gliedmaßen und Körper – aber alles sah so aus, als sei es auf einem fruchtbaren Boden gewachsen. Erst nach einigen Minuten bemerkten die Freunde, daß von der Decke des Glaskäfigs ein dünner Nebel sickerte und sämtliche Blätter und Blüten und auch die feinen weißen Ästchen benetzte.

Das Wesen wurde unruhig.

»Gibt es eine Erklärung, die du kennst?« fragte der Krieger.

»Nein. Aber es hat zweifellos eine Bedeutung, die im System dieses Krankenhauses sehr wichtig ist.«

Das Wesen, diese Superblume, schien ihre Anwesenheit zu spüren.

Die Blätter und Blüten bewegten sich. In der Wand war ein Schirm eingelassen, etwa zehnmal so breit wie hoch – er zeigte nichts anderes als die Farbmuster, die außen an der Mauer glänzten und sich ständig änderten. Jetzt auf einmal wurden diese Muster aggressiver. Andere, aktive und bösartige grelle Farben tauchten auf und breiteten sich aus, krochen die Mauern hinauf und herunter, verschlangen dic sanften, ruhigen Farbabstufungen. Dieses Ding erzeugte wohl die Farben?

Tahonka-No versuchte, eine logische Erklärung zu finden.

»Ich kann irren, aber mir scheint es, als ob dieses rätselhafte Pflanzenwesen durch seine Lebensvorgänge die Musik erzeugt. Die entstandenen Tonschwankungen werden innerhalb des Gebäudes verstärkt und in Farbspiele und in die Musik verwandelt.«

In den Folgen der Schwingungen traten jetzt harte, schmetternde Dissonanzen auf. Sie verdrängten die weichen, schmeichelnden Töne. Das Innere des Bauwerks schien zu vibrieren. Die Bewegungen der Pflanze wurden aufgeregter; sie schwankte auf ihrem gläsernen Sessel hin und her, als wenn ein Gewittersturm an ihr rütteln würde.

In der Farbprojektion tauchten riesige schwarze Flecken auf und löschten die farbigen Schleier aus.

Sandal rief aufgeregt: »Wir müssen weg, No! Sonst sehen sie nach, wer die Pflanze gestört hat. Wir sind in Gefahr!«

»Richtig.«

Sie verließen fluchtartig den Raum. Ein Schott öffnete sich, und sie traten auf eine Treppe hinaus, die Teil einer kühnen, ungewöhnlichen Konstruktion war.

Die Treppen und Abzweigungen wirkten wie ein gläserner Baum, der in einem annähernd zylindrischen Hohlraum wuchs.

Nach einigen Sekunden blieben sie in diesem merkwürdigen Treppenhaus stehen. Sandal flüsterte: »Die Musik hat sich wieder normalisiert. Sie ist ruhiger geworden.«

»Aber durchaus nicht angenehmer«, meinte Tahonka-No.

Die Plaketten, die Tahonka-No und Sandal auf der Stirn trugen, enthielten einen Klebstoff, der die gereizte Haut offenbar beruhigte. Jedenfalls merkten sie schon nicht mehr, daß sie das Zeichen der Dienerschaft trugen. Die Mikrosender innerhalb der Punkte arbeiteten, und die beiden Freunde waren noch nicht einmal maschinell geortet worden. Mehrmals waren sie einfach dadurch, daß sie sich wie Eingeweihte benahmen, gerettet worden, aber mit diesen glücklichen Zufällen durften sie keinesfalls mehr rechnen.

Die Musik jedenfalls erreichte nach kurzer Zeit wieder die normale Ausdruckskraft, die offenbar heilend auf die dicken Gelben wirkte.

»Gehen wir hinunter?« fragte Sandal.

»Ja. Und wir sehen hinter jede Tür, die wir finden«, sagte Tahonka-No. »Aber wir werden schnell sein müssen.«

»Gut.«

Nebeneinander rannten sie eine geschwungene Treppe hinunter; eine zweite Bahn erstreckte sich über ihren Köpfen, eine dritte unterhalb ihrer Treppe. Das gesamte System war halb durchsichtig. Als sich Tahonka-No und Sandal gerade wieder an der Innenwand des gewaltigen Zylinders befanden, blieben sie ruckartig stehen – ein lautes Signal ertönte und überschrie die Musik.

»Sie haben nur bemerkt, daß die Pflanze gestört wurde«, korrigierte der Knöcherne.

»Wir warten hier. Eine ausgezeichnete Position!«

Der grelle Doppelton schnitt in ihre Ohren. Weit unter ihnen, etwa siebzig Meter, tauchten Schwarminstallateure auf. Sie kamen rennend aus verschiedenen Öffnungen, öffneten und schlossen ihre vielen Augen, trugen Waffen in den Händen. Sandal und No duckten sich und verschwanden hinter der Brüstung, aber sie blieben als dunkle Umrisse sichtbar; das Material war halb durchsichtig.

»Sie kommen nach oben!« flüsterte Sandal.

»Wir werden uns wehren, wenn sie uns angreifen, aber nicht eher, bis der letzte auf der Treppe ist.«

Während die ersten Baumwesen die schrägen Flächen nach oben rannten, schlossen sich hinter den letzten die farbigen Platten.

»Sie kommen!«

Sie kamen wirklich. Sandal hörte wieder die schrillen Schreie, die den Kampf um das Pilzraumschiff begleitet hatten. Langsam richtete sich der weißhaarige Krieger auf und spannte den Bogen. Er zählte schnell und kam auf über zwanzig Baumwesen, die mit ihren acht wurzelartigen Füßen die gläsernen Treppen heraufeilten. Sie kamen immer näher. Aufgeregt und schreiend schwangen sie die Waffen. Einer von ihnen sah Sandal, der sich hoch aufgerichtet hatte.

»Los! Sie greifen an!« sagte Tahonka-No drängend und zog seine Feuerkugel-Waffe.

Die ersten, schlechtgezielten Schüsse fauchten und donnerten durch den großen, zylindrischen Raum. Das Echo rollte und schien die Treppenkonstruktion zu erschüttern. Sandal duckte sich wieder, rannte zehn Schritte vorwärts und tauchte an anderer Stelle auf. Er schoß seinen ersten Pfeil ab.

Schreiend brach ein Schwarminstallateur zusammen.

Sandal griff über die Schulter, legte einen zweiten Pfeil ein und schoß erneut. Der Pfeil traf genau in den Kopf des Baumwesens. Während der zweite Fremde zusammenbrach, veränderte der erste seine Gestalt, wurde kleiner und schrumpfte im Tod zusammen.

»Vorsicht! Rechts von dir!« schrie der Knöcherne und schoß zweimal hintereinander.

Die Feuerkugeln zerfetzten zwei der Angreifer. Die Musik, die durch den Raum tobte, verschmolz mit dem Knallen der Schüsse. Sandal schien gleichzeitig an mehreren Stellen zu sein. Er duckte sich, rannte einige Schritte, wenn er beschossen wurde, dann tauchte er unvermittelt an einer anderen Stelle wieder auf, zielte und schoß.

Er zielte durch das Gewirr der schrägen und gekrümmten Treppenbahnen hindurch und traf die Fremden, die immer näher kamen. Auch sie verschwanden hinter der Deckung. Sieben der Schwarminstallateure waren getötet worden, und jetzt nahm der Knöcherne eine andere Position ein. Er schwang sich mit einem riesigen Satz, umtobt von den pausenlosen Schüssen, auf eine tiefer kreuzende Treppe und schoß von dort viermal.

Vier grelle Detonationen verwandelten den Raum in einen Geräuschorkan. Vier weitere Fremde starben, den fünften und sechsten töteten Sandals Pfeile.

»Hierher, Sandal!« schrie der Knöcherne und rannte blitzschnell die letzte Treppe bis zum höchsten Punkt der Anlage hinauf. Sandal spähte zwischen den Treppen hindurch und sah, wie zwei der Schwarminstallateure flohen und auf die Schotte zurannten, durch die sie hereingekommen waren. Wenn es ihnen gelang, zu entkommen und die anderen Wächter zu alarmieren, waren er und No verloren.

Er zog den Bogen bis ans Ohr aus und schoß. Der Pfeil durchschlug den Körper des einen Fremden, und die Terkonitstahlspitze schlug eine Schramme in den Werkstoff der Platte. Der zweite Pfeil heulte durch den Raum und tötete den zweiten Installateur. Sandal orientierte sich schnell und rannte hinauf zu Tahonka-No.

»Sie haben sich versteckt – ich konnte keinen treffen!« schimpfte der Knöcherne.

»Du mußt schießen und sie aus der Deckung heraustreiben«, sagte Sandal. »Ich treffe sie dann mit meinen Pfeilen.«

»Ich habe verstanden«, meinte Tahonka-No.

Er zielte und schoß zweimal. Dicht neben den Verstecken von zwei Fremden flammten die tödlichen Feuerbälle auf und trieben sie aus dem Versteck. Sandals unfehlbare, fast lautlose Pfeile flogen durch die Luft und töteten die Fremden.

Dann entstand eine Stille.

Sandal flüsterte: »Die Musik ist noch immer normal, ohne verrückte und verräterische Schwankungen.«

Wenn dieser kleine Trupp ohne Nachrichtengeräte war, würde es nicht auffallen, wenn sie fehlten. Bestand aber die Möglichkeit, daß die Überlebenden andere alarmieren konnten, dann spitzte sich die Lage dramatisch zu. Sandal wußte, daß sie den Kampf schnell beenden mußten.

Er sagte leise: »Ich gehe jetzt hinunter und hole meine Pfeile zurück. Gib mir Rückendeckung!«

Ohne eine Antwort abzuwarten, rannte er die lange, geschwungene Treppe zum zweiten Mal hinunter und zog die Aufmerksamkeit der fünf überlebenden Fremden auf sich. Während die Feuerkugel aus Tahonka-Nos kleiner Waffe einen tötete, brachte Sandal mit seinen Pfeilen zwei andere um.

Dann stolperte er und fiel der Länge nach auf die Stufen.

Einige Minuten später war der zylindrische Raum mit seinen Plattformen, Toren und sich kreuzenden Treppenanlagen eine Zone des Todes.

Zweiundzwanzig Schwarminstallateure waren tot, der Alarm war nicht mehr zu hören, und Sandal hetzte von einem Punkt zum anderen, um seine Pfeile aus den Leichen herauszuziehen.

Er legte schließlich, als er fertig war, eine der Strahlwaffen direkt neben einen Toten. Die Waffe stammte aus dem Vorrat der Ersten Diener.

Schließlich rannte Sandal wieder hinauf zu Tahonka-No. Er atmete schwer und schob den letzten Pfeil zurück in den Köcher. Die beiden Männer sahen sich ein wenig ratlos an.

»Was jetzt, Freund No?«

Tahonka-No überlegte fieberhaft. Sie mußten unbedingt diesen Raum verlassen, andererseits war ihr Versuch, das Innere dieses Bauwerks gründlich zu erforschen, zunichte gemacht worden. Sie mußten sich wieder verbergen, diesmal mit weitaus größerer Gründlichkeit.

Tahonka sagte leise: »Zunächst einmal zurück in den Versorgungsschacht! Dann sehen wir weiter. Wir fahren so schnell wie möglich abwärts – hier oben wird man die Toten schnell gefunden haben.«

»Also zurück! Los!«

Sie wandten sich wieder in die Richtung, aus der sie gekommen waren. Nacheinander erreichten sie den Versorgungsschacht, fanden die Arbeitsplattform an der bewußten Stelle und fuhren etwa vierhundert Meter abwärts. Kein weiterer Alarm, keine Nachrichten, keine Panik und weiterhin keine Veränderung der jaulenden und wimmernden Musik, die wie ein seltsames Medium das gesamte Gebäude ausfüllte und ertränkte. Die Klänge zerrten an den Nerven und machten die beiden Männer nervöser und gereizter, als sie es ohnehin schon waren. Im Augenblick befanden sie sich auf der Flucht.

Eine Stunde später hatten sie sich beruhigt, aßen und tranken etwas und saßen auf der Arbeitsplattform im Lift.

Bleib fern – verehre mich.

Sandal sagte leise:

»Wir sind wieder in der Nähe von Kranken und ihren Pflegern. Merkst du die lautlosen Befehle?«

»Ich spüre sie auch«, sagte der Knöcherne. »Aber ich spüre ebenfalls, daß sich etwas verändert hat.«

Sandal erschrak; der Tonfall seines Freundes deutete eine Gefahr an.

»Was?«

»Ruhig! Hörst du nichts?«

Sandal schüttelte den Kopf, schloß die Augen und versuchte, in sich hineinzulauschen. Er empfing außer der schwachen hypnotischen Strahlung nichts.

»Nein!« sagte er.

»Dann wirkt dieser Befehl nur auf mich und meinesgleichen. Also auf die Leute von Gedynker Crocq«, flüsterte Tahonka-No. Er hob die Hand und bedeutete dem Freund, zu schweigen und ihn nicht abzulenken. Er klappte die hornigen Lider über die Augen, beugte sich vor und konzentrierte sich scharf. Das wäre unnötig gewesen, denn die Strahlung verstärkte sich. Etwas oder jemand sagte eindringlich:

Es wurden zweiundzwanzig Tote gefunden. Sie haben sich gegenseitig in den Tod getrieben. Im System des Hauses der Glücklichen wurden verbotene Schußwaffen benutzt. Es steht fest, daß seltsame Dinge vorgehen. Die toten Wachtiere, jetzt dieser Schußwechsel.

Wir wenden uns an alle von Gedynker Crocq. Geht und sucht nach merkwürdigen Spuren! Sucht nach fremden Eindringlingen, obwohl uns nichts davon bekannt ist!

Die Ruhe und die Genesung der Ersten Diener werden gestört. Dies ist ein Verbrechen, das gesühnt werden soll – sucht! Und stört bei der Suche die Ruhe und Genesung der Glücklichen nicht.

Dann endete der Anruf, wurde noch zweimal wiederholt und schloß dann: *Sollten die Fremden diesen Ruf hören – vorausgesetzt, es befinden sich Fremde in dieser Schutzkuppel –, dann beendeten sie besser ihr Leben freiwillig. Sie werden den Frevel büßen und sich wünschen, nicht geboren worden zu sein.*

Tahonka nickte und sagte trocken: »Wir sind entdeckt worden, mein Freund.«

Sandal sprang auf die Füße und riß die Waffe heraus. Er beruhigte sich wieder und fragte drängend: »Wie? Berichte!«

Wortgetreu gab der Knöcherne wieder, was er gehört hatte. Sein Verstand arbeitete fieberhaft. Wenn sie sich jetzt wieder versteckten, dann mußten sie tatsächlich unauffindbar sein. Andererseits ... Sandals Rache?

Er sagte deutlich: »Ich stelle jetzt eine wichtige Frage an dich, Sandal Tolk: Du wolltest in diese Kuppel hinein, um deine Rache zu vollziehen. Richtig?«

»Recht gesprochen, Tahonka-No.« Sandal ahnte, worauf die Frage des Knöchernen abzielte.

»Du hast aber gesehen, daß die gesamte Anlage nur zur Gesundung der Fremden erbaut worden ist. Als edler Kämpfer willst du dich nicht an Kranken und an Ärzten rächen, also ist deine Mission in dieser Beziehung fehlgeschlagen. Spreche ich auch hier die Wahrheit aus?«

Sandal steckte die Waffe zurück und meinte niedergeschlagen: »Ja. Du sprichst wahr!«

»Die Folgerung für uns ist: Wir müssen diesen gefährlichen Bereich verlassen, weil wir nichts erreichen, wenn wir hier bleiben. Wir müssen an anderer Stelle suchen. Bleiben wir hier, werden wir früher oder später gefaßt.«

Es war eine niederschmetterndc Einsicht, aber sie war hundertprozentig richtig. Sandal konnte den Ausführungen des Freundes nichts entgegensetzen.

»Wir dürfen nicht gefunden werden – du hast recht«, sagte Sandal. »Weißt du einen Ausweg, Partner?«

»Ja und nein!«

»Was bedeutet das ›Ja‹?« fragte Sandal atemlos.

»Wir kämpfen uns den Weg zurück, den wir gekommen sind – bis zurück hinter die Berge!«

»Auf keinen Fall!« widersprach Sandal düster. »Das überstehen wir nicht, obwohl wir nunmehr die Tricks kennen.«

»Dann bleibt uns noch ein unsicherer Weg«, sagte Tahonka.

»Welcher?«

»Zu versuchen, von hier, vom Zentrum aus, einen Weg nach draußen zu finden. Denk an die Energieröhre und an die startenden Raumschiffe.«

»Ich denke daran.«

»Das ist alles, was ich sagen kann. Suchen wir also nicht nach dem Fürsten des Schwarms, der hier ohnehin nicht zu finden ist, sondern konzentrieren wir unsere Suche auf einen Weg, der hier herausführt.«

Sandal sagte nachdenklich und bestätigend: »So sei es.«

Sie verließen die Plattform, fanden ein Schott und kamen nach langer

Suche wieder in einen Raum, der mit Bildschirmen und Tonübertragungsgeräten ausgestattet war. Ein Teil der Unruhe war von ihnen abgefallen, jener Teil, der mit der Unsicherheit über den weiteren Weg des Unternehmens zusammenhing. Sie würden von hier fliehen, aber sie wußten im Augenblick noch nicht, auf welchem Weg.

Sie versteckten sich und beobachteten drei Tage und drei Nächte lang.

Als beide schliefen, mitten im vierten Tag nach dem Feuergefecht, veränderte die Musik ihren Ausdruck so nachhaltig, daß Tahonka-No und Sandal aufwachten und sich verwirrt ansahen.

»Da geht etwas Großartiges vor!« Tahonka-No ließ sich aus der Hängematte fallen und kippte einen Schalter. Der Bildschirm, der einen Raum ganz in ihrer Nähe in der Totale zeigte, erhellte sich.

»Diese Musik ... sie wird uns noch den letzten Rest Verstand rauben!« rief Sandal.

Was er jetzt hörte, ließ sich mit einiger Phantasie mit den Fanfaren und Trommeln eines Siegeszuges vergleichen, wie sie vor Zeiten auf Exota Alpha erklungen waren. Eine triumphierende, schallende Musik, nach wie vor in jenen abartig grellen, jaulenden und miauenden Klängen, aber eindeutig strahlend und schmetternd hell.

»Sieh auf den Bildschirm – einer der Kranken. Es ist etwas los!«

Tahonka-No und Sandal blieben vor dem Schirm stehen und betrachteten das Bild der Verwirrung, das sich dort abzeichnete. Hektische Aufregung herrschte unter den Pflegern und Medizinern.

»Sie lassen das kranke Wesen stehen und rennen davon. Also muß an anderer Stelle etwas vorgefallen sein.«

»Etwas, das sie vor Freude außer sich macht«, sagte Sandal.

»So sieht es aus!«

Die birnenförmigen, ockerfarbenen Ärzte rannten und hasteten durcheinander, rissen Instrumentenbehälter aus Vorratsfächern und ließen sich von Leuten von Gedynker Crocq runde Netze bringen. Sie glitten auf glitzernden Schleimspuren auf die Netze, bewegten einen Schalter und schwebten einen halben Meter in die Höhe. Dieser Vorgang wiederholte sich mindestens fünfzigmal.

»Sie fliegen ... sie fliegen zu den energetischen Lifts, die nach unten führen. Wir sollten ihnen folgen«, sagte Sandal entschlossen.

»Ich gehe mit dir.«

Die Ärzte schwebten jetzt nach allen Seiten auseinander. Der Kranke, den sie eben noch betreut hatten, verharrte nach wie vor unverändert in seiner Antigravsphäre. Die Mediziner schwebten in die Strahlenbahnen hinein und gerieten wenige Sekunden später außer Sicht.

»Los! Nach unten, Partner!« sagte Sandal.

Sie knüpften die Matten los, rollten sie zusammen, griffen nach ihren Ausrüstungsgegenständen und liefen hinaus in den Versorgungsschacht.

Sie fuhren nach unten, bis zu dem Punkt, an dem sie dieses seltsame Gefährt zum erstenmal bestiegen hatten. Den Weg kannten sie bereits – sie erschienen wenige Minuten später in einer Kontrollkanzel, die leer war. Sandal bewachte den Eingang dieser Kanzel, während der Knöcherne sich den Vorgängen widmete.

»Was siehst du, Freund Tahonka?« erkundigte sich Sandal.

»Ich sehe sehr interessante Dinge. Wir dürfen hoffen, unseren Plan durchführen zu können. Aber frage mich nicht, es ist nur ein Gefühl, nicht mehr.«

Die Mediziner kamen aus den Öffnungen des Energielifts. Sie versammelten sich, zusammen mit jenen Medizinern und Pflegern, die bereits in diesem großen Saal gewacht hatten, zu einem dichten Ring um zwei der Kranken, die in den Sphären hingen. Diese zwei Gelben waren augenscheinlich gesundet!

Jetzt bemerkte Sandal, der mit halbgespanntem Bogen die Eingangsklappe bewachte, etwas anderes.

»Hier ist die Musik nicht mehr zu hören«, sagte er erstaunt.

Tahonka-No fuhr fort: »Und soeben haben sie auch die Projektion der Farbspiele abgeschaltet!«

Sandal riskierte es, für einige Minuten seinen Platz zu verlassen und sich über das Pult zu beugen. Die Musik schwieg, die Farben waren erloschen, und beide gesundeten Wesen liefen langsam über den glatten Boden und hinterließen breite Schleimspuren. Er schaute aufmerksam hinunter: Dort schien die Freude der Ärzte ihren Höhepunkt erreicht zu haben.

»Also sind die Spuren der Beweis, daß die Wesen gesund sind!« sagte Sandal. »Wohin kommen jetzt die Gesundeten?«

»Nur Y'Xanthymr weiß es!«

Die beiden Gesunden liefen in Kreisen herum, schwenkte ihre Multiorgane und hinterließen Spuren. Die Rippen ihrer abgeschnitten wirkenden Körper konnten sich wieder bewegen; sie transportierten den runden Körper vorwärts und rückwärts. Ein ungeheures Stimmengewirr schallte zu den beiden wartenden Freunden herauf. Niemand kümmerte sich mehr um Maschinen und Geräte – das Interesse konzentrierte sich auf diese beiden Wesen.

Plötzlich packte Tahonka den weißhaarigen Jäger fest am Oberarm.

»Da!« flüsterte der Knöcherne aufgeregt. Er deutete nach unten.

»Es ist unglaublich!« sagte Sandal.

Die beiden Körper wurden mitten in einer Bewegung angehalten. Sie blähten sich unmerklich und langsam auf, wurden praller und praller, die gelben Körper flossen auseinander. Die birnenartige Form der Gelben verlor sich.

»Was geschieht jetzt? Sie werden dicker! Die Ärzte freuen sich immer mehr!« sagte Sandal staunend und drehte sich langsam wieder herum.

Er sah den Schatten eines Fremden, riß die Bogensehne ans Kinn und rief unterdrückt: »No! Achtung!«

Ein Mann von Gedynker Crocq kam herein, offensichtlich, um die Kontrollen zu bedienen. Sandals Pfeil warf den Eintretenden um fünf Meter rückwärts und tötete ihn auf der Stelle. Tahonka-No drehte sich um, zog die Waffe, aber die Gefahr war bereits beseitigt. Sandal zog den Pfeil heraus und sagte, sich aufrichtend:

»Wir müssen nach unten – nachsehen, was es gibt.«

»Einverstanden.«

Sie verließen den Kontrollraum, stoben eine Spirale abwärts und kamen an ein verschlossenes Schott. Tahonka-No entriegelte es und schob es eine Handbreit auf. Jetzt befanden sie sich nur noch fünfzig Meter vom ersten Gelben entfernt.

Der Lärm, der ihnen entgegenschlug, war betäubend. Einer der Mediziner deutete nach rechts. Zwei runde Antigravfelder erschienen und hielten neben den aufquellenden Wesen an.

Tahonka sagte nachdenklich: »Sandal – erschlag mich nicht, aber jetzt setzt eine ferne Erinnerung ein. Ich glaube, daß diese wabbeligen Riesenwesen von hier weggebracht werden. Ich habe es irgendwann einmal gehört.«

Sandal fuhr hoch: »Das ist unsere Chance! Wir reisen mit ihnen.«

»Wenn es möglich ist. Ich helfe dir natürlich!«

Auf den beiden Antigravfeldern, die sich langsam absenkten, bis sie fast den Boden berührten, erhoben sich zwei etwa fünfundzwanzig Meter lange Röhren. Sie waren sechskantig, wie die Waben von Bienen auf Exota Alpha. Sie hatten keinen Verschluß; man konnte durch sie hindurchsehen.

»Sie werden zweifellos dort hineingeschoben!« sagte Sandal.

»Es sieht so aus.«

Die Mediziner lösten jetzt die Kreise um die beiden aufquellenden Gelben auf, nahmen seltsame Geräte und dirigierten die Gelben bis zu den Öffnungen der beiden Wabenröhren. Die unförmigen Körper breiteten sich aus und flossen wie ein zähflüssiger, gärender Teig in die Röhren hinein.

»Hinein! Zu ihnen hinein!« rief Sandal.

»Das ist Irrsinn!« entgegnete der Knöcherne. »Wir haben nicht die geringste Chance dazu.«

Sandal schüttelte den Kopf.

Während die Körper in die Röhren hineinflossen, zogen sich die Ärzte zurück und schwebten auf eine Energieschleuse zu. Die Antigravfelder drehten sich und deuteten mit einer Röhrenöffnung in die Richtung der

Freunde. Von den Rändern aus begannen sich milchig trübe Schleier zum Zentrum hin zusammenzuschieben.

»Los! Sei kein Feigling!« sagte Sandal, warf den Bogen auf die Schulter und sprang nach vorn, indem er das Schott aufdrückte.

Einige Sekunden lang nur befanden sich die Freunde im Sichtschutz der beiden Sechskantröhren. Tahonka-No konnte nicht anders; er folgte.

Sandal und er hechteten durch die immer kleiner werdende Öffnung ins Innere der Röhre hinein.

Als sie gegen die wabbelnde Masse des gelben Körpers stießen, schloß sich dieser hauchdünne Vorhang. Sie waren unsichtbar.

»Wir sind zunächst einmal sicher«, bemerkte Sandal zufrieden.

»So lange, bis sich dieser Vorhang auf einer anderen Stelle des Planeten wieder öffnet«, sagte der Knöcherne.

Der Energievorhang ließ ein mildes, gelbes Licht herein.

»Die Fremden sind gesund, dehnen sich aus und werden größer – was beim Götzen hat dies alles zu bedeuten?«

Tahonka-No und Sandal überdachten die Situation.

Sie spürten, wie sich die beiden Röhren bewegten. Das heißt, sie schlossen aus der Bewegung der einen, daß sich auch die andere drehte und dann geradeaus schwebte. Das laute Sprechen und der Jubel der Mediziner, die diesen seltsamen Transport begleiteten, drangen ebenfalls durch die dünne Folie.

Alles hatte so gewirkt, als ob sehr große Eile geboten wäre - offensichtlich mußten die beiden sehr schnell aus diesem Bauwerk entfernt und an eine andere Stelle gebracht werden. An welche Stelle aber?

»Wir haben drei verschiedene Möglichkeiten zur Auswahl«, sagte Tahonka-No. »Entweder bringt man die Gelben in eine andere Landschaft dieses Planeten, oder man schafft sie an einen anderen Ort innerhalb der Energiekuppel oder gar auf einen anderen Planeten.«

»An welche Möglichkeit denkst du?« fragte Sandal.

»An alle«, war die Antwort.

Sie sahen sich in ihrem neuen Versteck um.

Die Sechskantröhren waren innen mit vielen Klappen und Fächern ausgerüstet, in denen Dinge, Gegenstände und Pakete lagen, die kaum zu erklären waren.

Das gelbe Wesen kauerte unförmig in der Mitte der Röhre und breitete sich langsam aus; aber merkwürdigerweise hatten die Freunde keine Angst, zerquetscht zu werden. Die Fahrt der Röhre wurde schneller und ging immer geradeaus – es war kein Andruck nach der einen oder anderen Seite zu merken. Sandal ließ seine Finger unschlüssig über Tasten und Löcher gleiten, und schließlich entdeckte er eine Fläche, die wie ein stumpfer Bildschirm aussah.

Ohne einen Augenblick zu zögern, drückte er einen Schalter hinunter, und zwei Sekunden später übertrug eine Linse das Bild, das von »vorn« zu sehen war.

Es wirkte wie eine Kanzel in einem sich schnell bewegenden Fahrzeug. Das Tempo nahm zu.

»Wir werden mit diesem Gelben abtransportiert«, sagte Sandal. »Eines ist sicher: Ich habe meine Rache im Zentrum des Energieschirmes nicht vollenden können.«

Als Sandal sich wieder dem Bildschirm zuwandte, sah er, daß sich die beiden Sechskantröhren der Schleusenanlage näherten, die zwischen Energieschirm und Energiebrücke eingerichtet war. Die rasende Fahrt ging weiter.

23.

Sandal Tolk war wie gelähmt. Noch immer von der Einsicht niedergedrückt, daß er mit viel Mühe und unter Todesgefahr, abgesehen von einer Handvoll Informationen, nichts erreicht hatte, mußte er miterleben, wie diese beiden Sechskantröhren in schnellem Flug vom Zentrum der Kuppel bis hierher in die Energieschleuse getragen worden waren.

Fast behutsam fragte Tahonka-No, der Knöcherne: »Du denkst nach, Sandal Tolk?«

Sandal kauerte an einer der sechs »Wände« und schob sich mit allen zehn Fingern beider Hände das Haar in den Nacken zurück. Er nickte.

»Ich denke, daß wir arme, unwissende Toren sind, trotz unserer Künste, die Gefahren zu besiegen.«

Er betrachtete den Schirm, dann schaute er auf den Boden, wo sein Bogen und der Köcher voller Pfeile lagen.

Der Knöcherne sah an Sandal vorbei auf den Bildschirm, der ihnen das langgezogene Innere der Energiebrücke zeigte und einen Teil des Dschungelrandes.

Schweigend betrachteten sie das Bild, das sich ihnen bot.

Hier waren die beiden Sechskantröhren zum Stillstand gekommen. Sie schwebten einige Meter über dem untersten Niveau der Energiebrücke. Nichts und niemand war zu sehen. Die Situation erfüllte die beiden Freunde, die mit dem pulsierenden, weichen Wesen eingeschlossen waren, mit Mißtrauen und Neugierde. Das gelbe Wesen rührte sich nicht.

Sandal fragte scharf: »Sind dies die Ersten Diener, Tahonka?«

Er deutete mit dem Daumen über die Schulter auf das pulsierende »Ding« neben ihnen, das einen deutlichen aromatischen Geruch verströmte. Die hypnotischen Impulse: *Bleib fern – verehre mich!* hatten aufgehört.

Tahonka-No sagte zögernd: »Nach allem, was ich weiß und was wir zusammen gesehen haben, ist es einer der Ersten Diener.«

Sandal fragte in Gedanken versunken: »Er ist krank, gesundet dann, hinterläßt Spuren, die in den Gedanken flüstern. Dann bläst er sich auf wie eine gärende Frucht, wird in diesen stählernen Sarg eingeschlossen und fortgeschafft. Werden sie ihn töten?«

Der Knöcherne hob entsetzt seine großen und sehr kräftigen Hände. »Nein! Sie werden alles tun, aber nicht den Gelben umbringen. Das ist sicher.«

Sandal betrachtete die Vorratsbehälter, die in den sechs Wänden eingebaut waren, schaute auf den Bildschirm, der nach wie vor dasselbe Bild zeigte, und stöhnte auf. Diese Art von Warten strapazierte seine Nerven zu sehr.

Dann verengten sich seine Augen. Die Brauen schoben sich über der Nasenwurzel zusammen.

»Ich sehe etwas. Es kommt näher!« brummte er.

Tahonka-No stützte sich schwer auf seine Schulter und sah auf den Bildschirm. Auch er war von dieser seltsamen, erwartungsvollen Erregung gepackt.

»Ich sehe es auch. Ein Gleiter mit schwerer Ladung.«

Sie betrachteten schweigend das Bild.

Der Gegenstand kam immer näher, wurde dabei verständlicherweise größer und deutlicher abgebildet. Es war eines der schwebenden Fahrzeuge, wie sie schon viele in dieser Energiebrücke gesehen hatten, als sie sich durch die verschiedenen Todeszonen durchgearbeitet hatten. *Wie mag es dem Thoen inzwischen ergangen sein, mit seiner possierlichen Nachkommenschaft?* dachte Sandal unvermittelt und grinste plötzlich.

Der Gleiter raste heran, bremste ab, und als er aus dem Bild verschwunden war, also neben den beiden Röhren lag, setzten sich die Särge mit ihrem Inhalt wieder in Bewegung. Sie überwanden die Distanz zwischen dem Rand der Insel der Glücklichen und dem Raumhafen am Ufer des Binnenmeeres innerhalb einiger Minuten. Dann bremsten die Röhren ab.

»Ich werde noch wahnsinnig!« rief Sandal. »Ich begreife überhaupt nichts mehr! Jetzt bleiben die Röhren hier stehen. In dieser merkwürdigen Halle.«

Tahonka-No beruhigte ihn, indem er sich mit Sandal unterhielt, an welcher Stelle des nur kurz gesehenen Raumhafens sich die Halle wohl befinden mochte. Eines sahen sie: Es war ein Gebäude, das jenen niedrigen Kuppeln voller Kunstgegenstände glich. Irgendwo röhrte plötzlich ein einzelnes Schiffstriebwerk auf.

Die Röhren schwebten dicht nebeneinander über dem Boden. Sie befanden sich auf einer Art Sockel, der weiß, flach und niedrig war.

Tahonka-No beruhigte Sandal abermals: »Sandal!« sagte er eindringlich. Ich glaube, wir sind einer großen Sache auf der Spur. Du hast mir sehr viel erzählt von deiner Heimat, über die eines Tages die Dummheit kam. Du brachtest diesen Tag mit meiner Heimat, also dem Schwarm, in Verbindung. Das mag so sein oder nicht – ich weiß es nicht. Ich glaube dir jedenfalls, wenn du mir berichtest, daß auch jener Mensch Rhodan, den du sehr zu verehren scheinst ...«

»Er ist stärker als ich«, sagte der Weißhaarige. »Er hat mich niedergeschlagen, obwohl ich sonst jeden menschlichen Gegner klar besiegt habe.«

»Rhodan sagte dir, daß alle Planeten eurer Heimat verdummt wären. Vielleicht hat diese Dummheit etwas mit den Ersten Dienern zu tun?«

»Vielleicht«, sagte Sandal.

Er merkte plötzlich, daß es im Innern der Röhre etwas weniger warm war als bisher. Als er den Kopf hob, wußte er, warum. Der Energievorhang hatte sich geöffnet.

Sandal sagte rasch: »Wenn sich die Röhren öffnen, dann bedeutet das unter Umständen, daß jemand nachsehen will, wie es den Gelben geht. Wenn er uns dabei entdeckt ...«

Er ließ den Satz unbeendet.

Tahonka-No meinte: »Für uns bedeutet es, daß wir vorläufig unser sicheres Versteck verlassen müssen. Aber wir kehren hierher zurück.«

»Wir kommen zurück!« versicherte Sandal.

Als sie Stimmen und Schritte hörten, die von der gekrümmten Hallendecke widerschallten, rafften sie ihre Ausrüstung und die Waffen an sich und sprangen aus der Röhre. Sie landeten auf dem Hallenboden und rannten nach rechts, während von links sich eine Gruppe von Fremden näherte.

»Dort verstecken wir uns«, flüsterte der Knöcherne. »Ich weiß nicht, welche Waren das sind, aber sie werden uns Schutz geben.«

Sie duckten sich hinter einem gewaltigen Stapel von ziegelähnlichen Paketen. Sie hatten diese Materialien auch schon in den Fächern der Sechskantröhren gesehen, wußten aber immer noch nicht, worum es sich handelte. Sandal und Tahonka sahen nichts, aber sie hörten dafür um so genauer. Eine fremde Stimme sagte:

»Wir dürfen die ...«, ein unverständliches, unübersetzbares Wort folgte, »... nicht länger als zwei ... stehenlassen.«

»Ich weiß es, Arzt der Ersten Diener«, reagierte eine andere Stimme. »Aber die Triebwerke des Schiffes sind noch nicht bereit. In zwei ... aber werden wir starten können.«

»Ausgezeichnet! Sehen wir nach den Dienern.«

Sandal und Tahonka duckten sich, dann sahen sie sich an. Tahonka nickte, zum Zeichen, daß er Sandal die unübersetzbaren Begriffe verdeutlichen konnte. Langsam schlichen sie hinter dem Stapel in die Richtung des Lichtes, das zwischen dem Boden und der Unterkante der flachen Kuppel in den dämmerigen Raum hereinfiel.

Schließlich erreichten sie ein kleines Ziergebüsch, krochen unter die Pflanzen und legten sich auf den Bauch. Ihre Köpfe waren dicht nebeneinander, aber jeder von ihnen blickte in eine andere Richtung.

Tahonka-No flüsterte: »Die beiden Röhren haben etwa eineinhalb Stunden deiner Zeit Aufenthalt. Eher können sie nicht in das Raumschiff geschafft werden.«

»Das bedeutet, daß die Röhren mit einem Raumschiff fortgeschafft werden?«

»Richtig!« entgegnete Tahonka zufrieden.

»Ein Raumschiff braucht man nur, um den Planeten zu verlassen – alles andere könnte mit einem Gleiter erledigt werden«, spann Sandal den Gedanken weiter.

»Abermals richtig! Und ...?«

»Für uns ist es die Rettung«, flüsterte Sandal Tolk in plötzlicher Aufregung. »Wir verlassen also zusammen mit den beiden Gelben diesen Planeten. Wir kommen in eine andere Gegend zwischen den Sternen.«

Tahonka lächelte. »Das mag richtig sein!« sagte er. »Und was tun wir jetzt?«

Sandal schüttelte den Kopf und sagte laut: »Nicht schon wieder warten, Partner. Wenn ich schon meine Rache nicht vollziehen konnte, so will ich wenigstens nicht mit leeren Händen zurückkommen. Und ich bin plötzlich sicher, daß ich Perry Rhodan und die anderen treffen werde. Sehen wir uns auf dem Raumhafen um.«

Sie hoben ihre Köpfe aus der Deckung der grünen, dichten Büsche. Der Raumhafen lag zum größten Teil vor ihnen, sie befanden sich am Rand der Anlage. Der Hafen hatte in etwa den Grundriß eines großen Kreises, den ein kleinerer Kreis schnitt. Rund um diese große, weiße Fläche befand sich ein hoher Zaun aus einem Material, das wie Draht mit riesigen Maschen aussah. Dicke, gelb isolierte Drähte und Kabel führten zu dem Zaun und verbanden sich mit den Drähten.

Am Rand des großen Kreises standen insgesamt fünf Kuppeln von verschiedener Größe. Sie waren alle schneeweiß und ziemlich flach. Kleine robotische Maschinen fuhren zwischen den Kuppeln, dem Raumschiff und einem langgestreckten Gebäude mit sehr vielen Glasfenstern hin und her und schleppten vielfarbige Lasten von verschiedenen Formen; alles war ganz anders als auf dem Raumhafen von Exota Alpha.

Alles wurde von zwei Gegenständen überragt: von einem jener Pilzraumschiffe, die Sandal bereits kannte und fürchten gelernt hatte, und von einem riesigen Mast, der eine zylindrische Kanzel mit seltsamen Auswüchsen trug, die wie die Stielaugen von Fischen wirkten.

Sandal fauchte: »Dieses Raumschiff ist voller Schwarminstallateure, jener Wesen, die nach dem Start und wenn sie sterben kleiner werden.«

Tahonka deutete darauf und sagte: »In diesem Schiff werden unsere beiden Fremden abtransportiert. Ich gäbe einiges darum, zu wissen, an welchen Ort.«

Während sie die Anlage des Raumhafens betrachteten, sich jede noch so unwichtig erscheinende Einzelheit einprägten und den Stand der Sonne abschätzten, wurde ihre Aufmerksamkeit abgelenkt. Eine Gruppe von Fremden verließ den Sockel des Kontrollturmes, etwa sechshundert Meter entfernt.

Sandal sagte: »Halte den Bogen, No!«

»Gern.«

Sandal gab seinem Freund die Waffe, zog das Fernrohr aus der Tasche und spähte hindurch. Einige Sekunden später pfiff er durch die Zähne, setzte das Rohr ab und reichte es seinem Freund.

Während Tahonka-No durch die Linsen schaute, sagte Sandal drohend: »Es sind zwölf Schwarminstallateure, die einen der Leute von deinem Planeten mit sich führen. Sie kommen direkt auf uns zu. Was haben sie vor?«

Tahonka bemerkte, daß die starken Arme seines Artgenossen auf dem Rücken lagen. Es sah so aus, als hätten die Schwarminstallateure jenen Mann von Gedynker Crocq gefesselt und trieben ihn vor sich her auf den Rand des Raumhafens zu. Es sah aus wie eine geplante Hinrichtung.

Sandal sagte aufgeregt: »Sie bringen einen Arzt von Gedynker Crocq um, Freund No. Was sagst du dazu?«

No hob die Schultern und ließ sie wieder fallen. Sein Gesicht zeigte äußerste Konzentration.

Der Mann von seinem Heimatplaneten trug keinen gelben Punkt auf seiner Stirn. Auch dies hatte etwas zu bedeuten.

»Ich weiß nicht, ob es ein Arzt ist, aber von uns gehen die meisten Ärzte in den Dienst der Ersten Diener.«

Sandal ging langsam rückwärts und schob sich aus den Büschen heraus.

»Wenn wir ihn befreien, wird er uns wertvolle Dinge sagen können. Warten wir ab, was sie mit ihm tun.«

»Es dauert nicht mehr lange.«

Es war faszinierend, die Bewegungen der Baumwesen zu beobachten, denen Sandal einen wütenden Kampf und eine schwere Niederlage bereitet hatte. Er dachte an den Planeten Testfall Rorvic und an seine schweigend kämpfende Armee von Robotern. Seltsam, dieser Kampf hatte ihn nicht angerührt, nicht mit dem Bewußtsein erfüllt, gegen eine Übermacht einen guten Kampf geliefert zu haben.

Von allen Dingen, die er vergaß, würde er Testfall Rorvic am schnellsten vergessen.

Der Zug kam näher, mit den schlürfenden Schritten der wurzelähnlichen Gliedmaßen der Schwarminstallateure. Sie schoben sich förmlich vorwärts, wie schnell wandernde Pflanzen. Dem Gesicht des anderen Knöchernen war nicht zu entnehmen, wie er sich fühlte und was er dachte.

Tahonka-No griff langsam zu seiner eigenen Waffe und flüsterte unsicher: »Das riecht förmlich nach Gefahr.«

Sie sahen schweigend und konzentriert zu, wie die zwölf Schwarminstallateure den Mann von Gedynker Crocq zwischen zwei Hallen vorbeiführten und Kurs auf den Energiezaun nahmen. Sie kamen etwa hundert Meter an den versteckten Eindringlingen vorbei.

Sandal flüsterte: »Was sagen sie, No?«

Tahonka-No bemühte sich, einige Worte aus der Entfernung aufzuschnappen. Sandal hatte nichts verstanden. Sie sprachen zu schnell und zu hoch. Sandal begann, die Schußwinkel und die Entfernungen abzuschätzen, aber er wußte, daß sie sich hier in einer aussichtslosen Lage befanden, falls man sie entdeckte.

»Sie sprechen vom Tod. Er scheint seine Pflicht nicht erfüllt zu haben«, antwortete der Knöcherne.

Wenige Minuten später sahen Sandal und No, daß sich die Schwarminstallateure in einem Halbkreis vor dem Energieschirm aufstellten. In ihrer Mitte, zwanzig Schritte vom Zaun entfernt, stand der Knöcherne. Jetzt erkannte Sandal deutlich durch sein Fernglas, daß sein Gesicht von Todesangst verzerrt war. Einer der Installateure ging ruhig auf ihn zu und löste die metallenen Fesseln des Mannes.

»Sie bringen ihn um«, stöhnte Tahonka-No.

»Er ist noch nicht tot«, konterte Sandal und griff nach Pfeilen und dem Bogen. Die Zeit des Aufenthaltes lief langsam ab; sie mußten bald zurück in die Sechskantröhren.

Der Baumähnliche trat wieder in den Kreis zurück, dann ertönte ein hartes Geräusch.

Aus dem langgestreckten Bau rannten etwa fünfzehn oder zwanzig jener weißen Tiere mit dem Wolfsschädel heraus, stoben in zwei langen Reihen blitzschnell über den Platz und blieben jaulend und hechelnd hinter den Baumwesen stehen. Die Angelegenheit wurde immer rätselhafter.

»Sie wollen ihn doch nicht etwa von den Wachtieren zerreißen lassen?« sagte der Knöcherne. »Das werde ich verhindern.«

Er bewegte sich, aber Sandals Arm schoß vor und zog ihn wieder in die Deckung der Büsche zurück. Sandal mahnte:

»Erst einmal zusehen! Wenn er so stark ist wie du, dann wird er mit einer ganzen Anzahl der Tiere selbst fertig. Und wir helfen ihm dabei, aber auf lautlose Art und Weise. Wir haben mehr zu verlieren – zwei Leben. Er hat nur eins.«

Tahonka-No schluckte seinen Grimm hinunter. »Du hast recht«, sagte er.

Sie warteten eine Minute lang, dann sagte einer der Baumähnlichen etwas. Der Mann von Gedynker Crocq schrie ein paar Worte, und die Wolfsähnlichen stürzten sich aufheulend nach vorn. Sie kamen näher, bildeten einen Kreis um den Todeskandidaten und warteten gierig. Dann löste sich ein großes Tier, sprang mit einem Riesensatz nach vorn und prallte in der Luft mit der Faust des Knöchernen zusammen.

Die Schwarminstallateure schrien auf.

Die Wachtiere kreischten und jaulten gierig und griffen an. Gleichzeitig spannte Sandal den Bogen aus. In einer einzigen großen Anstrengung verschoß der Weißhaarige in einer Minute genau zweiundzwanzig seiner besten Pfeile, und mit einer Ausnahme waren sie alle tödlich.

Der erste Pfeil heulte durch die Luft und traf den Anführer des Rudels. Das Geschoß riß das Tier vom Arm des Fremden weg, schleuderte es hinunter auf den Boden, wo es auf zwei andere Tiere fiel und mit schlagenden Läufen in einer Blutlache verendete.

Der zweite Pfeil.

Er schoß dicht über dem Boden dahin; Sandal hatte den Bogen fast waagrecht gehalten, was er selten tat, weil dies einen meisterlichen Schuß verhinderte. Der zweite und auch der dritte Pfeil töteten zwei Tiere, die sich eben anschickten, den Knöchernen von hinten anzufallen. Sie blieben liegen, und in dem allgemeinen Durcheinander, in dem der Knöcherne ein Tier an den Hinterläufen gepackt hatte und als Keule benutzte, merkten die Installateure noch immer nicht, daß seitlich von ihnen sich Fremde verbargen.

Sandals Körper bewegte sich wie ein zu schnell arbeitender Robot.

Beim fünfzehnten Pfeil erkannten die Schwarminstallateure, daß es unsichtbare Helfer gab. Sie griffen schreiend nach den Waffen, aber sie sahen die Männer nicht.

Dann sagte Sandal leise: »Tahonka – lauf hinüber in die Kuppel, schieß von dort einigemal und lenk sie ab. Dann kommst du wieder hierher, ja?«

»Einverstanden. Ich sehe auch nach, ob der Weg in die Metallsärge frei ist!«

»Gut. Schnell, No!«

Tahonka-No warf sich auf den Boden, kroch auf allen vieren durch die Büsche und verließ die kleine Baumgruppe in der Nähe des Kuppelrandes. Er überwand die Distanz, in der er keinerlei Deckung hatte, mit vier riesigen Sprüngen und tauchte in die halbe Dunkelheit unter der Kuppel.

Sandal opferte noch mehr seiner unersetzlichen Pfeile. Er zielte an jene Stellen, an denen die Schwarminstallateure beim ersten Schuß getötet wurden.

Nach dem dritten Schuß sah er triumphierend, wie fünf krachende Feuerkugeln die kleine Gruppe der Installateure sprengte und bis auf einen tötete.

Der überlebende Schwarminstallateur wandte sich zur Flucht, aber vorher feuerte er noch zwei Schüsse auf den fremden Knöchernen von Gedynker Crocq ab.

In den kommenden Minuten bewies Sandal Tolk asan Feymoaur sac Sandal-Crater, daß er alle die Lehren seines Großvaters befolgte und so zu einem Kämpfer geworden war, der es mit einem ganzen Heer aufnehmen konnte. Seine Armmuskeln schmerzten, die Fingerkuppen ebenso, aber er handelte blitzschnell.

Sein Fernschuß, der eine langgestreckte Parabel beschrieb, traf den flüchtenden Schwarminstallateur. Die Entfernung betrug mehr als zweihundert Meter.

Dann ließ Sandal den Bogen fallen, hechtete aus den Büschen heraus und rannte auf den Schauplatz des Kampfes zu. Im Rennen riß er das scharfe Messer aus dem Stiefelschaft heraus.

Zuerst sammelte er die Pfeile ein; er schnitt sie zum Teil aus den Körpern der toten Wachhunde heraus.

Ein Blick auf den Knöchernen sagte ihm, daß er im Sterben lag.

Zwanzig Pfeile in der Hand, in der anderen das blutige Messer, richtete sich Sandal auf.

Er drehte den Kopf, eine schlanke Gestalt, die sich jetzt wie der Blitz zwischen den Schwarminstallateuren bewegte. Die Wesen hatten im Tod wieder ihre Mikroform angenommen und sich um das Zwanzigfache verkleinert. Sandal riß die Pfeile aus den Körpern, hielt sie mit der Faust fest und sah aus den Augenwinkeln eine Bewegung.

»No?«

Es war No, der am Rand der Kuppel entlang, vorbei an summenden Robotmaschinen und gestapelten Ausrüstungsgegenständen auf die Buschgruppe zurannte. Zur gleichen Zeit heulten mehrere Schiffstriebwerke auf. Es war wie ein Signal – die beiden Behälter würden sich schnell wieder in Bewegung setzen.

»Eile!« sagte Sandal. »Wir müssen uns beeilen!«

Er suchte nach einem Ausweg, falls die beiden Röhren abtransportiert wurden, ohne daß sie sich in ihnen verstecken konnten. Er grinste, als er den Ausweg fand. Es waren zwei Möglichkeiten. Dies war einer »seiner« Tage; alles schien so zu laufen, wie er es geplant hatte. Er warf sich herum, steckte das Bündel Pfeile schnell in den Köcher und schlug mit der flachen Hand auf einige Pfeile, so daß sie raschelnd zwischen den anderen hineinglitten.

»Tahonka wird sich freuen«, flüsterte er, hob den blutenden, halbverbrannten Körper des Knöchernen auf und schleppte ihn auf seiner Schulter über den freien Raum bis an den Rand der Buschgruppe.

Dort, wo man sie weder vom großen Hauptgebäude noch von der Kanzel des hohen Turms aus sehen konnte, legte er den schweren, knochigen Körper ab.

Plötzlich stand Tahonka-No neben ihm und kniete dann nieder. Er legte seine Hand mit unendlicher Vorsicht an die Stirn des Fremden.

Dann sagte er etwas in einer Sprache, die Sandal nicht einmal auszugsweise verstand.

»Ich bin Tahonka-No ...«, begann er.

Der Fremde zog die hornigen Lider von den Augen, zwinkerte mehrmals und erwiderte mühsam, stockend und fast zu leise:

»Ich erkenne dich, Tahonka, der Ausgestoßene ... der Nahrung zu sich nahm und andere damit verletzte ...«

Tahonka atmete schwer. »Das bedeutet ... du bist Recanti-Tak ... du bist der Arzt, der zuviel dachte.«

Der andere flüsterte: »So ist es. Sie ließen mich umbringen, weil ich ...«

Er würde in wenigen Sekunden sein Leben beendet haben. Tahonka und Sandal blickten sich schweigend und ratlos an.

»Du hast deine Pflicht nicht erfüllt. Wir haben versucht, dich zu retten.«

»Ja«, flüsterte Recanti-Tak. »Ich habe es gemerkt. Die Ersten Diener werden auf einen Planeten gebracht, den wir ...« Er brach ab.

Sandal fragte aufgeregt: »Frag ihn, was jetzt geschieht, da sie sich aufblähen!«

Tahonka fragte wieder, eindringlich und laut. Die Schiffstriebwerke wurden lauter und schwiegen dann plötzlich.

»Sie werden auf einem Planeten abgesetzt, wo sie sich ...«

»Wie?«

»Sie verlassen ...«

Es war zum Verzweifeln. Sie hatten jemanden gefunden, der ihnen helfen konnte, den Schleier von den Geheimnissen zu reißen.

Und bevor er ihre drängenden Gedanken und Fragen beantworten konnte, starb er.

»Tahonka ... bring mich in den Schatten. Ich will nicht in der Sonne sterben ...«, flüsterte Tak.

»Ich werde deinen letzten Wunsch erfüllen«, sagte Tahonka.

Sandal konnte sich nicht erinnern, die Stimme seines Freundes jemals so weich und behutsam gehört zu haben. Er half Tahonka-No, den schweren Körper in den Schatten zu ziehen.

Als sie den Kopf auf ein Grasbüschel betteten, starb der Fremde.

Sandal griff nach dem Arm des Freundes: »Wir müssen zurück in unsere Särge, No!«

Der Freund sah ihn mit einem langen, traurigen Blick an, stand auf und sagte bedrückt: »Ja. Ich komme. Sie haben uns nicht entdeckt, wie?«

»Noch nicht!«

Sie bahnten sich vorsichtig einen Weg durch die Büsche, sicherten nach allen Seiten, als sie den freien Raum zwischen der Kuppel und den Büschen vor sich sahen, dann rannten sie nebeneinander auf den Schatten zu. Sie bremsten splitternd zwischen zwei Gepäckstapeln.

»Noch immer kein Alarm!« sagte der Knöcherne überrascht.

Sandal schüttelte den Kopf, während sie sich unhörbar und schnell den Weg zurück bewegten, den sie gekommen waren. Niemand schien in ihrer Nähe zu sein, aber Sandal war eher zu vorsichtig. Jetzt wollte er nicht mehr das geringste Risiko eingehen.

»Weiter?«

»Ja«, sagte Tahonka.

Dann, nach zwanzig Metern, sahen sie die beiden Sechskantröhren. Sie schwebten nach wie vor über dem runden, hellen Sockel. Fünf verschiedene Wesen arbeiteten dort und stapelten in die Fächer bunte und unförmige Gegenstände hinein. Ein Schwarminstallateur, einer der kleinen Purpurnen, ein birnenförmiges Wesen mit dem Rock und den gekreuzten Trägern, ein Knöcherner und einer jener Humanoiden, der Sandal so ähnlich sah.

»Wir warten hier!« sagte Tahonka. »Wenn wir sie umbringen, dann kommen wir in Gefahr.«

Sandal flüsterte zurück: »Wenn sie zu lange in der Nähe der beiden Särge bleiben, dann müssen wir uns trotzdem einen Weg freischießen.«

»Ich fürchte, du hast recht«, sagte No.

Sie blieben hinter einem Stapel von würfelförmigen Paketen stehen, der auf einer Seite von einem Robotwagen vergrößert und auf der gegenüberliegenden Seite verkleinert wurde. Die Maschinen brachten von der anderen Seite des Raumhafens Ladungen an und fuhren sie in das langgestreckte Zentralgebäude. Sandal stand kopfschüttelnd zwischen den Würfeln und überlegte sich, aus welchen Gründen die Robotwagen nicht gleich direkt die Ladungen in das Gebäude fuhren.

»Wie ich dieses Warten hasse!« stöhnte der Knöcherne auf. »Und die Rücksichtslosigkeit, mit der sie meinen Bekannten umbringen ließen.«

Sandal sagte: »Ich vergleiche die Völker im Innern des Schwarms mit Tieren, die sich nur von ihrem Instinkt leiten lassen. Offensichtlich sind die Leute von Gedynker Crocq eine Ausnahme. Du jedenfalls scheinst selbständig genug.«

»Danke«, versetzte Tahonka trocken. »Aber das trifft das Problem nicht.«

»Sie gehen jetzt!« sagte Sandal.

Sie veränderten ihren Standort. Langsam gingen sie nach der Seite, die näher an den beiden jeweils fünfundzwanzig Meter langen Röhren war. Niemand sah und hörte sie, nur die Robots arbeiteten dicht neben ihnen. Sie nahmen keinerlei Notiz von den Eindringlingen, aber sie wichen aus, wenn ihnen Sandal in den Weg kam.

»Los!«

Die drei letzten Helfer stiegen auf einen kleinen, schwebenden Robot. Die Maschine flog langsam und leise summend unter der Kuppel hindurch und blieb in der Mitte des Raumhafens stehen, genau zwischen dem Pilzraumschiff und dem Rand der Kuppel. Der kleine Purpurne stieg ab und blieb in der Sonne stehen. Die Schiffsmaschinen schwiegen.

»Hinein, Sandal!« rief Tahonka-No.

Sie rannten im Zickzack zwischen kleinen Materialstapeln auf die betreffende Röhre zu; es war jene, die links schwebte. Tahonka half Sandal hinein, Sandal streckte seinen Arm aus und zog den Knöchernen zu sich hinauf.

Dann kauerten sie sich nieder. Sandal traute diesem Arrangement nicht; er wollte, daß sich der undurchsichtige Vorhang schlösse. Solange sie sichtbar blieben, befanden sie sich in Gefahr.

»Es geht los«, kommentierte der Knöcherne.

Die beiden Geräte schwebten auf ihren Antigravpolstern hoch. Sie waren hier offensichtlich mit Vorräten für die runden, dicken Wesen ausgerüstet worden. Als Sandal und No ihr Versteck zum erstenmal bestiegen hatten, füllte der Gelbe einen Raum von ungefähr drei oder vier Metern aus. Jetzt waren es schon sechs bis acht Meter. Etwa acht Meter blieben den beiden Freunden noch an Platz.

Sandal flüsterte ungeduldig: »Wann schließt sich endlich dieser Vorhang?«

»Keine Ahnung.«

Dicht nebeneinander verließen die beiden Röhren den Schatten unter der Kuppel und schwebten geradewegs auf den kleinen Purpurnen zu, der eine Kugel mit einer langen wippenden Antenne in den Händen hielt und mit seinen großen, ungeschützten Augen die Gegenstände beobachtete. Ein fürchterlicher Verdacht stieg in Sandal hoch und ließ sein Herz schneller schlagen.

Er stellte den Bogen aufrecht hin; er paßte gerade in die Höhlung. Nur einige Zentimeter waren über den beiden Spitzen, in denen die Sehne mit der dreifach gedrehten Schlinge eingehängt war. Sandal zog einen Pfeil aus dem Köcher, an dessen Spitze noch das eingetrocknete Blut eines Wachtieres war.

»Was hast du vor, du Wahnsinniger?« fragte der Knöcherne entgeistert.

»Ich versuche nur, lieber etwas zu wachsam zu sein«, gab Sandal zurück.

Dicht über dem Boden schwebten die zwei Röhren auf den Purpurnen zu.

Sandal konnte dieses knöcherne Wesen mit der ledrigen Haut und der Schuppenstruktur genau sehen, auch die Stiefel, die Gürtel, den Haarschopf. Der kleine Purpurne sprach in die Kugel hinein, und als sich die Öffnungen der säulenartigen Särge bis auf zwanzig Meter genähert hatten, deutete er aufgeregt in die eine Röhre hinein.

Sandals Pfeil zischte aus der Öffnung, traf den Kleinen in der Brust und warf ihn fünf Schritte weit zurück.

Dann schwebten die Särge weiter, die Energievorhänge schlossen sich langsam, und als das Raumschiff dicht neben ihnen aufragte, schaltete Sandal den Bildschirm ein.

Das Bild vom »Heck« der Särge zeigte ihnen den großen, weiten Platz, der im Licht der Nachmittagssonne lag. In der Mitte des Platzes, unscheinbar klein, lag der tote Purpurne.

Dann rasten die beiden Sechseckröhren senkrecht nach oben, vollführten eine scharfe Wendung um neunzig Grad und schwebten in einen Raum hinein. Das Bild auf dem Schirm verdunkelte sich.

»Ein leerer Laderaum!«

»Hoffentlich bleibt er leer«, kommentierte Sandal. »Was wir nicht brauchen können, ist ein Kampf in diesem Schiff.«

Seine letzten Worte gingen in dem Aufbrüllen der Triebwerke unter. Die Luke des Laderaumes schloß sich, die gesamte große Schiffszelle bebte, und dann merkten die Freunde, daß der Start erfolgte. Das Schiff stieg senkrecht in die Luft, wurde immer schneller, und schließlich blieben nur noch die Vibrationen. Der Schall blieb hinter dem Schiff zurück.

Sandal grinste befreit und legte den Bogen neben sich auf eine der sechs »Wände«. Er sagte langsam:

»Man hat uns an Bord dieses Schiffes gebracht, das Schiff hat den Planeten Vetrahoon verlassen und befindet sich im Flug. Wir sind vorläufig in Sicherheit, Freund Tahonka-No. Du kennst nicht zufällig das Flugziel?«

Tahonka schüttelte den Kopf und breitete den Proviant aus, den er mitgebracht hatte. Er bestand noch immer zu zwei Dritteln aus Vorräten aus den Magazinen der Ersten Diener.

Das pilzförmige Raumschiff wurde, ohne daß sie es sehen oder spüren konnten, immer schneller und nahm schließlich eine Transition vor. Diesen Schock spürten sie; aber Sandal hatte sich bereits an die Transitionsschocks gewöhnt und wurde nicht ohnmächtig. Auch der Knöcherne überstand die Transition gut.

»Jetzt haben wir endlich Zeit, uns einmal auszuruhen und gemütlich zu essen«, freute sich Sandal.

Die Beleuchtung, die sie brauchten, kam vom Bildschirm, der nichts anderes zeigte als einen leeren, in ein gelbes Halblicht getauchten Laderaum.

Sie aßen, dann schliefen sie ein.

Während der relativ kurzen Reise hatten sie noch einmal Gelegenheit, festzustellen, daß die Innenwandungen der sechskantigen Röhre mit Vorratsbehältern aller Art ausgestattet waren. Viele dieser Behälter waren erst vor kurzer Zeit – unter der Kuppel – aufgefüllt worden. Offensichtlich sollten die sich aufblähenden Lebewesen in die Lage versetzt werden, sich aus diesen Vorräten mit Speisen und Getränken versorgen zu können. Aber bis jetzt sahen Sandal und Tahonka-No nur einen Teil des Körpers – weder eines der Multiorgane noch die Arme.

Sie lagerten auf der »anderen Seite« der Röhre.

Außer Speisen und Getränken schienen auch noch Ausrüstungsgegenstände für viele unbekannte Zwecke vorhanden zu sein, aber die beiden Freunde hüteten sich, etwas zu öffnen und anzurühren. Sie hungerten bisher nicht, und sie wollten keinen Alarm auslösen. Versorgungsgüter, kleine Apparate und unbekannte Geräte – sie versuchten zwar zu erkennen, worum es sich handelte, aber sie bewegten keinen einzigen Hebel, öffneten keine einzige Verpackung.

Nur der Bildschirm arbeitete ununterbrochen. Die Energie, die er benötigte, schien in der Sechskantröhre direkt erzeugt zu werden.

Irgendwann erfolgte ein zweiter Transitionsschock, und das Schiff setzte zur Landung an. Die beiden Freunde erwachten und machten sich bereit, ihr Leben abermals verteidigen zu müssen.

Auf dem Bildschirm tauchte, ohne daß Sandal einen Schalter berührt hätte, das Bild eines näherkommenden Planeten auf.

Sandal stieß Tahonka-No an und meinte: »Am Glühen des Weltraums merke ich, daß wir uns innerhalb des Schwarms befinden. Das ist dein Gebiet, mein Freund. Erkennst du diesen Planeten?«

Leise und überlegend sagte der Knöcherne: »Ich kenne die Bilder und Spezifikationen vieler Planeten. Laß mich sehen, laß mir Zeit, mein Gedächtnis zu erforschen.«

»Schade«, sagte Sandal, »daß ich nicht krank bin. Ich würde mich gern von dir behandeln lassen.«

Knurrend gab No zurück: »Mir reicht es, daß ich mehrmals dein unwürdiges Leben retten durfte, du Zwerg!«

Sie lachten laut, während das Schiff dem Planeten entgegenstürzte. Sandal glaubte das Bild direkt zu sehen: Das Pilzraumschiff flog die letzten Kilometer waagrecht durch die Luft, das runde Oberteil mit dem Fluchtdiskus nach vorn gestreckt.

Aber auf diesem Planeten würden sie langsamer fliegen, um keine Verwüstungen anzurichten. Schließlich befanden sie sich innerhalb des Schwarms.

Tahonka-No sagte: »Wir befinden uns auf dem Planeten Cormothytus Corson. Es ist eine Welt, auf der ich leben kann.«

»Auf der also auch ich leben kann«, sagte Sandal. »Steigen wir hier aus?«

»Vielleicht finden wir eine Gelegenheit dazu. Aber ich bezweifle es.«

Das Schiff landete mit riesigem Getöse auf einem rechteckigen Raumhafen; sie sahen das Luftbild. Dann schwiegen die Maschinen, und die Stille war direkt betäubend. Die Luke des Frachtraums öffnete sich, das Bild auf dem Schirm wechselte abrupt.

Sandal umklammerte den Arm des Freundes und rief erregt: »Beim Purpurnen Stern! Was ist das dort unten, Tahonka?«

Sie betrachteten den Bildschirm. Der Energievorhang öffnete sich nicht, also blieben sie eingesperrt. Andererseits blieben sie dadurch auch unentdeckt.

Sie sahen eine riesige Metallfläche, die größer war als das Raumschiff, in dem sie geflogen waren. Es schien der Sockel eines Schiffes zu sein oder der Unterbau eines riesigen Gebäudes. Sandal war sicher, daß es ein unfertiges Bauwerk war, denn ein wabenförmiges Gerüst überragte selbst die Höhe des Schiffes, in dem sie sich befanden.

Eine Morgensonne strahlte dieses Gebilde an. Es schien höher zu sein als der höchste Berg auf diesem Planeten.

»Unsere Irrfahrt beginnt erst. Ich tat gut daran, mit meinem Leben abzuschließen, als ich dich traf!« sagte Tahonka-No düster.

»Noch leben wir!« erinnerte ihn Sandal.

Der Planet Cormothytus Corson (wenigstens das Stück, das der Schirm abbildete und das die beiden Freunde sehen konnten) schien eine blühende, schöne und dünnbesiedelte Sauerstoffwelt innerhalb des Schwarms zu sein.

Vor dem Schiff ragte dieses Bauwerk auf, ein weiteres Rätsel für Sandal und Tahonka.

»Wie kommen wir hier heraus?« fragte Sandal.

»Gar nicht!« war die lakonische Antwort. »Wozu?«

Sandal bekannte: »Ich beginne mich vor diesem ungeheuerlichen Gebilde dort drüben zu fürchten. Es ist ein Bauwerk, das noch schrecklicher aussieht als die Königin aller Bauten auf Vetrahoons Insel.«

Sandal sprach die Wahrheit. Vor ihm, unübersehbar hoch, türmte sich jener Berg aus Metallgerüsten, der einem Bienenstock glich, der Phantasie eines kranken Malers entsprungen, dessen Krankheit Gigantomanie hieß. Schaudernd wandte sich Sandal ab und streckte die Hand aus, berührte den milchigen Energieschirm. »Nichts.«

Der Schirm gab weder nach, noch schmerzte die Berührung. Vermutlich konnte er nur von außen eingeschaltet und auch wieder ausgeschaltet werden.

»Wenn wenigstens einer von uns wüßte, was dies alles zu bedeuten hat!« sagte Sandal.

»Ich kann uns nicht helfen – der andere Knöcherne hätte es uns sagen können.«

Er war tot.

Als sie noch weiter versuchten, Sinn und Zweck dieses Stahlriesen vor ihnen zu ergründen, bewegten sich die Röhren erneut. Sie erhoben sich langsam, drehten sich leicht und flogen nebeneinander auf einem Antigravkissen durch die Luft.

Die Konstruktion der vielen kleinen, aneinandergereihten Höhlen näherte sich, wurde größer und deutlicher. Sandal sah zu seinem Schrekken, daß es sich um sechskantige Aussparungen innerhalb des Gerüstes handelte.

»Ich hätte es nicht geahnt«, sagte er verstört, »aber unsere beiden Särge passen in diese Löcher. Wir werden abermals eingesperrt, Tahonka!«

»Ich kann es nicht ändern«, murrte der Knöcherne.

Er dachte kurz daran, daß es ein Raumschiff sein mochte, das diese dicker werdenden Gelben weitertransportierte. Aber dann drängten sich andere Gedanken nach vorn, und der Knöcherne vergaß es wieder. Die zwei Metallsärge glitten leicht auseinander.

Der andere Sechskantbehälter schwebte etwas höher hinauf, suchte ein Schlupfloch und schob sich langsam in die Aussparung hinein.

Die Röhre, in der die Freunde eingesperrt waren, sackte leicht ab, suchte abermals entlang einer Querlinie und blieb dann stehen.

»Jetzt sind wir dran!«

Glücklicherweise, dachte der junge Krieger, *befinden wir uns »außen«, also an der offenen Seite des Kolosses. Wir können also, wenn der Schutzschirm sich öffnet, den Abstieg an der Vorderseite wagen. Die Röhre schob sich im unteren Drittel in die Wabenkonstruktion hinein.*

Dann hörte das leise Summen auf.

Sandal und Tahonka-No sahen gespannt auf den Bildschirm, der jetzt das Raumschiff und die Geschäftigkeit ringsum zeigte. Sie waren unruhig und fieberten einer Zeit entgegen, von der sie nichts wußten. Sie waren ausgesprochen hilflos.

Sie warteten – wieder einmal. Sandal fluchte.

Das nächste, das geschah, hing mit dem Gelben Eroberer zusammen, mit dem Ersten Diener, der größer wurde. Sandal hatte diese Bezeichnung aufgrund seiner (und der überall anzutreffenden) Farbe gewählt: gelb.

Er breitete sich nach beiden Seiten aus und nahm keinerlei Notiz von Sandal und Tahonka-No. Seine gelbe Haut spannte sich und schob sich immer mehr an die beiden Männer heran. Sandal rückte unbehaglich einige Meter weiter. Ihnen blieben jetzt nur noch fünf Meter Platz zwischen Haut und Schutzschirm.

Minuten später bebte die Metallkonstruktion.

»Es ist ein Schiff!« schrie der Knöcherne grell auf.

»Ein Schiff, das mit uns startet!« ergänzte Sandal.

Die Konstruktion bebte und zitterte mehr und mehr. Die Schwingungen und die Geräusche der Antriebsmaschinen setzten sich durch das Metall fort; sie kamen aus der dicken Bodenplatte, die Sandal irrtümlich für den Unterbau eines Hauses gehalten hatte. Langsam schob sich das seltsame Wabenraumschiff in die Höhe, der Lärm nahm zu, und es erfolgte ein schneller Start durch die Lufthülle des Planeten.

Jetzt war Sandal dankbar, daß sich die Energievorhänge nicht geöffnet hatten; die dünne Luft zuerst und dann das Vakuum des Weltalls hätten ihn und Tahonka getötet.

Als der Flug ohne Geräusche vor sich ging, nur durch die andauernden Vibrationen gekennzeichnet, begann der Gelbe, sich abermals zu rühren.

Das schwammige Fleisch unter der Haut pulsierte, und von dem Gewebe schien eine lange Serie schriller, kurzer Töne auszugehen. Sie schmerzten, ebenso wie die schrille Musik Vetrahoons, in den Ohren der Flüchtlinge.

»Schreit er, weil er sich auf den Flug freut oder weil er uns entdeckt hat?« fragte sich Sandal leise und tastete nach seiner Waffe.

Der Knöcherne entgegnete: »Das ist unwichtig. Betrachte den Bildschirm!«

Zahlreiche Raumschiffe begleiteten diesen seltsamen Transporter. Er schien auf Cormothytus Corson auf die beiden Sechseckbehälter gewartet zu haben, denn der Raumtransport hatte unmittelbar nach dem Eingliedern der Behälter begonnen. Stundenlang raste das Schiff durch den Raum, wobei Sandal merkte, daß das Licht vieler Sonnen ständig aus wechselnden Richtungen kam.

Er sagte: »Tahonka – es sieht so aus, als ob dieses Wabenraumschiff den Schwarm verlassen würde. Das gibt uns sicher Gelegenheit, Rhodan und Atlan zu erreichen.«

Wiederum nach Stunden beobachteten sie, wie der riesige Energieschirm, der eine winzige Stelle des Schwarms überspannte, an einer Stelle aufklaffte. Der Wabentransporter und die Begleitraumschiffe schossen mit unverminderter Fahrt durch den langgezogenen Schlitz hinaus.

Dann spürten Tahonka-No und Sandal einen leichten Andruckschmerz.

»Wir haben den Schwarm verlassen!« Sandal rieb zwischen zwei Fingern der rechten Hand die Korallenkugel in seinem Ohrläppchen. »Wir sollten uns mit viel Geduld ausrüsten!«

Er wandte sich an Tahonka-No und schaute ihm lange in die milchigen Augen. Die halbe Dämmerung in diesem sechskantigen Raum mit der pulsierenden Haut des Gelben machte die Gesichter der beiden Männer zu hageren Masken.

»Verstehst du, was jetzt vorgeht?« fragte Sandal den Freund.

Tahonka sagte langsam: »Ich begreife nur, daß man eine große Menge von Gelben Eroberern oder Ersten Dienern auf einen Planeten bringt, der sich außerhalb des Schwarms um seine Sonne dreht. Dort geschieht etwas.«

Sandal zog den nächsten logischen Schluß: »Also hat die Verdummung etwas damit zu tun. Die verdummten Wesen aller Planeten meiner Heimat sollen nicht sehen und merken, daß eine Menge von Gelben dort landet und ... Was tun sie eigentlich dort?«

Tahonka-No lachte freudlos und brummte: »Sie hinterlassen Schleimspuren, die einen Befehl ausstrahlen. Mehr weiß ich auch nicht. Und ich nehme ferner an, daß die der dort schon gelandeten Wächter den Koloß voller aufgeschwemmter Gelber scharf bewachen werden, wenn dieses Wabenschiff einmal gelandet ist. Mehr kann ich mir nicht einmal in meiner kühnsten Phantasie vorstellen.«

Sandal nickte.

24.

Das riesige Bienenstockschiff war gelandet.

Der Bildschirm zeigte eine weite, unfruchtbare Ebene, auf der eine Reihe der Wabenröhren niedergegangen war. Nahe dem Horizont lag die vier Kilometer durchmessende Basis, auf der die Röhren durch den Weltraum transportiert worden waren, bevor sie scheinbar wahllos ausgeschleust und auf der Oberfläche abgesetzt worden waren.

»Es wird heiß, Freund«, stellte Sandal fest und lockerte das Stirnband aus weißem Leder. Dann ergriff er den Kompositbogen, preßte den Lederköcher, in dem sich die Ahnenrolle derer von Crater befand, mit beiden Händen zusammen. Er ließ den Bogen wieder los, holte einen der langen Pfeile aus dem Köcher und bog ihn durch. Er war nervös. Das lange Warten zerrte an seinen Nerven. Außerdem peinigte sie nicht nur die Hitze – auch die Schwerkraft war hier plötzlich viel höher als gewohnt.

Schließlich wurde es ihm zuviel. Er hängte sich die Köcher über die Schulter, prüfte den Sitz des Translators am Oberarm, ergriff den Bogen und schaute auf das Kombigerät an seinem Handgelenk.

»Wir warten schon seit drei Stunden darauf, daß etwas passiert«, sagte er. »Aber bei den anderen Zylindern rührt sich nichts. Wir haben nur in großer Entfernung Bewegungen gesehen, die von planeteneigenen Lebewesen herrühren dürften. Es wird heiß, meine Glieder werden schwer – und das Schreien des Ersten Dieners wird immer unerträglicher. Worauf sollten wir noch warten, Freund? Gehen wir!«

»Die Hitze stört mich nicht«, antwortete der Knöcherne. »Aber mein Körper wird mir zu schwer. Wir warten nicht länger.«

Er umklammerte entschlossen die lange, klobige Faustfeuerwaffe. Seine Augen wandten sich Sandal zu.

»Was werden wir vorfinden?« fragte er.

Ein Schrei der Kreatur im vorderen Teil des Zylinders ertönte. Der Gelbe hatte unmittelbar nach der Landung damit angefangen.

»Die Hölle«, sagte Sandal und ging an dem Freund vorbei zum Ausstieg. Der Energieverschluß hatte sich inzwischen geöffnet.

Sandal zuckte unwillkürlich vor dem heißen Lufthauch zurück, der ihm entgegenschlug.

Er trat vor Tahonka-No ins Freie. Hinter ihnen schrie der noch immer wachsende Erste Diener wie in höchster Not. Sandal versuchte, das schauerliche Geheul nicht zu hören.

Er ließ seine Blicke über die Ebene gleiten, die nun ausgedehnter und trostloser wirkte als auf dem Bildschirm. Der Boden war aufgewühlt und von Kratern übersät. Trümmer von Fahrzeugen, Geschützen und Flugzeugen lagen überall herum.

Nicht weit von ihnen entfernt sah Sandal den verbrannten Leichnam eines menschenähnlichen Geschöpfs. Er ging näher, um sich davon zu überzeugen, daß das Wesen tatsächlich humanoid war. Obwohl er keine Details mehr erkennen konnte, bedurfte es nur einer oberflächlichen Betrachtung, um anhand einiger charakteristischer Körpermerkmale Gewißheit zu erhalten.

Auf dieser Welt lebten eigentlich Menschen, die einen beachtlichen Stand der Technik erreicht hatten.

»Diese Menschen sind von meiner Art«, sagte er zu Tahonka-No. »Vielleicht finden wir bei ihnen Unterstützung.«

»Glaubst du, ich auch?« fragte der Knöcherne.

»Du gehörst zu mir, Freund«, sagte Sandal kategorisch.

Er suchte die verwüstete Ebene vergebens nach einem Anzeichen von Leben ab. Von den in diesem Umkreis noch lebenden Planetenbewohnern, die er bald nach der Landung beobachtet hatte, war nichts mehr zu sehen. Sandal nahm an, daß sie sich aus Angst vor den Wabenzylindern zurückgezogen hatten. Doch verwarf er diesen Gedanken sofort wieder. Wohin sollten sie flüchten, wenn vielleicht überall auf diesem Planeten die Zylinder mit den Ersten Dienern des Y'Xanthymr niedergegangen waren?

Es konnte sein, daß sie sich nur zurückzogen, um sich zu formieren und sich dann mit geballter Kraft auf den unbekannten Gegner zu stürzen.

Das mochte zutreffen, denn die Zerstörungen, die schon vor dem Eintreffen der Wabenröhren geherrscht haben mußten, ließen darauf schließen, daß die Bewohner dieser Welt kriegerisch waren.

Sandal glaubte, daß er hier Bundesgenossen finden würde. Er hob das Armbandgerät an den Mund, schaltete es auf Funksendung und sprach langsam und deutlich in das winzige Mikrophon.

»Hier spricht Sandal Tolk asan Feymoaur sac Sandal-Crater. Ein Jäger ruft die großen Krieger dieser Welt! Der Jäger bietet den Mutigen und Ehrlichen seine Freundschaft.«

Er wiederholte diesen Ruf einige Male in abgewandelter Form.

Tahonka-No erhielt von Sandal die Übersetzung und meinte dazu: »Hoffentlich kann man dich hören. Und hoffentlich versteht man den Sinn deiner Worte.«

Sandal, der sich erst jetzt bewußt wurde, daß sein Aufruf auf einer fremden Welt und an ein unbekanntes Volk in dieser Form nur wenig Aussicht auf Erfolg besaß, wurde durch Tahonkas Bemerkung etwas irritiert. Er wußte nicht, ob sie spöttisch gemeint oder ohne Hintergründigkeit war.

Deshalb sagte er nur: »Den Menschen dieser Welt kann das Funkwesen nicht unbekannt sein. Ich habe auf einem breiten Spektrum gesendet und muß gehört werden.«

Er irrte nicht. Sein Funkspruch wurde empfangen. Wenig später erfolgte darauf eine Reaktion. Allerdings kam sie nicht von den Bewohnern dieser Welt.

Bei einem nur zweihundert Meter entfernten Wabenzylinder öffnete sich der Energievorhang, und kleine Purpurne stürmten heraus.

Sandal erfaßte sofort, daß sein Funkspruch das genaue Gegenteil von dem bewirkte, was er bezweckt hatte. Statt Verbündete zu schaffen, hatte er einen Alarm innerhalb der Wabenzylinder ausgelöst und die purpurnen Stummen in ihrer Eigenschaft als Wächter der Ersten Diener auf den Plan gelockt.

Als er sie sah, schrie er zornig. Während die eine Hand den Bogen ergriff, holte die andere automatisch einen Pfeil aus dem Köcher. Es war mehr eine Reflexbewegung als eine überlegte Handlung.

Der erste Pfeil schnellte von der Sehne. Ein Purpurner fiel. Der zweite Pfeil folgte dem ersten und fand sein Ziel.

Jetzt erst griff Tahonka-No ein. Er schoß hintereinander drei Projektile ab, die inmitten der angreifenden Purpurnen einschlugen und detonierten. Die Purpurnen vergingen, noch bevor sie ihren Angriff einleiten konnten.

Sandal schaute sich aufmerksam um. Plötzlich tauchten überall die Purpurnen auf. Obwohl sie noch mehrere hundert Meter entfernt waren, konnte man ihre aufgeregten Rufe hören. Ihre Waffen blitzten im grellen Licht der hochstehenden Sonne.

Es war heiß. Sandal trocknete sich die schweißnasse Stirn ab. Aufgrund der Schwere kostete jede Bewegung zusätzliche Kraft.

»Ich werde sie alle töten«, sagte er entschlossen.

»Es sind zu viele«, gab der Knöcherne zu bedenken. »Wir müssen uns zurückziehen.«

Die Purpurnen kamen immer näher. Sie hatten sich nicht formiert, in ihrem Angriff lag keine Linie. Sie stürmten einfach in breiter Front gegen einen Feind, dessen Stärke sie noch nicht kannten. Sandal wußte ja, daß der scheinbare Todesmut auf ein völliges Fehlen des Selbsterhaltungstriebes bei den Purpurnen zurückzuführen war. Sie waren Diener, und um ihrer Bestimmung willen gaben sie bedenkenlos ihr Leben hin. Das machte sie besonders gefährlich.

Aber Sandal kannte keine Furcht vor ihnen.

Die Purpurnen waren bereits von zwei Seiten bis auf zweihundert Meter herangekommen.

»Noch bleibt die Möglichkeit des Rückzugs«, sagte Tahonka-No. »Aber nicht mehr lange. Bald werden sie auch hinter uns auftauchen.«

Er hatte kaum ausgesprochen, da zuckten einige Blitze über die Ebene, schlugen links und rechts von ihnen ein und brachten den Boden zum Kochen.

Wieder blitzte es bei den Angreifern auf. Sandal brachte sich mit einigen Sätzen hinter einem ausgebrannten Panzerfahrzeug in Sicherheit. Tahonka-No hatte sich unweit von ihm in den Schutz eines Bombentrichters begeben.

Sandal keuchte. Er ärgerte sich über seine Schwäche, aber er konnte nichts dagegen tun. Auf seinen breiten Schultern schien ein schweres Gewicht zu lasten.

Die Purpurnen waren nur noch hundertfünfzig Meter entfernt. Sandal hob den Bogen und versuchte, ihn durchzuspannen. Es gelang ihm nur mit äußerster Kraftanstrengung. Der Schweiß brach ihm dabei aus. Als er einen Purpurnen anvisiert hatte, ließ er den Pfeil von der Sehne schnellen.

Der Pfeil verfehlte sein Ziel – er bohrte sich gut einen Meter vor dem Purpurnen in den Boden.

Sandal konnte diesen Schock nicht überwinden. Es war ihm seit seiner Mannwerdung noch nie passiert, daß er ein so leichtes Ziel verfehlte. Dieser Fehlschuß war alarmierend. Er war bezeichnend für seine Schwäche.

Er holte einen neuen Pfeil aus dem Köcher, legte ihn ein und spannte den Bogen durch. Als diesmal der Pfeil von der Schne schnellte, wußte Sandal, daß er sein Ziel finden würde. Dennoch war er nicht zufrieden, denn es hatte ihn übermenschliche Anstrengung gekostet, die Kraft aufzubringen, um den 250 Pfund Spannkraft des Bogens entgegenzuwirken.

Inzwischen waren die Purpurnen so nahe, daß Sandal ohne große Mühe und nach Belieben treffen konnte. Aber das täuschte ihn nicht über seine Schwäche hinweg. Außerdem wurde jetzt das Feuer der Purpurnen gefährlicher. Sie hatten sich auf Tahonka-No und Sandal eingeschossen und deckten sie ständig mit wahren Energiefluten ein.

Der Knöcherne hatte bereits zweimal seine Stellung wechseln müssen. Seine vier Millimeter durchmessenden Projektile, die beim Auftreffen zu Glutbällen mit einer Hitzeentwicklung von 10.000 Grad wurden, hatten die Reihen der Angreifer gelichtet. Dennoch waren es noch mehr als drei Dutzend Purpurne, die bereits auf fünfzig Meter herangekommen waren.

Sandal mußte seine Stellung aufgeben. Das Panzerfahrzeug, hinter dem er Deckung gesucht hatte, war nur noch ein bis zur Unkenntlichkeit geschmolzener Metallklumpen. Die Luft um ihn war so heiß, daß es ihm die Haare und Augenbrauen versengte.

Rückwärts gehend schoß er zwei Pfeile ab, dann rannte er über das Feld und begab sich in den Schutz der Wabenröhre, in der er und Tahonka-No auf dieser Welt gelandet waren.

Sofort stellten die Purpurnen das Feuer ein. Tahonka-No, der erkannte, daß die Purpurnen es nicht wagten, auf den Zylinderkörper zu schießen, nahm diese Chance wahr und gesellte sich zu Sandal.

Der junge Barbar von Exota Alpha hatte sich inzwischen entschlossen, den Kompositbogen mit dem Strahler zu vertauschen, den er von Atlan mit auf den Weg bekommen hatte. Als er den Lauf der Waffe jedoch aus der Deckung des Wabenzylinders hervor in Anschlag brachte, stellte er zu seiner Verblüffung fest, daß die Purpurnen verschwunden waren.

Er hörte ihre kreischenden Stimmen und vernahm auch die Energieentladungen ihrer Waffen. Aber sie griffen nicht mehr ihn und Tahonka-No an. Das ließ nur einen Schluß zu: Sie mußten sich einem anderen Gegner zugewandt haben!

Er hatte diesen Gedanken kaum zu Ende gedacht, da vernahm er von weit her das Geräusch schwerer Motoren, das langsam näher kam. Er begab sich aus dem Schutz des Wabenzylinders, blickte in die Richtung, aus der das Dröhnen der Motoren kam, und sah seine Vermutung bestätigt: Die Menschen dieser Welt griffen mit schwerbewaffneten Panzerfahrzeugen an.

»Das ist das Ende der Purpurnen!« rief Sandal triumphierend.

Die Purpurnen stellten sich den zehn Panzerfahrzeugen mit Todesverachtung entgegen. Weder der Anblick der metallenen Kolosse noch das Rattern der Maschinengewehre der Geschütztürme konnten sie einschüchtern. Bevor ihr Untergang besiegelt war, gelang es ihnen noch, einen der Panzer mit ihren Energiewaffen zu zerstören.

Sandal hatte zusammen mit Tahonka-No den Schutz des Wabenzylinders verlassen. Sie folgten den Purpurnen und nahmen sie von der Seite her unter Beschuß, dabei darauf achtend, daß sie nicht in die Schußlinie der Maschinengewehre kamen. Sandal fand während des Vormarsches sogar Zeit, einige der wertvollen Pfeile einzusammeln, die noch in den getöteten Gegnern steckten.

Als Sandal und sein Freund die Panzerfahrzeuge erreichten, kamen diese zum Stillstand. Bei dem ersten Fahrzeug klappte der Deckel des Turmaufbaues auf. Ein Soldat in einer rostroten Uniform kam herausgeklettert.

Eine Weile sahen der Soldat und Sandal einander an, dann riefen sie fast gleichzeitig aus: »Ein Mann!«

»Eine Frau!«

Sie waren beide gleichermaßen verblüfft. Sandal Tolk, weil er sich einer Frau in kriegsmäßiger Montur gegenübersah. Die Frau, weil sie sich so plötzlich und unerwartet einem Mann gegenübersah. Sie glaubte sogar, daß sie es hier mit zwei Männern zu tun hatte, obwohl der andere einen ausgesprochen fremdartigen Eindruck machte.

Die Frau rief etwas in das Innere des Panzers und kam dann herausgeklettert. Ihr folgten zwei weitere Kämpferinnen. Die Insassen der anderen Fahrzeuge kamen ebenfalls herausgeklettert.

Sie näherten sich staunend und scharten sich um Sandal und Tahonka-No. Sandal erkannte, daß es sich durchweg nur um Frauen handelte, die zwar geradezu maskulin wirkten, jedoch eindeutig weibliche Merkmale aufwiesen.

Ihm entging es auch nicht, daß die weiblichen Soldaten schwach und übermüdet wirkten. Einige von ihnen konnten sich kaum mehr auf den Beinen halten.

Da die Amazonen kein Wort über die Lippen brachten, beschloß Sandal, den Anfang zu machen.

»Mein Name ist Sandal Tolk asan Feymoaur sac Sandal-Crater«, stellte er sich vor. »Das ist mein Freund Tahonka-No. Das Schicksal hat uns auf diese Welt verschlagen, und es war gnädig genug, uns Menschen über den Weg zu schicken.«

Eine der Frauen kam auf ihn zu und betastete vorsichtig sein Gesicht. Sandal ließ es geschehen, weil er an ihren Augen erkannte, daß sie verdummt war.

»Bist du wirklich ein Mann?« fragte sie.

Sandal straffte sich. »Der Tag meiner Mannbarkeit liegt schon einige Zeit zurück.«

Die Amazone stutzte. »Du bist ein Mann und trägst einen Namen? Das ist ungewöhnlich. Woher kommst du?«

Er erklärte ihr geduldig, daß seine Heimat Exota Alpha sei, daß er aber in einer der Wabenröhren aus dem Schwarm gekommen sei. Die Amazonen gaben Laute der Überraschung von sich.

Ihre Anführerin fragte hoffnungsvoll: »Hat euch das Allerweiblichste geschickt, um uns vor dem drohenden Untergang zu bewahren? Die plötzliche Hitze ... und die Schwere! Es wird immer noch schlimmer! Sind mehr Männer in den Zylindern, die aus dem Himmel auf Diane gefallen sind?«

Sandal schüttelte den Kopf. »Nein. Es befinden sich nur die kleinen Purpurnen darin – und andere, noch fremdartigere Geschöpfe.« Das Gespräch mit der bewaffneten Frau verwirrte ihn. Diane, das mußte der Name dieses Planeten sein. Er konnte sich nicht vorstellen, daß die Männer dieser Welt freiwillig die Frauen in den Krieg ziehen ließen. Deshalb fragte er: »Wo sind eure Männer!«

»Unsere Männer?« wiederholte die Anführerin der Frauen verwundert. »Unsere Männer wurden durch die Experimente der Virilistinnen und die blutigen Riten der Egotistinnen beinahe ausgerottet. Weißt du das nicht selbst? Ist dein Geist so verwirrt, daß du diese Dinge vergessen hast? Wie dem auch sei, du hast Glück, daß du uns Neogolistinnen begegnet bist. Seit 82 Jahren herrscht auf Diane Krieg zwischen uns und den anderen. Dann kam die Verdummung, aber das Allerschlimmste ist vorüber. Wir werden dich und deinen seltsamen Freund aufnehmen, beschützen und pflegen. Denn wir Neogolistinnen haben erkannt, daß der Mann die Krönung der Schöpfung ist.«

Bevor Sandal etwas erwidern konnte, wandte sich Tahonka-No an ihn.

»Diese Menschen bieten uns einen seltsamen Empfang. Sie scheinen uns für verdummt zu halten. Dabei erleichterte es mich, als ich nach Verlassen des Schwarms feststellte, daß ich gegen die Verdummung immun bin. Es dürfte so sein, daß diese weiblichen Menschen eine tiefere geistige Einbuße erlitten haben, als sie zugeben. Ich erinnere mich, daß du die Stellung der Frau bei den Menschen anders dargestellt hast.«

Sandal, der inzwischen die Situation erkannt zu haben glaubte, winkte ab.

»Es stimmt, diese Frauen sind verdummt«, sagte er so leise, daß nur der Translator seine Worte empfangen und nur für Tahonka-No übersetzen konnte. Sandal fuhr fort: »Aber das Verhalten dieser Frauen hat mit der Verdummung an sich nichts zu tun. Es scheint, daß sich auf dieser Welt eine Zivilisation entwickelt hat, in der die Frauen die Rollen mit den Männern getauscht haben.«

Die Anführerin der Amazonen wurde ungeduldig. »Was schwätzt ihr? Steigt schon bei uns ein! Wir werden euch mit zum Allerweiblichsten nehmen.«

»Was ist das Allerweiblichste?« wollte Sandal wissen.

Die Amazone meinte sarkastisch: »Da findet man zwei Männer und möchte dem Schicksal dankbar sein, Aber dann stellt sich heraus, daß der eine mißgestaltet und der andere geistesgestört ist. Jetzt kein Wort mehr! Und steigt endlich ein!«

Sandal hatte nichts dagegen, für geistesgestört gehalten zu werden, denn das ersparte ihm lange Erklärungen über seine Herkunft, die die Amazonen ohnehin nicht verstanden hätten. Aber er war trotz allem nicht bereit, sich von Frauen herumkommandieren zu lassen.

»Du hast gesagt, ihr wollt den Mann als Krönung der Schöpfung anerkennen, obwohl das anscheinend gegen die Gesetze eurer Welt verstößt«, sagte er. »Nun zeigt, daß das mehr als leere Worte sind. Ich verlange, das Kommando über die Kolonne zu erhalten.«

Die Frau war so verblüfft, daß sie nicht sofort etwas entgegnen konnte. Nachdem sie sich von der ersten Überraschung erholt hatte, sagte sie in unterwürfigem Ton: »Entschuldige mein überhebliches Verhalten, aber manchmal vergessen auch wir, daß wir uns den Männern unterwerfen wollen.«

Sie bestiegen die Panzer. Die Luft in der engen, stickigen Kabine schien zu kochen. Als die Panzerfahrerin zusammenbrach und ohnmächtig liegenblieb, ließ sich Sandal die Handhabung der Geräte erklären und übernahm selbst die Steuerung. Tahonka-No hatte im Sitz des MG-Schützen Platz genommen.

Das Fahrzeug mit der Anführerin der Neogolistinnen hatte sich an die Spitze gesetzt. Sandal schloß sich ihr mit seinem Panzer an, dann folgten die anderen Fahrzeuge.

So fuhren sie in Richtung des Allerweiblichsten – was immer das auch sein mochte.

Die Fahrt war reich an Zwischenfällen.

Einige Male mußten sie stehenbleiben, um Dianen (wie sich die Frauen nach ihrer Welt nannten) zu begraben, die der Hitze und steigenden Anziehungskraft körperlich nicht mehr gewachsen waren. Eine

Diane war wahnsinnig geworden und hatte ihrem Leben selbst ein Ende bereitet.

Sandal konnte sich an Hand dieser Zwischenfälle ausmalen, welch schreckliche Szenen sich überall auf dieser Welt abspielen mußten. Für ihn stand es auch außer Zweifel, daß nur die Ersten Diener dafür verantwortlich zu machen waren. Sein Haß auf die birnenförmigen Wesen aus dem Schwarm wurde immer größer.

Als sie einmal auf ihrem Weg zum Allerweiblichsten nahe einer Wabenröhre vorbeifuhren und von den dort postierten kleinen Purpurnen überfallen wurden, begnügte sich Sandal nicht mit ihrer Tötung. Er stürmte in den Wabenzylinder hinein und zerstrahlte den dort untergebrachten Ersten Diener mit seiner Energiewaffe.

Nachdem er wieder in das Panzerfahrzeug zurückgekehrt war, berichtete er Tahonka-No: »Es war ein schrecklicher Anblick. Der Erste Diener besaß überhaupt keine erkennbare Gestalt mehr. Ich sah nur eine unförmige Masse, die den größten Teil des Innenraums ausfüllte. Er wimmerte markerschütternd. Was hat das zu bedeuten? Was geht mit den Ersten Dienern vor sich?«

Tahonka-No schwieg.

Vor Anbruch der Nacht fielen drei der Panzerfahrzeuge hintereinander aus. Ihre Motoren streikten und sprangen nicht wieder an.

»Daran sind die Hitze und die gestiegene Gravitation schuld«, meinte Sandal.

Die Diane an seiner Seite blickte ihn verständnislos an und sagte: »Ich verehre dich, Mann.«

»Nenne mich Sandal«, bat der junge Barbar von Exota Alpha verwirrt.

»Ich heiße Warna.«

Eine halbe Stunde später blieben zwei weitere Panzer stehen. Die Dianen aus den wracken Fahrzeugen kletterten auf die vier heil gebliebenen Panzer und setzten so die Fahrt fort. Die meisten von ihnen waren der Erschöpfung nahe. Dabei war die Gravitation »erst« auf 1,7358 Gravos und die Temperatur auf etwas über 45 Grad angestiegen, stellte Sandal mit einem Blick auf das Vielzweckgerät an seinem Handgelenk fest.

Am unregelmäßigen Geräusch des Motors erkannte Sandal, daß auch dieser Panzer bald ausfallen würde. Doch bevor es dazu kommen konnte, gerieten sie in einen Hinterhalt der Purpurnen.

Sandal hatte auf dem Radar eine Wabenröhre ausgemacht, die direkt in ihrer Route lag, und rechnete daher mit einer Auseinandersetzung. Aber es überraschte ihn, als er sah, welch heftiges Feuer ihnen entgegenschlug. Einer der Panzer verglühte schon bei der ersten Salve. Der andere entging seiner Vernichtung nur, weil er sich in einen Bombentrichter rettete. Sandal befahl den Dianen des dritten Panzers, es dem anderen gleichzumachen, und fuhr selbst in einen Bombentrichter hinein.

Sandal kletterte hinter Tahonka-No als letzter hinaus. Als sie ins Freie kamen, hatten sich die Dianen größtenteils in der Dunkelheit der Nacht verloren. Nur vier Neogolistinnen blieben Sandal und Tahonka-No auf den Fersen.

»Sie haben hier auf uns gewartet«, raunte Sandal dem Freund zu. »Es handelt sich um einen Hinterhalt. Wir müssen uns etwas einfallen lassen, um durch die Linien der kleinen Purpurnen zu kommen.«

»Wir können sie umgehen«, schlug Tahonka-No vor.

»Das würde zuviel Kraft kosten.«

Eine der Dianen, die Sandals Worte gehört haben mußte, erklärte: »Das Allerweiblichste ist nicht mehr weit. Wir werden euch sicher hinbringen.«

Sandal grinste. Tahonka-No hatte seine Waffe gezogen. »Also gut, dann schießen wir uns einen Weg durch die Reihen der kleinen Purpurnen.«

Sandal drückte ihm die Waffe hinunter. »Nicht damit! Die Purpurnen können deinen Standort durch das Mündungsfeuer so leicht ausmachen wie wir ihre Stellungen. Laß es mich auf meine lautlose Art und Weise tun.«

Sie glitten vorsichtig durch die Dunkelheit. Sandals Bogen trat jedesmal in Tätigkeit, wenn vor ihm die Strahlwaffe eines Purpurnen aufblitzte. Und wieder passierte Sandal das gleiche Mißgeschick wie beim Verlassen des Wabenzylinders. Er traf zweimal sein Ziel nicht, weil er den Bogen nicht mehr ganz durchspannen konnte und die Wirkung der gesteigerten Gravitation falsch berechnete.

Drei Pfeile gingen ins Leere. Sandal fluchte. Aber trotz der Fehlschüsse gelang es ihm, nach kurzer Zeit eine Bresche in die Angriffslinie der kleinen Purpurnen zu schlagen – auf einer Breite von dreißig Metern blitzte keine einzige Energiewaffe mehr auf.

Sandal, Tahonka-No und drei der vier Dianen gelang es, sich durch die Reihen der Purpurnen in Sicherheit zu bringen. Als der neue Tag graute, mußten Tahonka-No und Sandal je eine Diane tragen. Die dritte war kurz zuvor gestorben. Ihr Organismus war den Belastungen nicht mehr gewachsen.

Sandal und Tahonka-No bekamen die Auswirkungen der mörderischen Hitze – die Temperatur war inzwischen auf 55 Grad gestiegen – und der fast um das Doppelte gestiegenen Gravitation bald zu spüren. Sie konnten die Dianen nicht mehr tragen. Gerade als sie sie absetzten, wies die eine mit zitternden Fingern nach vorn und stammelte:

»Das Allerweiblichste ...«

Fünf Kilometer vor ihnen ragte ein schroffer, zwölfhundert Meter hoher Fels aus der Ebene.

»Wenn wir dort keine Rettung finden, dann ...« Sandal sprach den Satz nicht zu Ende. Er fühlte sich bereits zu schwach. Tahonka-No schien es nicht anders zu ergehen als ihm. In den beiden Dianen war kaum noch Leben.

Sandal konnte sich nicht mehr um sie kümmern. Er hatte selbst damit zu kämpfen, sich auf den Beinen zu halten und sich nicht einfach zu Boden fallen zu lassen und den Tod zu erwarten.

Die Hitze dörrte ihn aus – er hatte Durst. Hunger verspürte er keinen, obwohl er zuletzt im Panzer etwas zu sich genommen hatte – in seinem Innern war ein permanentes Brennen.

Die rote, flammende Sonne, die immer größer zu werden schien, wanderte langsam über den Horizont dem Zenit zu. Sandal fiel das Atmen immer schwerer. Ein Blick zu Tahonka-No zeigte ihm, daß der Knöcherne weit nach vorn gebeugt ging, gerade so, als müsse er die ganze Welt auf seinen Schultern tragen.

Von irgendwoher erklangen Schüsse, dann folgten Salven und schließlich kam das Donnern von schweren Geschützen hinzu. Auf Diane bekriegten sich die Amazonen immer noch, obwohl sie bereits dem Untergang geweiht waren.

Sandal überlegte sich, ob er nochmals versuchen sollte, über Funk mit den Dianen Verbindung aufzunehmen. Aber er kam zu dem Schluß, daß dies zwecklos war. Wer von denen, die seine Funkrufe hören konnten, wäre in der Lage gewesen, ihm und Tahonka-No beizustehen? Die Dianen besaßen eine schwächere körperliche Konstitution und litten unter der Hitze und steigenden Gravitation mehr als sie selbst.

Seine Funkrufe konnten ihm keine Hilfe bringen. Im Gegenteil, wenn sie von den kleinen Purpurnen gehört wurden, dann konnte es das Ende bedeuten.

Plötzlich blieb Sandal abrupt stehen. Tahonka-No merkte es und sah zu ihm herüber.

Sandal war ein Gedanke gekommen. Er schaute auf das Kombigerät an seinem Armband. Warum sollte er nicht versuchen, Perry Rhodan zu erreichen? Immerhin befanden sie sich außerhalb des Schwarms in der normalen Galaxis. Hier wurden die Radiowellen von keinem Energieschirm abgefangen ...

Sandal setzte seinen Gedanken in die Tat um.

25.

Perry Rhodan

Neun Tage waren seit den Geschehnissen auf Aggres vergangen. Die dort von dem Pilzraumschiff der Schwarminstallateure vorgenommene Sekundäranpassung der Temperatur und der Gravitation und die gleichzeitige Landung von 1,6 Milliarden Sechskantröhren hatten nachhaltige Schreckensbilder in Perry Rhodan geweckt.

Er stellte sich pausenlos vor, was passieren würde, wenn die Sekundäranpassung auf einer Welt mit weniger widerstandsfähigen Bewohnern wie den Plostas geschah. Die Folgen wären verheerend gewesen. Ein menschliches Wesen würde unter diesen physischen Belastungen zugrunde gehen. Allein wegen der beobachteten Vorgänge war seine Sorge um die Menschheit berechtigt, obwohl er noch nicht einmal wußte, wozu die Sekundäranpassung diente. Denn zu einer genaueren Untersuchung der auf Aggres gelandeten Wabenröhren hatte sich keine Gelegenheit mehr ergeben.

Sowohl die GOOD HOPE II als auch die viel größere INTERSOLAR hatten vor den über fünftausend Kampfraumschiffen verschiedener Formen die Flucht ergreifen müssen. Rhodan hatte sich mit den beiden Schiffen in der Nähe des Schwarms auf Warteposition begeben.

Neun Tage lang passierte nichts. Als dann am 19. März Alaska Saedelaere in der Ortungszentrale Alarm gab, wußte Rhodan nicht, ob er über die abrupte Beendigung der Wartezeit erfreut sein sollte oder nicht.

Er hatte böse Ahnungen. Diese bestätigten sich, nachdem er die optischen Aufnahmen der Ortung auf dem Panoramaschirm der Hauptzentrale sah.

Auf dem Bildschirm war die Kopfrundung des Schwarmes zu sehen, in dessen halbkugeligen Auswüchsen sich das ferne Sternenlicht brach. Der Schirm, der den Schwarm wie ein schützender Kokon auf seiner ganzen Länge von momentan 10.896 Lichtjahren umgab, hatte sich an einer Stelle geöffnet.

Und durch diese Öffnung stießen jetzt wieder Raumschiffe aus dem Schwarm in den Weltraum hinaus. Sie kamen zu Hunderten, zu Tausenden. Raumschiffe der verschiedensten Größen und Formen schossen durch die Passage des Schmiegeschirmes aus dem Schwarm.

Bald wimmelte das All vor dem Kopfende des Schwarms erneut von Raumschiffen. Rhodan stockte der Atem, als er unter den verschiedenartigen Flugkörpern auch die Wabenschiffe erblickte. Sie verließen den Schwarm erst, nachdem die Wachschiffe den Raum abgesichert hatten. Dann kamen sie in dicht aufeinanderfolgenden Pulks zu ungefähr fünfzig Schiffen durch die Öffnung geflogen.

Die lange Reihe von Wabenraumschiffen schien kein Ende zu nehmen ...

Der Interkom schlug an. Der Anrufer war Reginald Bull von der INTERSOLAR.

»Was hältst du von dem neuen Geschenk, das uns der Schwarm gemacht hat, Perry?« fragte er. »Wir haben inzwischen schon festgestellt, daß es sich diesmal um eine noch größere Flotte handelt als jene, die am 5. März den Schwarm verlassen hat.«

Rhodan nickte. Ein Blick auf den Panoramaschirm zeigte ihm, daß sich der Kristallschirm des Schwarms hinter den ausgeschleusten Raumschiffen wieder geschlossen hatte.

Neben ihm tauchte Atlan auf. Der Arkonide sagte: »Eben hat Saedelaere die Meldung durchgegeben, daß er tausend Wabenraumschiffe und sechstausend Begleitschiffe geortet hat. Sie entfernten sich fast mit Lichtgeschwindigkeit vom Schwarm. Aber es ist keine Frage, daß sie in Bälde eine Transition einleiten werden. Hier befindet sich im Umkreis von mehreren Lichtjahren keine Sonne mit Planeten.«

Rhodan hörte ihm schweigend zu. Er besaß jetzt die Gewißheit, daß seine schrecklichen Visionen Wirklichkeit werden würden. Die Herren des Schwarms hatten ihre Flotte erneut zu einem Vernichtungsfeldzug gegen einen Planeten ausgeschickt.

Bull, der Atlans Ausführungen mit angehört hatte, sagte: »Es kann kein Zweifel daran bestehen, daß sich die Geschehnisse von Aggres wiederholen werden. Wir können nur hoffen, daß diesmal keine bewohnte Welt an der Reihe ist.«

»Viel mehr können wir wirklich nicht tun«, meinte Rhodan. Er trug Bull auf, den Weg der Wabenraumschiffe verfolgen zu lassen und einstweilen noch keinerlei Schritte zu unternehmen. Dann unterbrach er die Verbindung.

Rhodan blickte Atlan an, der immer noch neben ihm stand.

»Tausend Wabenraumschiffe – das sind Milliarden der fünfundzwanzig Meter langen Wabenröhren«, sagte er bedrückt. »Und in jeder dieser Waben befindet sich eines jener unförmigen und ockergelb leuchtenden Lebewesen. Warum verlassen sie den Schwarm und suchen Planeten auf, die durch die Sekundäranpassung erst auf eine bestimmte Temperatur und Gravitation gebracht werden müssen?«

»Ich fände viele Antworten darauf«, sagte Atlan. »Aber ich glaube, sie würden dich alle nicht befriedigen. Wir werden schon der Flotte folgen müssen, um die Wahrheit zu erfahren.«

»Das habe ich auch vor.«

Rhodan hatte es kaum gesagt, da schienen sich die siebentausend Raumschiffe auf dem Panoramaschirm in nichts aufzulösen. Wo sie eben noch geflogen waren, blieb nur die Leere des Weltraums.

Rhodan setzte sich sofort mit der Ortungszentrale in Verbindung. Alaska Saedelaere meldete sich persönlich. Unter der Plastikmaske des Transmittergeschädigten leuchtete schwach das Cappin-Fragment.

»Behalten Sie Ihre Strukturtaster im Auge, Alaska!« trug er dem Ortungschef der GOOD HOPE II auf. »Wir müssen herausfinden, wo der Wiedereintauchpunkt der Flotte ist.«

»In Ordnung, Sir.«

Rhodan wußte, daß es nicht nötig gewesen wäre, Saedelaere besondere Instruktionen zu geben. Der Transmittergeschädigte würde ohnehin auf dem Posten sein. Aber Rhodan hatte das Bedürfnis, irgend etwas zu tun, auch wenn es nicht unbedingt sinnvoll war, um seine innere Spannung zu kompensieren.

Als sich Saedelaere dann meldete und ihm die Koordinaten des Wiedereintauchpunktes der Flotte aus dem Schwarm gab, atmete Rhodan auf. Jetzt konnte er handeln.

Er gab Befehl, mit der GOOD HOPE II und der INTERSOLAR die von Saedelaere erhaltenen Koordinaten anzufliegen. Wenig später gingen die beiden Schiffe in den Linearflug über.

Die GOOD HOPE II und die INTERSOLAR kamen in einem System heraus, das aus sechs Planeten und einem normalen roten Riesenstern des Typs K 8 III bestand. Die ersten Fernmessungen ergaben, daß der dritte Planet als einziger innerhalb der Ökosphäre lag und deshalb theoretisch in der Lage war, selbständiges Leben zu entwickeln und zu erhalten.

Und genau dieser Planet war das Ziel der Flotte aus dem Schwarm. Während die tausend Gigant-Wabenschiffe der Oberfläche dieser Welt zustrebten und sich in den untersten Schichten der Atmosphäre in einem Schrotschuß-Effekt in ihre einzelnen Wabenfragmente aufsplitterten, bezog die übrige sechstausend Schiff starke Flotte Position rund um den Planeten.

Die zwei Milliarden Wabenröhren waren kaum auf dieser erdähnlichen Welt gelandet, da wurde eine gesteigerte Aktivität der roten Riesensonne angemessen. Gleichzeitig damit ergab die Fernortung, daß die Oberflächentemperatur des Planeten und seine Gravitation langsam, aber stetig anstiegen. Wenige Stunden später wurde aus dem Schiffsobservatorium der INTERSOLAR gemeldet, daß sich ein Schmelzen der Planetenpole beobachten lasse.

Inzwischen schrieb man den 20. März, und Rhodan war nicht müßig gewesen. Zuerst hatte er Sonden ausgeschickt, die Messungen des Planeten aus der Nähe vornehmen sollten. Doch noch bevor sie verwertbare Ergebnisse liefern konnten, waren sie von den Wachraumschiffen geortet und vernichtet worden.

Daraus ersah Rhodan, daß die sechstausend Schiffseinheiten ein dichtes Sicherheitsnetz um den Planeten gezogen hatten. Sie waren nicht einmal gewillt, eine winzige, unbemannte Raumsonde durch die Sperre zu lassen.

Trotzdem ließ Rhodan nicht locker. Er wollte unbedingt mehr über die Oberflächenbeschaffenheit des Planeten in Erfahrung bringen. Da sich auch herausgestellt hatte, daß die Atmosphäre aus einem für Menschen atembaren Gemisch bestand.

Er stellte ein Kommando von Freiwilligen zusammen und ließ eine große Space-Jet bemannen. Kommandant dieses Unternehmens war der Takerer Aronte, der Terra zu seiner Wahlheimat gemacht hatte und von Rhodan auf die GOOD HOPE II geholt worden war.

Aronte erhielt den Auftrag, so nahe wie möglich an die Wachschiffe und den Planeten heranzufliegen und festzustellen, ob es darauf intelligentes Leben gäbe.

Es gelang Aronte zwar, den dreifachen Sicherheitskordon zu durchbrechen und einige Aufnahmen und Messungen der Oberfläche zu machen, doch mußte er dann vorzeitig flüchten, bevor die Wachschiffe die Space-Jet abschossen. Das Ergebnis seines Erkundungsfluges war äußerst unbefriedigend. Alle Messungen der Energie- und Massetaster waren nicht zu gebrauchen, denn die durch sie erhaltenen Werte stammten durchweg von den gelandeten Wabenraumschiffen. Die optischen Aufnahmen dagegen zeigten einige annähernd geometrische Strukturen, die von Straßen und Städten herrühren konnten, doch war das nicht zu beweisen.

Rhodan focht einen langen Kampf mit sich aus. Wenn er den Beweis für eine Zivilisation auf dieser Welt gehabt hätte, dann wäre er sofort eingeschritten. Aber so wollte er das Leben seiner Männer und die beiden wertvollen Raumschiffe nicht unnötig gefährden.

Er ließ von Aronte und später dann auch von Nerken Lost, einem ehemaligen Piloten eines Explorerschiffes, noch einige Erkundungsflüge unternehmen, doch kam dabei nicht viel heraus. Es wurde dabei nur der Beweis erbracht, daß der Planet geradezu ideale Bedingungen aufwies und selbständiges Leben einfach entwickelt haben mußte. Allerdings fand die wichtigste Frage keine Beantwortung. Nämlich, welchen Stand dieses Leben erreicht hatte.

Rhodan beschloß, am 21. März endgültig dem Drängen der beiden

Mutanten Gucky und Ras Tschubai nachzugeben und sie auf die Oberfläche des Planeten teleportieren zu lassen. Der Mausbiber und der Afroterraner waren gerade bei Rhodan in der Hauptzentrale, um sich letzte Instruktionen zu holen, als ein Ereignis eintrat, das den Ausschlag für Rhodans weitere Handlungen gab.

Joaquin Manuel Cascal meldete aus der Funkzentrale den Erhalt eines Hyperfunkspruchs. Dessen Wortlaut war:

»Sandal Tolk asan Feymoaur sac Sandal-Crater ruft Perry Rhodan. Wenn diese Nachricht von einem terranischen Schiff empfangen wird, dann bitte ich, sie an Perry Rhodan oder an meinen Freund Atlan weiterzuleiten. Ich bin an Bord eines Schiffes der Ersten Diener des Y'Xanthymr aus dem Schwarm geflohen und auf die Welt der Dianen verschlagen worden. Der Planet ist dem Untergang geweiht. Wir werden bald alle sterben, wenn nicht rechtzeitig Hilfe kommt.«

Der Funkspruch war kaum verklungen, da befahl Rhodan: »Schicken Sie pausenlos Hyperimpulse ab, Joak! Bestätigen Sie den Erhalt der Nachricht! Funken Sie, daß wir Sandal Tolks Hilferuf gehört haben! Wenn er noch lebt, dann muß er uns hören.«

Cascal lächelte leicht belustigt vom Bildschirm des Interkoms. »Er hat uns bereits gehört«, sagte der Cheffunker der GOOD HOPE II. »Die Hyperfunkverbindung steht bereits. Sie haben eben zu Sandal Tolk gesprochen, Sir.«

Rhodan hatte sich von Sandal Tolk und dessen Freund die Situation auf Diane berichten lassen. Er war erschüttert.

Nun war das eingetreten, was er befürchtet hatte. Die Gelben Eroberer hatten erneut auf einer bewohnten Welt eine Sekundäranpassung vorgenommen. Diesmal handelte es sich um einen Planeten, dessen Bewohner lange nicht so widerstandsfähig waren wie die Insektenwesen von Aggres. Auf Diane lebten Menschen, die die Hitze und die steigende Gravitation wohl kaum lange überstehen konnten. Es mußte zu einem Massensterben unter den Amazonen kommen.

Niemand wußte, woher die Frauen stammten. Ihre Vorfahren waren wohl terranische Siedler gewesen. Doch nicht einmal die Schiffspositronik besaß entsprechende Daten.

Rhodan handelte unverzüglich. Er gab Reginald Bull und Julian Tifflor den Befehl, in den dreifachen Sicherheitskordon der Wachraumschiffe um Diane einzubrechen und das Feuer aus sämtlichen Geschützen zu eröffnen. Es mußte um jeden Preis gelingen, eine Bresche in den Wall aus Wachraumschiffen zu schlagen, so daß man drei Space-Jets hindurchschleusen und auf Diane landen konnte.

Während die INTERSOLAR und die GOOD HOPE II bereits Fahrt

aufnahmen und mit Höchstbeschleunigung auf Diane zuschossen, ließ Rhodan drei große Space-Jets startbereit machen und stellte eine ausgesuchte Besatzung zusammen.

Joaquin Cascal meldete sich als Kommandant für die erste Space-Jet.

»Wollen Sie die Funkzentrale verwaist zurücklassen?« wandte Rhodan ein.

»Ich habe vorübergehend Captain Farside mit der Leitung beauftragt«, konterte Cascal.

Damit nahm er Rhodan den Wind aus den Segeln. Cascal bekam das Kommando über die Space-Jet und fünf Mann Besatzung. Alaska Saedelaere befehligte die zweite Space-Jet. Nerken Lost flog mit seiner bereits bewährten Mannschaft die dritte Space-Jet. Die drei Diskusschiffe wurden ausgeschleust, bevor die INTERSOLAR und die GOOD HOPE II auf die Wachraumschiffe trafen.

Kasom, Erster Feuerleitoffizier der GOOD HOPE II, gab den ersten Schuß ab – das war das Zeichen für die INTERSOLAR, ein Inferno sondersgleichen zu entfesseln.

Die dreißig Transformkanonen einer Breitseite kamen zusammen mit den beiden Polgeschützen gleichzeitig zum Einsatz. In einem Augenblick wurden zweiunddreißig Transformgeschosse abgestrahlt, die an verschiedenen Stellen vor dem Ring der Wachraumschiffe mit einer Energieentwicklung von je viertausend Gigatonnen TNT detonierten.

Die Wachraumschiffe wichen vor dem Wall entfesselter Energien zurück, der sich vor dem Ultrariesen auf sie zuschob. Einige von ihnen unternahmen schüchterne Versuche einer Gegenwehr, doch hatten sie den Transformgeschossen nichts Gleichwertiges entgegenzusetzen.

Die INTERSOLAR raste unaufhaltsam heran und schoß eine Salve von Transformgeschossen nach der anderen ab. Drei der Wachraumschiffe, die sich nicht rechtzeitig zurückziehen konnten, gerieten in das Zentrum entfesselter Energien und explodierten. Das schien für die anderen der Anlaß zu sein, die Flucht zu ergreifen. Die Lücke, die von der INTERSOLAR in den dreifachen Sicherheitskordon gerissen worden war, wurde von den anderen Wachraumschiffen nicht geschlossen.

Rhodan sah zufrieden und verblüfft zugleich, daß die Raumschiffe aus dem Schwarm kämpferisch keine solche Übermacht darstellten, wie sie es zahlenmäßig waren. Es bereitete ihm grimmige Befriedigung, sie ziel- und planlos fliehen zu sehen und die Verwirrung in ihren eigenen Reihen zu vergrößern.

Er gab den drei Space-Jets das verabredete Zeichen, und sie flogen aus dem Schutz der INTERSOLAR auf den Planeten Diane zu.

Dann wandte er sich an Gucky und Ras Tschubai, die sich in der Hauptzentrale auf Abruf bereit gehalten hatten.

»Ihr beide springt sofort zu Sandal und Tahonka-No hinunter und bringt ihnen Schutzanzüge«, ordnete er an. »Haltet euch nicht unnötig auf! Seht euch nach einem markanten Bezugspunkt um, der aus der Luft gut erkennbar ist, und teleportiert sofort wieder zurück.«

»Wäre es nicht einfacher, die beiden gleich mitzunehmen?« fragte Gucky.

»Gerade das möchte ich nicht«, antwortete Rhodan. »Wenn sie allerdings schon arg geschwächt sind und ihre Gesundheit in Gefahr ist, dann teleportiert mit ihnen zurück.«

Man sah Gucky und Tschubai deutlich an, daß sie den Sinn dieses Befehls nicht erfaßt hatten. Nachdem die beiden Teleporter entmaterialisiert waren, erkundigte sich Atlan: »Was hast du mit Sandal und seinem Begleiter vor?«

»Ich möchte ihnen auf Diane Gesellschaft leisten«, antwortete Rhodan. Dann ließ er eine Space-Jet, die einen kleinen Materietransmitter an Bord hatte, startklar machen und bemannen.

Tahonka-No beugte sich über den Menschen, der mit lahmen Bewegungen auf den rosarot leuchtenden Tunnel in der Felswand zukroch. Er wandte sich an Sandal Tolk und sagte etwas.

Der Translator übersetzte: »Das ist ein Mann!«

»Lebt er noch?« fragte Sandal erschöpft. Was hatte ein Mann hier zu suchen? Hatten sie etwa einen Sklaven der Amazonen vor sich?

»Ja.«

Sandal deutete auf die Frau zu seinen Füßen. »Sie ist tot.«

Tahonka-No ging zu der dritten Person, die sich bereits halb in dem nach innen konisch zulaufenden Tunnel befand. Ihre Begleiterinnen waren auf dem Weg hierher gestorben.

»Das ist ebenfalls eine Frau«, sagte er. »Sie lebt, aber ihre Sinne scheinen umnebelt zu sein. Sie nimmt nicht wahr, was um sie vorgeht.«

»Wir werden versuchen, ihnen zu helfen, wenn die Hilfsmaßnahmen von Perry Rhodan rechtzeitig eingeleitet werden«, sagte Sandal.

Es schien ihm alles wie ein seltsamer, phantastischer Traum. Er konnte immer noch nicht glauben, daß sein Notruf von Perry Rhodans Raumschiff aufgefangen worden war. Noch unwahrscheinlicher war für ihn, daß sich Perry Rhodan im Raum dieses Planeten aufhielt.

Und doch mußte es wahr sein. Er hatte die Stimme des Terraners gehört, hatte ihm von seinen Erlebnissen im Schwarm und auf Diane berichtet ... hatte mit seinem arkonidischen Freund Atlan einige Worte gewechselt. Man hatte ihm Hilfe zugesichert. Bald waren er und Tahonka-No gerettet! Jetzt ließen sich die mörderische Gravitation und die höllische Hitze besser ertragen.

»Bis deine Freunde kommen, kann es für diese beiden Menschen bereits zu spät sein«, orakelte Tahonka-No.

Sandal beobachtete den Mann und die Frau, die wie in Zeitlupe auf den Tunnel zukrochen.

»Wir können ihnen jetzt nicht helfen«, sagte Sandal.

»Doch«, widersprach Tahonka-No. »Du hast von den Dianen gehört, daß dies der Zugang zum Allerweiblichsten ist, von dem sie sich Wunderdinge erhoffen. Vielleicht stimmt es, und den beiden kann dort drinnen geholfen werden.«

Sandal Tolk nickte wortlos. Er ging zu der Frau und versuchte, sie aufzuheben und zu tragen. Sie war ihm zu schwer. So nahm er sie nur an den Händen und schleppte sie tiefer in den Tunnel hinein. Nach zwanzig Metern verließen ihn die Kräfte. Er brach zusammen und ruhte sich aus.

Tahonka-No hatte mit dem Mann weit weniger Schwierigkeiten. Er war viel leichter, und so konnte er ihn sich auf die Arme laden und tragen.

»Das muß genug sein«, sagte Tahonka-No und lud den Mann vor einem metallenen Schott ab.

Sandal erhob sich, und gemeinsam suchten sie das Freie auf.

Gerade als sie aus dem Tunnel traten, materialisierten Gucky und Ras Tschubai unweit von ihnen auf der Ebene. Sie trugen Schutzanzüge und waren im Gegenlicht der lodernden Sonne nicht zu identifizieren. Sandal Tolk holte mit einer relativ schnellen Bewegung den Bogen von der Schulter, Tahonka-No griff seinerseits zur Waffe.

Gucky, der sich anhand von Sandals Gedanken orientiert hatte, um überhaupt herteleportieren zu können, richtete seine telepathischen Fächer immer noch auf die beiden. Deshalb erkannte er sofort ihre Absicht.

»Halt, seid ihr übergeschnappt!« rief er. »Wir sind unter Einsatz unseres Lebens auf diese Welt gesprungen, um euch Hilfe zu bringen. Jetzt wollt ihr uns über den Haufen schießen.«

»Das sind Freunde«, sagte Sandal zu dem Knöchernen, ließ seinen Bogen fallen und kam auf die beiden Teleporter zu. Er keuchte, sein Atem ging rasselnd, seine Beine gaben bei jedem Schritt nach. Tahonka-No folgte ihm.

Sie nahmen von Gucky und Ras Tschubai die mitgebrachten Schutzanzüge entgegen und ließen sich hineinhelfen. Nachdem das Antigravgerät und die Klimaanlage eingeschaltet waren und die Magnetverschlüsse die Anzüge abdichteten, sagte Gucky:

»Wenn ihr euch zu schwach fühlt und nicht mehr ausharren könnt, dann teleportieren wir mit euch zur GOOD HOPE II zurück. Seid ihr aber kräftig genug, dann möchte Perry Rhodan, daß ihr noch bleibt.«

Die kühle Luft und die fast um 1,25 Gravos verminderte Schwerkraft schienen bei Sandal Tolk Wunder zu wirken. Er konnte schon wieder lächeln.

»Wir fühlen uns kräftig genug und werden bleiben«, sagte er und sog genüßlich an dem Wasserspender im Helm des Schutzanzuges.

»Dieser schroffe Felsen ist ein markanter Bezugspunkt«, sagte Gucky. »Man wird euch hier leicht finden.«

Die beiden Teleporter verabschiedeten sich von Sandal Tolk und Tahonka-No und entmaterialisierten.

Sandal deutete auf die tote Diane, die ihr Ziel nicht mehr erreicht hatte. »Wir können sie so nicht liegenlassen.«

Gemeinsam trugen sie die Amazone zu einer Stelle, wo der Boden lokker war, und häuften Erde über sie.

Als sie damit fertig waren, senkte sich aus dem gleißenden Himmel ein Diskus und landete unweit von ihnen. Rhodan stieg in Begleitung von fünf Wissenschaftlern aus der Space-Jet. Das freudige Wiedersehen mit Sandal Tolk wurde nur durch die Tatsache getrübt, daß es auf einer todgeweihten Welt stattfand.

Rhodan stellte anschließend seine fünf Begleiter vor, doch Sandal Tolk merkte sich nur den Namen des Xenologen, dessen langes, blasses Gesicht durch die Helmsichtscheibe leuchtete: Sophtorn Pienager.

Rhodan deutete auf den fast leeren Köcher auf Sandals Rücken. »Wenn wir auf der GOOD HOPE II sind, werden wir deinen Vorrat an Pfeilen auffrischen müssen. Inzwischen wirst du dich mit dem Strahler begnügen müssen. Falls wir überhaupt von unseren Waffen Gebrauch machen.«

»Es könnte zu Auseinandersetzungen mit den kleinen Purpurnen kommen«, meinte Sandal. »Sie brauchen keine Schutzanzüge und sind dennoch gegen die Hitze und die Gravitation nicht so anfällig wie Menschen, obwohl sie eigentlich Temperaturen unter zwanzig Grad bevorzugen.«

»Die Gelben Eroberer hätten sie wohl nicht zu ihren Beschützern bestimmt, wenn sie nicht widerstandsfähig wären«, gab Rhodan zu bedenken. Er verwendete unbewußt wieder einmal die von Gucky voreilig geprägte Bezeichnung für die Schwarmherren.

Sandal blickte ihn erstaunt an. »Gelbe Eroberer? Tahonka und ich, wir nennen die Ersten Diener des Y'Xanthymr so.«

Jetzt mischte sich Sophtorn Pienager in das Gespräch ein. »Wir haben von Augenzeugen erfahren, daß die ockergelben Wesen in den Wabenröhren unförmig sind, ständig wachsen und sich verändern. Ist das ihr ursprüngliches Aussehen?«

»Nein«, erwiderte Sandal und ließ Tahonka-No das Aussehen der Ersten Diener des Y'Xanthymr schildern.

»Das sind also die Wesen, von denen Major Polata, Hysk Vantolier und auch Gucky berichtet haben«, sagte Rhodan, nachdem Tahonka-No seine

Schilderung beendet hatte, die von Sandals Translator übersetzt worden war. Rhodan fügte hinzu: »Eine gewisse Ähnlichkeit mit den Schwarminstallateuren ist schon wegen der eigenwilligen Armformen gegeben. Was meinen Sie dazu, Soph?«

Der Xenologe wich aus: »Inwieweit die beiden Arten miteinander verwandt sind, läßt sich leider noch nicht sagen. Wir sollten unser Vorhaben in die Tat umsetzen und einen der Wabenzylinder genauer untersuchen.«

»Selbstverständlich«, stimmte Rhodan zu. »Das ist der eigentliche Grund, warum wir auf Diane gelandet sind.«

Sie setzten sich in Bewegung – in Richtung einer der Wabenröhren, die in einer Entfernung von einem Kilometer in einer großen Senke lag. Rhodan rief über Funk die drei Space-Jets an, die im Luftraum über der Ebene kreuzten.

Joaquin Cascal, der gerade einen Erkundungsflug in entlegenere Gebiete unternahm, wußte davon zu berichten, daß an verschiedenen Orten immer noch der Krieg zwischen den Dianen tobte. Gelegentlich kam es auch zu Auseinandersetzungen zwischen den kleinen Purpurnen und den Dianen, wenn die Amazonen einer der Wabenröhren zu nahe kamen. Abschließend meinte er jedoch:

»Es kommt immer seltener zu Kämpfen, denn die Amazonen werden von der Hitze und der Gravitation dahingerafft. Ich glaube, selbst wenn man jetzt noch das vorher gelandete Pilzraumschiff vernichten würde, das die Sonne anzapft und für die Schwerkraft verantwortlich ist, könnte man die Katastrophe nicht mehr abwenden. Der Planet Diane liegt im Sterben.«

Alaska Saedelaere und Nerken Lost, die mit ihren Space-Jets über der Wabenröhre kreisten, die sich Rhodan zum Ziel gesetzt hatte, konnten keine Anzeichen von Leben erkennen. Nur ein einziges Mal hatte Saedelaere beobachtet, wie ein kleiner Purpurner den Zylinder für einen Moment verließ und gleich darauf wieder darin verschwand.

Als Sandal, der sich in die Frequenz eingeschaltet hatte, dies hörte, holte er seinen Bogen von der Schulter. Rhodan deutete diese entschlossene Geste richtig und sagte: »Wir werden versuchen, ohne Blutvergießen in den Wabenzylinder einzudringen.«

Sandal hatte für diesen Optimismus nur ein Lachen übrig.

Rhodan setzte sich über Hyperfunk mit Atlan auf der GOOD HOPE II in Verbindung, um sich über die Situation im Raum um Diane zu erkundigen.

Atlan berichtete: »Die INTERSOLAR beschäftigt die Wachraumschiffe ganz schön. In der Flotte herrscht heillose Verwirrung. Es kann noch eine Weile dauern, bis sie sich formiert. Ich glaube auch nicht, daß die Schwarm-Flotte eine Waffe besitzt, um der INTERSOLAR Einhalt gebieten zu können. Dennoch wäre es besser, Perry, du kämst mit deinen

Leuten bald zurück. Denn gegen einen Zufallstreffer sind weder die GOOD HOPE II noch die INTERSOLAR gefeit.«

»Es wird nicht mehr lange dauern«, versprach Rhodan.

Sie waren nur noch achtzig Meter von dem Wabenzylinder entfernt, der halb aus der Senke herausragte.

»Achtung!« warnte Saedelaere über Funk. »Sieben kleine Purpurne haben den Zylinder verlassen und greifen euch an.«

Ein Blick auf den Individualtaster bestätigte Saedelaeres Worte. Rhodan ließ seine Leute ausschwärmen, um den Purpurnen kein leichtes Ziel zu bieten. Die Wissenschaftler befolgten seine Anordnungen augenblicklich. Nur Sandal Tolk und Tahonka-No hörten nicht auf ihn.

Sie stürmten vorwärts. Sandal mit gespanntem Bogen, Tahonka-No mit schußbereiter Pistole. Die sieben purpurnen Wesen hatten überhaupt keine Chance.

Als sie aus der Senke auftauchten, wurden sie von vier blitzschnell hintereinander abgegebenen Pfeilen und drei detonierenden Energiekugeln empfangen. Sandal hatte die Schwerkraft richtig berechnet – jeder der vier Pfeile hatte sein Ziel gefunden.

Sandal und Tahonka-No erwarteten Rhodan und seine Leute wenige Meter vor dem Einstieg des Zylinders. Rhodan war zwar mit der Handlungsweise des jungen Wilden von Exota Alpha nicht einverstanden, aber er fand, daß er ihn andererseits nicht tadeln konnte.

»Jetzt werden wir gleich erfahren, wozu die Sekundäranpassung dient«, sagte Rhodan.

Aus dem Innern des Zylinders ertönte ein schriller Klagelaut.

Rhodan betrat als erster mit entsicherter Waffe den Wabenzylinder. Sandal hielt sich hinter ihm, er hatte den Bogen mit dem Strahler vertauscht. Dann folgten die Wissenschaftler, den Abschluß bildete Tahonka-No.

Sie kamen zuerst in jenen Bereich, der Sandal vertraut war. Die darin befindlichen Geräte und Armaturen besaßen die gleiche Anordnung wie jene des Zylinders, in dem er zusammen mit Tahonka-No von Vetrahoon geflüchtet war.

Der hintere Teil des Zylinders schien verlassen, von den kleinen Purpurnen zeigte sich kein einziger. Nur aus dem Vorderteil drang das schrille Miauen des aufgequollenen Gelben Eroberers zu ihnen.

Die Gesichter der Männer hinter den Klarsichtscheiben der Helme wirkten angespannt. Trotz der Klimaanlagen in ihren Schutzanzügen brach ihnen der Schweiß aus allen Poren.

Die Situation war ihnen umheimlich. Sie waren nicht abergläubisch und besaßen ihre volle geistige Kapazität. Sie waren logische und nüchterne Denker, dennoch saß ihnen das Grauen in den Gliedern.

Mit atemloser Spannung betrachteten sie das unförmige Lebewesen, das wenige Schritte vor ihnen den Raum ausfüllte und in höchsten Tönen schrie.

Es war ein Geräusch, das durch Mark und Bein ging. Und es war ein Anblick, der die Männer schaudern ließ.

Sie waren den Anblick von exotischen nichthumanoiden Geschöpfen gewohnt. Sie fanden auch an dem Aussehen des verformten Gelben Eroberers nichts Abscheuliches. Sie schauderten nur, weil sich ihnen Visionen beim Anblick dieses Lebewesens aufdrängten, das sich offensichtlich gerade im Endstadium einer Metamorphose befand. Und sie dachten daran, daß sich dieser Vorgang auf dieser Welt zwei Milliarden Male wiederholte.

Zwei Milliarden Gelbe Eroberer machten in diesem Augenblick die Endphase der Metamorphose durch!

Die Männer schwiegen betroffen. Sie hörten einander nur atmen, und sie hörten das ohrenschmerzende Miauen des quallenartig aufgedunsenen Geschöpfes.

Sandal brach zuerst das Schweigen. »Irre ich mich, oder haben sich aus der ockergelben Masse tatsächlich sieben gleich große Auswüchse herausgebildet?«

»Du siehst richtig«, bestätigte Rhodan. »Die sieben Auswüchse beginnen sich immer mehr herauszubilden.«

Tahonka-No gab einen seltsamen Laut von sich, den Sandals Translator nicht übersetzen konnte, dann sagte er: »Bisher habe ich es nur vermutet, wollte nicht einmal darüber sprechen, aber jetzt weiß ich ganz sicher, was hier vor sich geht.«

Sophtorn Pienager wollte von dem Knöchernen eine nähere Erklärung verlangen, verzichtete aber dann darauf. Das Geschehen nahm seine ganze Aufmerksamkeit in Anspruch.

Die sieben Auswüchse hatten sich immer mehr von der unförmigen Masse abgehoben, die sichtlich an Substanz verlor. Das ockerfarbene und ursprünglich völlig formlose Lebewesen hatte sich in sieben gleich große Klumpen aufgeteilt, die nur noch durch immer dünner werdende Stränge mit dem Rest der Hauptmasse verbunden waren. Jetzt lösten sich die sieben Ableger ganz vom Mutterkörper und bildeten einen Kreis darum. Der Klumpen in der Mitte, der Mutterkörper, von dem sich die sieben Fragmente getrennt hatten, war ein schleimiges Etwas, formlos und flimmernd.

Das Flimmern verstärkte sich, wurde immer heller, bis es zu einem hellen, weißen Strahlen geworden war. Während der Mutterkörper, von dem die weiße Strahlung ausging, immer kleiner und formloser wurde, vergrößerten sich die sieben Ableger, nahmen sichtlich eine bestimmte Gestalt an.

»Jetzt dürfte alles klar sein«, sagte Rhodan. Noch bevor er den letzten Beweis erhalten hatte, wußte er, wovon er eben Zeuge geworden war: von einem Geburtsvorgang.

Aus einem Gelben Eroberer waren in einer Art Zell- und Körperteilung sieben Neugeborene geworden. Noch waren die sieben Neugeborenen nicht voll ausgebildet. Ihre Körper besaßen schon annähernd Birnenform, die Multiorgane am oberen Ende der Kopfverjüngung wirkten dagegen noch unfertig, die vier Gliedmaßen an der Seite des plumpen Körpers waren derbe Stummel. Aber je länger die weiße Strahlung auf sie wirkte, je kleiner der Mutterkörper wurde, desto mehr kristallisierte sich die endgültige Form ihrer Gliedmaßen und Organe heraus.

»Aus einem Gelben Eroberer werden sieben«, sagte Rhodan fassungslos. Erschüttert fügte er hinzu: »Zwei Milliarden mal sieben – allein auf diesem Planeten. Und dasselbe ist auf Aggres passiert. Wie oft soll sich dieser Vorgang noch wiederholen?«

»Ich glaube, ich kann jetzt Antwort auf diese Frage geben«, meldete sich Tahonka-No über Sandal Tolks Translator. »Innerhalb des Schwarms gibt es zumindest noch zwei- bis dreihunderttausend Planeten, die von den Ersten Dienern des Y'Xanthymr bewohnt werden. Diese Billionen und aber Billionen Lebewesen warten alle darauf, daß sie sich teilen können.«

»Das übertrifft meine schlimmsten Befürchtungen«, sagte Rhodan. Er beobachtete die sieben Neugeborenen, an denen mit freiem Auge zu beobachten war, wie sie sich von Minute zu Minute immer mehr zu ihrer endgültigen Gestalt formten. Er schüttelte verständnislos den Kopf. »Warum gebären die Gelben Eroberer nicht auf ihren Heimatwelten innerhalb des Schwarms?«

»Darauf läßt sich noch keine endgültige Antwort finden. Ich kann nur eine Vermutung äußern«, sagte Sophtorn Pienager. »Während wir hier standen und den Prozeß der Körperteilung verfolgten, habe ich einige Schlüsse gezogen, die gut zusammenpassen.«

»Erklären Sie uns Ihre Theorie«, forderte ihn Rhodan auf.

Der Xenologe räusperte sich und sagte: »Bei der siebenfachen Körperteilung eines Gelben Eroberers handelt es sich zweifellos um einen *gesteuerten* Geburtsvorgang. Nach allem, was wir bisher erlebt haben, kann es nur so sein, daß die Gelben Eroberer innerhalb des Schwarms nicht jene Bedingungen vorfinden, die sie für die Körperteilung benötigen. Sie besitzen natürlich die technischen Mittel, um auf einer geeigneten Welt die benötigten Bedingungen zu schaffen. Aber aus irgendwelchen Gründen benützen sie nicht die Welten innerhalb des Schwarms.

Sie schicken zuerst ihre Rochenschiffe aus, die die Gravitationskonstante einer Galaxis um 852 Megakalup reduzieren. Das muß die generelle Vorbereitung gewesen sein. Dann werden die Pilzraumschiffe ausgeschickt, die auf den als Brutstätten vorgesehenen Welten eine Feinjustierung um 132,6583 Millikalup vornehmen. Dabei handelt es sich offensichtlich um die zweite und genaue Anpassung. Dann, nach der Landung der Wabenraumschiffe und der Aufteilung der Wabenröhren, erfolgt die Sekundäranpassung in Form einer erhöhten planetaren Gravitation und einer gesteigerten Planetentemperatur. Offensichtlich sind eine Schwerkraft von 2,2156 Gravos und eine Temperatur von plus 62,7134 Grad Celsius unbedingt erforderlich, um den siebenfachen Teilungsprozeß des Muttergeschöpfes zu gewährleisten. Ausführlichere Angaben kann ich im Augenblick leider nicht machen. Aber es ist bewiesen, daß die Planeten, auf denen die Ockergelben landen, für sie nichts anderes sind als bereits vorbereitete Brutstätten.«

»Mir wäre es lieber, Sie könnten all diese Dinge mit weniger Bestimmtheit sagen«, meinte Rhodan niedergeschlagen. »Dann gäbe es für die Galaxis noch eine Hoffnung. So jedoch sind wir dem Untergang geweiht. Was könnten wir dagegen tun, wenn all die Bewohner der zwei- bis dreihunderttausend Welten zur Körperteilung bereit sind?«

»Wir haben noch die Hoffnung, daß nur ein verschwindend geringer Prozentsatz der Ockergelben überhaupt zur Körperteilung fähig ist«, gab Sophtorn Pienager zu bedenken. »Denn – warum sonst haben bisher erst ungefähr 3,6 Milliarden von ihnen den Schwarm verlassen?«

Es war Tahonka-No, der alle diese Hoffnungen zerstörte. Er sagte: »Mein Freund Sandal und ich haben auf der Klinikwelt Vetrahoon gesehen, mit welcher Eile Ockergelbe in die Wabenraumschiffe gebracht wurden. Das beweist, daß einige von ihnen früher als die anderen zur Körperteilung bereit sind. Deshalb meine ich, was Sie als gutes Zeichen auslegen, ist eher ein böses Omen. Die wahrscheinliche Geburt der 3,6 Milliarden mal sieben Ockergelben ist erst die Vorhut der kommenden Schrecken.«

Sandal nickte zustimmend. Er konnte sich jetzt erklären, weshalb auf der Klinikwelt Vetrahoon mit solcher Eile gearbeitet worden war: Einige Ockergelbe hatten überraschend ihre Bereitschaft zur Körperteilung gezeigt!

In diesem Augenblick hatte sich das weiß strahlende Muttergeschöpf aufgelöst. Die sieben Neugeborenen waren vollentwickelte Erste Diener des Y'Xanthymr. Sie kamen auf die acht Männer zugekrochen – und sie zogen eine silberweiß glitzernde blasige Schleimspur hinter sich her.

»Vorsicht!« rief Sandal-Crater.

Bevor die anderen noch verstanden, vernahmen sie die hypnosuggestiven Impulse, die von der Schleimspur ausgingen:

Bleib fern – verehre mich!

»Weg von hier!« befahl Rhodan. Die Männer drängten zum Ausgang. Einer von ihnen, der anscheinend unter der hypnotischen Ausstrahlung willenlos geworden war, mußte von seinen Kameraden mit Gewalt aus dem Zylinder ins Freie gezerrt werden.

Sandal Tolk war unschlüssig. Es wäre ein leichtes gewesen, die sieben Ockergelben zu zerstrahlen, denn sie waren ihm hilflos ausgeliefert, ihre hypnotischen Befehle zeigten bei ihm kaum Wirkung.

Er hätte sie alle sieben leicht töten können. Aber er tat es nicht. Er hatte gelernt, daß man Leben nie unmotiviert und sinnlos zerstören sollte.

Er folgte den anderen ins Freie. Dort waren inzwischen die drei Space-Jets gelandet, die Rhodan über Funk herbeigerufen hatte.

»Es wird höchste Zeit, daß wir diesen Planeten verlassen«, erklärte der Zellaktivatorträger.

Er verteilte seine Männer auf die drei Space-Jets und bedeutete auch Tahonka-No, an Bord zu gehen. Der Knöcherne kam Rhodans Aufforderung widerspruchslos nach. Als sich Rhodan nach Sandal Tolk umdrehte, sah er, daß sich der Wilde von Exota Alpha bereits fünfzig Meter weit entfernt hatte und weiter in die Ebene hinausging – in Richtung des Allerweiblichsten.

»Sandal!« rief Rhodan ihn über Funk an.

Doch Sandal Tolk reagierte nicht. Er ging unbeirrbar in die Ebene hinaus. Rhodan befahl den Kommandanten der Space-Jets zu starten und folgte Sandal.

Während sich Rhodan auf Sandal Tolks Fersen heftete, starteten hinter ihm die drei Space-Jets. Rhodan setzte sich über Hyperfunk mit Atlan in Verbindung.

»Wir haben unser Unternehmen beendet«, erklärte er. »Für die Bewohner dieser Welt würde jegliche Hilfe zu spät kommen. So betrachtet, haben wir nichts erreicht. Aber wir haben einiges über die Gelben Eroberer herausgefunden, wie wir diese Wesen jetzt nennen wollen. Wir sehen schlimmen Zeiten entgegen, Arkonide. Davon später! Die drei Space-Jets sind bereits zu dir unterwegs. Wenn ihr sie eingeschleust habt, dann zieht euch schleunigst aus dem Kampfgebiet zurück. Ich möchte nicht, daß die INTERSOLAR oder die GOOD HOPE II noch länger gefährdet werden.«

»Und was wird aus dir?« erkundigte sich Atlan.

»Ich muß mich um Sandal kümmern«, antwortete Rhodan. »Wenn das geregelt ist, folgen wir beide durch den Transmitter der vierten Space-Jet. Haltet den Empfangstransmitter auf der GOOD HOPE II bereit! Und noch etwas: Ich werde die Selbstvernichtungsanlage der Space-Jet aktivieren. Wenn Sandal und ich durch den Transmitter sind, soll sie durch Funkzündung gesprengt werden.«

Rhodan unterbrach die Verbindung. Er konzentrierte seine Aufmerksamkeit wieder auf Sandal Tolk, der sich inzwischen fast hundert Meter entfernt hatte, Rhodan beschleunigte seinen Schritt.

»Sandal!«

»Es ist alles in Ordnung«, ertönte Tolks Stimme in Rhodans Kopfhörern.

»Wo willst du hin?« fragte Rhodan und begann zu laufen.

»Helfen«, antwortete Sandal.

Er hatte einen Krater erreicht, der zwischen hochaufragenden Felsen des Allerweiblichsten und der Space-Jet lag.

»Ich habe mich nicht getäuscht, als ich die Bewegung sah«, kam Sandals Stimme über den Helmfunk. »Hier ist ein Mensch, der unsere Hilfe braucht.«

Rhodan erreichte den Rand eines Bombentrichters. Ihm bot sich ein seltsames Bild. Auf dem Grund lag eine reglose Gestalt, die einen Druckanzug übergestreift hatte. Rhodans geschultes Auge erkannte sofort, daß der Druckanzug nicht fachgerecht angelegt war. Außerdem erkannte er, daß verschiedene Verschlüsse offen waren. Das Wesen war offenbar ein Mensch – und lebte bestimmt nicht mehr.

Daneben lag ein zierlicher Mann auf der Seite. Er bewegte mühsam eine Hand, in der eine Spule lag. Sandal beugte sich über ihn und sprach über den Außenlautsprecher seines Schutzanzuges beruhigend auf ihn ein.

Rhodan gesellte sich hinzu.

»Ich bin eins-zwei-sieben-sieben-sieben-null-eins-acht-eins ... Naturzucht«, sagte der Unbekannte gerade mit rauher Stimme.

»Schon gut«, beruhigte Sandal ihn und wollte ihn von der Toten wegzerren.

Rhodan erkannte erst jetzt, daß es sich bei dem toten Wesen, das in den Druckanzug gehüllt war, um eine Frau handelte. Ihm fiel auch jetzt erst auf, daß der Druckanzug ein Modell war, wie es vor ungefähr tausend Jahren verwendet worden war.

»Wir bringen dich in Sicherheit«, sagte Sandal zu dem Mann.

»Nein!« Er klammerte sich an die Tote. »Das ist die Schmerzensreiche Mutter. Ich ... bleibe bei ihr, bis sie erwacht.«

Rhodan schob Sandal sanft beiseite und beugte sich über den Mann.

»Deine Gefährtin ist tot«, sagte er zu ihm. »Willst du bei ihr bleiben, bis auch dich der Tod ereilt?«

»Tot?« wiederholte der Mann verständnislos. Er schüttelte kraftlos den Kopf, seine Finger strichen zitternd über den Druckanzug der Toten.

»Sie ... schläft nur«, sagte der Mann stockend. »Ich war im Allerweiblichsten ... dort gab man mir diesen Schutzanzug. Ich ... ich suchte sie, weil ... ich wußte, daß sie ... hier irgendwo sein... mußte. Und ... ich fand sie.«

»Sie lebt nicht mehr. Ich selbst habe sie hier begraben«, erklärte Sandal.

Der Mann schien ihn nicht zu hören. Er fuhr unbeirrbar fort: »Ich fand sie. Sie hat Furchtbares mitgemacht ... Ich half ihr ... gab ihr meinen Schutzanzug ... Jetzt ... wird sie bald erwachen ... meine Schmerzensreiche Mutter ...«

»Es hat keinen Zweck«, raunte Sandal. »Er ist nicht in der Lage, diese Situation realistisch zu beurteilen. Wir müssen ihn mit Gewalt fortbringen.«

Rhodan war erschüttert. Durch Sandals Angaben wußte er einiges über die matriarchalische Kultur, die auf Diane geherrscht hatte. Der sterbende Mann vor ihm, der vermutlich sein Leben lang von Frauen herumge-stoßen, verwöhnt, verweichlicht und vor allen schädlichen Umwelteinflüssen beschützt worden war, versagte in dem Augenblick, da er eine lebenswichtige Entscheidung treffen sollte. Er hatte nicht erkannt, daß seine Gefährtin bereits tot war, als er ihr seinen Schutzanzug überstreifte. Das wurde ihm selbst zum Verhängnis. Rhodan begriff vieles nicht, aber er sah, daß ihm nicht mehr zu helfen war.

»Sie ... ist die wahre ... Schmerzensreiche Mutter«, sagte der Mann mit letzter Kraft. Seine Hand mit der Spule zuckte Rhodan entgegen. »Hier ... Information ... über ... die Herkunft der ... Dianen.«

Dann war der Mann tot. Rhodan nahm die Informationsspule aus den leblosen Fingern und steckte sie ein.

»Wieder einmal haben wir eine verschollene Kolonie Terras gefunden«, sagte er bedrückt. »Aber diesmal leider zu spät.«

Er wandte sich ab. »Es wird höchste Zeit für uns, Sandal.«

Sie gingen an Bord der Space-Jet und ließen sich vom Transmitter zur GOOD HOPE II abstrahlen. Sie waren kaum an Bord, da wurde die zurückgelassene Space-Jet durch einen Funkimpuls zur Explosion gebracht.

Die INTERSOLAR und die GOOD HOPE II entfernten sich mit Höchstgeschwindigkeit von der sterbenden Welt Diane, die, so ergaben die Daten von der Spule später, im Jahr 2434 von einer Gruppe extremer Frauenrechtlerinnen angeflogen worden war.

Eine Bruchlandung hatte damals alle Verbindungen zu anderen Welten oder zu Raumschiffen abreißen lassen. Die Frauen, die sich künstlich vermehrten und nur wenige Männer aufzogen und duldeten, waren dadurch in ihrer kulturellen und technologischen Entwicklung weit zurückgefallen. Aber das war vorbei.

Obwohl sich die Hauptaufmerksamkeit Perry Rhodans weiterhin auf den Schwarm und dessen mysteriöse Beherrscher richtete, hatte der Terraner nicht vergessen, was sich anderenorts in der Galaxis an Problemen auftat. Die Gefahr, die durch den Homo superior drohte, schien gebannt, wenn auch auf schreckliche Weise. Doch da gab es noch das sogenannte heimliche Imperium, dessen Vertreter bei der Konferenz der Immunen im November des Vorjahres für großes Aufsehen gesorgt hatten und so überraschend wieder verschwanden, wie sie gekommen waren.

Um mehr über die Fremden und ihr angebliches oder tatsächliches Reich zu erfahren, ließ Rhodan unmittelbar nach Ende der Konferenz und dem fluchtartigen Aufbruch der schwarzen Diskusscheibe eine Space-Jet der INTERSOLAR ausschleusen und die Verfolgung aufnehmen.

Dies ist ihre Geschichte.

26.

Bericht Tatcher a Hainu, Ende 3441

Hypnoschulung: Und das, während wir im Linearraum hinter einem rätselhaften schwarzen Diskusraumschiff herjagen.

Doch die Einsatzvorschriften sind streng und lassen sich nicht beliebig auslegen. Wäre ich auf Dessopato dabeigewesen, brauchte ich mich jetzt nicht darüber zu informieren, was vor, während und nach der sogenannten Galaktischen Konferenz der Immunen geschehen war.

Leider war ich zwischen dem 20. und 27. November 3441 zur INTERSOLAR abkommandiert, um die Besatzung der Ortungszentrale zu verstärken.

Mißmutig blickte ich auf den Informationstransmitter, der neben der zerbeulten Kaffeekanne auf dem Ecktisch meiner engen Kabine stand. Die Kanne zitterte unter den Vibrationen, die der Schwarzschild-Reaktor des Waring-Konverters erzeugte. Ich nahm sie und warf sie wütend in eine Ecke.

Danach stülpte ich mir den silbrig schimmernden Transmitterhelm auf den Kopf, schob die Informationsspule in die Eingaberöhre des Geräts und drückte auf die Abspieltaste. Anschließend legte ich mich auf die Couch neben dem Tisch.

Sekunden später war ein anschwellendes Summen in meinem Schädel. Für einen Mentalstabilisierten wie mich ist es immer problematisch, sich einer Hypnoschulung zu unterziehen. Das Unterbewußtsein wehrt sich dagegen und erzeugt alle möglichen Effekte, um den Teil des Geistes, der sich den Hypnoimpulsen öffnen möchte, davon abzubringen. Man muß sich anstrengen, um die psychische Schranke abzubauen und sich den Impulsen zu überlassen.

Das Summen stieg in den Ultraschallbereich an und verursachte rasenden Kopfschmerz, obwohl es nur eine Fiktion des Unterbewußtseins war. Ich, Tatcher a Hainu, Sohn des Mars, Galaktogeologe und als Angehöriger der Immunenbesatzung der GOOD HOPE II im Rang eines Captains der Solaren Flotte, kämpfte mich durch eine Hölle von Qualen. Bis endlich die Schranke fiel ...

Die rote Zwergsonne Heykla-Beru warf ihr trübes Licht auf eine trokkene Geröllwüste. Thermische Strahlen hatten eine große Fläche glasig erstarrter Schmelze geschaffen, die gleich einem bleigrauen Spiegel in der Wüste glänzte. Schmale, eingebrannte Furchen teilten die ebene Fläche in mehr als dreihundert Quadrate, Raumschiffe aller möglichen Konstruktionen standen in den Quadraten. Es waren fast nur kleine Schiffe, denn die galaktischen Völker verfügten nur über wenige Immune, die ein Raumschiff steuern konnten. Dadurch fiel das dreihundert Meter große kugelförmige Schiff mit den stark abgeplatteten Polen besonders auf.

Ein akonisches Schiff!

Natürlich, die Akonen glaubten, verpflichtet zu sein, mehr darzustellen, als andere Völker; sie waren schließlich Vertreter des ältesten Sternenreiches humanoider Intelligenzen in unserer Galaxis.

Eine mitleiderregende Demonstration, denn ihre Macht war ebenso fiktiv wie die der übrigen bekannten galaktischen Zivilisationen.

Bedeutend eindrucksvoller wirkte das kleinere schwarze Kugelraumschiff vom Planeten Halut. Vielleicht nur deshalb, weil die Haluter in ferner Vergangenheit der Schrecken unserer Galaxis gewesen waren und heute immer noch Rätsel aufgaben.

Das Bild wechselte.

Die Trümmer eines uralten Amphitheaters ragten in der Wüste auf. Stellenweise waren die starken Mauern noch an die zweihundert Meter hoch. Halbverfallene Torbögen durchbrachen das Mauerwerk. Große schwarze Vögel kreisten über der ehemaligen Arena. Die Aktivität der Besucher mußte sie aufgescheucht haben; wahrscheinlich hatten sie ihre Nist- und Schlafplätze in dem Gemäuer. Das Spielfeld der Arena war von Trümmern befreit worden. Verschiedene Geräte standen darauf, unter ihnen ein Podest mit Translatoranschluß und ein kugelförmiger Bildschirm, der in einem Kraftfeld ruhte.

Das Bild wechselte erneut, ohne daß die Änderung der Szenerie verwirrend gewirkt hätte. Am Rand des Landefeldes schwebte ein flaches diskusförmiges Objekt von schwarzer Färbung. Ausschnitte von Gesprächen wurden eingeblendet. Aus ihnen ging hervor, daß weder Anflug noch Landung dieses Diskusschiffes beobachtet worden waren. Und das, obwohl die INTERSOLAR im Raum stand und ihren hochwertigen Ortungsgeräten eigentlich nicht entgehen konnte, schon gar nicht ein ins System einfliegendes Raumschiff, das ja beachtliche Energie-Emissionen entwickeln mußte.

Eigene Erfahrung: Ich saß zu dieser Zeit in der Ortungszentrale der INTERSOLAR. Wir hatten jedes einfliegende Schiff angemessen, mit Ausnahme des schwarzen Diskusschiffes.

Zurück zum Landefeld.

Großaufnahme.

Die Außenhülle des Diskusschiffes sah aus, als bestünde sie aus schwarzem Glas. Sie war völlig glatt und besaß weder eine kuppelförmige Steuerkanzel noch Triebwerksöffnungen, Geschützmündungen oder Landebeine.

Kommentar: Weder mit Hilfe von Mental- und Individualtastern noch von den telepathischen Kräften Guckys und Fellmer Lloyds konnten die Hirnimpulse denkender Lebewesen ermittelt werden. Das schwarze Diskusschiff wirkte tot – bis auf geringe Energie-Emissionen.

Ein Kaleidoskop verschiedener Ereignisse jagte vorüber, unwichtige Fakten, die mit unserem Einsatz nichts zu tun hatten.

Dann befand sich in dem schwarzen Diskusschiff plötzlich eine Öffnung. Sie reichte von der Mittelkante bis zum unteren Pol. Eine schmale Rampe schob sich heraus und stieß gegen den Boden des Landefeldes.

Kurz darauf entstand Bewegung in der Öffnung. Drei Gestalten traten ins Tageslicht. Drei vollkommen humanoid wirkende Gestalten in enganliegenden schwarzen Kombinationen. Ihre Gesichter wirkten männlich und glichen einander so sehr, daß der erste Impuls des Unterbewußtseins sie als Drillinge einstufte. Auch Körperform und Körpergröße stimmten überein; die Proportionen entsprachen denen eines Durchschnittsterraners.

Die Fremden gingen mit gleichförmigen Bewegungen zur Arena, unbeeindruckt von den Blicken, die ihnen von Angehörigen anderer Völker zugeworfen wurden. Sie schienen nicht zu merken, daß ihr Erscheinen allgemeines Aufsehen erregte.

Wieder jagte ein Kaleidoskop von Ereignissen vorüber.

Perry Rhodan eröffnete die Konferenz und erklärte den übrigen Teilnehmern, er sähe das einzige Ziel der Zusammenkunft darin, daß die galaktischen Zivilisationen ihre wissenschaftlich-technischen Anstrengungen vereinten, um ein wirksames Mittel gegen die Verdummungswelle zu finden.

Ein wenig später versuchten die drei Mitglieder des ertrusischen Triumvirats einen Zwischenfall mit den Fremden zu provozieren. Nach unbegründeten Beschuldigungen hob Nos Vigeland die Hand mit der Strahlwaffe und drückte ab. Die Waffe versagte, und die drei Fremden verließen ihre Plätze. Vigeland wich überrascht zurück und stürzte dabei. Diese Szene wurde mehrmals wiederholt; sie wirkte gespenstisch. Eine Strahlwaffe versagte ohne ersichtlichen Grund!

Das Bild wechselte und zeigte Perry Rhodan, der auf dem Translatorpodest stand und den drei Fremden den Platz am Mikrophon räumte.

Einer der Fremden sprach mit beherrschter Stimme. Er erklärte, daß sie keine Spione aus dem Schwarm, aber auch keine Menschen seien. Sie hätten sich nur entschlossen, auf dieser Konferenz als Menschen aufzutreten, weil diese Erscheinungsform allen Anwesenden vertraut wäre.

»Wir haben«, erklärte er wörtlich, »in dieser Galaxis ein Imperium aufgebaut, das nun durch den Schwarm bedroht wird.«

Abermals wirbelte ein Kaleidoskop von verschiedenen Ereignissen vorüber. Ein Chronograph zeigte schnell wechselnde Zeitanzeigen.

Als das Bild sich normalisierte, zeigte es ein Chaos. Der Kommentar erklärte, daß der Schwarm eine Transition ausgeführt hätte, durch die ein heftiger Strukturschock ausgelöst worden sei. Auf der Sonne Heykla-Beru tobten heftige Eruptionen, und der Planet Dessopato wurde durch schwere Beben erschüttert. Die meisten Konferenzteilnehmer litten vorübergehend unter geistigen Störungen. Nur die Aktivatorträger, die Mentalstabilisierten und Mutanten blieben davon verschont.

Und die drei Fremden aus dem schwarzen Diskusschiff!

Die Konferenz war gescheitert. Sobald die Teilnehmer sich von den Auswirkungen der Strukturerschütterung erholt hatten, zogen sie sich fluchtartig zu ihren Raumschiffen zurück.

Perry Rhodan und Atlan standen den drei Fremden gegenüber.

Einer der Schwarzgekleideten sprach. Er kündigte an, daß er und seine Gefährten Dessopato verlassen würden, und bedauerte, daß die Konferenz keinen Erfolg gezeitigt hatte. Aus seinen weiteren Worten klang heraus, daß sie mehr Informationen über den Schwarm besaßen als alle Vertreter der anderen galaktischen Zivilisationen zusammen.

Rhodan und Atlan versuchten, die Fremden zur Preisgabe ihrer Informationen zu bewegen. Sie erhielten nur rätselhafte Andeutungen über Spuren, die eine ferne Vergangenheit überall hinterlassen haben sollte.

Das Bild erlosch.

Zusammenfassender, gezielter Kommentar: Die Fremden aus dem schwarzen Diskusraumschiff sehen aus wie Menschen, sind aber keine Menschen. Sie verfügen entweder über technische Möglichkeiten, die den unseren überlegen sind, oder über unbekannte parapsychische Kräfte. Sie wissen mehr als wir über den Schwarm und deuteten an, daß in der Vergangenheit Dinge geschehen seien, deren Spuren uns wichtige

Hinweise geben könnten. Sie behaupten, aus einem heimlichen Imperium zu kommen, das in unserer Galaxis existiert.

Der Kommentar brach ab. Ein scharfer Schmerz bewies mir, daß ich aus der Hypnose aufgetaucht war. Allmählich klärte sich mein Blick. Ich nahm den Transmitterhelm ab und schaltete das Schulungsgerät aus.

Langsam ging ich zur Versorgungseinheit und tastete einen Becher Kaffee. Während ich das belebende Getränk mit kleinen Schlucken schlürfte, wanderten meine Gedanken zu den Ereignissen nach der Konferenz zurück. Das schwarze Diskusschiff war gestartet; diesmal hatte man es einwandfrei orten können.

Dann hatte ich den Befehl erhalten, mich in einer Schleuse der INTERSOLAR einzufinden und auf die Übernahme in eine Space-Jet zu warten.

Sonderauftrag!

Ich wurde sogleich von düsteren Ahnungen geplagt, die sich bestätigten, als ich in die Space-Jet umgestiegen war und die Steuerkanzel betrat.

Captain Dalaimoc Rorvic, der übergroße fette Albino, hatte mich mit seinen kleinen roten Augen gemustert und mir erklärt, daß er mich für einen Sondereinsatz angefordert hatte. Ziel dieses Sondereinsatzes sollte es sein, das schwarze Diskusschiff zu verfolgen, sein Flugziel festzustellen und nach Möglichkeit umfassende Informationen über dieses Ziel und die Fremden sowie das heimliche Imperium zu sammeln.

Das war vor zwei Tagen Standardzeit gewesen. Heute, am 29. November 3441, jagten wir noch immer diesem seltsamen plattgedrückten Diskus nach.

Ich warf den geleerten Becher seufzend in den Abfallvernichter, griff nach der zerbeulten Kanne und machte mich auf den Weg in die Steuerkanzel.

Dalaimoc Rorvic hockte mit untergeschlagenen Beinen auf einer Matte, die im freien Raum der Steuerkanzel ausgebreitet war. Er wirkte wie eine Buddhastatue. Seine Augen waren geschlossen. Er meditierte.

Ich stellte meine Kanne hörbar auf einem Schaltpult ab. Der Pilot unserer Space-Jet wandte sich um und grinste über sein breitflächiges Gesicht. Bescrilo Nonderver war ein Umweltangepaßter vom Planeten Epsal und so breit wie hoch, nämlich 1,60 Meter.

»Nun, Captain Hainu«, sagte er mit seiner abscheulich lauten Stimme, »haben Sie etwas für Ihre Bildung getan?«

Bildung! Wie konnte man Hypno-Schulung mit Bildung gleichsetzen! Der Mann hatte keine Ahnung von wahrer Bildung.

Ich antwortete mit einer Verwünschung und wandte meine Aufmerksamkeit dem Bildschirm des Halbraumspürers zu. Die Tasterzeichnung des Diskusschiffes sah noch genauso aus wie vor zwei Stunden, als ich die Steuerkanzel verlassen hatte.

»Ich möchte wissen, wie lange wir den Fremden noch durch den Linearraum nachschleichen sollen«, sagte ich.

Dalaimoc gab einen grunzenden Laut von sich. Ich blickte schnell hin. Doch der Koloß war immer noch in Meditation versunken.

Jemand lachte leise.

Ich sah mich nach dem Lacher um und blickte in Riev Kalowonts schmales Gesicht. Kalowont war gebürtiger Terraner und ehemals Pilot eines Vergnügungsluftschiffes gewesen, das innerhalb der irdischen Lufthülle verkehrte.

»Was gibt es da zu lachen?« fuhr ich Kalowont an.

Der Terraner winkte ab und widmete sich wieder seinen Kontrollen. Er war als Maschineningenieur ausgebildet und hatte die Aufgabe, die Aggregate unserer Space-Jet zu überwachen.

»Von dem ehemaligen Piloten eines windgetriebenen Gasballons kann man natürlich keine vernünftige Reaktion erwarten«, bemerkte ich.

Riev Kalowont wandte sich wieder zu mir um. »Erstens war es kein Ballon, sondern ein gasgefülltes starres Luftschiff, und zweitens wurde es nicht durch den Wind, sondern durch Düsenaggregate angetrieben, die historischen Vorbildern nachgebaut waren. Luftschiffe dieser Art erfüllten eine wichtige kulturhistorische Aufgabe; sie zeigten den Passagieren, daß auch ihre Vorfahren nicht auf den Kopf gefallen waren.«

»Dafür sind Sie es!« gab ich zurück.

»Aber ich bitte Sie!« sagte der Mann, der sich bisher schweigsam verhalten hatte, Peltrow Batriaschwili, ein Erdgeborener und früherer Kriminalspezialist und Psychologe der Solaren Abwehr. Mit seinen 168 Zentimetern und den breiten Schultern sah er aus wie ein abgebrochener Riese. »Wir sind nur fünf Personen, aber wir haben eine Aufgabe zu erfüllen, zu der man früher einige hundert spezialisierte Abwehrleute eingesetzt hätte. Wenn wir uns auch noch streiten, gefährden wir nicht nur unsere Mission, sondern auch uns selbst. Bitte, Captain Hainu, gehen Sie an Ihren Platz.«

Ich gehorchte widerwillig.

»Natürlich«, räsonierte ich, »immer gibt man mir die Schuld, wenn es zu Reibereien kommt. Ihr Erdgeborenen habt eben ein eingefleischtes Vorurteil gegen Marsianer.«

Batriaschwili blickte mich durchdringend an. Mit seinen schwarzen Augen, der schmalrückigen gekrümmten Nase und dem mächtigen schwarzen Schnauzbart sah er aus wie ein Krieger aus den kaukasischen Bergen auf dem uralten Bild, das ich früher im Völkerkunde-Museum in Terrania gesehen hatte. Eine Strähne seines lockigen schwarzen Haares hing ihm in die Stirn.

»So etwas sollten Sie nicht einmal denken, geschweige denn aussprechen, Hainu!« sagte er scharf. »Die Herkunft eines Menschen hat längst keinen Einfluß mehr auf seine Wertbestimmung. Entscheidend ist der Charakter, und da gibt es bei Ihnen allerdings einiges zu kritisieren.«

»Pah!« machte ich wegwerfend. »Sie übertreiben wie üblich, Batriaschwili.« Ich deutete auf den Schirm des Halbraumspürers. »Das beweist es. Sie behaupten, früher hätte man einige hundert spezialisierten Abwehrleute eingesetzt, um das lächerliche Linsenschiff zu verfolgen. Wollen Sie mir vielleicht verraten, womit diese Menschenmenge sich beschäftigen sollte?«

»Während der Verfolgung im Linearraum reichen natürlich fünf Personen wie wir aus«, antwortete er. »Die Schwierigkeiten und Gefahren werden erst am Ziel beginnen ...«

»Da irrst du dich gewaltig, Freundchen!« dröhnte eine tiefe Stimme durch die Steuerkanzel. »Die Schwierigkeiten haben schon begonnen, Erdling!«

»Na bitte!« sagte ich automatisch, bevor mir klar wurde, daß keiner von uns gesprochen hatte.

Ich zuckte zusammen und richtete meinen Blick auf die riesenhafte Gestalt, die plötzlich in unserer Steuerkanzel aufgetaucht war. Der Riese konnte nur vornübergeneigt stehen, hatte einen langen weißen Bart, bernsteingelbe glühende Augen und trug einen Lendenschurz, der von einem Gürtel aus Metallgliedern gehalten wurde.

Riev Kalowont schrie hysterisch. Peltrow Batriaschwili zog seinen Paralysator und feuerte auf den Riesen.

Der Bursche quittierte den Schuß mit dröhnendem Lachen. Dann winkte er mit dem Arm – und im nächsten Augenblick standen drei andere Gestalten in der Steuerkanzel.

Drei schlanke, hochgewachsene Gestalten mit gelben leuchtenden Köpfen und langen, lose herabfallenden gelben Gewändern.

Unser epsalischer Pilot stieß einen Wutschrei aus, der an Lautstärke den Riesen übertrumpfte, und sprang auf. Er raste mit gesenktem Kopf auf den Eindringling zu, prallte mit ihm zusammen – und flog zurück, als wäre er gegen eine Gummimauer gesprungen. Er flog gegen seinen Kontursessel und brach bewußtlos zusammen.

Ich blickte zu Batriaschwili hinüber, in der Hoffnung, der erfahrene SolAb-Mann wüßte ein Mittel, um mit den Fremden fertig zu werden. Doch ich entdeckte nur Ratlosigkeit in seiner Miene.

Im nächsten Augenblick wurde mir der Grund dafür klar. Peltrow Batriaschwili mußte nach seinem vergeblichen Schuß angenommen haben, der Riese und die Gelbmäntel wären nur fiktive Gebilde, Projektionen, die jemand auf unerklärliche Weise in unsere Steuerkanzel warf.

Bescrilo Nonderver aber hätte niemals von einer Projektion abprallen können, folglich waren die Eindringlinge real, so real wie wir, mit dem einzigen fatalen Unterschied, daß sie offensichtlich unverwundbar waren.

Mein Blick irrte zu Dalaimoc Rorvic ab. Der tibetische Terraner hockte noch immer in sich versunken auf dem Boden, völlig unberührt von dem, was um ihn her vorging. Dieser Anblick weckte meinen Zorn.

Langsam richtete ich mich auf – und zuckte heftig zusammen, als der bärtige Riese seine Stimme abermals ertönen ließ.

»Gebt euren Widerstand auf!« brüllte das Ungeheuer. »Ihr seid verloren. Seht hinaus!«

Unwillkürlich folgte ich dem ausgestreckten Arm mit den Augen. Was ich durch das transparente Panzertroplon der Kanzel sah, ließ mich erstarren.

Die Space-Jet befand sich nicht mehr im Linearraum, sondern stand bewegungslos auf einer von hellem Sonnenlicht überfluteten Ebene. Gras bedeckte den Boden. Dazwischen standen einzelne Bäume mit schirmartigen Kronen. Ein Schachbrettmuster von Kanälen mit niedrigen Wällen durchzog die Ebene, und am Horizont stand eine blaßblaue Kette von Bergen. Über den Kanälen schwebten metallene Objekte, die großen Weberschiffchen glichen. Sie fuhren hin und her, saugten mit herabhängenden Schläuchen Wasser an und sprühten es als staubartig glitzernde Schleier nach beiden Seiten über das Grasland.

»Wo sind wir?« fragte Batriaschwili erstaunlich ruhig.

Die Gelbmäntel bewegten sich lautlos und beinahe elegant durch die Steuerkanzel. Als einer dicht an mir vorüberschwebte, spürte ich eisige Kälte, einen Hauch des Todes und nahm einen stechenden Geruch wahr, der mich an irgend etwas erinnerte.

»Alchym-Sabba«, antwortete der Riese. »Die Welt der ruhelosen Geister. Wir haben lange nach einem Gefährt gesucht, mit dem wir auf bewohnten Planeten landen können, ohne sofort verdächtig zu wirken. Da kamt ihr in unsere Raum-Zeit-Schleife, und wir griffen sofort zu. Euer Schiff wird uns zu den Welten außerhalb unserer Raum-Zeit-Schleife tragen. Dort werden wir Wesen finden, deren Körper den ruhelosen Geistern von Alchym-Sabba als Heimat dienen können.«

Riev Kalowont hatte schon lange aufgehört zu schreien. Jetzt stand er auf und ging wie in Trance zum Pult des Piloten. Als er sich über die Schaltungen beugte, erwachte Nonderver. Seine Arme schnellten nach oben und umklammerten Kalowonts Knie.

Der Maschineningenieur wehrte sich keuchend gegen den eisernen Griff des Epsalers, dann stieß er hervor:

»Lassen Sie mich, Bescrilo! Ich muß die Vernichtungsschaltung aktivieren. Diese ... diese Ungeheuer wollen unser Schiff dazu mißbrauchen, andere Lebewesen zu versklaven.«

Der Epsaler schleuderte Riev fort und erhob sich. Er taumelte und hielt sich den Kopf. Seine Augen richteten sich auf Batriaschwili.

»Es scheint zu stimmen, was Kalowont sagte, Peltrow. Aber die Selbstvernichtung ist erst unsere letzte Möglichkeit.«

Er zog seinen Strahler und schoß auf den Riesen. Aber der Bärtige schien die Impulsenergie in sich aufzusaugen. Er wuchs in die Breite und lachte.

Im nächsten Moment standen fünf kleine blauhäutige Wesen in der Steuerkanzel, metergroße Geschöpfe mit pyramidenförmigen Köpfen, unglaublich großen Füßen und dreigliedrigen Armen mit tellergroßen, saugnapfbedeckten Händen. Sie gaben glucksende Laute von sich; ihre rubinroten kugelrunden Augen drehten sich unablässig in den schwarzgeränderten Höhlen. Quastenbesetzte Schwänze peitschten über den Boden.

Der Riese klatschte in die Hände und rief: »Nehmt euch ihre Seelen, Quonks! Leert ihre Gehirne bis auf den Grund. Eine solche Mahlzeit habt ihr lange nicht gehabt.«

Die Blauhäutigen bewegten die handspannenlangen Mäuler, ohne sie zu öffnen. Aus den Mundwinkeln quollen wurmähnliche Hautgebilde, streckten sich bis zu Unterarmlänge und erstarrten dann. Jeder Quonk richtete seine Antennenfühler auf einen von uns.

Ich spürte, wie das Entsetzen mich schüttelte. Mein Körper zitterte heftig.

Kalowont stieß einen gurgelnden Schrei aus und rannte plötzlich auf die Öffnung des Lichtschachtes zu. Ich ahnte, daß er die Space-Jet verlassen wollte.

Vielleicht hätte ich mich ihm angeschlossen, denn von den Antennenfühlern der Quonks ging eine unsichtbare Strahlung aus, die auf mein Gehirn einwirkte. Aber Batriaschwili streckte den Maschineningenieur mit einem Schuß seines Paralysators nieder. Dicht vor der Liftöffnung brach Kalowont zusammen.

Wieder schaute ich auf den vor sich hindösenden Dalaimoc. Plötzlich packte mich sinnlose Wut. Wie konnte der Fettwanst meditieren, während sich unser aller Schicksal entschied?

Ich kämpfte gegen die Umklammerung an, die sich enger um mein Gehirn zog. An den Gesichtern von Batriaschwili und Nonderver erkannte ich, daß es ihnen ähnlich ging. Wenn wir nicht abwarten wollten, bis die Quonks unsere Gehirne ausgesogen hatten, mußten wir fliehen – aber wenn wir flohen, fiel unsere Space-Jet in die Hände dieser unheimlichen Lebewesen. Wer konnte wissen, welches Unheil sie damit anrichteten?

Als letzter Ausweg blieb der Selbstvernichtungsschalter, der die Fusionsladung unter der Kanzel zündete. Aber dabei würde nicht nur das

Schiff vernichtet, wir alle würden dabei umkommen, während die Unheimlichen wahrscheinlich unverletzt blieben.

Dalaimoc!

Der Bursche hatte mich in diese Lage gebracht, nun sollte er zusehen, wie er mich wieder daraus befreite. Dazu mußte er aber erst einmal wach sein.

Ich erhob mich und schlich auf das Schaltpult zu, auf dem meine Kaffeekanne stand. Vielleicht hatte früher jemand darin Kaffee gekocht; ich pflegte sie anders zu verwenden.

Die Antennenfühler »meines« Quonks folgten jeder meiner Bewegungen. Endlich hatte ich das Schaltpult erreicht. Ich griff nach der Kanne und hob sie an. Sie schien einen halben Zentner zu wiegen. Nur mühsam bekam ich sie hoch. In meinem Gehirn explodierte ein imaginäres Feuerwerk.

Durch wogende Schleier und tanzende rote Kreise schaute ich auf Dalaimocs kahlen, ölig glänzenden Schädel. Ich fixierte das Ziel, schwang die Kanne und ließ sie mit voller Wucht auf Dalaimocs Hinterkopf sausen ...

Der Albino öffnete die Augen so langsam, als wären seine Lider aus Blei. So schnell es ging, stellte ich die Kanne auf das Schaltpult zurück.

Dalaimoc sah einige Sekunden lang durch die Kanzelwandung, dann fuhr seine Hand zum Hinterkopf, wo zwischen zahlreichen blauen, grünen und gelben Flecken eine beachtliche Beule anschwoll. Er drehte sich im Sitzen, bei der gewaltigen Körperfülle eine erstaunliche Leistung, und blickte mich vorwurfsvoll an.

»Schon wieder, Tatcher!« bemerkte er schläfrig.

Da konnte ich nicht mehr an mich halten.

»Jawohl, schon wieder!« schrie ich. »Sie verfetteter, degenerierter Kretin scheinen gar nicht zu bemerken, was hier los ist!«

Dalaimoc Rorvic gähnte, dann wälzte er sich ächzend und stöhnend auf den Bauch und stand auf. Nachdenklich musterte er die Eindringlinge.

»Wir haben Besucher, wie mir scheint«, sagte er langsam. »Möchte mir denn niemand die Herren vorstellen? Oder handelt es sich um Damen?«

Der bärtige Riese sprang mit schauerlichem Gebrüll auf den Albino zu, bückte sich und schaute mit seinen bernsteingelben, flammenden Augen in Dalaimocs Gesicht.

»Ich bin Hypt Urgh, Erdling!« schrie er. »Der Herr von Alchym-Sabba.«

»Der Herr von Alchym-Sabba«, wiederholte Dalaimoc ungerührt. »Na, das ist doch wenigstens etwas. Aber warum sprichst du so laut, Zipp Zorgh? Hören deine Untertanen so schlecht?«

Das Gesicht des Riesen verzerrte sich zu einer Grimasse blinder Wut.

»Du wagst es, meinen Namen zu verunstalten, Erdling!« brüllte er. »Die Welt der ruhelosen Geister wird dich verschlingen, nachdem ein Quonk dein Gehirn ausgeleert hat. Sieh hinaus! Dort warten die Ruhelosen bereits!« Er deutete auf die Kanzelwandung.

Der Albino blinzelte und folgte der angedeuteten Richtung mit den Augen. Sein feistes Gesicht verriet nicht, was er dachte und fühlte.

Die Situation kam mir unwirklich vor. In meinem Gehirn wühlten, zerrten und bohrten imaginäre Finger – und dieser unmögliche Mensch verhielt sich, als würde er an einem Vergnügungsausflug zu einer exotischen Welt teilnehmen.

Abermals packte mich der Zorn. Ich ging einige Schritte zurück. Dort stand die verbeulte Kanne. Wenn Dalaimoc sich noch im Halbschlaf befand, würde ihn der zweite Schlag auf den Schädel bestimmt wecken.«

Ich streckte die Hand nach der Kanne aus – und erschrak, denn die Kanne war einige Zentimeter fortgerutscht.

Doch ich faßte mich bald wieder. Das war ja Unsinn. Die Kanne konnte sich nicht bewegt haben, da niemand sie berührt hatte. Abermals streckte ich die Hand aus. Diesmal sah ich genau hin, deshalb konnte ich nicht mehr daran zweifeln.

Die Kanne hatte sich von selbst bewegt und war meiner Hand ausgewichen!

Ich holte tief Luft, spannte meine Muskeln an und sprang vor. Meine Arme schlossen sich um die Kanne. Aber das Gefäß war nicht mehr da. Ich richtete mich langsam auf. Dabei fiel mein Blick nach oben, und es überlief mich kalt. Einen Meter über mir schwebte die Kanne in der Luft.

Und im nächsten Moment stürzte sie herab. Ich fühlte einen harten Schlag gegen die Stirn und setzte mich abrupt hin, teils weil ich halb betäubt und teils weil ich völlig fassungslos war.

Als ich mich wieder einigermaßen gefaßt hatte, stand ich auf und suchte nach der Kaffeekanne. Sie stand auf dem Schaltpult, auf dem ich sie abgestellt hatte, nachdem Dalaimoc aus seiner Versunkenheit geweckt worden war.

Ich faßte an meine Stirn und ertastete eine Schwellung. Wäre sie nicht gewesen, hätte ich an eine Halluzination geglaubt.

Dennoch, eine eigenmächtig handelnde Kanne überstieg mein Begriffsvermögen. Langsam drehte ich mich um.

Der Albino aus dem tibetischen Hochland Terras stand noch am gleichen Platz wie zuvor. Er schien durch das Panzertroplon der Kanzel auf die Landschaft zu schauen.

Ich schluckte. Auf welche Landschaft?

Verschwunden war die grasbedeckte Ebene, die blaue Bergkette am Horizont, verschwunden waren die schachbrettartig angelegten Kanäle und die Bewässerungsanlagen.

Statt dessen erstreckte sich rings um unsere Space-Jet ein in grünliches Dämmerlicht gehülltes Sumpfgelände mit kochenden Geisern, glucksender blasenbedeckter Schlammbrühe und dahinziehenden gelblichen Nebelschwaden.

Wahnsinn! Das alles war Wahnsinn, ein endloser Alptraum, eine Phantasmagorie! Suggerierten die Unheimlichen uns diese Bilder?

Erst jetzt wurde mir klar, daß unsere unheimlichen Besucher verschwunden waren. In meinem Gehirn wühlte nichts mehr herum.

Plötzlich gab es einen Ruck. Das Licht in der Steuerkanzel erlosch. Etwas knackte vernehmlich, dann sagte eine Stimme:

»... den 9. August 2784 Standardzeit. Trivideo Terrania übermittelt Ihnen Nachrichten, Berichte und Kommentare aus allen Teilen unserer Galaxis.«

Ich benötigte einige Sekunden, um zu merken, was daran nicht stimmte. Wir hatten heute den 29. November 3441 und keinesfalls den 9. August 2784.

»Das Ertruser-Triumvirat«, fuhr die Stimme fort, »distanzierte sich mit allem Nachdruck von der als Räuberbande bezeichneten Truppe, die vor drei Tagen den Planeten Shostomurta überfiel. Inzwischen haben Verbände der USO im Zusammenwirken mit einer von dem legendären Mausbiber Gucky geführten Brigade der Solaren Abwehr die Reste der Invasoren aufgerieben. Wie aus gut unterrichteten Kreisen der Großadministration verlautet, haben auch an diesem heimtückischen Überfall wieder Söldner aus dem Volk der Plostas teilgenommen, Angehörige eines intelligenten Insektenvolkes, dessen Heimatplanet bisher ...« Die Stimme brach ab.

»Was war das?« flüsterte jemand mit erstickter Stimme. »Ich erinnere mich, in unserem Archiv einen Bericht über die Invasion von Söldnern des Ertruser-Triumvirats gelesen zu haben, an der insektoide Plostas beteiligt waren.«

»Peltrow?« fragte die unverkennbare Stimme des Epsalers.

»Ja.« Diesmal erkannte ich Peltrow Batriaschwilis Stimme ebenfalls. »Ich bin ...«

»Ruhe!« brüllte Dalaimoc. »Fort mit euch! Verschwindet!«

Ich kicherte gegen meinen Willen. Es war wie ein unwiderstehlicher Zwang.

Als der weißbärtige Riese vor mir auftauchte, verstummte ich. Das Ungeheuer funkelte mich an – und es leuchtete von innen heraus. Dann verschwand es wieder, tauchte abermals auf, flackerte und begann plötzlich in kurzen Intervallen abwechselnd zu erscheinen und zu verschwinden. Es sah aus wie die Leuchtreklame für eine Monstrositätenschau.

»Glotzäugiger Bastard!« rief Dalaimoc Rorvic. Es folgte eine Serie von Sätzen in einer mir unbekannten Sprache, einem melodischen Singsang, der mich an die Geisterbeschwörungen der Kultpriester von Chrchuu erinnerte.

Neben mir löste sich ein Kontursessel aus seiner Verankerung, schoß dicht an mir vorbei und nahm den Platz des Riesen in dem Moment ein, in dem dieser eben verschwand. Als der Bärtige wieder aufleuchtete oder auftauchte, gab es einen lauten Knall.

Plötzlich brannte die Beleuchtung wieder. Der Kontursessel stand in einer konvulsivisch zuckenden gallertartigen Masse, von der unbeschreibliche Gerüche ausgingen.

Wir alle konnten dieses Etwas nur hilflos betrachten – bis auf den Tibeter, der die Arme vor der Brust verschränkt hatte und durch die Kanzelwandung blickte.

»Captain Rorvic!« sagte ich. Meine Stimme klang völlig verändert. Nach diesen schockierenden Erlebnissen würde wohl auch ich völlig verändert sein, falls ich sie überlebte.

Der Albino antwortete nicht.

Abermals gab es einen lauten Knall. Der aus seiner Verankerung gelöste Kontursessel verschwand. Die Gallertmasse richtete sich bebend auf und formte sich zu einem unbeschreiblichen Wesen mit sechs unterschiedlichen Köpfen. Aus blutroten Mäulern fuhren Hitzewellen und versengten Dalaimocs Kombination, ohne daß ich bei dem Albino eine Reaktion feststellen konnte.

Peltrow Batriaschwili hob seinen Strahler und feuerte auf das Ungeheuer. Das unbeschreibliche Wesen reckte und streckte sich behaglich, ohne daß es einen Laut von sich gab. Resignierend stellte Peltrow den Beschuß ein.

Im nächsten Augenblick wimmelte die Steuerkanzel von handspannengroßen silbrig schimmernden Wesen mit Kapuzenmänteln. Sie eilten geschäftig hin und her, liefen über die Kontrollpulte, über die Wände und die Kuppel der Kanzel. Die künstliche Bordschwerkraft schien für sie nicht existent zu sein.

Ich griff nach einem Zwerg, der an mir vorüberhuschen wollte, und zog meine Hände sofort wieder zurück. Das Ding war heiß wie eine glühende Herdplatte.

»Jetzt!« rief Dalaimoc.

Es gab plötzlich einen scharfen Ruck, der mich von den Füßen riß. Ich prallte an einen harten Gegenstand, segelte plötzlich schwerelos durch die Steuerkanzel und stieß mit dem Schädel gegen das Panzertroplon.

Eine Zeitlang sah ich nur flimmernde Sterne. Das gesamte Universum schien sich in meinem Kopf angesammelt zu haben.

Jemand packte mich unsanft und stellte mich auf die Beine. Ich spürte, daß die Bordschwerkraft zurückkehrte. Allmählich klärte sich mein Blick wieder – und ich sah direkt in Dalaimocs schweißüberströmtes Gesicht.

Die Lippen des Albinos bewegten sich, aber mein Gehirn nahm die Worte erst nach einer Weile auf.

»An deinen Platz, Marszwerg!« befahl Captain Rorvic. »Was glaubst du eigentlich, wo du bist? In einem Sanatorium?«

Ich blitzte ihn empört an, bis ich merkte, daß wir fünf Mann allein in der Steuerkanzel waren. Der realistische Spuk war verschwunden, und hinter der Kanzelwandung herrschte wieder nur das wesenlose Wallen des Linearraums.

Die drei Wesen in dem schwarzen Diskusraumschiff blickten aus ihren Sehorganen auf eigenartige Anzeigen und Bildschirme. Auf einigen Schirmen wallte das wesenlose unfaßbare Etwas des Linearraums.

Aber auf einem großen Bildschirm zitterte das Abbild eines anderen Diskusschiffes.

Die drei Wesen gingen auf Kommunikation. Psionische Strömungen jagten zeitlos hin und her, woben ein unsichtbares Netz, dessen unsichtbare Knoten gleichzeitig »hier« und in dem Verfolgerschiff waren.

Auf dem großen Bildschirm blähte sich das andere Diskusschiff auf und barst mit einem grellen Blitz. Ein unhörbares Seufzen, Klagen und Raunen strich als psionischer Wind durch dimensional übergeordnete Ebenen.

Keine Impulse mehr. Sie sind fort.

Es hat gewirkt. Sie haben die Vernichtungsschaltung aktiviert.

Orientierungsaustritt?

Ja. Wir können auf Zielkurs gehen.

27.

Benommen wankte ich zu meinem Platz vor dem Halbraumspürer und ließ mich in den Kontursessel fallen. Das flache Diskusschiff der Fremden wurde unverändert abgebildet.

»Passen Sie gut auf, Captain Hainu!« sagte Dalaimoc. »Die Cynos werden nicht mehr lange im Linearraum bleiben.«

Ich war unfähig, etwas darauf zu erwidern. Mein Schädel brummte, die Brandwunden an meinen Handflächen schmerzten.

»Cynos«, so nannte der Albino die Fremden aus dem schwarzen Diskusschiff. Er hatte sie auf Dessopato beobachtet und festgestellt, daß sie untereinander mehrmals ein Wort gebrauchten, das wie »Cyno« klang. Daraufhin behauptete er, die Fremden hießen so. Niemand hatte diese seine Überzeugung erschüttern können. Dabei bezweifelte ich ernsthaft, daß die »Cynos« genau dieses Wort verwendet hatten. Ganz zu schweigen davon, daß sie tatsächlich so heißen sollten.

»Woher wollen Sie das wissen, Captain Rorvic?« fragte Peltrow Batriaschwili mit belegter Stimme.

Doch der Albino schwieg sich aus.

»Antworten Sie mir bitte!« verlangte Peltrow in scharfem Ton.

Statt einer Antwort zog Dalaimoc einen Konzentratriegel aus seiner Gürteltasche, entfernte die Verpackungsfolie und schob sich das Konzentrat in den Mund.

Bescrilo Nonderver verstaute den paralysierten Maschineningenieur in einen Sessel und schnallte ihn an. Danach blickte er uns der Reihe nach an und sagte:

»Ich nehme an, diese ganzen unheimlichen Gestalten waren materielle Projektionen, die die Cynos mit Hilfe von Parakräften erzeugten und in unser Schiff schickten. Sie sollten uns wahrscheinlich veranlassen, die atomare Vernichtungsschaltung zu aktivieren. Was ich nicht verstehe, ist, warum sie plötzlich verschwanden, ohne ihren Zweck erfüllt zu haben.«

»Ich verstehe noch viel mehr nicht«, erklärte ich. »Unsere Space-Jet war auf einer grünen Welt gelandet. Später schwebte sie über der Oberfläche einer Sumpfwelt. Was war nun eigentlich wirklich? Oder, beispielsweise, was wäre geschehen, wenn wir das Schiff verlassen hätten, als es auf der Grasebene stand?«

»Da wir nur Bordkombinationen tragen«, warf Dalaimoc mit entnervender Langsamkeit ein, »wären wir durch explosive Dekompression umgekommen.«

»Sie meinen, wir hätten uns die ganze Zeit über im Weltraum befunden?« fragte Batriaschwili erregt.

»Im Linearraum«, korrigierte der Albino. »Captain Hainu, verlieren Sie den schwarzen Diskus nicht aus den Augen. Strengen Sie die vertrocknete Dattel an, die Sie anstelle eines Gehirns haben.«

Ich bedachte das fette Scheusal mit einem marsianischen Schimpfwort, das sogar den abgebrühtesten Raumpiraten zutiefst getroffen hätte. Dem Albino entlockte es nur ein müdes Grinsen.

Resigniert wandte ich mich wieder dem Halbraumspürer zu. In diesem Moment verschwand das Diskusschiff vom Bildschirm. Schlagartig vergaß ich das Scheusal.

Ich saß plötzlich auf dem Pilotensitz und schaltete den Waring-Konverter aus. Die Space-Jet fiel in den Normalraum zurück. Auf den Anzeigeschirmen der Ortungsanlage erschien ein winziger Tasterreflex.

Dalaimoc Rorvic beugte sich über das Kontrollpult der Ortung, nahm einige Schaltungen vor und brummte zufrieden. Ich bemerkte erst jetzt, daß ich nach dem Rücksturz in den Normalraum unbewußt unseren Antiortungsschirm aktiviert hatte.

»Gut gemacht, mein Junge«, sagte der Albino. »Wir haben die Fremden im Linearraum überholt, nachdem sie ihn verlassen hatten. Da sie uns abgeschrieben haben, verzichteten sie auf jeden Ortungsschutz, so daß wir sie gerade noch mit den Hypertastern erfassen können.«

»Und sie können uns nicht orten«, sagte ich stolz, »weil ich unseren Anti-Ortungsschirm aktiviert habe.«

Für einen Moment zeigte sich Verwirrung auf Dalaimocs Gesicht, dann bewegte er den Kopf langsam hin und her und sagte: »So, Sie waren das, Captain Hainu. Und ich dachte ...«

Er sprach nicht aus, was er gedacht hatte, sondern erhob sich schwerfällig aus meinem Sessel und winkte den Epsaler hinein. Danach ging er zu seiner Matte, die noch immer mitten in der Steuerkanzel lag, und ließ sich ächzend nieder.

Als er die Beine überkreuzte und die Augen schloß, stöhnte ich.

»Jetzt wird er gleich wieder meditieren«, sagte ich grimmig. »Ich möchte wissen, was er überhaupt an Bord will!«

Dalaimoc Rorvic öffnete ein Auge zur Hälfte und erklärte ihnen: »Aufpassen, damit euch nichts zustößt.« Danach versank er endgültig in Meditation.

Wir anderen verfielen in Schweigen. Nur hin und wieder übermittelte Nonderver mir einige Daten, und ich korrigierte danach Kurs und Geschwindigkeit der Space-Jet. Das schwarze Diskusschiff entschied sich nach mehreren Manövern, einen Kurs in Richtung des galaktischen Südens einzuschlagen. Vorher hatte es innerhalb des Linearraums zwei Tage lang Nordostkurs gehalten, so daß wir schon vermuteten, es ginge zum galaktischen Zentrum.

Als die Fremden beschleunigten, schaltete ich ebenfalls die Triebwerke hoch.

»Wenn sie diesen Kurs beibehalten«, meinte Nonderver, »kommen wir wieder in die Nähe des Schwarmkopfes. Vielleicht sind die Cynos doch Spione aus dem Schwarm.«

Niemand sagte etwas dazu.

Nachdem die Space-Jet auf Kurs lag und ihre Beschleunigungswerte denen des schwarzen Diskusschiffes angepaßt waren, hatte ich einige Zeit nichts zu tun. Ich versank in dumpfes Grübeln.

Es gab zu vieles, was mir unbegreiflich erschien. Die Cynos verfügten über parapsychische Fähigkeiten, soviel stand fest. Der Angriff mit den materiellen Projektionen hatte es bewiesen. Gleichzeitig hatte er bewiesen, daß die parapsychischen Kräfte der Fremden nicht ausreichten, um Menschen zu besiegen.

Aber war das tatsächlich bewiesen worden?

Je mehr ich darüber nachdachte, desto öfter blickte ich mich nach Captain Dalaimoc Rorvic um. Der Tibeter schien zu schlafen.

Mich fror plötzlich.

Bevor ich den Albino weckte, hatte es so ausgesehen, als wären wir verloren. Dem Riesen und den Gelbmänteln war durch nichts beizukommen gewesen, auch den blauhäutigen Quonks nicht. Ich war sicher, daß sie entweder unsere Gehirne leer gesogen hätten oder daß wir im letzten Moment die Vernichtungsschaltung aktiviert hätten, wenn nicht ...

Ja, wenn was nicht ...? Wenn was nicht geschehen wäre?

Die Lage hatte sich gewandelt, nachdem Dalaimoc erwacht war. Doch was hatten die beiden Ereignisse miteinander zu tun? Ich erinnerte mich genau daran, daß der Albino nach seinem Wortwechsel mit dem Riesen nur dagestanden und durch die Kanzelwandung geschaut hatte.

Was hätte er schon anderes tun können? fragte ich mich. Wir alle hatten nichts tun können. Den Unheimlichen war mit physischen Mitteln nicht beizukommen gewesen.

Dennoch waren sie verschwunden, ohne uns etwas getan zu haben, Wenn ich nicht annehmen wollte, daß die Cynos uns nur erschrecken wollten oder sich einen schlechten Scherz erlaubt hatten, mußte es handfeste Gründe für das Verschwinden der Projektionen und unsere Rettung geben.

Handfeste oder nicht greifbare Gründe.

Ich konnte trotz allem Grübeln keine solchen Gründe finden. Die Unheimlichen waren nicht physisch besiegt worden.

Parapsychisch ...? Abermals sah ich mich nach Captain Rorvic um. Sollte der fette Koloß durch seine Meditationen Gewalt über die Psikräfte unseres Universums erlangt haben?

Ich konnte es nicht glauben. Dennoch fand ich keine andere Erklärung.

Die Kanne fiel mir wieder ein. Sie war mir ausgewichen und genau auf meinen Kopf gestürzt. Das konnte kein Zufall gewesen sein.

Und wie war das mit der Sendung von Trivideo Terrania gewesen, einer Sendung, die vor vielen Jahren überlichtschnell abgestrahlt worden war? Wir hätten sie niemals im Jahre 3441 empfangen dürfen, schon gar nicht während eines Linearfluges.

Und das Licht, das erlosch und wieder anging? Der »flackernde« Riese? Der selbständig gewordene Kontursessel?

Hier waren Kräfte am Werk gewesen, die nicht aus dem Einstein-Raum stammten. Kräfte eines parapsychisch begabten Gehirns.

Eine Hand riß mich unsanft aus meinen Grübeleien, eine Hand, die mich an der Schulter rüttelte.

»Stehen Sie auf!« sagte unser epsalischer Pilot. »Ich übernehme die Steuerung wieder selbst. Die Cynos scheinen bald in den Linearraum gehen zu wollen, und mit einem Träumer am Steuerpult würden wir nur den Anschluß verlieren.«

Ich wollte protestieren, ließ es dann aber sein und setzte mich wieder vor die Kontrollen des Halbraumspürers. Abermals versuchte ich, die Gründe für unsere geheimnisvolle Rettung zu suchen, aber diesmal konnte ich mich nicht mehr konzentrieren. Also verscheuchte ich diese Gedanken und konzentrierte mich auf meine Arbeit. Das war viel leichter, als etwas Unfaßbarem nachzujagen.

Kurz darauf verschwand der schwarze Diskus im Linearraum. Wir folgten ihm noch in der gleichen Sekunde und fanden ihn sofort wieder.

Stunden um Stunden jagten wir mit vielmillionenfacher Lichtgeschwindigkeit dahin. Riev Kalowont überwand seine Lähmung und erkundigte sich danach, was geschehen war. Batriaschwili berichtete in knappen Sätzen; ich merkte ihm an, daß auch er sich intensiv mit den Ereignissen in der Steuerkanzel beschäftigte, ohne zu einem befriedigenden Schluß gekommen zu sein.

Ich musterte den Epsaler. Er saß vor seinen Steuerkontrollen und beobachtete aufmerksam die Anzeigen, obwohl es bei dem kontinuierlichen Linearflug überhaupt nichts zu kontrollieren gab.

Nur den Albino schien nichts zu bewegen. Man hätte ihn für eine Statue halten können, wenn ihm nicht ab und zu Schweißtropfen von dem blanken Schädel übers Gesicht gelaufen wären.

Peltrow Batriaschwili erhob sich nach einigen Stunden und untersuchte den Hyperkom. Er ließ sämtliche gespeicherten Gespräche und Nachrichten abspielen, aber die Nachricht von Trivideo Terrania war nicht darunter. Batriaschwili hockte stundenlang vor dem Gerät, nahm alle möglichen Tests vor und kehrte schließlich unbefriedigt auf seinen Platz zurück.

Anschließend vereinbarten wir, abwechselnd im Kontursessel zu schlafen. Nur Dalaimoc machte wieder eine Ausnahme. Er schlief die ganze Zeit über – oder er meditierte, was jedoch für uns keinen Unterschied machte. Aber niemand brachte es über sich, ihn zu wecken, und auch ich hielt mich diesmal zurück.

Anderthalb Tage später kehrte das schwarze Diskusschiff in den Normalraum zurück. Wir folgten ihm.

Unsere Ortungsgeräte arbeiteten hervorragend. Wir erkannten, daß wir wenige Lichtstunden über der Bahnebene eines Planetensystems herausgekommen waren. Insgesamt neun Planeten umkreisten eine weißgelbe Sonne vom G-Typ.

»Das ist phantastisch!« rief Riev Kalowont. Er deutete mit ausgestrecktem Arm auf die Ortungsanzeigen. »Seht doch! Neun Planeten, und alle entsprechen in Größe, Zusammensetzung, Eigenrotation und Umlaufbahn den Planeten des Solsystems. Sogar Zwillingsbrüder von Jupiter und Saturn sind vorhanden.«

»Und ein Planetoidenring«, ergänzte Nonverder trocken. »Die Cynos steuern den dritten Planeten an. Ich schlage vor, wir folgen ihnen.«

»Das muß Captain Rorvic entscheiden«, sagte Batriaschwili. »Er ist der Leiter unserer Gruppe.«

Der Epsaler wandte den Kopf und brüllte: »Captain Rorvic! Aufwachen, das Schiff brennt!«

Ich lächelte nur. Bescrilo kannte den Albino noch nicht lange genug, sonst hätte er gewußt, daß er mit Worten nicht aus seiner Meditation gerissen werden konnte, auch dann nicht, wenn ein Epsaler diese Worte brüllte.

»Überlassen Sie das mir«, sagte ich und holte die Kanne.

»Sie wollen doch nicht ...«, begann Batriaschwili.

Aber da hatte ich die Kanne schon erhoben und ließ sie auf Dalaimocs Schädel sausen.

»Yuyda!« flüsterte der Albino.

Er öffnete die Augen und sah sich um. Hastig versteckte ich die Kanne hinter meinem Rücken. Doch als mich der Blick aus den roten Augen traf, wußte ich, daß er mich durchschaut hatte.

»Sie bekommen Ihre Strafe schon noch, Sie marsianisches Trockengemüse«, sagte er und stand auf. »Was ist denn? Will mir denn niemand Bericht erstatten?«

Ich hätte ihn umbringen können, aber meine Gefährten waren offenbar extrem friedlich gestimmt. Sie schwiegen zu Rorvics Unverschämtheiten. Peltrow Batriaschwili berichtete.

»Gut, gut«, meinte Dalaimoc, als Peltrow geendet hatte. »Meine Entscheidung lautet: Wir fliegen den dritten Planeten der Sonne Yuyda an!«

»Yuyda?« fragte ich verblüfft. »Wieso Yuyda?«

»Wieso nicht Yuyda?« fragte der Albino gelassen zurück.

»Es war das erste Wort, das Sie sagten, als Sie aus Ihrem Schönheitsschlaf erwachten, Captain«, antwortete ich zornig. »Da konnten Sie überhaupt noch nichts von der Existenz dieses Planeten wissen.«

»Desto besser«, meinte Rorvic. »Das beweist, daß ich die Namensgebung völlig unbeeinflußt von den Tatsachen vorgenommen habe.«

»Eben!« entgegnete ich. »Sie ignorieren ständig die Tatsachen!«

»Hacken Sie nicht immer auf Captain Rorvic herum, Hainu!« sagte Batriaschwili verweisend.

Ich schluckte. Dieser fette Albino konnte tun, was er wollte, immer endete es damit, daß ich gerügt wurde.

»Hackt ...?« echote Dalaimoc Rorvic und fixierte mich scharf. »Der Zwerg hackt nicht, er haut.« Seine Hand strich prüfend über die neue Beule.

Während wir uns im Schutz des Anti-Ortungsschirmes dem dritten Planeten näherten, stellten Nonderver und ich die galaktische Position des Yuyda-Systems fest.

Yuyda befand sich in einem kaum erforschten Seitenarm auf der Südwestseite der galaktischen Ebene, 20.003 Lichtjahre von Sol und 1963 Lichtjahre vom Kopf des Schwarms entfernt. Allerdings zielte der Schwarm nicht auf dieses System. Sein Kopf stand ungefähr auf gleicher Höhe in Richtung galaktischer Osten.

Plötzlich verschwand das schwarze Diskusschiff von unseren Ortungsschirmen. Dafür entdeckte ich kurz darauf ein monströses Gebilde, das offenbar vom dritten Planeten kam und sich auf einem Kurs bewegte, der es bei gleichbleibender Geschwindigkeit in zweieinhalb Monaten zu einem Punkt im Raum führte, der zu dieser Zeit vom fünften Planeten passiert werden würde.

»Eine Jupiterexpedition«, sagte Nonderver staunend.

»Na und?« meinte ich. »Wenn es auf Planet drei eine technische Zivilisation gibt, warum sollte sie keine Raumschiffe zu den anderen Planeten ihres Systems schicken?«

»Sie übersehen eine elementare Tatsache, Captain Hainu«, sagte Dalaimoc, »nämlich die allgemeine Verdummung.«

Das war mir tatsächlich entfallen. Aber es war gemein von dem Albino, das hochzuspielen. Er ignorierte öfter Tatsachen als wir alle zusammen.

»Das ist wirklich erstaunlich«, sagte Kalowont. »Wie ich sehe, wird das Raumschiff nicht beschleunigt. Es verfügt demnach über einen primitiven Antrieb, mit dem es nur bis auf eine geringe Geschwindigkeit gebracht wird. Danach driftet es in den Kraftfeldern des Systems.«

»Was wollen Sie damit sagen?« fragte Batriaschwili.

»Nun, eine Zivilisation mit derartig primitiver Raumfahrt wird doch keine Expeditionen mehr losschicken, wenn es infolge der Verdummung brennende Probleme auf dem Planeten selbst zu lösen gibt.«

»Einwand abgelehnt«, widersprach Dalaimoc Rorvic. »Sehen Sie sich die Anzeigen der Energietaster an. Auf Redmare müssen Tausende von Fusionskraftwerken in Betrieb sein. Das sieht nicht nach einer allgemeinen Katastrophe aus.«

»Redmare?« fragte ich entgeistert.

Rorvics rote Augen musterten mich durchdringend.

»Sie haben richtig verstanden, Captain Hainu. Der dritte Planet heißt Redmare.«

Ich stöhnte unterdrückt.

»Aber Sie können ihm doch nicht einfach einen Namen geben. Red..., ich meine, der dritte Planet hat doch bestimmt schon einen Namen.«

Der Albino grinste nur und ließ damit das Thema fallen. Er schaltete die Funküberwachung ein. Sofort herrschte ein Gewirr zahlloser Stimmen; die Bildschirme übertrugen Programme von mindestens zehn Sendestationen.

Dalaimoc filterte alles heraus bis auf eine Sendung. Dann schaltete er den Translator dazwischen und wartete, bis die Positronik des Geräts die fremde Sprache analysiert hatte.

Die Worte des Wesens auf dem Bildschirm wurden plötzlich in Interkosmo übersetzt.

»... haben die Vertreter der Atomenergie-Kommissionen des Süd- und Nordblocks ein erstes Kommuniqué veröffentlicht, aus dem hervorgeht, daß man sich in der Sache einig ist, aber bisher keine Kontrollmöglichkeiten gefunden hat, die von beiden Seiten akzeptiert werden könnten.

In den frühen Morgenstunden entführten Agenten des Nordblocks einen Strato-Jet, der sich auf dem Flug von Apatuonte nach Corusa befand. Die Banditen hatten es offenbar auf den Verteidigungsminister Quella Porsatura abgesehen, der sich zur Zeit auf einer Inspektionsreise befindet. Porsatura benutzte allerdings eine andere Maschine, so daß der Entführungsversuch gescheitert ist.

Die Regierung des Nordblock-Regimes ließ gestern abend durch ihren Pressesprecher erklären, daß sie die Errichtung unserer neuen Mondstation als aggressiven Akt betrachte und uns für die daraus entstehenden Konsequenzen verantwortlich mache. Ein Sprecher unserer Regierung bezeichnete die Erklärung des Nordblocks als böswillige Verleumdung, mit der die andere Seite nur versuchen wolle, vom Bau ihrer neuen Satellitenstation abzulenken, die nach vertraulichen Informationen dem Abschuß von Raketen mit Fusionssprengköpfen dienen soll.«

Ich schaute den Sprecher auf dem Bildschirm fassungslos an, nicht in erster Linie deshalb, weil er verblüffend einem Menschen ähnelte – wenn man davon absah, daß sein Kopf entfernt an den eines großen Frosches erinnerte und eine haarlose, grüne, ölig glänzende Haut besaß –, sondern weil aus seinen Worten hervorging, daß auf dem dritten Planeten trotz der hochstehenden Technik barbarische Zustände herrschten.

Bescrilo Nonderver stöhnte und schaltete das Gerät aus.

»Irrsinn!« sagte er. »Südblock, Nordblock! Was sind das für Wesen, die nicht einmal auf dem eigenen Planeten Frieden halten können, die sich gegenseitig verleumden und bekämpfen! Sie müssen unsagbar dumm sein.«

»Oder sie werden systematisch gesteuert, ohne daß sie etwas davon merken«, fügte Dalaimoc hinzu. Der Tibeter hatte die Augen geschlossen. »Ich erinnere mich an uralte terranische Legenden, in denen von geheimnisvollen Machthabern gesprochen wird, von sieben oder neun Personen, die seit Urzeiten die Geschicke der Menschheit lenken, ohne selbst in Erscheinung zu treten.«

Ich wollte ihm sagen, daß es Unsinn sei, was er da sprach, daß die Menschheit bis zur Verdummung ihre Geschicke selbst gelenkt hatte, aber ich brachte kein Wort hervor. Dalaimocs Worte hatten etwas in mir berührt, das sich nicht erklären ließ, eine Art elementarer Urfurcht vor den Mächten des Schicksals. Diese Furcht schnürte mir die Kehle zusammen, während ich innerlich zu Eis erstarrte.

Der Albino räusperte sich. »Vielleicht haben die Cynos das mit dem heimlichen Imperium gemeint.« Seine Stimme wurde sanft, als er sich an mich wandte: »Captain Hainu, messen Sie die Energie-Emissionen an den beiden Polen an. Wir werden auf einem Pol landen. Wie ich auf den Ortungsschirmen erkenne, sind sie von großen Eismassen bedeckt. Das gäbe ein wunderbares Versteck für unsere Space-Jet ab.«

Ich gehorchte schweigend und stellte fest, daß es im Nordpolgebiet von Redmare nur drei Orte gab, an denen atomare Aggregate arbeiteten. Captain Rorvic befahl dem Epsaler daraufhin, das Schiff dreiundachtzig Kilometer südöstlich des magnetischen Nordpols zu landen. Warum er gerade eine Entfernung von dreiundachtzig Kilometern wählte, blieb mir schleierhaft. Aber irgendwie ging von ihm eine Autorität aus, der sich die anderen nicht zu widersetzen wagten.

Wir schlichen uns mit ausgeschalteten Aggregaten langsam an den dritten Planeten heran. Dabei orteten wir insgesamt vierunddreißig Raumstationen, die den Planeten umkreisten, sowie eine Menge kleiner Trümmerstücke. Auf dem einzigen Mond des Planeten arbeiteten an neun Stellen starke Fusionskraftwerke.

Redmare wies trotz so vieler Ähnlichkeiten mit der Erde doch einige erhebliche Unterschiede auf. Der Planet besaß nur zwei Riesenkontinente, die um die Pole herum lagen. Der Rest war von Wasser bedeckt. Wir entdeckten auf beiden Kontinenten die glasartig erstarrten Überreste ehemaliger Städte und große vegetationslose Gebiete, von denen nachts ein bläulicher Schimmer ausging. Vor nicht allzu langer Zeit mußte auf Redmare ein Atomkrieg gewütet haben. Viele neue Städte, intakte Straßen und ein reger Luftverkehr bewiesen, daß die Zivilisation sich inzwischen von den Folgen dieses Atomkrieges erholt hatte.

Doch die Redmarer hatten offenbar keine Lehren aus dem schrecklichen Ereignis gezogen.

Nonderver setzte die Space-Jet in der Eiswüste des Nordpolgebietes auf. Draußen herrschte eine Temperatur von minus 67 Grad Celsius. Die Außenmikrophone übertrugen das Heulen des Sturms, der lange Fahnen von Eiskristallen vor sich hertrieb.

Nachdem wir uns davon überzeugt hatten, daß wir von keiner Radarstation geortet oder von irgendeiner Polarexpedition beobachtet werden konnten, schossen wir mit den Desintegratoren einen zweihundert Meter tiefen Schacht ins Eis. Dort versteckten wir die Space-Jet. Anschließend verschlossen wir den Schacht mit einem Eisdeckel, den wir in der Nähe herausgeschnitten und mit Traktorstrahlen heranbefördert hatten.

Bescrilo Nonderver und Peltrow Batriaschwili schufen mit tragbaren Desintegratoren einen Stollen, der horizontal vom Schiff wegführte und nach dreihundert Metern in einen senkrechten Schacht überging. Der Schacht wurde mit einem Antigravgerät in einen Antigravlift umgewandelt, die obere Mündung mit einem schwenkbaren »Eisdeckel« aus einem speziellen Kunststoff versehen.

Das alles dauerte natürlich seine Zeit, und wir hatten bereits den vierten Dezember, als wir damit fertig waren. Zwei Tage befanden wir uns auf Redmare, und doch hatten wir von dem Planeten nicht viel mehr gesehen als eine Eiswüste – und hin und wieder einige Flugzeuge, die unsere Station in großer Höhe überflogen.

Captain Rorvic ordnete eine Ruhepause von fünf Stunden an. Danach sollten wir uns in der Steuerkanzel treffen, um die Fernaufnahmen auszuwerten, die wir beim Anflug angefertigt hatten. Außerdem speicherte die Positronik unserer Funküberwachung laufend Radio- und Fernsehsendungen und eine Unzahl verschlüsselter Nachrichten, deren Kodes allerdings für eine leistungsstarke Positronik kein Problem darstellten.

Ich schlief sofort ein, nachdem ich mich auf mein Pneumobett gelegt hatte. Wir alle waren seit der Landung immer nur für kurze Zeit zum Schlafen gekommen.

Als der elektronische Gong mich weckte, fühlte ich mich so müde, als hätte ich nur wenige Minuten geschlafen. Ich duschte, kleidete mich an und tastete ein Frühstück am Versorgungsautomaten. Dabei dachte ich an den Albino, der sicher noch fest schlief. Diesmal wollte ich ihn nicht wecken, denn er selbst war der kommandierende Offizier, so daß er niemand für sein Verschlafen verantwortlich machen konnte.

Innerlich grinsend begab ich mich anschließend in die Steuerkanzel. Endlich würden auch andere feststellen, daß man sich auf Dalaimoc Rorvic nicht verlassen konnte.

Aber als ich die Kanzel betrat, blickte der Albino mich aus seinen roten Augen vorwurfsvoll an.

»Sie kommen sechseinhalb Sekunden zu spät, Captain Hainu«, stellte er fest. »Ihre Disziplin läßt sehr zu wünschen übrig.«

Mir verschlug es die Sprache.

Dalaimoc ging unterdessen zur Tagesordnung über.

»Ich bin schon eine Stunde früher hergekommen«, erklärte er unverfroren, »um die Fernaufnahmen und gespeicherten Sendungen zu sichten. Sie brauchen sich das Material deshalb nicht auch noch anzusehen; das wäre Zeitvergeudung. Kommen wir also zur Sache.«

Ich wurde von einem heftigen Schluckauf geschüttelt.

Der Albino sah mich prüfend an und meinte dann: »Sie sollten es einmal mit Joga versuchen, Verehrtester, dann kann so etwas nicht passieren. Der Mensch sollte wenigstens seine primitivsten Körperfunktionen beherrschen, sonst verdient er seinen Namen nicht.«

Ich schwieg, unterbrochen von heftigen Aufstoßern. In meinem Gehirn bildete sich der Plan heraus, diesen unverschämten Ignoranten umzubringen.

Er grinste, als könnte er meine Gedanken erraten.

»Aus der Überprüfung der aufgefangenen Sendungen habe ich ein recht gutes Bild von den Verhältnissen auf Redmare gewonnen. Die Redmarer befinden sich technisch und wissenschaftlich in einem Stadium, das ungefähr jenem entspricht, das um 1990 von der Solaren Menschheit durchlaufen worden wäre, wenn die Arkoniden nicht auf dem Mond gelandet wären.

Natürlich kennen die Redmarer keine überlichtschnelle Raumfahrt. Offenbar ahnen sie nicht einmal, daß es außer ihnen noch andere Völker in der Galaxis gibt. Sie gewinnen einen Großteil ihrer Energie aus Fusionskraftwerken, die im Vergleich zu unseren Schwarzschild-Reaktoren natürlich primitive Geräte sind. Sie sind fast alle in unbewohnten Gebieten der Küsten installiert und bestehen aus künstlichen Atomsonnen, die hoch über dem Boden von Kraftfeldern zusammengehalten werden.

Der Nordkontinent wird vom sogenannten Nordblock beherrscht, einem diktatorisch regierten Staatenbund. Auf dem Südkontinent scheint es eine parlamentarische Demokratie zu geben, daneben eine Königsdynastie, die aber wohl nur noch Repräsentationszwecken dient.«

»Die Verdummungswelle hat auf Redmare anscheinend keine Opfer gefordert?« erkundigte sich Batriaschwili.

Dalaimoc schüttelte den Kopf.

»Offensichtlich nicht. Wahrscheinlich sind die Redmarer von Natur aus so dumm, daß eine Steigerung undenkbar wäre. Wie können sich die Bewohner eines einzigen Planeten nur gegenseitig bekämpfen? Ich verstehe diesen Irrsinn nicht.«

Plötzlich war keine Rede mehr von Cynos und geheimnisvollen Mächten. Er widersprach sich selbst!

»Auch die Bewohner der Erde haben sich früher gegenseitig bekämpft«, warf Batriaschwili ein. Er sprach ohne jede Betonung.

»Sie sprechen vom Neandertaler und nicht vom Homo sapiens«, meinte Nonderver.

»Nein, ich spreche vom Homo sapiens«, erklärte Peltrow. »Auf Epsal scheint man die terranische Geschichte schlecht zu kennen.«

»Terraner hätten sich gegenseitig bekämpft?« sagte der Epsaler erstaunt und schüttelte sich vor Abscheu. »Und Sie stammen von solchen hirnlosen Barbaren ab. Ich wollte, ich brauchte mich nie wieder mit Ihnen abzugeben.«

»Sie reden Unsinn, junger Mann«, sagte Captain Rorvic. »Abgesehen davon, daß unsere Vorfahren auch Ihre sind, dürfen Sie nie vergessen, daß der Mensch – bis auf wenige Ausnahmen – von animalischen Trieben gesteuert wird. Nur unermüdliches Jogatraining kann ihn auf eine höhere Stufe heben.«

»Oder ein Leben auf dem Mars«, erklärte ich.

Dalaimoc Rorvic sah mich nachdenklich an, dann sagte er: »In etwa sechshundert Kilometern Entfernung liegt unter dem Küsteneis ein U-Boot-Stützpunkt. Ich habe es aus kodierten Funksprüchen erfahren. Da Sie auf dem Mars keine Gelegenheit hatten, Unterseeboote kennenzulernen, wird es für Sie bestimmt hochinteressant sein, mich auf eine Exkursion zu diesem Stützpunkt zu begleiten. Steigen Sie in Ihren Miniatur-Kampfanzug und seien Sie in zehn Minuten vor der Bodenschleuse.«

28.

Während ich in meinen Kampfanzug schlüpfte, haderte ich mit dem Schicksal, das mich mit diesem fetten Sadisten zusammengeführt hatte.

Es war reine Schikane von ihm, mich zu dem U-Boot-Stützpunkt mitzunehmen. Außerdem sah ich gar keinen Grund für diese Exkursion. Was interessierten uns die Unterseeboote der Redmarer! Wir sollten feststellen, wohin die drei Cynos sich wandten, und das hatten wir getan.

Zur Hölle mit Captain Rorvic!

Ich schaltete das Testgerät ein, um den Kampfanzug auf alle Funktionen zu überprüfen. Dabei mußte ich wohl an die Schalttasten der Gürtelschnalle gekommen sein, denn plötzlich schwebte ich schwerelos in meiner Kabine. Wütend schaltete ich den Antigrav aus – und fiel prompt auf den Bauch.

Im Helmtelekom knackte es, dann ertönte Rorvics Stimme: »Die zehn Minuten sind um, Hainu. Was ist los mit Ihnen? Macht es Ihnen gar nichts aus, wenn Ihr Vorgesetzter sich vor der Bodenschleuse die Beine in den Bauch steht?«

»Nein!« schrie ich zurück. »Außerdem haben in Ihrem Bauch Dutzende von Beinen Platz.«

Ich schaltete den Helmfunk einfach aus, stand auf und ging betont langsam aus meiner Kabine. Als ich in den von Pol zu Pol führenden Antigravschacht trat, schwebte von oben Dalaimoc Rorvic herab.

»Ich dachte mir, daß Sie wieder herumtrödeln, Captain Hainu«, erklärte er. »Deshalb rief ich Sie vorsichtshalber aus meiner Kabine an.«

Ich war sprachlos vor Zorn, und ich brachte immer noch kein Wort heraus, als wir bereits über die Eiswüste in Richtung Westen flogen. Wir hatten unsere Deflektorschirme eingeschaltet, so daß wir nicht entdeckt werden konnten. Vor den Radaranlagen der Redmarer brauchten wir uns nicht in acht zu nehmen; gewöhnliche Funkmeßimpulse wurden von den Deflektorschirmen ebensowenig reflektiert wie Licht.

Nach einiger Zeit flogen wir zwischen zwei Radartürmen hindurch und sahen verschiedene kastenförmige Bauten. Einmal jagten vier Düsenjäger mit winzigen Flügelstummeln dicht über uns hinweg. Die Triebwerke erzeugten einen ohrenbetäubenden Lärm, und ein blaugrauer Schweif übler Abgase zerflatterte langsam hinter den Maschinen.

»Wie fühlen Sie sich, Hainu?« fragte Dalaimoc, während wir eine gut getarnte Raketenstellung überflogen.

Ich blickte verwundert zu ihm hinüber. Da unsere Helme auf Antiflex geschaltet waren, konnten wir uns so gut sehen, als gäbe es keine Deflektorschirme. Welche Hintergedanken verbargen sich hinter Rorvics Frage? Er hatte sich noch nie dafür interessiert, wie ich mich fühlte.

»Ausgezeichnet«, log ich.

»Bemerkenswert, höchst bemerkenswert«, gab der Captain zurück. »Ich würde mich nicht ausgezeichnet fühlen, wenn ich meine Stiefel verwechselt hätte.«

Ich sah an mir hinab.

Tatsächlich, ich hatte den linken Stiefel über den rechten Fuß und umgekehrt gezogen! Daran war aber nur das unmögliche Benehmen des Albinos schuld.

»Es macht mir gar nichts aus«, behauptete ich stur.

»Das ist fein. Dort vorn ist nämlich schon unser Ziel, Hainu, und wir werden bald zu Fuß gehen müssen.«

Ich folgte seinem ausgestreckten Arm mit den Augen und entdeckte am westlichen Horizont vier halbkreisförmig gruppierte Radartürme und dahinter eine Ansammlung niedriger Bauten.

»Sie sprachen von einem U-Boot-Stützpunkt unter dem Eis«, sagte ich. »Aber unsere Resonatormessungen haben doch ergeben, daß unter dem Eis fester Fels ist.«

»Ich sprach vom Küsteneis, Captain Hainu; Sie müssen besser zuhören«, sagte Dalaimoc sanft.

»Küsteneis? Hier kann doch nicht schon die Küste sein.«

»Steigen Sie auf tausend Meter!« befahl Dalaimoc.

Ich veränderte die Einstellung des Pulsationstriebwerks und flog höher.

Dadurch blieb ich hinter dem Albino zurück, denn er verzichtete darauf, mir zu folgen.

Von oben sah ich denn auch, was Captain Rorvic gemeint hatte. Hinter der Gebäudeansammlung erstreckte sich ein tiefeingeschnittener Fjord. Er war ungefähr fünfhundert Meter breit und verbreiterte sich weiter draußen noch.

Ich schrak zusammen, als etwas dicht an mir vorbeihuschte und das Brüllen von Triebwerken auf mich einstürzte. Die aufgewühlte Atmosphäre wirbelte mich umher, bevor ich mich mit dem Pulsationstriebwerk in tiefere Regionen retten konnte.

»Haben Sie sich verletzt?« fragte Rorvic über Funk.

Ich antwortete nicht darauf, denn nur durch Rorvics Schuld wäre ich beinahe von einem Düsenjäger gerammt worden. Schaudernd stellte ich mir vor, daß ich dann als blutige Masse zu Boden gestürzt wäre. Und das nur deshalb, weil der Albino mich nach oben schickte, anstatt mir zu erklären, was er wußte.

»Wo hatten Sie nur Ihre Augen?« fragte Dalaimoc vorwurfsvoll, als ich ihn einholte.

»Ganz bestimmt nicht hinten«, antwortete ich grimmig. »Ich mußte ja auf Ihre Anweisungen hin nach vorn schauen.«

»Aber ich hatte Ihnen nicht verboten, sich ab und zu umzudrehen. Bleiben Sie von jetzt an in meiner Nähe, damit ich Sie vor Gefahren bewahren kann, Captain Hainu!«

Eine Frechheit war das! Erst schickte er mich in die Gefahr, dann heuchelte er Fürsorge.

Dalaimoc Rorvic schwenkte nach Nordwesten ab und steuerte einen großen grauen Betonklotz an, der etwas abseits von den übrigen Gebäuden stand und von einem doppelten Drahtzaun umgeben war. Uniformierte Posten patrouillierten in dem breiten Zwischenraum; sie führten dicht behaarte Tiere an der Leine. Ein wenig erinnerten diese Tiere an terranische Schäferhunde, aber sie hatten Hufe statt Krallenpfoten und lange gebogene Stoßzähne.

»Kommen Sie nicht an den Zaun, Hainu«, mahnte Rorvic. »Er ist sicher elektrisch geladen.«

»Na und? Unsere Kampfanzüge sind schließlich aus nichtleitendem Material.«

»Gewiß, nur dürfte die Berührung der Zäune eine Alarmanlage auslösen.«

Warum nur fand ich keinen Fehler in seinen Argumenten? Es war zum Heulen. Immer behielt dieser rotäugige Albino recht. Oft auch dann, wenn er unrecht hatte.

Wir überflogen den Zaun und landeten neben einem breiten Stahltor, das in die Mauer des Betonklotzes eingelassen war. Ein Posten mit dicker

Fellmütze stand daneben; er hielt eine eigentümliche Waffe in den Händen. Sie ähnelte entfernt unseren Strahlenkarabinern, besaß aber keine Ausbuchtung für die Reaktionskammer. Wahrscheinlich verschoß sie Projektile, die von einer Pulverladung angetrieben wurden.

Der Posten trat unruhig von einem Bein auf das andere. Ich fragte mich, warum man überhaupt einen Posten aufstellte, bis mir einfiel, daß positronische Torwächter auf Redmare unbekannt sein mußten.

»Wir müssen warten, bis jemand das Gebäude verläßt oder betritt«, sagte Dalaimoc. »Dann schlüpfen wir schnell durch die Öffnung.«

Der Posten nieste lautstark, dann drehte er an dem Schalter eines Plastikkastens, der an seinem Gürtel hing. Ein Kabel führte von dem Kasten in seinen Anzug, folglich gab es eine batteriebetriebene Heizung.

Nach einer halben Stunde näherte sich mit lautem Röhren ein seltsames Fahrzeug. Es bewegte sich dicht über den Boden, hatte an der Oberseite ein Ansaugrohr und am Heck ein Düsentriebwerk. Unter ihm wurde Eisstaub fortgewirbelt.

Das mußte eines der legendären Luftkissenfahrzeuge sein, wie es sie früher auch auf Terra gegeben hatte. Zwei Soldaten rannten zu dem Doppeltor der Umzäumung und rissen es auf. Das Luftkissenfahrzeug schwebte herein und hielt in der Nähe des Wachtpostens an. Hinter dem Kanzelglas sah ich das breitflächige Gesicht des Piloten.

»Halten Sie sich bereit, Hainu!« sagte Rorvic.

»Wozu?«

Er packte mich am Gürtel, schwang mich herum und stieß mich auf das Tor zu, das sich soeben öffnete. Beinahe wäre ich mit den beiden Redmarern zusammengestoßen, die das Gebäude verließen. Im letzten Moment konnte ich ausweichen. Dalaimoc Rorvic tauchte neben mir auf und zog mich weiter. Hinter uns schloß sich das Tor wieder.

»Dort hinein!« befahl der Albino und deutete auf eine offene Liftkabine.

Ich blickte mich um, aber niemand war zu sehen. Wir betraten den Lift. Dalaimocs Finger preßte sich auf die unterste Taste des Etagenwählers. Die Lifttür schloß sich, dann ging es schnell abwärts.

Als die Kabine anhielt, öffnete sich die Tür auf der entgegengesetzten Seite. Ich spähte vorsichtig hinaus, aber niemand war da, der Anstoß an einer leer angekommenen Liftkabine nehmen konnte.

»Das sind eben die Vorteile eines Postens vor dem Eingang«, behauptete der Albino grinsend.

Wir verließen die Kabine. Vor uns lang ein langer Korridor. Aus Leuchtplatten an der Decke fiel mildes, gelbes Licht. In regelmäßigen Abständen hingen Sprechanlagen an den Wänden. Von irgendwo kam das Geräusch laufender Maschinen.

Wir folgten dem Korridor. Zahlreiche Türen waren in die Wände eingelassen. Manche standen offen, so daß wir einen Blick in die Räume dahinter werfen konnten. Wir sahen Wände voller Karten in zweidimensionaler Ausführung, Tische mit Kommunikationsgeräten und einige Uniformierte.

Am Ende des Korridors gab es eine Stahltür. Aus Gewohnheit legte ich meine Hand darauf, doch nichts rührte sich.

Dalaimoc lachte und meinte: »Thermoschlösser sind hier unbekannt, Captain Hainu.« Er drehte einen halbkugelförmigen Knauf, und die Tür ließ sich aufschieben.

Wir traten hindurch und standen auf einem breiten Podest in einer großen Halle. Etwa zehn Meter unter uns plätscherte Wasser gegen eine Kaimauer. Im Schein bogenförmiger Leuchtröhren erkannte ich sechs flache, annähernd röhrenförmige Schiffe mit turmähnlichen Aufbauten. Das mußten die Unterseeboote der Redmarer sein.

Etwa zwanzig Uniformierte liefen geschäftig hin und her. Aus einem Tor in der rechten Seite der Halle schwebte ein stählernes Gebilde. Es bewegte sich auf Schienen, die unter der Decke angebracht waren, und trug einen an einem Stahlseil baumelnden Haken. An dem Haken hing eine starke Metallplatte.

Als der Schwebekran an uns vorbeiglitt, trat ich unwillkürlich einen Schritt zurück. Ich stieß gegen Widerstand. Die Außenmikrophone des Kampfanzuges übertrugen einen gellenden Schrei, dann stürzte ich auf den Redmarer, den ich umgestoßen hatte. Sekundenlang packten mich die Hände des Uniformierten und hielten mich fest, dann wurde ich mit einem Ruck weggezogen.

»Fort von hier!« befahl Dalaimoc Rorvic eisig. »Sie haben alles verdorben.«

Ich brauchte keine zweite Aufforderung. So schnell ich konnte, lief ich den Korridor zurück. Hinter uns entstand Tumult. Es würde einige Zeit dauern, bis die Redmarer dem Gestürzten glaubten, daß er mit einem Unsichtbaren zusammengestoßen war, dann aber würde man uns jagen.

Glücklicherweise befand sich unsere Liftkabine noch unten. Wir sprangen hinein, Dalaimoc drückte die oberste Taste. Unbehelligt erreichten wir die oberste Etage, aber als wir die Kabine verließen, stimmten zahllose Alarmsirenen ein durchdringendes Geheul an.

Abermals half uns ein glücklicher Zufall, nämlich die Neugier des draußen stationierten Postens. Er öffnete das Tür und spähte in die Eingangshalle. Mit einer Geschwindigkeit, die ich dem fetten Albino niemals zugetraut hätte, raste Dalaimoc zu dem Posten und stieß ihn mit seinem Bauch zurück. Der Redmarer taumelte rückwärts ins Freie und wollte schreien. Aber da hatte Rorvic schon den Kombistrahler gezogen, auf Paralysieren geschaltet und abgedrückt. Der Posten brach lautlos zusammen.

Ich kam gerade noch durch das Tor, bevor es sich automatisch schloß. Captain Rorvic nahm den Redmarer auf die Arme, als wöge er höchstens zehn Pfund. Dabei schätzte ich sein Gewicht auf mindestens achtzig Kilogramm. Dann startete er, ohne sich weiter um mich zu kümmern.

Von allen Seiten nahten jetzt Luftkissenfahrzeuge und Düsenhelikopter. Weiter draußen rollten Gleiskettenfahrzeuge zu den Ausfallstraßen und riegelten sie ab.

Ich folgte Dalaimoc in großem Abstand, denn ich scheute davor zurück, ihm ins Gesicht sehen zu müssen. Durch meine Schuld war unsere Exkursion gescheitert, und wie ich den Albino kannte, würde er sich die Gelegenheit nicht entgehen lassen, mich zu demütigen.

Der elektronische Gong riß mich aus einem Alptraum, in dem ich gegen alle möglichen Ungeheuer zu kämpfen hatte. Ich wälzte mich aus dem Bett und rieb mir die Augen. Dann winkelte ich den Arm an und blickte auf meinen Chronographen.

Er zeigte den 1. März 3442 an, nach Standortzeit Mittag, nach planetarer Zeit Mitternacht. Die Exkursion in den U-Boot-Stützpunkt lag eine halbe Ewigkeit zurück. Mir kam es vor, als wäre es erst gestern gewesen.

Während ich mich im trüben Schein einiger Gasleuchten anzog, dachte ich an die verstrichene Zeit zurück. Captain Rorvic hatte sich zu meinem Erstaunen ganz anders verhalten, als ich vermutete. Er behauptete, ein Redmarer hätte ihn von hinten angestoßen und dadurch wären wir entdeckt worden.

Nach einem Verhör unter Mechano-Hypnose hatten wir den gefangenen Posten mit der Space-Jet und Nonderver zur INTERSOLAR geschickt. Die Biotechniker des Ultraschlachtschiffes sollten nach dem Vorbild des Gefangenen Biofolien für uns herstellen. Wir konnten uns mit Hilfe der Deflektorschirme nur noch bedingt auf Redmare bewegen, denn eine Woche nach dem Zwischenfall im U-Boot-Stützpunkt waren überall Geräte aufgetaucht, mit denen die Redmarer die Energie-Emissionen unserer Deflektor-Generatoren anmessen konnten. Sie waren entweder sehr erfinderisch, oder die auf Redmare lebenden Cynos hatten den Wissenschaftlern des Nordblocks entsprechende Konstruktionsunterlagen zugespielt.

Unsere Lage war nicht gerade angenehm, denn nach dem Start der Space-Jet lebten wir in einem Eishöhlensystem, in dem wir uns mit Hilfe der aus dem Schiff ausgebauten Teile eingerichtet hatten. Es wurde höchste Zeit, daß Nonderver mit den Biofolien zurückkehrte.

Ich schob einen Konzentratriegel in den Mund, verschloß meinen Kampfanzug und trat in die kleine Schleuse. Nach dem Ausschleusen schwebte ich in unserem engen Antigravschacht nach oben und verließ ihn durch den beweglichen Deckel aus Plastikeis.

Über unserer Basis herrschte fahles Licht. Die Mitternachtssonne hing gleich einer trüben Gasleuchte über dem Horizont, und in ihrem Schein sah ich die Gestalt des Mannes, den ich abzulösen hatte.

Er wandte sich um, als ich auf ihn zutrat. Durch den transparenten Kugelhelm blickte ich in Riev Kalowonts Gesicht.

»Ablösung, Riev«, sagte ich über Helmfunk. »Gibt es etwas Neues!«

»Nichts Neues, Captain«, antwortete der Maschineningenieur. »Was soll es in dieser Eiswüste schon Neues geben?« Er gähnte. »Viel Spaß.«

»Angenehme Ruhe«, sagte ich.

Nachdem er gegangen war, kletterte ich auf eine Eisklippe, setzte mich bequem zurecht und aktivierte die Ortungsgeräte meines Kampfanzuges. Energie-Emissionen aller Art kamen herein, aber es waren alles Emissionen stationärer Aggregate. Niemand näherte sich unserer Nordpol-Basis.

Nach einiger Zeit nickte ich ein. Ein scharfes Zirpen weckte mich wieder. Ich kontrollierte die Ortungsanzeigen – und war im nächsten Moment hellwach.

Der Taster für Anti-Ortungsschirm-Energie hatte angesprochen. Etwas, das in einen Anti-Ortungsschirm terranischer Konstruktion gehüllt war, näherte sich aus dem Weltraum unserer Basis. Das konnte nur unsere Space-Jet sein.

Ich aktivierte den Alarmsignalgeber meines Helmfunks und unterrichtete meine Gefährten über die Beobachtung. Dalaimoc Rorvic meldete sich zu meinem Erstaunen sofort. Er befahl mir, an meinem Platz zu bleiben.

Minuten später ertönte Bescrilo Nondervers Stimme im Empfangsteil meines Helmtelekoms.

»Nonderver mit Space-Jet im Landeanflug auf Basis. Ich rufe Basis! Ist alles in Ordnung bei euch?«

»Hier Captain a Hainu«, antwortete ich. »Empfange Sie gut. Bei uns ist alles in Ordnung. Keine Energieortung von Fremdobjekten in gefährlicher Nähe. Landen Sie!«

Ich kletterte von meiner Eisklippe und stellte mich neben Captain Rorvic, der die Basis ebenfalls verlassen hatte. Wir warteten. Von der Space-Jet war nichts zu sehen. Doch nach einiger Zeit wirbelte ein Luftzug kleine Wolken von Eiskristallen empor. Dann lief eine leichte Erschütterungswelle durch den Boden, und wenige Sekunden später formten sich die Umrisse einer Jet wie aus dem Nichts in unserer Nähe. Nonderver hatte den Anti-Ortungsschirm und den zusätzlichen Deflektorschirm desaktiviert.

Dalaimoc und ich liefen auf die Space-Jet zu und begrüßten den Epsaler, der auf der Ausstiegsrampe ins Freie fuhr. Inzwischen waren auch

Batriaschwili und Kalowont aus der Basis gekommen. Nachdem wir uns eine Kurzfassung von Nondervers Bericht angehört hatten, brachten wir das Schiff in sein ursprüngliches Versteck zurück und machten uns daran, die mitgebrachten Biomasken zu inspizieren.

»Ausgezeichnet«, lobte Rorvic. »Ich denke, wir legen die Masken sofort an.« Er blickte zu mir. »Aber waschen Sie sich vorher, Captain Hainu. Soviel ich weiß, soll die echte Haut unter Biofolien unerträglich jucken, wenn man sie vor dem Auflegen nicht von allem Schmutz befreit hat.«

»Ich habe mich regelmäßig gewaschen!« protestierte ich.

Dalaimoc nickte.

»Ja, regelmäßig jede Woche einmal. In der einen Woche das Gesicht, in der anderen die Hände und in der nächsten die Füße und so weiter.«

Gekränkt zog ich mich in die Space-Jet zurück. Zum Glück hatte man auf der INTERSOLAR die Einrichtungen ersetzt, die wir zwecks Ausgestaltung unserer Eishöhlen demontiert hatten. Beim Abflug war die Space-Jet nicht viel mehr als eine ausgeschlachtete Hülle gewesen.

Wir badeten alle sehr gründlich, danach halfen wir uns gegenseitig beim Anlegen der Biofolien. Bescrilo Nonderver stand uns dabei mit Rat und Tat zur Seite; er hatte auf der INTERSOLAR einen Kursus in Biomaskierung mitgemacht, und ohne seine Hilfe wären unsere Bemühungen wahrscheinlich recht kläglich ausgefallen.

Als wir fertig waren, begutachteten wir uns gründlich. Die lebenden Biomolplastmasken lagen an wie eine echte Haut. Als ich in den Feldspiegel sah, erkannte ich mich nicht wieder. Ich hatte eine faltenlose, ölig glänzende grüne Haut, und mein Kopf glich mit einiger Phantasie dem zusammengedrückten Schädel eines terranischen Laubfrosches. Allerdings nur mit viel Phantasie, denn wie beim Menschen hatten sich beim Redmarer im Verlauf der stammesgeschichtlichen Entwicklung ein abwärts gerichtetes Hinterhauptsloch, ein voluminöser Schädel mit vorgewölbter Stirn und eine relativ schwach ausgeprägte Kinnpartie entwikkelt. An die Abstammung von lurchähnlichen Vorfahren erinnerten lediglich – und das nur sehr schwach – die Augen (sie waren um etwa dreißig Prozent größer als menschliche Augen), der breite Mund und der faltige Kehlsack. Man hätte einem Redmarer durch geringfügige plastische Gesichtsveränderungen und biochemische Pigmentmanipulation fast das Aussehen eines Terraners geben können.

»So gefallen Sie mir bedeutend besser als vorher«, bemerkte Dalaimoc Rorvic, nachdem er mich lange gemustert hatte. »Wären Sie ein paar Zentimeter größer, würden Sie ein ausgesprochen hübsches Exemplar der Gattung abgeben.«

»Danke für das Kompliment«, gab ich bissig zurück. »Vielleicht wachse ich noch ein Stück, aber bei Ihnen müßte man schon einen halben

Meter abhacken, wenn Sie dem Idealbild des Redmarers näherkommen sollten. So gehen Sie höchstens als krankhaft entartetes Exemplar durch.«

Mit seinen 2,10 Meter Körpergröße und dem beachtlichen Fettansatz mußte der Tibeter tatsächlich als ausgesprochener Riese erscheinen. Der durchschnittliche Redmarer war nur 1,63 Meter groß.

Doch Rorvic störte sich nicht an meinem Einwand, wie er sich überhaupt an nichts störte – außer an mir.

Nonderver hatte als einziger von uns keine Maske angelegt. Er sollte nicht auf Redmare bleiben, sondern mit der Space-Jet in den Ortungsschutz der Sonne Yuyda gehen. Man hatte ihm zwei Kleintransmitter mitgegeben. Der eine blieb an Bord des Schiffes, der andere wurde in der Basis aufgestellt. Jeweils zwei Personen gleichzeitig konnten durch den Transmitter gehen. Damit verfügten wir über ein Sicherheitssystem, das uns notfalls eine schnelle Flucht von Redmare ermöglichte.

Nachdem der Epsaler mit der Space-Jet gestartet war, meinte Dalaimoc unternehmungslustig:

»Ich halte es für besser, wenn wir nicht noch länger untätig herumsitzen. Ziehen Sie also die imitierten Kleidungsstücke der Südblock-Garnitur an und verstauen Sie Ihre Mikro-Ausrüstung. In einer Stunde fliegen wir gen Süden.«

Das war wieder typisch Rorvic. Er konnte stunden- oder tagelang meditieren, aber wenn ihn der Tatendrang einmal übermannte, dann hatten alle anderen zu springen.

Ich war froh, als wir das düstere Zwielicht der Mitternachtssonne endlich verlassen hatten und in geringer Höhe über die »normalen« Regionen des Nordkontinents flogen.

Noch trugen wir unsere Kampfanzüge und Deflektoren, denn wir konnten uns schlecht zu Fuß von einem Kontinent zum anderen durchschlagen und wollten auch nicht gesehen werden. Da wir uns schnell bewegten und besiedelte Gebiete mieden, wurden wir nicht geortet. Allerdings wagten wir nicht, in der dünnen Hochatmosphäre zu fliegen, und dicht über dem Boden durften wir keine allzu große Geschwindigkeit entwickeln. Deshalb brauchten wir anderthalb Tage bis zur Hauptstadt des Südblocks, Sahkorim.

Sahkorim, das wußten wir aus den abgefangenen Radio- und Televisionssendungen, war nach der Dynastie der Sahkor-Könige benannt worden, die früher einen großen Teil des Südkontinents beherrscht hatten. Derzeit regierte allerdings eine demokratisch gewählte Regierung, und der amtierende Sahkor erfüllte nur Repräsentationspflichten. Die Regierungsform des Südblocks war, wie Dalaimoc erklärte, ausschlaggebend für die Wahl unseres neuen Betätigungsfeldes gewesen, denn wie alle im Solsystem Geborenen verabscheute auch der Albino diktatorische Staatsformen.

Sahkorim entpuppte sich als recht moderne Stadt – im Sinne einer präkosmischen Zivilisation. Sie lag an einer großen halbkreisförmigen Bucht, die von mehreren großen Inseln vortrefflich gegen Stürme und gegnerische Angriffe abgeriegelt wurde. Ständig kreisten Patrouillenflugzeuge über der Bucht, U-Boote, Raketenkreuzer und kleine Schnellboote pflügten durch die See. An den Kais lagen riesige Unterseefrachter. Es herrschte eine emsige Geschäftigkeit. Große Mengen von Gütern wurden umgeschlagen und von unterirdischen Magnetschienentransportern ins Hinterland gebracht.

Wir landeten auf dem Dach eines Hochhauses und beobachteten etwa eine Stunde lang. Die Stadt Sahkorim mochte etwa viereinhalb Millionen Einwohner beherbergen und war in viele Wohn- und Geschäftsbezirke aufgeteilt. Es gab nur wenige echte Hochhäuser, und sie dienten ausschließlich als Bürogebäude. Ansonsten herrschten terrassenförmig gestaltete, kombinierte Wohn- und Geschäftsbauten vor. Die oberen Etagen waren als Wohnappartements gestaltet, die unteren als großzügig angelegte und künstlich beleuchtete Viertel mit Supermärkten, Handwerkerstraßen, Schulen, Kliniken und Unterhaltungsstätten.

»Ich schlage vor, wir mischen uns unters Volk«, sagte Peltrow Batriaschwili. »Was wir brauchen, sind Informationen und Hinweise auf die geheimen Machthaber Redmares, und die können wir am besten erhalten, wenn wir die Gespräche der Stadtbewohner belauschen.«

»Zum Beispiel in einer Gaststätte«, warf ich ein. »Da wir so lange von Konzentraten gelebt haben, täte uns eine richtige Mahlzeit bestimmt gut.«

Dalaimoc Rorvic sah mich vorwurfsvoll an. »Sie hängen zu sehr an den leiblichen Genüssen dieser Welt, Hainu.«

»Ausgerechnet Sie sagen mir das!« fuhr ich ihn an. »Wovon sind Sie denn so fett geworden, Captain Rorvic? Doch nicht durch Askese.«

»Das gehört nicht hierher«, sagte Batriaschwili verweisend. »Immer müssen Sie Streit suchen, Captain Hainu.«

»Ich ...? Wer hat denn damit angefangen?«

»Sie! Sie nehmen eine harmlose Bemerkung zum Anlaß für Ihre Sticheleien.«

Ich kochte vor Wut. Das war die Höhe! Rorvic konnte sagen oder tun, was er wollte; ihn kritisierte niemand. Aber wenn ich es wagte, mich gegen eine kränkende Anspielung zu verteidigen, wurde ich sofort als streitsüchtig hingestellt.

»Wir werden ein Versteck für unsere Kampfanzüge suchen«, bestimmte Dalaimoc, »dann gehen wir in die Stadt.«

Wir fanden am nordwestlichen Stadtrand ein Wäldchen, hoben mit Desintegratoren eine drei Meter tiefe Grube aus und versteckten dort unsere Kampfanzüge und großen Ausrüstungsgegenstände. Danach besaßen wir nur noch die Mikro-Deflektoren siganesischer Herstellung und verschiedene Kleingeräte, die wir in Kleidungsstücken und unter der Biofolie verbargen. Nachdem wir die Grube zugeschüttet und getarnt hatten, gingen wir zu Fuß zur nächsten Magnetbahnstation.

Mit unserem perfekt nachgemachten Südblock-Geld – bestehend aus verschiedenförmigen farbigen Scheiben – lösten wir Tickets bis zum Stadtzentrum von Sahkorim. Eine Viertelstunde später kam der Zug, ein aus zwölf Gliedsegmenten bestehendes Fahrzeug mit bequemen Kabinen, lautlos auf der Magnetschiene. Wir ließen uns in einem leeren Abteil nieder, und ich registrierte schadenfroh Dalaimocs fruchtlose Bemühungen, sich halbwegs bequem in einem der engen Sitze zu verstauen. Als er endlich saß, quollen seine Fettpolster überall hervor.

Der Zug brachte uns schnell zur Stadtmitte. Wir stiegen aus, und Captain Rorvic steuerte unverzüglich das nächste Lokal an. Ich verkniff mir eine Bemerkung darüber, denn ich war froh, endlich eine anständige Mahlzeit zu bekommen.

Das Lokal war ein Automatenrestaurant und wimmelte von Redmarern beiderlei Geschlechts. Die Planetarier verhielten sich zu unserer Enttäuschung leider recht schweigsam und waren wenig kontaktfreudig. Zwar betrachteten sie den riesenhaften »Artgenossen« Rorvic mit unverhüllter Neugier, aber keiner unternahm den Versuch, mit uns ins Gespräch zu kommen.

Ich suchte mir ein bierähnliches Getränk aus und ein Gericht, das aus einer bräunlichen Fleischsülze, gedörrten süßen Früchten und schwammähnlichen Schnitzeln bestand, die nach Kartoffelchips rochen. Die übrigen Gerichte sahen nicht so aus, als könnte man sie mit Appetit verspeisen.

Dalaimoc Rorvic war weniger wählerisch. Er häufte sich quallenförmige schleimige Dinger auf sein Tablett, dazu nahm er dampfende strohgelbe Kugeln, eine Riesenportion eines Gemüses, das wie verfaulte Bohnen aussah, und eine Terrine, deren Inhalt ich als »lebende Regenwürmer in Tomatensauce« bezeichnete.

Während wir unsere Mahlzeit einnahmen, füllte sich das Restaurant. Schließlich war nur noch ein Platz an unserem Tisch frei.

Als ein Redmarer mit gefülltem Tablett suchend in der Nähe stehenblieb, stand ich auf und bot ihm den freien Platz an. Wir hatten die beiden Haupt- und sechs Nebensprachen Redmares in Hypnokursen gelernt.

»Das ist sehr freundlich von Ihnen«, sagte der Redmarer, ein Mann von für mich unbestimmbarem Alter. Er setzte sich steif neben mich und begann zu essen.

Ich schob mir einen Bissen Fleischsülze in den Mund und beobachtete verstohlen meinen Nachbarn. Er aß mit gesundem Appetit. Als mein Mund leer war, wandte ich mich ihm zu und fragte:

»Können Sie uns vielleicht sagen, wo man sich in Sahkorim am besten amüsiert, mein Herr?«

Er hob den Kopf und musterte mich, überrascht, wie es schien.

»Ich dachte mir gleich, daß Sie nicht aus Sahkorim sind. Aus welcher Gegend kommen Sie denn?«

»Aus Luriageen«, antwortete ich, den Namen einer mittleren Stadt benutzend, den ich aus zahlreichen Fernsehsendungen kannte. In Luriageen befand sich die größte Fleischkonservenfabrik des Südblocks.

»Aus Luriageen«, wiederholte er, wobei er mit seinem langstieligen Löffel in einer undefinierbaren schwarzgrauen Masse rührte. »Dort gibt es kein Sensodrom, soviel ich weiß. Dann besuchen Sie doch unser Sensodrom im Bezirk des Zirpenden Orogh.«

Er fing mit seiner langen Zunge geschickt einen gelben Nahrungsballen ein. »Sie können dort alles haben.« Er senkte die Stimme. »Ich habe heute einen freien Tag, mein Herr. Wenn Sie wollen, führe ich Sie hin. Mein Name ist übrigens Chlong Edzulbag; ich arbeite im Ministerium für Energieversorgung.«

»Sehr angenehm« versetzte ich und versuchte, mich an den Namen zu erinnern, der in meinem Südblock-Paß stand. Nach einer Weile fiel er mir ein. »Und ich heiße Bhulay Toorqual. Dürfen meine Freunde uns begleiten?« Glücklicherweise war es auf Redmare nicht üblich, daß man Bekannte vorstellte, denn mir wären die Redmare-Namen meiner Gefährten nicht eingefallen.

»Es wird ein Savquor sein«, antwortete Edzulbag. Das Wort »Savquor« war eine semantische Kuriosität; es hatte dreihundertelf verschiedene Bedeutungen. In diesem Fall konnte es sowohl »ehrenvolle Pflicht«, »Nebensache« oder »erträgliche Zumutung« heißen.

Der Rest der Mahlzeit verlief schweigend. Anschließend bedeutete Chlong Edzulbag uns, ihm zu folgen. Draußen, aber noch innerhalb eines vielgeschossigen Großblocks, führte Edzulbag uns zu einer verglasten Gleitbandanlage. Wir nahmen auf hochlehnigen Sesseln Platz und ließen uns mit einer Geschwindigkeit von etwa zwanzig Stundenkilometern durch Tunnels in eine andere Sektion der Stadt bringen.

Als wir ausgestiegen waren, sah ich sofort, daß wir uns auf der Etage eines ausgesprochenen Vergnügungsviertels befanden. Überall flimmerte Neonreklame in verschwenderischer Fülle, die Remarer waren bunter als anderswo gekleidet, und die Inschriften in den zahllosen Glaswänden zeugten von einem reichlichen Angebot. Es gab Bars, Duellkampflokale, Sensitivkinos und dazwischen immer wieder Etablissements mit der Inschrift »Realsex«, worunter ich mir allerdings nichts vorzustellen vermochte.

Als ich unseren Führer um eine Erklärung bat, lachte er glucksend und meinte:

»In Luriageen lebt man offenbar noch in der Vergangenheit, werter Toorqual. ›Realsex‹ bedeutet, daß man dort durch die Droge Indrumae ins geistige Vorartenstadium zurückversetzt wird und emotionell an einem Laichfest teilnimmt, wie es unsere amphibischen Vorfahren veranstaltet haben sollen.«

Beinahe hätte ich gefragt, wie diese amphibischen Vorfahren ausgesehen hätten. Ich konnte die Frage gerade noch zurückhalten.

Chlong Edzulbag führte uns durch das Gewimmel in ein großes Lokal, in dem Redmaremänner zu höllischer Musik Tänze aufführten.

Wir passierten einen Kulissenraum und gelangten zu einem versteckten Lift.

Edzulbag sah sich aufmerksam um, bevor er die getarnte Lifttür öffnete und uns in die Kabine bat. Zwei Minuten lang ging es abwärts, dann betraten wir einen Flur und gelangten in ein Etablissement aus bunt beleuchteten Grotten. Leise Trommelklänge ertönten, maskierte Redmarer huschten hin und her. Einer flüsterte mit unserem Führer, dann brachte er uns in eine blaugraue Grotte. Zahlreiche unmaskierte Redmarer hockten auf weichen Polstern; sie trugen Atemgeräte, die an bunten Plastikflaschen befestigt waren.

Edzulbag zog uns zu fünf freien Geräten und bat uns, Platz zu nehmen.

»Hier bieten sie etwas ganz Besonderes«, erläuterte er. »Ich denke, wir nehmen zuerst einen Schtolpase-Rausch und danach ein Szugrass-Kaleidoskop. Das kostet für jeden zweihundertsechzig Poltrö.«

»Zweihundertsechzig Poltrö?« fragte Dalaimoc. »Das ist ja ein halbes Vermögen.«

Edzulbag musterte den Albino, der in seiner Maske natürlich kein Albino mehr war.

»Sie dürfen nicht vergessen, daß es den Besitzer eine Menge Geld kostet, die Beamten der Glücksgaspolizei zu bestechen und viele Warner zu bezahlen.«

»Polizei!« Captain Rorvic stöhnte unterdrückt. »Das hätte uns gerade noch gefehlt!«

Ich grinste schadenfroh. Wir entrichteten unseren Obolus, dann ging Chlong Edzulbag weg, um das Nötige zu veranlassen, wie er sich ausdrückte.

Meine Schadenfreude schwand allerdings, als Batriaschwili beschwörend flüsterte:

»Auf keinen Fall dürfen wir irgendwelches Glücksgas inhalieren. Vergessen Sie nicht, daß unser Metabolismus sich von dem der Redmarer unterscheidet. Wer weiß, was geschieht, wenn wir ihre Rauschgase einatmen.«

»Wahrscheinlich schrumpft Captain Hainus eingetrocknetes Gehirn noch mehr zusammen«, meinte Dalaimoc. »Dennoch ...«

Ein schrilles Pfeifen unterbrach ihn. Maskierte Redmarer stürzten in unsere Grotte, rissen den Süchtigen die Atemmasken von den Gesichtern und führten sie hinaus.

»Nichts wie weg!« sagte Rorvic und sprang auf. »Das Bestechungssystem hat offenbar nicht funktioniert.«

Zu spät!

Maskierte und Süchtige wurden in die Grotte zurückgedrängt. Ihnen folgten Uniformierte. Megaphone quäkten Befehle. Innerhalb weniger Minuten waren wir abtransportiert und wurden auf die Ladepritsche eines Räderfahrzeuges gedrängt. Dann ging es in rascher Fahrt durch unterirdische Tunnels und über freihängende Straßenbrücken zu einem großen grauen Gebäudekomplex. Zusammen mit Hunderten von Redmarern drängte man uns in einen Innenhof.

»Da haben Sie uns in eine schöne Lage gebracht, Captain Hainu«, sagte Rorvic. »Terranische Einsatzgruppe gerät auf einem fremden Planeten in eine Razzia gegen Rauschmittelsüchtige! Ich weiß gar nicht, wie ich das im Einsatzbericht formulieren soll.«

»Woher sollte ich ahnen, daß ein Angestellter des Ministeriums für Energieversorgung uns in eine Rauschgashöhle führt!« protestierte ich.

»Natürlich, woher schon!« Der Hohn des Albinos war ätzend. »Achtung! Man holt die Süchtigen gruppenweise ab. Wir müssen zusammenbleiben. Bei der ersten Gelegenheit machen wir uns unsichtbar und verschwinden!«

Uniformierte sonderten Gruppen zu jeweils zwanzig Personen ab und führten sie durch Türen in das Hauptgebäude. Es gelang uns, gleichzeitig bei der übernächsten Gruppe mitzukommen. Wir wurden in einen Saal mit gekachelten Wänden geführt. Redmarer in roten Kitteln nahmen mit Hilfe von Geräten Untersuchungen vor.

Wir stellten uns gehorsam in die Reihe, dann gab Dalaimoc uns ein Zeichen, und wir schalteten unsere Mikro-Deflektoren ein. Da wir keine Antiflexgeräte bei uns hatten, mußten wir uns bei den Händen halten.

Glücklicherweise blieb unser Verschwinden unbeachtet. Die eingefangenen Redmarer waren entweder teilnahmslos oder durch Drogen so »glücklich«, daß sie die Realitäten nicht beachteten. Es fiel in dem allgemeinen Gedränge auch nicht auf, wenn wir jemand anstießen.

Dennoch dauerte es fast eine Stunde, bis wir außerhalb des Gebäudekomplexes waren.

»Sahkorim ist mir verleidet«, erklärte der Albino. »Wir machen uns hinter der nächsten Ecke wieder sichtbar, nehmen einen Magnetzug und kehren zu dem Versteck unserer Kampfanzüge zurück. Danach fliegen wir zum Stützpunkt, ruhen uns aus und besuchen die Hauptstadt des

Nordblocks. In einem diktatorisch regierten Staat wird es kaum Rauschgashöllen oder andere Attribute einer schlechten Demokratie geben.«

Er sollte recht behalten. Allerdings mußten wir bald erkennen, daß unsere Kenntnisse über Diktaturen sehr unvollkommen waren ...

29.

Die Hauptstadt des Nordblocks hieß Maytkorapol, nach dem Regierungsoberhaupt, das stets die Amtsbezeichnung Maytkor trug.

Maytkorapol war nicht viel kleiner als Sahkorim und ebenfalls sehr gut durchorganisiert. Allerdings gab es hier bedeutend mehr Hochhäuser und einen prunkvollen Regierungspalast, gegen den das Schloß der Sahkor-Dynastie schäbig wirkte. Wir verbargen unsere Kampfanzüge auch hier in einem Wäldchen am Stadtrand, dann fuhren wir mit einem Magnetzug zum Zentrum.

Hier herrschte, wie auch im Zentrum von Sahkorim, reger Betrieb. Es gab allerdings weniger Privatfahrzeuge, dafür mehr und besser ausgestattete Massenverkehrsmittel, deren Benutzung relativ wenig kostete. Vor allem liefen überall Transportbänder; innerhalb und außerhalb der Terrassenblocks, unter und über der Erde, auf zahlreichen Brücken. Uniformen aller Art beherrschten das Transportband. Zivilkleidung, wie wir sie trugen, bildete die Ausnahme.

»Dort drüben ist eine Art Kino«, sagte Dalaimoc Rorvic und deutete zur anderen Seite des Platzes, auf dem wir standen. »Ich schlage vor, wir sehen uns einen Propagandafilm an, damit wir erfahren, wo wir ansetzen können, um zu internen Informationen zu gelangen.«

Niemand widersprach, und so setzten wir uns in Bewegung. Doch wir erreichten das Kino niemals, denn auf halbem Wege stellten sich uns vier Uniformierte mit glockenförmigen Helmen, gelben Armbinden und Maschinenwaffen in den Weg.

»Ihre Pässe!« forderte der Anführer, den Rangabzeichen nach ein Offizier der Nordblockarmee.

Wir reichten ihm unsere Nordblock-Pässe. Er blätterte sie durch und nahm sich sehr viel Zeit dabei. Ab und zu blickte er uns scharf an. Mir wurde heiß unter meiner Biomaske. Ich hatte keine Ahnung, weshalb man uns so genau kontrollierte.

Endlich beendete der Offizier die Paßüberprüfung. Doch er gab uns die Papiere nicht zurück, sondern schob sie achtlos in eine Brusttasche seiner Uniform.

»Sie kommen mit!« entschied er.

»Was soll das?« schrie ich empört. »Sie können uns doch nicht ...« Ich preßte die Lippen zusammen, als Captain Rorvic mich ans Schienbein trat.

Der Offizier sah mich erwartungsvoll an. »Wollen Sie Widerstand leisten?« fragte er lauernd.

»Nein, keineswegs«, erwiderte ich hastig. »Ich dachte nur ...«

»Das Denken überlassen Sie unserem Großen Maytkor«, unterbrach er mich. »Kommen Sie!«

Ich blickte meine Gefährten fragend an, aber keiner schien an Flucht zu denken. Wahrscheinlich wäre ein Fluchtversuch auch gefährlich gewesen, denn die drei Begleiter des Offiziers hielten ständig ihre Waffen auf uns gerichtet.

Wir wurden zu einer Nebenstraße geführt und unsanft auf einen Turbinenlastwagen gestoßen, in dem sich schon sechs andere Zivilisten befanden. Nach einiger Zeit kamen noch einmal drei Redmarer hinzu, dann setzte sich das Turbinenfahrzeug in Bewegung.

»Wohin bringen die uns?« erkundigte sich Riev Kalowont.

»Wahrscheinlich zum nächsten Sammellager«, antwortete ein Redmarer. »Der Große Maytkor braucht wieder einmal Soldaten.«

»Und die holt er sich einfach von der Straße?« fragte ich verblüfft.

»Er läßt sie überall auflesen; das erspart Verwaltungskosten. »Unbürokratische Rekrutierung« wird das System genannt. Wenn ich gewußt hätte, daß die Treiber schon heute wieder unterwegs sind, wäre ich zu Hause geblieben.«

»Man hätte Sie auch dort holen können«, warf ein anderer Redmarer ein.

Ich stöhnte innerlich.

Bei unseren Erkundungseinsätzen auf Redmare schien alles schiefzugehen. Erst verhaftete man uns in einer Rauschgashöhle, und dann fing uns ein Rekrutierungskommando ein. Dalaimoc Rorvic allerdings schien sich nicht daran zu stören. Er hatte die Augen geschlossen und meditierte offenbar wieder.

Der Turbinenlastwagen verließ die Stadt und fuhr einen einsamen Weg entlang. Etwa drei Stunden nach unserer »Rekrutierung« gelangten wir an ein von Drahtzäunen abgesperrtes Camp. Es lag in einer unbewohnten Gegend zwischen zwei Wäldern. Zahlreiche Zivilisten standen in größeren oder kleineren Gruppen auf dem Gelände herum. Primitive Baracken aus Preßplatten stellten unsere Unterkünfte für die nächste Zeit dar.

Wir wurden abgeladen, bekamen Schilder mit Nummern umgehängt und mußten uns in einer Verwaltungsbaracke registrieren lassen. Ständig fuhren leere Turbinenlastwagen fort, und vollbeladene trafen ein. Die Registrierung erfolgte vollkommen unpersönlich. Wir waren nur noch

Nummern. Kaum daß man uns sagte, in welcher Baracke wir untergebracht würden.

Nach der Registrierung waren wir uns selbst überlassen. Wir benutzten die Gelegenheit, um alle Ausrüstungsgegenstände, die bei einer ärztlichen Untersuchung auffallen könnten, unter dem Boden unserer Baracke zu verstecken.

Am nächsten Morgen traf eine sogenannte fliegende Musterungskommission ein. Wir mußten uns entkleiden und wurden genau untersucht. Die Ärzte kamen nicht hinter unser Geheimnis, ein Beweis dafür, wie hervorragend die Biotechniker der INTERSOLAR gearbeitet hatten. Man teilte uns einer kleinen Gruppe von Redmarern zu, verlud uns abermals auf Lastwagen und transportierte uns zu einem Gelände an der Südküste des Kontinents.

»Ein Raumhafen«, flüsterte Batriaschwili und deutete auf die zahlreichen Starttürme, die auf dem weiten Gelände in den Himmel ragten.

Captain Rorvic grinste, was wegen seiner Biomaske aussah, als schnitte er eine wütende Grimasse.

»Die Ärzte haben eben gleich gemerkt, daß wir die ideale Konstitution für Raumfahrer haben. Mich wundert nur, warum sie auch den vertrockneten, marsianischen Giftzwerg in die gleiche Kategorie einordneten. Das ist fast schon eine Beleidigung für mich.«

Ich wollte ihn gegen das Schienbein treten, aber er wich so schnell aus, daß ich der Länge nach hinschlug.

»Ruhe dort hinten!« schrie der Beifahrer unseres Turbinenlastwagens. »Außerdem braucht ihr eure Kraft für das Zentrifugentraining.«

Wir hielten vor einem quaderförmigen Gebäude aus grauem Beton, als gerade eine Rakete startete. Das Dröhnen der Triebwerke war beinahe unerträglich, da die Redmarer keine energetischen Startgerüste benutzten.

Den Begleitsoldaten schien es nichts auszumachen. Sie führten uns in den Betonklotz, wo wir unsere Kleidung ausziehen und abgeben mußten. Dafür erhielten wir graublaue Unterwäsche, schwarze lange Wollstrümpfe, lila Uniformkombinationen und rote Halbstiefel. Als Kopfbedeckung verpaßte man uns schwarze Kappen mit schmalen Schirmen. Anschließend wies man uns Unterkünfte zu, enge, fensterlose Vierbettzimmer. Es gelang uns zusammenzubleiben.

Ich ließ mich ächzend auf einem winzigen Hocker nieder.

»Es wird Zeit, daß wir uns aus dem Staub machen«, sagte ich. »Oder wollen Sie sich mit einer primitiven Atomrakete zum Mond schießen lassen, damit wir dort vielleicht einen Stützpunkt des Südblocks angreifen?«

Dalaimoc Rorvic zwängte sich in eines der muldenförmigen Betten. Es dauerte eine Weile, bis seine Fettmassen sich der Form des Bettes angepaßt hatten.

»Wir haben immer noch Zeit, zu verschwinden«, behauptete er mit der üblichen nervtötenden Langsamkeit. »Eigentlich ist es gar nicht so übel, daß wir rekrutiert und der raumfahrenden Truppe zugewiesen wurden. Von den Offizieren müßte sich einiges über die wahren Machtverhältnisse erfahren lassen.«

»Meinen Sie ernsthaft, die Offiziere ahnen auch nur, daß ihr Planet von einer geheimen Machtgruppe beherrscht wird?« fragte Batriaschwili.

Rorvic winkte ab. »Irgendwie muß sich der Einfluß der Cynos schließlich bemerkbar machen.«

»Aber sicher nicht bei den Offizieren«, wandte Kalowont ein. »Höchstens in den Kreisen um den Maytkor.«

»Vielleicht begehen wir als Soldaten des Maytkor eine Heldentat und werden vom Diktator höchstpersönlich ausgezeichnet«, spottete ich. »Dann wären wir an der Quelle alles Wissenswerten.«

Dalaimoc sah mich an. »Der Gedanke ist gar nicht so übel. Mich wundert nur, daß er ausgerechnet von Ihnen kommt, Captain Hainu.«

Ich schluckte. »Sie denken doch nicht etwa, ich könnte das ernsthaft erwogen haben, Captain Rorvic?«

»Natürlich nicht«, erwiderte der widerliche Kerl trocken. Damit hatte er wieder einmal die Lacher auf seiner Seite.

Leider ließ man uns nicht lange unbehelligt. Eine Lautsprecheranlage rief uns zum Appell. Ungefähr tausend neue Raumfahrtrekruten versammelten sich in einer blumengeschmückten Halle. Ein hochdekorierter Offizier beglückwünschte uns zu dem »Entschluß«, den Raumstreitkräften beizutreten. Eine Flut von Schlagworten prasselte auf uns nieder. Mir wurde beinahe übel davon, und ich atmete tief durch.

Anschließend nahmen wir in mehreren Speisesälen eine Mahlzeit ein, dann ging es gruppenweise zum theoretischen Unterricht. Unsere Ausbilder paukten uns systematisch Fakten ein. Ich merkte bald, worauf die Ausbildung abzielte. Man wollte aus uns keine Raumfahrer machen, sondern offenbar Raumlandesoldaten.

Nach dem theoretischen Unterricht ging es in Zentrifugenkammern. Die Dinger beschleunigten bis etwa zwölf Gravos, und ich war froh, daß seit unserer Mahlzeit vier Stunden vergangen waren. Als man uns auf die Zimmer entließ, fühlten wir uns wie gerädert. Wir konnten uns kaum dazu aufraffen, zum Abendessen den Speisesaal aufzusuchen. Danach schlief ich wie tot.

Am nächsten Tag wurden wir in Waffenkunde und Kampftechnik ausgebildet. Dann mußten wir schießen, marschieren und anschließend gruppenweise in einem ausrangierten Raumschiff herumklettern. Diese Prozeduren wiederholten sich mit kleinen Abänderungen Tag für Tag. Das einzige Erfreuliche an ihnen war, daß ich den fetten Albino schwitzen sehen konnte.

Drei Wochen später wurden wir ins Arbeitszimmer des Raumhafenkommandanten bestellt. Als wir hinkamen, befanden sich noch vierundzwanzig andere Rekruten dort.

Der Kommandant, ein großer, beleibter Redmarer mit vielen glitzernden Orden auf der Brust, blickte uns der Reihe nach an, dann sagte er:

»Ich freue mich, Sie bei mir begrüßen und Ihnen mitteilen zu können, daß Sie von rund tausend Lehrgangsteilnehmern die besten sind. Ihre Leistungen haben mich veranlaßt, Ihre Ausbildung vorfristig als beendet zu erklären. Alles, was Sie nun noch lernen müssen, werden Sie im kämpferischen Einsatz gegen den heimtückischen Feind unseres Volkes lernen. Sie starten morgen früh mit einem Zubringerschiff zur Weltraumstation NEUNTES PROGRAMM. Ihre Ausbilder führen Sie jetzt zum Ausrüstungsdepot, wo Sie alles bekommen werden, was Sie bei dem bevorstehenden Einsatz benötigen. Denken Sie immer daran: Der Große Maytkor sieht wie ein Vater auf euch. Wie ein Vater wird er die Mutigen belohnen und die Feigen strafen. Nieder mit den Südblock-Aggressoren! Es lebe der Maytkor und die Armee des Nordblocks!«

Die meisten Redmarer brüllten die Parole nach, obwohl ich sicher war, daß sie keine Fanatiker waren. Während unserer Ausbildung hatte ich gemerkt, daß die Redmarer im Grunde genommen friedliebend waren und nur gezwungenermaßen nachplapperten, was man ihnen eintrichterte. Die meisten hatten sich trotz allem ihr klares Denken bewahrt und wußten, daß der »kalte Krieg« zwischen Nord- und Südblock aller Vernunft widersprach.

Der beste Beweis dafür, daß wir nicht klüger oder besser waren als die Masse der Redmarer, zeigte sich mir wenig später im großen Spiegel des Ausrüstungsdepots, als ich mich, in einen unförmigen Raumanzug gezwängt und mit Waffen aller Art behängt, kritisch musterte.

Was sollte ein einfacher Bürger des Nordblocks gegen seine Verwendung als Kanonenfutter tun, wenn ich selbst nicht einmal revoltierte?

Aber Dalaimoc Rorvic hatte uns erklärt, daß wir vorläufig alles mitmachen sollten – und was er sagte, wurde von Batriaschwili und Kalowont als der Weisheit letzter Schluß betrachtet.

Der Start und unser Flug zur Weltraumstation waren eine einzige Qual. Zuerst wurden wir auf den primitiven Konturliegen beinahe zerquetscht, und dann trat sogar völlige Schwerelosigkeit ein.

In der Raumstation NEUNTES PROGRAMM wurde es nicht viel besser. Zwar rief ihre Rotation eine künstliche Schwerkraft hervor, aber sie betrug sogar in den Außenrandbezirken höchstens 0,3 Gravos. Dazu kam, daß wir in fürchterlich engen Kabinen wohnten, daß die Luft abgestanden war und Ausschlag hervorrief und daß wir täglich nur zwei

Liter Wasser erhielten. Über die Mahlzeiten möchte ich gar nicht erst klagen.

Von uns ertrug nur der Albino alles mit stoischer Geduld. Wenn wir nicht gerade an den Waffen ausgebildet wurden oder während sogenannter Orientierungsübungen angeseilt im Weltraum herumkletterten, hockte er mit untergeschlagenen Beinen auf dem Boden unserer Kabine und meditierte.

Allmählich wurde sogar Peltrow Batriaschwili nervös. Es äußerte sich dadurch, daß er mich eines Tages nach einer Schulung beiseite nahm und mich bat, auf Captain Rorvic einzuwirken. Ausgerechnet ich sollte den Dicken dazu bringen, daß er einer Flucht mit einem der Raumgleiter zustimmte. Ganz abgesehen davon, daß ich die Raumgleiter der Station für vorsintflutliche Angstkästen hielt, mit denen man nur bei einem Höchstmaß von Glück lebend landete.

»Sprechen Sie selbst mit ihm«, erwiderte ich.

»Das werde ich tun«, versicherte Batriaschwili grimmig. »Aus den Worten des Schulungsleiters zu schließen, will man uns in den nächsten Tagen zu einem Inselstützpunkt des Südblocks schicken. Ich möchte keinesfalls gezwungen sein, unschuldige Bürger des Südblocks zu töten.«

Wir gingen gemeinsam zu Rorvic, und Batriaschwili trug ihm seine Bedenken vor. Der Albino öffnete die Augen halb und sagte mit schleppender Stimme:

»Lassen Sie sich Zeit. Wir werden abwarten. Wenn bis einen Tag vor unserem Einsatz nichts geschehen ist, nehmen wir uns einen Raumgleiter und fliehen.«

»Was könnte denn Ihrer Meinung nach geschehen?« erkundigte Peltrow sich.

Dalaimoc wiegte den Kopf.

»Abwarten. Unser großes Plus ist, daß uns hier niemand zutraut, wir könnten einen Raumgleiter steuern. Deshalb werden die Fahrzeuge nur lässig bewacht.« Er schloß die Augen wider Erwarten nicht, sondern heftete den Blick auf einen imaginären Punkt an der Wand. In dieser Haltung entschwebte er sanft der Umgebung, um sich seinem Innenleben zu widmen.

Plötzlich wurde die Tür aufgerissen. Peltrow und ich nahmen unwillkürlich Haltung an, denn in der Öffnung stand der Kommandant der Station.

Nur Dalaimoc rührte sich nicht.

Der Kommandant trat näher; sein Blick verhieß nichts Gutes. Er starrte erst Captain Rorvic, dann mich an.

»Soldat Urbs?«

»Zu Befehl, Kommandant!« reagierte ich.

»Das hier ist die Kabine von Soldat Trumb Largo.« Er machte eine

Kopfbewegung in Rorvics Richtung. »Was haben Sie mit ihm angestellt, daß er sich nicht rührt?«

Unter meiner Biofolie stieg mir das Blut ins Gesicht. Immer wurde ich angefahren, wenn Dalaimoc einen Fehler machte.

»Nichts, Kommandant. Soldat Largo trainiert seinen Geist, wenn Sie erlauben.«

»Ich erlaube nichts. Sorgen Sie dafür, daß Largo sich den Dienstvorschriften entsprechend verhält!«

»Zu Befehl, Kommandant!« brüllte ich. In mir brodelte der Zorn.

Ich sah mich nach einem geeigneten Gegenstand um, den ich Dalaimoc in Ermangelung der Kaffeekanne über den Schädel hauen konnte. Mein Blick fiel auf den Maschinenkarabiner des Albinos; die Waffe lehnte am Bett; eine Plastikblume steckte in der Mündung. Ich schüttelte die Blume heraus, drehte die Waffe um und zog Rorvic den Kolben über den Schädel.

Der Captain zuckte zusammen. Sein Blick klärte sich.

»Tatcher a Hainu«, flüsterte er, »einmal wird dich der Blitz treffen.«

»Was sagt er?« fuhr der Kommandant mich an.

»Er phantasiert«, sagte Peltrow. »Wahrscheinlich eine Nachwirkung des Schlages.«

Ich hob Rorvics Waffe und wollte sie aufs Bett werfen, aber meine Hand bewegte sich plötzlich gegen meinen Willen in eine andere Richtung. Der Maschinenkarabiner prallte gegen die Stirn des Kommandanten.

Der Redmarer verdrehte die Augen und fiel steif nach hinten. Peltrow Batriaschwili sprang hinzu und fing ihn auf, bevor er mit dem Hinterkopf auf den Boden schlug.

»Sie Unglücksrabe!« schrie er mich an. »Das bringt Sie in Teufels Küche.«

Ich starrte erst den bewußtlosen Kommandanten, dann meine Hand an.

»Das ist mir unerklärlich«, stammelte ich. »Ich versichere Ihnen, daß ich die Waffe aufs Bett ...«

Der Kommandant kam überraschend schnell wieder zu sich. Er überschüttete mich mit einer Flut von Schimpfworten und sagte dann:

»Ich werde Sie wegen Meuterei und Anschlags auf mein Leben ohne Raumanzug aus der Station stoßen lassen, Soldat Urbs. Soldat Largo, führen Sie meinen Befehl aus!«

Dalaimoc Rorvic alias Trumb Largo betastete verlegen die Schwellung an seinem Hinterkopf. Der Befehl des Kommandanten stürzte ihn in einen schweren Konflikt.

Das ohrenbetäubende Heulen von Sirenen enthob ihn vorläufig einer Entscheidung. Der Kommandant wurde hellgrün, wandte sich um und lief hinaus. Kurz darauf wurde durch die Lautsprecher durchgegeben, daß acht Raumjäger des Südblocks die Station anflögen. Die Stationsbesatzung sollte in die Raketenstellungen und an die Lasergeschütze gehen, alle anderen sollten ihre Kabinen aufsuchen und ihre Raumanzüge anziehen.

Dalaimoc Rorvic grinste und sagte: »Das könnte Ihre Rettung bedeuten, Soldat Urbs.«

»Oder unser aller Tod«, konterte ich. »Wenn die Station vernichtet wird, sind wir alle verloren.«

Rorvic gähnte.

»Unsinn! Hainu und Batriaschwili, Sie machen einen der Raumgleiter startklar. Ich suche inzwischen Kalowont und bringe ihn zum Hangar.«

Peltrow und ich begriffen. Wir rannten los. Unterwegs erhielt die Station den ersten Treffer. Die Lichtanlage fiel aus. Wir wurden im Gang umhergeschleudert. Von irgendwo kamen die Schreie einiger Redmarer.

Peltrow und ich tasteten uns im Dunkeln weiter. Aus einigen Kabinen stürzten Redmarer in Raumanzügen. An den Abzeichen erkannten wir, daß es sich um Mitglieder unseres Kommandos handelte. Wir befahlen den Männern, uns zu folgen. Sie gehorchten, froh darüber, daß jemand ihnen sagte, was sie tun sollten.

Als wir den Hangar betraten, erfolgte der zweite Treffer. Ich wurde gegen den Raumgleiter geschleudert und prallte mit dem Kopf gegen Metall. Sekundenlang verschwamm die Umgebung vor meinen Augen. Als ich wieder klar sehen konnte, erkannte ich Captain Rorvic und Riev Kalowont. Rorvic hob mich hoch und warf mich durch das Einstiegluk. Ich wurde von einigen Redmarern in Empfang genommen und gefragt, ob ich den Gleiter steuern könnte. Ich bejahte, und man schob mich zum Pilotensitz.

Draußen schrie Dalaimoc Befehle. Immer mehr Soldaten erschienen und drängten sich im Mannschaftsraum zusammen. Zuletzt stiegen meine Gefährten ein.

Der Albino kämpfte sich zu mir durch und sagte: »Los, starten Sie! Es kommt niemand mehr. Die anderen sind wahrscheinlich tot.«

Als ich nicht sofort reagierte, drückte er die Taste für die Hangarschott-Fernsteuerung. Das Schott glitt auf, öffnete sich jedoch nicht ganz. Heulend entwich die Luft in den Weltraum.

Ich drückte die Starttaste. Sofort füllte sich der Hangar mit Feuer und Rauch, dann schoß die Maschine nach vorn. Krachend riß die rechte Stabilisierungsflosse ab; sie war am vorstehenden Schott hängengeblieben.

Meine Hände arbeiteten wie selbständige Wesen. Vor uns lag nicht der Planet, sondern der freie Raum. Ich mußte auf gut Glück steuern, denn die Instrumente waren so unvollkommen, daß man nicht viel aus ihnen ersehen konnte.

Endlich gelang es mir, den abgerundeten Bug des Raumgleiters auf den Rand der Planetenkugel zu richten. Ich durfte ja nicht auf die Mitte der Kugel zielen, da der Gleiter sonst in der Atmosphäre verbrannt wäre. Als ich zurückschaute, sah ich die Raumstation nur noch als eine Ansammlung zerknüllten Blechs, das die Strahlung der Sonne reflektierte. Von den Raumjägern, die uns angegriffen hatten, war nichts zu sehen.

Ächzend zwängte sich der Albino in den Sitz neben mir.

»Gut gemacht«, lobte er mich. »Wir müssen versuchen, im Meer zu landen. Ohne die abgerissene Stabilisierungsfläche bekämen wir den Gleiter nicht heil auf den Boden.«

In diesem Moment erstarb das Vibrieren, das uns die Arbeit der Triebwerke angezeigt hatte.

»Jetzt kann ich nicht mehr viel tun«, sagte ich. »Wenn unser Kurs nicht zufällig aufs Meer führt, ist es aus, Soldat Largo.«

Dalaimoc faltete die Hände über dem Bauch und nickte weise.

»Einmal ist es sowieso aus, Soldat Urbs. Man muß immer darauf vorbereitet sein, seinen Geist an die Ewigkeit zurückzugeben, von der wir ihn nur entliehen haben.«

Er wirkte zufrieden, während er das sagte. Es schien ihm gar nichts auszumachen, daß wir vielleicht in zwei Stunden nicht mehr lebten. Langsam fielen ihm die Augen zu.

Ich stöhnte.

Peltrow Batriaschwili streckte seinen Kopf in die Pilotenkanzel und erkundigte sich, ob mir etwas fehle.

»Ganz im Gegenteil«, antwortete ich bissig. »Ich habe einen Verrückten zuviel. Dieser fette Albino meditiert schon wieder.«

»Vielleicht ist es das Beste, was man in unserer Lage tun kann«, meinte Peltrow.

»Natürlich. Was Dalaimoc Rorvic tut, ist immer richtig.« Ich zweifelte allmählich daran, daß ich auch nur ein einziges Mal das Rechte tun konnte.

Der Eintritt in die Atmosphäre schüttelte unsere Nußschale ziemlich hart durch, aber sie fiel wenigstens nicht auseinander. Zweimal prallten wir wie ein flach auf Wasser geworfener Stein ab, dann sanken wir tiefer. Die Temperatur im Inneren des Raumgleiters stieg stetig an. Bald war es so heiß, daß ich nur noch mühsam atmen konnte.

Dalaimoc Rorvic meditierte weiter, obwohl der Schweiß in Strömen über seine Biomolplasthaut rann. Da die Folie lebte, konnte sie natürlich auch schwitzen und zusätzlich den Schweiß der echten Haut an die Außenfläche befördern.

Nach einiger Zeit breitete sich unter uns eine lückenlose Wolkendecke aus. Da das Radar wegen der Erhitzung der Außenwandung versagte, konnte ich nicht feststellen, ob unter den Wolken Land oder Meer lag.

Vom Weltraum aus hatte es ausgesehen, als stürzten wir auf den Südkontinent zu. Doch das menschliche Auge ist so leicht zu täuschen, daß immer noch ein Rest Hoffnung blieb.

Als der Gleiter durch die Wolkendecke stieß und ich unter uns die riesige Fläche des Ozeans sah, atmete ich erleichtert auf. Rasend schnell kam die Wasserfläche näher. Ich konnte nichts anderes tun als abwarten.

Und dann prallten wir auf die Wasseroberfläche, wurden hochgeschleudert, prallten abermals auf. Dieses Spiel wiederholte sich eine halbe Ewigkeit lang, bis der Gleiter endlich ruhig in der langen Dünung schaukelte.

Der Albino öffnete die Augen und schnauzte: »Schalten Sie endlich unser Funkgerät ein und rufen Sie um Hilfe, Sie Schlafmütze!«

Unser Hilferuf hatte ungeahnte Folgen. Zuerst erschien ein einzelnes Düsenflugzeug, kreiste dicht über uns und verschwand wieder. An den Hoheitszeichen erkannten wir es als Flugzeug des Südblocks.

Einige Minuten später tauchten gleichzeitig je fünf Maschinen des Nord- und des Südblocks auf. Sie hielten sich nicht lange bei der Vorrede auf, sondern schossen ihre Kampfraketen aufeinander ab. Drei Nordblockflugzeuge und zwei Flugzeuge des Südblocks stürzten brennend ins Wasser.

Immer mehr Maschinen trafen ein. Beide Seite kämpften erbittert darum, uns retten zu dürfen, und hatten gar keine Zeit, uns zu retten. Einige hundert Meter von uns entfernt wölbte sich plötzlich die Wasseroberfläche auf. Als sie sich wieder glättete, konnte ich mehrere rote Schwimmwesten und ein Gummifloß auf den Wellen treiben sehen. Offenbar hatten sich zwei Unterseeboote ein Gefecht geliefert.

Dann tauchte ein schlanker Metallrumpf dicht neben uns auf. Das Turmluk öffnete sich, und fünf Redmarer stiegen heraus. Sie schossen mit einem an Deck befestigten Apparat mehrere Magnettrossen zu uns, die klickend am Rumpf des Raumgleiters hafteten. Dann riefen sie uns zu, uns herüberzuhangeln.

Wir taten unser Bestes, beflügelt durch zwei Düsenjäger des Südblocks, die auf uns herabstießen. Ein Schauer von Kampfraketen schoß herab, traf jedoch nicht.

Der Albino war als erster auf dem Unterseeboot. Er half den vor Angst zitternden Raumsoldaten, während über uns die Luftkämpfe mit noch größerer Erbitterung tobten. Ich wartete, bis der letzte Soldat gerettet war, dann ließ ich mich bereitwillig ins Turmluk schieben. Mit dem letzten Blick sah ich, daß unser Raumgleiter von einer Raketensalve zerfetzt wurde, dann ließ ich los und stürzte in den Bauch des Unterseebootes.

Wie ich bereits aus dem Verhalten der Südblock-Piloten geschlossen hatte, waren wir von einem Nordblock-U-Boot gerettet worden. Allerdings hatten beide Seiten einen Preis für diese Rettung bezahlt, der mir im Vergleich zum Gewinn unmäßig hoch erschien.

Erst drei Tage später, bei unserer Einfahrt in den Hafen Valgarus, begriff ich, weshalb die Führung des Nordblocks keine Opfer gescheut hatte, um uns zu retten. Fast die gesamte Bevölkerung der Stadt Valgarus war zum Hafen gekommen, vier Militärkapellen spielten, und alle anwesenden Kriegsschiffe schossen Salut.

Wir wurden gefeiert, als ob wir Feldherren wären, die eine siegreiche Schlacht geschlagen hatten.

»Der Maytkor braucht ein paar Helden, um sein Prestige aufzupolieren«, flüsterte Batriaschwili mir zu.

Wir wurden zu einer Tribüne geleitet, von hohen Offizieren begrüßt, und ein Marschall der Nordblock-Streitkräfte hielt eine pathetische Rede über die bösen Südblockler, das tapfere Volk des Nordblocks und den überlegenen Kampfgeist seiner Soldaten.

Das Volk jubelte, schwenkte Fähnchen und ließ Sprechchöre erschallen. Ich kam mir vor wie auf einem Jahrmarkt.

Anschließend schüttelten der Marschall und Captain Rorvic sich demonstrativ die Hände. Bei anderer Gelegenheit wäre ich empört darüber gewesen, daß der Albino den Ruhm einheimste, der mir zustand, aber diesmal verzichtete ich gern darauf.

»Ich bitte Sie«, sagte der Marschall, »mich zum Regierungspalast in Maytkorapol zu begleiten. Der Große Maytkor will Ihnen persönlich seinen Dank und seine Anerkennung aussprechen.«

Dalaimoc wandte den Kopf und blinzelte mir zu.

Plötzlich wurde mir klar, daß wir erreicht hatten, was wir wollten. Wir erhielten Zutritt zum Regierungspalast und würden den Diktator des Nordblocks persönlich kennenlernen. Vielleicht lernten wir schon sehr bald einige der Cynos, der heimlichen Herrscher von Redmare, kennen.

Ein Flugzeug brachte uns nach Maytkorapol, und eine Wagenkolonne holte uns vom Flugplatz ab. Unsere Fahrt zum Regierungspalast glich einem Triumphzug. Die Häuser waren mit Fahnen und Bildern geschmückt. Menschenmassen säumten unsere Straßen und schrien sich die Kehlen heiser. Man bewarf uns mit Plastikblumen – und auch mit einer Bombe.

Der Explosionskörper landete auf meinen Knien. Ich war im ersten Moment wie gelähmt vor Entsetzen, dann wollte ich die Bombe nehmen und fortwerfen. Doch am Straßenrand drängten sich die Redmarer. Ich brachte es nicht über mich, die Bombe zwischen sie zu schleudern.

Wie hypnotisiert starrte ich auf die zischende, rauchende Zündschnur. Gleich würde die Glut den Sprengsatz erreichen und dann ...!

Aber die Zündschnur verlosch plötzlich, und als ich sie näher ansah, entdeckte ich, daß sie aus massivem Plastik bestand. Es war unmöglich, daß sie je gebrannt hatte – und doch hatte ich es mit meinen eigenen Augen gesehen.

Der Albino nahm die Bombe von meinen Knien und sagte gleichmütig: »Ein schöner Briefbeschwerer, Soldat Urbs. Ich werde ihm, dem Maytkor schenken.«

»Das ist eine Bombe«, sagte ich tonlos.

»Eine Bombe? Weshalb hat sich dann niemand darum gekümmert?«

Ich blickte mich nach unserer Begleitung um. Keiner schien bemerkt zu haben, daß man eine Bombe in unseren Wagen geworfen hatte. Ich begriff überhaupt nichts mehr. Der Rest der Fahrt verlief ohne Zwischenfälle. Wir fuhren in den prunkvollen Regierungspalast ein. Man kümmerte sich um uns, gab uns neue Uniformen und zu essen und zu trinken. Dann führten uns vier Offiziere in den Audienzsaal. Etwa hundert hohe Offiziere standen auf dem mit Goldplatten ausgelegten Fußboden, Orden blitzten und klirrten leise.

Aus dem Hintergrund näherten sich zwei Redmarer. Einer trug Zivil, der andere eine schlichte Uniform ohne Rangabzeichen und Orden.

»Der mit der einfachen Uniform ist der Maytkor«, flüsterte Dalaimoc.

Ich blickte den Albino verwundert an. Woher wollte er wissen, wer der Maytkor war?

Unsere Begleiter stießen uns an. »Vorwärts!« befahlen sie leise. »Geht dem Maytkor entgegen!«

Wir gehorchten. Unsere Kameraden aus der Raumstation vergingen fast vor Ehrfurcht – vielleicht auch nur vor Furcht. Es ist schließlich immer ein Risiko, die Aufmerksamkeit eines Gewaltherrschers auf sich zu ziehen.

Einige Schritte vor dem Maytkor blieben wir stehen und nahmen Haltung an. Der Herrscher musterte uns eingehend, sein Blick erzeugte Unbehagen in mir. Der andere Redmarer blickte uns zurückhaltend an. Er war von ungewöhnlich ebenmäßigem Körperbau und trug eine Brille mit starken Gläsern. Seine Zivilkleidung bestand aus enganliegender dunkelgrauer Hose, schwarzen Lackschuhen und blütenweißem Kasak. Um den Hals trug er eine dünne Goldkette mit einem Platinanhänger in Form einer fremdartigen Blume.

Nach einiger Zeit lächelte der Maytkor – es wirkte verschlagen. Er streckte Captain Dalaimoc die Hand entgegen. Der Albino ergriff sie und drückte sanft zu, aber was war bei ihm schon sanft! Ich sah, daß der Maytkor sein Gesicht schmerzlich verzog; rasch zog er die Hand zurück.

»Ich freue mich«, sagte der Herrscher, »so tapfere Helden unserer Großen Nation bei mir begrüßen zu können. In Anerkennung Ihrer Verdienste befördere ich Sie, Soldat Largo, zum Tropha Erster Klasse und Ihre

Kameraden zu Trophas Zweiter Klasse. Außerdem erhalten Sie den Orden der Siebzehn Blutstropfen.«

Er winkte. Ein Adjutant eilte herbei, ein Ordenskissen vor sich hertragend. Der Maytkor nahm eine schwarze Kette mit einem Gehänge aus siebzehn Rubinen in Form von Blutstropfen und legte sie dem Albino um den Hals. Rorvic mußte sich bücken, damit die Prozedur glatt verlief.

Ich wartete vergeblich darauf, daß er auch uns – oder zumindest mir – einen Orden verlieh, aber der Maytkor traf keine Anstalten dazu.

Schließlich deutete der Herrscher auf seinen Begleiter und sagte: »Das ist Eptont Aquul, mein Erster Berater. Er wird sich nun um Sie kümmern. Mich rufen dringende Staatsgeschäfte.«

Aquul lächelte. »Bitte kommen Sie mit mir, meine tapferen Helden.«

Ich sah ihn überrascht an. Hatte seine Stimme ironisch geklungen oder nicht? Er hatte leise gesprochen, aber ich glaubte doch, Ironie herausgehört zu haben.

Machte er sich über seinen Herrscher und den zweckbestimmten Heldenkult lustig?

Der Maytkor winkte uns gnädig, dann ging er davon. Er stolzierte wie ein balzender Pfau, und plötzlich verfing sich sein Fuß in einer gelockerten Goldplatte, und er schlug lang hin.

Ein vielstimmiger Entsetzensschrei gellte durch die Halle. Die Offiziere wurden hellgrün, beinahe gelb und eilten zu ihrem Herrscher, um ihm aufzuhelfen.

Eptont Aquul stutzte und blickte abwechselnd zu Dalaimoc Rorvic und in die Richtung des Maytkors.

»Das verstehe ich nicht«, sagte er leise vor sich hin. »Die Goldplatten sind so befestigt, daß sie sich nicht lockern können. Kommen Sie bitte zu diesem Nebeneingang.«

Er führte uns durch einen Flur in ein gemütlich eingerichtetes Zimmer. Mehrere Diener servierten Leckerbissen und Getränke.

»Bitte, bedienen Sie sich!« forderte Aquul uns auf.

Er selbst griff nicht zu, sondern schaute geistesabwesend vor sich hin. Wahrscheinlich beschäftigte sich sein Geist noch mit dem Sturz des Diktators. Ehrlich gesagt kam mir die Sache mit der gelockerten Goldplatte auch seltsam vor. Erstens würden die für den Zustand des Audienzsaales verantwortlichen Redmarer bestimmt alles tun, um derartigen Zwischenfällen vorzubeugen – und zweitens hatte der Erste Berater erklärt, daß die Platten sich überhaupt nicht lockern könnten.

Ich wäre vielleicht darüber hinweggegangen, wenn es der einzige seltsame Zwischenfall gewesen wäre, den ich erlebt hatte, seit wir dem schwarzen Diskusschiff durch den Linearraum gefolgt waren. Aber da war die Kanne gewesen, die sich ohne erkennbare äußere Einflüsse bewegt hatte, die Trivideosendung aus der Vergangenheit, das Verschwinden der gräßlichen Projektionen – und in der Raumstation hatte meine Hand eigenmächtig gehandelt und eine Waffe in die Richtung befördert, in die sie nicht fliegen sollte.

Und immer war Dalaimoc Rorvic dabeigewesen! *Sollte der fette Albino durch seine Meditationen vielleicht doch Parafähigkeiten entwikkelt haben?*

Ich nahm mir ein Glas Lushaz, ein hochprozentiges, nach Veilchen duftendes alkoholisches Getränk, und kippte den Inhalt hinunter. Als ich das Glas absetzte, stand Aquul vor mir.

Lächelnd fragte er: »Stimmt es, daß Sie in der Gegend von Daidrumy geboren wurden, Urbs?«

Verwirrt überlegte ich, welcher Geburtsort in meinem Nordblock-Paß stand. Daidrumy war es nicht, soviel wußte ich noch. Wie hieß der verwünschte Ort bloß?

Endlich fiel es mir wieder ein. »Nein, Exzellenz«, antwortete ich hastig. »Ich glaube, es war Yidron.«

»Sie glauben es nur ...?«

Captain Rorvic trat zu uns, lachte und sagte: »Urbs hat sich bei unserer heldenhaften Flucht aus der Raumstation den Kopf angeschlagen, Exzellenz. Seitdem läßt ihn sein Gedächtnis manchmal im Stich.«

Aquul schaute den Albino nachdenklich an.

»Aber Ihr Gedächtnis arbeitet einwandfrei, obwohl Sie eine große Beule am Hinterkopf haben, Largo?«

Dalaimoc grinste. »Ich habe das beste Gedächtnis des ganzen Universums.

»So, und Sie sind offenbar sehr gebildet, Largo. Wo wurden Sie eigentlich geboren?«

»In einem Untersee-Frachter. Aber daran kann ich mich nicht mehr erinnern, Exzellenz.«

Eptont Aquul lachte, ein wenig unsicher, wie mir schien. Ich hätte zu gern gewußt, was hinter seiner Stirn vorging. Mein Eindruck war, daß ihn etwas an Rorvic irritierte.

Er verabschiedete sich plötzlich sehr schnell und bat uns, den Speisen und Getränken ungeniert zuzusprechen. Später wurden wir von Dienern auf unsere Zimmer geleitet; wir wären noch für zwei Tage Gäste des Maytkors.

Als er gegangen war, trat Dalaimoc dicht an mich heran und flüsterte: »Sind Sie des Teufels, Hainu? Beinahe hätten Sie sich verraten. In Ihrem Paß steht als Geburtsort nicht Yidron, sondern Ploqual.«

Ich winkte ab. »Was kann ich dafür, daß mein Gedächtnis unzuverlässig arbeitet? Aquul dürfte gar nicht mehr daran denken.«

»Da irren Sie sich«, meinte der Albino ernst. »Aquul beachtet auch die geringste Kleinigkeit. Er ist ein Cyno. Ich habe es deutlich gespürt.«

30.

Als die Tür meines Schlafzimmers sich öffnete, richtete ich mich auf und schlug die Decke zurück. Ich hatte angekleidet im Bett gelegen.

»Captain Rorvic?« flüsterte ich.

»Sind Sie verrückt, mich mit meinem richtigen Namen zu nennen?« flüsterte der Albino zurück. »Wenn nun ein Redmarer Ihr Zimmer betreten hätte!«

»Hätte er gewiß kein Interkosmo verstanden«, erwiderte ich ärgerlich. »Ist es soweit?«

»Natürlich. Wäre ich sonst gekommen! Leise, und machen Sie kein Licht!«

Ich stieg in meine Stiefel und schlich zur Tür. Dalaimoc ergriff meine Hand und zog mich hinaus. Im Wohnzimmer schaltete ich ebenfalls den Mikro-Deflektor ein. Nun waren wir beide unsichtbar.

»Peltrow hat das Geheimarchiv des Regierungspalastes gefunden«, flüsterte Rorvic, während wir zur Außentür gingen.

»Wieso spürten Sie überhaupt, daß der Erste Berater ein Cyno ist?« fragte ich.

Der Albino antwortete nicht. Ich blieb stehen.

»Sie besitzen parapsychische Fähigkeiten, nicht wahr? Deshalb hat der Cyno Sie auch so komisch angesehen. Er muß etwas gespürt haben. Wahrscheinlich waren Sie es auch, der die Goldplatte lockerte und dadurch den Maytkor zu Fall brachte.«

»Sie haben eine krankhafte Phantasie«, widersprach Dalaimoc. »Kommen Sie endlich!«

Er öffnete die Tür und stieß mich auf den Flur. Beinahe wäre ich gestürzt. Dalaimoc Rorvic faßte mich am Gürtel meiner Uniform und zog mich hinter sich her. An der nächsten Kreuzung lehnte ein Wachtposten an der Wand. Der Redmarer hatte Mühe, seine Augen offenzuhalten; die Lider sanken ihm immer wieder herab. Als wir an ihm vorbeischlichen, hob er den Kopf und schnupperte. Er sah sich suchend um, rieb sich die Augen und lehnte den Kopf wieder zurück.

Ich wunderte mich darüber, daß der Posten durch unseren Körpergeruch aufmerksam geworden sein sollte.

Schließlich verströmten die Biomolplastfolien den arteigenen Geruch der Redmarer.

Aber als wir an der zweiten Kreuzung wieder einen Posten passierten und er genauso reagierte wie der erste, kamen mir doch Bedenken. Ich sog prüfend die Luft durch die Nase, und nach einer Weile entdeckte ich einen fremden Geruch. Es roch ganz schwach nach Maschinenöl. Allerdings konnte ich mir nicht erklären, woher der Geruch kam.

Captain Rorvic führte mich zu einem Lift. Wir fuhren mit der Kabine achtzehn Stockwerke tiefer und gelangten in einen geräumigen Keller. Überall waren Türen in den Betonwänden, aber die, die wir passieren mußten, standen offen.

»Peltrows Werk«, flüsterte Dalaimoc.

Peltrow Batriaschwili mußte sich unsichtbar hinter uns aufhalten, denn alle passierten Türen schlossen sich wie von Geisterhand wieder. Endlich kamen wir in eine Halle mit zahlreichen hohen Metallkästen. In einigen drehten sich große Spulen mit breiten braunen Plastikbändern.

Ich stieß unsanft mit der Nase an Rorvics breiten Rücken, als der Albino unvermittelt stehenblieb. Dann hörte ich, wie sich die letzte Tür hinter uns schloß.

»Sie können die Deflektoren abschalten«, sagte Peltrows Stimme.

Nacheinander wurden wir sichtbar. Erst jetzt bemerkte ich, daß Riev Kalowont schon vorher dagewesen war. Er stand neben einem der Metallkästen.

»Diese Kästen sind Teile eines großen Elektronengehirns«, erläuterte Batriaschwili. »Auf der Erde waren solche Geräte die Vorläufer unserer heutigen Positroniken. Kalowont, schalten Sie den Kasten ein, vor dem Sie stehen!«

Riev Kalowont streckte zögernd die Hand aus.

Plötzlich öffnete sich eine schmale Nebentür. Ein Redmarer trat mit schußbereiter Maschinenwaffe heraus.

»Nehmen Sie die Arme hoch und bewegen Sie sich nicht!« rief er mit zitternder Stimme. »Ich habe lange auf diesen Augenblick gewartet, seit ich die letzte Manipulation des Elektronengehirns entdeckte. Sie gehören zu den sieben Fremden, die heimlich die Geschicke unseres Planeten steuern.«

»Sie irren sich, mein Freund«, erwiderte Dalaimoc gelassen. »Wir gehören nicht zu den sieben Fremden, sondern wir sind hinter ihnen her.«

Der Redmarer lachte schrill.

»Natürlich geben Sie es nicht zu, aber ich habe beobachtet, daß Sie unsichtbar hereinkamen – und nur die Fremden können sich unsichtbar machen. Sie verfügen über technische Mittel, die wir nicht kennen.«

»Die Fremden besitzen diese Mittel – und wir auch«, erklärte der Tibeter mit seiner tiefen, autoritär wirkenden Stimme. »Da Sie und wir hinter ihnen her sind, sollten wir uns verbünden. Was halten Sie davon?«

»Nichts, denn Sie versuchen nur, mich zu täuschen. Ich darf Sie nicht davonkommen lassen. Sie haben schon den letzten Atomkrieg verursacht, einen zweiten darf es nicht geben. Ich werde Sie erschießen. Nur dann bin ich sicher, daß Sie kein Unheil mehr anrichten.«

Dalaimoc Rorvic lächelte.

»Man erschießt seine Freunde nicht. Legen Sie die Waffe weg und kommen Sie zu mir, ganz friedlich, mein Freund.«

Der Redmarer legte seine Waffe auf den Boden, dann kam er mit marionettenhaften Bewegungen auf den Albino zu. Diesmal gab es für mich keinen Zweifel mehr an Rorvics parapsychischen Fähigkeiten.

Der Captain legte dem Redmarer die Hände auf die Schultern und sagte: »Berichten Sie, mein Freund!«

»Ich heiße Murnock«, sagte der Redmarer in einem auffallend leiernden Ton, »und arbeite hier als Programm-Kontrolleur. Seit einiger Zeit entdeckte ich immer wieder Eingriffe im Programm des Elektronengehirns. Berechnungen über die militärische und wirtschaftliche Lage wurden verfälscht, Personen falsch eingestuft und dadurch in den Kreis um den Maytkor eingeschleust.

Ich beschloß, insgeheim einen Datenfänger zu installieren, das ist ein Gerät, das alle durch den Rechner laufenden Daten festhält, auch wenn sie nach der Verarbeitung wieder gelöscht werden. Als ich den Datenfänger nach zwei Tagen ausbaute und abspielte, fand ich ein umfangreiches Rechenprogramm vor, das Unbekannte heimlich durchgespielt haben mußten. Unter anderem hatte das Elektronengehirn ausrechnen müssen, wann die Bevölkerung unseres Planeten sich so weit vermehrt haben würde, daß ein zweiter Atomkrieg ausgelöst werden müßte, um eine drohende Bevölkerungsexplosion zu verhüten.

Außerdem wiesen verschiedene andere Berechnungen darauf hin, daß die Fremden nicht nur die Geschicke unseres Planeten lenken, sondern mit Hilfe weiterer Gruppen zu sieben oder neun Personen auch die Geschicke aller anderen bewohnten Planeten der Galaxis. Aus mehreren Angaben errechnete ich, daß einige der sieben heute nacht hierher zurückkommen würden, um abermals Manipulationen an dem Elektronengehirn durchzuführen.«

»Das ist genug!« sagte Captain Rorvic scharf.

Murnock erwachte aus seiner hypnotischen Starre und blickte den Albino verblüfft an. Dann lächelte er.

»Sie sind ein Freund. Bitte, folgen Sie mir. Die Fremden müssen bald erscheinen.«

Er führte uns durch die Nebentür in einen kleinen Raum, von dem aus man durch Monitoren die Halle mit dem Elektronengehirn beobachten konnte. Batriaschwili nahm die Waffe des Redmarers mit.

Wir brauchten nicht lange zu warten. Ich hielt den Atem an, als das Haupttor der Halle sich öffnete und sich nach wenigen Sekunden wieder schloß. Dann flimmerte die Luft, und aus dem Flimmern schälten sich die Umrisse dreier Gestalten heraus. Eine von ihnen gehörte Eptont Aquul, die beiden anderen hatte ich noch nie gesehen, aber sie sahen ebenfalls wie Redmarer aus.

»Wir müssen uns beeilen«, ertönte Aquuls Stimme aus einem Lautsprecher. »Nach der Vernichtung seiner Raumstation ist der Maytkor den Argumenten für die Errichtung einer Kolonie auf dem vierten Planeten zugänglicher als sonst, und bei einem so langfristigen Projekt möchte ich keinen hypnosuggestiven Zwang anwenden. War es übrigens schwierig, Glortai, die Südblock-Führung zur Vernichtung der Raumstation zu bewegen?«

Der, den Aquul mit »Glortai« angesprochen hatte, lachte.

»Ich habe nur einen Agenten präpariert, der behauptete, daß von der Station aus ein atomarer Überfall auf die neue Mondstation des Südblocks vorbereitet würde.«

Ich zog die Luft geräuschvoll ein. Diesem Glortai also hatten wir den Überfall auf die Raumstation zu verdanken, bei dem wir fast ums Leben gekommen wären.

»Manipulieren Sie den Elektronenrechner dahin gehend, Uptor, daß er bei der Endkalkulation Werte liefert, die über die wirklichen Kosten des Projekts hinwegtäuschen«, sagte Eptont Aquul zu dem dritten Cyno. »Sobald der Maytkor das Projekt erst einmal verkündet hat, kann er es nicht wieder einstellen, ohne das Gesicht zu verlieren.«

»Gut«, bestätigte der Cyno namens Uptor. »Die Zeitspanne zwischen Arbeitsbeginn und Abschluß der dritten Projektstufe beträgt rund achtzig Jahre. Ich werde dafür sorgen, daß der Rechner nur zwanzig Jahre kalkuliert, dann darf der Maytkor darauf hoffen, die Fertigstellung seines »Denkmals« noch zu erleben.«

»Achtzig Jahre ...«, meinte Glortai nachdenklich. »In dieser Zeit wird sich die Bevölkerung vervierfacht haben. Sollten wir wirklich so lange mit dem nächsten Atomkrieg warten?«

»Wir müssen«, erklärte der Erste Berater des Maytkors. »Im nächsten Atomkrieg werden wir kaum verhindern können, daß die Eingeborenen Kobaltbomben einsetzen. Falls es dadurch zur Vernichtung der gesamten Bevölkerung kommt, muß die Kolonie auf dem vierten Planeten autark sein. Später können dann von dort Siedler zum dritten Planeten fliegen und eine neue Zivilisation aufbauen.«

Er blickte sich unruhig um.

»Was haben Sie, Aquul?« fragte Glortai.

»Ich weiß nicht«, antwortete Aquul. »Ich habe ein seltsames Gefühl. Zum erstenmal spürte ich es, als ich gestern die Raumfahrerhelden betreute. Einer von ihnen, ein unglaublich korpulenter Eingeborener, machte mich unsicher.«

Uptor meinte amüsiert: »Ein Eingeborener macht Sie unsicher, Aquul?«

»Ja. Von ihm ging etwas Seltsames aus, eine Art undefinierbare Ausstrahlung, wie ich sie vorher noch bei keinem Eingeborenen erspürt hatte. Und jetzt ist dieses Gefühl wieder da. Ich werde die Vorstellung nicht los, daß dieses Subjekt irgendwo ganz in der Nähe herumschleicht.«

»Wir verschwinden besser«, raunte Dalaimoc Rorvic uns zu.

»Sie bleiben hier«, ertönte die Stimme Aquuls abermals aus dem Lautsprecher. »Ich werde mir einige Soldaten nehmen und die Räume der ›Helden‹ inspizieren. Lassen Sie sich von niemand sehen. Wir treffen uns wahrscheinlich heute nicht mehr. In zwei Tagen kommen wir wieder zusammen, und zwar in unserem Geheimstützpunkt am Sushenuwa-See.«

Captain Rorvic flüsterte auf den Redmarer ein. Wahrscheinlich gab er ihm einen Hypnoblock oder etwas Ähnliches. Dann winkte er uns.

Wir verließen den Monitorraum durch eine andere Tür und begaben uns in aller Eile zu einem Nebenausgang des Regierungspalastes. Da die Mikro-Deflektoren uns unsichtbar machten, war es nicht schwierig, an den Posten vorbeizukommen. Wir mußten nur darauf achten, den körperlichen Kontakt nicht zu verlieren.

In einer finsteren Gasse von Maytkorapol hielten wir an und schalteten die Deflektoren aus.

»Als ›Helden‹ haben wir ausgespielt«, sagte der Albino. »Wir werden eine neue Identität annehmen müssen. Aber zuerst organisieren wir ein schnelles Fahrzeug, fahren in die Nähe des Sammellagers, wo unsere restliche Ausrüstung liegt, schleichen ins Lager und holen alles heraus. Danach suchen wir uns einen Unterschlupf, in dem wir uns bis übermorgen verkriechen können.«

»Warum sollten wir uns zwei Tage lang verkriechen?« fragte ich. »Wir können doch zur Basis fliegen, sobald wir die Kampfanzüge wiederhaben. Einige Tage Erholung ...«

»Wenn es nach Ihnen ginge, würden Sie während unseres ganzen Aufenthaltes auf Redmare in der Basis liegen und schlafen«, meinte der Albino vorwurfsvoll. »Vergessen Sie nicht, daß wir eine wichtige Aufgabe zu erfüllen haben.«

»Was wollen Sie denn noch in Erfahrung bringen?« protestierte ich. »Wir wissen doch das Wichtigste über die sieben Herrscher von Redmare.«

Dalaimoc lächelte nachsichtig.

»Bald werden wir noch mehr wissen, Captain Hainu. Dann nämlich, wenn wir dem Schlupfwinkel am Sushenuwa-See einen Besuch abgestattet haben.«

Die Turbine des schweren Lastwagens heulte auf, als Peltrow Batriaschwili das Gaspedal bis zum Anschlag durchtrat. Das Fahrzeug rumpelte wild schlingernd einen steilen Bergpfad hinauf.

Peltrow hatte es in der Nacht gestohlen, und in der Dämmerung waren wir zum Sushenuwa-See aufgebrochen. Seit zwei Stunden kurvten wir nun schon in der felsigen Einöde des Quolnob-Gebirges herum. Die Sonne brannte auf das Blechdach des Wagens und heizte die Luft im Innern unerträglich auf.

»Hoffentlich sind wir auf dem richtigen Weg«, sagte ich nörgelnd.

Dalaimoc schaute auf die Karte, die er auf seinem Bauch ausgebreitet hatte. Der Schweiß lief ihm in Strömen über das Redmarergesicht.

»Sobald wir um den Bergkegel dort herumgefahren sind, müßten wir den See unter uns liegen sehen«, erklärte er.

»Hoffentlich sehen wir auch den Schlupfwinkel der Cynos unter uns liegen«, gab ich gereizt zurück. »Warum sind wir eigentlich nicht mit den Kampfanzügen geflogen, anstatt sie nutzlos unter dem Werkzeug im Laderaum herumliegen zu lassen?«

Dalaimoc lächelte süffisant.

»Weil der Schlupfwinkel sicher durch verborgene Ortungsgeräte überwacht wird, Captain Hainu. Wann endlich benutzen Sie Ihr eingeschrumpftes Gehirn einmal zum Denken, falls man mit dem Ding überhaupt denken kann?«

»Sobald ich nicht mehr gezwungen bin, in Ihrer Nähe zu leben, Captain Rorvic. Sie üben einen lähmenden Einfluß auf mich aus.«

Peltrow Batriaschwili sah mich verweisend an.

»Unterlassen Sie das, Hainu! Fangen Sie nicht schon wieder Streit an.«

»Er hat behauptet, ich hätte ein eingeschrumpftes Gehirn. Hören Sie eigentlich niemals, was dieser Fettkloß sagt?«

»Captain Rorvic hat Sie lediglich gebeten, die Gründe für die Benutzung dieses Transportmittels einzusehen. Sie waren es, der beleidigend wirkte.«

Ein Vorderrad des Turbowagens stieß gegen einen Felsbrocken. Der Schlag riß Peltrow das Lenkrad aus der Hand. Er konnte es gerade noch greifen und herumreißen, bevor wir in den Abgrund zur Linken rasten.

»Daran waren nur Sie schuld, Hainu!« sagte Peltrow erbost.

»Na klar«, murrte ich resignierend. »Wenn in diesem Augenblick die Sonne explodierte, würden Sie mir auch daran die Schuld geben. Ich komme von dem Verdacht nicht los, daß Captain Rorvic mich nur als Sündenbock in seine Einsätze mitnimmt.«

»Das ist doch die Höhe!« entfuhr es Kalowont. »Sie sind ein unmöglicher Mensch, Captain Hainu.«

Der Albino grinste.

Ich biß die Zähne zusammen und schwieg eisern, bis der Turbowagen am Ufer des Sushenuwa-Sees hielt. Die Wasserfläche glänzte im Sonnenschein wie flüssiges Blei und zeigte keine Spur von Leben. Nicht einmal Schilf oder Algen waren zu entdecken, ganz zu schweigen von Land- oder Wassertieren. Hier verbrachte bestimmt niemand seinen Urlaub oder ein Wochenende.

Das mochte auch der Grund dafür sein, daß die Cynos ihren Schlupfwinkel in der Nähe eingerichtet hatten.

Während Kalowont und ich das Werkzeug ausluden und so taten, als wollten wir Gesteinsproben nehmen, suchten Batriaschwili und der Albino mit Spezialgeräten die Umgebung ab.

»Ich habe etwas gefunden«, sagte Dalaimoc nach einer halben Stunde. »Geringfügige Streustrahlung, wie sie etwa von einem Hochenergie-Tarnschirm erzeugt wird.«

Er deutete mit dem Kopf zum gegenüberliegenden Ufer.

»Dort, wo die steile Klippe zum See abfällt, ist es. Ziehen Sie sich aus und schwimmen Sie unauffällig hinüber, Captain Hainu. Versuchen Sie, in die Klippe einzudringen.«

»Ich soll hinüberschwimmen?« fragte ich entgeistert. »Durch diesen wasserhaltigen See? Und dann soll ich in die Klippe eindringen? Sie sind wohl von einem marsianischen Sandfloh gebissen, wie?«

»Ich werde die Aufgabe übernehmen«, warf Peltrow Batriaschwili ein. »Captain Hainu ist offenbar unfähig, die primitivsten Zusammenhänge zu begreifen.«

»Sie werden überhaupt nichts übernehmen!« schrie ich ihn an. »Ich habe alles begriffen, Sie Seelenkriecher!«

Hastig zog ich mich aus und ging zum See. Vorsichtig streckte ich zuerst den linken großen Zeh ins Wasser, dann den rechten. Plötzlich trat Dalaimoc hinter mich und versetzte mir einen Tritt ins verlängerte Rückgrat. Ich stürzte, wollte schreien und schluckte Wasser.

Das heißt, ich dachte, es sei Wasser. Aber es war kein Wasser, sondern Luft. Verblüfft sah ich mich um.

Ich schwebte mitten in einer kugelförmigen Kammer von etwa drei Metern Durchmesser. Weder eine Tür noch Fenster waren zu sehen. Das schwache gelbe Licht sickerte durch die Kugelschale. Ich schloß die Augen, zählte bis zehn und öffnete sie wieder. Nein, das war kein Traum und keine Halluzination, sondern Wirklichkeit.

Ich spürte noch die Stelle, an der Dalaimocs Stiefelspitze mich getroffen hatte, und erinnerte mich noch daran, daß ich auf die Wasseroberfläche zufiel.

»Bei Zeus!« murmelte ich in interkosmo. Diese Art Ortsversetzung kam mir bekannt vor. Auf dem Planeten Testfall Rorvic hatte ich etwas Ähnliches erlebt.

Plötzlich verschwand die Kugelschale. Ich stand in einer Halle mit senkrechten Wänden und bogenförmig gewölbter Decke. Mir gegenüber befand sich ein offenes Schott.

»Gültigkeit des Kodewortes überprüft und bestätigt«, schnarrte eine metallische Stimme in interkosmo. »Sie sind anerkannt. Wie lauten Ihre Befehle?«

Meine Gedanken jagten sich.

Was bedeutete das: Gültigkeit des Kodewortes überprüft und bestätigt? Welches Kodewort meinte die Stimme nur? Hatte ich denn überhaupt etwas gesagt?

Bei Zeus! Ich war nahe daran, hysterisch zu lachen. Ein Ausspruch aus der terranischen Vorzeit sollte das Kodewort sein, das im Stützpunkt des heimlichen Imperiums auf Redmare galt, 20.003 Lichtjahre von der Erde entfernt?

Die Erkenntnis des Zusammenhangs traf mich wie ein Schlag: Auch auf der Erde gab es also diese geheimnisvollen Herrscher oder hatte es sie einmal gegeben!

»Wie lauten Ihre Befehle, Herr?« schnarrte es abermals.

Ich mußte grinsen. Jetzt konnte ich diesem Albino und seinen Anbetern beweisen, daß ich, Tatcher a Hainu, mehr Verstand besaß als sie zusammen.

»Am Ufer des Sees warten drei Freunde von mir«, sagte ich. »Hol sie herein!«

»Verstanden«, schnarrte es. »Ausführung folgt.«

Die schnarrende Stimme hatte kaum geendet, da standen meine Gefährten auch schon vor mir. Riev Kalowont öffnete den Mund, brachte aber keinen Ton heraus. Peltrow Batriaschwili legte die Hand auf den Kolben seiner kleinen Energiewaffe und sah sich aus zusammengekniffenen Augen um. Nur Dalaimoc Rorvic stand ungerührt da, wie ein Fels in der Brandung.

Ich blickte die Gefährten triumphierend an. »Was sagt ihr nun?«

Der Albino räusperte sich. »Ich würde sagen, wir sollten endlich etwas tun. Wohin führt diese Tür?« Er deutete auf das offene Schott.

Ich schluckte.

Das war wieder einmal typisch für Captain Rorvic. Ihn interessierte nicht, wie ich dieses Wunder vollbracht hatte. Statt dessen verlangte er das nächste Wunder. Woher sollte ich wissen, wohin es durch das Schott ging!

»Sie wissen es also nicht, Captain Hainu«, sagte er. »Schön, dann muß ich eben selbst nachsehen.« Er bewegte seinen massigen Körper auf die Öffnung zu.

Batriaschwili zog seine Jacke aus und gab sie mir.

»Hier, Hainu, ziehen Sie das über! So können Sie doch nicht herumlaufen.«

Ich schluckte meinen Zorn hinunter und zog die viel zu weite Jacke über. Die Schultern hingen mir bis zu den Ellenbogen, und meine Hände verschwanden völlig in den Ärmeln. Dann folgte ich Rorvic und den anderen.

Nach einiger Zeit vergaß ich meinen Ärger. Der Schlupfwinkel der Cynos bot so viel Interessantes, daß meine Aufmerksamkeit völlig davon gefangen wurde. Vor allem erkannten wir, daß die Technik der heimlichen Machthaber durchaus nicht erheblich besser war als die des Solaren Imperiums. Die wirkliche Macht der Fremden mußte in erster Linie auf ihren parapsychischen Fähigkeiten beruhen. Für die Verhältnisse auf Redmare allerdings besaßen die Cynos eine weit überlegene Technik.

Ganz gegen seine sonstige Gewohnheit drängte Dalaimoc zur Eile. Er hatte irgendwo einen flachen stählernen Aktenkoffer aufgetrieben und stopfte ihn mit Informationsspulen und anderen wertvollen Unterlagen voll. Dann fragte er mich, wie wir den Schlupfwinkel wieder verlassen könnten.

Ich stellte mich feierlich in Positur und rief: »Dein Herr befiehlt: Bring uns zum Ufer des Sees zurück!«

»Verstanden«, erwiderte die schnarrende Stimme. »Ausführung folgt. Der Erste Bevollmächtigte wurde über die Entnahme von Unterlagen informiert.«

Im nächsten Moment standen wir wieder neben den Geräten am Ufer des Sushenuwa-Sees.

»Nehmen Sie Ihre Sachen und ziehen Sie sie während der Fahrt an!« befahl Captain Rorvic völlig unbeeindruckt. »Wenn die Automatik des Schlupfwinkels einen der Cynos informiert hat, müssen wir so schnell wie möglich verschwinden.«

Peltrow Batriaschwili ließ bereits die Turbine anlaufen. Ich raffte meine Kleidung auf und kletterte in den Laderaum. Die Geräte ließen wir liegen. Während der Lastwagen über Schotter und Löcher rumpelte, zog ich mich an. Kaum war ich fertig damit, da fiel es dem Albino ein, anzuordnen, wir sollten lieber die Kampfanzüge anziehen. Also schlüpfte ich wieder aus meinen Redmareschen Sachen heraus und stieg in den Kampfanzug. Danach zogen meine Gefährten sich um. Für einige Zeit löste ich Batriaschwili am Steuer ab. Meiner Ansicht nach war er viel zu langsam gefahren, folglich gab ich mehr Gas und verzichtete darauf, in den Kurven abzubremsen. Auf diese Weise gelangten wir ziemlich schnell zu der Straße, die am Nordhang des Gebirges entlangführte.

Doch wie üblich erntete ich auch diesmal keine Dankbarkeit. Dalaimoc Rorvic beschwerte sich darüber, daß er sich beim Hin- und Herschleudern des Wagens mindestens ein Dutzend blauer Flecken zugezogen habe. Ich hielt ihm dafür entgegen, ich hätte längst bemerkt, daß er sich sogar die Biomolplasthaut des Schädels einölte, und zwar mit

Maschinenöl, und daß uns die Wachtposten im Regierungspalast deswegen beinahe entdeckt hätten.

Unser Streit wurde durch das Auftauchen eines Flugzeuges jäh beendet. Die zweistrahlige Maschine kam aus der Sonne, so daß wir sie zu spät bemerkten. Plötzlich stiegen hinter uns neben dem Turbolastwagen die Dreck- und Rauchfontänen von Bombenexplosionen auf. Leuchtspurgeschosse fegten am Führerhaus vorbei.

Captain Rorvic streckte die Hand mit der Strahlwaffe aus dem Seitenfenster, um auf den Jagdbomber zu schießen, falls er einen zweiten Angriff versuchte. Doch der Pilot schien in ähnlichen Bahnen zu denken. Er überflog uns kein zweites Mal, sondern raste dicht an der Bergflanke entlang auf uns zu und schoß aus ungefähr zwei Kilometern seine Kampfraketen ab. Dann zog er hoch.

Batriaschwili, der inzwischen wieder steuerte, trat das Gaspedal bis zum Anschlag durch – und als die Raketen bis auf etwa hundert Meter heran waren, bremste er scharf. Ich prallte mit dem Kopf gegen die Windschutzscheibe.

Dann heulte, krachte und splitterte es rings um mich. Dalaimoc packte mich am Genick und warf mich hinaus. Die anderen sprangen hinterher. Ich sah dicht vor unserem Wagen einige Trichter. Das Metall des Führerhauses war von Splittern durchsiebt, und beide Vorderreifen waren zerfetzt.

»Deflektoren und Flugaggregate ein!« schrie Rorvic. Er hielt den Aktenkoffer in der Hand.

Aber bevor wir starten konnten, kehrte der Jagdbomber zurück. Diesmal durchsiebte er den Turbowagen mit Leuchtspurgeschossen. Ich sah, wie Rorvics Aktenkoffer von einem explodierenden Geschoß zerrissen wurde.

Im nächsten Moment waren wir unsichtbar und rasten mit Hilfe der Flugaggregate davon. Da wir die Antiflexschaltung unserer Helme aktiviert hatten, brauchten wir wenigstens keinen Berührungskontakt zu halten.

»Kurs Süden!« befahl der Albino über Helmfunk. »Wir fliegen nach Sahkorim. Auf dem Nordkontinent sind wir nicht mehr sicher.«

Als ob wir seit unserem Start mit der Space-Jet auch nur eine Sekunde sicher gewesen wären! Düstere Ahnungen bewegten mich, während ich die Flugrichtung änderte.

Wer konnte wissen, was Dalaimoc Rorvic noch alles vorhatte.

Als der Turbowagen anhielt, schreckte ich aus meinem Halbschlaf auf. Wir befanden uns in der Tiefgarage eines Hotels. Captain Rorvic hatte seltsamerweise ein Einsehen gehabt und die Zimmerflucht eines Hotels für uns bestellt, nachdem wir zum Südkontinent zurückgekehrt waren und uns neue Kleidung und einen Wagen besorgt hatten.

»Steigen Sie aus, Hainu!« befahl er. »Sie können in Ihrem Zimmer schlafen. Zehn Stunden sind bewilligt. Danach sehen wir weiter.«

Ich gehorchte.

Unsere Kampfanzüge lagen im Kofferraum des Wagens. Wir wollten sie in der Nähe haben, falls es brenzlig wurde. Nach den Ereignissen im Regierungspalast des Maytkors und dem Schlupfwinkel der Cynos mußten wir damit rechnen, daß sie zu dem Schluß gekommen waren, der eigentlich recht nahelag, nämlich, daß sich Fremde auf diesem Planeten aufhielten. Der Überfall des Düsenflugzeuges hatte bewiesen, daß sie das militärische Potential der Redmarer beliebig einsetzen konnten. Warum also sollten nicht auch die Geheimdienste der beiden Blöcke unter ihrem Einfluß stehen!

Ich verbarg die zerbeulte Kanne unter dem weiten Gewand. Vielleicht konnte ich sie brauchen, wenn Dalaimoc wieder einmal zu lange meditierte. Bisher hatte sie im Ausrüstungsbeutel meines Kampfanzuges gelegen und war deshalb meist nicht greifbar gewesen, wenn ich sie brauchte.

Während Peltrow zur Rezeption ging, um unseren Schlüssel abzuholen, fuhren wir mit dem Fahrstuhl voraus. Unsere Zimmerflucht lag im 23. Stockwerk. Als Peltrow mit dem Schlüssel nachkam, besichtigten wir die Zimmer. Der Wohnraum war einigermaßen geräumig und gut eingerichtet, die vier Schlafzimmer dagegen glichen den winzigen Kabinen, die wir auf der Raumstation des Nordblocks bewohnt hatten. Der Preis stand meiner Meinung nach in keinem Verhältnis dazu; ein Durchschnittsbürger würde ihn kaum bezahlen können.

Ihm Wohnraum stand ein einziger großer Sessel; die anderen waren kleiner und schlechter gepolstert. Dalaimoc Rorvic ließ sich natürlich sofort in dem großen Sessel nieder, rekelte sich behaglich und sagte:

»Schlaft ruhig, Freunde. Ich werde über euch wachen.«

Wäre ich nicht so müde gewesen, hätte ich eine Anspielung auf seine besondere Art der Wachsamkeit gemacht. Doch wir hatten während des Fluges nur abwechselnd geschlafen, und ich war froh, endlich in ein Bett zu kommen.

Ich zog nur die Schuhe aus und streckte mich. Das Bett genügte gerade für meine Größe. Der Albino hätte niemals in ein solches Bett gepaßt. Mir wurde klar, weshalb er den Sessel vorgezogen hatte. Ich wollte schadenfroh grinsen, aber es blieb bei der Absicht, denn im nächsten Moment war ich eingeschlafen.

Als ich erwachte, wußte ich zuerst nicht, wo ich mich befand. Ein regelmäßig aufblinkendes rotes Licht irritierte meine Sinne, und ein in kurzen Intervallen ertönender Gong lähmte meine Tatkraft. Dazu wisperte eine seltsame Stimme, ohne daß ich bewußt irgendwelche Worte wahrnahm.

Meine Gedanken irrten ziellos in meinem Kopf herum, sanken bis zum tiefsten Grund des Unterbewußtseins und stiegen empor, als prallten sie ab. Doch sie wollten nicht bis an die Oberfläche vordringen.

Was war das nur? Plötzlich tauchte ein Name in meinem Bewußtsein auf. Dalaimoc Rorvic!

Der Gedanke an den Albino wurde von so starken Emotionen begleitet, daß meine Gedanken jetzt doch bis an die Oberfläche des Bewußtseins drangen.

Eine Falle! Ich lag in einem Hotelbett, ein hypnomechanischer Generator lähmte meine Willenskraft – und Dalaimoc Rorvic hatte es nicht verhindert, obwohl er versprochen hatte, über uns zu wachen!

Der Zorn besiegte den Einfluß des hypnomechanischen Generators. Ich wälzte mich träge aus dem Bett, blickte nachdenklich auf die zerbeulte Kanne und wußte mit einemmal, was ich damit anfangen konnte.

Ich nahm die Kanne und ging ins Wohnzimmer. Meine Füße waren so schwer wie Blei, und ich brauchte für die paar Schritte scheinbar Stunden. Schließlich aber stand ich vor dem Albino. Er hockte mit geschlossenen Augen in dem großen Sessel. Auch hier war das rötliche Blinken, ertönten regelmäßig Gongschläge und wisperten unverständliche Stimmen.

Ich hob die Kanne mit beiden Händen und schlug sie Rorvic auf den Kopf. Ein Grunzlaut war die einzige Reaktion. Abermals hob ich die Kanne, aber ich wußte nicht mehr, ob ich noch einmal zuschlug, denn im nächsten Augenblick befand ich mich an einem anderen Ort.

Ich saß in einem Sessel. Mir gegenüber saß ein Redmarer; er trug die Uniform eines hohen Offiziers des Südblock-Geheimdienstes.

»Ihr könnt gehen!« sagte der Offizier.

Hinter mir entstand Bewegung. Ich sah mich um und erblickte acht bewaffnete Wächter, die zur Tür des Raumes gingen. Außerdem sah ich, daß außer mir auch meine Gefährten anwesend waren. Dalaimoc schaute mich wütend an, das bezog sich sicher auf die neue hühnereigroße Schwellung an seinem Kopf.

Als die Wächter den Raum verlassen hatten, drückte der Offizier auf einen Knopf an seinem Tisch. Zwischen ihm und uns baute sich flimmernd eine Energiewand auf; sie wurde unsichtbar, nachdem ihre Struktur sich gefestigt hatte.

»Was soll das?« fragte Riev Kalowont. »Wir sind friedliche Bürger und haben unsere Rechte.«

Der Geheimdienstoffizier lächelte.

»Das können Sie anderen Personen erzählen, nicht mir. Ich habe vorläufig darauf verzichtet, Ihre biologische Maske zu entfernen, da die echten Redmarer nicht zu wissen brauchen, daß sich Fremde auf ihrem Planeten aufhalten.«

»Sie sind ein Cyno«, stellte Rorvic ohne Gemütsbewegung fest.

»Wenn Sie darunter einen der sieben heimlichen Herrscher dieser Welt meinen, ja. Von welchem Planeten kommen Sie?«

Ich spürte im gleichen Augenblick, als der Cyno diese Frage stellte, einen schmerzhaften Druck hinter der Stirn und das Verlangen, die Wahrheit zu sagen. Aber im nächsten Moment war dieses Gefühl wieder verschwunden.

»Antworten Sie!« forderte der Offizier ungeduldig.

Hinter ihm öffnete sich eine Tür. Ein in Zivil gekleideter Redmarer trat ein.

Ich sprang auf, deutete auf den Geheimdienstoffizier und sagte hastig: »Dieses Wesen ist nicht von Ihrer Welt. Er gehört zu einer Gruppe von sieben Fremden, die heimlich die Geschicke auf Ihrem Planeten lenken. Lassen Sie es verhaften und untersuchen!«

Der Zivilist lächelte mich an.

»Ich bin Ihnen sehr dankbar für diese Enthüllung.« Sein Gesicht wurde ernst, und er wandte sich an den Offizier. »Einer der Gefangenen verfügt über Parakräfte. Der Psi-Orter hat es eindeutig angezeigt. Ich schlage vor, wir wenden ein mechanisches Verhör an.«

Ich spürte, wie sich meine Haare sträubten. Ein mechanisches Verhör, damit konnte nur Folterung gemeint sein.

»Einverstanden«, sagte der Offizier. »Ich möchte nur erst klären, ob dieses urzeitliche Gefäß etwas mit den Parakräften eines der Fremden zu tun hat.« Er griff in ein Fach seines Tisches und brachte die zerbeulte Kaffeekanne zum Vorschein.

Von Rorvic kam ein lautes Ächzen, dann zerfiel der Tisch zu Staub, und meine Kanne rollte über den Boden. Gleichzeitig erlosch der Energieschirm.

Lauf, Tatcher! befahl eine »Stimme« in meinem Gehirn.

Ohne zu überlegen, stürzte ich vor, hob die Kanne auf und holte zum Schlag aus.

Die beiden Cynos wichen zurück, doch ich war schneller. Ich schlug mit der Kanne zu und hatte das Gefühl, als ginge das Gefäß ein Stück durch den Schädel des Zivilisten hindurch, bevor es auf Widerstand traf. Der Cyno brach zusammen; die Umrisse seiner Redmarergestalt schienen zu pulsieren.

Als ich die Kanne gegen den Geheimdienstoffizier hob, verwandelte er sich in eine schwarzbehaarte Bestie mit Saurierflügeln, die mich wütend anfauchte. Ich strauchelte und stürzte über das Tier. Es fuhr herum und hieb mit einer krallenbewehrten Tatze nach mir. Nur meiner körperlichen Gewandtheit verdankte ich, daß nicht voll getroffen wurde. Die Krallen rissen nur meinen Ärmel auf, und ich fühlte einen scharfen Schmerz am Unterarm.

Dann verwandelte sich die Bestie wieder in den Offizier. Seine Miene verriet Bestürzung und Furcht. Ich schlug wieder und wieder mit der Kanne zu. Meist traf ich daneben, aber einige Male spürte ich Widerstand. Endlich brach auch dieser Cyno zusammen.

Dalaimoc Rorvic sprang auf und raste mit einer Geschwindigkeit an mir vorbei, die ich diesem Fettkloß niemals zugetraut hätte. Er verschwand durch die Tür, durch die der Zivilist gekommen war. Kurz darauf warf er unsere Kampfanzüge durch die Öffnung.

»Anziehen!« befahl er.

Wir waren noch nicht fertig, da öffnete sich die Haupttür, und unsere acht Wächter stürmten in den Raum. Sie hielten Maschinenkarabiner in den Händen und waren offenbar entschlossen, uns umzubringen.

Der Albino drehte sich zu ihnen um und fixierte sie. Plötzlich ließen sie die Waffen fallen und schlugen die Hände vor ihre Gesichter. Dann machten sie kehrt und liefen schreiend davon.

Wir schlossen unsere Anzüge, klappten die Helme nach vorn und schalteten den Helmfunk ein. Dalaimoc hob einen der Cynos auf und überreichte ihn Batriaschwili; den anderen nahm er selbst. Mit einem Schuß aus seinem Strahler zerstörte er das große Fenster aus starkwandigem Panzerglas.

»Wir ziehen uns in die Nordpolstation zurück«, verkündete er. »Ich denke, daß wir unseren Einsatz als abgeschlossen betrachten können, nachdem ich die beiden Cynos überwältigt habe. Deflektoren an und ab!«

Er machte sich unsichtbar für normale Augen und flog davon. Wütend schleuderte ich ihm die Kanne nach. Es war eine Unverschämtheit von ihm, zu behaupten, er habe die Cynos überwältigt.

Doch die Kanne erreichte ihn nicht. Sie beschrieb einen Bogen und kehrte in meine Hand zurück.

Resignierend schaltete ich mein Flugaggregat ein und folgte den anderen.

Diesmal wußten wir, daß die restlichen fünf Cynos uns unerbittlich jagen würden und daß unsere Chancen sanken, je länger wir auf Redmare blieben.

Deshalb entschlossen wir uns, alles auf eine Karte zu setzen. Wir stiegen bis über die oberen Ausläufer der Atmosphäre, aktivierten die Impulstriebwerke unserer Flugaggregate und jagten im Weltraum unserem Ziel zu. Captain Rorvic und Peltrow Batriaschwili mußten ihre Individualschirme einschalten, damit die gefangenen Cynos nicht umkamen. Innerhalb der kugelförmigen Energiesphären herrschten die gleichen Bedingungen wie in den unteren Schichten der Planetenatmosphäre.

Wir hatten Glück. Es verging annähernd eine Stunde, bis die übrigen Cynos merkten, daß ihre Kollegen von uns entführt worden waren. Da unsere Gefangenen noch bewußtlos waren, konnten sie sie offenbar auch nicht mit parapsychischen Mitteln anpeilen. Außerdem wußten sie nicht, wo unsere Basis lag.

Wir beobachteten tief unter uns mehrmals den Start von Düsenjägern, und zwar sowohl solchen vom Nord- als auch vom Südblock. Tausende Maschinen suchten die Planetenoberfläche und den Ozean ab. Doch dabei machte sich eine Schwierigkeit bemerkbar, die die heimlichen Herrscher von Redmare selbst verursacht hatten. Überall dort, wo sich Flugzeuge des Nord- und Südblocks ins Gehege gerieten, kam es zu heftigen Luftkämpfen. Die Piloten vergaßen ihren Auftrag und reagierten den seit langem künstlich gezüchteten Haß ab.

Unbehelligt erreichten wir unsere Basis in der Nähe des Nordpols. Wir sperrten die Gefangenen in eine Eishöhle, die wir trotz der Ortungsgefahr zusätzlich durch einen Energieschirm sicherten. Das Schott blieb offen, so daß wir die Cynos durch den transparenten Energieschirm ständig beobachten konnten.

Mir behagte das nicht, und ich hielt auch nicht mit meiner Meinung zurück.

»Sehen Sie, Captain«, sagte ich zu Rorvic, »wir haben alles erreicht, was sich unter den gegebenen Umständen erreichen ließ. Mehr können wir nicht tun, denn die restlichen fünf Cynos werden alles aufbieten, um uns zu fassen, sobald wir unsere Nasen nur aus unseren Stützpunkten strecken. Warum kehren wir nicht mit den Gefangenen durch den Transmitter zur Space-Jet zurück und fliegen los?«

Der Albino sah mich mitleidig an.

»Sie würden nichts begreifen, Captain Hainu. Weshalb also sollte ich versuchen, Ihnen meine Gründe zu erklären?«

»Laut Dienstvorschrift sind Vorgesetzte verpflichtet, ihren Mitarbeitern ihre Entscheidungen zu erläutern und zu begründen, sofern durch die damit verbundene Zeitverzögerung keine ernsthafte Gefährdung ausgelöst wird.«

Dalaimoc grinste.

»Na bitte! Ihnen etwas zu erklären würde eine so erhebliche Zeitverzögerung bedeuten, daß ich sie nicht verantworten könnte, Captain Hainu.«

Ich wandte mich zornig ab und ging in mein Quartier. Dieser fette Riese war völlig unmöglich. Ich konnte erst wieder aufatmen, wenn wir durch Lichtjahre getrennt waren. Es war nur erstaunlich, daß der ehemalige SolAb-Psychologe Batriaschwili den Charakter des Albinos nicht durchschaute. Aber wahrscheinlich wurde er von Rorvic parasuggestiv beeinflußt – anders ließ sich sein Verhalten nicht erklären.

Ich stellte meine zerbeulte Kanne auf ein Regal. Plötzlich mußte ich grinsen. Wenigstens dieses »urzeitliche« Gefäß gab mir die Möglichkeit, mich hin und wieder an Dalaimoc Rorvic zu rächen. Wenn sich die Verhältnisse in der Galaxis wieder normalisiert hatten und ich mich in meinen Beruf als Galakto-Geologe zurückzog, würde ich diese Kanne vergolden lassen und wie ein Heiligtum aufbewahren. Immer wenn ich sie sah, würde sie mich daran erinnern, daß die Rache des kleinen Mannes alle Bösartigkeiten aufwog, die er durch skrupellose Vorgesetzte erlitt.

Ich fuhr heftig zusammen, als jemand hinter mir »Hallo« sagte. Es war Peltrow Batriaschwili.

»Hallo!« sagte ich müde. Peltrow lächelte.

»Ich habe die Funksendungen der beiden feindlichen Geheimdienste abgehört, Hainu. Jede Seite hat ihre Dienststellen informiert, daß gefährliche Agenten des gegnerischen Blocks in ihrem Hoheitsgebiet operieren.«

»So?« fragte ich lustlos.

»Erkennen Sie denn nicht, was das bedeutet? Die Cynos wagen es nicht, von Fremden aus dem All zu sprechen. Offenbar haben sie Angst davor, in den Redmarern könnte das kosmische Denken erwachen, wenn sie von anderen Zivilisationen hören.«

Diesmal horchte ich interessiert auf.

»Sie meinen, das kosmische Denken wäre eine wirksame Waffe gegen die Umtriebe des heimlichen Imperiums, Peltrow?«

»Eine von vielen möglichen Waffen, Tatcher. Welches Volk würde wohl Kriege auf dem eigenen Planeten führen wollen, wenn es damit rechnen muß, daß raumfahrende Fremdintelligenzen das ausnützen könnten, um es zu unterwerfen. Die Furcht vor dem Fremden einigt selbst die zerstrittensten Brüder.«

»Hm! Das leuchtet mir ein, Peltrow. Dennoch weiß ich nicht, warum wir noch länger auf Redmare bleiben. Oder wissen Sie es vielleicht?«

»Ich kann es mir denken«, antwortete Batriaschwili ernst, »und Sie müßten es sich eigentlich auch denken können. Captain Rorvic will die beiden Cynos beobachten, um mehr über ihre Fähigkeiten zu erfahren, bevor er sie in der INTERSOLAR abliefert. Wir kennen diese seltsamen Wesen ja kaum. Möglicherweise würden sie eine Gefahr für die INTERSOLAR und ihre Besatzung bedeuten.«

Insgeheim leistete ich dem fetten Albino Abbitte. Was Peltrow gesagt hatte, klang überzeugend. Dennoch hätte Dalaimoc mir den Grund für die Verzögerung sagen können, anstatt mich als begriffsstutzig hinzustellen.

Ich erhob mich. »Vielleicht kann ich Captain Rorvic dabei helfen, Peltrow. Kommen Sie mit?«

Peltrow Batriaschwili strahlte und klopfte mir auf die Schulter.

»Sehen Sie, Sie sind ja doch ein ganz vernünftiger Mensch.«

»Das bin ich immer«, entgegnete ich. »Captain Rorvic müßte sich nur auf meine Persönlichkeit einstellen.«

»Oder Sie auf seine, Tatcher.«

Ich verzichtete auf eine Antwort.

Als wir das offene Schott des provisorischen Gefängnisses erreichten, sahen wir, daß Dalaimoc Rorvic sich bei den Gefangenen befand. Er hockte mit untergeschlagenen Beinen zwischen ihnen und schien schon wieder zu meditieren.

»Sie sind noch bewußtlos«, stellte Batriaschwili fest. »Anscheinend haben Sie einen ziemlich harten Schlag, Tatcher. Eigentlich ist es ein Wunder, daß Captain Rorvics Verstand noch nicht gelitten hat.«

»Woher wollen Sie wissen, daß er nicht längst erheblich gelitten hat?« fragte ich anzüglich.

Batriaschwili setzte zu einer Entgegnung an, schloß den Mund jedoch wieder, als die beiden Cynos sich bewegten.

Sie richteten sich auf, sahen sich um – und verwandelten sich plötzlich in Lebewesen, die zu klein geratenen Schreckwürmern glichen. Die «Schreckwürmer« richteten ihre Rachen auf den Energieschirm. Bläuliche Glut brach aus den Mäulern hervor.

Geblendet taumelte ich zurück. Ein häßliches Kreischen und Heulen erfüllte die künstliche Atmosphäre des Stützpunktes, und mitten in dem Inferno, zwischen den beiden Bestien, saß Captain Rorvic.

Ich wandte mich um, lief in mein Quartier und holte die Kanne. Dann kehrte ich zurück und stürzte mich in die bläuliche Glut, um Dalaimoc Rorvic mit dem einzigen Mittel zu bearbeiten, das ihn aus seiner Versunkenheit wecken konnte.

Eine imaginäre Faust schleuderte mich zurück. Ich schlug hart auf und verlor das Bewußtsein.

Als ich wieder zu mir kam, hielt der Albino mich auf seinen Armen. Ich atmete erleichtert auf, als ich sah, daß er noch lebte. Dalaimoc lächelte.

»Es ist alles in Ordnung, Kleiner. Die beiden Cynos haben ihre ganzen parapsychischen Machtmittel eingesetzt, um uns zu töten und sich zu befreien.«

Er stellte mich auf den Boden und drehte mich so, daß ich die Gefangenen sehen konnte. Sie hatten wieder die Form von Redmarern angenommen und hockten apathisch auf dem Boden ihrer Eishöhle. Der Energieschirm funktionierte wieder.

»Sie kamen nicht gegen mich an«, erklärte Dalaimoc. »Wir können sie also mitnehmen. Ich habe Peltrow angewiesen, Nonderver den Kodeimpuls zu geben. Innerhalb der nächsten drei Stunden werden wir abgeholt.«

Abermals atmete ich auf.

»Wie verwandeln sich die Cynos eigentlich?« erkundigte ich mich. »Ich sah sie vorhin in der Gestalt von Schreckwürmern.«

»Sie verwandeln sich nicht wirklich«, antwortete Rorvic ernst. »Meiner Meinung nach handelt es sich bei ihnen um sogenannte Para-Modulatoren, also um Lebewesen, die durch ihre Parakräfte anderen Lebewesen eine beliebig wählbare Gestalt vorspiegeln können.«

»Moment!« protestierte ich. »Die Bestie im Zimmer des Geheimdienstoffiziers war keine Vorspiegelung. Ich spüre noch jetzt die tiefen Kratzer, die sie mir zugefügt hat, obwohl ich die Wunde schon vor einigen Stunden mit Heilplasma behandelte.«

Dalaimoc nickte.

»Perfekte Hypnosuggestion, vielleicht sogar etwas anderes. Die Wunden oder Spuren, die sie als Bestien hinterlassen, werden nicht mit physikalischen Mitteln erzeugt, sind aber so vorhanden, als wären sie von echten Bestien verursacht worden. Wenn ein Cyno beispielsweise als paraphysikalische Spiegelgestalt eines Tyrannosaurus Rex über weichen Boden läuft, hinterläßt er die gleichen riesigen Trittsiegel wie ein echter Raubsaurier, obwohl die wahre Gestalt des Cynos vielleicht kleiner ist als ein Mensch.«

»Das ist unvorstellbar!«

»Durchaus nicht.«

»Kennen Sie denn die echte Gestalt der Cynos, Captain Rorvic?«

»Leider nicht. Es gibt eine Grenze für meine Fähigkeiten. Ich habe keine Ahnung, wie ein Cyno wirklich aussieht.«

»Nun, an Bord der INTERSOLAR wird man es sicher herausbekommen. Was meinen Sie?«

Als er nicht antwortete, wandte ich mich nach ihm um. Dalaimoc Rorvic machte ein Gesicht, als lauschte er in sich hinein. Plötzlich zuckte er heftig zusammen.

»Die Cynos«, flüsterte er kaum hörbar, »sie erhalten den Befehl, sich durch Energiefreigabe zu töten.«

Im nächsten Moment schnellte er vor. Er rannte mich um, ohne es zu bemerken. Der Energieschirm vor den Gefangenen erlosch. Rorvic stürmte in die Eishöhle, klemmte sich die Cynos unter die Arme und lief in Richtung unseres Antigravschachtes davon.

Nach einiger Zeit erscholl seine Stimme im Helmtelekom.

»Ich bringe die Cynos aus der Nähe des Stützpunktes.« Dalaimocs Stimme klang atemlos. »Bereitet alles für den Transmitterdurchgang vor. Wahrscheinlich haben die übrigen Cynos den Standort unserer Basis ermittelt. Ende!«

Peltrow Batriaschwili und Riev Kalowont tauchten neben mir auf.

»Was ist geschehen?« fragte Batriaschwili.

»Captain Rorvic hat den parapsychischen Befehl an unsere Gefangenen aufgefangen, daß sie sich durch Energiefreigabe töten sollen«, berichtete ich. »Er will sie fortschaffen, damit wir nicht mit in die Luft fliegen, wenn sie explodieren.«

»Ich rufe Nonderver an«, sagte Peltrow und lief fort.

»Und wir kümmern uns am besten um den Transmitter«, erklärte ich Kalowont.

Wir krochen in den engen Raum, in dem sich neben den Ortungsgeräten auch der Fluchttransmitter befand. Ich schaltete das Kraftwerk im Transmittersockel ein und beobachtete die Kontrollen. Es war alles in Ordnung. Auch die Justierungsautomatik zeigte nur Grünwerte. Wir brauchten nur noch den Energiebogen aufzubauen, dann konnten wir innerhalb weniger Sekunden verschwinden.

Zwei kurz aufeinanderfolgende Schläge ließen die Wände erzittern. Die dünne Wandung aus Kaltsprühplastik riß, und ein Regen aus Eisstaub und Eisbrocken prasselte auf uns nieder.

»Das waren die Cynos«, sagte Riev.

Hoffentlich ist Dalaimoc noch rechtzeitig weggekommen! dachte ich entsetzt.

Ich wischte mir mit den Handschuhen den Eisstaub vom Helm und sah mich um. Der Transmitter war unbeschädigt. So leicht konnte das kompakte Gerät auch gar nicht beschädigt werden. Durch eine Wolke aus Eiskristallen ging ich auf die Ortungsgeräte zu. Nachdem ich die Panzertroplonabdeckungen der Anzeigen abgewischt hatte, konnte ich einen winzigen grünen Ortungsreflex erkennen, der sich unserer Basis in geringer Höhe näherte.

Ich atmete auf. Dalaimoc Rorvic war also davongekommen.

Nach kurzem Zögern aktivierte ich die Hypertaster, deren haarfeine Antennennetze unsichtbar draußen unter dem Schnee lagen. Es spielte keine Rolle mehr, ob die restlichen fünf Cynos unseren Standort schon durch parapsychisches Anpeilen unserer Gefangenen ermittelt hatten oder erst durch die Aktivität des Hypertasters. Wir würden ohnehin gleich verschwinden.

»Nonderver ist verständigt«, berichtete Peltrow Batriaschwili und kroch in unsere Höhle. »Er stoppt die Space-Jet in Höhe der Umlaufbahn des zweiten Planeten und hat seinen Transmitter auf Empfang geschaltet.«

Ich antwortete nicht. Aufmerksam beobachtete ich zwei Ortungsreflexe, die sich mit hoher Geschwindigkeit unserer Basis näherten. Der eine war noch viertausend Kilometer in gerader Linie von uns entfernt und stieg sehr schnell in die Hochatmosphäre; der andere bewegte sich im Weltraum auf uns zu und war noch zwanzigtausend Kilometer entfernt.

Batriaschwili blickte über meine Schulter und pfiff durch die Zähne.

»Das sind Raketen, Tatcher. Eine Mittelstreckenrakete und eine Interkontinentalrakete, die eine vom Nord- und die andere vom Südkontinent abgeschossen.«

»Tatsächlich?« meinte Kalowont. »Wetten, daß die Raketen Fusionssprengköpfe tragen?«

»Mit Atombomben treibt man keine Scherze, Riev«, sagte Batriaschwili scharf. »Ich möchte wissen, wo Captain Rorvic bleibt.«

»Er ist schon da«, dröhnte Rorvics Stimme. »Beide Blöcke haben ein Atomei auf den Weg gebracht, wie? Das ist unverantwortlich von den Cynos. Immerhin wird eine Fusionsbombe auf gegnerischem Territorium explodieren. Hoffentlich entsteht daraus kein neuer Atomkrieg.«

Ich begriff nicht, wie er sich über dieses Problem auslassen konnte, während zwei Atomraketen sich unserer Basis näherten.

»Gehen wir endlich?« fragte ich.

»Sofort!« Der Albino beugte sich über die Ortungsanzeigen. »Zielen können die Burschen«, meinte er anerkennend. »Die Raketen werden maximal drei Kilometer entfernt einschlagen, höchstwahrscheinlich näher. Captain Hainu, holen Sie unsere Selbstzerstörungsladung! Wir wollen kein Material vergeuden. Außerdem müssen wir nicht unbedingt eine dritte Explosion auslösen.«

Ich lief los, weil ich inzwischen erkannt hatte, daß jeder Widerspruch gegenüber Dalaimoc zwecklos war. Aber in mir kochte es. In wenigen Minuten gingen zwei künstliche Sonnen bei uns auf, und dieser fette Albino schickte mich los, um eine Selbstzerstörungsanlage zu retten.

Als ich zurückkam, stand Dalaimoc Rorvic allein vor dem aktivierten Transmitterbogen. Er nahm mir das handkoffergroße Gerät ab, deutete auf das wallende wesenlose Etwas innerhalb des Torbogens und sagte: »Bitte nach Ihnen! Die anderen sind schon vorausgegangen.«

Mit einer gemurmelten Verwünschung trat ich ins Abstrahlungsfeld.

31.

Es war bereits der 14. April 3442, als wir die vereinbarten Treffpunktkoordinaten erreichten. Kurz nach unserem »Umstieg« in die Space-Jet waren noch einmal monströse Projektionen an Bord erschienen und hatten versucht, uns zum Aussteigen zu bewegen. Sie waren sehr schnell wieder verschwunden. Offenbar lernte Dalaimoc Rorvic rasch, nachdem seine latenten Parafähigkeiten durchgebrochen waren. Während des Linearfluges hatten wir unsere Biofolien entfernt.

Als auf den Schirmen der Hyperortung zwei Reflexbilder erschienen, gab ich Riev Kalowont einen Wink.

Der Maschineningenieur aktivierte den Hyperkom und sagte: »Space-Jet mit Einsatzkommando Rorvic ruft GOOD HOPE II und INTERSOLAR! Bitte melden!«

Die Funkoffiziere beider Raumschiffe bestätigten den Anruf und teilten mit, daß der Großadministrator mit Captain Rorvic sprechen wolle.

Der Albino reagierte nicht darauf. Er meditierte entweder oder döste nur so vor sich hin. Ich blickte nach der Kanne, die in der Nische unter dem Ortungspult stand, aber ein energisches Räuspern Batriaschwilis veranlaßte mich, meine Absicht einstweilen zurückzustellen.

Dann erschien Rhodans Abbild auf dem Bildschirm des Hyperkoms.

»Ah, Mr. Kalowont!« sagte er. »Ich hoffe, Sic sind alle gesund?«

»Danke, gleichfalls, Sir«, bestätigte Riev.

Perry Rhodan lächelte amüsiert.

»Ich kann nicht klagen. Aber eigentlich wollte ich mit Captain Rorvic sprechen. Warum ist er nicht vor dem Hyperkom?«

»Captain Rorvic schwebt leider in höheren Regionen, Sir.«

Rhodans Blick verdunkelte sich. »Er ist tot?«

In diesem Augenblick schnaufte der Albino vernehmlich. Da konnte ich mich nicht länger beherrschen. Ich hob die Kanne auf und schlug sie Dalaimoc kraftvoll auf den Schädel. Es dröhnte dumpf.

»Was war das?« fragte Perry Rhodan.

»Captain Rorvics Wecker«, antwortete Kalowont trocken. »Eine Art Cyborg, wenn Sie so wollen, ein Komplex aus Mensch und Maschine.«

Dalaimoc war aufgewacht und rieb sich die neu entstehende Schwellung. Er schaute mich finster an, dann begab er sich vor den Hyperkom.

»Captain Rorvic mit Einsatzkommando wohlbehalten zurück, Sir!« rief er überlaut. »Auftrag ausgeführt. Sollen wir uns in die GOOD HOPE II oder in die INTERSOLAR einschleusen?«

»In die GOOD HOPE II, Captain. Ich erwarte dann Ihren Bericht.« Rhodan räusperte sich. »Und vergessen Sie nicht, mir zu erklären, was Mr. Kalowont unter einem Cyborg-Wecker versteht.«

»Das werde ich ganz bestimmt nicht vergessen, Sir«, sagte Rorvic grimmig. Unter seinem drohenden Blick wurde mir warm.

Rund vier Stunden später wurde ich über die Rundrufanlage in Rhodans Kabine gebeten. Ich musterte mich noch einmal im Feldspiegel. Die Aufforderung war nicht unerwartet gekommen. Ich hatte die Zeit genutzt und mich gebadet, rasiert und neu eingekleidet.

Dennoch spürte ich ein flaues Gefühl im Magen, als ich neben dem Transportband betont langsam zu Rhodans Kabine ging. Kurz davor begegnete ich dem Albino.

»Nanu, Sie sehen so sauber aus«, meinte Dalaimoc. »Wo wollen Sie denn hin?«

Dieser Heuchler. Die Einladung – oder besser Vorladung – zum Großadministrator hatte ich doch nur seinen Verleumdungen zu verdanken.

»Zu meiner Freundin«, gab ich wütend zurück.

Er lachte noch, als ich den Türmelder neben Rhodans Kabine niederdrücke.

Perry Rhodan empfing mich mit strenger Miene. Am liebsten hätte ich darum gebeten, schnell einmal verschwinden zu dürfen, doch dann wäre das Donnerwetter nur aufgeschoben worden.

Nachdem wir alle Platz genommen hatten, sagte Rhodan: »Captain a Hainu ...«, wenigstens nannte er meinen vollständigen Familiennamen und verkürzte ihn nicht eigenmächtig wie Dalaimoc und viele andere, »... ich kann leider nicht umhin, Ihnen einen scharfen Verweis wegen wiederholter brutaler Handlungen gegenüber Captain Rorvic zu erteilen.«

»Mißhandlungen!« Ich weinte fast. »Ich habe nur dafür gesorgt, daß der fette Albino – ich meine Captain Rorvic – hin und wieder aus seiner Meditation erwacht. Und was die Mißhandlungen angeht, so wünschte ich, an einer Seele könnte man die entsprechenden Stellen ebenfalls vorweisen. Sie würden an meiner mehr Beulen und Flecke entdecken als an Captain Rorvics Schädel.«

Der Großadministrator lächelte.

»Captain Rorvic hat sich weder über Sie beschwert noch seine mißhandelte Körperpartie von sich aus vorgewiesen, Captain a Hainu. Sie waren einfach nicht zu übersehen, und auf meine direkten Fragen mußte er schließlich antworten.« Er beugte sich vor. »Es ist nicht leicht, mit dem fetten Albino auszukommen, wie?«

Zuerst schaute ich Rhodan verwirrt an, dann wurde mir klar, daß er »fetter Albino« gesagt hatte. Ich hatte das Gefühl, als fiele ein Stein von meinem Herzen.

»Leicht ist es nicht«, antwortete ich. »Aber man kann sich in jeder Lage auf Captain Rorvic verlassen, das muß ich auch einmal feststellen. Eigentlich ist er sogar ein prima Kerl, und Sie sollten nicht so abfällig von ihm sprechen, Sir.«

Einen Moment lang erkannte ich in Rhodans Gesicht Verblüffung, dann lachte er herzhaft.

»Ich bin sehr froh, daß Sie Captain Rorvic in Schutz zu nehmen versuchen, Captain a Hainu. Er hat mir nämlich auch nur Gutes über Sie berichtet. Demnach war es hauptsächlich Ihnen zu verdanken, daß zwei Cynos gefangengenommen wurden, und ohne Sie wäre niemand von Ihnen in die geheimen Schlupfwinkel gelangt. Meine Hochachtung, Captain a Hainu.«

Ich schluckte gerührt, aber ich verschwieg wohlweislich, daß ich den Zugang zum Schlupfwinkel niemals entdeckt hätte, wäre Dalaimoc mir nicht mit einem gutgezielten Fußtritt zu Hilfe gekommen.

»So viel habe ich auch wieder nicht getan«, wehrte ich verlegen ab. »Im Grunde genommen hat er das meiste erledigt. Ohne ihn wären wir nicht einmal bis nach Redmare gekommen.«

Rhodan wurde schlagartig wieder ernst.

»Ich weiß, die Projektionen. Wir wissen nach Ihrem Einsatz überhaupt sehr viel mehr, als wir jemals zuvor ahnten. Das heimliche Imperium stellt eine große Gefahr dar, vielleicht eine ebenso große, wie es der Schwarm ist.«

Er drückte eine Taste auf der Armlehne seines Sessels, als der Türmelder summte.

Das Schott öffnete sich. Dalaimoc Rorvic, Riev Kalowont und Peltrow Batriaschwili traten ein. Der Tibeter hielt eine bauchige Flasche in der Hand.

»Wir melden uns zur befohlenen Zeit zum befohlenen Willkommenstrunk!« rief er. »Na, hat der Giftbolzen mich wieder schlechtgemacht?«

»Selbst Giftbolzen!« schrie ich zurück. »Schade, daß ich meine Kanne nicht bei mir habe. Ich würde Sie Ihnen mit Vergnügen über den ...«

»Später«, bat Rhodan. »Verschieben Sie das auf später, Captain a Hainu. Jetzt trinken wir erst einen Schluck zur Begrüßung.«

Ich grinste, nahm eine imaginäre Kanne und schmetterte sie gegen Rorvics Schädel.

Er verdrehte gekonnt die Augen, reichte mir die Flasche und sagte: »Schenk ein, Tatcher!«

ENDE

Wabenraumschiff der G

Die Gelben Eroberer sind eines der wichtigsten Völker des *Schwarms.* Äußerlich gleichen die Gelben Eroberer einer Birne. Ihre Körper sind 2,10 Meter hoch, der größte Durchmesser beträgt 1,05 Meter. Die Unterseite des Birnenkörpers ist glatt, wie abgeschnitten. Dort befinden sich sehr starke Rippen aus elastischem Material, mit deren Hilfe sich die Gelben Eroberer nach Art von Schnecken fortbewegen. Sie können maximal fünf Kilometer in der Stunde zurücklegen. Der gesamte Körper glänzt ockergelb.
Die Gelben Eroberer sind extrem vermehrungsfähig. Sie teilen sich zu jeweils sieben unter sich gleich große Nachkommen, der Rest des Stammkörpers stirbt ab. Ursprünglich werden die *Karties,* wie sie von den *Schwarmgötzen* genannt werden, von den Terranern für die eigentlichen Machthaber des Schwarms gehalten, vor allem wegen des ungeheuren Aufwands, mit dem ganze Planeten für ihre Fortpflanzung hergerichtet werden.

Zeichnung: Bernard Stoessel